落木菴詩集輯箋

【清】徐　波　撰
嚴志雄　輯編　謝正光　箋釋

上海古籍出版社

本書爲國家古籍整理出版專項經費資助項目

徐波像

選自《清代學者像傳》第二集

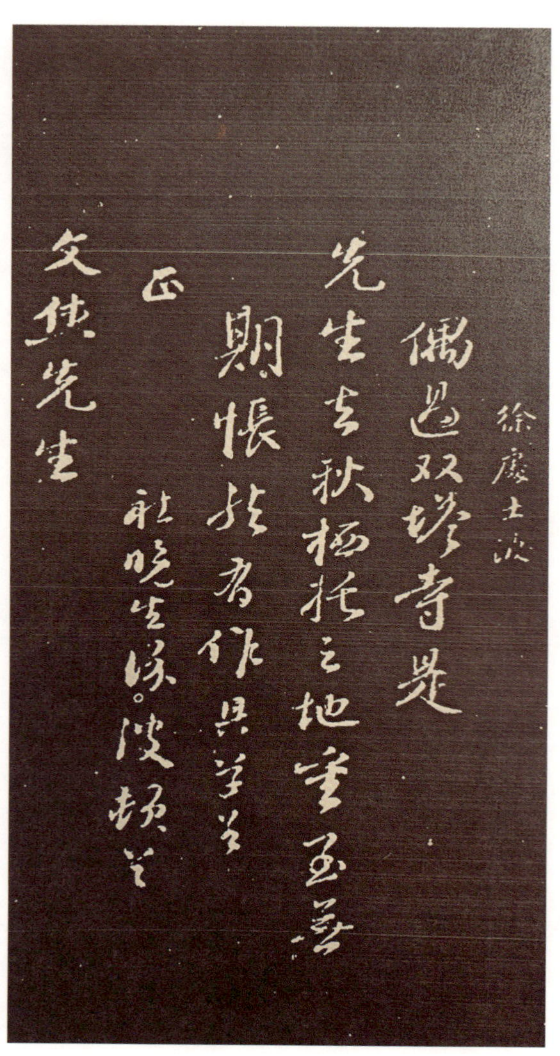

徐處士波

偶過双塔寺是

先生去秋栖托之地重至益慕

則悵於君作具草草

正

社晚生徐波頓首

文佚先生

徐波手蹟一

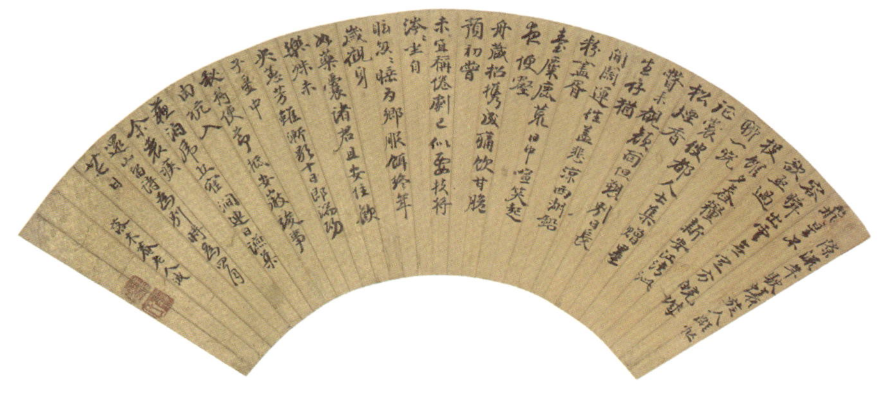

徐波手蹟二

徐枋繪落木菴圖

總目録

導論

嚴志雄

今者，謝正光教授與筆者合作整理、輯箋明清之際吴中（蘇州）詩人徐波（元歎，一五九〇——一六六三？）《浪齋新舊詩》、《天池落木菴存詩》二集及集外詩文、相關文獻，成《落木菴詩集輯箋》一書。

元歎《浪齋新舊詩》刊於明天啓末崇禎初；《天池落木菴存詩》問世於清康熙初年，距今也已將近四百年矣。二書傳世甚稀，晚清以還，獲睹元歎集者，徵諸載記，屈指可數。上世紀一九五〇年前後，王培孫先生（一八七一——一九五二）收得《天池落木菴存詩》，珍而藏之。不旋踵而國家經歷莫大動蕩，嗣後是書若存若亡，世莫知其所在。元歎《浪齋新舊詩》原本，似亦未見近世學者提及，以其潛藏無蹤故也。（清光緒間《滂喜齋叢書》收入《徐元歎先生殘稾・浪齋新舊詩》一種，内容顯係摘自上述二書者，詳下。）

數年以前，筆者經多方訪求，最後於上海圖書館覓得此二書，幸矣！二詩集現況大體完好，但已遭蠹魚飽腹若干字，此亦無可奈何之事也。

《落木菴詩集輯箋》今以新式標點排印，輔以謝正光教授及筆者的校箋、導論，以現代「整理本」形式出版，相信對明清文史研究不無裨益，而讀者賞覽元歎詩，亦較方便。

下文對明清之際徐元歎其人其詩略作述介，拋磚引玉，以期引起學界之垂注及興趣。

一、徐波其人

明清之際徐波元歎者何人哉？

元歎於其時詩名甚藉，爲人所稱揚，歿後卻默默無聞，從未爲研究者所重視，其詩集亦若存若亡。

明清之際投贈元歎詩文者甚夥，且徐詩入選於其時詩選者亦多，可見元歎於明清之際詩壇曾有一席之地。元歎早歲與竟陵鍾惺（一五七四—一六二四）、譚元春（一五八六—一六三四）遊，詩近「竟陵體」（或稱「鍾譚體」），今傳鍾惺《隱秀軒集》及譚元春《譚友夏合集》中，贈或詠及元歎之詩、文近二十題。元歎又與錢謙益（牧齋，一五八二—一六六四）爲老友，屢屢現身於錢氏《初學集》、《有學集》、《尺牘》中。他如時人馬士英（一五九一—一六四六）、董斯張（一五八七—一六二八）、范允臨（一五五八—一六四一）、顧夢游（一五九九—一六六〇）、茅元儀（一五九四—一六四〇）、沈德符（一五七八—一六四二）、杜濬（一六一一—一六八七）、龔鼎孳（一六一五—一六七三）、盧世漼（一五八八—一六五三）、吳偉業（一六〇九—一六七二）、徐枋（一六二三—一六九四）、汰如明河（一五八八—

一六四〇）、蒼雪讀徹（一五八八—一六五六）、弘儲繼起（一六〇五—一六七二）、釋鑑曉青（一六二九—一六九〇）等集中亦屢見元歎蹤影。嗣後如王士禛（一六三四—一七一一）、沈德潛（一六七三—一七六九）、翁方綱（一七三三—一八一八）等對元歎亦甚景慕。

元歎所著諸詩集時人得讀，其《浪齋新舊詩》、《天池落木菴存詩》二集，分量且不輕。然而，教人大惑不解的是，元歎其人其詩終究如曇花一現，並未進入影響後世的詩歌創作或批評傳統，於近現代所爲文學史或相關論著中，亦只因其屬竟陵一脈而稍微被談論到。元歎可説是一位被遺忘了的詩人。

《清史稿・文苑傳》有元歎小傳，甚簡略，僅五十餘字，云：

> 徐波，字元歎，吴縣人。少任俠，明亡後，居天池，搆落木菴，以枯禪終。詩多感喟，虞山錢謙益與之善，贈以詩，頗推重之。有《謚簫堂》、《染香菴》等集。〔一〕

關於元歎，清代撰述，牧齋以外，唯王士禛、沈德潛二家稍可觀，餘則多襲自王、沈記文（牧齋相關詩文，請看本書「唱酬題詠」所收録者）。王氏《感舊集》中，收元歎詩九首，又於《池北偶談》中述及元歎，云：

〔一〕趙爾巽等撰：《清史稿》（北京：中華書局，一九七七年），卷四八四，頁一三三二三。

吴中詩老徐波元歎，康熙初，年七十餘尚在。居天池落木菴，與中峰、靈巖二高僧往還。虞山先生寄詩云：「皇天老眼慰蹉跎，七十年華小劫過。天寶貞元詞客盡，江東留得一徐波。」「落木菴空紅豆貧，木魚風響貝多新。常明燈下須彌頂，雪北香南見兩人。」元歎自撰《頑菴生壙志》云：「喜登陟，而筋力遽衰。未廢吟詩，而發言莫賞。」又爲《落木菴記》云：「癸酉［一六三三］十月，與竟陵譚友夏寓其弟服膺德清署中，曉起盥漱，見予白髮盈梳，云：『子從此別，計必住山。請擇嘉名，以名其居。』服膺出幅紙，俾作擘窠大字。友夏執筆擬議曰：『子還吴，可謂落葉歸根矣。』遂有此目。今三字揭諸菴門，松栝數株，撐風蔽日，元冬霜月，蕭蕭而下，雙童縛帚，掃除不給，齋厨爨煙，皆從此出。」事之前定如此。元歎中年，見知膠西相國硜齋高公［按：即高宏圖，一五八三—一六四五］，公常勸之出山，辭曰：「母病三年，子生未彌月，此身非我有也。」竟亦無後。乙酉［一六四五］後，有《寄楚僧寒碧》詩云：「楚鬼微吟上峽謡，中元法食可相招。憑君爲譬興亡恨，雨打秋墳骨亦銷。」寒碧少游鍾譚間，此詩蓋爲二公作也。〔一〕

沈德潛景仰元歎之爲人，爲作《徐元歎先生傳》，頗傳神，兹録如後：

〔一〕〔清〕王士禛：《池北偶談》，收入袁世碩主編：《王士禛全集》（濟南：齊魯書社，二〇〇七年），卷十一，頁三〇八七—三〇八八。

徐先生元歎名波，蘇之吴縣人。其稱頑菴，前代國變後所更號也。少孤向學，爲諸生，旋入太學。負意氣，任俠，急友朋難，至欲爲報仇，破其家不顧。喜爲詩，湔除塵俗，抽思練要。吴中求同調不易得，之楚交鍾伯敬、譚友夏。〔一〕時兩人欲變王、李習見，孑孑生新，不主故常者，力揚詡之。名大著吴楚間。當是時，先生年未艾，欲留其身有爲，不以文人終也。後見廟堂水火，蛾賊四起，柄國者泄泄無救時術，慨然曰：「此乾坤何等時？尚思燕巢幕上乎？」決志歸隱。鼎革後，葬父母天池山麓，遂結廬老焉。

先是慕宜興山水，流寓罨畫溪，凡數年。既往遊天台、雁宕、峴山、赤嶼諸名勝。每登臨，多懷古詩。將老，與友夏别。友夏曰：「子還吴，如落葉歸根矣。」書「落木菴」三字以贈，後揭諸菴門。松栝蔽空，縛帚掃葉，以供茶竈。事之前定，類如此。先生既結廬天池，與靈巖、中峰二高僧遊，寫像各貯佛寺，談討多出世語言，外人弗能聞也。然讀其自撰《頑菴生壙志》，廉悍之氣猶在簡中。先生固逃於虚空者耶？吴人士或目爲迂人，或目爲詩老，或目爲枯禪，而識者稱爲遺民，庶得其真云。

年七十四卒。無子，一女歸許氏。生平著述多散佚，今有《謚簫堂集》及《落木菴稾》，藏於許太史家。太史名集，大父名崍，爲先生女夫，亦有志行。

〔一〕沈德潛謂元歎早歲「之楚交鍾伯敬、譚友夏」，想當然耳，實無其事。

沈子曰：予壯歲過落木菴，展元歎先生遺像，題五言近體紀之，中云：「大地留書卷，香林代子孫。」既重之，亦閔之也。今相距四十餘年，中間世事，雲煙消歇，何可勝數！而高人清節，久而彌新。古所云薄身厚志，絶塵不反者，斯其人矣。嗚呼！人之可傳，果在名位乎哉？〔一〕

嗣後如吴修（一七六四—一八二七）編《昭代名人尺牘小傳》，張維屏（一七八〇—一八五九）輯《國朝詩人徵略初編》，錢儀吉（一七八三—一八五〇）纂録《碑傳集》，李桓（一八二七—一八九一）輯《國朝耆獻類徵初編》，張其淦（一八五九—一九四六）撰，祁正注《明代千遺民詩》，孫静菴撰《明遺民録》等，皆本上引王、沈二記，陳陳相因耳。

今詳味王士禛及沈德潛二文，知其所據者，主要爲元歎自撰三「自傳文」，即：《自敘小像》、《頑菴生壙志》、《天池落木菴記》。清中葉迄今，讀者學人之得知元歎，多賴王、沈二記。（牧齋著作於乾隆朝遭全面禁燬，自是以後，大多數讀者無緣得觀牧齋有關元歎之詩文記述，此亦「連坐」之一例歟？）但王、沈所述引者，僅元歎原文之一鱗半爪，美中不足矣。今披覽《天池落木菴存詩》至書末，上述元歎三文，赫然在焉。四百年前元歎文筆，復現

〔一〕〔清〕沈德潛：《沈德潛詩文集・歸愚文鈔餘集》（北京：人民文學出版社，二〇一一年），卷五，頁一六一四—一六一五。

眼前，吾人得睹全豹（雖有脱文、損字情況），何其幸哉！即此一端，已可具見《天池落木菴存詩》之可貴，其文獻價值不容小覷。元歎三文，具録如次，讓夫子自道其生平之點滴可也。

自敘小像

嗚呼！紙上之人，所謂吴下徐元歎也。其人生於膏腴之族，而貧骨一具。交游遍天下，而不好今人。雅志空門，而未能全菜。傲睨富貴，亦未能看破浮雲也。以故所如不合，動與俗忤。年二十餘，遇天台幽溪和尚，愛其英氣，以身追隨，陪歷台宕名勝。壬戌［一六二二］春，聽講科注於天封，始北面焉。然其宗所謂教觀，未染指也。己未［一六一九］冬，邂逅竟陵鍾退谷□□，□相賞激，亟稱其詩，使有聞於世。因此留心□□，□復遇此輩人，竟不得也。性耐苦吟，詩出而人傳誦。清夜捫心，殊少驚人之句，知不逮古人遠矣。閒居玩物，多所嗜好，以貧不能畢致，每作空觀以對治之。慕古任俠，輕性命，即朋友之讐，必不使之居於地上，或彼已解仇，而余如故也。嘗憶退谷題余小像云：「窮冬玄夜，杯酒入脣。霜花亂墮，膽氣薰蒸。脱巾擲地，思以頸血濺人。恩仇滿世，吾欲請子幻泡之身。」〔一〕八齡失怙，數有天幸，以

〔一〕此處「吾欲請子幻泡之身」句，鍾惺集中《楓橋夜泊戲題徐元歎扇頭小影》作「何難用此幻泡之身」，文義似較佳。或鍾惺題元歎扇面小像，先下「吾欲請子」數字，後整理己作，改訂爲「何難用此」云云，亦未可知。見〔明〕鍾惺著，李先耕、崔重慶標校：《隱秀軒集》（上海：上海古籍出版社，一九九二年），卷四一，頁五九八。

得不死。生母梁，籍江陵，知我者謂得楚氣多也。自顧遲暮之姿，尚堪帷幄。范增七十、酈生六十餘歲，皆得人以傳。今不作此妄想矣。乙酉〔一六四五〕冬，廬墓天池，所居與中峰、靈喦兩大老相望，在十里内。一係四十年交舊，一則住山後皈心。空山形影，來往成三。丙申〔一六五六〕閏五，中峰化於金陵。龕還之日，靈喦恩禮備至，哭之甚哀，以此心益倚之，欲用爲臨終嚮導，未卜緣會如何。□□□榻側必懸南來小影，則至今三人相聚也□□□丑〔一六二五〕歲江右舒固卿所邈，斯時猶爲吴門上家，有悦豫之容，今饑寒摧抑，已非紙上故物矣。斬焉無嗣，此像必落野人衲子之手，恐不辨爲阿誰。故略疏生平，并系昔年謝寫照二絶：「窒起同堂一笑喧，險將粉墨召詩魂。世人自禮淵明像，何用香薰待子孫。」「覿面無言汝亦深，祇憑微笑露胸襟。畫師落筆非無意，觀者應生歡喜心。」

又題。〔一〕

丁亥〔一六四七〕夏初，相與中有破關闍黎，欲引見和尚，數數稱説。時有移家之役，未果也。又二年，始獲居山，和尚亦從澌移錫靈喦。持瓣香上謁，見如舊識，私計心爲可倚以度世者，正此師也。時筋力猶健，自天池步至坡山，殆無虚月。是時南來法師亦老于林下，

〔一〕按：細審本文下半，又據王漁洋《池北偶談》等之載引，此《又題》應即爲元歎之《頑菴生壙志》。

稱和尚爲人中之傑。五六年春秋，□□□爐相對，無第四人。年六十九，臘八始克就靈嵒□菩薩戒。南來二年前已化于金陵之華山，形影二人，乃有幽獨之懼。和尚懸南來像著方丈前，瓶水爐香，必自經手。每值忌辰，率諸上首至塔前設供，交遊中詫爲異數。波三十年前，亦有江右舒固卿所邈小影，和尚攜去，日日幀之榻畔。波方以親近日淺爲恨，今得侍立，誠是補其所不足，豈非至幸！夫根身與畫像，莫非如幻，凡夫供賢聖像，往往蒙福。今致力於斯，不忍捐棄，非敢信其傳也。志在山水，台宕名區，凡四往。杜子美所云：「人間嘗見畫，老去恨空聞。」余得踐履其境，豈非至幸。中年流寓故鄣，家罨畫溪邊，明月峽、顧渚諸名勝，在跬步間。亂後復卜築天池而老焉，於山水之分不淺矣。喜登陟，而筋力遽衰；未廢吟詩，而發言莫賞。生趣既盡，爲歸土計。卒於　年　月　日，定葬於落木菴東南窔地中，與父母相望。鐫石曰：「□□□□之蜕。」刻石納藏中，銘曰：「道人與世寡諧，此亦是病。世亦棄道人乎，此或是幸。學佛學詩，所遇英特，蓋此生之盛也。眼空四海，心敵萬夫，苦無一日之柄也。目之爲蔬筍之居士，江湖之散人，而終不近也。嗚呼！止於斯乎，不可不謂之命也。」

天池落木菴記〔一〕

中歲卜故鄣之晝溪山水勝絶處，而無終焉之志者，以有心事。方欲用其身，未肯與草木同盡。奄忽數年，自戊辰至丙子〔一六二八—一六三六〕，提攜老幼，復從故鄣還吴。屆甲申〔一六四四〕、乙酉〔一六四五〕變革，老母亦於是冬見背。余亦老矣，生平交舊，肺腑都换。佛經云「如翻大地，江海悉轉」，竊竊然恐，亟思脱離。丁亥〔一六四七〕冬，葬親此山北麓，傍有隙地，遂葺茅茨，寄托數口。然去城不過□□□，未必便能超俗。如決雉竄伏叢莽，自不見人，□□人不見自也。一息十三年，始而窠柏林間，嘗有往來人影，既見余神情澹泊，已非昔人，物色遂絶。植楥引竹，三年而成。初時惟恐不茂密，未幾枝條撑柱，陰翳窗牖，僅通行逕。子美云「過客竟須愁出入」者，於斯有焉。窗外鑿池，裁可照影。畜朱鱗數十頭，油油洋洋，甚樂也。倏有巨黿雜處，人以爲是能戕魚，亟攩出之。寒宵月色如洗，池發大聲，如巨桶抽汲之

〔一〕落木菴，明末清初元歎時人徐崧、張大純纂《百城烟水》云：「落木菴，在天池山中。爲吾宗元歎丙舍，其額竟陵譚友夏所題也。鍾退谷因寫《支硎山圖》以贈之。（明末竟陵派吴門四詩家，曰徐波元歎、劉錫名虚受、張澤草臣、葉襄聖野，而元歎爲巨擘。靈巖繼和尚捐資刻元歎詩，菴因歸靈巖。）見〔清〕徐崧、張大純纂輯：《百城烟水》（南京：江蘇古籍出版社，一九九九年），卷二，頁一三七。《百城烟水》謂鍾惺曾贈元歎以《支硎山圖》，疑誤。從元歎此記可知，「落木菴」之名，乃譚元春所擬議者，其事在崇禎六年癸酉（一六三三），時鍾惺已下世將近十年，不可能製圖為贈。元歎友徐枋則曾繪《落木菴圖》，頗疑《百城烟水》實指此事。

勢。啓窗微睇，有物像蝟，頭鋭而面團，似有口鼻，毛茸茸不可辨，狀極可憎。破層冰直至水際，出魚噉食。迨冰泮日，遂無纖鱗，土人所謂搗鰌貛也。向遷怨於前之所出，使余不獲與鼉、魚作主人者，實是孽也。獨念山中有菴，菴復有我書畫，零星隨身杯器，本來非有，悉我識神變現，如夢中物，神一朝去之，此等隨滅，復爲他人夢中所有。余神西邁，受用勝妙色聲，變坑坎爲琉璃□□□爲□□□□□有，不堪一噱，蓋無始來世□□□先□□□世界壞後，此識無恙。善逝誠言，可不深信？菴之得名，癸酉［一六三三］十月，與楚中譚友夏寓其弟德清令服膺署中，曉起盥漱，見余白髮盈梳，云：「子從此別，計必住山，請擇嘉名，以名其居。」服膺亟從篋中出幅紙，俾伊兄作擘窠大字。執筆擬議，云：「子還吴，可謂葉落歸根。」遂有此目。今三字懸門首，窣栝數株，撐風蔽日，玄冬霜月，蕭蕭而下，雙童縛帚，掃除不給，齋厨爨〔一〕。以凡夫像，供養賢聖，寧無福利哉！〔二〕

除上引三文外，《天池落木菴存詩》集中之作對瞭解元歎生平事蹟亦大有裨益，如可據以考出元歎確切的生辰。請觀題【二六三】：

〔一〕按：下有脱文，或可據王士禛、沈德潛二文，補入「煙，皆從此出」等字。又：據上《自敘小像》、《又題》二文，元歎於此處應述與中峰、靈巖二高僧卜鄰天池山中事。下「以凡夫像」句前，明顯有脱文現象。

〔二〕按：下文意未完，有脱文現象。又或「以凡夫像」及下皆錯簡衍文，亦不無可能。

先人見背于萬曆丁酉［一五九七］臘月之望，不肖纔八齡，今再逢此歲，弱子已成老翁，是夕轉側佛室中，成二絶句

經堂如水一燈懸，雨雪聲聲滴不眠。惟有早梅能慰藉，曉窗相見故嫣然。（其一）

前無停積後無來，俗見中間花甲催。黄髮已非昔稚子，尊人亦不住泉臺。（其二）

此元歎順治十四年（一六五七）六十八歲時作。現今學界一般以元歎生於萬曆十八年（一五九〇），卒於康熙二年（一六六三？），此乃以鍾惺《徐元歎詩序》作於萬曆四十七年（一六一九），[一]序中有「元歎今年三十」之語，[二]據之推算所得者。元歎於上引詩題中謂「先人見背于萬曆丁酉臘月之望，不肖纔八齡」。萬曆二十五年丁酉，合一五九七年，上推八年正萬曆十八年，爲一五九〇年，[三]可見前此學界之推算無誤。雖然，此處乃元歎夫子自道者，其價值自然超過周邊證據。

又，題【三一三】云：

[一] 參陳廣宏：《鍾惺年譜》（上海：復旦大學出版社，一九九三年），頁一八一。

[二] （明）鍾惺著，李先耕、崔重慶標校：《隱秀軒集》，頁二六八—二六九。

[三] 另，元歎《浪齋新舊詩》題【一四三】爲《吴中數十年來，盛傳楞伽山八月十八夜一串月。余年三十七矣，未嘗一見。……今歲丙寅，秋宇澄霽……》。丙寅爲天啓六年（一六二六），上推三十七年（虚數），亦可證元歎之生年爲一五九〇年。

年事峥嶸，賤貧無極。每至降辰，獨居深念。既抱虛生之感，復恐衍負難消。佛室虛明，稍設香花之供；齋厨索莫，久謝葷血之緣。己亥〔一六五九〕之秋，七月三日，年開七秩，月始生明。暑退涼臻，山空人老。僧衆雲來，未盈丈室。秋林風動，已拂袈裟。緬彼禽魚，不取亦不放；現前名德，自去而自來。椒料馨香，和盤托出。行人收徹，瓶鉢無聲。袁子寫圖，聽取口號。

此元歎順治十六年（一六五九）所作詩之長題。據上述《先人見背于萬曆丁酉臘月之望，不肖纔八齡》一首（及注中《吳中數十年來……》一首），可知元歎生於萬曆十八年庚寅，合本詩題中「七月三日」云云，可確知元歎之出生年月日爲：明萬曆十八年七月三日，合公元一五九〇年八月二日。

二、徐波傳世詩集考述

近代以來，元歎之詩，僅見清光緒潘祖蔭（一八三〇—一八九〇）輯刊《滂喜齋叢書》收入之《徐元歎先生殘稾·浪齋新舊詩》〔一〕一種，戔戔小册，僅四十餘首而已，且係過録本。

〔一〕〔明〕徐波：《徐元歎先生殘稾·浪齋新舊詩》（北京：北京圖書館出版社，二〇〇三年據光緒九年〔一八八三〕吳縣潘祖蔭《滂喜齋叢書》影印）。

元歎詩集，原刻尚存天壤間否？筆者遍檢諸家目録，僅見柯愈春先生《清人詩文集總目提要》載元歎有《天池落木菴存詩》，今藏上海圖書館。[一]二〇一〇年隆冬，自臺飛滬，終於得償宿願，於上海圖書館覓得元歎《天池落木菴存詩》，不禁心花怒放。越數年，因緣成熟，又於同館搜求得元歎《浪齋新舊詩》，庶幾可謂皇天不負有心人矣。

元歎傳世詩集情況茲述如下。

《浪齋新舊詩》

《浪齋新舊詩》，上海圖書館著録：「《浪齋新舊詩》，（清）徐波撰，明天啓五年（一六二五）刻本，索書號：線善 822907。」《浪齋新舊詩》集前有若干序文，其中董斯張序後署「乙丑秋九月友弟董斯張撰」。乙丑，合天啓五年（一六二五），館員應據此而判《浪齋新舊詩》刻於天啓五年。

今考上圖著録年份不確。首先，作序之年不一定即刊刻之年，[二]如鍾惺序後署「時萬曆己未臘月五日竟陵友弟鍾惺書於吴門舟中」，乃作於萬曆四十七年己未（一六一

[一] 柯愈春：《清人詩文集總目提要》（北京：北京古籍出版社，二〇〇二年），頁一〇—一一。

[二] 其實細味詩集前數序文意，知都非專為元歎此集而作者。

九）歲末者；馬士英序後署「天啓元年辛酉五月端陽前三日友弟馬士英撰」，可知作於天啓元年辛酉（一六二一）。以此，足可見不宜遽以集前序文所署年月爲詩集刊刻之年也。

復次，檢元歎集中題【一二七】爲《文章之士，凋殘略盡，春事甫臨，悵然不樂，與周虛生避喧野寺，題宜修上人壁，時丙寅立春前一日》。據題中「丙寅」，可知本詩作於天啓六年丙寅（一六二六）。丙寅立春，在一月七日，則此題作於一月六日，合一六二六年二月二日。集中此題詩後，尚有天啓五年、六年、七年之詩。如集中最後一題【一六二】爲《較刻伯敬遺稿畢有作》，當作於天啓七年丁卯（一六二七）。揆諸鍾惺《隱秀軒集》附録元歎《鍾伯敬先生遺稿序》後署「天啓末年大寒節後一日，門下士徐波謹述」，此序與上詩當作於同時。天啓朝共七年，天啓七年「大寒」在十二月十四日（一六二八年一月二〇日），其後一日爲十二月十五日（一六二八年一月二十一日）。

總之，既然集中最後一題詩乃作於天啓七年歲末者，則其成書付梓，自不能早於此時。頗疑全書刻板竣工、詩集問世，已爲崇禎元年（一六二八）上半年之事。（若是書乃隨編隨刻者，則仍有可能完成於天啓七年歲末。待確考。）

《浪齋新舊詩》所載詩，作期可確考者，最早爲題【五】《早春過文啓美香草垞》及題【十九】《和伯敬詠閨人畫蘭停筆》，均作於萬曆四十七年（一六一九）；集中最後一題詩即上述作於天啓七年（一六二七）之《較刻伯敬遺稿畢有作》。

綜上所述，或可知《浪齋新舊詩》一集所收元歎詩爲其萬曆四十九年（一六一九）至天啓七年（一六二七）八、九年間之作，共一六二題一七三首。

《天池落木菴存詩》

或云元歎此集乃明清之際弘儲繼起禪師「損資」所刻者（據前引徐崧、張大純纂《百城烟水》）。

現上海圖書館藏元歎《天池落木菴存詩》，以善本緘皮，似爲海内外孤本。上圖著録：「《天池落木菴存詩》，（清）徐波撰，清康熙（一六六二—一七二二）刻本，索書號：線善 T347234—35。」全書凡一百三十九葉，每半葉八行，行十九字，不分卷，白口左右雙邊。

是書爲民國王培孫先生舊藏，前有王氏題記、鈐印（印文曰「王培孫紀念物」），後有陳乃乾（一八九六—一九七一）跋文、鈐印。讀王氏題辭，知書原爲一册，王氏收得後，重裝爲二，並謂或爲其有生之年搜購明清之際書籍之最後一種云云。柯愈春先生《清人詩文集總目提要》以「二卷」載記，誤。

《天池落木菴存詩》書前有元歎短序，云：「居今之世，處今之日，可不必詩矣！詩，亦不必存矣！歲月淹纏，楮墨驅遣，既成句身，遂難割棄。存之偶然，無心傳也。傳亦有命，無心工也。丁亥臘月頑菴徐波記。」集中第一題詩爲《丁亥正月二日蒼公六十生日》。丁亥，即清順治四年（一六四七）。循此思之，頗疑是年元歎有結集出版之意，而事不果，因《天池落木菴存詩》所載詩遠遠超過其順治四年之作。（及後，至刻《天池落木菴存詩》時，或元歎不欲再寫新序，聊以上述小引置書首以塞責，又或司其事者已非元歎本人，編者逕取該小引置書前，亦未可知。）

《存詩》最後四題詩爲：題【三四一】《虞山先生八十初度小詩奉祝》、題【三四二】《壽王奉嘗烟客七十》、題【三四三】《從靈嵒送和尚赴海鹽祖庭之請六月初五》、題【三四四】《束裝復停月許，似不欲遽捨我輩，以大旱時發，故有第二作》。虞山牧齋八十大壽、王時敏烟客七十初度、靈巖繼起弘儲禪師往主海鹽祖庭，均順治十八年辛丑（一六六一）之事。牧齋生辰爲九月二十六日，烟客生辰爲八月十三日，而據元歎詩，繼起儲禪師赴海鹽爲七月間事，則元歎贈牧齋及烟客之詩，理應次於送別和尚之詩後。惟是年牧齋八十大壽，錢曾等於元夕即攜樂府預賀。無獨有偶，是年烟客七十初度，親朋子姪亦請於新正預祝，開讌累

日。然則元歎書贈牧齋及烟客之詩作於是年初或稍後，亦不足爲奇也。〔二〕

總而言之，觀《存詩》首末所載，知此集收元歎自清順治四年（一六四七）元月至順治十八年（一六六一）七月間之詩，共三四四題四四九首。

《徐元歎先生殘稾・浪齋新舊詩》

清道光二十三年癸卯（一八四三），葉廷琯（調生，一七九一—一八六八？一八六九？）〔三〕偶從蘇州通濟菴處借得元歎《浪齋新舊詩》、《落木菴詩》（應即《天池落木菴存詩》）、《補遺》三集，就己之賞好，録成一帙。四十餘年後（據下引陳乃乾文），吴縣潘祖蔭

〔二〕牧齋事，參方良：《錢謙益年譜》（北京：中國書籍出版社，二〇一三年）「辛丑年（一六六一）」，清順治十八年」條，頁二四二—二四六。烟客事，詳《奉常公年譜》「（順治）十八年辛丑，七十歲」條。見〔清〕王寶仁編：《奉常公年譜》（北京：北京圖書館出版社，一九九八年《北京圖書館藏珍本年譜叢刊》第六十六册影印清道光十八年〔一八三八〕刻本），卷三，頁十三B—十四B。繼起事，《宗統編年》卷三十二「辛丑十八年」下有云：「靈巖儲和尚住金粟。」見〔清〕紀蔭編纂：《宗統編年》，收入《卍新纂續藏經》（臺北：新文豐出版公司，一九八七年），第八六册，第一六〇〇經，頁三〇八C。木陳道忞（一五九六—一六七四）《布水臺集》卷二十五《告寂音尊者文》亦云：「前秋辛丑繼起住金粟。」見〔清〕釋道忞：《布水臺集》（北京：北京出版社，二〇〇〇年《四庫未收書輯刊》第五輯，第三〇册），卷二五，頁五B（總第二二〇頁）。

〔三〕葉廷琯，號調生，自號龍威遯隱，吴縣人。廩貢生出身，曾爲候選訓導。淡泊名利，一生以考訂經史爲樂，著有《吹網録》、《鷗陂漁話》等。

於同治、光緒間（一八六二—一九〇八）輯刻《滂喜齋叢書》，乃取葉氏所抄者刻爲《徐元歎先生殘稾・浪齋新舊詩》。

《徐元歎先生殘稾》後有葉廷琯、潘鍾瑞（麟生，一八二三—一八九〇）二跋，頗可反映清末人對元歎詩之感想，及《徐元歎先生殘稾》刊印之始末，不無參考價值，兹過録如後。

葉廷琯跋云：

癸卯［一八四三］三月四日，偕序伯過白馬澗訪通濟菴覺阿上人，飯蔬於五百梅花草堂中，茶話抵暮而返。案頭見元歎先生《浪齋新舊詩》一册、《落木菴詩》二册、《補遺》一册，假歸讀之，録存此帙。先生高風清節，世所共知。詩如其人，純乎山澤之氣。是帙祇就我意録之，非謂先生之詩之美者盡在是也。瑶草［馬士英］一序，佛頭著糞，然語能入微，存其文正惡其人之聰明自誤爾。苕生葉廷琯識。〔一〕

潘鍾瑞跋云：

余與調生丈避地申江，樂數晨夕。近日余移城中，稍稍間隔，暇出北城訪丈於普安里，丈亦新移寓也。談次出示此卷。元歎先生詩，清逸在骨，不落凡纖，即士英序語，亦復超妙，相

〔一〕〔明〕徐波：《徐元歎先生殘稾跋》，頁一A。

與寄託之。或謂此序宜割之。夫當士英擅政時，以清職羅致先生，先生拂袖竟去。想其友朋之間，方將割席；席可割，而序不可割乎？然先生晚年，曾不以士英既敗，而稾中遂去其序，殆亦不以人廢言耳。幸附先生，流傳至今，亦何弗仍存之？善夫調生丈之言哉。因附録於後云。同治紀元壬戌［一八六二］四月，郡後學潘鍾瑞跋後。〔一〕

潘祖蔭彙輯《滂喜齋叢書》（前後四十餘載從事於斯），爲何不全刻通濟菴所藏元歎三集，而僅取葉氏所録四十餘首爲《徐元歎先生殘稾》？此事頗爲費解。也許從葉氏借讀通濟菴藏本，到潘氏刻書時，元歎之書又不復蹤影，無法覓求？文獻不足，已無從考知矣。

《天池落木菴存詩》現代學者之題跋

現上海圖書館藏《天池落木菴存詩》頁面上，載王培孫先生題記一、陳乃乾先生跋一，均手書，紀念意義與學術價值兼備。王氏爲近現代教育家、藏書家，留心於明清之際文史者。（王氏曾箋校蒼雪讀徹［一五八六—一六五六］《南來堂詩集》。本書箋釋，借助於是集及其注者甚夥。感甚！）陳氏乃近現代版本目録學大家。王氏所撰入藏題記甚富情

〔一〕同前注，頁一A—B。

味，而陳氏所爲跋文，則甚具學術價值，具録如後。

王培孫於重裝本第一册前題記：

三十六年［一九四七］雙十前，在大同坊突患泌尿症。命學專家袁君數年前爲余推算，給命書一紙，至七十六歲爲止，後皆空格，蓋無命可推算也。余默念是年當離世。病一星期，遷居瞿直甫醫院，經陳邦典醫師療治，至明年立夏前離院。卜居俞家宅三號休養，無所事。秋間，北京通學齋郵來《落木菴詩》一册，知余云無是書也。病中得此，喜出望外，想余搜購明清間遺集之最後一次矣。重裝二册。

陳乃乾庚寅年（一九五〇）跋云：

余嘗讀錢牧翁寄徐元歎詩，慨然想慕其爲人。元歎於明遺民中，最爲老壽，詩名震一時，而遺集不少概見。據諸家稱述，所著有《采𦯀》、《就删》、《謚蕭堂》、《落木菴》諸集。今通行者，僅潘氏《滂喜齋叢書》刻《浪齋新舊詩》十葉而已。滂喜所據，乃潘麐生（鍾瑞）傳寫葉調生（廷琯）鈔本；調生則鈔自通濟菴覺阿上人。當時通濟菴所有者，除《浪齋新舊詩》外，尚有《落木菴詩》二册、《補遺》一册，惜調生所鈔僅此。至滂喜刻書，距調生見時，已隔四十年，通濟菴原本，殆已無可追蹤，故所刻亦僅止於此。今距滂喜刻書時，又六十餘年，而此《落木菴詩》原刻本，竟爲吾友王培孫先生所得，不可謂非快事已。

余假歸披讀，並與潘刻互勘，知《落木菴存詩》爲順治四年［一六四七］至十八年［一六六一］之作，距元歎之卒尚二年。通濟菴所有《補遺》一册，當即此二年中所作。又據天啓元年［一六二一］馬士英序云「去歲讀元歎詩，則《就删》妙於《采蓏》，而讀近日詩，又妙於《就删》」，則《采蓏》、《就删》兩集，爲元歎天啓以前之作可知。［按：馬士英序後署「天啓元年辛酉五月端陽前三日」，故陳氏有此判斷。］至《浪齋新舊詩》所載四十三首，自《天池看梅》以下十六首，乃自《落木菴詩》選出，序次皆同。前二十七首，皆作於順治四年以前，蓋從元歎前後諸集中摘鈔而成，（按：觀此數語，知陳氏亦無緣得讀元歎《浪齋新舊詩》，蓋此二十七首俱見於《新舊詩》，非其所謂「前後諸集」也。）非元歎自定之稿，且卷首馬士英序亦從舊集移置，非爲《浪齋新舊詩》而作也。

猶憶十五年前，余佐培孫先生輯蒼雪《南來堂詩注》時，翻閲明清間集以百數。偶獲新證，欣然告語。此情此景，宛在目前。今年九月，余袖《華山三高僧詩》，訪先生於俞家宅寓邸。先生亦出示此册，蓋皆曩年求而未見之書。交相傳觀，喜可知也。先生雖病卧經年，而神志不衰，愛書之殷如故。我知《采蓏》、《就删》、《謚蕭》、《補遺》諸編，必將繼此而有獲。天假我年，庶幾擺脱塵事，從公於荒江寂寞之居，再爲元歎詩作箋注。姑書此以爲券。庚寅秋九月既望海寧陳乃乾跋於上海志館。

《落木菴詩集輯箋》收録情況

本書含五部分内容。

第一部分，收入元歎《浪齋新舊詩》，共一六二題一七三首詩。第二部分，收入《天池落木菴存詩》，共三四四題四四九首詩。核對《徐元歎先生殘稾》與上二集之關係，《殘稾》共四一題四三首詩，其中二七題出自《新舊詩》，另一四題一六首摘自《存詩》，並未溢出兩集之範圍。職是之故，《殘稾》於本書中僅存其目以備考核，正文不再重複刊録。

第三部分爲「徐波集外詩」。諸詩乃謝正光先生與筆者輯録自明清各詩選及别集者，今依體分類，以清眉目。此部分蒐得元歎五古十二題十二首，七古二題二首，五律二一八題二九首，五排三題三首，七律一三題一四首，七絶九題一〇首，偈一題四首。鉤沉拾遺，得元歎集外詩共六八題七四首。

綜上所述，《落木菴詩集輯箋》共載元歎詩五七四題六九六首。

詩章以外，復蒐得元歎書札、序跋等，共一六篇，收入本書第四部分之「徐波文輯佚」。

本書第五部分爲「唱酬題詠」，蒐得元歎友朋投贈詩文及後人題詠之作，共八七家，各體詩二一八首、文一八篇、書札一〇通，兹據作者生卒先後排列登録。

三、徐波研究現況

研究元歎的專書尚未之見，學術論文亦罕見，[一]但學者論次明末清初竟陵派譜系，多述及元歎，以其爲重要成員。錢謙益與元歎之交誼與文字因緣，筆者前此雖已稍爲梳理，[二]但仍有更深入論述的空間。至如考論明清易代之際遺民詩人詩歌，元歎其人其詩亦一常見話題。偶見研究清初吴中一帶佛教社群及文士之習禪修定者，元歎也在討論之列。兹概述學界現時對元歎之認識如下：

徐波乃竟陵派後勁

元歎與竟陵派領袖鍾惺、譚元春、蔡復一（一五七六—一六二五）等友好，學界重構竟陵譜系，不忘記上元歎一筆，如陳廣宏《鍾惺年譜》，敘及元歎之處不在少數；[三]李聖華

[一] 海霞著有《徐波研究》，爲二〇一四年提交黑龍江大學之碩士論文，對收入本書的元歎二詩集作了初步考察，有一定的參考價值。

[二] 可參拙著：《錢謙益病榻消寒雜咏論釋》（臺北：聯經出版公司・中研院，二〇一二年），頁三八四—三八六。

[三] 參陳廣宏：《鍾惺年譜》。

《晚明詩歌研究》也置元歎於竟陵一脈，與蔡復一、商家梅、劉侗、于奕正、沈德符等合論。〔一〕

陳廣宏又著有《竟陵派研究》，於「發展前期：《詩歸》盛行與『竟陵一脈』成爲時響」一章中，從《詩歸》之盛行，與萬曆末鍾、譚往遊吴越、廣交文友、舉文社等面向著眼，論述鍾、譚如何與吴中詩人元歎締交，並助其邀得時譽之情形：

> 鍾惺在蘇州地區的遊歷有一個最大的收獲，那就是在如雲名士之中發現了徐波這樣一位塵封已久的詩才。……之後，鍾惺特地至徐波浪齋造訪，……顯示了鍾惺對這位三十歲的晚輩詩人青睞有加；別吴之日，徐波送至虎丘，鍾惺有詩贈別，殷殷寄予厚望。就在此際，他欣然爲徐波作詩序傳之於世而使其有詩名。〔二〕

鍾惺序元歎詩，有「予苟於今，亦苟於古，而獨以此一可字許元歎」之語，陳廣宏認爲：

> 這真是鍾惺對人前所未有的高度評價，……如此讚語出自不輕易許人、更不諛順的鍾惺之口，實在值得追究，關鍵的關鍵還在於鍾惺似乎尋覓到了在才質、性情及爲人處世方式上

〔一〕李聖華：《晚明詩歌研究》（北京：人民文學出版社，二〇〇二年），頁一九二—一九九。

〔二〕陳廣宏：《竟陵派研究》（上海：復旦大學出版社，二〇〇六年），頁二七八。

> 與自己有極相中處的儔匹，其相中程度甚至在自己與譚元春之上，……這使得徐波在成爲鍾惺晚年最爲投契的小友之同時，也成了竟陵派在這個時期最爲重要的同志。〔一〕

陳氏此論，表出明亡以前元歎於竟陵派中的地位及意義，乃據元歎《遥祭竟陵鍾伯敬先生》及若干鍾、譚相關詩文推論而來者。而元歎《天池落木菴存詩》載有不少追憶鍾、譚之作，也有與竟陵人士交遊、投贈之什，大可藉之進一步瞭解入清以後元歎與竟陵派的關係。此爲學界未曾著眼的角落，對竟陵派餘波的考察，不無意義。

以明遺民視徐波

清中葉沈德潛《徐先生波傳》有語云：「吴人士或目爲迂人，或目爲詩老，或目爲枯禪，而識者稱爲遺民，庶得其真云。」明白揭出元歎爲明之「遺民」。學者對元歎的遺民身份，向來無置疑者。嚴迪昌《清詩史》於「顧炎武與吴中、秦晉遺民詩人網絡——兼説遺民詩僧」一章中述及元歎，置其於「徐枋等吴門隱逸詩人」的脈絡中討論。〔二〕關於「吴門遺民詩人」，嚴氏説：

〔一〕陳廣宏：《竟陵派研究》，頁二七九。

〔二〕嚴迪昌：《清詩史》（浙江：浙江古籍出版社，二〇〇三年），頁二七五—二七六。

> 明亡以後，吳中地區的遺民詩群無異於一個盤根錯節的隱性社會，他們的生活和生存形態爲中國隱逸文化的研討提供著極豐富的史實，對詩文化的審視當然也别具價值。〔一〕
>
> 如果説「逃之盟」是曾經以集群形態存在過的一翼，那麽，如徐枋以及在他的《懷人詩》、《懷舊篇長句一千四百字》、《五君子哀》等詩中提到的一批呈散點狀態的遺民詩人，則是近於枯禪式守志固窮者的另一種類型。〔二〕

嚴氏以徐枋爲吳中隱逸詩人的典型，而循著徐枋懷人懷舊之作論及元歎，説「徐波詩屬竟陵一派，清淒入骨」。〔三〕其評元歎《宿弁山積善寺同周處生作》中「霜蔓懸瓜重，風庭聚葉圓。殘燈連曙鳥，衆響入鳴泉」二聯云：

> 心魂危懸，形如風葉，殘燈枯樹，心似亂泉，詩人提供的是一種獨異的審美色調，又是三吳遺民普遍心態的表露。〔四〕

嚴氏對明亡以後吳中遺民詩人群性格的勾勒自不無見地，而「枯禪式守志固窮者」，亦學

〔一〕嚴迪昌：《清詩史》，頁二六九。
〔二〕同前注。
〔三〕同前注，頁二七五。
〔四〕同前注，頁二七六。

者對元歎的普遍認識。但有必要追問的是，元歎入清以後詩作，究竟有多少遺民成分？其「遺民性」是深是淺？相對於與元歎合論的徐枋、姜埰、歸莊等人，其異同又何在？且竟陵詩風與遺民詩人詩作相提並論的合理性基礎爲何？

夷究其實，嚴氏據以論述元歎的材料似不出《徐元歎先生殘稾》（甚或僅以諸志傳、詩選等材料爲據亦不無可能），而元歎刻於明天啓末之《浪齋新舊詩》已收入《宿弁山積善寺同周虛生作》一首，嚴氏「遺民」云云，恐屬想當然耳，㈠且全詩實在看不出遺民之思的具體表現。再進一步言，元歎詩結聯云：「愛此清虛夜，與君得晏眠。」不無閒適自在之感，嚴氏「心魂危懸，形如風葉，殘燈枯樹，心似亂泉」之描畫，也大有斟酌的餘地。不過，筆者於此，其實無意檢討嚴氏對元歎詩的「斷章取義」或過度詮釋，只欲循此指出，藉著作期幾乎涵蓋順治一整朝的《天池落木菴存詩》，研究者今後可以比較具體、深入地探論元歎的思想與感情，理清元歎「遺民」之稱的實質內容與意義，並深化吾人對清初「遺民」與「遺民詩」的認識。

㈠　此外，刊行於崇禎十七年（一六四四）之《明詩平論（二集）》（臺灣中研院傅斯年圖書館藏本）卷十四收録徐波此詩（題作《宿弁山寺同周虛生》），亦可證此詩實作於明亡以前。

錢謙益袒護的竟陵派詩人

明清之際，錢謙益攻訐竟陵派不遺餘力，斥之爲「亡國之音」、「詩妖」。〔一〕元歎其人其詩屬竟陵一脈，此世所共知者，而錢氏對元歎卻從無批判、譴責之辭，反而賞讚不已。這個矛盾的現象該如何解釋？嚴迪昌於《清詩史》中説：

> 徐波詩屬竟陵一派，清淒入骨。與前述諸家宗旨殊而心相通，乃時代使然之典型例證。故錢謙益也不能貶一言，反而贈詩稱：「天寶貞元詞客盡，江東留得一徐波！」〔二〕

李聖華《晚明詩歌研究》在探討元歎《徐元歎先生殘稾》中馬士英的序文時論道：

> 其實，馬、錢痼疾即在名利薰心。徐波的淡泊名利，使他在明末保持個體清醒，鼎革後保持個體獨立，作爲孤節遺民，徐波憔悴苦隱，《落花》吐寫孤情……。錢謙益攻訐竟陵鍾、譚，但對徐波特加推重：「天寶貞元詞客盡，江東留得一徐波。」無論出於鄉情私交，還是出于文學批評家的良知，這確實在一定程度上反映了徐波的詩歌成就。〔三〕

二氏之論，總結了兩項原因，即「孤節遺民」以及「鄉情私交」，以之理解錢氏何以痛砭竟陵

〔一〕可參拙文：《錢謙益攻排竟陵鍾、譚新議》，《牧齋初論集》（香港：牛津大學出版社，二〇一八年），頁一—四二。

〔二〕嚴迪昌：《清詩史》，頁二七五。

〔三〕李聖華：《晚明詩歌研究》，頁一九九。

鍾、譚，而獨袒護吴門竟陵巨擘元歎。二氏之説入情入理，自有見地。然而，除此以外，設若我們不故步自封，不自囿於「竟陵」、「遺民」、「鄉情私交」的視閾，也許我們還可以探問，元歎詩在竟陵一體以外，是否尚有他體（與其竟陵詩風並行者），因而赢得錢氏的青睞與讚譽？或者，也不妨如此考量：錢氏固知元歎以竟陵體名家，但因徐詩尚有别種風貌，故其對徐氏推許不置？

四、徐波研究進一步的開拓

元歎之《浪齋新舊詩》、《天池落木菴存詩》及相關文獻有豐富的研究價值，試舉數端如次：

可供探論徐波其人其詩於明季清初文學生産場域（field of literary production）中升沉的原委

如上文所述，元歎有詩名於時，衆口交譽。然而，令人費解的是，元歎其人其詩終究如曇花一現，後世知之者甚尠。元歎可説是一位被歷史遺忘了的詩人。也許，元歎可爲我們提供一個研究個案，探論明清之際詩人如何獲得大名、其活動及影響範圍，以及爲何淡出於後世的記憶。此一研究方向，關乎明清之際文學生産場域的種種構成條件與能量；詩人作爲行動者(agent)的特徵；以及明清詩學風氣的嬗遞與轉移。

可探究《浪齋新舊詩》、《天池落木菴存詩》之文學、詩學與時代意義

重新發現、閱讀《浪齋新舊詩》、《天池落木菴存詩》及相關文獻，無異於重新發現明清之際詩人徐元歎。晚清以降，學人只能讀到元歎載於《徐元歎先生殘稾》的四十餘題詩，而《浪齋新舊詩》、《天池落木菴存詩》及編者所收集的元歎集外詩在數量上幾爲《徐元歎先生殘稾》的廿倍，爲研究者提供了相對豐富的素材。《新舊詩》爲元歎於晚明萬曆四十七年至天啓七年八、九年間之作；《存詩》所收詩，則爲其入清後順治四年至十八年間之作，涵蓋時段約爲順治一整朝。可以説，元歎此二集詩保存了由明入清一吳地詩人的思想、情感與生活經驗。學界過去對元歎的認識相當片面，或目其爲「明末竟陵派吳門四詩家」之巨擘，或只知爲錢謙益之同輩摯友，或視其爲隱士、枯禪，或稱其爲明之遺民，惟此種種稱謂背後的實質意義爲何，過去因其詩集不傳，文獻不足，無從考論，而現在通過本書，可較多元、深入地研究元歎其人其詩了。此一探論方向，涉及明清之際竟陵詩派於江南吳中一帶的傳承與演變，錢謙益虞山詩派之交遊網絡，以及詩人徐元歎於易代之際的生存經驗及其詩作的特色與意義。

可探論錢謙益與徐波之交誼及此於錢謙益研究之意義

常熟錢謙益與蘇州徐元歎年齒相近，虞山去吳城才百里，錢與徐乃由明入清垂數十年之摯友、法侶，二人情誼，至老尤篤。元歎又爲「竟陵派吳門四詩家」[一]之一，瓣香鍾惺。錢謙益於明季清初，攻排竟陵鍾、譚最力，詆之爲「詩妖」、「亡國之音」，而檢錢氏諸集，卻從無嚴言苛詞及於元歎，反而對徐推獎極至。這是一個頗堪玩味的現象。先於筆者，清乾隆朝沈德潛已置疑於此，云：「元歎少年任俠，後工詩，之楚中，交竟陵鍾、譚二公，晚歸老落木菴，以枯禪終。生平詩近鍾、譚體。牧齋痛貶鍾、譚，而於元歎獨許之。」[二]我們有必要思索錢氏作爲明清之際文壇宗主之批評立場及其詩學主張，以及考慮，元歎詩雖云近竟陵鍾、譚體，其作有無逸出竟陵「深幽孤峭之宗」（錢氏語）而爲錢氏可以接受並欣賞者。此一探論，關係到元歎詩歌的創作實踐及特色，以及錢氏虞山詩派與鍾、譚竟陵派調和之可能。

可考論徐波與明清之際名僧及居士之交往以及徐波禪居禪修之具體情況

明清之際時人有以「枯禪」目元歎者，此固不無道理，蓋元歎確係虔心學佛之人。但我們要是想像元歎隱居深山，影單形隻，鎮日掩關禪修，不問人事，則謬矣。元歎之同道

〔一〕〔清〕沈德潛選編，李克和等校點：《清詩別裁集》（長沙：岳麓書社，一九九八年），卷六，頁一八三。

法侶甚夥，屢屢現身其詩文中。覽之，可見元歎與彼等往來密切，相互訪晤，同遊共修，樂也融融。本書「唱酬題詠」部分，即輯有蒼雪讀徹、弘儲繼起、僧鑑曉青等題贈元歎之詩，可參看。又如《南來堂詩集》附録二引《宗統編年》一則，略云：「［弘］儲住靈巖。每歲二三月間，草花滿田野。八九月間，白雁清楓天氣。一竹輿由中峰而天池，飯于落木。故儲輓辭有『寥寥今古幾知心，慚愧虔公與道林』之句。」[一]吾人覽此，不難想像元歎與諸法友之交遊情況。

通過《浪齋新舊詩》、《天池落木菴存詩》及相關文獻，我們可以在一定程度上重構吴地一特定佛教社群的交遊網絡，瞭解他們的互動方式、修行的具體内容、日常生活的點滴及所思所感。元歎此二集詩，可說是其禪居禪修的「手記」(journal)，也是明清之際吴中禪林的一份重要文獻。

五、本書編撰分工説明

本書由謝正光教授及筆者合作編撰而成。元歎詩集原文的編輯、標點、校訂，以及本

[一] 王培孫輯注：《王氏輯注南來堂詩集》(臺北：鼎文書局，一九七七年)，附録卷二，頁四A。

書的整體編次、文字統整，由筆者承乏。「箋釋」部分，主要由正光教授負責，對詩中涉及的時、地、人、事加以考釋，並提供不少相關文獻，以期爲讀者進一步研究元歎其人其詩，奠下一定基礎。此外，「徐波集外詩」、「徐波文輯佚」、「唱酬題詠」三部分，由正光教授及筆者合作完成。

本書得以出版，華南師範大學蔣寅教授、復旦大學陳廣宏教授、上海古籍出版社張旭東先生給予了大力支持與幫助，謹此深表謝忱。上海圖書館古籍部諸先生、女士亦襄助不少，謹此致謝。本書之整理，門人陳建銘君、胥若玫君、范雅琇君、鄭淇丰君等協助編輯、收集材料、校對，貢獻良多，在此也一併謝過。

二〇一九年秋嚴志雄識於香港中文大學

浪齋新舊詩

目録

【一四三】吴中數十年來，盛傳楞伽山八月十八夜一串月。余年三十七矣，未嘗一見。儕輩商度，或云從寶帶橋外出，數有七十二。此横説也。或云葑關外極饒溪港，是夜月出其方，光影相傳，望如塔燈。此豎説也。然亦意如阿閦佛國，裁一現耳。今歲丙寅，秋宇澄霽。適李長蘅、周安期輩，蓄意而往。少憩紫薇村黄君兆家，薄暮登山。月出較遲，列坐靈官殿庭，遠水縱横，昏昏莫辨。更餘孤魄漸升，從溪港一一現形，分身無數，始大異之。二更後益奇。總之，所謂玉塔者近是，向之横豎，俱不足言。遊人匆遽而返，亦未盡其變也。別後各紀一詩，余寔首唱……一七一

【一四四】望齊門之有金井也，菴以此名焉。自宋迄今，廢而復置。亡僧荼毘後，皆得藏骨其中，佛之遺教也。昔世尊滅度，飛天夜叉與諸天奪取頂中舍利而供養之。故知至人髮毛爪齒，皆能利益一切有情，況井中之骨，具足三世僧寶？是不可以無述。余與中峰汰法師、本菴處凝師、詞人顧青霞爲唱導

鍾惺序

滿者，即可之義也。予於今古無所不苟，而獨以一可字許元歎。元歎今年三十耳，其後未可量，得此豈不自晝乎？予亦何雠於元歎而晝之哉？去歲友人范長倩曾示元歎《嘯樹編》，亟稱其才情風華之美，而予惜其太俊，不敢遽以爲可。今未逾年，而予言如是。元歎，一人之身耳，予何前刻而後寬也？其故可思也。

時萬曆己未〔一六一九〕臘月五日竟陵友弟鍾惺書於吴門舟中。

〔箋〕

萬曆己未臘月五日，合公元一六二〇年一月九日。

鍾惺（一五七四—一六二四）《隱秀軒集》卷十七《徐元歎詩序》云：

惺論詩，人罪其苛，苛于今，亦苛于古，此物論也。詩之所必可，而吾必以爲不可，斯之謂苛。夫詩之所必可，而吾必以爲不可，彼之可者自在，不恕於己而無損於人，惺雖愚不爲也。惺論詩亦求其可而已。唯是惺之所不敢遽以爲可者，乃世之所謂可，而非詩之所必可者也。此苛之罪所由來耳。予讀人詩，雖一字一句之妙，師之，友之，愛之，敬之，必誠必信；乃亦有妙至于一篇一部，而予猶覺未滿志者。理數機候，人問予，予自問，皆莫能知。

深思力求，俟其時之自至，故之自明而已。予讀元歎詩，不必指其妙處何在，但覺一部亦滿，一篇亦滿，一句亦滿，一字亦滿。滿者，即可之義也。予苛于今，亦苛于古，而獨以此一可字許元歎。元歎今年三十耳，其後未可量，得此豈不自畫乎？予于今古人無所不苛，而獨以一可字畫元歎，予亦何讐于元歎哉！去歲友人范長倩曾示元歎詩，亟稱其才情風華之美，而予惜其太俊，不敢遽以爲可。今未踰年而予言如是。元歎，一人之身耳，予何前刻而後寬也？其故可思也。

二本長短不一，交集處亦頗見異文，而以《隱秀軒集》本較爲詳審。又：二本中均及之「友人范長倩」者，名允臨（一五五八—一六四一），字至之，號長倩，又號長白。蘇州吴縣人，萬曆二十三年（一五九五）進士，官至福建參議。汪琬（一六二四—一六九一）《堯峰文鈔》卷十《前明福建布政使右參議范公墓碑》稱長倩「平時尤工書法，遠近購其書者，雖寸縑尺幅，悉藏弆以爲珍翫，與華亭董文敏公齊名」。又云：「公歸而築室天平之陽，徙家居之。日夜流連觴詠，討論泉石。數與故人及四方知交來吴者往還遨宴山水間。」有《輪寥館集》八卷。范長倩，又見集中第【四十九】、【一二六】題詩。

鍾惺，字伯敬。《明史·文苑傳·鍾惺傳》云：

惺，字伯敬，竟陵人。萬曆三十八年進士。授行人，稍遷工部主事，尋改南京禮部，進郎中。擢福建提學僉事，以父憂歸，卒於家。惺貌寢，羸不勝衣，爲人嚴冷，不喜接俗客，由此得謝人事。官南都，僦秦淮水閣讀史，恒至丙夜，有所見即筆之，名曰《史懷》。晚逃於禪以卒。

自宏道矯王、李詩之弊，倡以清真，惺復矯其弊，變而爲幽深孤峭。與同里譚元春評選唐人之詩爲《唐詩歸》，又評選隋以前詩爲《古詩歸》。鍾、譚之名滿天下，謂之竟陵體。然兩人學不甚富，其識解多僻，大爲通人所譏。

元春，字友夏，名輩後於惺，以《詩歸》故，與齊名。至天啓七年始舉鄉試第一，惺已前卒矣。

據鍾惺《隱秀軒集》附録二《鍾惺簡明年表》，鍾伯敬初晤徐元歎於范長倩席上，時爲萬曆四十七年（一六一九）冬。鍾惺與元歎交遊略述如下：

萬曆四十七年己未（一六一九），（鍾惺四十六歲，徐波三十歲。）鍾惺與徐波於范允臨（長倩）席上識面，一見如故，時近歲暮。前此一年，鍾從范允臨處得讀徐波詩，多所賞識。

萬曆四十八年（光宗泰昌元年庚申，一六二〇），（鍾惺四十七歲，徐波三十一歲。）三月，鍾惺弟恮至白門，旋病作。四月十四日，恮病甚。徐波應鍾招，於十五日馳至白下。鍾惺《家傳》載：「三月，弟來視予。南都人士聞弟來，争相逢迎，共爲詩文。而弟病吐血，至四月十四日，病甚，聞友人徐元歎約見訪，作《病中念徐元歎將到》詩，遂爲絶筆。五月五日，竟不起，時年三十有九。」（見《隱秀軒集》，卷二二，頁三八六—三八七）

其年端午日，㭿死。徐波於㭿卒前一日已歸吴。此次徐波往南京，以四月十五之夕抵，五月四日回，勾留約共十九日。期間，鍾徐無多詩酒唱和，蓋非其時也。

天啓三年癸亥（一六二三），（鍾惺五十歲，徐波三十四歲。）三月，鍾惺抵吴門，與徐波晤，逗留約十餘日，至三月十五日前後尚在吴。期間鍾徐等夜訪瑞光寺，繞塔，各有詩紀之。鍾與商家梅訪徐波浪齋，留宿。鍾命家梅以宋紙作畫，留贈徐波，鍾徐有詩紀之。徐波又曾示鍾惺已藏《周武王扇暍圖》。鍾與徐送别商家梅歸閩，至閶門西，夜泊楓橋，鍾爲題徐波扇頭小影，有「杯酒入脣，肝腸磊塊，思以頸血濺人」之語，讀之頗可想像徐波血性一面。相送至無錫，各歸去。

無錫别後不久，徐波即有爲鍾惺焙岕茶之役，有詩紀之。此後二年春夏之交，徐波例爲鍾惺精心製茶，或郵楚，或鍾遣僕來取。

天啓五年乙丑（一六二五），（鍾惺五十二歲，徐波三十六歲。）四月八日，鍾惺遣僕自竟陵至吴門訪徐波。四月廿三日，徐從包山歸，鍾遣入吴「茶使」已在候，得鍾詩、文、書及禮物。本年茶事詩文最盛。

鍾惺《自跋茶訊詩卷》述與徐波茶事因緣，内云：「人笑其迂，不知其意不在茶也」。又云：「予與元歎，吴楚風煙，淼然天末，以顧渚一片香爲鴻魚之路，往返間書可必得，如潮信之不爽」，知其藉茶事以維繫與徐波之友誼也。

六月廿一日，鍾惺卒於里，享年五十又二耳。十二月廿二日，徐波確知鍾惺死訊非訛傳。

廿七日，於浪齋中設祭哀悼鍾惺，有《遥祭竟陵鍾伯敬先生文》，情深意重。又有《歲暇雜感》五首，詩其三後自注：「悼鍾伯敬也。」

天啓六年丙寅（一六二六），鍾惺殁後一年。

五月初二日，徐波所購岕茶到。五月初八日，設鍾惺靈位致祭，又作祭文一首。六月廿日，有《六月二十夜涼久坐，明日爲鍾先生忌日，將修薄祭》詩，知徐於鍾忌日將又設祭也。

天啓七年丁卯（一六二七），鍾惺殁後二年。

冬，徐波序刻《鍾伯敬先生遺稿》四卷於蘇州，有序。

鍾惺，又見集中第【十九】、【二〇】、【二十二】、【二十四】、【二十七】、【三十二】、【三十八】、【三十九】、【四十三】、【六十五】、【六十七】、【六十八】、【六十九】、【九〇】、【九十一】、【九十二】、【九十三】、【九十四】、【九十五】、【一一八】、【一一九】、【一三九】、【一四八】、【一四九】、【一六二】題詩；另見《天池落木菴存詩》（下稱《落木菴存詩》）第【二十九】、【六十一】、【一八九】題詩。

譚元春序

得讀《采葹》、《就删》二稿，兼知其志想之清以深也。早知姑蘇有元歎，何以兩過虎丘，蒙頭不一上也，悔極矣！嘗言詩文之道，不孤不可與托想，不清不可以寄逕，不永不可與當機；已孤矣，已清矣，已永矣，曰如斯而已乎？伯敬以爲當入之以厚，僕以爲當出之以闊，使深敏勤壹之士，先自處於闊之地，日游於闊之鄉，而後不覺入於厚中。一不覺入於厚中，而其孤與清與永自出焉。乃知孤與清與永，非我能使之然也。千金之子，儲之有餘，用之不惜，而其中有一學道去塵之見，不得不出於蔬食者也。常就其家而食之，彼有餘蓄，不惜用之，兩意已散見於清齋之中，各具於食者之心矣。若元歎今日之詩是也。遠村獨坐，目無所覩，本不當談此，然使絶國之人，終日懷思中國聲名、文物、衣冠之盛，或一念其所缺所須，欲歸而言之元歎者，是我歸處也。非斯人，我誰與言？

竟陵友弟譚元春頓首拜箋。

〔校〕此文收入《譚元春集》卷三十一，題《徐元歎詩序》，文末署名缺。

〔箋〕

譚元春（一五八六—一六三七），又見集中第【三十七】、【九十二】、【九十八】、【一四九】、【一五九】題詩，另見《落木菴存詩》第【六十一】題詩。

董斯張敘

今人議七子後，動稱性情詩。問渠性情是何物，罔措矣。吾嘗語王亦房：「識得性情兩字，一生吟咏事畢。」亦房往，吾病且廢，恨未獲死心禪悦，極文字之原，每下語如隔羅縠。今日讀元歎所寄詩，真能爲性情詩者也。或謂法不孤起，元歎非台宕不踐，非耆宿不參，那得無此微言？然此亦目論也。藉衣素化緇之士，强坐之匡廬雲浪百許日，令摇筆措元歎一語，可冀哉？興公賦，古來以爲美譚，吾以此傖父習心未除，摹幽繪勝，猶拾人眉眼邊事，末路墮漆園煙霧中，不能不避元歎一頭地，况餘子耶？元歎他詩亦無致不超，水泉在山，寒吹潛赴，讀之善喜者歛，善怒者平，一唱三歎，縛解擾息，穆然遠視，如見其人。無元歎之妙指，而欲求元歎之妙絃，自此遠矣。

乙丑秋九月友弟董斯張撰。

〔校〕　此文又見董斯張《静嘯齋存草遺文》，題作《徐元歎詩小敘》。異文如下：此本「藉衣素化緇之士」，董本作「藉衣緇之士」；「匡廬雲浪」，董本作「匡廬雪浪」；「水泉在山」，董本作「冰泉在山」；董本之文末署名缺。

〔箋〕

乙丑，合天啓五年（一六二五）。

董斯張（一五八七—一六二八），原名嗣章，字然明，號遐周，又號借菴。浙江湖州人，監生。有《静嘯齋存稿》十二卷《遺文》四卷、《吴興藝文補》七十卷行世。

錢謙益（牧齋，一五八二—一六六四）《列朝詩集小傳》丁集下「董秀才斯張」云：

斯張，字遐周。歸安人。故宗伯份之孫也。少負儁才，爲同里吴允兆所許，長與吴門王亦房賡唱。善病，藥盌不去口，喀喀嘔血，猶伏床枕書。年未四十而卒。撰《廣博物志》四十卷。

遐周子説，字若雨（一六二〇—一六八六），出太倉張溥門。明亡，棄諸生。順治十三年（一六五六）削髮蘇州靈巖，侍繼起弘儲（一六〇五—一六七二），僧名南潛，字月涵。主古堯峰寶雲院。有《風草菴詩集》、《前集》、《文集》、《寶雲詩集》行世。參《落木菴存詩》中元歎與繼起唱酬諸章箋。

董斯張，又見本集第【一三五】、【一三八】題詩；另見「集外詩」。

王亦房，又見《落木菴存詩》第【三〇八】題詩。

沈德符敘

詩者，持也，持世之物也，何世人敢易言之？人品詩品，從來相配，於晉得一陶徵士，雖亦染指秫田，攢眉蓮社，而蕭遠遒上之氣，激射於五字中。至於倚䍲奇傲，揮杯勸影，尚屑見鄉里小兒哉？唐至末季而生陸天隨，詩更大振，「羽書催部曲」、「裘褐傲羲皇」，亦似遭逢世難，侘傺無聊，逃生於筆牀茶竈間耳。而弔梁鴻、悲慶封，感寄抑何深遠？林君復起宋盛時，詩格已降，然妻梅子鶴，逸韻干霄，一曲西湖，芬馥千古。三君子皆士而不仕，以丘樊下視觀闕，不啻唾若糞土；又皆生長江南，老於醲山嫩水之間，京國緇塵，曾不染其衣袂，蓋福力與學力兼之。吾友徐元歎氏，蔭藉高華，其門閥與長沙等，乃胸懷之潔，食息之廉，至籬有花，瓶無粟。家在臨頓里中，正傍魯望故居，草木蓊茂，市塵畢絶，并皮從事唱和，擯不酬答。每操小舠，過虎林，訪孤山遺址，尋玉簪遺蜕，恍遇其人。其於詩道已屢變，變愈入深，大抵去肉存骨，去骨存髓，去髓存神。禰尊陶，弟蓄陸，至逋仙則姑舍是。年今方富，疏帖括而親梵夾，周妻何肉，幾於竝謝。天塹以北，即春駒甚熟，未嘗一夢誤游焉。宜其筆墨之性，可僊可佛，而斷不可入俗人評，受貴人賞。持此持世，當今肉食者、皮相者，貌腴而中枯者一一竄匿。若問元歎何品，則請識其人，任分其一二，便成當今名士。

或未暇裹糧，則有此詩在，并三君子著述合觀之可也。

社弟沈德符。

〔箋〕

沈德符（一五七八—一六四二），字景倩，又字虎臣。浙江嘉興人，萬曆四十六年（一六一八）舉人。著有《清權堂集》、《萬曆野獲編》。錢謙益《列朝詩集小傳》丁集下「沈先輩德符」云：

德符，字景倩，嘉興人，故太史自邠之子也。自王、李之學盛行，吴越間學者拾其殘瀋，相戒不讀唐以後書，而景倩獨近搜博覽，其於兩宋以來史乘別集故家舊事，往往能敷陳其本末，疏通其端緒。家世仕宦，習聞國家故事，且及見嘉靖以來名人獻老，講求掌故，網羅放失，將勒成一家之言，以上史館，惜其有志而未逮也。其論詩宗尚皮、陸及陸放翁，與同時鍾、譚之流，聲氣歙合，而格調迥別，不爲苟同。年四十，始上春官，累舉不得第而死。

朱彝尊（一六二九—一七〇九）《明詩綜》卷六十一沈德符小傳後詩話云：

孝廉生稟異質，日讀一寸書。所撰《萬曆野獲編》，事有左證，論無偏黨，明代野史，未有過焉者。其詩寧取公安、竟陵，欲盡反歷下、瑯琊之弊，故多豔字側辭，雪颯星碎，未免病於才多也。

沈德符，又見本集第【二十七】、【一一二六】題詩。

馬士英序

古人之善爲詩也，非盡以其才也。則才人之不善爲詩也，亦非盡其才之罪也。何也？根不静而神躁。不静則浮，躁則粗，粗浮無當於人，而當於詩乎哉？夫才者，世俗之所炫，而至人之所不屑居者也。才大而無以養之，猶足爲患，况乎其無所有也？故山水花鳥，皆含妙理，冥心玄對，猶恐失之，而麴糵閨帷之趣，酒淫色癖者，覿面錯過，而幽人老衲，從旁摹寫，反入精微。則詩之爲用可思矣。若吾友徐元歎，則今之静人也。天性本静，而學以充之，故其發而爲詩，淵然穆然，和平温厚，不惟離近人之跡，并化其才人之氣。然予去歲讀元歎詩，則《就刪》妙於《采𧖪》，而讀近日詩，又妙於《就刪》。學益深，則道益進，根益静，則神益恬，詩之機候日新而不自知矣。嗟乎！静而無才者，與詩絶者也；才而不静者，與詩隔者也。吾言不信，請以元歎證之。

天啓元年辛酉五月端陽前三日友弟馬士英撰。

〔校〕

本文又見《徐元歎先生殘稾》（下稱《殘稾》），收入《滂喜齋叢書》），「冥心玄對」，「玄」作「元」。

〔箋〕

天啓元年辛酉，合公元一六二一年。

馬士英（一五九一——一六四六），字瑶草，貴陽人。鍾惺於萬曆四十三年（一六一五）典貴陽鄉試所得士。萬曆四十七年（一六一九）進士。崇禎間累官右僉都御史、兵部侍郎。甲申京師陷，士英等立福王於南京。升東閣大學士，加太保。與阮大鋮（一五八七——一六四六）相結，專權獨斷，大事報復。清兵破南京，奔杭州。事露，遁入天台山，爲家丁綁獻清軍，被殺。事詳《明史》及全祖望（一七〇五——一七五五）《記馬士英南奔事》（《鮚埼亭集外編》，卷四九）。

參本集第【六十四】題《馬瑶草過寓齋談及遼事漫賦》箋；其人又見第【一四〇】題詩。

【一】歲寒雜咏

歲盡不復暮，孤燈情所依。竹虛風總在，巷小屐雙歸。遠夢聊稱隱，奇文可樂饑。先民日在望，豈敢暫相違。

又

風雪送前車，皇天助掃除。揚州三品貢，鄘鴟十年儲。慈父能爲虎，饑民仍是魚。山林亦蕭索，何處隱人居。

又

寶劍如美人，常含冰雪神。空房幾迴看，長夜四無鄰。他日知誰托，千金裘亦貧。隱然一知己，不獨捍風塵。

又

淒涼林下者，于世亦稱人。單寢懸如夢，端居每如賓。松鳴疑隔水，月上過中旬。無物堪爲念，梅花相對貧。

【二】情歸

紅顔歸少婿，喜怒不相猜。無端市駿馬，觀虜向輪臺。别時掩明鏡，照影會雙來。傳聞塞下捷，妾起滌尊罍。

【三】牕外

寒滴夜如鬼，星星欲有言。短夢甚微細，幾迴難出門。卻憶故年時，身在梅花村。

【四】呈鐵山雨公

識君西牖下，曲澗幽濛濛。吾家近水草，雨時與此同。春陰日千里，起望城隅空。林間晏坐者，峰影晝方中。山門松氣肅，水嶼梅花通。齋厨聞索莫，拾菌披荒叢。坐有峨眉僧，秋柳詩最工。苦吟亦我事，相就一燈紅。

〔校〕

本詩又見黄傳祖編《扶輪續集》卷二，「吾家近水草」，「草」作「竹」。

〔箋〕

錢謙益《列朝詩集小傳》閏集「一雨法師潤公」云：

通潤，字一雨，蘇之西洞庭山人。與雪山杲、巢松浸，俱受法于雪浪恩公。雪浪化後，與浸公分路揚鑣，大弘雪浪之道。諸方皆曰：「巢師講，雨師注。」又曰：「巢、雨二師，雪浪之分身也。」雨初置鉢於虞山北秋水菴，將老焉。弘法以後，卜居鐵山，面太湖，負西蹟，眠雲卧月，絶影人間者五載，疏《嚴》、《伽》二經于此，署爲二楞菴。移住華山，又移中峰，示寂葬焉。師狀貌古樸，風規閒雅，樂與方内名士遊處。嘗自誓生生世世居學地，與士大夫相見。程孟陽喜其山居詩，有「山深雲亦好」之句，爲詩寄之曰：「記取山深雲亦好，爲傳問訊到禪房。」其相賞如此。

一雨通潤（一五六五—一六二四）與巢松慧浸（一五六六—一六二一），同侍雪浪洪恩（一五四五—一六〇八），其法子汰如明河（一五八八—一六四〇）、蒼雪讀徹（一五八八—一六五六）弘法三吴，分住華山、中峰。詳見錢牧齋集中爲雪浪、一雨、汰如、蒼雪等所撰塔銘。雪浪、蒼雪皆有詩集行世。蒼雪讀徹輯《華山三高僧詩》，收一雨、汰如、巢松之作。知明末清初賢首宗之僧多能詩。

一雨，又見本集第【四】、【三〇】、【三十一】、【六十五】、【六十七】、【一〇八】題詩，另見《落木菴存詩》第【一三六】題詩。

鍾惺《隱秀軒集》卷四《城南古華嚴寺半就傾頹奇爲清崎同一雨法師徐元歎陳磐生往訪詩紀冥遊兼勸募復》云：

六載秣陵人，自許遊栖熟。所愧城南寺，前此未寓目。懷新快初至，詢仰得前躅。數里聲香中，人我在空緑。金碧感廢興，林岫增幽獨。佛事寄花果，僧意安水竹。微雨灑新陽，羣有俱膏沐。浄地不必言，亦可備登矚。先往勸同心，静者來相續。庶借奔悦情，共爲信施勖。

陳磐生，錢謙益《列朝詩集小傳》丁集下「陳秀才衎」云：

衎，字磐生，閩人。自其父以上五世，皆有集傳閩中。磐生篤學好古，少受業於董應舉，長與徐熥、徐𤊹相切磨爲詩文。老於場屋，好談邊事利害及將相大略。窮老盡氣，不少衰止。嘗自撰墓誌銘曰：「生骯髒負俗，粗讀書，略知文字，著詩賦碑傳雜文四十餘卷，稍行於世。」子濬，字開仲，亦有才名。

【五】早春過文啓美香草垞

當君暇日我能知，不掩雙扉風自吹。樹密只言山隱處，池寒可想水深時。人兼筆墨閒能過，室宇枬檀奥未窺。丘壑但存吾輩賞，經營略遣世人疑。

又

廊虚長似月流光，恨少蕭蕭竹數行。已見分花成别嶼，堪思積水在閒房。山童縛帚心仍急，侍婢牽蘿景太荒。歎息眼中無繼嗣，羨君舍北有空桑。

〔箋〕

本詩當作於萬曆四十七年己未（一六一九）。

文啓美，名震亨（一五八五—一六四五）。鍾惺《隱秀軒集》卷十一《過文啓美香草垞》云：

入户幽香小徑藏，身疑歸去見沅湘。一廳以後能留水，四壁之中别有香。木石漸看成舊業，圖書久亦結奇光。君家本自衡山出，楚澤風煙不可忘。

蒼雪《南來堂詩集》補編卷三上有《甲戌四月八日文起美招集緇素香草垞禮佛》一題，王培孫注引顧苓《塔影園集·武英殿中書舍人致仕文公行狀》云：

弘光元年五月，南都既陷。六月，略地至蘇州。武英殿中書舍人致仕文公，辟地陽澄湖濱，嘔血數日卒。幼子果既長，謀葬公於東郊之新阡，屬公之彌甥顧苓具狀，以請銘於當世大人先生。

公諱震亨，字啓美。七世祖定聰，於武昌侍高皇帝爲散騎舍人。贅浙江，生惠。惠自浙江來，占籍長洲，生成化乙酉舉人淶水教諭洪，洪生成化壬辰進士温州知府林，林生翰林院待詔徵明，徵明生國子監博士彭，彭生衛輝府同知元發，元發生禮部尚書東閣大學士文肅公震孟及公。公生於萬曆乙酉，少而穎異，生長名門，翰墨風流，奔走天下。辛酉，以諸生卒業南雍，流寓白下。明年，文肅公廷對第一，遂慨然稱王無功語，云：「人間名教，有兄尸之矣。」

天啓甲子，試秋闈不利，即棄科舉，日遊佳山水間。尋值逆閹擅政，捕天下賢士大夫，投之獄。文肅公旦夕慮不免，公乃歸故園，侍文肅公。烈皇帝登極，召文肅公還朝。或勸公仕，不應。丙子，文肅公薨。逾年，脂車而北就選人，得隴州半刺。先是以琴書名達禁中，蒙上特改中書舍人，協理校正書籍事務。歷三年，值黃道周以詞臣建言，觸上怒，窮治朋黨，詞連及公，下刑部獄。久之，復職。壬午，奉命勞軍薊州，給假歸里，將以甲申還朝，而有三月十九日之變。事出非常，人情旁午，郡中士大夫皆就公問掌故，謀進止焉。皇帝即位南京，原官召公，時柄國者爲公詩酒舊游，不堪負荷，公亦不爲之下。漸不能容，上疏引疾，奉旨致仕。散員致仕，前此未有也。

公長身玉立，善自標置。所至必窗明几净，掃地焚香。所居香草垞，水木清華，房櫳窈窕，闤闠中稱名勝地。致仕歸，就東郊水邊林下，經營竹籬茅舍，未就而卒。今即其地爲新阡矣。元配王氏，故徵君王百穀先生女孫，生子東，郡諸生。側室生子果，能詩畫，世其家學云。

錢謙益《列朝詩集》丁集下「王秀才留（附見文舍人震亨）」云：

亦房之妹婿文震亨，字啓美，待詔之曾孫，閣學文起之弟也。風姿韻秀，詩畫咸有家風。爲中書舍人，給事武英殿。先帝製頌琴二千張，命啓美爲之名，又令監造御屏，圖九邊阨塞，皆有賞賚。踰年請告歸，遇亂而卒。

阮大鋮《詠懷堂集·和韻酬文啓美見贈》云：

銷憂未敢效群公，白石狂歌意亦雄。慵寄眼光牛背上，全休生計蟹螯中。閒吟江畔楓初落，澹思籬間菊幸同。賴有青山酬賦客，蕭晨莫放酒杯空。（其一）

高秋極目雁賓時，江外風煙不可知。犢鼻自憐聊復爾，鴟夷不醉亦奚爲。餐將青葯心徒苦，枕到黄粱夢已危。遥憶洞庭今宛在，坨邊香草繫予思。（其二）

【六】夜寒與劉石君、陳伯迎叩達公河畔禪居

月斜道少人，風吹旛獨舞。入户燈光微，古佛爲之主。斧冰析寒薪，茗椀味餘苦。城上雙椎鳴，歸途各自取。

〔校〕

本詩又見《殘稾》、《晚晴簃詩滙》卷十五。

〔箋〕劉石君，又見本集第【五十四】、【七十二】、【一三三】、【一五二】題詩。

【七】同沈子敘觀梅太湖之槎山

寺門花遠近，我到只如還。留滯人煙外，低迴牕户間。林風不妄動，落月未能閑。養就莓苔質，年來常出山。

〔箋〕徐傳編、王鏞等補輯《光福志》卷二「山」載：

茶山，一名繡裘山，又名槎山，……在西磧之左，彈山之右。高不二仞，廣不二十步，狀類土阜而通體皆石。南去太湖百步，六浮小峰，若杯楪在案。

槎山，又見本集第【十四】、【三〇】、【五十五】、【五十八】、【一五一】題詩。

【八】獨居苦雨書示友生

出游已恨水煙窮，遂少芳菲媚屢空。門掩不離春雨內，夢寒常在落花中。別時渡水城陰晚，幾日鄰家柳色通。躍馬相尋誰便得，擁書長歎想能同。

〔校〕

本詩又見《殘稾》。

【九】新晴同友竹堂寺看花逢李越石

我出子須隨，晴遊無定期。城中此樹古，雨後有人思。且住當微月，方歸猶在枝。悠悠竹林下，把臂君爲誰。

〔箋〕

李長琨，字越石，庠生。性孝友，旌獎善人。能詩善書，狂草尤妙。見《（咸豐）重修興化縣志》卷八。

【一〇】新齋五咏

移石

聚石取形似，主人性所嫻。牆虚風影换，雨久蘚痕還。種藥兼客土，閉門移故山。端居亦自媚，無乃號游閒。

分林

庭陰日以厚，蒙密更分栽。林徙煙相失，巢移鳥亦猜。枝柯各自見，風雨庶能來。無忝稱幽客，臨牕第一回。

種竹

一叢荒砌下，宛在澗之濱。日對令人瘦，風吹見汝真。隔牕摇静夜，望雨動經旬。終老無儔侶，依依願結鄰。

石塔西山野寺中物。一佛趺坐，甚朴。長三尺。取爲齋中清玩。

寺門積松翠，石塔委牆陰。一佛定中相，昔人傳遠心。閒齋念古物，晚歲出寒林。願以空爲喻，無勞惜別深。

雜花

小草映何限，晴思暖自薰。徵名搜藥譜，簇綵鬭春裙。雜贈留爲念，紉芳恨失群。蘭蘭知遇晚，不敢恨郎君。

【十一】白蓮

葑溪水面絶浮埃，花葉芸芸望未迴。虢國粧輕游暑散，西施酒醒涉江來。野橋夜静月相照，古岸人稀風自開。不許乘秋摇落盡，廬山社裏會分栽。

【十二】捕魚

無憂鼓枻走風煙，行盡蒹葭純是天。千頃鱠材供下箸，連朝魚市苦論錢。泊時枯柳孤鴟立，卧見群峰一雨傳。暮色已深歸去否，滄浪歌曲最相牽。

【十三】再宿包山蔡居士湖上居

湖山相與晚，秋館自多陰。黄葉悲遺老，孤燈攝夜心。蘆花月上易，水邑雁來深。彷佛當年事，情生不自今。

〔校〕

本詩又見《殘稾》，另見《晚晴簃詩匯》卷十五。「水邑雁來深」，《殘稾》作「水色雁來深」。

〔箋〕

包山，在蘇州洞庭西山。有包山寺，又名顯慶禪寺、包山精舍。寺始建於梁大同二年（五三六）。錢謙益《牧齋有學集》卷四十一有《重建包山寺大殿募緣疏》，敘該寺之始終甚詳。文云：

西洞庭包山寺，在林屋洞之陽。西山故有十八招提，兹寺獨占包山名，舉其勝也。寺創于梁天監，再盛于唐會昌。宋慈受深禪師，以雲門遠孫，卓錫于此。自時厥後，成壞不常。崇禎己卯，中吴明公過訪遺跡，殿後荒榛中，得小石碑，刻深師畫像及自贊云：「老來無地可棲身，一菴聊寄包山下。」恍然悟三世往來如臂屈伸之旨。于是命其徒達鎔，專勤葺構，造禪堂五楹，以安清衆。惟大殿上雨（按：「雨」當作「兩」。）旁風，梁陊棟泐，金容寶座，日就崩壓。將建鼓以號于四衆，懼弗吾應也，于是偕其徒腰包扣余，以唱導之詞爲請。

余惟末法凌夷，教海湮塞。吴中巢、雨、蒼、汰，爲雪浪之子孫。賢首一燈，殘膏再焰。明公實汰師高足弟子，當盲禪塞路之時，守玄鏡一綫之緒。缺月孤圓，半珠自耀。風雪當門，隱然有重寄焉。吾進而與之談，心言易直，教義明了，居然尊宿也。不踞曲盝床，不執象牙扇，陰林席箭，木食澗飲，誦深師之贊，包山終老，一菴寄身，欣然有餘味焉。龍樹不云乎：「利養法如賊，壞功德本。利養名聞，如天恶雹，傷害五穀，壞功德苗，令不增長。」今之豎椎拂、建旛幢者，其不違身子四食之戒者尠矣。白黑之徒，有志弘護者，其將以是師旌覺路，轄法輪也。恱是舉也，安得而不從？大迦葉往須彌頂，撾銅楗椎，音聲徧至三千大千世界。兩洞庭地幾踰繕那，烝徒讙呼，金碧湧現。彈指聲聞，豈待桴鼓，有不起于座以須之耳。

余往歲遊東山，遥矚縹緲峰而歸，如三神山有風引之不得至。今將候斯寺落成，單持至止，罨飲執爨，依明公以老焉。金庭玉柱，實聞此言矣。

包山，又見《落木菴存詩》第【一五二】題詩。

【十四】 槎山菴尋碧上人不遇

短松行不盡，牆缺亦通人。古屋西風破，小池寒菜新。客來燈是主，葉落寺無鄰。夙有營巢意，低迴繞砌頻。

〔校〕

本詩又見《殘稾》。

〔箋〕

碧上人，即寒碧上人。《九華山志》卷八「志餘門」云：

楚寒碧上人，自竟陵入九華。譚友夏弟元聲，字韻遠，爲書導之於貴池劉徵君。寒碧名僧，能詩，有《遊九華》數章，今不傳。

寒碧上人，又見《落木菴存詩》第【六十一】題詩。

槎山，又見本集第【七】、【三〇】、【五十五】、【五十八】、【一五一】題詩。

【十五】 同沈子敘、陳伯迎觀上方隖松樹

記此夕陽山，澗底佳松樹。遠籟聞流水，荒草成行路。同遊歎不經，幸我習其素。紛

糾誰可尋，低迴久始悟。無人日月長，有時風雨怒。亭亭舞不休，夜寒心獨苦。

【十六】胡白叔得子歌

曰余少小無耽悦，一草一木爲臣妾。詩窮未已詩種絶，仰面看天常面熱。山中夫婦囁冰雪，五十生兒直似掇。善善不欲止其身，此意如聞天與説。從此老夫更多事，憂及他年梨與栗。

〔箋〕錢謙益《列朝詩集小傳》丁集下「胡山人梅」云：

梅，字白叔，生於闤闠。少警悟能詩，白晳美鬚眉，口多微詞，翩翩自喜。晚而目眵，家貧無子，賣藥吴門市，自號瞽醫。以餘貲買石建一幢于天池華山，以表歸心。然其于詩，結習愈甚。東萊姜如須爲疏募刻之。庚寅冬，病卒，撫其詩，屬友人曰：「爲我請於虞山，得數行爲序，死可瞑矣。」徐元歎憐其意，選其詩十餘首。余録而存之。白叔嘗遊三山，寓曹能始石倉園。能始序其詩曰：「作詩先辨雅俗二字，黄魯直云：『子弟凡病皆可醫，惟俗不可醫。』然惟讀書可以勝之，此即談藝之法也。余與白叔論詩，譬如書者、奕者、謳者，未有傳授，罕窺古法，但本一己之聰明，則必趨于邪路，終其身不能精進。世人往往畏難，而樂其所易，勢不可挽，衹誤一世耳。白叔之爲詩，避俗套如湯火，驅使己意，如石工之琢碪岩，篙師之下灘瀨。所未免者，有斧鑿痕及喧豗聲耳。予故不爲字剖句析，輟用古人諷之，以爲寧舒遲毋急遽，亦古法也。白叔之詩，未能參預格調，而殊有詩意纖姸之語，多從草次輸寫中迸出，亦其性靈流逸，去俗遠而去詩近也。」武塘夏雪子曰：「知白叔者，遠有三山，近有虞山。」三山者，能始也。余故録能始之言，以存白叔，不獨見能始之知白叔，亦以見能始之知詩也。

牧齋稱東萊姜如須爲疏募刻胡梅詩，其事詳《姜垓詩輯釋·集外文》（拙編著待刊稿）所收《募刻胡白叔蟪蛄吟引》云：

竊聞春鶊秋蟀，曉序悲吟，幕燕風螢，臨年鼓翼。況六義有聲，集錦思于簡素，乃連章應體，效逸緒于咏歌。匹夫末言，採陳風土，伶官賤秩，司奏明堂。雖宫商所懸，亦貞淫攸別，翟湯被獎乎庾亮，仲宣見知于蔡邕。桂生五嶺，杞出三荆，人産名都，藝開方誌。龍鸞之騶駕，老倍服襄；蘭茝之擷芳，孤當永佩。赤驥顯于伯樂之肆，良寶輝于卞和之庭，千古同然，于兹爲尚。若夫華植茂零，誠陰陽有數；聖哲窮達，亦命相攸關。揚扢蔽幽，皆吾黨所貴，扶進民譽，豈異人是任。

兹者閶闔上京，夫差舊宇，有老盲白叔胡梅者，潛心版圖，雅懷撰述。少聞鄉曲，壯遊四方，顧衆著述于東吴，陸賈定交于南粤。談經入帳，多當世之名卿；載筆扶輪，盡儒英之流亞。顧坎壈失職，貧越孫晨；勤欸持身，清同欒武。市中賣藥，以草樹作君臣；物表絶塵，伴鶴梅爲妻子。既左氏之喪目，兼伯道之無兒。渺渺愁予，何方帝子；悠悠岐路，堪弔夫君。齒已過夫七旬，志不倦于三百。篇章口授，勢應鼓鐘；體制腹裁，聲諧金石。葦籬短巷，饑來允愧侏儒；雲水徂年，病久空嗟魚蠹。生長嘉隆之代，垂老板蕩之秋。紅雨江南，易懷故國；紫烟朔漠，徒憤荒墟。獨以汗牛之編，未投梨棗；敢冀雕龍之好，其佐金錢。相彼無告之人，允矣有文之隱。

昔北海既没，魏文廣募其書；相如臨終，漢皇遣求其藁。何論吾輩，猶屬交情？使梅畢志騷壇，成功文藝，斯則士林勝事，庶幾篆素所通傳者矣。（文見錢肅樂《文瀫》卷十八）

胡梅入閩事，可參曹學佺（能始，石倉，雁澤，一五七四—一六四六）《石倉文稿·浮山卷·胡白叔閩遊草詩序》。白叔遊閩，確年不可考，時當萬曆四十一年（一六一三）能始罷官歸侯官家筑石倉園後至天啓三年（一六二三）能始復官前之十載間。惟白叔在閩停留逾年，主客相得甚歡，則讀能始送别詩，可見之矣。能始《浮山堂集·送胡白叔歸長洲》云：

隱士不出門，一心盛肝膽。乍試干謁途，彌堅世情淡。憶昨君來遊，景光逝何寁。寒暑歷回環，方物備飲噉。厥懷故翩翩，所遭殊坎坎。三春花事過，首夏緑陰黮。山雨滌煙雲，江關漲葭菼。告余且云歸，園池恣遊覽。鷺聲膩若脂，苔色厚於氊。欲别既難别，欲留仍不敢。詎論主人情，石君亦增慘。家在楓橋側，荆扉去長埯。芳草日以滋，石榴開尚萏。

庋廖克數炊，藜羹飽一糝。君既樂棲遲，余亦倦延攬。但指孤松間，盤桓易生感。

同書另有與白叔在石倉園唱酬之作若干，兹不備録。

又，錢謙益《牧齋初學集》卷八十六《題胡白叔六言詩》云：

曹能始見人詩卷，輒笑曰：「開卷定是七言律詩。」以今人習爲此體，熟爛可厭也。白叔近作六言絶句二十餘首，如雀噪鳩呼時，忽聞清蟬幽鳥之聲，使人耳根冷然，前後際斷，可爲一快。雖然，白叔其善藏之。若令紛然屬和，王右丞一日滿人間，又將恨白叔爲作俑矣。

同書卷十有《乙亥中秋吴門林若撫胡白叔二詩人引祥琴之禮勸破詩戒次若撫來韻四首》。白叔乃蒼雪方外知交。蒼雪《南來堂詩集》卷三下《宿胡白叔齋中白叔雙瞽懸壺同汰兄賦贈》敘白叔晚境之窮窘云：

倚梧聲斷月明中，市隱壺居異與同。江海獨輿千里夢，故交垂盡一囊空。誰憐病廢吟詩叟，天使名成賣藥翁。話到世情看不得，吾生有眼莫如蒙。

汰兄者，汰如明河，崇禎十三年圓寂。蒼雪詩當作於此年之前。

《南來堂詩集》補編卷三上《胡白叔一字清馨豎就石幢於中峰因入山作禮而去》：

中峰特向禮孤幢，居士應知亦姓龐。山色自從開晉代，溪流直接到胥江。腰間纏去錢無幾，人背騎歸鶴似雙。欲别匆匆相送語，藥囊忘記掛西窗。

白叔嘗訪毛晉（一五九九—一六五九）於其寶月堂，有《寶月堂歌堂之前窗鑿七十二圓牖擬月輪之分身者。》詩：

我登寶月堂最遲，有月絶勝張燈時。大月上走開寶户，滿堂小月隨之移。小月一一入我手，七十二片圓玻瓈。薔薇漏影疑桂樹，似有兔眼中迷離。雖余酒量十分窄，飲盡月數亦不辭。寶光磨盪透枕席，歌成堂外唬黄鸝。

毛晉和作云：

六月堂空日馭遲，君來正值荷花時。日照新妝滿池面，浮萍破處嬌影移。少焉月出南村樹，素屏圓鏡如琉璃。又疑石湖橋畔見，七十二候光離離。香風拂拂迷晝夜，勸君斗酒歌君辭。青草堂坳鼓吹歇，依依深柳鳴双鸝。（俱見毛晉《和友人詩》）

胡白叔，又見本集第【一二二】題詩，另見《落木菴存詩》第【三十三】、【九十八】題詩。

【十七】答錢時將

人物在遲暮，高堂動遐悲。有客就我夜，出語故遲遲。爲言幽居意，此道共所疑。客衾松雨過，歸日菊花衰。況以古人去，委絶不可知。開門見新月，亦以想寒姿。所願不克諧，是生皆別離。似兹蕭瑟久，富貴豈自持。

〔箋〕

錢時將，生平不詳。與茅元儀（一五九四—一六四〇）友善，元儀《石民四十集》卷十六有《錢時將詩草序》，中云「吴門錢時將」，知爲蘇州人。《石民賞心集》卷六亦有《錢時將過潭上》、《七夕泛潭上與宋比玉沈雨若錢時將錢仲侯》、《送錢時將往蕪陰》等詩。鍾惺《隱秀軒集》卷四有《錢時將自吴過訪因謁梁水部於蕪湖反再見予送之歸吴》詩。

錢時將，又見本集第【十八】、【三十八】、【五十四】、【一四〇】題詩。

【十八】冬日蔣賓容、錢時將約過浪齋，遲之不至。明日見尋，又不遇，詩以謝之

斜倚松關視日遲，明朝何意更佳期。門推霜樹孤禽去，曉入寒峰童子知。月色長虚追影響，竹陰誰踏盡參差。重來須及齋期過，一醉如泥是此時。

〔箋〕

蒼雪《南來堂詩集》補編卷二《簡蔣太守賓容》一題，王注引《蘇州府志》「選舉類」載：

蔣一鷺，吴縣籍，字賓容。更名一鴻，府學。貴州副使。萬曆三十七年己酉［一六〇九］科。

錢時將，又見本集第【十七】、【三十八】、【五十四】、【一四〇】題詩。

【十九】和伯敬詠閨人畫蘭停筆

畫蘭妙理昔聞諸，筆所未至更有餘。分明腕中不即應，深心往往行其虚。美人纖指削寒玉，擬寫青青神未續。徐將粉墨養吾情，豈有花葉娱君目？露泣煙迷當可思，沉吟苔石與盆池。請看淺立經營處，不似夫君在側時。他人畫後論鮮妍，此時此意須君傳。心眼之間具蘭譜，非畫尋常草木天。素質已盡筆墨在，素質遥遥不相待。

〔箋〕

本詩當作於萬曆四十七年歲暮（一六一九—一六二〇間）。

鍾惺（伯敬）《隱秀軒集》卷五《詠畫蘭停筆》云：

畫蘭先畫其勁資，意定須以膽行之。亦有深情如恐竟，欲開不開使人思。要知香色勾萌處，多在筆墨踟蹰時。心手相商成意態，眼光髣影立離離。閒待朝來重補足，今朝同夢神先續。

又：偶翻羅振玉（一八六六—一九四〇）《宸翰樓所藏書畫録》，見有《鍾伯敬姬人畫蘭小卷》一題。此或即鍾惺妾所畫圖卷？又或當時鍾家閨人畫蘭事，不獨爲詩材，還寫在丹青圖畫裏，獨不知出何人手筆耳。《書畫録》乃羅氏哲嗣福頤整理編成者。跋有云：「側聞兵災之餘，家藏古物悉罹浩劫。則此册中所有，何堪聞問？」下署「丁亥孟夏」，合民國三十六年（一九四七），上距羅振玉之逝已七載。

本詩又見《明詩平論二集》卷七。

鍾惺，又見集前鍾序、第【二〇】、【二十二】、【二十四】、【二十七】、【三十二】、【三十八】、【三十九】、【四十三】、【六十五】、【六十七】、【六十八】、【六十九】、【九〇】、【九十一】、【九十二】、【九十三】、【九十四】、【九十五】、【一一八】、【一一九】、【一三九】、【一四八】、【一四九】、【一六二】題詩；另見《落木菴存詩》第【二十九】、【六十一】、【一八九】、【三一七】題詩。

【二〇】和伯敬將漢玉蟢子得蜂爲姬人壽

懷絲是小蟲，秋根亂無緒。露低日夕寒，辛苦誰告汝。甘苦念非匹，狹路枉相過。越陌渡阡意，豈敢求其多？子情我所知，我情子所悉。何用致綢繆，抱子不令出。相思既有愁，相憐豈復羞？刻就纏綿玉，何人十指頭。昔日東風花，今日使君妾。玉上紅斑斑，是儂嫁時血。

〔箋〕

本詩當作於萬曆四十七年歲暮（一六一九—一六二〇間）。

鍾惺（伯敬）《隱秀軒集》卷五《詠古玉刻蟢子得蜂（并引）》云：

六朝子夜讀曲歌，吾曰「梧」，思曰「絲」，憐曰「蓮」，蓋當時委巷自有此口語，采入作詩。今繪刻器物，借聲雙關，爲吉祥善事之兆。如燕喜爵禄之類，事近不經，實始諸此，則其來亦久矣。萬曆己未臘月初三日，偶步吴門，購得古玉刻一小蛛撲得一蜂，蛛大於豆，蜂小於葉，俯仰避就，奇有情理，翼股須目欲動。取喜子得封之意，適内人有以此月八日生者，舉此爲壽。作新體侑之，以代徵蘭之賜。

蓮即憐，絲即思，借字吾聞讀曲詞。吴市偶得漢遺佩，古人製器已先之。世云蚌者珠之母，今知玉以蟢爲兒。觀物舍義但取聲，爾公爾侯徵在兹。

鍾惺，又見集前鍾序、第【十九】、【二十二】、【二十四】、【二十七】、【三十二】、【三十八】、【三十九】、【四十三】、【六十五】、【六十七】、【六十八】、【六十九】、【九〇】、【九十一】、【九十二】、【九十三】、【九十四】、【九十五】、【一一八】、【一一九】、【一三九】、【一四八】、【一四九】、【一六二】題詩；另見《落木菴存詩》第【二十九】、【六十一】、【一八九】、【三一七】題詩。

【二十一】登虎丘訪章眉生看殘雪

東溪昨夜雪同時，及至登山已若斯。石上一方難再削，曉來幾樹更堪思。僧寒僅守庭中白，人靜還堪月下姿。知爾樓居關氣候，川原欲晦幸相期。

〔箋〕

本詩當作於萬曆四十七年歲暮（一六一九—一六二〇間）。

陳廣宏《鍾惺年譜》載鍾惺於明神宗四十七年十月初「赴返湖州，皆途經蘇州」，注引茅維《十賚堂詩乙集》卷九《夏日苦熱懷章眉生西山讀書處》、卷十一《送章眉生覲省北上二首》。

鍾惺《隱秀軒集》卷十一有《虎丘訪章眉生看殘雪作》詩，與本題所詠之人、事、時、地皆合。鍾詩云：

> 婁門雪未答明朝，到此泠然尚動摇。竹半夕陽隨客上，巖前積氣待人消。餘寒入臘留相護，遠色兼晴坐可邀。想爾昨曾登望處，紛紛親見下層霄。

【二十二】歲晏與諸子行園，忽憶伯敬、茂之昔共遊

别君始覺久，庭雪一再臨。群木負風寒，幽居幸自深。儼在離思夕，兼之易歲心。同

人各有事，微逕還孤尋。有月只自照，良媿此清陰。

又

池水寒更緑，園姿日以養。窺户苟無人，可以延遐想。登樓視道路，日暮何廣廣。獨處愁爲心，觸緒自滋長。昔與二子言，春風動孤槳。時序行已及，江草青接壤。倘能果斯期，我夢不須往。

〔箋〕

本詩當作於萬曆四十七年歲暮（一六一九—一六二〇間）。

林茂之（一五八〇—一六六〇），名古度，號那子，别號乳山居士。福建福清人。詩題「伯敬茂之昔共遊」意，參《落木菴存詩》第【一八九】題詩。

茂之，又見本集第【三十三】、【七十六】題詩。

鍾惺，又見集前鍾序、第【十九】、【二〇】、【二十四】、【二十七】、【三十二】、【三十八】、【三十九】、【四十三】、【六十五】、【六十七】、【六十八】、【六十九】、【九〇】、【九十一】、【九十二】、【九十三】、【九十四】、【九十五】、【一一八】、【一一九】、【一三九】、【一四八】、【一四九】、【一六二】題詩；另見《落木菴存詩》第【二十九】、【六十一】、【一八九】、【三一七】題詩。

【二十三】小除夕寄程彦之於半塘

天豈常遲暮，居然序已闌。室虚群鼠徙，地静一松安。歲舊如堪戀，燈孤不照歡。故人艱得食，未敢勸加餐。

〔箋〕

本詩當作於萬曆四十七年之小除夕，合公元一六二〇年二月二日。

鍾惺《隱秀軒集》卷八《贈程彦之》云：

歲歲君如此，相憐何日休！置身時地少，失職友朋羞。窮豈皆詩罪，飢仍爲醉謀。贈錢聊儉用，前路不堪遊。

程彦之，又見下題。

【二十四】春齋夜雨送彦之訪伯敬於白門，余亦將入山矣

今朝已欲出，晚雨更相依。實見琴書息，深聞水葉飛。燈遲緩客去，人發住家稀。居者方成獨，如君又有歸。

〔箋〕

本詩當作於萬曆四十八年庚申（一六二〇）。

程彦之，又見上題。

伯敬，即鍾惺，又見集前鍾序、第【十九】、【二〇】、【二十二】、【二十七】、【三十二】、【三十八】、【三十九】、【四十三】、【六十五】、【六十七】、【六十八】、【六十九】、【九〇】、【九十二】、【九十三】、【九十四】、【九十五】、【一一八】、【一一九】、【一三九】、【一四八】、【一四九】、【一六二】題詩；另見《落木菴存詩》第【二十九】、【六十一】、【一八九】、【三一七】題詩。

【二十五】乞石詩

包山蔡丈人，寓我乎水宅。山勢過池來，亂向牕中積。潛行井竈間，俯仰見二石。飄忽夏雲崩，瑣屑春冰集。洩潦之所施，不復關地脈。我家蒼皮樹，無與共朝夕。樹石一相合，氣力倘俱敵。成就在吾人，何物飛而翼。遂蒙丈人諾，百里如不隔。使我欄楯間，十倍蒼寒色。

〔校〕

本詩又見《明詩平論二集》卷四。

【二十六】寄石詩

歸舟同二石，舟重寒波低。中流水風闊，人石兩孤危。倏忽孤嶼出，松蘿照清漪。艱難暮山泊，一僧驚問時。誰與偕來者，知子多躊躕。爲言夙昔意，能合不能離。僧云石有神，尚未是行期。留以對老僧，子情應更奇。遥遥樹與石，千載長相思。

【二十七】伯敬約余同入黄山，沈虎臣傳其還楚消息，飛書促之

偏聞不來信，幸在寄書前。恃此相思地，承君未定天。早花悲赴水，新月勸移船。垂白檐楹下，寧無私自憐。

〔箋〕

本詩當作於天啓元年辛酉（一六二一）。虎臣，沈德符號，見本集書前沈序、第【一二六】題詩。

伯敬，即鍾惺，又見集前鍾序、第【十九】、【二〇】、【二十二】、【二十四】、【三十二】、【三十八】、【三十九】、【四十三】、【六十五】、【六十七】、【六十八】、【六十九】、【九〇】、【九十一】、【九十二】、【九十三】、【九十四】、【九十五】、【一一八】、【一一九】、【一三九】、【一四八】、【一四九】、【一六二】題詩；另見《落木菴存詩》第【二十九】、【六十一】、【一八九】、【三一七】題詩。

【二十八】曇旭募法華鐘，十年一鑄，三鑄而就，在鄧尉山

物成人半世，願力一何長。金火作之合，天人静其傍。龍蹲聲自養，紐像龍種好音聲。佛

語扣時詳。隱處青山下，微微近夜牀。

〔箋〕

本詩見載於《鄧尉聖恩寺志》卷十五，又見周永年（一五八二—一六四七）輯《吴都法乘》卷十七，題作《曇初老人鑄法華鐘十年一鑄三鑄而就》。《吴都法乘》「流音篇」有漢月法藏（一五七三—一六三五）《曇初禪師法華鐘成》（採自《聖恩寺志》）云：

三鑄黄金欲捨形，鐘成新勒七函經。雲生樓角補柴嶺，月落鯨音過洞庭。山迥不知何處發，夢勞真得幾人惺。一聲六萬有餘字，若個翻身子夜聽。

周永年有和詩，其《聖恩寺法華鐘詩和三峰師韵作》云：

會將經意象鐘形，十二時聞千部經。眼耳尋常容互用，聲光施設在門庭。範金事就僧隨老，破夢功多客願醒。湖外有山山幾折，一音長向八方聽。

蒼雪《南來堂詩集》補編卷二《法華鐘鄧尉山曇旭三造成之上刻法華經一部》云：

一擊一經徧，衆山齊應呼。晨昏三轉後，風雪五更孤。散入煙無際，不勝秋滿湖。餘言六萬字，半字扣來無。

王注按語云：

《〔聖恩〕寺志》載法華鐘疏、記、頌、偈、贊等文多首，惟鑄鐘之曇旭無傳略可考。僅「塔廟類」載曇旭老宿塔在曹林法師塔右，崇禎己卯十二月住持弘璧捐鉢資施造。據此僅知曇旭爲聖恩寺僧，没於崇禎十二年前。

復引《百城烟水》：

萬曆間僧素一修寺，如曉募鑄銅鐘。如曉字曇旭，紫柏真可弟子。

【二十九】雨外望櫻桃花

密雨斜風不知數，凄涼祇有櫻桃樹。無限園花不相待，自汝爲花今獨苦。頭白老僧心不懌，對此落花長歎息。即今顔色已蹉跎，再來莫作春時客。

【三〇】寓雨公二楞菴，適吴興顧默孫至，同登槎山瞰太湖

禪扉掩殘雪，門外繫輕舠。居者誠非易，君行無乃勞。看花隨意遠，望水略宜高。習靜松牕下，心清聞夜濤。

〔校〕

本詩又見《殘稾》。

〔箋〕

一雨通潤《二楞菴詩卷》(收入毛晉輯《華山三高僧詩》)有《疏楞伽楞嚴二經畢，菴名其曰二楞。作詩紀之》。陳乃乾《蒼雪大師行年考略》萬曆四十五年丁巳(一六一七)三十歲條引明河《二楞大師無住事蹟》云：

〔一雨〕歷丁巳、戊午、己未、庚申，凡五閱歲，絶影人間，改鐵山爲二楞菴，自稱二楞主人，於是疏《楞伽》、《楞嚴》二經故也。

一雨，又見本集第【四】、【三十二】、【六十五】、【六十七】、【一〇八】題詩，另見《落木菴存詩》第【一三六】題詩。

顧默孫，又見本集下題及第【一一二】題詩。

《四庫全書總目・别集存目》著録《蘧園集十卷》云：

明顧箘撰。箘字默孫，自號蘧園居士，歸安人。萬曆戊午舉人，不樂仕進。年僅五十而卒。其婿錢鴻裒録遺稿，編爲是集。

陳繼儒《晚香堂集》卷十五《顧默孫像贊》云：

草深一丈，松大十圍。伊何人哉，心素衣緋。其貌也戰而肥，其才也怒而飛。其盤礴三教之中，而横絶一世之上也，出乎機而入乎機。其味淡，其聲希。其與天遊，與俗違。殆長嘯之孫登，而坐忘之司馬子微耶？

槎山，又見本集第【七】、【十四】、【五十五】、【五十八】、【一五一】題詩。

【三十一】風雨同默孫登雨公碧鮮閣望梅花

花意寒欲去，登樓送所思。將分春雨恨，似與遠人期。野水斷村路，孤煙生竹籬。吾徒從此逝，忍見艷陽時。

〔箋〕

一雨通潤《二楞菴詩卷》有《同顧默孫徐元歎看梅》一題，當作於上題與本題同時：

相約看花叢，鞋頭乍指東。不離雲水際，如入雪山中。冷艷團成暈，幽香漫入空。晚烟輕抹處，心賞竟難窮。

本詩又見王士禛《感舊集》卷二。

顧默孫，見本集上題及第【一一二】題詩。

一雨，又見本集第【四】、【三〇】、【六十五】、【六十七】、【一〇八】題詩，另見《落木菴存詩》第【一三六】題詩。

【三十二】攜早茶餉鍾伯敬先生惠山汲水

箬苞新未解，山茗摘方初。梅水期難待，夏泉寒自如。不堪稱遠貺，真欲踐來書。置鼎須湯候，他人烹已疏。

〔箋〕

本詩當作於天啓三年癸卯（一六二三）。

鍾惺《隱秀軒集》卷十一《早春寄書徐元歎買岕茶》云：

含情茶盡問吴船，書反江南又隔年。遥想色香今一始，俄驚薪火已三遷。歲一買茶，今三度。收藏幸許留春後，遵養應須過雨前。何處驗君新采焙，封題猶記竹中煙。

鍾伯敬，又見集前鍾序、第【十九】、【二〇】、【二十二】、【二十四】、【二十七】、【三十八】、【三十九】、【四十三】、【六十五】、【六十七】、【六十八】、【六十九】、【九〇】、【九十一】、【九十二】、【九十三】、【九十四】、【九十五】、【一一八】、【一一九】、【一三九】、【一四八】、【一四九】、【一六二】題詩；另見《落木菴存詩》第【二十九】、【六十一】、【一八九】、【三一七】題詩。

【三十三】初至金陵夜飲林茂之齋中，因送至橋西寓園

杯酒怨別多，遠送如補亡。楊柳水深深，疏火增微茫。日中車馬道，虛白夜相忘。共畢今者歡，無言久與長。念此攜手舊，不愧明月光。更爲城外約，愛惜南風涼。

〔箋〕

本詩當作於萬曆四十八年（泰昌元年，一六二〇）庚申。

林茂之，又見本集第【二十二】、【七十六】題詩；《落木菴存詩》第【一八九】題詩。

【三十四】與鍾叔静病中相見，酬其見憶之作

士生一天地，安能共籓籬。一出已艱難，安能待耆頤。明此二者故，棄置豈足悲。始我事伯子，與君遥相思。崎嶇得一見，黄落正垂帷。骨瘦神明在，炯炯不可欺。語我文字苦，不復念肝脾。羇旅累慈親，寧非自致之。古今瑰異人，竟非天所私。有才而賤夭，生此亦奚爲。

〔箋〕

本詩當作於萬曆四十八年庚申（泰昌元年，一六二〇）。

鍾惍（一五八二——一六二〇），字叔静，鍾惺三弟。《隱秀軒集》卷十九《仲弟婦王氏五十序》云：

予家世地寒，獨讀書樂善不倦。祖、父、兄、弟事在家傳中。予兄弟五人：長即惺，次慊，次惍，次悌、次怏。中間三人皆早夭……

陳廣宏《鍾惺年譜》明神宗四十八年三月條載：

是月，弟惍在白門。……四月十五日，徐波應招至白門。

下引《家傳》云：

而弟病吐血，至四月十四日病甚。聞友人徐元歎約見訪，作《病中念徐元歎將到》詩，遂爲絶筆。

鍾叔静，另見第【三十九】題詩。

【三十五】寓園晚雨

小雨須人定，凄然待掩門。細微歸草樹，約束到心魂。良夜違明月，餘燈照一尊。似憑枯坐力，夢去更無言。

【三十六】范漫翁畫山水歌

山水之情不在此，以畫求之安得似。畫之佳者輒曰詩，願君即以詩爲師。漫叟詩名苦太早，不似艱難吟至老。中年心力竟安窮，一水一山見懷抱。攝山水月秦淮煙，盡是前生筆硯緣。眼中妍媸還自惑，終朝屈曲求人憐。鍾子昨畫新桐樹，水葉紛葩雲縷縷。歸家已是夏初長，懸向北牕代風雨。

〔箋〕

鍾惺《徐元歎再至金陵過訪將歸吴門送之》有「每夜坐皆邀好月，兩年來必值新桐」句，元歎訪伯敬於金陵，四月十一日至。萬曆四十八年（一六二〇）初夏，元歎亦曾來金陵，然其時伯敬弟病亟臨終，伯敬當無「畫新桐樹」之雅致。故此題可繫於天啓元年辛酉（一六二一）。

鍾惺《隱秀軒集》卷五《范漫翁畫山水歌》云：

山水不言示以天，每聽詩家畫家傳。性習所至筆或後，筆亦時過性習先。點染何嘗不求似，似者有時不必然。迂作精神漫作形，虎頭半處即其全。四十以後始盤礴，身世之外自起落。自許波瀾已老成，視之反似學人作。吾聞老子能嬰兒，恰是至人神化時。

《譚元春集》卷四《范漫翁贈予五詩三畫感答其意》云：

范翁名迂字以漫，以漫濟迂性習半。四十年後畫溪石，生氣早與詩相亂。古人詩畫必有以，我見漫翁驩然喜。衰薄場中常坦步，羅網干戈儘可已。相見便談談未了，蕭蕭肅肅欲幽杳。癯然一士過城中，雲流煙翔停花鳥。漫翁居止亦難測，朝安夕徙無迴惑。家人茫茫若仙去，眼中空有琴書色。聞我朝來尋湖山，五詩三畫投不閒。敢謂漫翁勤心手，嗔人妄乞多摇首。

卷三十一《范漫翁題畫詩引》有云：

吾友范漫翁數十年精神於詩，詩如其人。四十以後忽下筆爲畫，畫遂如其詩。而畫委詩原，終有所不能已，又以詩題其畫。凡有詩之畫，不惟異趣不可强，即同志者亦不可得，而無以謝不可得之人，則曰：「吾素漫，吾素漫。諸君子何尤乎？」元漫叟曰：「歌兒舞女，動相喜愛，系之風雅，誰道是耶？」此語非漫人不可道也。吾故謂漫翁人溢而爲詩，詩溢而爲畫，畫又溢而爲詩，詩又溢而爲人，循環於人與詩與畫之間，以老其身。出入無時，莫知其鄉，此之謂漫翁。物無之不然，物無之不可，此之謂漫翁之詩畫也已。

陳廣宏《鍾惺年譜》明神宗萬曆四十七年（一六一九）載：

是秋，赴俞彦招。同席有潘之恒、范汧、林懋、林古度、譚元春、陸顯德……

注云：

范漫翁，即范汧。潘之恒録其同咏之作前有小傳：「范汧，字漫翁，吴興人。」伯敬僦居南京後與之屢有交往……

【三十七】秦淮夜汎，他舟見王小大，即譚友夏爲作攝山走馬歌者

夏夜人皆出，河邊事不稀。隨舟成邂逅，小巷記因依。露冷衾裯近，燈陰眉眼微。曼聲徐過水，半面借開扉。此處知心是，他年見道非。偏傍分態應，奔悅衆情歸。想像栖霞

路，千松一騎飛。

〔箋〕

本詩當作於天啓元年辛酉（一六二一）。是年暮春譚元春游金陵，後元歎亦至。《譚元春集》卷四《攝山看王小大走馬歌》云：

城中尚未收秋輝，城外秋荷香儂衣。山空馬轡麗人静，去來野紅光中飛。初見夕陽照怪石，再見素衫摇空碧。松柏陰陰不障道，萬步一摺秋雲襞。髮欲亂時勒未收，感郎意氣當馬頭。盤馬身輕如墮馬，春螺再向鏡中寫。

譚元春，又見集前譚序，集中第【九十二】、【九十八】、【一四九】、【一五九】題詩，另見《落木菴存詩》第【六十一】題詩。

【三十八】送錢時將遊白門因寄伯敬

遠念秦淮水，無人亦自煙。柳堤相失早，鄉月不堪圓。病即交情事，遊生離别緣。寄將雜恨去，或反得安然。

〔箋〕

本詩當作於萬曆四十八年庚申（泰昌元年，一六二〇）。

錢時將，又見本集第【十七】、【十八】、【五十四】、【一四〇】題詩。

鍾伯敬，又見集前鍾序、第【十九】、【二〇】、【二十二】、【二十四】、【二十七】、【三十二】、【三十九】、【四十三】、【六十五】、【六十七】、【六十八】、【六十九】、【九〇】、【九十一】、【九十二】、【九十三】、【九十四】、【九十五】、【一一八】、【一一九】、【一三九】、【一四八】、【一四九】、【一六二】題詩；另見《落木菴存詩》第【二十九】、【六十一】、【一八九】、【三一七】題詩。

【三十九】白下歸時，鍾叔静正卧病一月。後接漫翁書，知以發之明日，叔静死矣。鍾家兄弟五人，今惟伯子與五郎在耳。既傷友朋徂盡，復念其兄弟凋零，賦詩哭之，兼慰伯敬

信遠生希冀，書來知久亡。弟兄中略斷，存没不相當。冥途多舊識，聚首即家常。莫解慈親痛，分飛復異鄉。

又

見來惟一病，長别即斯時。可恨無多會，相遺不盡悲。風吹汝太急，雨絶夢堪疑。減損惟吾輩，天人意可知。

又

爲長獨多慮，況玆相送殘。羨人能自老，撫己漸知寒。揮涕有衰止，游魂今少安。從來本無弟，何處覓悲端。

〔箋〕陳廣宏《鍾惺年譜》記鍾恮卒於泰昌元年五月五日，合公元一六二〇年六月五日。《譚元春集》卷五《聞鍾叔靜恮卒於伯敬南邸傷心賦此》云：

既知兄友愛，何至使傷神。且尚爲人子，得無憂老親。焦桐空一尾，癯鶴不多身。良藥同寒骨，匆匆達四旬。

鍾惺《隱秀軒集》卷三十四有《堂祭亡弟叔靜文》。《譚元春集》卷二十六有《祭鍾叔靜文》。

鍾叔靜，又見第【三十四】題詩。

鍾伯敬，又見集前鍾序、第【十九】、【二〇】、【二十二】、【二十四】、【二十七】、【三十二】、【三十八】、【四十三】、【六十五】、【六十七】、【六十八】、【六十九】、【九〇】、【九十一】、【九十二】、【九十三】、【九十四】、【九十五】、【一一八】、【一一九】、【一三九】、【一四八】、【一四九】、【一六二】題詩；另見《落木菴存詩》第【二十九】、【六十一】、【一八九】、【三一七】題詩。

【四〇】七月初六夜聞笛

鄰笛起閑暇，城隅夜遂幽。泝風書雜恨，安枕接新秋。星月滿深巷，水天涼一樓。尋聲無處所，空露但悠悠。

〔校〕

本詩又見《殘稾》。

【四十一】天姥峰下路

美人峰可見，襟袖倚雲輕。溪雨只多夢，林煙何自晴。新寒戒遠道，微逕失同行。漸入風泉亂，如聞歌笑聲。

〔箋〕

本詩當作於萬曆四十八年庚申（泰昌元年，一六二〇）。此下皆元歎本年秋浙江天台雁蕩之遊所作也。

【四十二】若邪溪望對岸雲門諸峰。云中有三十六灣，溪流宛轉。曾日暮無人，至路口而返

秋溪如月上，轉泛無終窮。微波出城路，幾樹迎船風。衆慮一灑濯，遠色久玲瓏。峰影半水面，秦望標其空。人間仰蒼翠，山中閉洪濛。思乘青竹筏，周流元氣中。日落松柏裏，先夜水仙宫。風雲多氣勢，獨立怵余躬。靈境遂相失，分手但西東。

〔校〕

本詩又見《殘稾》、《晚晴簃詩匯》卷十五。

〔箋〕

本詩當作於萬曆四十八年庚申（泰昌元年，一六二〇）。

【四十三】越溪夜宿夢鍾伯敬

獨卧悲摇落，宵深接淚痕。共依殘燭影，復理早秋言。水月非無路，衣冠皆有魂。知君今夜憶，謂我在吴門。

〔校〕本詩又見《殘稾》。

〔箋〕本詩當作於萬曆四十八年庚申（泰昌元年，一六二〇）。

鍾伯敬，又見集前鍾序、第【十九】、【二〇】、【二十二】、【二十四】、【二十七】、【三十二】、【三十八】、【三十九】、【六十五】、【六十七】、【六十八】、【六十九】、【九〇】、【九十一】、【九十二】、【九十三】、【九十四】、【九十五】、【一一八】、【一一九】、【一三九】、【一四八】、【一四九】、【一六二】題詩，另見《落木菴存詩》第【二十九】、【六十二】、【一八九】、【三一七】題詩。

【四十四】自螺溪陟蔗嶺上高明寺，溪十八盤，嶺數十折，奇嶮第一，爲幽溪師手開

一幅青溪色，新披水石奇。崖端會流沫，寺下分一支。既挾冥搜意，能惜行步遲？沿洄數十涉，轉眄非來時。光景歸變滅，所處已復離。偪側懸渡險，目視足不隨。伺便快騰躍，先陟以爲師。山風颯而至，蹲伏但須之。遠寺呀然對，兩僧植杖欹。尚自阻煙壑，無繇前致辭。百里半九十，衆力不敢衰。陰陰廣殿敞，拂拂長旛吹。周旋艱險盡，乃復見

威儀。

〔校〕本詩又見無盡傳燈《幽溪别志》，詩題作《自螺溪十八盤，嶺數十折，奇嶮第一，爲余手開。賦此》。傳燈既爲《幽溪别志》之作者，録元歎此題詩遂以「余」代替原題之「幽溪師」。

〔箋〕本詩當作於萬曆四十八年庚申（泰昌元年，一六二〇）。

幽溪師，即天台幽溪高明寺住持無盡傳燈。任繼愈主編《佛教大辭典》「傳燈」條下小傳有云：

傳燈（一五五四—一六二七），明代僧人。俗姓葉，號無盡。浙江衢州人。少年即投進賢映菴剃髮出家，後遂隨百松學天台教法。明神宗萬曆十年（一五八二），得受百松之法。五年後，隱居天台山幽溪高明寺，立天台祖庭，教授學僧，同時兼習禪學與净土，成爲明末中興天台的著名僧人，世稱「幽溪大師」。

小傳列傳燈撰述多種，乃竟不及其《幽溪别志》一書，頗可異也。蓋《别志》凡十六卷，考述高明寺之往迹頗詳。如卷三《幽溪道場沿革考》有云：

始則陳、隋智者應運而創始，後則唐、宋諸宿繼體而守成。沿及元、明，迄乎昭代，曰禪院，曰教苑，總屬幽溪；若高明，若净名，俱鄰佛隴。

> 本寺在陳、隋之世號幽溪道場者，正以智者嘗於此頭陀行道。後代扁額加智者二字，示不忘其本也。

又云：

> 幽溪興復高明寺，出力至多者共四人。《別志》卷九《幽溪道場金湯考》記云：
>
> 本寺金湯，實始於檇李馮司成開之捐金贖田，爲大檀越主。次則臨海王中丞恒叔。又次則四明屠儀部長卿。又次則黄巖林侍御澄淵。此四人者，皆是同年莫逆之友。高明護法，互相表裏……

所稱大檀越主檇李馮司成，即馮夢禎（開之、具區，一五四八—一六〇五）。同書卷二收馮司成《幽溪護伽藍記》一文，述傳燈始住幽溪及興復高明寺，亦有因緣足述者：

> 萬曆十四年（一五八六）初夏，天台無盡法師將住幽溪，來告余，余助之喜。余初受法于百松師，盡公其上足也。

讀此文，乃知開之與傳燈，俱天台百松門人。百松，妙峰真覺（一五三七—一五八九）號也。傳燈《天台山方外志》卷二十四收開之所撰《明妙峰覺法師塔銘》，中述二人之關係云：

> 師之高足弟子曰傳燈、傳如，俱與余善，以師不朽之事相屬，余安敢辭？

開之有《快雪堂集》六十四卷行世。其家世及生平，則錢謙益《初學集》卷五十一《南京國子監祭酒馮公墓誌銘》述之頗詳。

譚貞默（一五九〇—一六六五）《埽菴集》有《秋日自十八澗歸聊齋》詩：

此日幽溪不寂寥，朝看叢桂暮看潮。山床越宿歸湖曲，小艇殘荷第一橋。

貞默，字梁生，又字福徵，浙江嘉興人，崇禎元年進士。先後從憨山德清、雪嶠圓信學佛，稱弟子焉。詩題「聊齋」，貞默二十三歲時於杭州南屏山讀書習静之所，見《雪嶠禪師語録》譚貞默撰《道行碑》。今人有稱此聊齋與蒲松齡有關者，恐亦癡人説夢耳。

貞默與元歎並時，然未見兩人唱和之作。

元歎詩之及幽溪者，另有本集第【四十五】、【五十一】、【八十五】題詩，及《落木菴存詩》第【二十九】、【三一七】題詩。傳燈《幽溪別志》卷五收元歎《徐居士賦紀楞嚴壇所製承露木蓮華》一詩，見本書「集外詩」。

【四十五】幽溪師閣下響泉

小閣泉聲裏，軒牕容一人。天陰不出久，雨退獨看頻。鳴苦知無隱，聽深如更新。谷風輕拂去，猶得上松筠。

〔校〕

元歎此詩又見《幽溪別志》卷一，題作《雨後松風閣下響泉》。

〔箋〕

本詩當作於萬曆四十八年庚申（泰昌元年，一六二〇）。

無盡傳燈《幽溪別志》卷七《幽溪諸景》「松風閣」條云：

上圓通洞後石罅中，四窗軒豁，各其名。東曰松風，南曰清音，西曰米拜，北曰爾瞻。

幽溪，又見本集第【四十四】、【五十一】、【八十五】題詩；《落木菴存詩》第【二十九】、【三一七】題詩。

【四十六】石筍游詩

高明小閣之十日，始爲石筍游。僧俗十人，持刀杖火具以從。閣道左繇小逕下獅嶺五里所，迴望小閣，在雲霧中。繇溪腹橫渡，凡十涉水，負而涉者二，跣而涉者八。甫涉，集諸人會議，議定率一二黠者嘗試之，俟其顛仆，然後改圖。畢涉，料諸同游者，恐有亡失。過此，皆高嶺夾持之，爲無人之境。自吾鄉韓居士游此，至今三年，未通人跡。斬塗而進，至其嶮巇，形影畢臻，手足易位。約五里，始望下瀑。又里餘，望上瀑。上瀑中隱約見一橋，瀑兩道，從橋出，匯爲大潭，五接而抵下瀑。下即石筍，獨立以當噴洩之勢，宛似嫩筍解籜狀。水觸筍，皆成虀粉，無一滴渾淪者。下瞰不見瀑，但石根如明鏡照積玉，知爲下瀑所映。僧云：「中有大螺，已成龍去。其蜕在潭底，天清可見。」頃之，微風捲瀑，細細噀人面。橋内忽有雙黄蝶飛出，大聲猝發，不知何物，悚慄急回。是游也，全身顛入水者三：林子之僕、余一童，及寺中隨行狗子，餘俱半身沾濕而已。檢視同人，皆得保全，豈盡人力，蓋有天數焉！此非信宿高明，并諸衲子驅除，亦不得達，故當屬之高明。

樓居忽不懌，意已略閑敞。欲窮曲曲源，更聽層層響。衲子自爲侶，氣足辨榛莽。開途各選言，望峰增嚮往。瀑流如天長，睹記惟五丈。世所稱神奇，豈不在想像。

〔箋〕

本詩當作於萬曆四十八年庚申（泰昌元年，一六二〇）。

無盡傳燈《幽溪別志》卷七「幽溪諸景」之「石筍」條云：

去寺八九里，龍潭，抽一石如筍。

【四十七】洞寒

洞寒袍袖歛，静後月方生。虛白皆無異，微茫如再明。草蟲雙澗夜，木葉一天聲。適與山僧別，松間見獨行。

〔箋〕

本詩當作於萬曆四十八年庚申（泰昌元年，一六二〇）。

【四十八】過突星瀨

饑渴行來喜碧潯，倚天松檜久陰陰。游魚啑食車馬影，白鷺低迴洲渚心。鐘磬自能依水寺，稻麻不復出寒林。無窮暮色堪棲泊，但過横橋月又深。

〔箋〕

本詩當作於萬曆四十八年庚申（泰昌元年，一六二〇）。

【四十九】與范子宿雁山靈巖寺

諸峰各秋夜，遠寺一吴人。獨雁雲奔命，空牀月半身。僧寒議不出，燈滅語方親。宿處山林遍，生平此最新。

〔箋〕

本詩當作於萬曆四十八年庚申（泰昌元年，一六二〇）。

曾唯《廣雁蕩山志》卷九「靈巖寺」條載：

靈巖寺（十八刹之一）。〔朱志〕在東内谷。太平興國四年，僧行亮、神昭（即神朗）挈瓶荷錫，共訪幽奇，得雁山安禪谷，居焉。新市蔣光贊爲建殿宇。寺之山水靈秀，名聞京師。

太宗命中貴人持御書五十二卷賜於寺。咸平十二年，賜額「靈巖禪寺」。天聖十年，仁宗賜藏經（凡千卷，皆金字）。元至正間，遭兵燹，經書亦無存者。至明洪武八年，僧道沛重建。二十四年，歸併成叢林，後圮，督撫徐公栻重建。〔施志〕在東谷屏霞障下，高大匹能仁寺。四圍群峰環列，位置天成。南宋初，僧敏行主席，重修殿宇。後改賜「壽昌禪寺」，以供億不支降教院。未幾，僧若容重興，又復靈巖禪寺額。元末遭兵燹，明洪武間重建，隆慶間圮，萬曆戊子僧圓魁再建，明末復圮。國朝雍正間，僧妙文仍於安禪谷外闢地創屋，以居其徒，再建殿宇。乾隆戊子年，閩浙總督崔應階捐俸多金，重建大殿，後調内部，未得落成，僧亦不終其事。

范子名允臨，又見集前鍾序、第【一二六】題詩。

【五〇】雁宕大龍湫觀瀑

自天台馳二百里，限以謝公嶺，康樂率徒衆鑿山開道處也。過此，俱屬雁宕。凡天台，小奇即小險，大奇即大險，惟雁山蓮峰煙壑，近在路傍，即靈巖寺屏障。諸峰平地拔起，非繇積漸，絶似人家園林所置。大龍湫在懸厓間，向不知其如何。始入，但見如綿委地，寂無聲響，恍從積葉亂篁中得入而注。久之，中忽有數點，如飛星曳尾，光芒燁然，宛轉水面上，徐徐合併，觀者鼓譟。瀑忽不見，作寒氣著人。登高視之，則如薄雨，瀰遍谷中，人故在瀑中而不悟也。明日，侵晨更往，初陽射及半厓，瀑大者如珠，小者如霧，大者不受變，小者皆成五采。菴僧言惟三月、九月爲然，餘時則否。游者非以晴旦入山，亦不得。因題壁，記一時所見如此。歸舟補一詩。聞上雁湖可百頃，水草盛時，白雁數雙出没其中。有石船，乘風自能往來。蓬藋隱其徑，非荷衣霞飯之士，莫能至云。

高厓委晴瀑，潭上幽濛濛。分瞰兩亭小，中懸一道通。雜花凌雨散，驚雪入春空。跳沫飛流始，遊絲捲絮終。輕輕不到地，久久但從風。變滅人言内，峥嶸曉日中。俄然只撫掌，何至蕩西東。

〔校〕

本詩又見《扶輪集》卷十二。

〔箋〕

本詩當作於萬曆四十八年（泰昌元年，一六二〇）庚申。

雁宕，即雁蕩。曾唯《廣雁蕩山志》卷四「大龍湫」條載：

大龍湫。〔薛應旂志〕大龍湫自石壁絶頂瀉下，高五千尺。〔朱志〕一名大瀑布，在西谷能仁寺五里許。石凹中瀉下，望若懸布，隨風作態，遠近斜正，變幻不一。觀者每立於潭外，相去數十步，水忽轉舞，向人亂灑，衣帽皆濕。忽大注如轟雷，或爲風所遏，盤桓而不下，皆奇態也。〔舊志〕高山四圍，中盤一谷，初至剪刀峰下，疑有大聲起壑底，四顧不知其倪。逼近之，則見一飛瀑從天而下，然無水狀，僅如烟雲摶聚，而落地爲珠璣。或溯風久，盤桓不下，忽并裂，響如震雷。又谷圍如甕，聲出則谷傳，遊人每二三十鼓譟，或以金鼓佐之，則瀑隨風過澗，如暴雨灑人衣面。〔慎蒙記〕春初，陽氣漸升，水如微雨下飄，絲絲然有聲。漸下，則流者飛灑而注潭。夏日雷雨交作，飛瀑之勢，如傾萬斛水，從天而下。〔□□〕初來似霧裏傾灰倒鹽，中段攬擾不落，似風纏雪舞，落頭則似白烟素火裏墜一大筒百子流星，九龍戲珠也。〔徐宏祖記〕大龍湫，水出絶頂之南，常雲峰之北，夾隖中即其源也。

蒼雪《南來堂詩集》卷三上《題十名山》詩有《雁宕山》，自注云：

山頂有蕩，雁來浴其內，故名。山有芙蓉村。山前有捲旂峰，卓立萬丈。

詩云：

秀甲峨眉奪九州，奇觀非獨讓龍湫。風高遮日來晴瀑一作「旗峰高展遮來暗」，露落一作「瀑布」無聲喝斷流。山鳥呼名飛不去，村花問姓冷于秋。老僧巖畔長年住，閱盡人間今古游。

【五十一】庚申八月，望後二日，辭於幽溪大師。先至天台，期相待於高明。及師還日，余已抱病出山。歲暮，雲石上人來，始接手書，慰諭諄至，悲感交心。雲石還時，走筆代書，實天啓改元春正月也

忽接山中信，寒樓斜日黄。師言人事苦，相憶無時忘。跪讀不可竟，悲淚雨數行。師昔廣陵還，寓我秋堂涼。獨樹趺晝永，疏鐘侍夜央。許我授衣月，攜手越溪長。知師愛我勇，明發治舟航。請得先歸報，待師於山岡。師曰汝弟往，余亦日夕裝。聽松舊有閣，苦竹編如牆。十步即泉水，雨久生菰蔣。水石汝有之，但莫致酒漿。及余始至山，節物近重陽。邂逅師生日，高殿鼓其鏜。余忝灑掃末，絜己入道場。歷視籬落間，所事歎周防。承露木蓮花，葉葉青油光。義不雜塵滓，用爾爲馨香。紀事賦五言，時余寔首倡。山寒亦太早，病體怯風霜。入山山娟好，出山山蒼茫。秋風意多媿，石梁涉未遑。藥鑪雲水店，燈火薜蘿坊。猶豫宿桃源，烏啼渡錢塘。實懼見詰責，乃反辱詞章。不罪余遽歸，知余有高堂。書云來日短，執手及春陽。我心如四時，初不限兩鄉。

〔箋〕

本詩當作於天啓元年（一六二一）辛酉正月。

無盡傳燈《幽溪別志》卷九録《徐居士與幽溪書》，録如後：

誠兄遠來，得書爲慰。弟子去秋自錢塘渡江，即肩輿至長明，問訊吾師近信。見山裝束縛兩邊禪床上，問寺僧，皆不知。無可尋思，只得出門。不意纔離此，誠兄即到。片晷參錯，遂不獲與師一把袂而別，悵恨可言？

來教云致書與吴本如甚易，恐弟子立心不堅。何師之過於慎哉！抑似未深知弟子者。夫子嗣，人所至急，弟子雖貧賤，豈宜令先人無嗣續？祇因捨宅堅決，恐一旦見懷把（按：「把」，疑應作「抱」）中物，稍爾姑息，便致蹉跎，故今年逾三十，而不畜妾媵。深心如此，豈可忽哉？但弟子今日已將一具寶爐托付吾師，目今須少兩項：一則要尋當世顯人不顧毁譽者，轉致撫按。一則要一大善知識收服衆心，轉眄之間，便成一大叢林。心滿意足，弟子雖斷臂焚身，不足稱報萬一。稍可虞者，有兩老母年各望六，然亦顧不得，俟一發端，便覓善處安置之。不然，只得以死事之矣。弟子作書時，諸佛菩薩臨之在上，何必向佛前設誓？況弟子向佛祈禱，亦願心事早畢，即便迴首，不耐久戀娑婆。目今生子之道既絶，朝露電火之身一死，先人不得血食，房子又爲族人占去，方爲天地間罪人也，故捨宅不得不汲汲也。有便先付吴公書來，容弟子往與之商議舉事，吾師亦爲我多方畫策爲感。

外長詩一篇，奉寄文心師兄粘之屋壁。文心體素單弱，病後比復何似？此吾師左右手也。渠去年追隨在遠，客中無主，便覺紛紛。渠肩更尋一精勤不嫉妬者分憂，方爲善後之策。弟子蒙師厚愛體悉，如家人父子，故敢效其區區，莫謂嫯不恤其緯也。慈顏在遠，瞻望無從，拜首不勝悲涕。弟子徐波和南。

書中所及之吴本如，名用先，又字體中，號餘菴，安徽桐城人。舉萬曆二十年（一五九二）進士，授臨川縣。與湯顯祖（一五五〇—一六一六）爲禪友。又嘗與袁宏道兄弟在京結社論學。歷官户部主事、浙江按察使、布政使，升都御史巡撫四川。以病辭歸家居。復起爲工部侍郎，改薊遼總督。著有《周易語》、《塞玉山房集》。未見。

元歎書言「今年逾三十，而不畜妾媵」，似作於天啓初年。然元歎所欲捨爲叢林之「寶廬」，究在何處？元歎拜傳燈爲師，又在何年？今難確考，然元歎《天池落木菴存詩》末附其《自敘小像》，内云：「年二十餘，遇天台幽溪和尚，愛其英氣，以身追隨，陪歷台宕名勝。壬戌［天啓二年，一六二二］春，聽講科注於天封，始北面焉。」與上録函及本集此中前後數詩合觀，可窺見元歎二十餘至三十餘與幽溪大師法緣之一斑。

吴用先，又見本集第【六十五】題詩。

幽溪大師，又見本集第【四十四】、【四十五】、【八十五】題詩；《落木菴存詩》第【二十九】、【三一七】題詩。

【五十二】辛酉元日偶題

再有勞生日，栖遲此世間。閉門宜客去，疏雨得人閑。弱柳烟將寓，荒池水漸還。獨居自無限，可想在深山。

〔校〕

本詩又見《殘稾》。

〔箋〕

天啓元年辛酉元日，合公元一六二一年一月二十二日。

【五十三】積雪

渾覆茅茨盡，炊煙何太遲。因風如更起，補砌欲無疑。化只動高樹，殘猶明一籬。山中行逕絶，隱者不相知。

〔箋〕

本詩當作於天啓元年辛酉（一六二一）。

【五十四】立春前一日王先民、吴凝甫、錢時將、劉石君夜敘浪齋

積晦忘新節，尋幽見衆情。燈來人似煖，門掩坐初成。月照寒街别，春臨殘雪驚。相期碧山路，同爲早梅行。

〔箋〕

本詩當作於天啓元年辛酉，是年一月十三日立春，則本題作於一月十二日，合公元一六二一年二月二日。

王醇，字先民。生卒不詳。《（乾隆）江南通志》卷一百六十八《人物志》傳云：

王醇，字先民，揚州人。早慧，讀書如夙識。弱冠工辭賦，陸弼、李維貞交相引重，意不屑也。善騎射、擊劍，曾一試京師演武場，將士皆愕眙，醇笑而退。父母命之室，以羸病辭。徧游吴越佳山水，參内典，終於廣陵之慈雲菴。

王先民，又見本集第【八十一】、【一〇四】題詩。

錢謙益《列朝詩集小傳》丁集下「吴居士鼎芳」云：

鼎芳，字凝父，吴人。世居西洞庭，爲詩蕭閑簡遠，有出塵之致。與范東生刻意宗唐，刊落凡近，有《披襟唱和集》行世。一時肥皮厚肉，取青妃白之倫，望之人人自遠也。嘗與

東生及予，遊苕溪，泛碧浪湖，入夾山漾，往返二十日，風清月白，苦吟清嘯，僅得七言絶句一首，其矜重自愛如此。後薙染從釋氏法，爲高僧以終。詩別録閏集中。凝父與葛震甫稱詩于兩洞庭，皆能袚除俗調，自豎眉目。震甫晚自信不篤，頗折入於鍾、譚；而凝父亭亭落落，迥然塵壒之外。震甫自負才大，以爲入佛入魔，無所不可。竟不免墮修羅藕絲中；凝父修聲聞、辟支果，雖復根器小劣，後五百年終不落野狐外道也。

同書閏集《唵囕香公》云：

唵囕香公者，吴之詩人吴鼎芳，字凝父者也。世居洞庭之武山，年未三十，生四子。一夕夢大士告曰：「偕爾佛子傳佛慧命。」因展兩手，光作布滿空界，反照身心，瞿然而寤。遂斷絶妻子緣，入雲棲，祝髮蓮池大師像前，因名大香，年已四十矣。登霞幕山，參本静心禪師，言下大悟。復行脚十年，孤子無侶，每嘆曰：「末法陵夷！宗以講論晦，教以脱略衰。」升座説法吴越間，日無寧晷。過潔溪，登聖日峰絶頂，欣然卓錫，布石爲忘歸臺，語徒衆曰：「他日堆骨于此石縫，吾事畢矣。」崇禎丙子九月八日，結跏而寂。徒衆瘗之如其言。世壽五十五，僧臘一十六。著《雲外集》、《經律集録》十餘種。

董斯張《静嘯齋存草》卷三有《吴凝父刺血書楞嚴呪頌》，卷六有《答吴凝父舟次七夕見懷》，卷七有《寄吴凝父》、《吴凝父薙髮法海寺贈以四偈》。

吴凝甫，又見《落木菴存詩》第【三〇八】題詩。又，牧齋《列朝詩集》收凝甫《會徐波》一詩，見本書《唱酬題詠》。

錢時將，又見本集第【十七】、【十八】、【三十八】、【一四〇】題詩。

劉石君，又見本集第【六】、【七十二】、【一三三】、【一五二】題詩。

【五十五】余有舊業，在槎山，梅花時居此。王修微願相尋。詩以答之

澹澹寒溪去，梅花照水時。敝廬因可見，仙棹更何之。獨往亦無悶，相忘各向衰。草菴門卻閉，我在只如斯。

〔箋〕

本詩當作於天啓元年辛酉（一六二一）。

錢謙益《列朝詩集小傳》閏集「草衣道人王微」云：

微，字修微，廣陵人。七歲失父，流落北里。長而才情殊重，扁舟載書，往來吴會間。所與遊，皆勝流名士。已而忽有警悟，皈心禪悦。布袍竹杖，遊歷江楚，登大别山，眺黄鶴樓、鸚鵡洲諸勝，謁玄嶽，登天柱峰，溯大江上匡廬，訪白香山草堂，參憨山大師於五乳。歸而造生壙于武林，自號草衣道人，有終焉之志。偶過吴門，爲俗子所嬲，乃歸於華亭穎川

君。潁川在諫垣，當政亂國危之日，多所建白，抗節罷免，修微有助焉。亂後，相依兵刃間，間關播遷，誓死相殉。居三載而卒。潁川君哭之慟。君子曰：「修微，青蓮亭亭，自拔淤泥，崐岡白璧，不罹劫火，斯可爲全歸，幸也！」修微《樾館詩》數卷，自爲敘曰：「生非丈夫，不能掃除天下，猶事一室，參誦之餘，一言一詠，或散懷花雨，或箋志山水，喟然而興，寄意而止，妄謂世間春之在草，秋之在葉，點綴生成，無非詩也。詩如是可言乎，不可言乎？」性好名山水，撰集名山記數百卷，自爲敘以行世。

陳繼儒《題王修微草》云：

修微詩類薛濤，詞類李易安，此稿的是公據。無論粉黛兒，即鬚眉才子，皆當愧殺。今獨移贈周公美先生，其殉知之合，非吾曹所敢望也。宜以涴花箋再書副本，古錦囊貯之。盥手薔薇露，方許開褶。（見其《晚香堂集》卷十八）

題名鍾惺所輯《名媛詩歸》卷三十六王微小傳云：

王微，字修微，廣陵人。常輕舟載書，往來五湖間。自傷七歲父見背，致飄落無所依，眉嫵間常有恨色。其詩娟秀幽妍，與李清照、朱淑真相上下。著《遠遊篇》、《閒草》、《期山草》行世。

林古度《王脩微詩序》：

天地生一詩在世，欲人傳天地之心，以象其變化靈奇也。久之惡夫所傳之人，日就頑死而失其初，乃生一脩微以爲救。脩微偶婦人耳。世間見事有出於婦人者，非奇之，即疑之。不知天地自欲救此頑死之弊，而托之修微。修微何嘗詩，何嘗婦人？天地之詩，天地之人也，故將變化靈奇盡付之脩微，而別無所謂可傳之心矣。舍天地而欲問之脩微，所謂變化靈奇者何從出，恐脩微回視婦人面目，亦不能對。（《林茂之文草》，收入《清代詩文集彙編》）

《譚元春集》卷五《過王修微山莊》云：

緑溪天外没，宜有是人居。殘葉埋深巷，新窗變故廬。心心留好月，夜夜抱奇書。女伴久相失，荒村獨晏如。

卷七有《王修微江州書到意欲相訪詩以尼之》云：

無思無言但家居，僮婢悠然遂古初。水木橋邊春盡事，琵琶亭上夜深書。隨舟逆順江常在，與夢悲歡枕自如。詩卷捲還君暗省，莫攜慚負上匡廬。

卷八有《在錢塘吳興間皆逢王修微女冠每用詩詞見贈臨別答以六章》：

相送萬里碧，月光生道心。始知人意淺，不及霅流深。（其一）

離時碧萬重，晤時黄一色。與汝看孤帆，不霜何可得？（其二）

西陵松已暮，潛在橋邊行。夜半候舟出，沈沈作烏聲。（其三）

不用青衫濕，天涯淪落同。前夜三弦客，一聲霜露空。（其四）

素淡出閨來，怒人稱小小。我在鏡邊過，妄言君尚好。（其五）

播揺無從入，山莊獨閉門。自然冰滿研，我亦到荒村。（其六）

卷十《答修微女史》云：

霄燈曉火共西湖，船隔書聲聽又無。歸後憶君先憶此，春晴春雨長蘼蕪。（其一）

奇踪不定可天涯，傳汝梅邊亦有家。人妬人憐俱未受，或將宜稱問寒花。（其二）

朱彝尊《静志居詩話》卷二十三「王微」云：

字脩微，揚州妓，有《期山草》、《樾館詩集》。脩微皈心禪悦，自號草衣道人，初歸歸安茅元儀，晚歸華亭許譽卿，皆不終。《重過雨花臺望江有感》云：「春姿静東岑，雲影結遥粲。坐覺高臺空，不知翠微半。落花自古今，啼鳥變昏旦。撫化良易遷，即事聊成玩。況乃晴江開，淥波正拍岸。」《夾山漾别陳仲醇》云：「夾山寒水落，木葉下紛紛。斜日已難别，扁舟況送君。瑶華一以折，零露不堪聞。爲我題紈扇，新詩寄白雲。」《仙家竹枝詞》云：「幽蹤誰識女郎身，銀浦前頭好問津。朝罷玉宸無一事，壇邊願作埽花人。」《憶江南》云：「寒沙日午霧猶含，蕭瑟風光三月三。撲地柳花新燕子，不由人不憶江南。」

丁傳靖《明事雜詠》：

清流原不諱風情，拾翠題紅偏兩京。移入錦屏無此例，開山第一許霞城。

注云：

譚仲木謂明萬曆以前，士大夫無娶妓爲妾事。自許霞城娶王修微，始開此例。王修微，又見本集第【一二五】、【一二八】題詩。

槎山，又見本集第【七】、【十四】、【三〇】、【五十八】、【一五一】題詩。

【五十六】春晴放舟虎山橋夕陽過下堰

乘流一平視，雲水略相當。雜興得俱載，薄游亦有方。煙中孤棹響，花夜兩湖香。泊處枯楊是，沿洄何乃長。

〔校〕

本詩又見《扶輪集》卷八。

〔箋〕

本詩當作於天啓元年辛酉（一六二一）。

徐傅編、王鏞等補輯《光福志》卷二「山」載：

虎山，在鎮西北，相傳吴王養虎於此，故名。中通一溪，跨以石梁，橋曰虎山橋。

同書卷三「水」載：

下崦，又名西崦，在鎮西。周二十餘里，西承太湖，東達上崦，北接游湖。四面環山。

【五十七】春雪後登南山望郡城作

閏月已盡三月節，北風蓬蓬夜有雪，林花最早最先折。恰似十五女兒身，無端一出嫁狂拙。國步方新髮欲暮，仙人招我煙中路。尚須與世解糾紛，未能隨汝甘幽素。花落籬根流水香，雞鳴樹上春晝長。山下荷鋤山上宿，閑倚嵇康看修竹。吾儕出處意已微，從今請各不相非。

〔箋〕

本詩當作於天啓元年辛酉（一六二一），是年有閏二月。

【五十八】將離槎山留别菴中净侶

春禽下幽獨，山寺晝清虚。聞説花飛盡，因思返故廬。暫遊人意好，屢出治生疏。瓢笠相形影，提攜復渡湖。餘糧堪一月，師輩且安居。

〔箋〕

本詩當作於天啓元年辛酉（一六二一）。

槎山，又見本集第【七】、【十四】、【三〇】、【五十五】、【一五一】題詩。

【五十九】王夷甫玉塵柄歌

長七寸，首尾皆作螭形。宋比玉出以相示，云有發夷甫墓而得者。夫夷甫與周旋最久，無過此物。《聶隱娘傳》云：「殺人者，先斷其所愛，然後決之。」當排牆厭殺時，猶以所愛殉其死，則其於石世龍，不可不謂之知己也。

離婁之目工倕指，刻出玉螭寒未死。想像當時著手痕，胡床側畔初拈起。琤琤螭尾鳴雙環，腹抽絲縷相勾牽。工入杳冥思路絶，誰能爲此豈其天。螭窮玉剩爲餘地，一花兩葉見游戲。玉人閑暇器始完，作者胸中無一事。林下風流不可期，嵇琴阮屐盡堪思。精神所寄無過此，常是空囊束縛時。恨血模糊舊相守，處世幾何地下久。淹留復出在人間，朝來傳玩諸君手。土漬蠶紋潤不竭，血染猩紅玉已活。爲螭不自記年時，沉吟恐是殷周物。

〔箋〕

本詩當作於天啓元年辛酉（一六二一）。

宋比玉，宋珏（一五七六—一六三二）。又見本集第【九十六】、【一〇七】題詩。錢謙益《列朝詩集小傳》丁集下「宋秀才珏」云：

珏，字比玉，莆田人。家世仕宦，不屑從鄉里衣冠浮沈徵逐。年三十，負笈入太學，游金陵，走吴越，徧交其賢士大夫。初從人扇頭見程孟陽《荔枝酒歌》，行求七載，始識孟陽，遂以兄事之。因孟陽以交余。長身玉立，神情軒舉，開顔談笑，不立崖岸，其胸中涇渭井如也。善八分書，規橅夏承碑，蒼老雄健，骨格嶄然。畫出入二米、仲圭、子久，不名一家。又泛愛施易，不自以爲能事。酒酣歌罷，筆騰墨飛，或即席賦詩，或當筵染翰，書窗涴壁，淋漓戲劇。或醒而自謂無以加，又或旦而忘其誰作也。人以是多易而親之。滯淫旅人，默默不自得，客死吴門。其卒也，孟陽撫之，乃瞑而受含。余與孟陽欲留葬虞山，不果。返葬後十餘年，金陵顧夢遊入閩哭其墓，乞余爲文，伐石以表之。比玉爲詩，才情爛熳，信腕疾書，不加持擇。詩成，亦不留藁。余取其《畫荔枝辭》一首，以爲近古人諷諭之遺。今其遺稿，刻于金陵者，其里人所掇拾，非比玉意也。

王夷甫，晉人王衍（二五六—三一一）。生平見《晉書》卷四十三本傳。余嘉錫《世説新語箋疏・容止第十四》第八條云：

王夷甫容貌整麗，妙於談玄，恒捉白玉柄麈尾，與手都無分別。

《箋疏》云：

《能改齋漫録》二引釋藏《音義指歸》云：「名苑曰：鹿之大者曰麈。羣鹿隨之，皆看麈所往，隨麈尾所轉爲準。今講僧執麈尾拂子，蓋象彼有所指麾故耳。」嘉錫案：漢、魏以前，不聞有麈尾，固當起於魏、晉談玄之士。然未必爲講僧之所創有也。《通鑑》八十九注曰：「麈，麋屬。尾能生風，辟蠅蚋。晉王公貴人多執麈尾，以玉爲柄。」聶隱娘傳，指唐裴硎所撰《聶隱娘》傳奇，見《太平廣記》卷一九四。

【六〇】登北樓臨小池，傳是唐六如先生故居

野館閉空緑，伊人寧久離。樓寒常近夜，草色漸過池。自顧敢云客，相逢或不疑。蓬蒿正滿眼，猶是著書時。

〔校〕

本詩又見《殘稾》。

〔箋〕

唐六如，唐寅（一四七〇—一五二三），字伯虎，一字子畏，號桃花菴主，蘇州吴縣人。與祝允明、文徵明、徐禎卿並稱「吴門四才子」。徐崧、張大純合撰《百城烟水》卷二「六如别業」條云：

在閶門内桃花塢。明弘治戊午解元唐子畏寅别業。大半荒蕪。

據《（同治）蘇州府志》所收雷起劍《重修唐解元墓》一文，元歎另有賦唐寅墓之詩，今未見。

【六十一】晚行丹陽道中

驅馬微涼内，悠然慰客情。雲知渡水處，鳥是入林聲。迂道讓新麥，離家多晚晴。隨波鷗澹澹，終日見人行。

〔校〕

本詩又見《扶輪集》卷八。

【六十二】胡彭舉招飲知載齋

隔歲知幽處，今來更寂寥。愛君難自去，留醉爲他招。細雨聲中夜，新桐緑在朝。相安父子意，閉户不無聊。

〔箋〕

本詩當作於天啓元年辛酉（一六二一）。

知載齋，胡彭舉父子書齋。林古度《知載齋賦（並序）》序云：

知載齋者，蓋余友彭舉胡子所爲居以名也。胡子以辛丑歲冬仲月罹家難，破其故業。至壬寅初夏，復搆屋於冶城之東麓。環木縈暎，池圃紆迴。國都之内，城市之隈，所謂小隱是也。第其墉垣不備，風雨欲來，客有憂之者。胡子廼咍然曰：不聞莊子之言乎？禍重於地而人莫知避，福輕於羽而人莫知載。吾覽斯言，朝乾夕惕。避既罔逮，載宜亟繹。用名斯齋，爲子孫式。客請其義，一語莫釋，迺屬林子作賦廣客。（《林茂之賦草》，收入《清代詩文集彙編》）

胡宗仁，字彭舉，上元人（上元，南京舊縣）。有《知載齋稿》。錢謙益《列朝詩集小傳》丁集上「胡布衣宗仁」云：

宗仁，字彭舉，上元人。隱於冶城山下。生而偉壯，美髯。晚年，衲衣拄杖，反手徐步，鬚髯從風飄颺，市人皆目爲神仙。喜譚論，作畫師雲林、子久。本富家子，老而食貧，不謁時貴，嘗詠唐六如詩「閑來自寫青山賣，不使人間作業錢。」殊自得也。有詩二千餘首，鍾伯敬爲論定，余見其手稿，每自誇其「寒星徹夜疏，明月爲我至」，以爲神來之句，亦可見其清意也。

鍾惺《隱秀軒集》卷七有《過胡彭舉》；卷九有《月夜過胡彭舉》，卷十有《夜詠彭舉燈下水仙花》，卷三十五有《題胡彭舉畫贈張金銘》、《題靈谷遊卷》、《題胡彭舉爲蔡敬夫方伯畫卷》。《譚元春集》卷三有《答贈胡彭舉》、《寄懷胡彭舉》、《開看胡彭舉畫》，卷四有《寄題胡彭舉小九華石歌》，卷五有《彭舉茂之過談》、《寄胡彭舉》、《閒過胡彭舉昌昱父子知載齋》，卷十有《答彭舉贈畫》、《四月一日惱彭舉時純茂之負約》，卷二十九有《胡彭舉詩畫卷跋（一）》、《胡彭舉詩畫卷跋

（二）》。

元春《胡彭舉詩畫卷跋（一）》云：

彭舉年六十餘，坐起一齋，藤垣苔石，沖然無慮，然未免爲人作畫。其畫緣飾於雲林、大癡、叔明間，而疏疏自運，無驚跳、束縛二者之失，居然有逸士老人之度，世知傳貴之。惟彭舉古詩，老枝少葉，自寫其質性之所近，則自吾數人外，誠莫有知之者。

夫爲世所知，不如爲所不知。然苟無一物以掩之，則雖欲不爲人知，其道莫由。故畫能至於神逸，而又能蚤以之名於世，是彭舉所由以自掩其詩也。江南之俗，畫之易售倍詩。彭舉爲貧而畫，鬻手用老，亦無可奈何。而以畫存於世，又無一人推本其爲人之貞樸以掩之，然則畫與詩，幸不幸何如也？

《胡彭舉詩畫卷跋（二）》：

彭舉爲人畫册葉十片，皆生平所游山水，是其得意之筆。鍾居易見而欲得之，即舉以爲贈。吾爲彭舉計，彭舉自爲其畫計，皆當出此。夫爲庸人可求而得，已非高士之情矣，况又使奇人求而不得乎？

居易將復往南都，因爲題其册，使堅彭舉，曰：必不得已而爲庸人畫，可以屈其手，令不至於大佳，不幸而至於大佳，每逢奇人輒與之。夫如是，則吾他日亦可邀惠數片耳。

《寄懷胡彭舉》云：

懶出存天機，於予來去頻。猶云江頭日，送我不如人。此情非流浪，公性自來真。慚我尚寒士，憐翁有老親。世道眼光薄，兩兒空沈淪。感此不能飯，拂拂私自陳。臘送我友南，煩爲致情神。舟檝無踪影，江水非車輪。計到君邊時，寒梅交冬春。年華未肯駐，白髮慎勿新。

【六十三】贈沈雨若

昔我之海隅，懷君在春草。白門交一臂，荷葉青錢小。結友亦有時，詭遇徒機巧。結友亦有身，相歡顔色好。藥石恣冥搜，努力待衰老。日者初投止，芳園爲我掃。高酌星影殘，涼卧蛙聲曉。足堪資少留，晤對增懷抱。

〔箋〕

李流芳（一五七五—一六二九）《檀園集》卷七《沈雨若詩草序》云：

去年中秋，待月於西湖，因流連兩山間，至紅葉落而還。雨若後余至而先余去，在湖上不數日，又初病起，扶杖蹣跚而行。然兩高、三竺諸名勝，無幽不探，無奇不咏，日得詩數十篇。余遊跡所至，不能道一字，僅題畫走筆數篇而已。見雨若之詩，畏其多而服其工，不敢出而示之。雨若乃欲余序其詩，余又何敢哉？猶憶與雨若看潮六和塔下，酒後竝肩輿而行，於虎跑山間，相與論詩甚洽。雨若似以余爲知詩者。雖然，余不知詩，而能知詩人之情。夫詩人之情，憂悲喜樂，無異於俗，而去俗甚遠。何也？俗人之於情，固未有能及之者也。雨若居然羸形，兼有傲骨，孤懷獨往，耿耿向人，常若不盡，吾知雨若之於情深矣！夫詩者，無可奈何之物也。長言之不足，從而咏歌嗟歎之，知其所之，而不可既也，故調御而出之，而音節生焉。若導之使言，而實制之使不得盡言也。非不欲盡，不能盡也，故曰無可奈何也。然則人之於詩，而必求其盡者，亦非知詩者也。余嘗愛昔人「鍾情吾輩」之語，以爲不及情之於忘情，似之而非者也。必極其情之所之，窮而反焉，而後可以至於忘，則非不及情者能近之，而唯鍾情者能近之也。由此言之，雨若其將有進於詩者乎？請以此質之。甲寅[一六一四]九日。

錢謙益《列朝詩集小傳》丁集上「沈秀才春澤」云：

春澤，字雨若，常熟人。福建參政應科之孫也。少孤，兒時驕穉，長而才情焕發，能詩，善草書畫竹，折節勝流，輸寫肝膽，遂爲吴下名士。大父殁後，不得志于里閈，移家居白門，治園亭，潔酒饌，招延結納，交遊翕集。負氣骯髒，多所睚眥。酒悲歌怨，聲淚交咽。故有羸疾，兼以毷氉，忽忽發病而死。余愛其才，而憫其志，繙閱其詩二千餘首，才情故自爛然，率易叢雜，成章者絶少。士之負才自喜，而不知持擇，迄以無成，良可悲也！鍾伯敬官南都，雨若深所慕好，鄭重請其詩集，序而刻之。伯敬亡，雨若著論曰：「大江以南，學伯敬者，以寂寥言簡練，以寡薄言清迥，以淺俚言沖淡，以生澀言尖新。篇章句字，多下一二助語，輒自命曰空靈；余以爲空則有之，靈則未也。波流風靡，彼倡此和，未必非鍾譚爲戎首也。」人不可以無年，雨若遂反唇于伯敬；雖然，斯論亦鍾氏之康成也。

鍾惺《隱秀軒集》卷五有《沈雨若以朱白民竹卷贄予畫戲作此歌》，卷八有《沈雨若自常熟過訪九月七日要集敝止有虞山看紅葉之約》，卷九有《春日過沈雨若問病並訪唐宜止》，卷十八有《沈雨若時義序》。雨若序刻伯敬自訂《隱秀軒集》於天啓二年（一六二二），序見上海古籍出版社一九九二年標校本附録一。

《譚元春集》卷五有《過沈雨若蔣榭得觀字（同伯麟、比玉、子丘）》。

沈雨若，又見本集第【六十六】題詩。

【六十四】馬瑶草過寓齋談及遼事漫賦

苟安如昨日，念亂切同舟。難説林泉事，寧無妻子謀。射肩非敵國，畏尾亦諸侯。可惜歡娱地，宜爲秉燭遊。

〔箋〕

馬瑶草，名士英（一五九一—一六四六），明清之際政治人物，其所作所爲，備受争議。馬曾爲元歎詩集撰序，見本集前。鍾惺於萬曆四十三年（一六一五）典使貴州鄉試時所取士，馬士英名在其中。元歎之得交瑤草，或伯敬爲之引也。又，鍾惺《隱秀軒集》卷十九《壽馬太公序》乃爲瑤草父玉臺所作者。

周亮工（一六一二—一六七二）《讀畫録》卷四「馬瑤草」條云：

馬瑤草士英，貴陽人。罷鳳督後，僑寓白門，肆力爲畫，學董北苑而能變以己意，頗有可觀。陸冰修曰：「瑤草書畫，聲不減文、董。没後，僧收其骨焚之，得堅固子二十餘。」洪景盧記蔡京胸有卍字骨，頗與此類。使瑤草以鳳督終，縱不及古人，何遽出某某下？功名富貴，有幸有不幸焉，可慨也已。王貽上曰：「蔡京書與蘇、黄抗得，瑤草胸中，乃亦有丘壑。」黄俞邰題一絶：「半閒堂下草離離，尚有遺踪寄墨池。猶勝當年林甫輩，弄麞貽笑誤書時。」貽上又題：「秦淮往事已如斯，斷素流傳自阿誰？比似南朝諸狎客，何如江孔擘牋時。」瑤草爲後人揶揄若此。

余謂瑤草尚足爲善，不幸爲懷寧累耳。士人詩文書畫，幸而流傳於世，置身小一不慎，後人逢著一紙，便指摘一番，反不如不知詩文書畫爲何物者，後人罕見其姓字，尚可逃過幾場痛詈也，豈不重可歎哉！

瑤草名成後，人争購其畫，不能遍應，多屬施雨咸爲之。

馬士英，又見本集馬序、第【一四〇】題詩。

【六十五】吴本如、鍾伯敬、郭聖僕、王觀宗、胡元振治齋雨花臺，邀同一雨、西竺諸上人讌集，聖僕、一雨不至

昨有城南命，朝涼集此臺。寺同松徑惑，樓向鳥聲開。選擇爲幽會，參差不盡來。徐看晚雨作，早已濕青苔。

又

齋厨滌流水，雨氣冒遥岑。留者更相送，他時應獨尋。染香游浄域，聞磬引初心。奈有羈栖事，低迴祇自吟。

〔箋〕

本題當作於天啓元年辛酉（一六二一）。

鍾惺《隱秀軒集》卷三有《舟過郭聖僕范漫翁二居士》，卷八有《出通濟門訪郭聖僕與友夏同往》，卷十一有《冬夜集吴體中中丞西園觀劇（同魏士爲、潘景升）》《二月三日重過靈谷看梅王觀宗招，同方孟旋諸子》，卷十二有《郭聖僕五十詩》。

林古度《林茂之詩選》卷下有《雪夜觀曹民部爲郭聖僕書卷》、《送郭聖僕同曹能始便道遊匡廬因寄五老峰心上人》、《觀郭聖僕所藏米襄陽靈壁石歌》、《同郭聖僕訪潘訒叔觀宋元人筆跡值

通上人至約過隣園王孫》。

王觀宗，即王惟士。陳廣宏《鍾惺年譜》天啓元年條引《（康熙）江寧府志·選舉》天啓七年條云：

王觀宗惟士，治書，江寧籍監生。知縣。

胡元振，名待考。鍾惺《隱秀軒集》卷九有《夏日遊攝山同王惟士徐元歎胡元振》，卷十一有《除夜同胡元振王子雲李宗文守歲江夏客寓》。《譚元春集》卷五有《秋涼取胡元振畫掛之齋壁蒼潤深寒覺不可坐遂題其上》，卷十四有《喜白門胡元振至》。

郭聖僕，即郭天中。錢謙益《列朝詩集小傳》丁集中「郭布衣天中」云：

天中，字聖僕，先世莆田人。其祖以避寇徙秣陵。母誕聖僕時，夢一道人，雙髻曳杖，從山巔下，直入其室。其生也頂髮截分，以徵異焉。聖僕以五日生，早失父，性至孝，孤情絶照，迥出流俗。購畜古法書名畫，不事生産，專精篆隸之學，窮崖斷碑，搜訪摹搨，閉户冥搜，寢食都廢。晚年隸書益進，師法秦漢，最爲逼古。母殁，權厝於城東郊，僦居其側，風雨蕭然，終不肯去。人欲爲卜居，以癖耽山水爲辭，竟不欲明言廬墓以市名也。故人泰和楊嘉祚守維揚，延致聖僕，贈遺數千金，斥以買歌姬數人，購書畫古物，並散給諸貧交，緣手而盡。嘉祚歎曰：「此吾所以友聖僕也。」諸姬中有朱玉耶，工山水，師董北苑；李柁那，工水仙，直逼趙子固。疏窗棐几，菜羹疏食，談諧既暢，出二姬清歌以娱客，或邀高人程孟陽輩，流覽點染，指授筆法。鍾伯敬贈詩曰：「姬妾道人侶，敦彝貧士家。」亦實録也。聖僕卒，無子，墓在雨花臺之旁。聖僕平生無所造請，常偕孟陽訪余虞山，信宿而去，至今想其面目，清冷古色，猶足炤人也。

蒼雪《南來堂詩集》卷一有《晉硯爲郭聖僕》詩云：

郭翁學書如學禪，老坑石穴幾窺天。何物看來璞且堅，一泓秋水披「披」一作「抱」蒼煙。背鐫小字建元年，六代安能保其全？山陰曾寫換鵝箋，磨至如今磨未穿。吴兒走見棄如甎，君偶得之不值錢。授與阿翁錦包纏，終日摩弄生光鮮。雙手捧出不敢傳，使我欲辯心茫然。君不見蓬瀛之底崑崙巔，吁嗟幾度化爲田。

吴本如，又見本集第【五十二】題箋。

鍾伯敬，又見集前鍾序、第【十九】、【二〇】、【二十二】、【二十四】、【二十七】、【三十二】、【三十八】、【三十九】、【四十三】、【六十七】、【六十八】、【六十九】、【九〇】、【九十一】、【九十二】、【九十三】、【九十四】、【九十五】、【一一八】、【一一九】、【一三九】、【一四八】、【一四九】、【一六二】題詩，另見《落木菴存詩》第【二十九】、【六十一】、【一八九】、【三一七】題詩。

一雨，又見本集第【四】、【三〇】、【三十一】、【六十七】、【一〇八】題詩，另見《落木菴存詩》第【一三六】題詩。

【六十六】沈雨若見示徐文長畫雜花卷

徐生畫花備四時，惟須佳墨與臙脂。用墨亦在花葉外，墨所不及具花態。寒幹疏梅開遠天，敗荷枯荻澹多煙。高情豈必求形似，蜜蜂蝴蝶生其間。俠烈詼諧無不露，令人喜亦令人怒。一草一木無常形，筆端成物如風雨。醉眼迷離燭影闌，風日佳時更借看。

〔校〕

本詩又見《殘稾》、《明詩平論二集》、卷七《扶輪集》卷六。

〔箋〕

沈雨若，又見本集第【六十三】題詩。

【六十七】同雨法師、鍾伯敬遊陟城外華嚴廢寺

松篁夾微徑，直至入門時。碧陰先我合，野水成藩籬。慈顏識興廢，憫默俟其期。諸天風雨立，扶衛不敢衰。昔人願力存，能使來者悲。空門猶歇滅，自顧轉孤危。日斜群影集，相與歎息之。

〔箋〕

本詩當作於天啓元年辛酉（一六二一）。

鍾惺《隱秀軒集》卷四《城南古華嚴寺半就傾頽奇爲清崎同一雨法師徐元歎陳磐生往訪詩紀冥遊兼勸募復》云：

六載秣陵人，自許遊栖熟。所愧城南寺，前此未寓目。懷新快初至，詢仰得前躅。數里聲香中，人我在空緑。金碧感廢興，林岫增幽獨。佛事寄花果，僧意安水竹。微雨灑新陽，羣有俱膏沐。净地不必言，亦可備登矚。先往勸同心，静者來相續。庶借奔悦情，共爲信施勖。

雨法師，即一雨通潤，又見本集第【四】、【三〇】、【三十一】、【六十五】、【一〇八】題詩，另見《落木菴存詩》第【一三六】題詩。

鍾伯敬，又見集前鍾序、第【十九】、【二〇】、【二十二】、【二十四】、【二十七】、【三十二】、【三十八】、【三十九】、【四十三】、【六十五】、【六十八】、【六十九】、【九〇】、【九十一】、【九十二】、【九十三】、【九十四】、【九十五】、【一一八】、【一一九】、【一三九】、【一四八】、【一四九】、【一六二】題詩；另見《落木菴存詩》第【二十九】、【六十一】、【一八九】、【三一七】題詩。

【六十八】棲霞半山接杖菴同鍾伯敬作

久向前峰見，到門經許時。諸松風在下，雙澗水生遲。至此無全力，餐恒不及饑。山僧聞客去，各請後遊期。

〔校〕

本詩又見《扶輪集》卷八。

〔箋〕

本詩當作於天啓元年辛酉（一六二一）。鍾伯敬，又見集前鍾序、第【十九】、【二〇】、【二十二】、【二十四】、【二十七】、【三十二】、【三十八】、【三十九】、【四十三】、【六十五】、【六十七】、【六十九】、【九〇】、【九十一】、【九十二】、【九十三】、【九十四】、【九十五】、【一一八】、【一一九】、【一三九】、【一四八】、【一四九】、【一六二】題詩；另見《落木菴存詩》第【二十九】、【六十一】、【一八九】、【三一七】題詩。

【六十九】題後湖焦弱侯、鍾伯敬兩先生放生館

驅之成佛乏因緣，代爲皈依亦惘然。呵禁山林無畋獵，報恩魚鳥自留連。安全不獨群生福，流轉終勞君輩憐。一歎去秋同業者，幾人姓字列空筵。

〔校〕

本詩又見《扶輪集》卷十。

〔箋〕

本詩當作於天啓元年辛酉（一六二一）。

焦竑（一五四〇—一六二〇），字弱侯、叔度，號漪園，又號澹園。南京人。萬曆十七年（一五八九）五十初度，中廷試一甲一名，遂爲明代第七十二名狀元。歷官翰林院修撰、東宮講官。著有《澹園集》、《焦氏筆乘》、《國朝獻徵録》、《國朝樂籍志》、《老子翼》、《莊子翼》等。

鍾惺《隱秀軒集》卷十有《贈焦弱侯太史》云：

始見圖書鐘鼎人，後來典則古精神。惟予敢謂尋常事，在爾行將八十身。學禮於周兼杞宋，垂文自魯逮關閩。不須更問蒼生意，要使清時有鳳麟。

卷三十五有《題焦太史書卷》云：

惺生平不喜無故而求見海内名人，蓋以角巾競倣，龍門虚慕，自是漢末一段浮習。師友不得力處全在於此。至秣陵焦弱侯太史，猶欲一見其人。己酉惺以計偕過秣陵，適先生謝客，未遑求見而去。甲寅正月，以使事舟泊龍江，例不入城。予楚人，兼之作官，不時至南都，而先生亦且老矣，不知此生終得見否也？此卷蓋予官京師，從友人吴康虞乞書者。丁巳，予請假還，止寓南都，始得見先生。蓋先生七十有八矣。其顔面間常有嶽瀆之氣，真異人也。沐浴經年，爲益不少。先生亦深加知愛，然予未忍乞其片紙。《禮》云「老者不以筋骨爲禮」，夫筆墨關乎精神，又何止筋骨而已哉！今之求見人而乞其詩文及書者，非必能知而賞之也，不過曰「吾已見其人，吾已藏其人詩文及書」而已。是以齒德人形神，供我名根也，不亦人己兩失乎？夫行卷自未相識前，而因人乞之者難；在既相識後，而身自乞之者易。吾於先生之書，亦保其難者而已矣。

鍾伯敬，又見集前鍾序、第【十九】、【二〇】、【二十二】、【二十四】、【二十七】、【三十二】、【三十八】、【三十九】、【四十三】、【六十五】、【六十七】、【六十八】、【九〇】、【九十一】、【九十二】、【九十三】、【九十四】、【九十五】、【一一八】、【一一九】、【一三九】、【一四八】、【一四九】、【一六二】題詩；另見《落木菴存詩》第【二十九】、【六十一】、【一八九】、【三一七】題詩。

【七〇】與李長蘅同宿虎丘送其北上辛酉季冬

人間悲落葉，此去意如何。入寺春禽始，離家晚樹多。將行須復友，結駕此山阿。劍池星影下，燈火數經過。持我歲暮歎，向爾勞者歌。前途冰就泮，千里聞寒波。相逢連遠別，後會又蹉跎。交情自此見，不敢道其他。

〔箋〕

詩題注辛酉，合天啓元年（一六二一）。李流芳，字長蘅，一字茂宰，號檀園、香海、泡菴，晚號慎娛居士、泡菴道人。原籍歙縣，僑居嘉定。萬曆三十四年（一六〇六）舉孝廉。與唐時升

（一五五一—一六三六）、婁堅（一五六七—一六三一）、程嘉燧（一五六五—一六四三）合稱「嘉定四先生」。牧齋《初學集》卷三十二有《嘉定四君集序》，可參看。

鍾惺《隱秀軒集》卷五有《贈李長蘅》，卷十四有《題李長蘅寒林圖》。

《譚元春集》卷三有《與李長蘅舟寓詩二首》、《子將山居幽甚是宋人方圓菴遺址與李長蘅嚴無勑同過》，卷四有《喜李長蘅至》、《聽李長蘅所攜客弦索歌》、《又聽長蘅所攜客撾鼓歌》，卷五有《同李長蘅尋聞子將龍井山齋二首》、《題李長蘅母夫人壽册》。

董斯張《静嘯齋存草》卷十有《題李長蘅畫三首》。

李長蘅，又見本集第【七十二】、【一四三】題詩。

【七十一】是夜李僧筏出其尊人長蘅畫册因題其上

醉醒俱不去，夜坐群情密。端居云多暇，水石隨意抹。舟來攜數方，掇拾已成帙。篋笥但隨身，貪者不敢奪。明燈高寥寥，卷舒無促迫。獎譽漫俗情，深賞示以默。而翁臨發辰，授子以爲別。寶此差足賢，冰清未可忽。奉之爲良規，我猶曰形跡。而翁丘壑徒，讀書難自没。翱翔筆墨間，誰敢鬭工拙？吾子天機深，矧是名父出。今古略宜觀，安事求其末。

〔校〕本詩又見《殘稾》。

〔箋〕本詩當作於天啓元年辛酉（一六二一）。

錢謙益《列朝詩集小傳》丁集下「李先輩流芳」云：

有子曰杭之，字僧筏，畫筆酷似其父。乙酉歲，死於亂兵，遺孤藐然，今育於從兄宜之家。

《初學集》卷五十四《李長蘅墓誌銘》云：

長蘅交知滿天下，其少所與游處曰鄭胤驥閑孟、王志堅弱生，故其子娶閑孟之女，而其女歸弱生之子。……長蘅既亡三年，……其子杭之泣而言曰：……

《譚元春集》卷三十二《寄湖上諸兄》有云：

寄語李郎僧筏：吾於渠家尊甫負愧不已，身到江東，即當發車過腹痛之誓，破宿草不哭之戒也。

【七十二】送劉石君再赴金陵

亂離何可別，況乃在新秋。歸淺無交謫，身輕不自謀。遠天頻送客，近日每登樓。莫使淮流竭，江城跡未收。

〔箋〕

劉石君，又見本集第【六】、【五十四】、【一三三】、【一五二】題詩。

【七十三】過錢塘將訪馮三於湖上，雨不果行

積雨群峰困，遥愁倚碧潯。陰晴關友誼，車馬有離心。幸免一迴別，留爲兩念深。無邊悲喜境，付與夢中尋。

〔校〕

本詩又見《殘稾》。

【七十四】南屏山尋浪泊上人不遇

羈愁成暮雨，聊且即扁舟。聞説南屏近，心知西閣幽。煙波爲此約，水石未忘秋。講席紛然散，斯人不可求。

〔箋〕

浪泊上人，又見本集第【八十七】題詩。

【七十五】六月十八，與陳古白、吕子傳集顧青霞新構水亭，觀粉壁畫松，累石爲地，畫松其上

水觸牆根爲日久，新亭面此開軒牖。不能更問置亭時，有亭有水可無疑。已忘熱客披衣苦，便覺涼天列坐宜。壁間水氣堪嫵媚，松石無端思坐致。雙柯脱手助清寒，更令詞客歌其事。歌殘月出卧縱横，恍聽螺溪嶺上聲。謂松能風余非佞，孰物有形無性命。主人累石畫者機，畫者含毫聽指揮。松不痴肥石不瘦，松耶石耶同時有。

〔校〕

本詩又見《殘稾》、《明詩平論二集》卷七、《扶輪集》卷六。

〔箋〕

陳古白，名元素，又字金剛，號素翁、處廓先生。又見本集第【八十九】、【一一四】、【一三〇】、【一三二】、【一五三】、【一五五】題詩。《(同治)蘇州府志》卷八十七小傳載：諸生。早負才名。萬曆丙午(三十四年，一六〇六)鄉試，卷已擬解首，同鄉司提調者，以小嫌厄之，竟落去。元素以義命自安，無幾微見於顔色。一時名輩，多從之游。能詩文，

尤擅臨池。楷書法歐陽，行草入二王之室。兼善畫蘭。寸縑尺牘，人爭寶之。殁後，同志私謚貞文先生。

呂一經，字子傳，號非菴。吴縣人。

顧青霞，名凝遠。又見本集第【一一三】、【一二九】、【一三〇】、【一三三】、【一四四】、【一五二】、【一五三】題詩。朱福熙等修《黄埭志》卷四「人物」載：

顧凝遠，字青霞，九思孫。承祖父蔭，絶遠紈綺，刻尚風雅。隱居不仕，築室齊門，即今之花谿，多蓄圖書彝（按：此處上下文疑有闕文。）失守，歸隱蠡口。居父喪時，哀憤賦詩，未嘗一至城市。

本書「集外詩」收元歎次韻牧齋《六月七日迎河東君於雲間喜而有述》之詩，顧青霞亦有和作，見丁祖蔭《虞山叢刻》所收《東山詶唱集》。顧詩云：

蘭缸背立暑宵深，浴罷凝妝繡閣陰。學士懶捫時事腹，美人歡結海天心。低蛾葉並眉舒色，幽吹簫同語出音。一笑故應無處買，等閒評泊説千金。

其所和者爲牧齋原唱第四首：

朱鳥光連河漢深，鵲橋先爲架秋陰。銀缸照壁還雙影，絳蠟交花總一心。地久天長頻致語，鸞歌鳳舞並知音。人間若問章臺事，鈿合分明抵萬金。

汪學金《婁東詩派》卷八有黄翼聖（一五九六—一六五九）《譚友夏遠韻至吴中同集顧青霞

池上》云：

逢君卻話憶君時，吴楚風烟不斷思。詩句每從傳到熟，須眉翻與夢中疑。微言竟日風生座，薄醉行廊影在池。園館卻能生别恨，暝烟衰柳雨迷離。

周亮工《讀畫録》卷二「周静香」條録静香札，知亮工罷官後所居，乃顧青霞「宿構」：

静香以札招余曰：僕所居園，雖無奇觀，然是顧青霞宿構。

【七十六】涼秋寄林茂之

不知何處别，徒憶晤時顔。野閣聞初就，孤情倘遂閒。浮名秋草没，小夢一舟間。來信非難寄，新寒有客還。

〔校〕

本詩又見《殘稾》、陶瑄《國朝詩的》卷四「江南」、十六卷本《遺民詩》卷三。

〔箋〕

林茂之，又見本集第【二十二】、【三十三】題詩；《落木菴存詩》第【一八九】題詩。

【七十七】山鵲離母遭捕，乾公買歸，乞余飼之。晴天出浴，遽爾飈去，不知其遭遇何人，悵然索劉虛受同賦

暫試風前翮，飄然去可疑。一聲載饑渴，何處傍堦墀。拙食無他肉，微生賴衆慈。秋林逢翠羽，或是養成時。

〔箋〕

蒼雪《南來堂詩集》補編卷二《虛受載酒入山送雲子與法螺菴静主預有送花入城之約適值舟中》。王注引《扶輪集》云：

劉錫名，字虛受，長洲人。

又録《明詩平論》劉錫名詩《甲戌夏家大和尚從大梁披剃歸六月十二日值其六十有一誕辰同宜兄介弟率諸子姪叩闢團圞竟日以詩紀之》云：

行藏如此恐驚人，匿影松筠喜自珍。甲子一周僧臘始，君親餘力法王身。回頭噩夢惟長嘯，假手清資就遠因。此日祝言難盡意，長教無著伴天親。

王培孫云：「按詩，知此大和尚爲劉錫名兄弟行。」

張大純《采風類記》卷三「吴縣」下「落木菴」條云：「明末竟陵派吴門四家詩爲徐波元歎、劉

錫名虛受、張澤草臣、葉襄聖野，而徐波爲巨擘。」（此數語又見其與徐崧合纂《百城烟水》。）

朱雲子《明詩平論》收劉錫名《爲馮猶龍題荷鷺雙清圖》詩：

我聞賈傅泊湖月，清水荷中見二叟。相對吟詩賈揖之，化爲白鷺雙飛走。奇人往往遇奇事，作圖贈君良不偶。淺淺池塘暑不侵，水花燦燦涼虛襟。翠蓋成圍魚影匿，雪客閒閒坐碧潯。不貪振集名，不受虞羅厄，偃絲游戲芙蕖側。花鳥相窺清凈同，結伴高人吟日夕。來去無心共白頭，回思二叟成今昔。

虛受亦與蒼雪相善。蒼雪《南來堂詩集》附録卷四收有贈詩二題。《蒼雪扈芷二師過代巢》云：

齋日方依佛，相尋見静緣。松陰澄午寂，蘿氣養晴煙。静朴天中影，風騷教外禪。漸欣人事少，庶可數周旋。

《秋晚同待菴章甫雲隱菴聽蒼公説法華》云：

晴夜踏秋煙，禪心已渺然。經香傳一炷，磬下静千端。始媿聰明短，稍深疏衲緣。蒼涼雲水徧，僧晚散齋天。

王氏於《虛受載酒入山》詩注中録《吴梅村全集》卷四《贈劉虛受二首》：

中歲交朋盡，新知得此翁。道因山水合，詩向病愁工。悟物談功進，亡情耳識空。真長今第一，兄弟擅宗風。（其一）

識面已頭白，論心惟草玄。孝標三世史，摩詰一門禪。獨宿高齋晚，微吟細雨天。把

君詩在手，相慕十年前。（其二）

此二首，馮其庸、葉君遠合撰《吴梅村年譜》繫於順治七年。譜有云：

夏，赴蘇州，舍於虎丘。王昊、周肇及沈荷百見訪，此日，同飲於劉錫之園，偉業以詩贈錫。

《年譜》誤劉錫名爲劉錫，作者自謂有據。該條注三有云：

《梅村家藏稿》卷四有《贈劉虚受》二首。

下按語：

此二詩亦當作於此年。吴翌鳳《吴梅村詩集箋注》謂劉虚受名錫，虚受其字，吴縣人。

查吴氏書卷八録此題第一首後有箋語云：

劉錫名字虚受。

此六字固當讀作：「劉錫名，字虚受。」《年譜》作者竟得出「劉虚受名錫，虚受其字」一義，殊不可解。作者不特冤枉吴翌鳳，其於「古人名與字有關聯」一義，似亦失察。屈子《離騷》不云乎「皇覽揆余於初度兮，肇錫余以嘉名」，父賜子以嘉名，子感有負美意，乃字己曰「虚受」。如此而已。

劉虚受，又見《落木菴存詩》第【三〇】、【三十一】、【六十三】、【七十一】、【一一〇】、【一五七】題詩。

【七十八】去之四日，訪爲鄰人所捕，折其一足，不能飲食，贖之置故籠中，少時而絶冷，水灑之，不復甦，瘞階下亂草中

兇徒知自媿，欲殺已無身。飲痛從今日，殘形歸舊人。眼開猶授意，籠好莫棲神。淺土何須恨，青蠅作弔賓。

【七十九】寺中猿

未嘗門外望，常抱石幢眠。心死何需繫，身輕更擬懸。慕群時照影，違性爲求憐。見月歸情動，新秋夢峽船。

〔校〕

本詩又見《扶輪集》卷八。

【八〇】舟中蟋蟀

微生一失所，常自念秋根。永夜吟相送，客衾難自温。風波身不定，霜露興空存。倘遇當時侣，煩君寄苦言。

【八十一】送王先民入新安

閒居稀會面，不及别時情。惟我重來送，悲君一去輕。驅馳畢秋火，静默辨灘聲。古寺同游處，傷心畏獨行。

〔箋〕

王先民，又見本集第【五十四】、【一〇四】題詩。

【八十二】涼夜懷鏡新上人

久坐身無影，知師心已安。蟲悲天地窄，月近水雲寬。猥巷違群動，荆扉閉小寒。是能從所悦，持此寄人難。

〔校〕

本詩又見《殘稾》。

【八十三】汰如上人一往維揚，經秋無信。十月望後，聞行李已至北禪。喜而有作

欲識傷離意，秋來已不無。江清照遠別，葉落就征途。短日常遊寺，新霜再客吳。依依同歲暮，相見未應殊。

〔箋〕

雪浪洪恩弟子之知名者，有巢松慧浸及一雨通潤。一雨弟子知名者，有蒼雪讀徹、汰如明河（一五八八—一六四〇）等，皆明中葉以降弘揚賢首宗之高僧。錢謙益《初學集》卷六十九《汰如法師塔銘》云：

汰如法師明河，號高松道者，揚之通州人。姓陳氏。母夢道人手《法華經》一卷來乞食而生師。年十餘歲，善病，父母送州之東寺，依一天長老剃度。寺習《瑜珈》，師究心大乘方等諸經，兼工詞翰。年十九，腰包行脚，偏參諸方。見一雨潤公，如子得母，不復捨離。隨師住鐵山，繼師住中峰，既而説法於杭之皋亭、吳之花山、白門之長干寺。藏海演迤，詞峰迥秀，遮照圓融，道俗交攝。識者以爲真雪浪之玄孫也。從上諸師，未講《大鈔》，蒼、汰二師有互宣之約。師首倡一期，羣鶴遶空，飛鳴圍繞。訂來春爲三期，與蒼踐更。未幾示疾，

怡然化去。惟自念言：心不知法，法不知心，誰爲作者，亦誰受者？直知譚倦欲眠，聲息旋微耳。世壽五十三，僧臘三十餘夏。所著有《華嚴十門眼》、《法華楞伽圓覺解》、《續高僧傳》若干卷。

汰如《補續高僧傳》，乃三十年來苦心編纂而成者。示寂後得其法子道開自扃（一六〇一—一六五二）爲付剞劂，吴橋范景文（一五八七—一六四四）弁其簡端，有云：

河公枯笻所指，遊徧名山古刹。搜剔碑版，攀藤蘿，摹剥蝕，次第彙集。

一雨通潤《冬日喜汰如自閩浙再至》亦寫其徒行脚之頻繁：

一番行脚兩年分，不喜仍來叩水濆。屐齒噛將閩地雪，衲頭觸盡浙江雲。玄言亹亹流精爽，囊橐重重裹斷文。且向山中混漁獵，函關雞犬正紛紜。

收入《吴都法乘》卷二十一下「侶浄篇三」。又見毛晉輯《華山三高僧詩》所收《二楞菴詩卷》。

汰如首徒道開《補續高僧傳跋》有云：

〔先師〕年未强仕，慨然以僧史有闕爲心，遂南走閩越，北陟燕臺，若雁宕、石梁、匡廬、衡岳，絶壑窮巖，荒林廢刹，碑版所在，蒐討忘疲。摹勒抄寫，彙集成編。而後竭思覃精，筆削成傳。

汰如明河，又見本集第【一四四】題詩。

【八十四】近見

波心飛兩肉，羽毛渾向禿。朝來水上嬉，暮還水上宿。遇合無幾何，狹路偶隨逐。一語不相安，兩心生反覆。臨當欲乖分，對吐平生毒。恩禮有如此，可駭傍人目。雄去首尚回，羈情殆欲哭。雌者乘長煙，往啄他家屋。在昔求瑕疵，此後保煢獨。莫諱今日事，疑是兩人福。

【八十五】暮秋懷舊寄幽溪本師

高燈照新夜，簷鳥歸有聲。居人悄然歎，遇物棲其情。園廬寄吳會，棄去未有名。山中小白華，幾度見朝榮。采之憶往歲，籬落值秋晴。早寒涼殿閉，磵道一松鳴。風霜擁獨坐，節物自虛盈。在日抱離恨，於心何謂平。

〔箋〕

幽溪，又見本集第【四十四】、【四十五】、【五十一】題詩；《落木菴存詩》第【二十九】、【三一七】題詩。

【八十六】城北放生詩

伐鼓慈門啓，衆生畢自陳。飛潛食咒力，網捕即良因。此別無忘痛，他生免累人。心開罪相滅，償業只今身。

〔校〕

本詩又見《扶輪集》卷八。

【八十七】送浪泊山人還南屏

草色門前路，歸期可奈何。久留荒寺冷，相與早梅過。細雨貧交去，春流人事多。重游有我輩，亦未歎蹉跎。

〔校〕

本詩又見《殘稾》、十六卷本《明遺民詩》卷三、鄧漢儀《詩觀二集》卷一。

〔箋〕

浪泊上人，又見本集第【七十四】題詩。

【八十八】去凡上人掩關詩

人鬼依清梵，禪棲未覺枯。身觀長日去，影向一城無。避世不在外，安心以漸圖。文章餘習盡，轉可見如愚。

【八十九】月下與商孟和尋陳古白於鐵佛山房

月中坦步似乘虚，忽憶幽人静嘿居。燈火叩門通款款，衣冠隱几出徐徐。向衰有幾相逢地，少賤空多未讀書。天與浮名宜漸棄，亂離持此欲焉如。

〔校〕

本詩又見《殘槀》、《明詩平論二集》卷十六。

〔箋〕

商孟和，名家梅，又名梅，自號那菴、黍珠樓、種雪園。閩縣人。又見本集第【九十二】、【九十三】題詩。錢謙益《列朝詩集小傳》丁集下「商秀才家梅」云：

家梅，字孟和，閩縣人。萬曆末年，游金陵，與鍾伯敬交好。伯敬舉進士，從之入燕。馬仲良榷關滸墅，偕仲良之吴門。其交于余也，以鍾、馬，而其游吴中也，最數且久。居閩之日，與游吴相半，則以余故也。孟和少爲詩，饒有才調，已而從伯敬遊，一變爲幽閒蕭寂，不多讀書，亦不事汲古。鑱心役腎，取給腹笥，低眉俯躬，目笑手語，坐而書空，睡而夢囈，呻吟咳唾，無往非詩，殆古之詩人所謂苦吟者也。崇禎丙子，自閩入吴，馮爾賡備兵太倉，好其詩而刻之。明年，余被急徵，孟和力不能從，而又不忍余之鋃鐺以行也，幽憂發病，死婁江之旅。爾賡庀喪事，返葬焉。

鍾惺《隱秀軒集》中，有關孟和之詩作頗多，如：《商孟和惠妙紙予託爲作畫贈别徐元歎》（卷四）、《吴門别孟和還閩與元歎同作》（卷四）、《自題畫贈商孟和》（卷五）、《立春日同商孟和弟居易集子丘茂之宅》（卷七）、《除夕守歲子丘茂之宅時子丘與孟和居易至自吴門》（卷七）、《送商孟和秋試後歸閩》（卷八）、《孟和茂之將過友夏湖上》（卷十）、《商孟和送予還楚憩茶洋驛潤亭有作奉和》（卷十一）。

陳古白，又見本集第【七十五】、【一一四】、【一三〇】、【一三二】、【一五三】、【一五五】題詩。

【九〇】瑞光寺舍利塔燈詩癸亥三月十五夜同鍾伯敬先生作

層燈簇簇依空住，月垂虛白爲之地。一光不獨攝人天，皆仰亦能兼異類。吾儕先事集禪關，洗滌塵襟待夜闌。僧徒營辦無聲息，出門已見燈如山。塔心寶匣相纏裹，八萬四千分一顆。釋迦舍利彌陀名，唱佛聲中見無我。尋常孤塔隱浮煙，夜清燈影到湖船。游魚自食波中影，不共漁人更作緣。網罟空時君始悟，應與游魚均得度。凡燃燈之明日，太湖網捕皆無所獲。漁人見燈，遥相詬厲。湖與塔相去三十里。

〔校〕

本詩又見《明詩平論二集》卷七、周永年《吴都法乘》。

〔箋〕

本詩作於明天啓三年癸亥三月十五，合公元一六二三年四月十四日。

周永年《吴都法乘》録此詩後論曰：

按事有實足起信，而言之太過，則反足生疑者，兩君之詩注是也。湖港中塔燈正照虚，其夜捕魚，輒無所獲，是則余所嘗聞。若竟如兩君言，則自竺璠修塔來，瑞光燈幾于無夜不燃，果湖網遂盡空耶？且湖與塔相去亦無三十里。又兩君同時作詩，一注「三日」，一注「明日」，皆不免人辨駁。故余後兩君而有作，不敢苟同其説，輒録于左。

鍾伯敬詩見《隱秀軒集》卷五，題《瑞光寺燈塔歌（塔中燃燈一夜，太湖三日無魚。是夜與徐元歎同遶塔賦此）》：

大哉悲光照何許，慈力難名拔衆苦。一宵塔下暫燃燈，三日湖中堪斷罟。未了衆生生死緣，殺生放生竟何補？光中大衆念佛聲，衆生尋聲同往生。無生可放何處殺？流水長者坐忘情。願同湖山捕魚者，蓮花香裏共經行。

《吴都法乘》卷十八録周永年《瑞光寺燃塔燈歌》云：

雲端已暝忽復曙，燈燭直如妙高聚。舍利光常貫太虚，只今收攝隨心住。上界高明受衆朝，中宵虚白開天路。佛聲浩浩若潮生，人行如磨香如霧。燈燈涉入夜夜明，何身早向光中度。傳言影落鯰魚口，佛燈漁火相先後。魚目常開魚網沉，飲光啖影争遊走。喜滅漁家黑業多，旁生所貴非長壽。安得華嚴與上方，千燈四照摇星斗。卻令蟹舍及魚城，惆悵朝朝空發笱。

鍾伯敬，又見集前鍾序、第【十九】、【二〇】、【二十二】、【二十四】、【二十七】、【三十二】、【三十八】、【三十九】、【四十三】、【六十五】、【六十七】、【六十八】、【六十九】、【九十一】、【九十二】、【九十三】、【九十四】、【九十五】、【一一八】、【一一九】、【一三九】、【一四八】、【一四九】、【一六二】題詩；另見《落木菴存詩》第【二十九】、【六十一】、【一八九】、【三一七】題詩。

【九十一】伯敬寓予浪齋，出宋箋命孟和作畫見贈，各有詩紀事

庭陰滿復虚，書齋掩長晝。三人静對衷，藉手傳於後。深情貌山水，澹漠固宜有。嫩墨落春箋，微雲消遠岫。撫跡驗悲歡，異時徵授受。幽賞畢吾生，兼爲來者守。

〔箋〕

本詩當作於天啓三年癸亥(一六二三)。

鍾惺《隱秀軒集》卷四《商孟和惠妙紙予託爲作畫贈别徐元歎》作於同時。詩云:

山水傳筆墨,相關深未深。又況借人手,代予贈友心。代者何人哉?心手能相尋。妙繭引人意,欲畫中沉吟。爰念所贈友,即君素所欽。胡不遂命筆,君意亦欣欣。經營停放間,意到生霽陰。數樹滿未半,溟濛如重林。泉流煙香内,一縷界層岑。既成笑相視,春風吹我襟。未免各散去,留者四壁音。予歸時相思,憫默援素琴。

同書卷十二《訪元歎浪齋》云:

讀詩交已定,相訪庶無猜。室與人俱遠,君攜我共來。庭空常肅穆,樹古自低徊。積學誠關福,居心亦見才。棲尋欽舊物,坐卧出新裁。寒事幽堪媚,冬懷孤更開。鳥聲園所始,燈影漏先催。静者方成悦,冰霜照夜杯。

此則爲萬曆四十七年(一六一九)二人初識面伯敬訪元歎浪齋時之贈詩。

鍾惺,又見集前鍾序、第【十九】、【二〇】、【二十二】、【二十四】、【二十七】、【三十二】、【三十八】、【三十九】、【四十三】、【六十五】、【六十七】、【六十八】、【六十九】、【九〇】、【九十二】、【九十三】、【九十四】、【九十五】、【一一八】、【一一九】、【一三九】、【一四八】、【一四九】、【一六二】題詩;另見《落木菴存詩》第【二十九】、【六十一】、【一八九】、【三一七】題詩。

商孟和，又見本集第【八十九】、【九十三】題詩。

【九十二】送伯敬至楓橋，出武昌令陳鏡清六詩讀之，各賦寄賞譚友夏於寒溪寺壁録寄伯敬，友夏有序

客舟同夕曛，心手無所適。讀詩略時代，斯文乃可惜。寥寥雖短章，頗足見全力。沈吟筆墨間，居然絶階級。晨雨滯寒溪，窮搜古寺壁。哀樂字投懷，咨嗟爲拂拭。何以到吴門，云是譚子筆。

〔箋〕

本詩當作於天啓三年癸亥（一六二三）。

《譚元春集》卷三《與孟誕先住寒溪寺中見武昌舊令陳鏡清留詩六首中有三鹿魚課之篇讀之感人風雅之遺也題句紀異約知我者賞之》云：

山雨出山流，過草潨潨然。遥立山寺聽，知爲菩薩泉。文殊光不没，溪禽白如烟。蔬素以相對，遂忘終日焉。舉首看殿門，有板塵中懸。其上六古詩，字字如大篇。故人誦至半，山僧録其全。卓異乎爲令，自處於昔賢。取世不願餘，立身惟清堅。魚鹿我萬物，仁心周天淵。以告後令尹，況我民顛連。安能枉詩書，日求身所專。安能負性質，去趨世所先。

草草得古人，落日千萬年。山僧愛我喜，雨夜同未眠。

鍾惺《隱秀軒集》卷四《武昌令陳鏡清前以憂去遺六詩於寺壁情文俱古欽其希聲詩志欣歎》云：

雪月處山嶺，精神自高寒。陳侯恬曠士，埋名簿領間。虛衷集欣感，遭物觸其端。比興不得已，永言出靜觀。顥氣裹章句，仁孝見一斑。峻不可迫視，厥意乃安安。章光闇然内，牆壁淹獨難。論世疑古人，今方食一官。

《譚元春集》卷十一另有《新化令陳鏡清予所刻寒溪六詩者也都門得書感寄二首》云：

行住待終古，果得遇君詩。君詩如有覺，衝泉破壁馳。我適遭天幸，退即告友師。數眼同一心，各口無兩辭。何必有故舊，此物真絶奇。曾聞峰與塔，飛飛自外夷。精神萬里來，豈人力致之。甲子春客燕，家以君書貽。得書寧不喜，心中反自嗤。可惜神賞意，機泄受君知。雲雨雖一物，常感雲生時。（其一）

廉吏不願富，老吏不遑貴。持此太古心，豈能甘宦味。前亦有所聞，不免私相謂。歸耕性可伸，懷袖忠孝氣。時勢迫令然，非關人勇毅。大哉吾取法，蒿中一仲慰。（其二）

鍾惺，又見集前鍾序、第【十九】、【二〇】、【二十二】、【二十四】、【二十七】、【三十二】、【三十八】、【三十九】、【四十三】、【六十五】、【六十七】、【六十八】、【六十九】、【九〇】、【九十二】、【九十三】、【九十四】、【九十五】、【一一八】、【一一九】、【一三九】、【一四八】、【一四九】、【一六二】題詩；另見《落木菴存詩》第【二十九】、【六十一】、【一八九】、【三一七】題詩。

譚元春，又見集前譚序，集中第【三十七】、【九十八】、【一四九】、【一五九】題詩，另見《落木菴存詩》第【六十一】題詩。

【九十三】孟和自武夷送伯敬還楚，至惠山而返，伯敬賦送送詩。命余同作

交情惟聚散，去去誰能争？遠送我得爲，不愛千里程。梁谿閩楚中，别事儼已成。雲水正浩浩，相背始此行。臨發更相視，濁酒且一傾。但云分手後，共此夜月明。

〔箋〕

本詩當作於天啓三年癸亥（一六二三）。

鍾惺《隱秀軒集》卷九《别元歎（與孟和送至無錫）》云：

同送歸閩客，送君猶未遑。誰知停棹近，已是别途長。去去皆良友，遥遥尚故鄉。明年春草日，此地莫相忘。

商孟和，又見本集第【八十九】、【九十一】題詩。

鍾伯敬，又見集前鍾序、第【十九】、【二〇】、【二十二】、【二十四】、【二十七】、【三十二】、【三

十八】、【三十九】、【四十三】、【六十五】、【六十七】、【六十八】、【六十九】、【九〇】、【九十一】、【九十二】、【九十四】、【九十五】、【一一八】、【一一九】、【一三九】、【一四八】、【一四九】、【一六二】題詩；另見《落木菴存詩》第【二十九】、【六十一】、【一八九】、【三一七】題詩。

【九十四】送伯敬過梁溪而別，歸舟卻有是作

始爲雨中別，即有溪下舟。午晴篷滴瀝，夜泊風颼颼。明朝應更遠，得如今日不？計汝至白門，倘爲十日留。繫纜大江邊，風帆折疊收。柳陰出車馬，塵起若雲浮。臘毒者誰子，兩肩擔其頭。欲言不遂吐，入舟聞咿嚘。人可處於薄，怨亦豈足修？有鳥居沿江，捕魚爲晨羞。吐血用作餌，既飽復不休。久久令身瘦，能使智士愁。

〔箋〕

本詩當作於天啓三年癸亥（一六二三）。

鍾伯敬，又見集前鍾序、第【十九】、【二〇】、【二十二】、【二十四】、【二十七】、【三十二】、【三十八】、【三十九】、【四十三】、【六十五】、【六十七】、【六十八】、【六十九】、【九〇】、【九十一】、【九十二】、【九十三】、【九十五】、【一一八】、【一一九】、【一三九】、【一四八】、【一四九】、【一六二】題詩；另見《落木菴存詩》第【二十九】、【六十一】、【一八九】、【三一七】題詩。

【九十五】虎丘竹亭焙茶寄伯敬先生畢事有詩

茶竈身親歷，休同勞者看。客中相望久，童輩未知難。梅雨一山静，麥秋今歲寒。封題餉千里，到日始心安。

〔箋〕

本詩當作於天啓三年癸亥(一六二三)。

鍾伯敬，又見集前鍾序、第【十九】、【二〇】、【二十二】、【二十四】、【二十七】、【三十二】、【三十八】、【三十九】、【四十三】、【六十五】、【六十七】、【六十八】、【六十九】、【九〇】、【九十一】、【九十二】、【九十三】、【九十四】、【一一八】、【一一九】、【一三九】、【一四八】、【一四九】、【一六二】題詩；另見《落木菴存詩》第【二十九】、【六十一】、【一八九】、【三一七】題詩。

【九十六】南樓涼月寄往宋比玉秦淮舊寓

月露新爲政，南樓極目中。知君愁不寐，悵望與今同。歌管扶清夜，衣裳倦晚風。難忘淮水上，微醉映簾櫳。

〔箋〕

《譚元春集》卷五《宋比玉招上結霞閣》云：

此閣秋全在，非因望始生。客從高處立，山爲左窗明。碧日萬家氣，朱花一雁聲。有樓無不啓，誰最倚檐楹？

《李流芳集》卷五有《爲宋比玉題畫》，卷七有《爲宋比玉題畫二首》。宋比玉，又見本集第【五十九】、【一〇七】題詩。

【九十七】天台寂公來游吴下，寓華嚴東寺，新秋欲別，悵然有贈

彼龍有傲德，不與俗物游。風雨纏鱗甲，隱見非人謀。隨身一竹杖，同日下山頭。四海赤雙脚，人中白兩眸。昔同聽講處，謂我可同憂。當時亦不讓，如水以相投。提攜至吴會，爲衆少淹留。牽裾問經義，輒用字句求。所遇盡如此，悔不守舊丘。涼氣日夕增，古寺當早秋。出游一不遂，心事在孤舟。

【九十八】竟陵王明甫來致譚友夏書，即日還楚

松栝秋風深，虚堂撰良遇。有言不獲竟，歸舟聞在暮。得此有離情，亦惟譚子故。寒河古悠悠，茅茨斂雙屨。來往無因緣，宿根植未固。留以待他生，益恐昧平素。吴天水月中，來游不汝誤。秉燭循鬚眉，償我江頭路。昔年追友夏於江頭不遇。

〔箋〕

王明甫，名道行。竟陵人。譚元春友。《譚元春集》卷五有《同王明甫過謝吉父》、《赴峯示王明甫》、《出峯示王明甫》、《送王明甫南遊》，卷十八有《送王明甫應大廷試與弟服膺謁選同行》，卷十九有《王明甫出貢受賀孫以是日試週》。譚元春，又見集前譚序，集中第【三十七】、【九十二】、【九十八】、【一四九】、【一五九】題詩，另見《落木菴存詩》第【六十一】題詩。

【九十九】早秋過胡遠志見示新文

寒蟬鳴高梧，亭館皆秋思。涼風動雙扉，披衣此時至。主客依幽香，所得乃無異。坐立哦新文，不礙杯酒事。愛其弄筆時，往往雜嘲戲。自恨冥莫人，刻雕成字句。

〔箋〕

胡汝淳，字子灝，號遠志，江蘇蘇州人。遠志早登第進，官至工部主事。張師繹《月鹿堂集》卷三《奉賀胡遠志先生擢國師序》云：「金閶胡子灝，妙年掇上第。」又據《百城烟水》卷二載，崇禎九年（一六三六）遠志曾爲蘇州報國禪寺撰碑記。

【一〇〇】宿弁山積善寺同周虛生作

雲峰終不近，石路寺門前。霜蔓懸瓜重，風庭聚葉圓。殘燈連曙鳥，衆響入鳴泉。愛此清虛夜，與君得晏眠。

〔校〕

本詩又見《殘稾》。另見十二卷本《遺民詩》卷三、鄧漢儀《詩觀二集》卷一、《明詩平論二集》卷十二。題中無「積善」二字。末句「與」作「同」。

〔箋〕

本詩或作於天啓三年癸亥（一六二三）。

積善寺又名積慶寺，在浙江湖州府烏程縣弁山南（據長谷部幽蹊《明清佛教史研究序説》頁二四〇引《湖州府志》）。

周虛生，又見本集第【一一六】、【一二七】題詩。

【一〇一】圓證小徑登弁山絶頂尋碧巖廢寺

紺宫髻𪩘巔，蟻行通一線。厓坼影屢崩，磴窮魂已戰。棘刺勾人衣，多情反取賤。太湖動其前，眼渴如可咽。雲物散諸峰，晴明俯山縣。野僧出肅客，論説好牽援。非惟過矜持，亦是寡聞見。

【一〇二】龍舌洞

頑形欲化未抽身，每媿天邊風雨辰。龍德久衰宜卻隱，不須吐舌向時人。

【一〇三】不朽木

兀兀居山難記憶，世人何用與之名。山中歲月知無限，蔽日干霄畏後生。

【一〇四】喜得王先民還吳消息

聞住新安久，交情誰最親。裝輕宜作客，吟苦只隨身。歲晏孤舟活，霜空群木真。城南君舊寓，去後竟無人。

〔箋〕王先民，又見本集第【五十四】、【八十一】題詩。

【一〇五】醫隱詩贈張玄海

也是醫生一體分，莫言隱矣不須文。家傳草木爲驅使，力與寒温作解紛。有藥每逢貧士乞，無方可致後人焚。乖時久負膏肓疾，垂老何堪復累君。

〔校〕

本詩又見《扶輪集》卷十。

【一〇六】早鶯

曉晴柔幕光初動，學語新鶯吐復吞。晚歲耳頑偏好佞，霜庭樹寂未成喧。櫻花滿地啼清晝，柳色牽衣唤出門。他日盡情相逗引，尋常不肯便消魂。

〔箋〕

本詩當作於天啓三年癸亥（一六二三）。

【一〇七】雪天待宋比玉不至

城頭欲雪凍雲低，萬瓦參差晦色齊。乘興登樓舒遠目，無人躍馬踐新泥。饑禽動息寒相戒，獨客羈囚晚更迷。明日微晴應見報，兹晨尊酒共誰攜。

〔箋〕

本詩當作於天啓三年癸亥（一六二三）。

宋比玉，又見本集第【五十九】、【九十六】題詩。

【一〇八】歲末呈雨公

獨坐殘冬裏，山寒今歲深。度生身在外，律已法堪尋。小雨常成雪，疏梅未作林。往來饒請益，安得幾人心。

又

無以謝兹歲，何須復挽留。家貧思遠徙，心小僅知愁。雪改朝來徑，泉移屋後湫。猶多文字習，未擬一生休。

〔箋〕

一雨有《甲子歲暮徐元歎以詩相訊率爾成答二首》云：

混迹爲猶俗，離群已謝名。山期常見説，詩債幾時清？但諷苦寒句，便知求友情。明年倘可覯，相與竟無生。（其一）

淒緊歲云暮，寒風雪作春。忽傳華夏信，似到竹中人。相賞已云舊，交情何貴新？不應寒乞士，往往獨留神。（其二）

詩爲答元歎而作，見《二楞菴詩卷》，收入毛晉輯《華山三高僧詩》。甲子，合明天啓四年（一六二四），陳垣《釋氏疑年録》記一雨卒於是載。

一雨，又見本集第【四】、【三〇】、【三十一】、【六十五】、【六十七】題詩，另見《落木菴存詩》第【一三六】題詩。

【一〇九】送王侍御按廣右

山如攢劍水琉璃，鷓鴣孤征見羽儀。驛路漸深南雪少，鄉心裁動早梅知。荒祠落日無吹笛，夷帳春風盡偃旗。馬上圖經或未致，祇應細諷柳家詩。

【一一〇】小除夕對雪，時立春已半月

已遣流年去，何心雨雪頻。過時飛自急，向暮色猶新。迎歲傷貧士，行園溼早春。棲棲江上棹，聞有未歸人。

〔箋〕

本詩當作於天啓三年癸亥，是歲十二月十六日立春（一六二四年二月四日）；小除夕之日，

合公元一六二四年二月十七日。

【一一一】除夕念顧默孫失約

曾許同遲暮，俄然歲已遷。扁舟常在眼，攜手又明年。夜雨吹燈後，花寒倚杖邊。天涯雙寂寞，轉可見相憐。

〔校〕

本詩又見《明詩平論二集》卷十二。

〔箋〕

本詩當作於天啓三年十二月三十日，合公元一六二四年二月十八日。

顧默孫，又見本集第【三〇】、【三十一】題詩。

【一一二】甲子新歲簡秘書弟於都下

無塵御路從風掃，別館繁花近夜開。朝退屐聲流水散，酒闌鞭影踏燈迴。白頭曬藥春遲暮，芳草沿門人去來。心事比時蕭瑟甚，眼前光景更相催。

〔箋〕

本詩當作於天啓四年甲子(一六二四)春。

【一一三】送顧青霞就試北雍

春風適可動簾鉤,惜别園林不自繇。聖世網羅應見待,詞人根帶近多浮。隨舟輕燕如無事,著水飛花始欲愁。送者紛紛君已遠,幾回招手在江樓。

又

詩卷提攜只自隨,入舟何異閉門時。長途風水新聞見,舊日衣冠擬别離。驛路黄花連野蝶,帝城紅雨捲春旗。柳綿盈陌鄉情動,莫遣同車少婦知。

〔箋〕

顧青霞,又見本集第【七十五】、【一二九】、【一三〇】、【一三三】、【一四四】、【一五二】、【一五三】題詩。

【一一四】送陳古白游大梁

園花落盡遇春寒,送客頻頻復鮮歡。天地自甘容怨氣,鬢毛翻攬悞儒冠。逢迎弱柳多情慣，次第流鶯相唤殘。寄謝夷門隱君子，欲將心血事人難。

又

曲岸維舟一夜移，留君少住苦無辭。遥知童僕相依處，正值風花不絶吹。同學比肩今滿路，老親牽臂憶當時。行人祇在浮雲内，欲問孤踪擬向誰？

〔箋〕

陳古白，又見本集第【七十五】、【八十九】、【一三〇】、【一三二】、【一五三】、【一五五】題詩。

【一一五】馮三來自西湖相見於韓古洲家

高軒敞幽夜，疏雨織遥帷。燈下出馮子，春衫裏清羸。俯仰得舊歡，不信别再期。朱脣但翕翕，密語人不知。風流相賞意，遑惜坐中疑。西湖行樂地，芳草無别離。吾子苟不存，餘人豈足思？

〔箋〕

韓古洲（一五七六—一六五五以後），名逢禧，長洲人。父世能，隆慶二年（一五六八）進士，官至禮部侍郎。牧齋《有學集》卷二十四有《韓古洲太守八十壽序》，可見古洲平生梗概：

歲在旃蒙協洽，雷州太守古洲韓兄春秋八十。余曰：「是吾年家長兄也。是吾吴之佳公子，良二千石，國之老成人也。是閎覽博物之君子，海内收藏賞鑑專門名家也。……」古洲「學佛之徒也」（牧齋語），而亦擅談風月。《有學集》卷三《娶歸以酒炙餉韓兄古洲口占爲侑》有句云「淺斟猶憶醉紅裙」，自注「兄高年好談風懷舊事」。陳寅恪先生謂「牧齋……過蘇州嘉興，韓氏必與之談及昔年柳［如是］卞［玉京］在臨頓里勺園之艷跡，故牧齋詩語戲及之」。又據《柳如是别傳》考證，古洲曾「再髡再髮」，亦是欲老皈空門，而不能實行者。

【一一六】早夏晚晴，放舟自空明閣下出消夏灣抵龍山，同蔡玄伯、德仲、周虛生、孫月在

溪雨晚更開，葭蘆新有月。微風翼輕舟，漸引向空闊。山水此都會，投止得修謁。群峭立其前，想見壯士骨。水石夜多聲，終古相吞齧。是時夏漲深，亦未竟顛末。昔年捫踏處，半作蛟鼉窟。已辦緩歸心，遽被同游奪。月則來時明，林間一燈滅。

〔箋〕

周虛生，又見本集第【一〇〇】、【一二七】題詩。

【一一七】佛慧芍藥未花時與僧有約，及春殘往看，僧采茶不歸，花已半落矣

小巷春陰石逕斜，偶尋舊約看殘花。亂頭粗服誰相借，雨打風吹敢怨嗟。昨日繁華惟有夢，芳魂歸去已無家。盛年何限隨流水，愛惜紅顔計轉差。

〔校〕

本詩又見《殘稾》。

【一一八】閩中許玉史，鍾伯敬先生門人也。乙丑莫春下第南還，再過余，述近事，賦此爲别

不識鍾先生，觀其所取士。試問結交初，亦云文字始。閩國盛文詞，幽賞惟在爾。投分無端倪，異貌同憂喜。今春北行時，詣我乎吴市。草色塡空城，梅花破煙水。重逢虎丘路，一麥方秋矣。是時鍾先生，久已中飛語。怨者卒未休，或詛爲已死。死則未敢從，逝將不復仕。既得返吾初，謗亦從此弭。

〔箋〕

本詩當作於天啓五年乙丑(一六二五)。

許玉史,名豸。朱彝尊《明詩綜》卷六十八作「字玉斧」:侯官人,崇禎辛未進士,除户部主事,歷員外郎。出爲浙江按察僉事,以參議提督學政。有《春及堂詩》。集未見。

許玉史,又見本集第【一二二】題詩。

鍾惺《隱秀軒集》有《别閩士二首(爲許玉史、韓晉之、齊望之)》(卷九)、《傚王孟端筆意寄閩中許玉史》(卷十三)。陳田《明詩紀事》辛籤卷十九收許豸《與張天如吴駿公楊維斗泛舟西湖》詩。

許豸《先師鍾退菴文集序》見《隱秀軒集》附録一。

鍾惺,又見集前鍾序、第【十九】、【二〇】、【二十二】、【二十四】、【二十七】、【三十二】、【三十八】、【三十九】、【四十三】、【六十五】、【六十七】、【六十八】、【六十九】、【九〇】、【九十一】、【九十二】、【九十三】、【九十四】、【九十五】、【一一九】、【一三九】、【一四八】、【一四九】、【一六二】題詩;另見《落木菴存詩》第【二十九】、【六十一】、【一八九】、【三一七】題詩。

【一一九】鍾先生與余，吴楚風煙，淼然數千里。以買茶爲名，一年通一信，遂成故事。乙丑四月廿三，余自湖外還家，先生遣使適至。寄一詩卷名曰《茶訊》。築室竟陵，云將老焉，遠游無期，呼余一往。使旋，先寓此詩

幽居鮮歡豫，念久乏聞問。亦有意外虞，累月神不定。恐遂長訣别，往往思自奮。諍訟纏余身，欲發不得引。去冬晚雪開，悄泊毘陵郡。一人稱自楚，攀舟躍然進。索其何所將，云主方卧病。傳語報無妨，行且有後命。敘述殊詮次，悲喜遽相信。作書置其懷，乾餱給少分。今春逢許子，暫得同愁悶。下水有程期，其去不容瞬。思君雜夢覺，閉户過櫻筍。遣使夏初來，寄詩曰茶訊。即事送懷抱，頗足見高興。雖知道里遥，已是形神近。幸在天壤間，有情得自盡。築室寓虚空，奉身聊學隱。竟陵淼煙末，恃此屐齒運。攜我雙眼來，覩汝蒼然鬢。

〔箋〕

本詩當作於天啓五年乙丑（一六二五）四月下旬。

鍾惺《隱秀軒集》卷三十五《自跋茶訊詩卷》云：

吴門買茶之使，在予已成歲事，人笑其迂，不知其意不在茶也。予與元歎，吴楚風煙，淼然天末，以顧渚一片香爲鴻魚之路，往反間書可必得，如潮信之不爽。中間或元歎寄詩而予未及答，或予寄而元歎未答。今兹乙丑歲之使，以四月八日自家而發，有詩奉寄。因彙前後兩年之作，書之一卷，題曰《茶訊詩》；未和者補之。歲久積之成帙，亦交情中一段佳話也。

牧齋《初學集》卷九《戲題徐元歎所藏鍾伯敬茶訊詩卷》云：

鍾生品詩如品茶，龍團月片百不愛，但愛幽香餘澀留齒牙。徐郎嗜茶又嗜鍾生詩，微吟短咏爬癢處，恰是盧仝飲到搜腸破悶時。鍾生逝矣徐郎慟，吟詩啜茶誰與共？生平臭味阿堵中，生作茶郵死茶供。今年徐郎示我茶訊篇，兼攜好茗穀雨前。坐聽松風沸石鼎，手汲雲浪烹新泉。茶罷還枕石礀眠，沉吟茶詩欲泫然。高山流水在何許，但見風輕花落縈茶煙。我不解茶，又不知詩。一碗兩碗天池六安茗，一首兩首黄金白雪詞。懵騰茗艼良足樂，清吟韻事非所宜。還君此卷成一笑，何異屠門大嚼眼飽胸中饑。

《譚元春集》卷十五《伯敬在日歲以采岕茶寄書徐元歎名曰茶訊雨前有感寄訂元歎》云：

泉烹雨采弄幽姿，頗爲生慚陋季疵。歲歲楓橋僧俗路，幾人魂魄在茶時。

鍾惺身故後，譚元春致元歎函有云：

伯敬與兄，每年茶時通訊，用爲永例。弟當繼行之，自明年始。如何？如何？（《譚元

春集》卷三十二《與徐元歎》

鍾惺，又見集前鍾序、第【十九】、【二〇】、【二十二】、【二十四】、【二十七】、【三十二】、【三十八】、【三十九】、【四十三】、【六十五】、【六十七】、【六十八】、【六十九】、【九〇】、【九十二】、【九十二】、【九十三】、【九十四】、【九十五】、【一一八】、【一三九】、【一四八】、【一四九】、【一六二】題詩；另見《落木菴存詩》第【二十九】、【六十一】、【一八九】、【三一七】題詩。

【一二〇】虎丘焙茶畢送楚使入舟

新水臨當遣信日，輕寒再值焙茶天。淹留瓦屋連朝雨，摇颺茅亭一縷煙。相送挈瓶離野寺，遥憐滌器望歸船。似憑微力持香色，想到開時必泫然。

〔校〕

本詩又見《明詩平論二集》卷十六。

〔箋〕

本詩當作於天啓五年乙丑（一六二五）。

【一二一】顧元方入閩託訪許玉史

夏水已云盛，君胡爲此游。放船荷葉亂，入境荔枝秋。涼月覆歸夢，輕雲寄遠愁。閩中惟一士，到日試相求。

〔箋〕

顧聽，字元方，蘇州吴縣人。《（道光）蘇州府志》卷一百五載：

顧聽，字元方，吴縣人。精於字學。趙宧光纂《説文長箋》，聽相與訂考。其摹古篆，鐫刻印章，爲海内冠。又研窮曆數，造壺漏，算刻度數，不爽毫髮。

許玉史，又見本集第【一一八】題詩。

【一二二】和胡白叔梅花笠詩屈竹成五瓣，以素絲冒之

新裁兼適首，不獨受佳名。庶見冰霜物，無妨稜角成。荷衣勘自副，鶴髪助其清。倚立蒼崖畔，何如瘦影横。

〔箋〕

胡白叔，又見本集第【十六】題詩；《落木菴存詩》第【三十三】、【九十八】題詩。

【一二三】送中峰僧靈文還楚乞米

休夏期方畢，難留野鶴蹤。衲衣隨路洗，香積去時封。刈穫看新雁，歸投聞舊鐘。楚

中心賞在，深媿不能從。

【一二四】贈相者李生

此生吾自了，故欲得君看。土木還成格，鬚眉非苟安。能飛物盡瘦，善傲骨偏寒。林壑應相待，前途云尚寬。

【一二五】金壇于御君邀集王修微寓園，夜分取别

新交海水合，暮節野情牽。過從亦偶爾，遊處無間然。念此窮園人，深居養秋煙。芙蓉散塘水，能得幾日妍？含悲茹苦意，總屬時運遷。杯酒具冷煖，畢歡君子前。霜風送落葉，性命豈在天。憑將憔悴色，領取各歸船。

〔箋〕

于鑾，字御君，金壇人。《（光緒）金壇縣志》卷八載：「于鑾，字御君，玉立次子。少從外舅韓敬於吴興，詩文皆得其指授。錢宗伯謙益亟稱之。子眉，字柏雨，亦有詩名。」

王修微，又見本集第【五十五】、【一二八】題詩。

【一二六】西山盛雪，偕沈景倩、孫人甫、從弟清之，攜女郎楊尹眉，過天平范長倩山閣。出家伎佐酒，與景倩同賦

綺閣朝光改，陰崖物候奇。連翩看鋸屑，砌竹似凝脂。覆徑争相藉，飄林未覺衰。川原平等貌，花葉速成時。乘興無前約，呼朋恐後期。差肩烟際下，招手屋中窺。人境來雙艷，喧淒忽兩岐。得歌輕更舞，與月久難移。漸近真輪肉，論妍莫相皮。衣香消積素，杯瀝灑南枝。醉飽無餘地，追陪每一悲。寒雞聲獨苦，長短出疏籬。

〔箋〕

詩題中沈景倩，即沈德符，見本集書前沈序、第【二十七】題詩。

沈德符《清權堂集》卷三有《吴中大雪，同徐元歎、徐清之、孫人甫、楊尹眉入山，范長倩邀登天平閣，出家伎佐酒，奉疊元歎來韻》，即和元歎詩韻者。詩云：

序遷寧恨晚，景絶强名奇。鋪井真調餅，堆奩儼畫脂。毯紅疲馬俊，頂白稗松衰。門啓僵甦處，江空釣罷時。細烹添水品，碎踏勇山期。估客敲蓬語，窗姝映閣窺。鷺吭飢失岸，狐跡惑多岐。甲乙談方快，宫商譜乍移。煖槽舒鳳尾，寒栗緩雞皮。户列真三粲，村開倘一枝。春人諳冷韻，秋士理餘悲。冰斷侵尋合，蓬枯聚散吹。歸程疲遠泊，導火乞疏籬。

范長倩，名允臨。本集書前鍾惺序有云：「去歲友人范長倩曾示元歎《嘯樹編》。」序末署己未，合萬曆四十七年（一六一九），是載鍾惺初晤元歎於吳門。前此一年，范允臨曾以元歎《嘯樹編》示鍾。是則鍾、徐之交，范或居中紹介也。

鍾惺《隱秀軒集》卷十一有《白門逢范長倩學憲賦贈》、《寄懷范長倩念去年過訪不值》。

董其昌（一五五五—一六三六）《容臺詩集》卷四《范長倩偕隱天平山居四首》云：

百疊松篁繞畫楹，羊腸峻坂劃然平。愚公踐華差如意，金母升天亦有行。（其一）

滇海奇游萬里餘，天平樓閣化人居。鹿門不獨偕龐隱，彤管猶聞續漢書。（其二）

不羨金莖去日邊，龍文雙劍鹿臺前。攝將維室三千界，奏取唐山十五篇。（其三）

連峰仄徑劚雲根，只尺星辰若可捫。能賦五噫專五嶽，此中端合喚皐門。（其四）

《壽范長倩學憲七十》云：

煙水年年長五湖，閒勛耐可叶龍圖。直愁野鶴輕逋客，漫向雕蟲老壯夫。夢到清都當有署，賜來靈壽未將扶。攬揆不作尋常祝，庭際桐陰鳳引雛。

蒼雪《南來堂詩集》卷四有《贈范受之六十壽二首》王注云：

按府志范惟一傳，惟一弟惟丕，嘉靖三十八年［一五五九］進士。長子允謙，隆慶四年［一五七〇］舉人。允臨自有傳。

據此知范受之當爲范允臨之兄。允謙，蓋取「謙受益」之義而字受之，例如錢謙益字亦受之也。

朱彝尊《明詩綜》卷五十八范允臨小傳後詩話云：

先生筆精墨妙，揮毫落紙，與董尚書争工。晚築別業於天平山之陽，彈絲吹竹，選伎徵歌，江表望爲神仙中人。又得佳耦唱和，傳抄片楮，比於珊瑚之鉤。范氏家藏遠祖隋其唐時告身尚在，文正、忠宣諸老手澤猶新。義田長以振窮，宰木未嘗改列，清門百代，四姓遠不及也。

汪世清先生撰《董其昌的交遊》，指出范允臨與陳繼儒乃董其昌好友，三人享年，均逾八十，白首交情，皆以書畫傳名千古。文見 Wai-kam Ho, ed., *The Century of Tung Ch'i-Ch'ang 1555 – 1635* (Kansas City, MO: Nelson-Adkins Museum of Art, 1992), Vol. 2, pp. 464 – 465.

范允臨，又見集前鍾序、第【四十九】題詩。

【一二七】文章之士，凋殘略盡，春事甫臨，悵然不樂，與周虛生避喧野寺，題宜修上人壁，時丙寅立春前一日

微陽寺外無行迹，蓬鬢雙來亦可憐。古路垣頹增捷徑，荒池水涸識枯禪。文人隱見成何事，別淚飄灑各一天。借問冰霜能住否，怕他春草更綿綿。

〔箋〕

本詩作於天啓六年丙寅（一六二六）。丙寅立春，在元月七日，則此題作於元月六日，合公元一六二六年二月二日。

周虛生，又見本集第【一〇〇】、【一二六】題詩。

【一二八】燈夕出游，歸途人静，寄懷王修微

廣城燈散風初起，小巷烟深月在西。歲事於人無不盡，窮居觸目自成迷。寒香未遠當其夢，孤翼難安始更啼。好辦單衾償永夜，佇聽遥歎接荒雞。

〔箋〕

本詩當作於天啓六年（一六二六）正月十五夜，合公元一六二六年二月十一日。

王修微，又見本集第【五十五】、【一二五】題詩。

【一二九】十七夜燈事轉盛，士女縱觀，從顧青霞家醉歸，因書即目

春街賞愛競招尋，軟語如聞已見侵。柔幰但添迴顧影，疏簾難障夜行心。衣沾香霧經餘唾，地擲微聲憶墮簪。留取歸途殘醉在，放教紅燭對斜吟。

〔校〕

本詩又見《殘稾》。

〔箋〕

本詩當作於天啓六年（一六二六）正月十七夜，合公元一六二六年二月十三日。

《譚元春集》卷十一《長安得徐元歎詩有寄因送顧青霞還吴門》云：

如何君形影，乃覺都城遇。我無山川心，致君車馬句。塵糞不敢道，累君失君素。一舟易江水，慈親有日暮。貧養必以身，友尚可神晤。問我胡燕遊，我難答其故。面赤真無益，路窮行非路。含情送君友，愁心墮煙霧。

顧青霞，又見本集第【七十五】、【一一三】、【一三〇】、【一三三】、【一四四】、【一五二】、【一五三】題詩。

【一三〇】十九日顧青霞招同諸子訪陳古白于虎丘寓樓，夜分而別

既飲休言興不同，春燈促坐夜難窮。高樓細見青黄接，僻徑深憐花鳥通。城客登山常計月，詞人謔浪婉多風。餐盤盡出供饑渴，未敢重來久慁公。

〔箋〕

本詩當作於天啓六年（一六二六）正月十九日，合公元一六二六年二月十五日。

顧青霞，又見本集第【七十五】、【一一三】、【一二九】、【一三三】、【一四四】、【一五二】、【一五三】題詩。

陳古白，又見本集第【七十五】、【八十九】、【一一四】、【一三二】、【一五三】、【一五五】題詩。

【一三一】送陳克抑往南海禮補陀大士

壯海摇天人境盡，始令儒者悟虚空。淹留細雨春帆重，清凈行舟好夢同。絶島君臣依墨點，平波枕席過鮫宫。竟須攜卻聞根往，好聽潮音夜月中。

〔校〕

本詩又見《明詩平論二集》卷十六。

〔箋〕

元歎時人木陳道忞（一五九六—一六四七）《布水臺集》有《南海普陀山梵音菴釋迦文佛真身舍利碑》。文長不録。

【一三二】送陳古白北上赴靳司徒之招，時有胡警

似今痛飲與悲歌，只欲離家意若何？知己獨能憐老驥，逢人且莫鬬雙蛾。花開驛路

春如客，塵滿書樓夢幾過？請試賈生爲屬國，未須太息向銅駝。

〔箋〕

陳古白，又見本集第【七十五】、【八十九】、【一一四】、【一三〇】、【一五三】、【一五五】題詩。

【一三三】王德操見過陪訪青霞、石君兩兄

緩步經過徧，城中日未黄。茗甌隨處設，竹杖互相將。草色貧家似，春陰歸路長。何時有佳句，許否就君商？

〔箋〕

本書「集外詩」録《明詩平論二集》卷十二所收元歎《王德操三世單傳不茹葷血七十初舉一子社中賦之》：

晚子猶居長，生機故未窮。一啼傾賀客，餘乳益衰翁。泡影存三世，蔬根接素風。慚人相問訊，只作弄孫同。

鍾惺《隱秀軒集》卷八有《訪王德操居士曾晤於鄒彦吉先生莊居》詩。錢謙益《列朝詩集小傳》丁集下「王布衣人鑑」云：

人鑑，字德操，吴郡人。少學詩於居士貞。居吴門彩雲橋。堂供古佛，一燈熒然，庭前

雙檜，可二百年物。凝塵滿席，堦下幽花小艸，手自灌刈。數世不食葷血，面削而形癯，見者知爲枯禪逸叟也。深爲草衣道人所賞，每得其詩箋，籠置袖中，喜色浮動眉宇，人望而知之。有《知希齋集》二卷，孟陽、雲子評定，余爲之序。

《初學集》卷三十三有《王德操詩集序》，文長不録。同書卷九《戲題王德曹小像四首》云：

在家真可著袈裟，七尺枯藤兩碗茶。還有閒情難忘却，虎丘明月馬塍花。（其一）

静夜然燈響木魚，清晨瓶拂赴精廬。眉間黄氣緣何事，新得蕭孃一紙書。德操長齋入道，與草衣道人有世外之契。每得草衣手跡，籠置袖中，喜見眉宇，人望而知之。（其二）

也是詩人是道人，等閒風月閙關身。虎丘燒了王微嫁，更覺枯禪氣味真。（其三）

龐公靈照機相似，通德伶玄意若何？却怪畫師非石恪，不將天女伴維摩。（其四）

牧齋另有《與王德操》札二首（見《錢牧齋全集》所收《錢牧齋先生尺牘》卷二）：

前往石湖弔張六老，歸即遇雨，與孟陽對弈。中秋夜闔門殺死棋，可一笑也。台從入城，詢知北信何如？乞詳示之。佳什即呈二兄共賞之矣。

又：

紙窗竹屋，歲莫都無一事。篝燈爲吾兄作詩序，放筆蕭然，頗堪自傲也。專使奉覽，未知吾兄以爲如何？不至作佛頭著糞否？朱雲子詩絶佳，意象深厚，皆從古人得之。而其序乃稱述楚中傖父，殆英雄欺人耳。如何？如何？獻歲可放棹過拂水，弟與孟陽，當掃衡門以相候也。

毛晉《隱湖倡和》卷上有王人鑑《穀雨前一日，招璧甫、若撫、衍門載酒石湖，送伯玉還西昌。用朱才就別駕「寺前漁火依然在，詩裏鐘聲到處聞」之句平字，各賦五言六韻》首唱之詩：

桃花飄向盡，湖水乍澄鮮。爲送將歸客，因浮載酒船。試茶知穀雨，攜榼入松煙。銷歇郊臺迥，蒼茫震澤連。幽尋清梵外，遐想遠遊前。共惜追從晚，青帆莫便懸。遠遊，伯玉園中堂名。

和此詩者，有李穀、王咸、釋自扃、毛晉、沈璜等。

董斯張《靜嘯齋存草》卷四有《知希齋詩爲王德操作》。

又：清汪正石輯《木瀆詩存》及程棅、施禋《鼓吹新編》卷一皆選有王氏詩。

顧青霞，又見本集第【七十五】、【一一三】、【一二九】、【一三〇】、【一四四】、【一五二】、【一五三】題詩。

劉石君，又見本集第【六】、【五十四】、【七十二】、【一五二】題詩。

【一三四】青浦鄭明府見訪新篇呈詩謁謝

膚寸全吴雨，吹噓大楚風。割雞輕百里，采葑到微躬。四境安新政，諸曹盡急公。字人凋瘵起，畫地繫囚空。重以憂勤日，偏多靜對功。牀琴鳴斷木，匣印凛寒銅。卷帙冥搜徧，書詩曉課同。筆沾眉憮翠，花入鏡臺紅。疲俗難成悅，謙辭忽問曚。食芹思自獻，治玉借他攻。昔媿鍾期賞，今知阮籍窮。遠天難寄淚，近日易稱雄。歸海流如箭，離家月一弓。入舟翻悄悄，投刺遽匆匆。附草經霜蝶，飄蓬踏雪鴻。夫君同藥石，一爲豁愁衷。

〔箋〕

鄭友元，一作友玄，字元韋，號澹山、澹石，湖北京山人。《(乾隆)華亭縣志》有傳。友元天啓五年(一六二五)進士，曾任青浦縣令，崇禎元年(一六二八)改調華亭縣，後陞監察御史。姚佺《詩源》「楚」卷選有友元詩。黄傳祖《扶輪續集》卷二亦有選。

鄭友元，又見本集第【一三六】、【一四八】、【一六一】題詩。

【一三五】答董遐周

運往闊詞人，無以名一代。小儒鹵莽求，字句争險怪。置之耳目前，無異於癖疥。所思在吴興，托疾寒溪内。高卧護風騷，隙中數流輩。我昔望其廬，暑雨驟明晦。門外盛蛙聲，虚庭敞閒界。茫然失所攜，投書急引退。珍重接遥緘，雜花盈手在。賞譽或過情，顏汗未敢拜。春天夢無涯，往往赴親愛。迎我不下牀，一笑牽蘿帶。

〔校〕

本詩又見《殘稾》。

〔箋〕

董遐周，又見集前董序、第【一三八】題詩。

【一三六】春寺早茶采寄鄭明府

僧窗嫩葉無心發，并付幽人採擷宜。薄質見收香色異，餘甘深仗齒牙知。囊盛箬裹愁經雨，新火寒泉共一時。黄鳥聲中衙舍掩，竹罏烟細獨斟遲。

〔校〕

本詩又見《殘稾》。

〔箋〕

鄭明府，即鄭友元，又見本集第【一三四】、【一四八】、【一六一】題詩。

【一三七】謝于惠生餉燕來笋

江筍殷勤來仲月，霜畦寒菜媿重陳。長鑱一下籠催寄，嫩籜潛抽土未親。遲暮朱櫻難共薦，淹流春社又嘗新。兔葵燕麥嘉名在，搖動風前不足珍。

〔箋〕

錢謙益《列朝詩集小傳》丁集下「于太學嘉」云：

嘉，字惠生，一字褒甫，金壇人。家世仕宦，以高才困于鎖院，遂棄去，肆力爲詩。苦愛温李皮陸諸家，字摭句搜，忘失寢食。妙解聲樂，畜妓曰弱雲，色藝俱絶，晚而棄去，忽忽不樂。詩句留連，每有楊枝別樂天之歎。卒時年七十二。惠生晚交于余，嘗以長箋見投，極論本朝詩文，遠慕弇州，近師臨川。余有書，再三往復。惠生報曰：「願以餘年摳衣函丈，究明此事。」其通懷擇善如此。喪亂之後，兩家書尺皆付煨燼，録其詩爲三歎焉。

《初學集》卷七十七《祭于惠生文》云：

惟我與君，定交晼晚。疇昔之歲，過從繾綣。邀我園林，燕我池館。妙香滿室，乳茶傾盞。横陳尊彝，傾倒篋衍。最秘惜者，《華不注卷》。烟巒雲樹，髣髴在眼。楚酪和鮮，吴羹拏飯。露雞清烈，子鵝永雋。華酌既陳，清言徐展。上下騷壇，揚扢詞苑。有難必酬，無和不反。晨花日傾，夕竹露泫。班荆語長，刻燭晷短。君爲听然，顧語小阮。蘭亭栗里，斯會非遠。詠君歌詩，綺靡嘽緩。《香奩》豔冶，《玉臺》婉孌。温李新聲，徐庾舊撰。志士失職，高才連蹇。轍魚過河，轅驥下阪。漢妃嘆盈，湘娥淚潸。桑者閒閒，東下纂纂。晚就我謀，有書徑寸。自悔少作，請循其本。顧我萝萝，其顔有赧。猥以枯竹，負此青簡。伊余衰暮，見抵罷免。老屋三間，衡門兩版。得君慰藉，忘我蹇産。承君之訃，回環自忖。天不慭遺，我老無伴。凶星纏綿，風波摇演。餘殃奄及，能使君殄。申戒烝徒，勿俾我善。君方大歸，我又病瘖。抒詞告哀，酹以一醆。湏酒有時，豐碑可纂。庶幾陳根，伸此悃欵。嗚呼哀哉！尚饗。

沈德符《清權堂集》卷十有《中秋同于惠生虎丘漫步》。

【一三八】夏夜過南潯，不及晤董遐周

莽莽途難竟，單行有所懲。路分雙鳥去，岸暗水螢增。幽思隱涼葉，居人護一燈。舟移室自遠，相憶在晨興。

〔箋〕董遐周，又見集前董序、第【一三五】題詩。

【一三九】六月二十夜涼久坐，明日爲鍾先生忌日，將修薄祭

吹燈開户夜涼初，隱痛如新卒未除。片月乍生奔萬影，浮雲輕去歎離居。麟亡魯叟因投筆，蝶化莊生再著書。莫問泉途消息處，年年水國薦寒蔬。

〔箋〕本詩當作於天啓六年丙寅（一六二六）。

陳廣宏《鍾惺年譜》天啓五年乙丑（一六二五）五十二歲條載：

〔鍾惺〕六月二十一日卒。

鍾惺，又見集前鍾序、第【十九】、【二〇】、【二十二】、【二十四】、【二十七】、【三十二】、【三十八】、【三十九】、【四十三】、【六十五】、【六十七】、【六十八】、【六十九】、【九〇】、【九十二】、【九十二】、【九十三】、【九十四】、【九十五】、【一一八】、【一一九】、【一四八】、【一四九】、【一六二】題詩；另見《落木菴存詩》第【二十九】、【六十一】、【一八九】、【三一七】題詩。

【一四〇】寄河南守馬瑶草懷舊之作，兼送錢時將再遊

司農水署微酣後，掉首出門西復東。誰知此會不再得，死生契闊生其中。座中祭酒清臞者，長揖世間歸地下。竟無血胤寄思尋，僅留一派還風雅。報政聞君已再春，訟堂軒豁兩情陳。頻頻削牘從休息，是使其民日日新。三川在昔多游跡，交道宜通賢者脉。錢生歸日亟稱賢，則在當時已受憐。君不見雅游延譽如流水，感激吞聲誰氏子。南天烟雨老霜髭，擬話平生未可期。新涼再送錢生發，憶汝邙山好明月。

〔箋〕

馬瑶草，即馬士英，又見本集馬序、第【六十四】題詩。

錢時將，又見本集第【十七】、【十八】、【三十八】、【五十四】題詩。

【一四一】送蒼雪上人還滇南

來遊輕萬里，歸路敢云長？惜别聞吴語，新寒過鬼方。菰蘆收片影，蟲豸避身光。此去聊相慰，同門有法王。

〔箋〕

蒼雪《南來堂詩集》卷三上有《次答姚太史現聞見送還滇》一題詩。知蒼雪嘗有還滇之意。然據陳乃乾《蒼雪大師行年紀略》天啓四年甲子(一六二四)三十七歲條載:

是年扈芷欲還蜀,師亦有返滇之意。均未成行。

審元歎本詩,蒼雪於天啓六年(一六二六)當再有歸滇之意,元歎詩以送別。

蒼雪,又見《落木菴存詩》第【一】、【十五】、【六十四】、【七十九】、【一二九】、【一三五】、【一三六】、【一四三】、【一六六】、【二二七】、【二三三】、【三二六】、【三三四】題詩。

【一四二】病起行園答姚逸民

庭石媚我獨,稀疏點秋葩。素手搴其芳,此日人意嘉。高天净雲物,碧色欲無涯。生平賞心人,索處如匏瓜。自媿乏遠略,猶以身爲家。病去失所依,茫然一咨嗟。念君課兒童,嘈雜鳴池蛙。露珠添硯滴,蟲影劈燈花。勞勞憶我夜,吟思正紛拏。

【一四三】吴中數十年來，盛傳楞伽山八月十八夜一串月。余年三十七矣，未嘗一見。儕輩商度，或云從寶帶橋外出，數有七十二。此横説也。或云葑關外極饒溪港，是夜月出其方，光影相傳，望如塔燈。此豎説也。然亦意如阿閦佛國，裁一現耳。今歲丙寅，秋宇澄霽。適李長蘅、周安期輩，蓄意而往。少憩紫薇村黄君兆家，薄暮登山。月出較遲，列坐靈官殿庭，遠水縱横，昏昏莫辨。二更後益奇。總之，所謂玉塔者近是，向之横豎，俱不足言。遊人匆遽而返，亦未盡其變也。别後各紀一詩，余寔首唱

山亭露坐天如幕，待月不出資諧謔。輕風似欲掃浮雲，將以所見證所聞。纖微吞吐誠非易，光影飛沈無定位。真月猶未現全身，先見第三與第二。一溪一月非無因，於月不知誰疏親。孤魄暫離烟霧窟，衆壑寫盡瑠璃輪。金波激射難可擬，玉塔倒懸聊近似。塔顛一月獨分明，百千化身從此止。忽墮雲中不可呼，餘光散入澹臺湖。燭灰神醉廟門閉，

露冷林昏人盡去。年年此夜幸相思，月出未嘗離此處。

〔校〕本詩又見《明詩平論二集》卷七，題作《串月》；另見《扶輪集》卷二。

〔箋〕本詩當作於天啓六年丙寅（一六二六）八月仲秋。

周永年，字安期，吴江人。錢謙益《列朝詩集小傳》丁集下「周秀才永年」云：故太宰恭肅公之後。少負才名，制義詩文，倚待立就。才器通敏，風流弘長。禪宫講席，西園北里，參承錯互，詩酒淋漓，莫不分身肆應，獻酬曲中，海内咸以通人目之。晚而扼腕時事，講求掌故，思以桑榆自奮。遭亂坎軻，卜居吴中西山，未幾而殁。所著詩累萬首，信筆匠心，不以推敲刻鉥爲能事。余嘗有詩云：「安期下筆無停手，元歎撚毫正苦心。」人以爲實録。今録其詩，得八首，元歎所手定也。

又可參《落木菴存詩》第【二五〇】題《亂後十餘年不至吴江。丁酉四月，訪周安仁、安石，集於其先伯兄安期蟠窠書院，值安仁七十生日》。

明清間吴江周氏兄弟永年安期、宗建季侯、永言安仁、永肩安石，皆弘治間人周用（行之、伯川，一四七六—一五四七）之曾孫。四人中，季侯死魏忠賢手，乃天啓間一大事。《明史》本傳紀之，而《吴江縣志》及《煙艇永懷》所敘尤詳。不贅。

安期與牧齋生同年，相知深，交尤篤。《有學集》卷三十一《周安期墓誌銘》述其人略云：

余初交安期，才名驚爆，不自矜重，攢頭摩腹，輸寫情愫，久與共居，而不能捨以去。其後待門下士亦然。諸公貴人，聲跡擊戞，爭羅致安期。安期披襟升座，軒豁談笑，不爲町畦，卒亦無所附麗。邦君大夫，虛左延佇，箋表撰述，必以請。材官小胥，錯跡道路，間值諸旗亭酒樓，捉敗管，捨寸幅，落筆聲簇簇然，緣手付去，終不因是有所陳請。以是知其人樂易通脱，超然俊人勝流也。爲詩文多不起草，賓朋唱酬，離筵贈處，絲肉喧闐，驪駒促數，筆酣墨飽，倚待數千百言。旁人愕眙驚倒，安期亦都盧一笑。以是歎其敏捷，而惜其不能深思，徒與時人相聘逐也。……晚年撰《吴都法乘》餘百卷，蠹簡蠡翰，搜羅旁魄，其大意歸宗紫柏一燈，標此土之眼目。又以其間排纘掌故，訪求時務，庶幾所謂用我以往者。

銘中對安期不無憾焉。牧齋《列朝詩集》收安期詩八首，元歎所手定者也。

清初詩選本收安期詩作者凡五種。乾隆《吴江縣志》録其詩如干章。

鍾惺《隱秀軒集》卷八有《舟泊吴江步尋周安期安仁》。

《譚元春集》卷十一有《周安期忽忽辭去》云：

此心向君驚，明日歸路多。颯如獨坐時，夜半聞雁過。丈夫萬事左，誓莫嗟蹉跎。請看吴楚路，原不同煙波。君歸我即歸，君聞驚如何。

李長蘅，又見本集第【七〇】、【七十一】題詩。

【一四四】望齊門之有金井也，菴以此名焉。自宋迄今，廢而復置。亡僧荼毘後，皆得藏骨其中，佛之遺教也。昔世尊滅度，飛天夜叉與諸天奪取頂中舍利而供養之。故知至人髮毛爪齒，皆能利益一切有情，況井中之骨，具足三世僧寶？是不可以無述。余與中峰汰法師、本菴處凝師、詞人顧青霞爲唱導之首

寺籬枯短槿，庭栢嘯寒禽。稍問虛無事，因萌幻泡心。廣除蓮瓣覆，層石蘚文侵。逝者云藏蜕，聞之欲灑襟。微塵還地大，終古似宵深。暫住形雖謝，同歸道所欽。不須觀白骨，猶或鎖黄金。旅泊丘難首，經過穴試臨。低螢曾送照，積葉更添衾。舍利泥中見，天人劫後尋。

〔箋〕徐崧、張大純合撰《百城烟水》卷三「長洲縣」載：「金井菴，舊名銘心菴。在齊門内（亨字四圖）。元至正四年建，後廢。尚遺三普同井。明嘉靖癸卯僧祖曉（即馬道人）、法志（道人之徒）重建。因井發光，易今名。」

詩題中峰汰法師，即汰如明河，又見本集第【八十三】題詩。

本菴處凝師，即處凝上人，又見本集第【一五〇】題詩。

顧青霞，又見本集第【七十五】、【一一三】、【一二九】、【一三〇】、【一三三】、【一五二】、【一五三】題詩。

【一四五】代書簡閔伯先

迫冬日月急，濃陰徧江湖。驚風摇暮條，衆象向凋枯。吾子千里足，稍奔衣食途。苦吟送殘景，心知非壯夫。五言漸清淺，纖月映交蘆。生熟久可見，此理良不誣。古人佳句在，可就紙上呼。情文我自有，何必尋虚無。欲言寧盡此，聊用寫須臾。

〔箋〕

本詩當作於天啓六年丙寅(一六二六)秋。

【一四六】臘月初四夜乍見新月，喜葉晉卿自嶺表還洞庭山

捲簾纖月露寒姿，記否殘更相送時。於世浮沈能不倦，在身圓缺豈堪思。古城雪上歸人跡，三載貧居少婦持。洞府就君商避地，盡將雞犬一朝移。

〔校〕本詩又見《殘稾》。

〔箋〕本詩當作於天啓六年丙寅(一六二六)十二月初四,合公元一六二七年一月二十日。

【一四七】金陵武大治謁賀中丞,久寓吴門大弘寺,將歸有贈

雜樹多風入寺稀,憐君常自步斜暉。扁舟晚出禪扉掩,小閣晨過野雪飛。久客空囊占歲事,中丞緩帶説軍機。青丘薄暮淋漓别,載酒重過願竟違。

〔箋〕本詩當作於天啓六年丙寅(一六二六)冬月。

武化中,字大治,溧水人。《(光緒)溧水縣志》卷十一有傳,云:

萬曆己酉[一六〇九]舉人,仕爲黄陂令。黄素稱難治,民輕賦課,弗就完納,涖任者輒以累去。化中壹意解導,不事敲撲,會計無損。秩滿,臺使者聞於朝,當得優擢。熹宗曰:「爲令得民心,莫若久任,始安其政。」蓋欲老其才而重用之。再三年入覲,銓部議以南臺爲之地,有嫉者中之,以閒曹推章上。熹宗覽而驚曰:「使此官予此職,臺省之地居何人?」

遂得中旨，卒如銓議。比命下，卒已數日矣。訃至黄，民哀之如失慈父母。子令緒，博極群書，爲時名雋。順治十一年［一六五四］恩貢。

【一四八】歲暇雜感

寒士貧無歲，燒燈且讀書。尋源舟一葉，游藝蠹爲魚。室静鐘相慰，心開霧漸除。風簾摇不已，松月最憐渠。（其一）

昨歲黄梅早，玲瓏滿著花。惡風吹總盡，良夜怨無涯。香發魂如在，庭空月易斜。姬人簪髩慣，細蘂乞鄰家。（其二）

芳歲亦徂謝，吾儕何足云。故人今宿艸，全楚只浮雲。山雪況懷舊，冥鴻冀一聞。此中垂老淚，寄灑竟陵墳。悼鍾伯敬也。（其三）

獨坐神明宰，風聞治不煩。訟庭苔上砌，官舍鶴司門。縣僻題詩見，名高借客言。江城霜雹後，幸矣得微温。鄭青浦云調松陵。（其四）

西湖女道士，重掃入宫眉。屢試空花質，輕趨粉黛時。樊籠歡一飽，巾櫛長諸姬。裹足雖微節，因窺解脱遲。女冠嫁爲人妾。向曾謁憨老人，誡勿纏足，迄不能從。（其五）

〔校〕本詩又見《扶輪集》卷八。

〔箋〕本詩當作於天啓六年丙寅歲暮（一六二六—一六二七間）。

鍾伯敬，又見集前鍾序、第【十九】、【二〇】、【二十四】、【二十七】、【三十二】、【三十八】、【三十九】、【四十三】、【六十五】、【六十七】、【六十八】、【六十九】、【九〇】、【九十二】、【九十二】、【九十三】、【九十四】、【九十五】、【一一八】、【一一九】、【一三九】、【一四九】、【一六二】題詩；另見《落木菴存詩》第【二十九】、【六十一】、【一八九】、【三一七】題詩。

鄭青浦，即鄭友元，又見本集第【一三四】、【一三六】、【一六二】題詩。

憨老人，即憨山德清（一五四六—一六二三），萬曆三高僧之一。俗姓蔡氏，全椒人。萬曆元年（一五七三）遊五臺，見憨山奇秀，因取之爲號焉。後爲國祈儲而罹禍，流放雷州十年，執戟轅門，冠巾説法。著有《楞嚴經通議》、《法華通議》、《華嚴綱要》、《夢遊集》等。生平詳牧齋《初學集》卷六十八《憨山大師廬山五乳峰塔銘》；另可參《有學集》卷四十五《海印憨山大師遺事記》。

【一四九】丁卯立春日寄譚友夏，鍾先生殁後尚未通書

吴楚不相問，忽然已二年。楚山截雲空，吴水日潺潺。動静皆有性，日夕通風烟。聞子倦行役，甘心負郭田。開軒面岑寂，積雪耀素編。歲莫得自逸，或賴兄弟賢。寒河常在眼，非乏釣魚船。各有老母在，亦未易棄捐。楚中失宗盟，文柄當汝遷。無人于子側，誰與致纏綿。寄書猶悄悄，目送雁南騫。

〔箋〕

本詩當作於天啓六年丙寅歲暮。丁卯立春日，在丙寅十二月十九日，合公元一六二七年二月四日。

友夏《譚元春集》卷十八《與元歎遇武源官舍因憶亡友伯敬》云：

夢魂堪訝此初逢，十載艱難看老筇。親領吟聲知好句，叨分道念抗塵容。溪流沸水寒三鼓，雨雪深衙隱一峰。亡友眼光猶掛樹，自然相待虎丘鐘。

鍾先生即鍾惺，又見集前鍾序、第【十九】、【二〇】、【二十二】、【二十四】、【二十七】、【三十二】、【三十八】、【三十九】、【四十三】、【六十五】、【六十七】、【六十八】、【六十九】、【九〇】、【九十二】、【九十三】、【九十四】、【九十五】、【一一八】、【一一九】、【一三九】、【一四八】、【一

六二】題詩；另見《落木菴存詩》第【二十九】、【六十一】、【一八九】、【三一七】題詩。

譚友夏，又見集前譚序，集中第【三十七】、【九十二】、【九十八】、【一五九】題詩，另見《落木菴存詩》第【六十一】題詩。

【一五〇】小除夕有懷楚中道恒、函三兩納子，時寓處凝上人房

入夜寒逾厲，小逕斷行旅。四宇漾燈光，静者自爲侶。早歲林間盟，窮冬溪刻處。呼茗徵異聞，賦雪送冷語。凍羽宿猶驚，羈栖良獨苦。可歎是春風，分飛無處所。

〔箋〕

本詩當作於天啓六年丙寅十二月廿九日小除夕，合公元一六二七年二月十四日。

處凝上人，又見本集第【一四四】題詩。

【一五一】茶山一宿夢女郎賦贈

侍妾吹燈月又好，石橋猶記夜深行。歸舟許共春流到，洗研池頭細浪生。

又

栖烏啼後心情怯，雖有佳期轉自悲。卻羡梅花在空谷，對君長夜獨眠時。

〔箋〕

茶山，即槎山，又見本集第【七】、【十四】、【三〇】、【五十五】、【五十八】題詩。

【一五二】元夕後一日顧青霞席上送劉石君游楚

餘寒窮巷不堪棲，薄宦輕舟得見攜。兩袖涕洟辭木主，故園風雨付荆妻。別時更值春燈散，到處相隨芳艸齊。自古楚天詞賦滿，瞻途弗及使人迷。

〔校〕

本詩又見《明詩平論二集》卷十六。

〔箋〕

本詩當作於天啓七年正月十六日，合公元一六二七年三月三日。

顧青霞，又見本集第【七十五】、【一一三】、【一二九】、【一三〇】、【一三三】、【一四四】、【一五三】題詩。

劉石君，又見本集第【六】、【五十四】、【七十二】、【一三三】題詩。

【一五三】春雨乍晴，顧青霞邀同社泛舟虎丘，拉陳古白、廣陵楊姬飲至夜，諸客隨路别去，餘半還城而已

非時雨雪每生憎，此日栖尋易得朋。水長鷗鳧常處順，園空梅月媿同稱。歸人遞起投遥岸，醉態無窮影一燈。記取雙鬟招手立，紅樓風幔興堪乘。

〔箋〕

本詩當作於天啓七年丁卯（一六二七）春。

顧青霞，又見本集第【七十五】、【一二九】、【一三〇】、【一三三】、【一四四】、【一五二】題詩。

陳古白，又見本集第【七十五】、【八十九】、【一一四】、【一三〇】、【一三二】、【一五五】題詩。

【一五四】試鄧尉山七寶泉

無僧廢院荒泉在，刳木通厨迹未迷。清不近人如隱士，甘能好我亦成蹊。數拋珠沫因窺眼，一畝水漿已至臍。曾與楊枝供泛灑，莫教流出混春泥。

【一五五】題陳古白虎丘借讀齋

高齋無主閉春風，能讀離騷付乃公。未見伯通來廡下，常如貧女在光中。研田腹笥遷皆易，淅米樵薪累即同。每恨世人稱我宅，此山尚爾寄虚空。

〔校〕

本詩又見《殘稾》。

〔箋〕

陳古白，又見本集第【七十五】、【八十九】、【一一四】、【一三〇】、【一三二】、【一五三】題詩。

【一五六】雨中念太湖魙山桃花已開

別嶼桃千樹，開時不值晴。夢多惟見水，花亦厭餘生。舊雨荒寒食，重游緑滿城。人間惆悵事，淺土葬紅英。

【一五七】代書答王子彦

未覺伊人遠，朝來接素書。有懷春雪盡，相謂落花初。水國交殘夢，烟窓護獨居。新苔知滿砌，到日爲君除。

〔校〕

本詩又見《殘稾》。

〔箋〕

王瑞國（一五九九—一六七七），字子彥，號書城，又號糜經老人，齋名萬卷樓。太倉人。太倉王氏家世顯赫，高祖倬，兵部右侍郎；曾祖紆，右都御史。子二，長世貞，字元美，刑部尚書；次世懋，字敬父，太常寺卿，俱以文章名天下，即世所稱鳳洲、麟洲二先生也。世懋子士騄，萬曆二十二年（一五九四）舉人，授都察院都事，即子彥父。

子彥年二十舉天啓元年（一六二一）鄉試。明清易鼎，絶意進取。時與王煙客、吴梅村等人爲東阡北陌之游。及告訐之禍起江南，豐屋多金者，多誣以通叛而攫取其財。子彥爲人窺瞰，遂挂名訟牒，毁家行賄，僅得免。而家産亦盡矣。因就吏部謁選，得粤東之增城縣。

子彥有子陳生、陳立。陳立有俊才而夭，爲吴梅村愛婿。梅村集中，累見酬贈子彥之作。誌喜者如卷十二《送王子彥南歸》第四首收篇云：

相攜孫入抱，解唤阿翁來。

自注：

子彦近得孫，余之外孫也。

述哀者則莫如卷十三《王增城子彦罷官哭子留滯不歸近傳口信不得一字詩以歎之二首》。題云子彦罷官哭子，正梅村哭婿之時。詩不備録。

沈德符《清權堂集》卷十二有《王子彦邸中梅於季秋作花》、《王子彦招集寓園即用來韻二首》。

《陳子龍詩集》（上海古籍出版社本）收《萬卷樓歌爲王子彦賦》，有「考證」云：

《鎮洋縣志》：「王瑞國，字子彦，號書城，世懋孫，士騄子。弱冠中天啓辛酉舉人。吴門文震孟、姚希孟折輩行與交。寡嗜好，研精讀書，爲古文出入歐、曾二家。國朝順治十年，授增城令，三載告歸，築瘞研齋，著述以老。」吴梅村《壽王子彦五十》詩自注云：「家有樓，名萬卷。」

詩云：

王郎風雅静者流，百城高擁何所求。坐中半傾名下士，攜我獨登萬卷樓。武庫森然見經史，劉家七略安足比。過江文獻在瑯琊，豈獨簪纓長淮水。文苑相傳盛肅皇，爾祖尚書與奉常。東吴二美氣無敵，中原鞭弭先翱翔。當年此樓人倜儻，矯首千秋共欣賞。論文欲抗兩京間，把酒時呼五湖長。五十年來事已非，文藻風流尚堪想。我爲王郎傾百杯，鳳雛驥子皆奇才。邗溝芙蓉既寂寞，濟南白雪成蒿萊。驚君才致多英特，滿堂賓客皆顔色。代興寥寥知者誰，俯仰此樓三歎息。

王子彥生平，詳唐孫華《敕授文林郎廣東增城縣知縣書城王公墓誌銘》，見王寶仁《婁水文徵》卷六十三。

王子彥，又見本集第【一六〇】題詩，另見《落木菴存詩》第【二二四】題詩。

【一五八】中秋夕同友人西湖聽雨，限騷喧二韻

雲聲驅兔魄，空外一輪逃。靜覺風荷亂，遥憐宿鷺勞。歌輕迷隔舫，螢冷入秋袍。何似樓居好，新燈正讀騷。（其一）

已失銜峰月，仍開待月尊。鐘聲經雨重，風葉泊舟喧。虚白思前夜，悲涼滴故園。語深難唱别，容易一燈昏。（其二）

〔箋〕

本詩應作於天啓七年丁卯（一六二七）八月十五日，合公元一六二七年九月二十三日。

【一五九】嘉聞譚友夏得楚解寄往都門

困汝非無意，相成始覺殊。居然一日長，幾輩下風趨。時至物交媚，名高身更孤。病

中情思豁，端足係榮枯。（其一）

狹路觀瞻日，微軀摩厲時。比肩宜用恕，半面許稱知。霜雪洗遲暮，家庭忘別離。良朋英爽在，曾否報佳期。（其二）

〔校〕

本詩又見《扶輪集》卷八，題作《喜聞譚友夏得楚解寄往都門》。

〔箋〕

譚元春（友夏）爲李明睿（太虛，一五八五—一六七一）拔置楚闈第一，事在天啓七年（一六二七）。李太虛《鍾譚合傳》有云：

> 天啓丁卯，譚子年且逾四十，始爲余典試楚中，拔而置之榜首。（《譚元春集》附録）。

譚友夏《大座主李翰林公帳序》云：

> 吾師李翰林太虛先生典試我楚，得元春輩九十六人。（《譚元春集》，卷二十四）。

鄉試中舉者，隨例於同年入京參加會試，故元歎寄此詩至都門。不意友夏中解元後，旋丁母憂回籍，在家守制。友夏科第蹭蹬，可以想見。

譚友夏，又見集前譚序，集中第【三十七】、【九十二】、【九十八】、【一四九】題詩，另見《落木菴存詩》第【六十一】題詩。

【一六〇】送王子彦會試丁卯仲冬

殘陽爲别意云何，古路綿綿口細哦。滿野雁聲愁黑月，點冰狐跡試黄河。南來仕宦晨星少，冬至川途晚雪多。五色補天君等在，豈堪荆棘訪銅駝。

〔箋〕

本詩應作於天啓七年丁卯（一六二七）十一月。前第【一五七】題箋述王子彦舉天啓元年鄉試。入京會試，不售。

王子彦，另見《落木菴存詩》第【二二四】題詩。

【一六一】送鄭元韋明府入覲

維舟衰柳月剛彎，畏向清尊照别顔。灘影紛紛蘆載雪，河聲咽咽岸如山。歲逢霜儉呈圖去，縣值春和帶譜還。知對西風念寒士，車中有夢到松關。

〔校〕

此詩又見《明詩平論二集》卷十六。

鄭元韋，即鄭友元，又見本集第【一三四】、【一三六】、【一四八】題詩。

【一六二】較刻伯敬遺稿畢有作

坐卧遺編在，朝來又卒工。所媿人交慰，稱余善始終。倘君自行意，去取當不同。在昔盛辭章，與世開盲聾。邇以文説法，漸令綺習空。素女屏雜飾，清吹赴孤桐。時有道人語，深會静者衷。後生多倔强，恩禮所不通。一朝讀其書，往往泣無窮。作者及吾儕，相送如霜蓬。斯文不能言，轉欲累諸公。

〔箋〕

本詩當作於天啓七年丁卯（一六二七）十二月。

鍾惺《隱秀軒集》「附録一」徐波《鍾伯敬先生遺稿序》云：

先生全集歲癸亥刻於白下。是春丁艱還楚，三載詩文，人間未見。蓋晚年頗留心内典，加以罷官後莫往莫來，故篇章稀少。乙丑六月捐館舍，歲暮來赴。即與五郎索遺稿，約覓便相寄。而素車白馬，亦復寥寥。適友人劉石君心感知遇，發憤附舟沿江而上，登其堂而擴其棺，與友夏、居易周旋月許，悉持遺稿而還。余甚媿之，即付剞劂，釐爲四卷。先生以文章治世垂二十年，操觚染翰家類能歎頌，余不敢復措一語。惟是一人之身，遇會乖蹇，皆文人未有之厄。請略疏之：

若士衡養犬，摇尾寄書；孔愉贖龜，中流右顧。初心非責報于二物，感恩竟不異於人情。但呀然谿壑，了無饜期；屢歎車魚，有時倦聽。十索而一不從，千取其百未已。投遺文于圂中，揭謗書於道側，斯有人焉。高岡梧桐，鳳皇於止；滄浪既清，濯纓者至。故松柏投歲寒之分，嵇、向〔此處脱「亦」字〕結物外之游。豈料倚市賤流，糟糠自命；之官幾日，陽嶠復來。張耳佩陳餘之印，劉叉攫韓愈之金。雖鮑林〔「林」，當作「叔」〕憐貧，太丘道廣，吾無取焉。

《玄經》奇字，無取聱牙；白傅新詩，貴能上口。蓋斧鑿久而漸近自然，波瀾闊而乍如平澹。陶淵明稱隱逸之宗，顔延年以雕繢爲病。昧者中邊皆枯，菁華已竭，號爲「鍾體」，不亦厚誣！

《文心》趨向萬殊，《詩品》源流各别。同株異溉，猶開紫白之花；二水雜投，尚辨淄澠之味。況乎披林聽鳥，聲貴相求；入海探龍，珠擘〔「擘」，當作「歸」〕一手。鍾則經營慘澹，譚則佻達顛狂。鍾如寒蟬抱葉，玄夜獨吟；譚如怒鶻解絛，横空盤硬。二子同調，其義何居？贊歎不情，同於汙衊，〔此處脱「斯」字〕之謂矣！

嘗謂文章一息，共愛其流傳；水火三災，默爲之聚斂。藏舟於壑，或有變遷；當風揚灰，記〔「記」，當作「詎」〕令速滅？囑累已屬世情，排斥亦成底事？吾輩及〔「及」，當作「友」〕其人而讀其書者，正爲作數年之計，傳之久暫，有物司之。

天啓末年大寒節後一日，門下士徐波謹述。劉屺書於浪齋。

按：上録上海古籍出版社《隱秀軒集》附録《鍾伯敬先生遺稿序》在文字及標點上有訛誤之處。今據臺灣「國家圖書館」藏《鍾伯敬先生遺稿》天啓七年（一六二七）刻本爲訂正若干錯誤。原文末段，標點有較大問題，今亦爲校正一過。

鍾惺，又見集前鍾序、第【十九】、【二〇】、【二十二】、【二十四】、【二十七】、【三十二】、【三十八】、【三十九】、【四十三】、【六十五】、【六十七】、【六十八】、【六十九】、【九〇】、【九十二】、【九十二】、【九十三】、【九十四】、【九十五】、【一一八】、【一一九】、【一三九】、【一四八】、【一四九】題詩；另見《落木菴存詩》第【二十九】、【六十一】、【一八九】、【三一七】題詩。

天池落木菴存詩

目録

【三二三】年事峥嶸，賤貧無極。每至降辰，獨居深念。既抱虚生之感，復恐衍負難消。佛室虚明，稍設香花之供；齋厨索莫，久謝葷血之緣。己亥之秋，七月三日，年開七秩，月始生明。暑退涼臻，山空人老。僧衆雲來，未盈丈室；秋林風動，已拂袈裟。緬彼禽魚，不取亦不放；現前名德，自去而自來。椒料馨香，

居今之世，處今之日，可不必詩矣！詩，亦不必存矣！歲月淹纏，楮墨驅遣，既成句身，遂難割棄。存之偶然，無心傳也。傳亦有命，無心工也。丁亥臘月頑菴徐波記。

〔箋〕

元歎此小引後題「丁亥」，即清順治四年（一六四七）。循此思之，頗疑是年元歎有結集出版之意，而事不果，因《天池落木菴存詩》所載詩遠遠超過其順治四年之作。及後，至刻本集時，或元歎懶得再寫新序，聊以上述小引置書首以塞責，又或司其事者已非元歎本人，編者逕取該小引置書前，亦未可知。

【二】丁亥正月二日蒼公六十生日

堅留一老欲扶宗，獻壽諸天來幾重。長夜争明無兩月，西山積翠只孤峰。分身講席音聲□，□□當門龍象容。爲卜數椽思自近，餘年抖擻□□□。

〔箋〕

此元歎順治四年丁亥（一六四七）正月初二（合公元一六四七年二月六日）爲賀蒼雪讀徹（一五八八——一六五六）六十大壽之作。陳乃乾《蒼雪大師行年考略》載：

明神宗萬曆十六年戊子。一歲。正月初二日生（見集中《丁丑歲朝》詩及《六十酬諸法友》詩）。

蒼雪《南來堂詩集》補編卷三上《丁亥歲初二值予六十母難日諸法友各賦詩爲祝約五十餘人不能徧答總以一詩酬之》云：

箭鋒鍼芥恰相投，六十無聞老比丘。風雪彌天争鬪句，虚空開口莫能酬。曾誰退席過三舍，顧我當堂讓一籌。分付東風初解凍，好看春水一溪流。

陳乃乾《蒼雪大師行年考略》順治四年丁亥六十歲條云：「正月初二日六十生辰，諸法友賦詩爲祝者五十餘人。師不及遍答，因賦七律一章總酬之。」當指是題。

蒼雪《南來堂詩集·附録卷四》收文祖堯《壽蒼雪法師六十》云：

從來六詔多靈跡，馬有金兮雞有碧。就中更聳屼屼峰，撑住西南天半壁。（其一）
此峰磅礴不尋常，扶輿間氣久鍾藏。降神一旦生人傑，立地即證法中王。（其二）
振衣將樹鷲山幟，舉手先從雞嶺試。欲就當年微笑人，于斯窮取拈花意。（其三）
拈花妙義本無端，元非僅作語言觀。但恐不言人不醒，故兹説法累登壇。（其四）
説法婆心精且細，何如棒喝無多計。只爲眼前棒喝者，未必德山與臨濟。（其五）
所以欲約毋寧博，庶幾從博可反約。標指見月不泥標，免教人在暗中索。（其六）
破暗枝鐙耀大千，閲世俄經六十年。傳心不出微言外，知命曾于十載前。（其七）
自此不垢亦不滅，何須更覓長生訣。舉世同瞻清浄身，無人不羡廣長舌。（其八）
舌底獅音震天壤，處處映川惟月朗。一時名宿悉皈依，幾代公卿咸景仰。（其九）
針芥相投氣味馨，揮塵抒毫闡性靈。博識雄談齊物論，精言奥理太玄經。（其十）
隨機遊戲皆天巧，謾説江花并謝草。鍾王不敢獨縱横，太白從今常壓倒。（其十一）
伊誰煉藥駐朱顔，自是胸中有大還。灝灝寒泉聲韻遠，年年説法在人間。（其十二）

另録朱鶴齡（一六〇六—一六八三）《贈蒼雪法師六十》云：

空山半偈自安禪，粲可今誰與接肩。花下翻經龍解聽，林間放梵鶴初還。孤峰任拄穿雲杖，碧澗長流洗鉢泉。何事更求餐玉法，黄精滿地可忘年。

蒼雪詩序稱諸法友爲賦詩祝壽者凡五十餘人，今所見者，蓋十不得一也。

蒼雪，又見《浪齋新舊詩》第【一四一】題詩，另見本集第【十五】、【六十四】、【七十九】、【一二九】、【一三五】、【一三六】、【一四三】、【一六六】、【二一七】、【二二三】、【二二六】、【三三四】題詩。

【二】修實上人六十 雨公長徒，衆所知識。所居法螺菴，勝絶西山。

無涯心力建門庭，未欲全彰耆舊形。豈暇閑情修水觀，將營精舍入山經。巾瓶混跡師懸記，梵唄如流衆樂聽。相羡童真親法座，手摩曾見髮根青。

〔箋〕

法螺菴爲吴地名勝。徐崧、張大純《百城烟水》「吴縣」載：

法螺菴，度嶺沿澗，徑絶幽秀。曲如旋螺，故名。内有二楞堂。

《(同治)蘇州府志》載：

法螺寺，在寒山上，舊爲菴，有二楞堂，爲中峰下院。山徑盤紆，從修篁中百折而上，勢如旋螺，故名。

按：二楞堂，法螺菴主修實上人本師一雨通潤(一五六五—一六二四)晚歲改鐵山菴爲「二楞」，自稱二楞主人，有《疏楞伽楞嚴二經畢菴其名曰二楞作詩紀之》(《收入毛晉「一五九九—一六五九〕輯《華山三高僧詩》，又見周永年〔一五八二—一六四七〕《吴都法乘》卷二十三中「憩寂篇三」）。其所疏《二楞經合轍》、《楞伽經合轍》，分見《大日本續藏經》二十二套第三、四册，二十六套第五册。

修實花甲之年，值順治四年（一六四七）。蒼雪亦有詩賀之。蒼雪《南來堂詩集》補編卷三上收其《法螺菴主六十》云：

柴肩骨面鶴癯形，老至精修不少停。刻漏六時勤禮佛，現身三世畢書經。當樓好月秋分見，繞屋流泉雨後聽。終是草菴堪止宿，白頭期共住山青。

同書補編卷二有《題法螺菴之旋螺頂爲修實懺主》。

又：讀王培孫《南來堂詩集》詩注，知修實上人乃一雨通潤長徒，與蒼雪讀徹、汰如明河（一五八八—一六四〇）同輩，然陳乃乾《〔賢首宗〕傳法系統》不録修實名氏，不知何故，待確考。

修實上人，又見本集第【一二八】題詩。

【三】輓申維久母夫人徐

謫限纔周任運徂，下招久矣謝神巫。藏山仙蜕銖衣化，弔月魂歸蕙帳孤。令子毓珠稱競爽，哲夫埋玉逝先驅。當年絡秀憂家世，屈體高門事不殊。

〔箋〕

申惟久，吴中人申紹芳弟，申時行（一五三五—一六一四）孫。紹芳萬曆四十四年（一六一六）進士，累官至户部左侍郎。參第【八十七】題。

【四】蜀中莊宜穉憲使，亂後未相見。丁亥春，晤于虎丘道開師講席

亂後依吴住，重逢未有因。名山消舊約，多雨過今春。又值飛花候，同存閲世身。衆中交一臂，情欵未遑申。（其一）

共有栖遲跡，禪門得暫逃。池寒知劍在，人定覺臺高。接物雲將懶，開厨薪亦勞。談經成小□，□□不容刀。此首似道開。（其二）

〔箋〕

按第二首「似道開」云云，未知元歎原稿有無，或爲元歎詩稿讀者之點評，刻板者不察，遂致竄入正文。今亦不删去，以保留原書面貌也。

蒼雪《南來堂詩集》補編卷三上《早春寄答莊使君宜穉兩度惠問》，王培孫注引《成都縣志》云：

莊祖誼，萬曆三十二年甲辰科進士。仕至鳳泗道。

復録《四川通志》所引《劍閣芳華集》載云：

莊祖誼，字宜穉，號榿菴。舉明經。崇禎時補懷遠縣，以平賊功遷揚州府江防同知、安慶府知府。弘光時爲鳳泗道，後遁跡蘇州，又移瓜州。是年海艘亂，破瓜州，一家不知所終。

朱彝尊（一六二九—一七〇九）《明詩綜》卷七十六云：

莊祖誼，字宜穉。成都人。全蜀入復社者八人，宜穉詩名特著。惜流傳無幾。《初春吴門送友還蜀》詩：「解手東風思悃然，君還巴蜀我之燕。聲韭白下留新草，酒載丹陽欲滿船。四百八灘三月上，九千餘路一尊前。文心各藉江山助，探得奚囊字字傳。」

黄傳祖《扶輪廣集》、陳田《明詩紀事》均收有宜穉傳世詩作。

莊宜穉，又見本集第【四十三】、【二九六】題詩。

道開（一六〇一—一六五二），僧名自扃，號闓公。能詩擅畫。初侍蒼雪巾瓶於中峰寺，後往華山寺助汰如明河校刻《華嚴教義章》。崇禎十三年（一六四〇），汰如立道開爲華山監院。同年，汰如卒。道開同門含光照渠（一五九九—一六六六）入主華山，道開走南京，爲其師完成未竟之《大明高僧傳》，毛晉爲刊刻傳世。順治初，嘗主蘇州虎丘禪院。旋棄去。錢謙益（牧齋，一五八二—一六六四）《道開法師塔銘》敘其生平至詳，云：

余有方外之友曰道開扃公，長身疏眉，風儀高秀。能詩，好石門。能畫，宗巨然。師事蒼雪徹、汰如河，通賢首、慈恩二宗旨歸。出世爲人，分席開演，講《圓覺》于虎丘，講《涅槃》于華亭，講《楞嚴》于武塘。妙義雲委，如瓶瀉水。壬辰六月，自檇李歸虎丘東小菴，屬疾數日，邀蒼師坐榻前，手書訣別，有曰：「一事無成，五十二載。一場懡㦬，雙手拓開。」志氣清明，字畫端好。杈衣斂容，擲筆而逝。人言道開故清浄僧，頻年好遊，族姓徵逐竿牘，熱惱煎煮，寢疾彌留，臨終正定，因果超然，此則吾之所不識也。余曰：「固也。盍以生平考之？」

道開，吴門周氏子。父其鄉書生，早死。舅奪母志，投城東俗僧出家薙染，十年猶爲啞羊僧。遊武林，聽講于聞谷禪師，未竟，聽相宗於靈源論師。晝則乞食屠肆，夜則投宿木柂。孤篷殘漏，風號雪饜，束縕篝火，一燈如燐，指僵手瘃，墨堅筆退，燈炧就枕，口喃喃如夢囈不休。由是貫穿論疏，旁搜外典，所至白犍椎，打論鼓，揚眉竪目，非復吴下阿蒙矣。還吴，參蒼師於中峰，一見器異，命爲維那。《楞嚴》席罷，留侍巾瓶。六年蒼、汰二師，約踐更講《大疏》，實尸勸請。汰師至華山，命爲監院。及其順世，開講堂，建塔院，刻《續高僧傳》，覆視遺囑，若操券契，蓋蒼師之傳云爾。當其忍寒餓，擊蒙鈍，鑽穴教網，摩厲智刃，視古人連錐誦帚，死關活埋，亦何以異。雖其求名未了，世緣繫牽，一旦報熟命臨，正因迸現，如豆爆灰，如金出鑛，心花開敷，業種爍盡，佛力法力，與不可思議熏變之力，積劫現行，一往發露，臨終正定，又何疑焉。昔生公自誓，背經與否，捨壽之日，得報如是。厥後升座已畢，衆見麈尾紛然墜地，隱几而化，始知昔誓之有證也。道開深心密誓，誠不知其如何。顧其捨壽之日，示現實相，使學人知金剛入腹，少分不消，毒藥塗鼓，千年必發。斯其枝拄末法，揭正智而續慧命者，固已徹底拈出矣，不謂之有證焉，其可乎？道開每出遊，余輒痛爲錐劄。今銘其塔，猶斤斤不少假者，良以邪師魔民，竊禪埽教，旁生倒植，正法垂盡。舉揚末後一著，藥狂薙穢，如用一線引須彌，是以心言俱直，不可得而回互也。

道開名自扃，世壽五十二，僧臘二十九。塔在菴右若干步。其徒文圭拾遺骨藏焉。奉師書來請銘，銘曰：

師初誓願，猛利堅固。如沉醉人，抖擻得寤。隨順應跡，處俗流中。無明未吐，薄醉朦朧。般若因深，誦習力大。如醉迷道，電光閃破。依生死船，望涅槃岸。匪教匪乘，曷濟曷亂。我銘斯塔，普告後賢。生公片石，説法熾然。

道開，又見本集第【一三五】題詩。

【五】於上人自峒山載茶來，與雛徹同焙即事

深岕趨茶事，新香各競先。迎梅連夜雨，裹箬出溪船。病渴難消夏，移家喜得泉。茗園兵火内，艱采是今年。（其一）

采贈動盈筐，擘甌尚未遑。温風防浸潤，文火發幽香。包裹同心結，封題纖手藏。山窗支石鼎，勞者預初嘗。（其二）

〔箋〕

雛徹，侍修實上人巾瓶之小沙彌。又見本集第【八】、【一〇】題詩。

元歎好茶，茶葉每春親手焙製，可看《浪齋新舊詩》相關詩作。

【六】李灌溪侍御五十生日，時已僧相

持身事事與僧同，暑月袈裟漸著風。兵火遽從殘夢出，窮愁已驗近詩工。放懷老驥歌聲外，遯跡獰龍鼻孔中。剃染便成耆舊相，餘年不歎鬢如蓬。

〔箋〕

李灌溪侍御，李模（一六〇〇—一六七九）是也。模字子木，號灌溪居士。吴江人。舉明天啓五年（一六二五）進士。歷官至河南道御史。福王立，以原官起。見事不可爲，遂以病歸里。於所居密菴舊築構小閣，蒼雪爲題其眉，署書曰芥閣，又作《芥閣次韻二首》（見《南來堂詩集》補編卷三下），前有序云：

昔李渤問歸宗禪師：「須彌納芥子則不問。如何是芥子納須彌？」師曰：「聞公曾讀

五車書。身僅一椰子樹大，五車書置之何處？」公于言下領旨。文中李公子文心道韻，博學多聞，嘗搆小閣于園之西隅，面城臨流，煙蓑雨笠，頗饒野趣。偶登，屬題其眉，因署書曰芥閣。爲拈前語一則以贈之，庶幾取義，人地永當，即請質之案山子，其能爲我點頭否？

知芥閣之名，實出蒼雪。詩云：

遥分山色隔城頭，眼底沙鷗事事幽。可是須彌堪見納，漫同莊叟認爲舟。五車填腹渾無跡，萬卷藏樓不用謀。秋水落霞看仿佛，拈題坐客好淹留。（其一）

路滑梯盤看石頭，妙高縮入最深幽。機鋒失卻鍼投芥，轉語徒勞劍刻舟。滄海豈能窮目望，雲霄更上置身謀。五車文字知多少，一吸天河水不留。（其二）

芥閣所在，王培孫箋蒼雪詩引《五畝園小志》云：

密菴舊築，在閶門後板廠，爲李侍御模宅。後圃内有桃隖草堂、芥閣諸勝。侍御見馬阮用事，引疾去。留都不守，遂改緇流裝，遯迹吴閶。没後吴人即其故居建祠奉香火，顔曰老和尚堂。

又引《百城烟水》云：

密菴舊築，本蘇家園御史蘇懷愚所築，僅存樹石。爲李侍御模灌溪公宅。旁有菴曰能仁，元建。灌溪公《初掃密菴舊築》詩：「昔日深深意，今依幻住身。蓬蒿迷若醒，竹柏故猶新。卜〔按：王注「卜」字，《四庫存目》本作「小」。王注本「卜」字義似較佳。〕得蜘蛛隱，居惟鐘磬鄰。掃苔迎古佛，竺國備遺民。」

《南來堂詩集》附録卷四録錢牧齋《芥閣詩次中峰蒼老韻》四首，今見《有學集》卷五，繫甲午、乙未秋（清順治十一二年［一六五四—一六五五］）。詩云：

讀書何似識拳頭？老宿當機背觸幽。一粒須彌應著眼，百城烟水好維舟。拂衣石盡憑誰數？彈指門開不用謀。賸欲披襟談此事，明燈落月正遲留。（其一）

人世喧豗鏡裏頭，閒園小閣貯深幽。翻風跋浪分千海，暖日香雲隱一舟。于野鶴鳴將子和，定巢燕乳爲孫謀。笑他世上長年者，白晝攤錢自滯留。（其二）

舫齋平繫子城頭，穴壁穿櫺架構幽。返照閃紅翻雉堞，垂楊搓緑影漁舟。盪雲泱鳥從吾好，駐月紆嵐與目謀。騁望即應同快閣，奔星飛彴任勾留。（其三）

公車不肯赴綃頭，簾閣疏窗事事幽。清曉卷書如繫纜，當風放筆似行舟。遺民共作悲秋語，禪侶長爲結夏謀。衰老不忘求末契，憑闌真欲爲君留。（其四）

牧齋詩四首，步蒼雪韻。姜垓（如須，一六一四—一六五三）亦有和詩，押韻同。則蒼雪原詩，或即四首。

清初江南明遺民往吳門拜望灌溪者，履滿其門。山東萊陽姜氏兄弟俱有詩。如須《題李氏芥閣》（見陳濟生《天啓崇禎兩朝遺詩》卷七）云：

芳樹斜陽起陌頭，懸崖茆屋北城幽。簾前官柳千絲雨，木末春帆一葉舟。高卧自知遺世樂，栖真不用買山謀。伯通橋下新居近，應得閒來半日留。

姜埰（如農，一六〇七—一六七七）與灌溪本舊交，其《贈李侍御灌溪》二首云：

鸞觴酌醴酒，高會西北樓。良辰不可值，與子交勸酬。欲語不能語，默默淚雙流。邂逅無幾時，白日没不周。清川黄鶴鳴，華館嘉樹稠。對此顧歎息，不知爲誰憂。念我金石友，關河長悠悠。一别二三年，相看各白頭。季札居延陵，梁鴻寄異州。終當適吴會，神靈與子休。古人重比鄰，所貴求其儔。願爲雙鴛鴦，拊翼故遨遊。（其一）

貴盛不易居，貧賤幸無他。君子崇明德，不辭身蹉跎。蘭蕙摧爲芻，根柢本山阿。燕麥生道旁，采之將奈何。白首自黽勉，忠信亮不磨。悠悠六合間，所當慎風波。出門逢少年，翻手忽揮戈。長揖謝之去，相知豈貴多。鳳皇托崑崙，羽儀何光華。高高飛無極，當恐罹網羅。與子共努力，隱璞養天和。（其二）

葉襄《訪李灌溪侍御》（見《天啓崇禎兩朝遺詩》卷十「葉聖野詩」）云：

竹林精舍裏，曲巷薜門斜。經歲常如客，中年已毁家。休糧憐瘦鶴，對酒惜寒花。尚有雄心在，圍棋賭未賒。

灌溪同里友朱鶴齡《愚菴小集》卷六有《贈李侍御灌溪先生二首》：

柱史仙根發舊枝，中朝冠冕更先誰。法王晨盥勤朝禮，猶似朱衣待漏時。（其一）

玉鏡珠囊拜五雲，佛香薰染散靈文。先生近有邇禪初刻。春來愁聽高枝鳥，恐有蒲卑是舊

君。杜宇一名蒲卑，見《華陽國志》。（其二）

愚菴讚歎灌溪禮佛之虔誠，不減其國亡前侍君之忠貞。此明遺民逃禪之另一詮解也。考《鄧尉聖恩寺志》卷四録灌溪撰《鄧山剖石大和尚道行碑》，下署「法弟子密菴李模敬撰」；再觀吴梅村《吴梅村全集》有《庚戌梅信日過鄧尉哭剖石和尚》等詩，知灌溪與梅村、姜氏兄弟及其吴門友人，皆聖恩寺之法侣也。

《吴梅村全集》卷五十九又有《爲李灌谿侍御題高澹游畫》云：

煙雨扁舟放五湖，自甘生計老菰蒲。誰將白馬西臺客，寫作青牛道士圖。

灌溪之摯友，亦非盡仙佛中人。其中崑山顧炎武（亭林，一六一三—一六八二），即一佳例。考康熙十九年（一六八〇），灌溪以年八十二卒於吴江，時亭林方奔波於山陜之間，聞訃，痛心流涕，撰五古一題哭之，詩中以灌溪爲龔勝，爲介推，獨無一語及其逃禪。亭林《哭李侍御灌谿先生模》云：

故國悲遺老，南邦憶羽儀。巡方先帝日，射策德陵時。落照辭烏府，秋風散赤墀。君以崇禎十四年左遷南京國子監典籍。南渡復官，稱病不出。行年逾八十，當世歷興衰。廉里居龔勝，緜山隱介推。清操侔白璧，直道叶朱絲。函杖天涯遠，杓衡歲序移。無繇承問訊，祇益歎差池。水没延州宅，山頽伍相祠。傳家唯疏草，累德有銘碑。灑涕瞻鄉社，論心切舊知。空餘歲寒誼，不敢負交期。

灌溪物化前，嘗應番禺黎延禎之請，爲其父遂球（一六〇二—一六四六）《蓮鬚閣集》撰序，自署「吴郡八十二翁密菴李模」。序有云：

顧自三十餘年以來，憶及明師良友，喟然有所動於心。或得之詩歌，或形之讚歎，不能釋諸寤寐之懷。若吾美周，則尤不能忘者也。

灌溪舉明天啓五年（一六二五）榜後，任東莞縣丞。李、黎二家，固舊好也。

汪丈孝博《屈翁山先生年譜》順治十六年條記屈大均（翁山，一六三〇—一六九六）是年有《靈巖春日與李侍御灌溪遊覽作》一詩，收入《翁山詩外》卷五：

春花如有意，先到館娃宫。石響佳人屧，花銜使者驄。湖吞三郡白，水落半山紅。七十二峰裏，梅花望不窮。

粵東翁山訪灌溪于吴門，固與黎、李二家於嶺表之舊交有關也。

灌溪，又見本集第【二二七】、【二四五】題詩。又：灌溪六十生辰，元歎亦有賀詩。見本集第【二四五】題《李灌溪侍御六十生日》。

【七】含光師應北菴之講，仲春迄首夏，連陰不解，主僧甚孅，聽衆茹淡，直至終席

緣來非擇地，講處即能幽。忘味連雙月，當機待一流。鶯花司供養，風雨絶嬉遊。負

笈相從□，□□散衆愁。菴僻在北隅，桃花最繁，即以名菴。□□□居止密邇，游息其中，所撰桃花菴歌，□□□美。舊僧見桃能守故物，今真蹟與石刻俱烏有矣。

〔箋〕

《賢首宗乘·二十九世含光法師》傳云：

名照渠，字含光，號鏡寸。蘇之長州人。……年十三，以父遺命禮化城悟宗法師出家。……丁亥，應郡城北菴之請。無歲不講，無講不周。

蒼雪《南來堂詩集》補編卷三下有《含光五十》一題，王注録楊補《同毛子晉登華山訪含光法師》、文祖堯《過華山訪含光法師》、徐枋《晤含光法師》、錢謙益《題含光法師像》、釋行潔《隨本師浮老人遊華山次含光法師韻》等詩。

爲賀毛晉六十大壽之《以介編》中，有含光所撰壽文，末署「華山鏡寸子照渠和南拜祝」，時在順治十四年（一六五七），含光繼汰如主蘇州華山寺已歷十五載。

【八】大雨偕雛徹上天池觀瀑

立從山下望山頭，百道奔來是逆流。所幸得偕磐石住，此身無蒂卻疑浮。（其一）

沸石崩崖氣不平，一山流動陡然驚。疾言對面不相應，何況風松更作聲。（其二）

〔箋〕

雛徹，又見本集第【五】、【一〇】題詩。

【九】 徐子九以亥榜宰麻城，攜新舊姬赴任

每憂同學著先鞭，得邑兹晨轉自憐。戰地再經前赤壁，官齋仍置舊青氈。圖經入楚纔爲尾，江望交秋易見邊。盡室相攜同畫舫，先聲所被在調絃。

〔箋〕

徐鼎，字子九，江南華亭人，順治四年（一六四七）丁亥科進士，曾任麻城知縣。據《（光緒）麻城縣志》卷十四：順治五年，縣民周承謨等嘯聚謀叛，知縣徐鼎討平之。後因事去官。宋琬（一六一四—一六七三）亦爲作《送徐子九之任麻城》一詩。

【一〇】 九日從落木菴歷仰天塢西山幽絶處，從未到也。竟日陰晦，晚歸值雨同游静修、小休、雛徹、葉華山、惲臣。

共喜逢佳節，私心戒熟遊。來因群力鋭，覺比別山幽。石險如新立，泉甘故惜流。殘僧相伴住，恐亦不禁秋。（其一）

晚景饑虚候，高寒宿不能。澗松齊飲霧，山□□昏鐙。策杖喧歸侶，披蘿目送僧。峰頭微逕别，來處未經曾。（其二）

〔箋〕

詩注所及同游者五人：静修，無考。小休，亦不詳，惟知其是年四十六歲，見第【一一三】題詩（另見第【五十一】題詩）；雛徹，見第【五】、【八】題詩。葉華山，徐晟（一六一五—一六八三以後）《存友札小引》云：

天池野人也。曾客館吾舅文初，因時時過之，酒肴不移時而具。吾舅在患難中，野人不識半面，而傾家結納，此豈可望之樵牧之流？

憚臣，元歎之姪孫（見第【四十五】題《春日送憚臣姪孫吴山肄業》）。又見本集第【四十五】、【五十一】、【二七七】、【二八二】、【二八三】、【二八四】題詩。

【十二】和錢牧翁用東坡獄中韻贈從逮柳夫人

漸塗淋雨夏含淒，欲問高天天肯低？合殿獨當扳檻獸，非時誰唱出關雞。張羅並及忘機叟，全局今憑畫紙妻。樂府朝來須换調，曲中愁聽燕飛西。

〔箋〕

顧苓《河東君傳》云：

〔順治四年〕丁亥（一六四七）三月，捕宗伯亟，君挈一囊，從刀頭劍鋩中，牧圉饘橐惟謹。事解，宗伯和蘇子瞻《御史臺寄妻》韻。

詩見牧齋《有學集》卷一，題作《和東坡西臺詩韻六首并序》。

丁亥三月晦日，晨興禮佛，忽被急徵。鋃鐺拖曳，命在漏刻。河東夫人沉痾卧蓐，蹶然而起，冒死從行，誓上書代死，否則從死。慷慨首途，無刺刺可憐之語。余亦賴以自壯焉。獄急時，次東坡御史臺寄妻詩，以當訣别。獄中遏紙筆，臨風闇誦，飲泣而已。生還之後，尋繹遺忘，尚存六章。值君三十設帨之辰，長筵初啓，引滿放歌，以博如皋之一笑，并以傳眎同聲，求屬和焉。

朔氣陰森夏亦淒，穹廬四蓋破天低。青春望斷催歸鳥，黑獄聲沉報曉雞。慟哭臨江無壯子，徒行赴難有賢妻。重圍不禁還鄉夢，卻過淮東又浙西。（其一）

陰宫窟室晝含淒，風色蕭騷白日低。天上底需論白兔，人間何物是金雞？肝腸迸裂題襟友，血色模糊織錦妻。卻指恒雲望家室，滹沱河北太行西。（其二）

紂絶陰天鬼亦淒，波吒聲沸柝鈴低。不聞西市曾牽犬，浪説東城再鬭雞。並命何當同石友，呼囚誰與報章妻？可憐長夜歸俄頃，坐待悠悠白日西。（其三）

三人貫索語酸淒，主犯災星僕運低。溲溺通關真並命，影形絆縶似連雞。夢回虎穴頻

呼母，話到牛衣並念妻。尚説故山花信好，紅闌橋在畫樓西。（其四）

六月霜凝倍懵悽，骨消皮削首頻低。雲林永絶離羅雉，砧几相鄰待割雞。墮落劫塵悲宿業，皈依法喜愧山妻。西方西市原同觀，縣鼓分明落日西。（其五）

梏拳扶將獄氣淒，神魂剌促語言低。心長尚似拖腸鼠，髮短渾如秃幘雞。後事從他攜手客，殘骸付與畫眉妻。可憐三十年來夢，長白山東遼水西。（其六）

陳寅恪先生《柳如是别傳》第五章録謝三賓《一笑堂集》卷三《丁亥冬被誣在獄時錢座師亦自刑部回以四詩寄示率爾和之》：

陰風颯颯雨淒淒，誰道天高聽果低。漁獵難堪官似虎，桁楊易縛肋如雞。已無收骨文山子，尚有崩城杞子妻。所仗平生忠信在，任教巧舌易東西。（其一）

犴狴城深白日淒，肯從獄吏放頭低。任渠市上言成虎，已付鬻中命若雞。辨謗雖存張子舌，賂官難鬻老萊妻。不知孤寡今何在，定是分飛東與西。（其二）

歲行盡矣氣方淒，衰齒無多日已低。嘹嚦夢中聞過雁，悲涼舊事聽荒雞。囹圄不入惭蕭傅，縲絏無辜愧冶妻。久矣吾生欠一死，不須題墓作征西。（其三）

貪夫威福過霜淒，素可爲蒼高作低。已苦籠人如縛虎，仍聞席卷不留雞。網羅並及傷兄弟，顛沛無端累妾妻。知有上天無待訴，種松也有向東西。（其四）

又陳先生《柳如是别傳》第五章對牧齋諸詩有詳細考析。

錢謙益，又見本集第【一〇六】、【一一二】、【一九六】、【三一八】題詩。

【十二】將歸天池別業留別西鄰王司寇

晚作尋山計，誰言早識機。扁舟已入手，策杖竟如歸。鄰樹秋難別，遥天鳥獨飛。孰能當亂世，猶守故園薇。（其一）

花月佳辰過，相尋跡漸疏。天崩宜早計，星散各成居。舊句吟堪老，新齋畫不如。明年記此別，山葉得霜初。（其二）

【十三】深冬送周鄰藿赴開封，並寄同行令弟太守 時河決已四年

自出寒城日易斜，荆株春色漸萌芽。開途□□穿風葉，投館枯髯掛雪花。迂計無端猶囑子，雙眸纔闔便還家。指名當世誠難事，千仞迴翔未覺差。（其一）

要領頻抛只自悲，俄看驟貴即云奇。河身乍斂留乾土，雁影雙飛寄一枝。喜汝得官休論世，送人作郡憶當時。天涯同氣宜歡敘，不用將心歎路岐。（其二）

〔箋〕

周鄰藿，名葵，長洲人。本詩或作於順治二年（一六四五），蓋題自注云：「時河決已四年。」

河決，徵諸談遷《國榷》，似指崇禎十五年（一六四二）九月李自成決河灌開封，「水大溢城。文武吏卒各奔避，士民僅存者百無一二」。後此四載，即順治二年。

至題所及之「令弟太守」，指葵弟荃。太守，在清即知府，官四品。荃字静香，善書畫而佞佛，爲牧齋門客，乃最早隨牧齋降清者。嘉定人朱子素《東堂日札》記周荃爲清人奔走事之始末云：

明懷宗殉社稷之次年，乙酉，五月初九日，南都破，弘光出亡，明禮部尚書海虞錢謙益率先降附，欲樹德東南，以自解於吴人士。有周荃者，吴郡人，謙益客也，密受謙益旨，謁元帥豫王，具言吴下民風柔軟，飛檄可定，無煩用兵。王大悦，即日拜官。

明懷宗殉國之次年，周荃北上任開封知府，邀乃兄葵同行，爲參其幕府，此元歎是題之所由作也。惟本題前後詩，俱作於順治四年丁亥，本詩置於此，或爲錯簡也。

錢曾（一六二九—一七〇一）《判春集》有《周鄰藿移居梟溪扁舟往訪賦詩見贈依韻和之是日立夏晚攜尊同飲二丘堂追思徐元歎並話當代詞人》云：

惜友留春到四更，亂煙破曉散初晴。窮將詩品移家住，老愛知交載酒行。入座花香衝泛蟻，隔簾樹色選啼鶯。尋思落木菴中話，卻笑詞人易得名。落木菴，元歎故居。

知牧齋族曾孫遵王與周氏兄弟俱落木菴昔日之座上客也。

周名葵而字鄰藿，「葵藿」云者，典出曹植（一九二—二三二）《求存問親戚疏》中輸誠於其兄王曹丕之語：「竊自比于葵藿，若降天地之施，垂三光之明者，實在陛下。」周氏兄弟俱先後異心之人無疑，而其姓名皆刊落於乾隆朝所修《貳臣傳》，蓋「漏網之魚」耳。吴修（一七二四—一八六七）《昭代名人尺牘小傳》卷四「周荃」條記静香「善山水花鳥，用齊楚觀察印」。以官興朝自矜，事亦鮮見！

周鄰藿，又見本集第【一九五】、【二〇三】、【二一〇】、【三一〇】、【三二二】、【三三五】題詩。周静香，又見本集第【一九五】、【二一四】、【二五二】題詩。

【十四】茅望子見訪落木菴不值

晨興披宿霧，詣我只空齋。積葉千林脱，孤筇一逕埋。到門如寄訊，來鳥失投懷。但記栖尋迹，重遊事或諧。

〔箋〕

茅望子，名映。蒼雪《南來堂詩集》補編卷三上有《秋夜周云治姚北有吴注□諸友雨宿中峰》詩。王注引《（乾隆）吴縣志》周治小傳云：

周治，字云治，幼孤廢學。及長，乃自刻勵讀書。工爲詩歌，清新幽迥，間□繪事，高秀絶塵。與弟力貧自給，終身不娶。每寄迹禪寮，與二三衲子及素心高蹈之士唱酬往還。志節耿介，未嘗投刺朱門，諂屈豪富。及卒，詩友徐波、劉錫名輩葬之湖濱。歸安茅映刻其詩以傳。徐波悼周云治詩：「紛紛貧士死，天似不經心。聞見人皆惜，飢寒業未深。報虛懷一飯，葬不費多金。知爾留遺恨，無人繼苦吟。」

【十五】陪蒼公宿金山藕花菴，就枕久之，猶聞香力、文髻語笑，欣然有作二首

襆被尋山慣，從師意所安。池容何慘澹，霜信已更端。密約秋相見，歡情月不寒。群峰皆露骨，待曉出檐看。（其一）

二雛隨步屧，扶憊共肩憑。一諾呼茶易，多□□句能。經過忘閉户，爾汝儘殘燈。年少相將處，□□老興增。（其二）

〔箋〕

香力、文髻，侍蒼雪巾瓶之兩小沙彌。

藕花菴，又見本集第【二十七】題詩。

蒼公，即蒼雪讀徹，又見《浪齋新舊詩》第【一四一】題詩，另見本集第【一】、【六十四】、【七十九】、【一二九】、【一三五】、【一三六】、【一四三】、【一六六】、【二一七】、【二二三】、【二二六】、【三三四】題詩。

【十六】天池落木菴守歲丁亥除夕

蒼漿盥漱麝臍薰，我自修容不爲君。莫畏雪獅行就化，休欺石佛竟無聞。留連蕙帳三竿日，補葺松扃一片雲。斷送枯荄梅漸吐，天公何苦用心勤？（其一）

稀星漸布入初更，餞盡殘暉待續明。野鹿暗行思滅迹，冥鴻遠引未藏聲。馳車欲得陰符力，酹酒欣聞雄劍鳴。自是有懷嘗不寐，萬家同夢在寒城。（其二）

複嶺重崗衛此軒，遶城兵馬正掀翻。畫灰作字人難會，附石能言鬼太煩。淡淡燈光如在水，霏霏烟縷即分村。疏梅已遞迎新意，頒曆何勞到蓽門？（其三）

抱饔朝畦夜集枯，從來貞隱盡如愚。登山採蕨隨孤竹，護日關弓射九烏。晚雪遲留挑菜短，遥泉滴瀝赴厨迂。乘除百事縈心曲，忽地春雷爲一驅。（其四）

〔箋〕

順治四年丁亥除夕，合公元一六四八年一月二十四日。

【十七】伍氏墳古柏

末運曦軒嘗失職，苦霧漫天不放日。狐彊（按：「彊」當作「殭」）鬼窟群陰集，空山老柏千年立。香柯凝結栴檀脂，翠蓋紛披瓔珞垂。此中松檜無匹耦，南有華頂争高奇。馬鬣層層看七代，以視此柏皆後輩。猶能送盡眼中人，昔日同生竟誰在？人跡希來石路荒，栽培長養如相忘。已用年深生敬仰，吾儕老大徒悲傷。

【十八】寒夜小偷入厨，取一鍋一壺而去

家具聊蕭苦未成，壑舟俄徙亦堪驚。開尊祇便盆中取，轑釜寧聞羹盡聲。已幸留氈爲舊物，慙教擊柝護深更。齋厨寒儉承相過，公等真能不世情。（其一）

驚尨片響槿籬中，若有人兮去似風。妄意藏金殘月黑，偷吹藴火一星紅。壺天遁跡誰相許，釜底遊鱗汝亦窮。無力營求供恣取，客囊久矣愧空空。（其二）

【十九】自天池落木菴看梅過竹塢，擬至光福極繁盛處

静居得天心，特與以晴霽。榔摽倚門邊，游情□可閉。村梅乃競發，光色徧一切。幽谷蒸奇香，深松襯濃翠。玉鱗看漸飛，仙姿惜遺蜕。長日付閒身，墟里隨所詣。過嶺雪漲天，遥連鄧尉寺。千林皆照水，似以湖爲際。人苦不知足，更作齎糧計。

〔校〕

本詩又見《徐元歎先生殘稾》（下稱《殘稾》），第四句作「游情不可閉」，正可補本詩闕字。末句作「八苦不知足」，細味之，亦似較本集「人」義爲佳。

【二〇】聞照上人掩關鴨脚浜，久不聞問，傳聞詩律頓進，以辭挑之

求心宜静住，難味是朝昏。燈火紅過歲，溪流緑到門。香薫垂手像，草避結跏痕。藻思隨禪力，新功證五言。

〔箋〕

鴨脚浜，蘇州白椎菴所在。徐崧、張大純合撰《百城烟水》卷三「白椎菴」條載：

在鴨脚浜。初名清照，萬曆間湛明法師建，文湛持太史爲書「晉生公放生處」，更今名。湛之徒聞照傳衣，蒼雪繼住。順治末，聞之徒雪鄰傳衣，玄道住持。

注引顧夢游（一五九九—一六六〇）《過白椎菴訪聞照上人》詩：

秋尋隨小艇，水盡到山家。竹氣暗晴日，楓林明夕霞。一庭堆落葉，何代種梅花？供客無他物，香生雪色茶。

題繫清順治四年丁亥（一六四七），可知聞照時尚掩關。後二年，順治六年己丑（一六四九），元

歎有《前冬就聞照關前一宿，經春涉夏，再往問訊》（本集第【五十七】題詩），可證。陳乃乾讀蒼雪《白椎菴文照法友掩關三年新殿落成同元歎賦贈》詩（《南來堂詩集》補編卷三下），判「三年」爲「順治三年」，繫聞照之「出關」及白椎菴新殿之落成於順治三年丙子（一六四六）（見《蒼雪大師行年考略》）。誤。此「三年」者，實指聞照掩關所歷時日。

聞照上人，又見本集第【五十七】、【八十二】、【二二二】、【二三一】題詩。

白椎菴，又見本集第【一三四】、【二三一】題詩。

【二十一】窗前移梅花一株，即值新月

聘來絕色出烟村，闢草開籬護入門。卻是姮娥能解意，也隨疏影弄精魂。

【二十二】送梅

苔階片片迹難尋，點雪飄香別意深。但是有情看不足，夜來風雨獨何心？（其一）

仙姿獨立太矜持，俗卉相乘苦不遲。一自爾梅方謝事，儘他桃李出頭時。（其二）

小窗形影自悲傷，冰雪堆中惠一香。祇許暫開娛獨夜，何須久住壓群芳？（其三）

女貴傾城士貴名，及身香色必須爭。古墻留影君宜賞，結子成林意獨輕。（其四）

【二十三】惜杏花

紅杏欲花開，未與天時約。狂飈不相惜，冷雨亦間作。墻頭過一枝，顔色轉非昨。造物雖無情，佳人已命薄。老翁蜂蝶心，憑軒獨不樂。既無一日榮，且復從風落。點點入山池，清流庶可托。

【二十四】千葉白桃花

紅紫趨春風，春寒花暫勒。白桃池上枝，試花憐弱植。雪瓣護金心，層葩攢玉刻。禁雨故垂垂，愁陰聊默默。百卉競妖妍，端然守静壹。縞素以爲資，反足顯殊色。夜窗烟霧蒙，神游水精域。

【二十五】朱魚

山池雖小亂泉通，二寸金鱗淺碧中。錯認春來流不盡，尚餘幾點落花紅。（其一）

灑竹淚痕悲二女，啼鵑血漬送殘春。傷時紅淚尤難盡，滴入池中染素鱗。（其二）

【二十六】松花

貞松本不藉春陽，開謝居然異衆芳。滿地屑金疑翡翠，彌天作霧怪昏黄。餐同柏子名相亞，飛並楊花性不狂。縱使老僧輕去就，豈能無意戀餘糧？翡翠屑金，皆成微塵。此實出海外，形如枯木。

【二十七】四月十二訪凡師于藕花菴

星散他山不絶思，入門一笑即相持。南窗掛起初迎夏，正值新荷覆水時。（其一）

數掩疏籬笑語和，諸雛愛客恣經過。焙茶煮餅無游惰，頗覺爲師生趣多。（其二）

〔箋〕

藕花菴，又見本集第【十五】題詩。

【二十八】齊价人邑博寄新刻到山賦謝

空山無徑冷烟封，迢遞詩筒識所從。南國鴻魚傳妙句，三唐衣鉢寄孤宗。食芹半隱高流迹，有酒須澆五嶽胸。乘興未妨遊屐動，茶園竹塢冀相逢。

〔箋〕齊价人，一作介人，名維藩，號復齋。安徽桐城人。潘江《龍眠風雅》卷四十八小傳云：

齊維藩，字价人，號復齋。崇禎壬午舉人，順治初爲吴縣學博。與林雲鳳若撫、葉襄聖野輩詩文唱酬，名滿吴下。稍遷國子監助教，以兵部郎中出守浙江台州，府城陷，不知所終。公于詩自漢魏及開元大曆，靡不咀啜採擷，而略其膚貌，取其神理，故能剪刻鮮淨，陶寫清超，不得以一家名之。視世之妃青媲白以儷花鬭葉爲工者，掉頭若浼也。所著《燕吴近詠》、《戊子己丑詩》，刊行于世。予更訪採其辛卯詩，及人家紈扇□幀所見者，增入十數首。夫惟大雅，卓爾不群，公足當之矣。

同書收价人酬贈聖野三題詩：《詩稿輯成寄葉聖野社兄校序賦贈》、《得葉聖野書訊懷答》、《快讀葉聖野紅藥堂詩刻贈之十八韻》。葉聖野，名襄，吴縣人，价人知交。此外山東萊陽人姜垓及桐城之方文（一六一二—一六六九），亦皆與齊价人唱酬。姜有《齊价人載酒過草堂偕秋若聖野霖臣分作》詩，見《流覽堂殘稾》卷五；方詩《齊介人書至云宋玉叔客吴門念予甚切感而有作》，收入《嵞山集》卷三。

【二十九】岕茶新到，設幽溪大師、退谷居士二像于天池落木菴，合祀之。二公留心茶事，故所至必祭

二像隨身列小軒，屢遷能不失温存。神來水國思其嗜，事稱山家禮不煩。寶鉢展開憑咒力，素瓷斟酌待吟魂。平生茫昧今同食，帶笑相看無一言。

〔校〕

本詩又見《殘稾》。

〔箋〕

退谷居士，指鍾惺（一五七四—一六二四），字伯敬。參本集第【三一七】題《己亥五月，岕中茶初到天池，設幽溪和尚、鍾退翁二像而合祀之，鄰峰僧皆來助緣，梵唄振林》及《浪齋新舊詩》有關諸題詩。

幽溪大師，即幽溪傳燈（一五五四—一六二八），又見《浪齋新舊詩》第【四十四】、【四十五】、【五十一】、【八十五】題詩；另見本集第【三一七】題詩。

鍾惺，又見《浪齋新舊詩》鍾序、第【十九】、【二〇】、【二十二】、【二十四】、【二十七】、【三十二】、【三十八】、【三十九】、【四十三】、【六十五】、【六十七】、【六十八】、【六十九】、【九〇】、【九十

二】、【九十二】、【九十三】、【九十四】、【九十五】、【一一八】、【一一九】、【一三九】、【一四八】、【一四九】、【一六二】題詩；另見本集第【六十一】、【一八九】、【三一七】題詩。

【三〇】訪虛受于授石齋，從小逕入，正值與新嫂對奕，亂局而起。時令子生周另居，亦出同飯甚歡

徑路入無人，歡迎幸不嗔。佯輸棋養敵，驚避榻留賓。近內枯髯減，趨庭一飯親。城居生趣足，想亦賴清貧。

〔箋〕

虛受，劉錫名之字。參《浪齋新舊詩》第【七十七】題《山鵲離母遭捕，乾公買歸，乞余飼之。晴天出浴，遽爾颺去，不知其遭遇何人，悵然索劉虛受同賦》。

劉虛受，另見本集第【三十一】、【六十三】、【七十一】、【一一〇】、【一五七】題詩。

【三十一】春夏之交，山中多盜，不及貧家。有族子傳余罹禍，虛受有詩寄慰，賦此答謝

雜處惟群盜，邨居豈自全。所經皆梱載，見外是哀憐。逐鹿誰端坐，聞雞甫就眠。偷

兒不屬意，樂禍竟徒然。

〔校〕

元歎此題，另見黄傳祖《扶輪續集》卷八，題中「寄慰」作「相慰」；首聯「雜處惟群盜，邨居豈自全」，作「賞盜成風俗，村中夜沸然」；結聯「偷兒不屬意，樂禍竟徒然」，作「故人驚詫意，恐失住山緣」。

〔箋〕

清初喪亂之際，誤傳元歎罹難，不止一次，參本集第【一五九】題詩。

劉虚受贈元歎詩，題爲《元歎山居聞有小警卻寄》，見本書「唱酬題詠」。虚受，又見《浪齋新舊詩》第【七十七】題詩；另見本集第【三〇】、【六十三】、【七十二】、【一一〇】、【一五七】題詩。

【三十二】牧雲禪師生日，有來乞詩者

頂笠腰包處處逢，近來機要在能容。久聞偈頌如流水，未辨雲蘿住一峰。以暗投人宜愛璧，難供拂子待拈松。燈傳每見埋名士，轉歎前賢迂闊蹤。

〔箋〕

通門（一五九九—一六七一），字牧雲，號樗叟、智如，又號嬾齋。常熟張氏子。年二十，禮

密雲圓悟於金粟，得法。歷主四明棲真、嘉禾梅棲、天童等寺。晚年退隱京口。牧齋《有學集》卷十一有《恤廬詩》，爲牧雲和尚作，末署辛丑，合順治十八年（一六六一），時牧雲六十三歲。卷二十一有《牧雲和尚全集序》。今傳世牧雲詩文僅見《嬾齋别集》，與毛晉往還文字頗多。（元歎詩題所謂「有來乞詩者」，或牧齋、子晉之儔也。）牧雲《嬾齋别集》有與牧齋往還書札。嚴熊《嚴白雲詩集》記鶴如與牧雲俱洞聞徒孫。

【三十三】喜盲叟胡白叔見過

炎午那忙至，相歡只撫摩。交遊連歲少，心事兩人多。卻蓋深松蔭，褰裳亂水過。城中莫便説，忌我住烟蘿。

〔箋〕白叔生平，請詳《浪齋新舊詩》第【十六】題《胡白叔得子歌》。胡白叔，又見本集第【九十八】題詩。

【三十四】天池寺廢，殘藏猶存。戊子七夕，山下葉君齎供，要鄰菴諸大德登山晒晾，漫成十四韻

覩記名山寺，峥嶸族姓阡。飼牲戕忍草，藝黍藉悲田。掉臂緇衣散，跏趺石像堅。入

塵山鬼迹，舐鉢野狐涎。貝葉充梁棟，蛛絲綴簡編。亂拈將障壁，貿酒逐囊錢。瓜果逢新節，萍蓬集數賢。曝書七夕事，請飯化人緣。趨赴能麏至，銜持學蟻旋。續貂惟見尾，穿蠹漸無邊。掇拾心如刺，莊嚴願未圓。魔聞宜不樂，衆力豈唐捐。囑累誠徒爾，封題亦惘然。各歸乘竹月，一閉度梅天。

〔校〕

此題另見黄傳祖《扶輪續集》卷十三，題作《天池寺廢爲毛墳，經藏猶存。戊子七夕，葉華山齊一日之供，并隣菴諸上人曬晾，少延楮墨之命，漫賦》。「峥嶸族姓阡」句，「峥嶸」，作「紛争」。「亂拈將障壁」句，作「盈箱仍障壁」。「銜持學蟻旋」句，「銜持」，作「衡持」。

〔箋〕

戊子，順治五年，合公元一六四八；戊子七夕，公元一六四八年八月二十五日。

【三十五】良夜難寐，獨起看月，呼同宿者皆不應七月望

清玩宜相勉，聲呼佯不聞。久欽高處月，嘗謝衆山雲。宿鳥疑枝换，吟蟲逼曉勤。風生漸凄緊，秋袂莫輕分。

〔箋〕

本詩作於順治五年七月十五日，公元一六四八年九月二日。

【三十六】次夜再起，月出稍遲

東峰徐起月，後夜始光全。室暗燈如翳，荷傾珠未圓。單衾隨避地，涼露給從天。此景難相棄，嘗拌日出眠。

〔箋〕

本詩作於順治五年七月十六日，公元一六四八年九月三日。

【三十七】三魚在藻，自毫芒至二寸許，終日同遊，未嘗相失。感賦

纖魚産盆池，不關造物意。游泳終日夕，宛有性靈寄。三鱗豈同生，超然成小隊。昨者疏雨來，水面圓紋細。新流不能寸，已作洋洋勢。憑檻一遣心，我亦得所憩。

【三十八】虎丘曇雲上人，陳白室先生之友也，避迹西山石號千人難避氛，探尋處處一身分。杖聲窸窣初開葉，衣翠深重每入雲。隨意巾瓶

無住相，有時風月憶徵君。此丘自昔饒耆舊，去後何人未有聞。

〔箋〕

陳白室（一五六三—約一六三九），名祼，常熟人。程嘉燧（一五六五—一六四三）《耦耕堂集》文卷下《題陳白室畫册後》云：

余昔嘗邂逅白室先生於客坐，既交臂而失之。亦曾至吾鄉，又不相值。晚年曾棲虎丘僧舍，足迹幾不到城市，翛然遊方之外。予深有意其爲人，而終不及一晤。已聞先生逝矣。庚辰夏，觀此册於九玄齋中，其風度清美，似文徵仲，而筆法峭利，類趙令穰；其孤介絶俗，瀟灑出塵之意，尚可想見也。

陳名夏（？—一六五四）《石雲居文集》卷十四《題陳白室先生卷》云：

白室先生祼，壯游名山大川。所至争客之，得其筆墨，如靈蛇拱璧。橐中屢致數千金，隨手散去。既老，歸隱虎丘，貴人姻家搆室以安先生。予就詢之，未嘗一及貴人姓氏。予以此敬先生真有道者。先生于世利，淡然不以動其心，顧獨愛予。過西巘，進予飲予，至今不敢忘。予既周旋久，每觀先生山水筆墨，不媿古大家。然先生老矣，輒不敢開口求一爲之。獨答問書法，細及毫末，予所珍重耳。曇雲上人，稱虎溪智慧，得詩數十首、真書一卷。寒月木脱，展示窗几。察其神理，垂縮鈎盤，簡潔詳到。今日能手，無此腕力。昔人觀山陰書，焕若神明，予于先生亦云然。雲間徵君題詞云「早不知先生能詩」，然先生不使人知者多矣！

曇雲上人、陳白室，又見本集第【三一四】題詩。

【三十九】冬日出山，適王烟客奉嘗見過失迓，盤礴荒菴，飯脱粟而去。留贈蹲鴟、銀鉤等物，皆斐産也

無心雲出岫，嘉客到相違。扣急鄰僧應，聞喧寒犬歸。及門非宿約，税駕遇朝饑。木葉紛紛下，須知行徑微。（其一）

重載傾相贈，輿人喜息肩。寒宵煨芋火，海日晒蝦天。頓起齋厨色，彌增净食緣。未求消信施，一飽但歡然。（其二）

〔箋〕

蒼雪《南來堂詩集》卷二有《寄王奉常烟客》一題。王注引《吴郡名賢圖傳贊》：

王時敏［一五九二—一六八〇］，字遜之，號煙客，晚號西廬老人。文肅公錫爵孫，編修衡子。未弱冠，祖、父相繼即世。以恩蔭授尚寶丞，奉使齊、豫、楚、閩、兩江，及藩封者四。天啓四年，陞正卿。丁内艱。服闋，遷太常寺少卿，仍管尚寶事。又五年，謝病歸。家居飭

内行，著家訓。勗諸子讀書砥行，維持善類，奬掖英髦。以其身係鄉黨重者四十年。公性通達，築樂郊園及西田别墅，以延賓客。詩文書畫師黄公望，八分師魏受禪碑，參用夏承碑法。寸縑丈幅，海内珍之。卒年八十有九。

王烟客，參本集第【一一二】題《辛卯秋壽王烟客六十》及第【三四二】題《壽王奉常烟客七十》。

【四〇】香雪律師主毘陵之天寧，曹將軍護之甚力。奉答歲暮見寄詩

摩挲寶杵在門前，鱗次袈裟得晏然。千屨分廊不踐雪，名香入竹漸生烟。探求戒相難禁縛，愛樂身光看欲圓。亦有詞流應度者，知師難諱碧雲篇。

〔箋〕

蒼雪《南來堂詩集》補編卷二《送香雪律師堯峰解期禮吴中佛像而歸》王注引《南山宗統》云：

晉陵天寧寺香雪律師，諱戒潤。族姓陳氏，楚地夷陵人也。潤家世珪璋，遂捐世榮，薙髮披緇，次近圓于三昧律師稟具。後遊歷講肆，偏參名宿。精通經律，兼修净土。潤尤善文筆，而落紙成韻；以懸河口，而吐辭爲經。爲衆説法，音聲清徹，令聽者莫不樂聞，猶若迦陵之聲也。是以輔化千華昧和尚于南北兩都，乃衆所知識。次卓錫于毘陵之天寧律院，

由是四衆禮請潤登華壇。正説戒時，空中有戒日舒華，祥雲五色，覆其法座。緇素咸瞻，以爲奇瑞。自清國鼎新以來，潤之德風，道播江南。其中受法毘尼弟子，不可稱計。化緣既畢，全身建塔于本寺。世壽五十七，僧臘二十二。所著《楞嚴貫珠集》，行於世焉。

【四十一】壽黄奉倩

長年歲月殊堪惜，詩句消磨計未非。久混泥塗逢换世，苟安塵俗賴忘機。吴天霜儉艱難過，佛地花香行業歸。更喜栖禪多寄托，有人偕隱不相違。

〔箋〕

王士禛（一六三四—一七一一）《感舊集》卷四云：

黄承聖，字奉倩。〔弟〕翼聖，字子羽，江南常熟人。

翼聖《黄攝六詩選》卷下《壽家兄奉倩六十二首》云：

看看竹馬事嬉游，此日樽前共白頭。兄健轉嫌形弟老，國亡何忍爲家謀。譜成節烈平生事，賣剩田園數畝秋。一任傍人笑癡絶，五更頻夢復神州。（其一）

吟聳雙肩骨帶僊，亂離贏得一身全。郊多新鬼半吾友，籍入遺民亦信天。蕭散别裁方外服，團圞常説在家禪。不須更覓長生訣，學得飢飡與困眠。（其二）

陳田《明詩紀事》辛籤卷三十三亦收録翼聖此二詩，然頗有異文。黄翼聖生平，參本集第【二〇〇】題箋。

【四十二】朱元虎納董姬新郎不甚修飾，善手卞，出閣時，蹇修頗有煩言。

縞素文君擇對遲，探春情事耐矜持。喧争烏鵲愁鴛鴦，浣濯衣冠放入帷。獺髓留防如意手，松煤續畫遠山眉。雙成謫限何當竟，吹徹瑶笙調易悲。

【四十三】歲暮山中雜詩戊子

晴望推窗雪，消來到幾峰。炊烟鄰未接，汲澗路無從。就壁圖梅影，循墻驗鹿踪。僧階知旋掃，午後可移笻。山雪曉晴。（其一）

不樂寒山步，經曾盛日游。松摧雲失所，泉咽歲如流。變化無完物，瘡痍始一抔。衰門多女禍，迴作本生讐。悼趙凡夫墓。（其二）

全名長謝去，恥共俗流存。白石如仙骨，紅塵别故園。幅巾從信國，易簀命曾元。書畫真餘事，區區世所論。傷文彦翁。（其三）

素盤闖果薦，宛轉兩頭纖。盈握擘圓顆，餘甘溢寸尖。新嘗難棄核，侈味或兼鹽。此

物關通塞，淒然始一拈。橄欖初至，閩中始通。（其四）

平生消遣事，即與病相應。何説全疑酒，輕裝卻似僧。棄瓶連剩藥，昏壁失孤燈。一壑無多地，憐君命不勝。朱雲子載病出山，經其故居。（其五）

寸札間關至，寒宵氣已温。薄言開雪逕，厚意到柴門。老病相思地，禽魚共命村。徒然勞往復，心事未遑論。蜀中莊宜稺餉酒貲，兼遞少司寇朱菊水書到。（其六）

〔箋〕

本題作於順治五年戊子，合公元一六四八年。

詩其二注：悼趙凡夫墓。

蒼雪《南來堂詩集》卷三上有《同大司馬吴公達本月夜泛舟入山訪趙隱君兼探梅光福》。王注引《蘇州府志》云：

趙宧光（一五五九—一六二五），字凡夫，太倉人。祖汴，舉鄉試第一，成進士。父樗生，亦隱士。宧光少入貲爲國子生，豪華自喜。中歲折節讀書，不肯蹈常襲故。廬居寒山親墓旁。手闢荒穢，疏泉架壑，儼如圖畫。一時勝流争造焉。

吴偉業《吴梅村詩集》卷十三有《趙凡夫山居爲祠堂今改爲報恩寺》詩。

趙均，字靈均。趙宧光子。又見本集第【二八八】題詩。

詩其三注：傷文彦翁。

《(同治)蘇州府志》卷八十七載：

文從簡〔一五七四—一六四八〕，字彦可。和州學正嘉之孫，元善子。爲郡諸生，端方自守。母王穉登女，甘貧守約，能訓其子。從簡事之甚孝。年踰六十，始以歲貢入京，不就選而歸。尋遭世變，隱於寒山之麓，居五年，卒。子柟，字端文，尤狷介絶俗，從父隱居終身。女俶，嫁趙均，亦有才名。文氏自徵明以來，世善書畫。從簡父子能傳其法。行誼尤爲時所重云。(姚宗典述。)

蒼雪《南來堂詩集》補編卷二有《同彦可元歎諸公訪安期寓中亂後寄方内友或懷贈或次答共得九人》詩。王培孫注云：

按九人者，一文彦可，二徐元歎，三周安期，四張德仲，五文蓀符，六毛子晉，七姚文初，八文初弟瑞初，九吴駿公。

詩其五注：朱雲子載病出山，經其故居。

朱雲子，名隗。長洲人。編著有《明詩平論》。弟名陵，字雪子。皆元歎好友。見第【一六一】題詩。

詩其六注：蜀中莊宜穉餉酒貲，兼遞少司寇朱菊水書到。

莊宜穉，又見本集第【四】、【四十三】題詩。

朱菊水（崇禎七年［一六三四］進士），名之臣，四川内江人，字無易。嘗爲譚元春（一五八六—一六三七）序其《寒河詩》。《明遺民詩》卷十、《國朝詩的》「四川」卷一收有朱氏詩。

朱菊水，又見本集第【二九六】題詩。

【四十四】寒夜書懷送宗弟州來還秣陵

昔别迫枯冬，石城霜覆地。傴僂就肩輿，臨行更握臂。累月見人情，冷暖各在意。要我重遊期，漫應明春至。揣摩説江上，鋒矢已吴門。樹顛懸志婦，傭保雜王孫。晨興别衾枕，夜哭見先魂。自悲長已矣，不意至今存。心隨人面改，跡向青山滅。青山顔色舊，勝地聊割截。破瓦放茶烟，懸燈熠松雪。斯夜幸停車，悲歡各自竭。願畢斯夜歡，莫引夙昔悲。恩仇許相助，亦在彊健時。寸鐵誠神物，柔舌乃游資。報復貴及身，誰能待來兹。别話不可了，扁舟發悄悄。水急不得凍，人急不待老。今日白隄行，明春生野草。且吸故人杯，生死何足道。

〔箋〕

題中所及「宗弟州來」，指徐延吴，字州來，江寧人。又見本集第【四十九】、【五十一】、【七十四】、【七十六】、【九〇】、【二一五】、【二一六】、【二一九】、【二五六】、【二九三】、【二九七】、【二九八】、【二九九】、【三〇一】、【三〇七】、【三二五】題詩。

蒼雪《南來堂詩集》卷三下有《和徐州來梅花詩四首》。王注云：

按徐州來無考。惟阮大鋮《詠懷堂集·辛巳詩》有《和徐州來韻兼寄其尊翁冏卿》詩，又有《過徐州來館》詩，又有《述懷柬顧與治徐州來》詩。按冏卿爲太僕卿之别稱。《詠懷堂集》有《徐南高同年招飲》詩，有《旅懷感呈南高冏卿居廬》詩，有《同俞駕部容自徐冏卿南高赴徐侍御孟麟招感舊》詩。又《詠懷堂·丙子詩》有《同王京兆玄珠徐侍御孟麟集南京冏卿宅時冏卿令子文孫均在座古誼殷然感舊賦此》詩。據此綜觀，則知徐州來父字南高，官至太僕寺卿，家在金陵。

又引《（乾隆）蘇州府志》：

徐冏卿泰時有東園、西園，在閶門外下塘。

後設按語云：

徐南高或即徐泰時。

州來父名泰時，字南高，常熟人。明嘉靖年間置建東園（今留園），並將歸元寺改爲宅園，易名西園。後其子舍宅爲寺。崇禎八年（一六三五），住持茂林和尚爲弘揚律宗，改寺名爲戒幢律寺。二園均仍在。

又：本集第【二一六】題《州來二子能讀古書，索老夫新句，寄此二絶》詩注云：「喬松，冏卿堂名。」

邢昉（一五九〇—一六五三）《石臼後集》卷一《冬日同徐州來崔季韞莫愁湖眺望》云：

霜霽天更清，衆潦縮而小。澄泓莫愁湖，微波猶淼淼。演漾餘水木，彷彿動寒藻。耦勝樂嘉招，出城即幽討。閒亭息游侶，煖日逢魚鳥。乍憩慮已遣，躊躇魂復悄。回思四海晏，樓閣此中好。風景豈復有，世事久紛擾。峨峨清涼山，黄葉落漸少。蕭條亦如此，雲煙互繚繞。

程正揆（一六〇六—一六七六）《青溪遺稿》卷六《贈徐州來》云：

四面静人境，環廬皆好聲。風隨花氣發，浪逐海潮生。作賦勞平子，逃名謝步兵。何心分仕隱，隔水奏松笙。

王昊（一六二七—一六七九）《碩園詩稿》卷八有《吴梅村先生席招同蔣太史虎臣徐中翰子星徐文學州來即事》詩。徐中翰子星，詳第【六十九】題詩。

吕留良（一六二九—一六八三）《吕晚村詩》有《集飲黄俞邰竹齋次徐州來韻》二首，云：

不遇雲將過，洪濛且自東。牽連高士傳，收拾故都風。素壁争殘照，新篁戀舊叢。話深争逸興，消得老顔紅。（其一）

吾巢寒獺似，君架蠹魚然。此外無多地，其中别有天。兩瓻千卷破，四座一人眠。明月將軍報，門前促和篇。（其二）

同書另有《訪徐州來留飲》兩首，詩繫於癸丑年（一六七三）：

揭來欲覓風斤質，高柳新桐護孔廬。久坐香生開寶繪，閉門潮上賣鰣魚。飽餐家飯搜閑句，强拉時人説古書。僕本嘐噪孤另者，對君不覺又粗疏。（其一）

短短軒窗靠水邊，秦淮春漲碧油天。雨花數點客初過，反舌一聲句正圓。蟹眼浪中烹廟岕，蝦鬚影裏漾燈舩。酒酣示我當年得，北固峰頭月更鮮。州來於北固讀書有得。（其二）

注中云州來讀書北固事，又見方文《嵞山集》卷六《送徐州來讀書焦山》：

北固山前江雨微，輕鷗柔櫓一行飛。風雷未合魚龍卧，梧竹雖存鳳鳥飢。古寺攤書看日出，夕陽沽酒聽僧歸。將秋予亦浮東海，端在蘆中叩爾扉。

吕留良與州來交好，集中屢有詩及之，另有《與徐州來書別號孔廬》、《復徐孔廬書》等，可參看。信札敘其與金陵書坊商人糾紛事，「欲仗大力與雪客兄（周在浚，一六四〇—？）以法彈壓之」，則州來亦當地一「有力者」也。

施閏章（一六一八—一六八三）《學餘堂集》多收與州來唱和詩，卷十一有《重過徐田東河亭》云：

河館託幽棲，不遠車塵路。大書曰孔廬，所言非世故。連章述祖德，懷秋訴孺慕。我廢《蓼莪》篇，觸此淚如雨。時攤一卷書，獨撫中庭樹。庭樹皆古顔，連蜷攫烟霧。清懽收素交，披帷散巾屨。命酒膾江鱗，烹葵飯霜芋。白水照疏籬，寒雲自來去。

「田東」、「孔廬」，皆州來字號。尤侗（一六一八—一七〇四）《西堂詩集》有《徐州來招游雨花臺》，記其兩度過訪州來事云：

乍喜凌晨新霽開，得君蠟屐一登臺。松聲疑擁江濤至，花色猶含天雨來。百草緑香微入座，四山青氣俯浮杯。十年舊夢重回首，陳跡茫茫盡可哀。予于己卯爲再至云。

己卯，康熙三十八年，合公元一六九九年，則州來入清後尚活躍五十餘年。

【四十五】春日送憚臣姪孫吴山肄業

涉學爲時淺，初心入處艱。俄驚春色舊，莫倚少年閒。析義消殘雪，忘形托遠山。即今虛往日，刮目待君還。

〔箋〕

憚臣，又見本集第【一〇】、【五十一】、【二七七】、【二八二】、【二八三】、【二八四】題詩。

【四十六】詠史

讀書病昏忘，十不能記一。事可資諧謔，往往掛胸臆。漢文恭儉主，寤寐不安席。黄頭濯船郎，夢作登天翼。明月入君懷，凌晨相物色。未有愼夫人，男歡亦專夕。咋癰甘若飴，太子爲飲泣。殷宗中興年，夢帝賚良弼。一朝得胥靡，舉以相其國。不意千載後，芳規勞祖述。草埜無先容，面目空彫飾。一爲夢中身，君臣如舊識。遇合盡如斯，求才何太逸？

又

嗟哉朱買臣，五十未富貴。不遇茂陵翁，終身爲餓隸。其妻告訣絶，似亦非早計。一懷會稽章，驚呼走群吏。再嫁亦恒情，何至動悲悔？夫妻治縣道，各自趨生事。後乘呼載之，微寓蹂踐意。去婦既横尸，故夫能無媿？冢間飲食之，豈曰非厚誼。一飯卒未酬，死者有餘地。

【四十七】與照斯上人乞黄薔薇二絶句

繁香多刺密成闈，開遍山庭曉露晞。姊妹紛紛厭紅紫，新鵝色染女真衣。（其一）

一丈紅開春已深，勾衣棘手亦難禁。敢求正色閒花草，得似袈裟幾縷金。（其二）

〔箋〕

照斯上人，法螺菴僧，一雨通潤弟子。蒼雪《南來堂詩集》補編卷四《辛卯九月十八日值先椤師忌辰》詩題有云：

……攜友輩一二人信步寒山道上，不覺已至法螺菴。照斯亦潔治瓶花茗椀，佐以香蔬，展祭椤師，共憶師之見背，二十七年于兹矣……

參第【一二八】題《修上人房黄薔薇》詩。

【四十八】净心菴期畢，送懺主景淳

一期彈指盡，行色赴他林。難覓從前垢，將觀此後心。萎花猶未掃，流梵尚堪尋。吴地緣初熟，頻來别不深。（其一）

雨聲同坐臥，首夏問歸船。嗚咽家門話，搜求故舊緣。飯香經月住，燈影十人聯。善述須真子，桐溪事獨傳。（其二）

【四十九】同州來游虎丘塔影園，時新屬顧云美

坦步須乘興，名園今有人。地幽山隔岸，池静塔分身。樹石維求舊，禽魚亦易親。緑陰行滿眼，就此送殘春。

〔校〕

本詩又見《殘稾》。

〔箋〕

顧苓（一六〇九—？），字云美。崑山人。錢牧齋弟子，與嚴熊（一六二六—？）有姻親關係。《南來堂詩集》補編卷三上《題塔影園爲顧云美》王注引陸汾原注：

園在虎丘便山橋南村。池中有虎丘塔影，故名。

又引文肇祉（一五一九—一五八七）《文録事詩集》中《築園於虎邱南村池中忽移塔影志喜》詩：

幾年浪跡寄江湖，歸葺田園半已蕪。環沼倒懸新殿宇，浮丘翻映小蓬壺。分明馬遠晴巒景，絶似南宫煙寺圖。真覺世心消欲盡，閉門羞復看陰符。

附申時行和詩：

欲從野寺開新社，故向郊園剪舊蕪。地近青山來白鳥，人同秋月在冰壺。蓮花七級涵

空影，祇樹雙林入畫圖。今日潛夫能雅詠，不須著論學王符。

顧苓自撰《虎邱塔影園記》，見《塔影園集》卷二，云：

虎邱塔影園者，故上林録事文基聖先生之别墅也。先生爲待詔公孫，國博公子，詞翰奕世，宏長風流。自停雲玉磬，境與人杳，雖茅舍竹籬，而播諸詠歌，傳爲盛事。初於虎丘南岸誅茅結盧，名「海涌山莊」，鑿地及泉，池成而塔影見。張伯起先生爲賦詩云：「雁塔朝流舍利光，半空飛影入空塘。應知不是池中物，會有題名在上方。」因以「塔影」名園。伯起先生復同王元静、吴恭先、徐懋新賦詩落之，詩入《虎丘隣園志》。上林先生有《塔影園次皇甫子循》詩云：「鑿池成塔影，結屋依山阿。疑自浮員嶠，翻同瀉翠娥。昔聞挂清漢，今倒映渟波。惠我驚人句，賡酬奈拙何？」於是和州公爲之圖，國博公八分書題其上云：「籬豆花開香滿園，赤闌橋畔塔斜懸。偶思小飲沽村釀，門外魚鰕正泊船。」園之蕭條疏豁，大概可見矣。既而待詔公門下士居士貞僦居園中，王百穀徵君《虎丘訪居士貞》詩：「偶過處士宅，宛是野僧家。古井春無水，衡門晚帶霞。」即其地也。士貞去後，敗瓦頽垣中風沼霜林，依然如昔。尋山客至，不復停車。天啓間，屬松陵趙氏往來讀書，復臨池搆屋，稍貯歌舞。崇禎中出門仕宦，閩亂乃歸，遂爲園擇主人。適余避兵出郭，僑寓白公隄上，顧而樂之，與割券而考室焉。雖秦人避世，不爲桃花，葛氏移家，但攜雞犬。憶《梁史》顧正禮少隨外從祖游虎丘，以「欲枕流漱石」之語爲外祖所器，卒以志操見稱。予爲文氏彌甥，葺虎丘舊隱，似闕宅相，亦有門風。彭城萬若來過之，作《行脚書事》，實住塔影園也。虞山錢宗伯先生爲予製《塔影園雲陽草堂記》，四方過從，時有題詠，詩文多于水樹，水樹多于齋館，烏足被園林之目哉？夫有所受之矣！

董説（一六二〇—一六八六）《寶雲詩集》卷四《得吴郡問顧云美亦逝》云：

十年諸老盡，塔影賴孤留。至竟文章厄，嗚呼金石休。眉從經亂結，藁定遠親收。兩字浮家篆，無人扁小舟。

顧苓，又見本集第【一九六】、【二四二】、【三三六】題詩。

徐州來，又見本集第【四十四】、【五十一】、【七十四】、【七十六】、【九〇】、【二一五】、【二一六】、【二一九】、【二五六】、【二九三】、【二九七】、【二九八】、【二九九】、【三〇一】、【三〇七】、【三二五】題詩。

【五〇】天池茶

厭飫峒山茶，天池實未屑。及乎卜居來，家園恣採擷。村女布裹頭，掩露信手捋。竹箔摶捥之，膏流漸凝滑。文火傅乾薪，懸釜忌焦鐵。茶人慣執熱，手釜相摩戛。旋轉貴捷疾，其間不容髮。釜中蟹爬沙，既如風送雪。谷蘭分以香，帝青爲之末。沸泉勻瓷甌。分鉄準一撮。肺腑不能言，口鼻自甘悦。物以遠見珍，家雞例所忽。迢迢芥中船，況經兵火窟。收拾好奇心，勉就家嘗物。包裹接來春，請君終見啜。

【五十一】天池雨後，偕州來、次玉、小休、憚臣入塢觀瀑四月十四

賀嶺之西千嶂緑，亂鳥如吟亦如哭。霧淞靡靡相覆被，殷日沈沈漸入地。前山夜遞雨聲來，飄瓦掀床亦壯哉。爛熳横眠交首足，重撥昏燈炤古屋。擁衾起坐至天明，瀑水風松共一聲。飽餐捫腹無他事，殘雲已帶微陽至。新磨翠色有諸峰，一角紅鮮露遠寺。駕壑飛濤如匹練，嵌穴穿空流盡遍。沸然餘怒未能平，善觀水者于其變。懸嵒欲落防崩石，入谷三人惟二屐。谷深陰晦昨宵同，杖聲笠影在濛濛。怪來濕翠沾衣重，始悟行從雲氣中。

〔校〕

本詩又見《殘稾》。

〔箋〕

徐州來，又見本集第【四十四】、【四十九】、【七十四】、【七十六】、【九〇】、【二一五】、【二一六】、【二一九】、【二五六】、【二九三】、【二九七】、【二九八】、【二九九】、【三〇一】、【三〇七】、【三

二五】題詩。

小休，又見本集第【一〇】、【一一三】題詩。

憚臣，元歎姪孫，又見本集第【一〇】、【四十五】、【二七七】、【二八二】、【二八三】、【二八四】題詩。

【五十二】次玄墓諸上人新梅子韻

醒睡來酸子，軒中虛一床。肥偏霑宿雨，鹽點嚼微霜。幻泡仁初破，新條葉共將。墮花能幾日，誰念舊時香。

〔校〕

本詩又見黄傳祖《扶輪續集》卷八，詩題作《和玄墓和尚新梅子》。

【五十三】花朝前訪葉廷尉慶繩于雲窩，留飲至醉，夜宿慧慶

詩酒相牽引，如君好客稀。望烟賓漸集，障壁句成圍。春與輕陰過，人無不醉歸。困眠驚自起，留夢到禪扉。

〔箋〕

蒼雪《南來堂詩集》補編卷三上有《雲窩詩爲葉素旃次原韻》詩，王注引《今詩粹》：「葉㑘，

吴江人，字素旃。」又引《天啓崇禎兩朝遺詩》：

葉襄《家素旃新築雲窩賦詩索和次韻》詩：「汾河漠漠阻煙廬，聊向郊西近築居。紅藥種來還傍石，黑炭燒後尚留書。不隨朝槿看榮落，故與閒雲任卷舒。芳草薜門嘗獨掩，天涯何處曳長裾。」第三句自注：「紅藥滿畦，吾家故事。」

復云：「據此，則雲窩似葉素旃所築園名或室名。」

【五十四】虎丘梅花樓得泉上人新住持本山，奉賀四絶句

石砌重重緑樹層，捨山祠近有神憑。公能醉我花生日，新搆名樓第二登。（其一）

管領名樓也不閒，花朝月夕總相關。茶芽漸吐官牌急，待過清明便鎖山。（其二）

呵殿聲贔到石場，袈裟鵠立過茶漿。浮生盡説偷閒到，已累山僧半日忙。（其三）

莎庭蘿壁昔婆娑，丹艧重新怕再過。爲愛樓中舊僧在，他山遥禮塔嵯峨。（其四）

〔校〕

《殘稾》録二、三兩首。詩題「本山」誤作「木山」。

【五十五】次見梅懷友韻

久住相思地，栖栖見早梅。烟舟何日動，雪逕爲君開。花管離居恨，人希歲暮來。杖

聲驚坐聽，誰到劚冰苔。

【五十六】破闍黎還玄墓守塔詩

老矣藏鋒似可親，重來已是主中賓。移床想續松風夢，秉拂頻除石座塵。豈是刻舟求去劍，不因開户見全身。三緘自護跏趺地，眠食悠悠尚寄人。

〔箋〕

元歎《又題》（見本集末）云：

丁亥［一六四七］夏初，相與中有破闢闍黎，欲引見［靈嵓］和尚，數數稱説。時有移家之役，未果也。又二年，始獲居山，和尚亦從澍移錫靈嵒。持瓣香上謁，見如舊識。

又，本集第【六十八】題爲《悼破塔主》，疑即爲本詩之破闍黎。從第六十八到第七十二，此數題詩應爲順治六年（一六四九）歲末之作（公元已在一六五〇年）。本題《破闍黎還玄墓守塔詩》則爲順治五年戊子（一六四八）之什。

【五十七】前冬就聞照關前一宿，經春涉夏，再往問訊

黄葉窗中雨，難忘一宿緣。燈分圓洞影，人似隔舟眠。庭草封行迹，爐香定坐禪。名

因狂走失，師已鑒諸賢。

〔箋〕

聞照上人，又見本集第【二〇】、【八十二】、【二三二】、【二三一】題詩。

【五十八】净上人索贈南濠宗念吾，其家釀酒磨麥，而長齋在净

全家作息寄風塵，心地安然爲任真。擬出泥塗無捷徑，遥欽佛國是西鄰。斟量沆瀣珍珠滴，旋轉來牟白雪屯。誰似理生兼化俗，閭閻嘖嘖盡稱仁。

【五十九】住山後，得竟陵吴既閑信，知亂後亦寄居村落，書中猶願覓江南遺籍，迴船附答

兩鄉無舊業，彼此絶相尋。一壑留吾影，他村覓爾心。餘生攻故紙，殘夢戀秋衾。涼思山中早，書來白露深。

〔箋〕

吴驥，字既閑。又名希齋，字如琴，號浮園。湖北竟陵人。崇禎三年（一六三〇）舉人。有《浮園集》，未見。讀王士禛《蠶尾文集》卷一《浮園詩集序》，知既閑亦晚明竟陵詩派中之射雕

手。王序有云：

竟陵，古三澨地，楚澤國也。城夾兩湖。曰西湖者，中有西塔寺，陸鴻漸故蹟在焉，唐人詩所云「不獨支公住，曾經陸羽居」者是也。東湖煙水相接，空明浩淼之觀不減西湖。然數百年來，西湖之名常在學士大夫之口，而東湖獨寂寥無聞，豈非以鴻漸之故歟！既閑吴先生家東湖，行履高潔，超然自遠於流俗，與鴻漸相望千載之上。至所爲歌詩數十百篇，則鴻漸所未有也。於是數十年來，東湖之名與西湖並爲學士大夫口實，豈非山水與人爲輕重，而其顯晦亦自有時歟！

陳田《明詩紀事》及近人輯《竟陵歷代詩選》均録有既閑詩。

吴既閑，又見本集第【一八四】、【二三四】題詩。

【六〇】寄竟陵鍾居易。聞房中復有所納，次首及之

天龍拜别涕交捫，脆薄形骸不意存。欲得頑菴遷化信，退翁冢上鶴人言。（其一）

修容或未覺婆娑，無奈髭鬚白盡何。幸有佳人相粉飾，奩中攜得畫眉螺。新姬解畫。

（其二）

〔箋〕

鍾居易，名快，鍾惺五弟。陳廣宏《鍾惺年譜》「明神宗萬曆三十七年己酉（一六〇九）三十

六歲」條載：

五弟快，字居易，工書畫。伯敬常遣之代書。《隱秀軒集》文餘集《題五弟快爲予書游牛首古詩三首與茂之後》：「予性不耐臨池，每有篇章，恒遣第五弟代書，而不掩爲己有，頗覺真率。」康熙《竟陵縣志》卷十二《人物志》：「鍾快，字居易，學憲鍾惺季弟。賦性淵□，晦跡林泉。兼工書畫，旁精内典。著《寶林道人敘》及《卧游詩文集》。」

《譚元春集》卷二十五《退谷先生墓誌銘》云：

母弟四人，……獨五弟快在耳。快真樸，長齋事佛，通書畫。事予如兄。

卷十五《贈居易》六言詩云：

古道無妨弟畜，淵人久欲師承。巾車百里相訪，歸課兒書佛燈。

陳田《明詩紀事》辛籤卷十五下收胡承諾（一六一三——一六八七）致居易詩二首。《候鍾居士不至》云：

居士采藥歸，澗底無行迹。幾年避火食，雲氣生兩腋。偶逢負薪侶，寄聲道旁客。孤飛盧耽鶴，迢迢不可即。

《贈鍾居易》云：

此時鍾居士，他時二隱林。癯惟食松子，閒只數家禽。樹葉安禪合，溪雲宴坐深。一燈無障礙，常照妙明心。

【六十一】七月望後寄寒碧上人與鍾、譚亡友周旋甚善。

楚鬼微吟上峽謡，中元法食可相招。憑師爲譬興亡恨，雨打秋墳骨亦銷。

〔校〕

本詩又見《殘稾》、王士禛《感舊集》卷二、徐世昌《晚晴簃詩匯》卷十五。

〔箋〕

詩題小注所及之鍾、譚，指鍾惺、譚元春。參本書「集外詩」録《明詩平論二集》之《居易寒碧同宿中峰古院時石殿新成》一題。又：《譚元春集》卷十九《留別寒碧》云：

公車天正寒，欲得閑僧伴。沙霧壞人多，緇衣不可换。

同卷《同寒碧柳菴夏日懷真公》云：

雨散蓮房珠粒粒，月摇溪塔玉層層。兩人分取仍難拾，坐聽新蟬念老僧。

卷三十一另有《書寒碧卷》二首，文長不録。

陳田《明詩紀事》辛籤，卷十六，收胡承諾《贈寒碧上人》云：

往事曾隨鮑照遊，碧雲高唱滿吴洲。煙埋宿草縈香閣，葉下繩床倚石樓。種智自能觀小劫，客塵爲我洗寒流。東林欲别還凝望，斷燒平蕪不勝秋。

寒碧上人，又見《浪齋新舊詩》第【十四】題詩。

鍾惺，又見《浪齋新舊詩》鍾序、第【十九】、【二〇】、【二十二】、【二十四】、【二十七】、【三十二】、【三十八】、【三十九】、【四十三】、【六十五】、【六十七】、【六十八】、【六十九】、【九〇】、【九十二】、【九十三】、【九十四】、【九十五】、【一一八】、【一一九】、【一三九】、【一四八】、【一四九】、【一六二】題詩；另見本集第【二十九】、【一八九】、【三一七】題詩。

譚元春，又見《浪齋新舊詩》譚序、集中第【三十七】、【九十二】、【九十八】、【一四九】、【一五九】題詩。

【六十二】答張古嶽後二絶追憶圓海、澹喦。

窄袖蓬纓覓使車，秣陵秋老不堪居。怪君閒卻垂綸手，豈是江中無大魚？（其一）

空閨獨坐實難禁，理曲彈絃夜夜心。要使人間聞絶調，不須夫主是知音。（其二）

露冷波輕過虎丘，江南又是一番秋。栖尋故物惟頑石，擬待君來一點頭。（其三）

光禄才高不忝名，莫將天命論虧成。當時廣武城頭歎，已是山陽笛裏聲。阮公。

（其四）

楚風多怨近天真，心血區區欲事人。旅櫬已歸僮僕手，江頭空自泣交親。黄公。

（其五）

〔箋〕

張孫振，字公武，號古岳，安徽霍山人。《（光緒）霍山縣志》卷十五敘其官職遷轉頗詳：

張孫振，字公武，又號古岳。明崇禎戊辰［一六二八］進士。授浙江歸安令，兼攝烏程令，遷兵部主事，擢御史，巡視中城。又代巡山西。南都擁立福王，起掌河南道監察御史，兼掌湖廣廣東道，尋陞太僕寺少卿。入國朝，以原官病痊起用。

按孫振事附見欽定《明史·馬士英阮大鋮傳》，乾隆吴、甘二志尚未有傳，兹故詳官職於《雜志》，非以是爲補遺也。

孫振爲弘光朝馬士英（一五九一—一六四六）、阮大鋮（一五八七—一六四六）黨羽，今《明史·奸臣傳》猶見其名。按山西傅山（一六〇七—一六八四）《因人私記》載「山西巡按御史張孫振」誣害袁繼咸（一五九八—一六四六），致袁下京獄。傅氏奔走呼號，山西各地學子紛紛集體赴京鳴冤。上引張傳，謂其曾「代巡山西」，與此事合，當爲同一人。如此則孫振生平行跡，近於小人矣。

又，方文《嵞山集》續集《徐杭遊草》亦有《張古岳侍御見過》一題，自注「張乃先司農之門人也」。

詩其四之「阮公」，即懷寧阮大鋮，圓海其號也。阮氏才藻豔逸，崇禎朝以「逆案」廢斥十七年，至弘光朝大用，官至兵部尚書，與馬士英把持朝政，降清後暴卒，其事俱見《明史·奸臣傳》。元歎云「光禄才高不忝名」，愛其才；「莫將天命論虧成」，則略有爲其開脱之意。葉廷琯（一七九一—一八六八？一八六九？）《徐元歎先生殘稾·浪齋新舊詩跋》云：「瑶草一序，佛頭著糞。」馬、阮固皆奸臣傳中人物，而前者於明亡前爲元歎作序，後者爲元歎明亡後詩中所追憶，則清流濁流，當日亦未必涇渭分明也。

張古岳，又見本集第【八十八】、【一二三】、【二九五】題詩。

【六十三】中秋過虚受于城居，小留而出，還宿寓菴聞是夜虎丘遊人極盛。

二老雖端坐，名山未寂寥。群游忽不樂，獨往更無聊。早桂攀離樹，清歌緩過橋。何堪歸卧處，風竹共蕭蕭。

〔箋〕

劉虚受，又見《浪齋新舊詩》第【七十七】題詩；另見本集第【三〇】、【三十一】、【七十一】、【一一〇】、【一五七】題詩。

【六十四】楚中白兆師，少時在汰、蒼二公講席，已而受剃於棲真，念舊游吴，駐西山之化城菴，未幾告去，送以四絶

拾薪汲澗接新冬，拄杖横擔又一峰。雲月是同無處别，與師晨夕得相從。（其一）

此間無剩卷而懷，去後門空遍緑苔。枉是臨岐揮别淚，始知師向不曾來。（其二）

曠絶中峰老古錐，竹松滿院暮風吹。須知一飯難酬德，何況綈袍脱贈時。蒼公堅留過冬。（其三）

長往高松葬未深，秋來鎖骨有苔侵。何年石筍森然立，始副門人禮塔心。汰公建塔無期。（其四）

〔箋〕

蒼公，即蒼雪讀徹，又見《浪齋新舊詩》第【一四一】題詩，另見本集第【一】、【十五】、【七十九】、【一二九】、【一三五】、【一三六】、【一四三】、【一六六】、【二一七】、【二二三】、【二二六】、【三三四】題詩。

汰公，即汰如明河，又見《浪齋新舊詩》第【八十三】、【一四四】題詩。

【六十五】寄題汪次憑鄧尉寒香樓

一層高幾許，烟水望齊來。多景無停玩，孤襟此獨開。身臨黄葉上，音送暮鴻哀。斟酌他山見，應同畫境猜。

【六十六】題顧茂倫濯足小像

跣足高人像，誰能受物污？流長如萬里，跡始謝泥塗。將傲凌波襪，看同洗耳圖。滄浪雖古調，分别太區區。

〔箋〕

顧茂倫，名有孝（一六一九—一六八九）。蒼雪《南來堂詩集》補編卷一《德風講楞嚴于松陵接待寺鄰樹放青光顧茂倫諸君作詩頌之踵而有作》，王注引《松陵文獻》云：

顧有孝，字茂倫。爲人開美，長身玉立。善談論，喜交游。家釣雪灘，陋巷蓬門，四方賓至無虚日。有孝傾身攬接，憂人之憂，急人之急。既盡其産，復瀕于難，不悔也。明末吴中詩習，多漸染鍾譚。有孝與徐白、潘陸、俞南史、周安、顧樵輩，揚搉風雅，一以唐音爲宗。有孝選《唐詩英華》，盛行于時，詩體爲之一變。雅好汲引，人有寸長，必咨嗟激賞，寒素多依以揚聲。故雖布衣窮居，而名聞海内。

又節録徐釚（一六三六—一七〇八）《南州草堂集·雪灘頭陀傳》，並下按語云：

顧茂倫選刊南來堂詩，蓋于蒼雪有深契者。

然不知其何所指也。

董説《寶雲詩集》卷二《見茂倫近體驪珠集感賦》云：

姓氏驚看半已淪，浪游天地媿閒身。要從品外見神賞，頻向卷中呼故人。詩入餘年裁善别，交今亂後倍知真。婁江渺渺虞山近，虎阜吞聲記水濱。集中載王雙翁虎阜詩題有西銘先生及余一段話。

詩注中王雙翁指王庭璧，西銘先生指張溥（一六〇二—一六四一）。

有孝嘗與趙澐輯刊錢謙益、吴偉業、龔鼎孳詩爲《江左三大家詩鈔》，人各三卷，於康熙初問世，所謂「江左三大家」之目，亦確立於斯。

紀映鍾（一六〇九—？）《戇叟詩鈔》卷四有《雪灘釣叟歌寄顧茂倫兼送電發》詩。

【六十七】悼法界老僧

黄葉初辭樹，爲師脱化因。生歸落日境，人擁入龕身。寒菜悲經手，麤衣就寫真。荒山勞繫念，别語寄酸辛。

【六十八】悼破塔主

用世心猶在，生方不定西。空門遺直盡，古塔一靈棲。重法深藏佛，埋名竟掩泥。多言曾迕物，樹下未成蹊。

〔箋〕

破塔主，参本集第【五十六】題箋。

【六十九】寄贈子星中秘

秘省清銜屬俊人，曾攜長劍客平津。文章到北名堪重，日月生東氣一新。古誼夔龍相拂拭，明年鷹隼出風塵。冏卿屈抑饒遺恨，地下舒眉在此晨。

〔箋〕

徐惺（一六三〇—？），字子星。江寧人。順治六年（一六四九）進士。李桓《國朝耆獻類徵初編》卷二〇六小傳記徐「以進士典中書，爲世祖章皇帝侍從，多所獻替」。元歎故以「中秘」稱之。

王昊《碩園詩稿》卷八有《吴梅村先生席招同蔣太史虎臣徐中翰子星徐文學州來即事》詩。

程正揆《青溪遺稿》卷六《題畫贈徐子星按察之任河南》云：

風雨驚秋意，盤飧話舊思。清惟天子念，心有故人知。行李身爲葉，謳歌口作碑。中原看砥柱，不是唱驪時。

徐惺，又見本集第【八十五】、【二四三】題詩。

【七〇】寄贈林道生吏垣

出門路如立，干謁足屢罥。士生此世間，相聞不相見。高鴻志稻粱，莫作冥冥盻。聞君得我詩，披閱承無倦。生平抱區區，恩怨亦滿卷。匕首即寸心，堪當緩急選。文籍積如山，難用埋貧賤。

【七十一】仲冬七日過虛受，以聞根「早失來詩有附耳」之句

秋冬兩到未爲頻，古木池邊閒此身。寒屋殘陽難遽别，老人寡耦易交親。語多會意無關聽，酒取延歡略近脣。知汝獨居嘗繫念，不須臨發更諄諄。

〔箋〕

虛受，劉錫名之字，又見《浪齋新舊詩》第【七十七】題詩；另見本集第【三〇】、【三十一】、

【六十三】、【一一〇】、【一五七】題詩。

【七十二】己丑除夕

徂年渾向盡，苦境或將離。客至稀寒菜，冰生蹙小池。邨喧梅動色，雲聚雪愆期。醉擲枯藤起，殘骸尚可支。

〔箋〕本詩作於順治六年己丑十二月三十日，合公元一六五〇年一月三十日。

【七十三】山菴偕静侣圍爐守歲

觸屏童子睡，茶話坐能堅。逆旅看兹夜，忘情聽彼天。窗明深蓄火，瓶暖更添泉。煨取松根熟，分爲香積烟。

〔箋〕本詩作期同上題。

【七十四】和州來梅花詩

古幹無花影絶奇，蒼嵐蝕骨在山姿。他鄉瞥見驚心蕊，荒圃難尋入手枝。紙帳單眠生夢早，凍瓶清玩候開遲。及將疏冷陪高士，怕是鱗鱗飄謝時。右未開梅。

〔校〕

本詩又見《殘稾》，「蝕骨」，《殘稾》作「餘骨」；「單眠」，《殘稾》作「學眠」。「單眠」者獨宿，「學眠」不詞，當爲筆誤。

〔箋〕

蒼雪《南來堂詩集》卷三下有《和徐州來梅花詩四首》：

穹窿山接太湖隅，種樹家家論萬株。霜氣不侵禁粉面，天寒欲凍斷花鬚。昂藏自顧雞群遠，拗折誰憐鶴骨癯？仿佛白雲深谷裏，老僧多莫辨頭顱。（其一）

抱甕空空隔宿糧，惟餘屈鐵註（註一作注）孤香。千峰月色隨人好，三月流光似（似一作付）水忙。晏坐散花來帝女，春游無夢到高唐。歲寒欲寄同心侶，悵望悠悠江路長。（其二）

山翁野叟話寒（寒一作晴）暄，古意居然在寺（寺一作土）門。開到十分看未了，飛來一鳥坐無（無一作忘）言。詩懷寄託偏宜（偏宜一作唯應）澹，春色争誇亦甚（甚一作任）繁。放脚板橋零落後，霜乾（乾一作深）踏破草鞋痕。（其三）

自有梅花（花一作來）未有詩，曉窗殘月半開時。蝶尋夢裏春先覺（覺一作得），人在花中香不知。偏是風狂添惱恨，無端雪壓太肥癡。何由驛使憑扨折，持贈（持贈一作寄到）江南第一枝。（其四）

元歎此詩蓋和徐州來詩第四首者，以其同韻。徐州來，又見本集第【四十四】、【四十九】、【五十一】、【七十六】、【九〇】、【二一五】、【二一六】、【二一九】、【二五六】、【二九三】、【二九七】、【二九八】、【二九九】、【三〇一】、【三〇七】、【三二五】題詩。

【七十五】正月十八大雪，念王内三失梅花之約

枯荄望雪過窮冬，春日漫空攪絮濃。失計歸遲荒塞雁，無聲遏絶遠山鐘。犯寒孤棹難乘興，積素平疇未破蹤。有約梅花同一笑，丁寧開謝略從容。

〔箋〕　本詩應作於順治七年庚寅正月十八日，合公元一六五〇年二月十八日。

王泰際（一五九九—一六七五），字内三，江蘇太倉人。生平見《（嘉慶）直隸太倉州志》卷四十「隱逸」：

王泰際，字内三。……泰際登明崇禎十六年進士，嘗遺書同年黄淳耀作偕隱計，淳耀答書謂「去城而鄉，雖埋名不能，而潛身可得」。泰際從之，奉母居家，冠婚喪祭，以深衣幅巾行禮。終身稱前進士，一事不與州縣相關。絶跡忍餓，築室三楹，顔之曰「壽硯」，因自號曰「硯存老人」。巡撫、巡按相繼勸駕，皆辭弗應。隱居逾三十年而殁。知縣陸隴其爲文祭之，比之龐德公、陶靖節。其友陸元輔、張雲章等私謚貞憲。

【七十六】又和州來梅詩

曉報開來到幾分，陰霾驅盡念天勤。人吟藜杖遥遥見，佛坐苔龕默默薫。仰覆滿枝俱照水，色光繞鳴未消雲。城中自少看花眼，一任飄殘莫遺聞。右盛開。

〔校〕

本詩又見《殘稾》，詩注「右盛開」，《殘稾》作「右盛開梅」。

〔箋〕

參第【七十四】題《和州來梅花詩》箋。元歎此詩蓋和其第三首者，以其同韻。

徐州來，又見本集第【四十四】、【四十九】、【五十一】、【七十四】、【九〇】、【二一五】、【二一六】、【二一九】、【二五六】、【二九三】、【二九七】、【二九八】、【二九九】、【三〇一】、【三〇七】、【三二五】題詩。

【七十七】春雨偕文仲吉、王元珍飯于成忍上人古龍菴

小雨如人意，微沾已到門。新泥花委命，舊壑水尋痕。深淺皆同醉，行留且細論。家菴歸路濕，幸未傍黄昏。

〔箋〕

文寵光，字仲吉，江蘇吴縣人，與兄謙光皆以書有名於當時。《御定佩文齋書畫譜》卷四十四引《文氏家譜》云：

文寵光，字仲吉，謙光弟。亦善書。

【七十八】買山後山東姜如須見訪，不值，飲隣翁之酒，還宿小菴

逾嶺得微逕，南引向山曲。既謂是我山，營居不更卜。小築無成規，面勢就群木。牽蘿當垂幃，枕石聊寤宿。窮流驀花源，跫音弔空谷。果遇采山人，引領勞瞻矚。主人無心

雲，朝出暮不復。入門客小憩，几榻素所熟。架書雜亂披，茗椀一再覆。鄰翁過村醪，薦之以旨蓄。薄醉便欣然，落英藉坦腹。晨霧豁前峰，聳登他山麓。貽詩付守僧，不待乞珠玉。壁間留古風，清音尚可掬。

〔箋〕

姜垓（一六一四——一六五三），字如須，山東萊陽人。崇禎十五年（一六四二）進士。

【七十九】和中峰法師瓶中落梅

温水添來浸一枝，力衰頻墮欲難持。空花自合隨燈燼，仙蜕堪將送硯池。托命冰壺驚速化，肖形玉蝶罷相窺。即今歲暮增離索，轉憶山中折贈時。

〔箋〕

中峰法師，即蒼雪讀徹。蒼雪原唱題作《瓶中落梅四首》，見《南來堂詩集》卷三下：

粉黛休誇麗日烘，美人黄土早知空。小窗落盡無聲雪，一夜飄來何處風。燕（燕一作研）北已探消息斷，嶺頭猶是夢魂通。玉鱗散下研朱溼，點點愁看滴淚紅。（其一）

勺水無根（根一作多）繫所思，總能愛養幾多時。琴中彷佛隨流水，鏡裏分明失畫眉。幽鳥數聲春去唤，閒房一寶月來窺。筆牀應與花平語（語一作雨），可似當年晏坐施。（其二）

霜凝滿案拂香塵，一瓣袈裟不著身。開到多情能結子，落來無地可藏春。殘生自足延花命，不死還應讓谷神。眼底可憐誰似汝，澹然相對更（更一作最）清真。（其三）

鐵石香心不可回，那勘披剥到蒼苔。横斜惟影留書幔，開落無人傍鏡臺。羌笛其如催子夜，坳堂之上置空杯。蜂癡穿穴應憐出，蝶醉尋春豈（春豈一作香莫）誤來。（其四）

國家圖書館藏毛晉《隱湖唱和詩》卷下録蒼雪此題前三首，並注明此組詩之原唱者爲徐遵湯（仲昭，一五八四—一六五三）。元歎所和者爲第二首，以其同韻。

蒼雪，又見《浪齋新舊詩》第【一四一】題詩，另見本集第【一】、【十五】、【六十四】、【一二九】、【一三五】、【一三六】、【一四三】、【一六六】、【二一七】、【二二三】、【二二六】、【三三四】題詩。

【八〇】蒹葭菴者，雖未履其處，大率居積水中，而以烟波爲藩衛者也。平望前後溪，静居相望，皆依水住。當白露爲霜，秋心凄惻，遡聞上人來徵詩

小構從水草，嘗驚霜露新。中央稱勝地，無住想伊人。入定文魚遶，相依彩鷁鄰。禪棲今宛在，莫便作通津。

【八十二】亂後送嬾雲還滇

染服潛名處處經，每逢春草憶袍青。抽身民社今如棄，護法山川尚有靈。薇蕨無多懷本國，袈裟何必是真形。南行萬里當神足，消息流傳所願聽。

〔箋〕

拙編《明遺民録彙輯》載：

楊永言（一六二〇—？），初名灟，字岑立，昆明人。明崇禎癸未（一六四三）進士，官崑山知縣，嚴明有治聲。國變後，嘗應南都詔，薦諸生顧炎武於朝。會清兵南下，永言與炎武及參將陳宏勳、諸生歸莊、吴其沆等起兵拒守。事敗，入黄浦，依吴志葵。志葵敗，永言祝髮爲僧，名嬾雲，入中峰，旋入金華。晚卒於滇。

王蘧民《顧亭林詩箋釋》卷二《楊明府永言昔在崑山起義不克，爲僧于華亭，及吴帥舉事，去而之蘭溪，今復來吴下，感舊有贈》云：

絶跡雲間日，紛飛海上秋。超然危亂外，不與少年儔。閲歲空山久，尋禪古寺幽。干戈纏粤徼，妻子隔寧州。乍解桐江纜，仍回谷水舟。刀寒餘斗色，血碧帶江流。舊卒蒼頭散，新交白眼休。同年張翰在，賓客顧榮留。海日初浮嶼，吴霜早覆洲。與君遵晦意，不負一匡謀。

【八十二】鷗沙上人結廬半塘之鴨脚浒，奉母同居。年來慎獨師養母，垂八十，聞照師養祖母，九十二歲而化，住處相望

溪上偏棲養母人，瓜蔬入饌亦時珍。須知相好殷勤禮，即看颼颼白髮人。（其一）

爲子承歡有幾時？飯香一鉢得相持。莫言慈母人皆有，每觸鄰菴風樹悲。（其二）

〔箋〕

聞照上人，又見本集第【二〇】、【五十七】、【二二二】、【二三一】題詩。

【八十三】夏日訪字均上人于池上，時令師慎公已化，徒瞻遺像

邈得遺容壁上觀，燈光卓立五更殘。去秋軟語曾相接，荷葉香中欲別難。（其一）

克配西方上善人，天衣纏裹儼然新。山中道侶時相夢，仍是蒲菴老病身。（其二）

【八十四】讀王孝廉元倬南陔詩感贈

掉頭禄養如將浼，自致甘肥力所任。夕膳馨香修子職，晨葩潔白奉親心。聞歌易下

殷墟涕，抱膝誰同梁父吟？被服紛紛驚一變，萊衣古製未從今。

〔箋〕

王冀民《顧亭林詩箋釋》卷二《王徵君潢具舟城西，同楚二沙門小坐柵洪橋下》解題云：

王潢（一五九九—一六七五以後），字元倬，上元人。父之藩，以慷慨好義聞。潢崇禎九年丙子（一六三六）舉于鄉。户部郎中倪嘉慶薦于朝，以賢良徵，潢念世亂親老，不就，賦《南陔詩》以見志。與上元紀映鍾、江寧顧與治俱以詩名，〔亭林〕先生稱其詩深婉和摯，不失三百篇温柔敦厚之旨，著有《南陔集》。

同書卷五《閏五月十日（二首）》其一有句云：

更憶王符老，飄淪恨不同。

亭林自注曰：

王徵君潢，昔日同詣孝陵行香，今年七十七矣。

卷二《閏五月十日恭詣孝陵》紀二人孝陵行香事。

元歎於弘光時被薦於廷，亦以世亂不出，於王元倬之詩旨，必深有同感。

當年詠元倬《南陔詩》者，另有顧夢麐（一五八五—一六八三）《得王元倬書并南陔詩卻寄》（見汪學金《婁東詩派》卷九），云：

底事公車早乞身？南陔賦就見天倫。八旬雙佛媥爛日，一壑三年黯淡春。築室袁閎猶有母，絶裾温嶠竟何人？故應獨行兼文苑，但傳遺民恐未真。

同書卷十五又録顧湄《得王元倬孝廉書并南陔堂集次寧人韻奉酬》云：

紅葉盈床閉户餘，陪京掌故復何如？十年庾信江南賦，一紙蘇卿塞北書。夜冷石城砧斷後，秋深澤國雁來初。縱然出處逢多難，王謝風流尚不虚。

又，朱鶴齡《愚菴小集》卷二《金陵王元倬寄南陔詩有贈》云：

大道日瀼散，立名求其真。傷哉秦士賤，素衣蒙垢塵。理色一以辱，奔騖徒云云。飛蛾赴華燭，蹈死誠所欣。寧知七尺軀，育鞠來苦辛。胡爲憗置之，乃曰榮吾親。南陔序詩雅，色義敦先民。豈必飯脱粟，不齊八物珍。吴欽太原傑，志決無逡巡。懸車十餘載，甘與樵叟隣。既躬板輿御，亦饌清江鱗。譬彼雲中翮，皎皎儀秋旻。安能學鵜翼，低頭飲洿津。龍嵸鍾山色，植此凌霜筠。黄塵縱眯目，亦辨玉與瑉。丈人且安坐，釣瀨終蒲輪。

毛晉《野外詩》亦有《元倬王子南陔詩其旨深而詞切孝子之事備矣束廣微止言敬養不已狹乎更爲三章以廣其義》云：

膴膴南陔，厥草與與。婉彼孝子，令色愉愉。不改嬰孺，慈親孔娱。

節彼南陔，其木其勁。瞿瞿孝子，夙夜惟敬。不屈不回，厥德既正。

有崔南陔，白石齒齒。孝子之貞，無替終始。袯襫其躬，不辱不滓。

王亹（一五八七—一六六七）《匪石堂詩》卷二十一《題王元倬南陔册》云：

我亦公車罷，難爲王子論。毁形慙地下，依膝娱天親。磐礀饑能樂，堦除古與鄰。南陔遥思寄，此日遘遺民。

洞宗高僧覺浪道盛（一五九二—一六五九）《天界覺浪盛禪師全録》有《王元倬孝廉南陔十詠引》云：

人未相見時，求有爾我之形神，固不可得。既相見後，求無爾我之形神，亦不可得。昔無，不能有之；今有，不能無之。向來目形爲色，而以性爲神，安得不二之耶？就中交神之道，是古今之秘密藏也。誰能悟哉？雖然，使無道學性命之義交神於中，又何貴於相見之有？予丁巳冬初到金陵，即晤元倬王公於天界，彼時皆少年也。偶一談笑，適然相契於鏡心像迹。至今庚寅春，重晤於方園，已相去三十四年矣。而此形神之交，孰能更有無之？倬公廣交天下士，獨於杖人不能相忘。今且以《南陔十詠》相質，屬予一言，以識其親友之密。夫《南陔》爲思養不及之詩，而「笙歌」以爲無辭之曲。十詠相賡，亦時哉之噫乎？此足以見公天性之親，與神交之友，曾無間然於色性也。子夏嘗問孝，而聞「色難」之旨，果其賢人之賢，能易乎君親友之色相，而踐乎天性，是真能學道者也，非人生之最難者乎？倬公天資淳至，祇以事親爲出處，以道味爲交游，踐行者神，形即是神，隨其爾汝，又何以有無支蔓它求乎哉？公其勉之，當更有無愧相見於秘密者矣。

施閏章（一六一八—一六八三）《施愚山集》有《讀王元倬孝廉南陔詩》、《尋王元倬孝廉是年八十有一》二題。湯纘萬亦有《和王元倬年兄南陔詩二首》。王元倬，又見本集第【一八六】、【一八七】題詩。

【八十五】贈宗人子星中秘

翠蓋飄飄吴市撑，衰宗父老眼皆明。風塵游刃推年事，卓鄭開尊見物情。秘籍遺殘猶愈野，公孫譽望未慚卿。久欽遇物多圓轉，欲改癡頑事後生。

〔箋〕子星中秘，即徐惺，又見本集第【六十九】、【二四三】題詩。

【八十六】寄陳彦昇禮侍

秋到江南離思繁，飍聞北信當寒暄。紉芳無伴思公子，綿蕞成文賴叔孫。破牖吹燈驚雁響，微雲漬石化泉根。聊書寂寞酬知重，倘便忘情所不論。

〔箋〕陳彦昇（一六〇五—一六六六），名之遴。鄧之誠《清詩紀事初編》卷七小傳載：

陳之遴，字彦昇，號素菴，海寧人。崇禎十年進士，授編修，遷中允。以父祖苞巡撫順天失事下獄，仰藥死，牽連革職，永不敘用。入清，不數年，官至尚書。順治九年，授弘文館大學士，以事調户部尚書。十二年復授弘文館大學士。翌年，以原官發遼陽居住，是冬令回京入旗。十五年以賄結内監吴良輔，免死，革職籍没，全家移徙盛京。康熙初，没于戍所。蓋始終依附陳名夏，結黨與北人馮銓、劉正宗相抗。同以文學受上知，名夏既敗，之遴自不能免，于此見當時黨争之烈。撰《浮雲集》十二卷，有康熙五年之遴自序，別有乾隆十年周星兆重刻本，改題《陳素菴詩鈔》。星兆，字衡臺，稱之遴爲外高祖。其人不足道，而詩詞則意捷語新，稍嫌才累。詩格頗似吴偉業，《白頭宫女行》，置之梅村集中，幾不能辨；《永和宫詞》，以少許勝多許，結句「可憐龍墮烏號日，不及椒風短命人」，似較「漢家伏后知同恨，只少當年一貴人」爲和婉。其餘篇章，率皆有事。《飛梟》，指楊嗣昌，儼然東林聲口；《喬木》云「赫赫司馬，盜臣之渠」，可謂極口而訾；《白靴校尉行》，幾于指斥莊烈，故世謂之遴以先帝爲仇，請發明陵以充軍餉，不免惡之過甚。然觀其《燕京雜詩》云「烈皇亦是英明後，辛苦興邦反喪邦」，《秋日感舊》云「宵旰豈應逢板蕩，久傾炎鼎自桓靈」，詞旨大有抑揚也。《秋日偶成》云「南國餘黎供上切，輸將争恨役車遲」，作于清初，則褊衷滑口，與《得罪後感懷二十首》、《雜詩十首》同一怨望。《秋日雜詩》云「致身詎不早，旋復得悔吝」，又云「永懷身世間，萬死集方寸」，知處境之危矣。《感舊》云「九逵冠蓋真爲戲，七尺鬚眉尚怪男」，知時世之惡濁矣。而《詠白胡蝶詩》，乃望再起，豈非頑鈍乎？頗與文人周旋，尤厚張遂辰、吴兆騫，人遂以好士目之。其妻徐婉素工詞翰，閨房唱酬，屢見集中，爲世人豔羨。孰意同謫冰天，獨歸寒鴣，繁華盡散，晝佛奉母以終。

彦昇《浮雲集》卷五《嘯碧堂同徐元歎諸君小集》詩云：

荷潭鑑毫髮，似寫丈人心。永日淹深爵，徐風愜静襟。試泉調茗性，哦石戀桐陰。咫尺分城闕，重歡豈易尋。

彦昇此題前有《游中峰》，後有《寄汰如上人》，皆作於崇禎七年（一六三四）頃。嘯碧堂，屬吴縣人徐洌。洌字仲容，萬曆三十一年（一六〇三）舉人。見朱彝尊《明詩綜》卷三十六。

【八十七】壽申青門七月十日生辰

交秋遵養得婆娑，獻壽新詞誰可歌？藥擣長生調玉露，尊開涼夜瀉銀河。群懷感悦天難老，嘗處空虚福未過。豈是家園堪偃息，幾時蹤跡到烟蘿。

〔箋〕

申青門（一五九一——一六五三），名紹芳，吴門人。祖時行，父用嘉，皆有名於時。青門舉萬曆四十四年（一六一六）進士。官至户部侍郎。徐柯《一老菴文鈔》：「先文靖公與申少農青門公約同殉國難；迨後，少農見徐枋兄弟未嘗不泣也。」

吴偉業《梅村詩集》卷六有《壽申少司農青門六十二首》云：

相門三戟勝通侯，兄弟衣冠盡貴游。白下高名推謝朓，黄初耆德重楊彪。千山極目風塵暗，一老狂歌天地秋。還憶淮淝開制府，江聲吹角古揚州。（其一）

脱卻朝衫上釣船，餘生投老白雲邊。買山向乞分司俸，餉客還存博士錢。世事烟霞娱晚歲，黨人名字付殘編。扁舟百斛烏程酒，散髮江湖任醉眠。（其二）

此題馮其庸、葉君遠《吴梅村年譜》失載。

吴門申氏數世爲明末望族。《（同治）蘇州府志》卷四十五記申時行宅第頗詳，云：

申文定公時行宅，在黄鸝坊橋東，中有寶綸堂。後裔孫繼揆築蘧園，中有來青閣，魏禧爲之記。飛雲泉在申衙前，先爲景德寺，後改學道書院，再改爲兵備道署，又廢而爲申文定公宅。

蒼雪與申青門唱酬頻繁。《南來堂詩集》卷四有《和楊曰補答申少司農青門載菊别墅讌賞中有並蒂一枝十二首》云：

柴桑百日賦歸來，爲愛東籬酒一杯。天意自憐（憐一作然）難閏九，菊花不惜並頭開。（其一）

吴宫花草久塵（塵一作沉）埋，三徑猶存志未乖。西子隔籬猶（猶一作休）錯比，雙頭一股插金釵。（其二）

蕊頭幸（幸一作恨）不刺金鍼，借此悲秋一點心。名號隨呼千百種，端然兩句（句一作面）現觀音。（其三）

花史叢中（叢中一作曾經）品畫眉，佳名獨得粉西施。無端姊妹多愁（愁一作秋）思，共立西風不語時。（其四）

鬱鬱黄花般若談，離離金色老瞿曇。雜花林裏通身入，不動雙垂兩相看。（其五）

生涯老圃共誰謀，知己斯人不可求。相向莫嫌秋意澹，同條生長共（共一作只，又一作不）多頭。（其六）

園丁秋到報奇觀，彷彿君來冒雨寒。蝴蝶翩翩飛漸近，雙棲枝上誤相看。（其七）

司花青女足風流，一度重陽兩見秋。最是化工多巧處，欲將丫髻綰花頭。（其八）

結解丁香莫浪猜，也應交頸自生來。鴛鴦林下（林下一作池上，一作籬下）休相妬，任是西風打不開。（其九）

靖節先生對細君，恍如南畝罷耕耘。多情一讀閒情賦，薄醉微吟到夕曛。（其十）

化化無根問圃農，亭亭立影想秋容。洛神不是波心現，西子分明溪畔逢。（其十一）

異種人間莫可求，黄花從此不須秋。翻思笑易多開口，更是逢難插滿頭。（其十二）

王箋引趙士冕《半塘草》中《申青門司農招飲别墅盆菊並蒂》詩云：

幽居掩映碧溪東，物外高風迥不同。世誼久慚禰刺懶，酒情得共阮林雄。一枝静對秋容豔，並蒂驚看幻化工。木石平泉人盡羨，奇英天遣入芳叢。

同書補編卷三上有《和楊曰補答申少司農載菊别墅讌賞中有並蒂蓮一枝》云：

花中隱逸拍肩還，瓦合爲盆附竹安。笑世那堪雙白眼，傲人獨許並黄冠。禽魚共命應難比，卉木無情解合歡。晚節自來知未易，孤根到底不須盤。

補編卷二《初秋寄申青門少司農》云：

襟懷開洞達，眉宇見澄清。静水恬非動，驚濤眩自生。晚涼隔疏雨，新月滿空明。此際難爲語，琵琶何處聲。

【八十八】六月廿一于半塘送張古嶽侍御還秣陵

淡淡杯行不醉君，眼前離恨兩平分。待斟惠水開春茗，忽見奇峰是夏雲。未遇驅馳全驥力，暫收搏擊入鷗群。歸心先逐風帆發，嘉慶登堂意獨勤。

〔箋〕

張古嶽，又見本集第【六十二】、【一一三】、【一九五】題詩。

【八十九】答袁荆州令昭

飛沉殊路敢相求，書到空山始欲愁。絶歎有才供異代，欣聞用武得名州。魚龍惆默嘗如夜，日月滄涼只在秋。懷抱易傷從望遠，不須頻上仲宣樓。

〔箋〕

莊一拂《古典戲曲存目彙考》卷八「雜劇五・清代作品」有袁氏小傳：

袁于令（？—約一六七四），原名韞玉，又名晉，字令昭，號籜菴，吴縣（今屬江蘇）人。明末諸生。清兵南下，鄉里挽其作降表進呈，以功敘荆州知府。然十年不見陞進，終日以圍棋度曲自娱。長官諷之曰：「聞君署中，終日只聞棋聲、笛聲、曲聲是否？」袁曰：「然。聞明公署中，終日亦有三聲。」長官問何聲。袁曰：「是算盤聲、天秤聲、板子聲耳。」長官大恚，遂劾之落職。晚年寓居會稽，忽染異疾卒。工作曲，師葉憲祖。《新傳奇品》稱其詞「海鶴鳴秋，聲清影淡」。

小傳所記袁氏罷官原委，亦可參易宗夔（一八七四—一九二五）《新世説・任誕第二十三》。

上引莊書卷十七著録令昭生平所撰傳奇九種，其中之《西樓記》，嘗於京師一酒場招歌伎爲龔鼎孳（芝麓，一六一五—一六七三）、曹溶（秋岳，一六一三—一六五八）等人演出。龔氏《定山堂詩集》卷十七《袁凫公水部招飲演所著西樓傳奇同秋岳賦》即紀此事，云：

鳳管鵾絃奏合圍，酒場新約醉無歸。可憐薊北紅牙拍，猶唱江南金縷衣。詞客幸隨明月在，清歌應遏彩雲飛。上林早得琴心賞，粉黛知音世總稀。（其一）

寒城客思繞更籌，夢裏橫塘阻十洲。一部管簫新解語，六朝人物舊多愁。烏栖往事談何綺，鶯囀當筵滑欲流。落魄信陵心自苦，徵歌莫訝錦纏頭。（其二）

秋岳詩見《靜惕堂詩集》卷三十，其詩題中所及當日被邀飲酒觀劇者，皆一時名士。《令昭水部招同百史豈凡兩少宰芝麓奉常孝緒太史雪航侍御爾唯舒章兩中翰演自度西樓曲即席賦二首》乃步龔氏韻者，云：

油碧簾深步障圍，客中嘉會緩思歸。填詞白紵喧檀板，貰酒紅樓出舞衣。吳國迢遥雲未散，才人彷彿鳳初飛。若非江左知音在，安使當筵誤曲稀。（其一）

勝日聯床侒酒籌，依然絲管坐西州。宮園法部人人艷，紈素新聲夜夜愁。走馬呼鷹餘樂事，攀嵇慕藺總風流。長安此後傳佳話，輕薄名居最上頭。（其二）

龔、曹詩皆以「水部」稱袁，則其人時或供職于京師工部水務司耶？

袁令昭，又見本集第【一一四】、【二五二】題詩；另見「集外詩」。

【九〇】送州來

山塘水悠悠，秋風日曾波。落葉不得停，隨流可奈何？髮短心正長，感觸漸已多。拭目汰空花，兩手鎮相挼。絶物志未堅，老境覺婆娑。難保松柏心，肯接蔦與蘿。吾宗用世人，功成計嵯峨。歲晏豈不懷，氣結發短歌。

〔箋〕徐州來，又見本集第【四十四】、【四十九】、【五十一】、【七十四】、【七十六】、【二一五】、【二一六】、【二一九】、【二五六】、【二九三】、【二九七】、【二九八】、【二九九】、【三〇一】、【三〇七】、【三二五】題詩。

【九十一】亂後到周溪泉福寺，喜大樹無恙

樹表湖濱寺，高秋風力强。深根窮暗井，黄葉被諸房。坐鎮如山黑，垂陰一夏涼。亂餘斯得免，呵護歎靈長。

〔箋〕泉福寺，一作全福寺。元歎早年曾寓居寺中禪房，與徐汝璞（一六〇二—一六七一）等往來

唱和，此詩則鼎革後重遊故地之作也。《（光緒）周莊鎮志》卷二「全福寺古榆」條云：

藥欄房，一名大樹房。庭前有古榆一株，干霄蔽日，鎮中稱喬木焉。乾隆中爲雷所擊，遂枯。

其下並録元歎此詩。卷五另有傳云：

徐波字元歎，郡城人。吴縣庠生。工詩及古文。竟陵鍾惺見而驚異，以爲古人復生，遂與之交甚厚。馬士英擅政，將以清職羅致之，波知士英必敗，拂衣去。歸隱天池山麓竹塢，築落木菴以老。初，寓居全福寺禪房，與徐汝璞往來唱和，鼎革後重至鎮中，賦《全福寺大樹無恙》詩。

【九十二】次日淹坐懷濬上人房，諸孫皆學詩

清晨來小憩，茶竈已温温。長老開顔面，烟波遶寺門。房分安韻士，水秀出文孫。短日消深坐，歸鴉已鬧昏。

【九十三】題法螺菴袁卧生畫梅影

蘚逕低窗倚一枝，美人欲進步遲遲。畫師著意傳初影，正是烟消月上時。

〔箋〕

周亮工（一六一二—一六七二）《印人傳》卷三《書袁卧生印章前》云：

袁卧生雪，吴門人。梅村先生題其譜曰：「……卧生好學深思，精工篆刻，而尤於元朱文究心。吾以爲三橋後，當爲獨步。」予喜先生論印之確，故備録其語，不獨爲卧生也。卧生爲文氏兩葉之甥，故能精文氏之學如是。

《中國美術家人名辭典》「袁雪」條載：

〔清〕字卧生，吴縣（今江蘇蘇州）人。深究六書三倉之學，特於印章見其一斑，然所刻元朱文爲三橋（文彭）後獨步。〔《廣印人傳》〕。

皆未及卧生亦能繪事。

袁卧生，又見本集第【九十四】、【九十五】題詩。

【九十四】 袁卧生所畫雲山

板橋踏過坐開扉，翠濕村中雲氣歸。改削家山成小景，誰人不道米元暉？尊公有畫名。

〔箋〕

袁卧生，又見本集第【九十三】、【九十五】題詩。

【九十五】法螺菴主出素箋，托題梅詩，俾卧生補圖

詩畫皆須待國工，兩人心匠豈能同？·補之惜墨傳神筆，還在羅浮淡月中。

〔箋〕

袁卧生，又見本集第【九十三】、【九十四】題詩。法螺菴主，參本集第【二】題詩。

【九十六】深秋覺海寺訪甯湘南

策杖尋山寺，相憐住静同。遠泉流竟歇，落葉路無窮。聚影斜陽過，歸村薄醉中。易生淒寂感，盆菊剩衰叢。

【九十七】賣白酒藥者乞壽詩

十月杯浮玉蟻寬，逡巡解造法非難。葡萄汁滓儲千斛，椒桂辛香請一丸。嘗媿流涎生渴想，不辭點凍類窮酸。壽筵設醴愁爲客，琥珀光浮庶可觀。吴門冬月啜白酒謂之點凍。

【九十八】古風輓白叔胡山人

吴中布衣號能詩，三十年推白叔氏。前有湯因後有君，志士成名皆崛起。當時沈野亦知名，五言妥帖動公卿。城中富室憐風雅，分羹繼粟嘗豐盈。白毫徐子稱孤僻，延譽後生爲己力。君時弱冠困風塵，指説將來能弄筆。從此詩篇在人口，珠玉無脛亦善走。落帆駐馬日喧喧，輒問胡君無恙否。京兆憐才煞魯莽，止愛吹笙披鶴氅。燒殘官燭自成吟，題罷絲牋誰見賞？閩社相招待入群，石倉觀察最知聞。言鳥不離鸚鵡伴，乾魚曾薦武夷君。雙瞳役使菁華竭，黯黯觀書黽黽没。霧裏看花久不堪，句中有眼猶堪活。薄俗衰年所向窮，出門不異在家中。數錢嘖嘖惟聞鼠，積藥陳陳並化蟲。東偏瓦屋鱗鱗者，説著恩門淚盈把。攫拏無力效饑鷹，芻秣未能收老馬。虞山厚意更無加，許敘遺文備一家。已著贈衣歸地下，又傳佳句到天涯。以前數子先朝露，文字寥寥不比數。不如君暗中摸索得虞山，身後詩名悉委付。

〔校〕

蒼雪《南來堂詩集》卷一《解嘲病髮詩次答胡清壑》，王注轉録《明詩平論》所收此詩，題作《悼白叔胡山人》。「三十年推白叔氏」，「推」作「間」；「分羹繼粟嘗豐盈」，「嘗」作「恒」；「燒殘官燭自成吟，題罷絲牋誰見賞」，作「寄託雖佳主不文，别館栖栖悲豢養」；「雙瞳役使菁華竭」，「雙瞳」作「雙眸」；「句中有眼猶堪活」，「堪活」作「能活」；「積藥陳陳並化蟲」，「積藥」作「裹藥」。

〔箋〕

胡白叔，另見本集第【三十三】題詩，又見《浪齋新舊詩》第【十六】題詩。

【九十九】寒宵細雨

日墮陰雲裏，更闌雨散絲。瓦鳴將變雪，葉壅未通池。夢入新寒淺，炊求鄰火遲。菜畦蒙一潤，曉翠動階墀。

【一〇〇】夜雪

三年臘雪不到地，捲絮漫空初作勢。真能一掃旱蝗災，何惜暫掩松筠翠。老夫兩手拳在腹，兀自攤書映窗讀。愛聽淅瀝坐深更，恒苦地爐薪不屬。

【一〇一】再雪

峰頂僧房待雪殘，翻風眯目復漫漫。但豁紙窗方寸大，已窺銀界十分寬。村春半濕園蔬爛，茅檐烟罨聞嗟歎。天公豈獨爲幽人，洗發梅花作清玩。（其一）

四方白盡天如墨，半啓蓬門看雪立。多智巢禽没影藏，嘗恐山麋竄身入。茅柴深火裏蹲鴟，遷客岷山死不饑。豈似吾山枯凍處，戴沙未出燕來遲。戴沙蕈、燕來筍，皆山園産。（其二）

霏霏餘雪日開辰，陡覺晶熒世界新。哀苦雲霄聞過雁，蒙茸蓑笠見行人。上洞孤僧艱得食，擬分瓶粟相維縶。呼童掉頭不肯將，埋斷松門無路入。（其三）

【一〇二】除夕山村即目

山中寒苦盡，亦欲換年光。地閉停泉脈，天低貼雁行。瓶歸他市酒，春現此宵糧。蓬户宜先掩，誰能共俗忙？

【一〇三】歲朝

紙雷初破夢，緩緩拽柴門。晴起當窗嶺，春遲積雪村。負冰魚在定，弄日鳥多言。怕說頻增歲，聊同舊物存。

【一〇四】債帥

臥內兵符屬乃公，雙旌拂拂受春風。嘗飛芻粟輸荒外，無影樓船出島中。道路救頭連砲碎，偏裨係頸愧囊空。書生蕪筆堪從事，逃債臺成賦一通。

【一〇五】護松詩並敘

「寒山」，向稱「道墓」，今復名「藍化城」。法螺之間，有古松焉。一株獨立，一爲雙幹，皆凡夫先生手植。往來憩息者，必徘徊其下。辛卯二月下旬，有禿居士遽薪其一，諸地主喘汗營救。雙幹者，復中數創，僅僅獲免。各賦護松詩，以志徼倖。囑累後之君子，無忘照拂也。

三松徵士手經栽，嘗有清陰近夜臺。徵士已隨黄土化，三松猶有白雲來。（其一）

丁丁不意到三松，支解爲薪別翠峰。上訴穹蒼應見怒，勅將髠命贖髯龍。（其二）

救死扶傷衆力齊，纔離數創即封泥。金行厄運尋嘗過，祝爾千年護此堤。（其三）

長堤如砥步遲遲，留得濤聲不絶吹。普願行人皆洗耳，髯龍方是報恩時。（其四）

〔校〕此題詩又見陳繼儒（一五五八—一六三九）《眉公詩鈔》卷二。

〔箋〕詩序言此乃辛卯年之事，則本詩作於順治八年（一六五一）可知。詩序「『寒山』向稱『道墓』」云云，蓋指寒山趙宧光家先墓而言。鍾惺《隱秀軒集》卷四有《訪趙凡夫寒山所居其先墓在焉賦贈二詩表其山志》詩。凡夫，宧光字。晚明蘇州名刹所在，護松之舉，時有地方士紳參與其事。元歎所記前數十載，趙凡夫本人即嘗於寒山發起護松之事。周永年《吴都法乘》卷二十《崇護篇》載陳繼儒《護松篇有序》記事之本末云：

支硎山有晉松三十餘章，傳爲支遁所栽。高可巢鶴，大可蔽牛。土人腰斧入山，賴趙凡夫護之。射書闕使君馬仲良捐俸買脱，戴樹築石，爲古公壇。葛震甫諸君皆有歌。

群松合抱支硎側，十里濃陰半山黑。村翁記松不計年，依稀傳是支公植。支公曾向松之下，調鶴調鷹復調馬。皮皺甲蜕化髯龍，誰知復有屠龍者。（其一）

使君買松欲製亭，煙姿霜幹仍青青。一朝頓脱傖父阨，要知樹老多精靈。夜静空林覺人語，大松小松共爾汝。願以長生報使君，結得茯苓如斗許。（其二）

【一〇六】牧翁示佟懷東中丞集，出山隨路披讀，因同宿佟公舟次

先驅旌旆動吴門，贊頌羞爲乍見言。鱗集群情趨畫舫，口吟佳句出荒村。追隨自抱春宵被，涓滴仍沾北海尊。珍重相逢連送別，滿船風雨易消魂。

〔箋〕

佟懷東（？—一六五六），名國鼐。錢實甫《清代職官年表·巡撫年表》載：

順治四年丁亥。福建〔增設〕（漢）佟國鼐。二、戊戌、廿七，4·1；原巡鹽史擢。

順治五年戊子。福建。（漢）佟國鼐。八月，免。

知懷東在福建巡撫任上爲時約一年半。元歎此題，應作於順治八年辛卯（一六五一）。時懷東早已罷官，家居南京。是年值牧齋七十，擬往金陵避壽。懷東自金陵專舟來虞山迎接，元歎因得與相見，並應邀宿舟中，翌日作詩，遂有「珍重相逢連送別」之句。《牧齋有學集文鈔補遺》有《佟懷東詩選序》、《佟懷東古意新聲序》、《佟懷東擬古樂府序》，兹不備録。

遼海佟氏乃清初權貴之家。牧齋與佟家之關係，陳寅恪先生於《柳如是別傳》中論述頗詳。

牧翁即錢謙益，又見本集第【十二】、【一一二】、【一九六】、【三一八】題詩。

【一〇七】靈喦和上見過小菴，求其留句

群生在念枉相尋，其實端居未出林。運用不惟能入佛，參承無似只將心。雙扉剥啄思雲句，空谷依稀剩足音。頂禮翠微仍獻偈，願投卑響博高吟。

〔箋〕

陳垣《釋氏疑年録》卷十一載：蘇州靈巖繼起弘儲（南通州李氏，一六〇五—一六七二）。繼起自述住天台國清寺在崇禎十五年（一六四二）至順治二年（一六四五）。該年因父病欲歸興化，然道路難通，乃留蘇州一二年，四年始回國清。至六年己丑，應吴中僧俗之請，由國清往住靈巖。時爲六月一日。見柴德賡《明末蘇州靈巖山愛國和尚弘儲》（見氏著《史學叢考》）。元歎此題當作於順治八年（一六五一）。

靈喦，又見本集第【一四二】、【一四三】、【一四九】、【一七三】、【一九四】、【二〇二】、【二〇四】、【二三三】、【二四六】、【二四七】、【二五一】、【二七八】、【二八五】、【三〇三】、【三〇四】、【三一九】、【三四三】、【三四四】題詩。

【一〇八】送冰上人自郡城佛慧遷至海虞中峰

我我周旋尚未諧，將身覔伴豈云乖。峰前也有三叉路，莫便匆匆棄草鞋。

【一〇九】壽合流菴一心上人六十，時有善知識劫券之事，故及之

動息單身得自由，飯餘撲鉢示無求。多年坐臘山嘗住，外物隨緣水合流。門掩經聲難遽歇，烟生茶候每相投。虛空兩屬誰交代，且占三椽高卧休。

〔箋〕

合流菴位於蘇州，一心上人於順治初年所建。見《（道光）蘇州府志》卷四十一：

合流菴，在東隆池西北。順治初，僧一心建。

一心上人順治八年（一六五一）六十歲，則其生於萬曆二十一年癸巳（一五九三）可知。

【一一〇】久不晤虛受，四月積雨後，飯於東偏草堂，舊時精舍已賃他人矣

樹已入西鄰，嘗思樹下人。綠陰猶潤屋，晴色最關身。昨訊知閒在，相看每食新。嘗茶亦此日，味苦見交真。

〔箋〕

劉虛受，又見《浪齋新舊詩》第【七十七】題詩；另見本集第【三〇】、【三十一】、【六十三】、

【七十二】、【一五七】題詩。

【一一一】辛卯秋壽王烟客六十

筵向家山秋色開，群真聯袂集涼臺。已看金粟飄仙蕊，漸引銀河入壽杯。片石八分書碧落，鮮雲五色畫蓬萊。德門點綴宜無盡，蘭玉森森更徧栽。（其一）

極目東偏海氣圓，真人餘福誕從天。讀書但食神仙字，蓄古同臻金石年。高隱早能營净域，達觀久不戀平泉。狂花世相尋嘗過，難動希夷一覺眠。（其二）

〔箋〕

本詩作於順治八年辛卯，合公元一六五一年，是歲王時敏臻耳順之年。

蒼雪《南來堂詩集》卷三下有《維兹辛卯季秋恭逢煙翁居士花甲初週擬展微辭用揚上善念非一德之足稱實乃衆美而兼備況翁與余方外論交知音契合豈徒綺語而妄要虛聲端借筆硯以共資真性爰成七言近體十首猶管窺豹各得一斑豹之全體固不在是亦或在是第恐多多益惡敢云咄咄驚人惟翁風雅總持人文水〔「水」，疑「冰」之訛〕鑑一笑布鼓唐突雷門》。詩十首，題作《太常酒》、《陶令吟》、《金谷園》、《匡廬社》、《摩詰畫》、《右軍書》、《王謝後》、《香山友》、《輞川居》、《柴桑徑》。

王烟客，已見第【三十九】題《冬日出山，適王烟客奉嘗見過失迓，盤礴荒菴，飯脱粟而去。留贈蹲鴟、銀鉤等物，皆婁産也》，另見本集第【三四二】題詩。

【一一二】牧翁九月廿五七秩初開，奉祝二詩

莫訝門前客已殘，大家法屬共團欒。時當逸老談何易，中可容卿腹甚寬。高卧舊山增氣色，閒居四海問眠餐。傳經釣渭將來事，分付吾徒拭目看。（其一）

世間驚畏飽曾經，善護真仙珮嶽形。過節晚香南菊艷，倚天嘗住一峰青。近披貝葉窺禪月，堅把漁竿備客星。舉世祝君聊坐鎮，不須存想到殊庭。（其二）

〔箋〕

本詩作於順治八年辛卯，合一六五一年，該年錢謙益壽登古稀。

牧齋《有學集》卷四有《七十答人見壽》，云：

七十餘生底自嗟，有何鱗爪向人誇？驚聞窸窣牀頭蟻，羞見彭亨道上蛙。著眼空花多似絮，撑腸大字少於瓜。三生悔不投胎處，罣飯僧坊賣餅家。

錢謙益，又見本集第【十二】、【一〇六】、【一九六】、【三一八】題詩。

【一一三】卯歲，周溪大浸，小休兀坐小菴，四周皆水，是余昔年避兵處也。秋後書來，極其牢騷。九月，值其五十生日，故有此贈

水接江湖無地餘，邨中人半化爲魚。風光亂後嘗虚過，雲氣秋來只澹如。出户未能忘敗屐，補窗作意拆殘書。兒曹誰最供甘脆，能使衰翁眉聚舒。

〔箋〕

卯歲，順治八年辛卯（一六五一）。周溪小寺者，即泉福寺，見第【九十二】題。小休是年五十，當生於萬曆三十年壬寅（一六〇二）。則前此四年與元歎同遊「仰天塢西山幽絶處」時（見第【一〇】題），年四十六也。

小休，又見本集第【一〇】、【五十一】題詩。

【一一四】天池晚秋寄荆州太守袁鳧公

山館秋風急，籬根落葉多。桂香隨步屧，凉露滴高柯。頹陽入西牖，照見影婆娑。佇聞夕春急，每來勞者歌。人生豈無命，饑劫忽而過。所思在荆土，淼淼限江波。不知當路者，頗亦夢烟蘿。

〔箋〕

袁凫公，即袁于令，又見本集第【八十九】、【二五二】題詩；另見「集外詩」。

【一一五】袁重其近移家葑關，今年四十，母夫人亦望七，孝養不衰，鄉黨稱之

不厭山居僻，能來廣見聞。同聲皆與孝，捷足倩行文。瓶罄兼儲藥，囊輕多贈雲。屢遷惟母意，非是欲離群。

〔箋〕

蒼雪《南來堂詩集》補編卷一《贈袁重其霜哺篇》王注引張大純《三吴采風類記》云：

袁孝子宅，一名卧雪齋，在葑門上塘新造橋西。孝子諱駿，字重其。幼喪父，傭書奉母，必極甘旨。家貧不能旌母節，乞詩文幾徧海内。陳眉公題曰《霜哺篇》，多至數百軸，凡四方之士過吴門者，無不知有袁孝子也。母老，不能行，庭花開時，駿輒負其母賞玩，好事者爲作《負母看花圖》，亦數十軸，一時題詠最盛。

王注又録王光承、陸元輔、屠爌、釋行達、陸世儀等時人題贈。

徐崧、張大純合撰《百城烟水》卷三《卧雪齋》條載：

一額霜啣，在葑門上塘新造橋西，袁重其養母處。

錢牧齋《有學集》卷五有《袁節母七十壽詩》一律云：

疏籬敗壁凜風霜，彤管烏頭姓字香。母以斷機成孺子，兒能煮字養高堂。數莖白髮羞椎髻，百歲丹心表鞠裳。碣石已鐫銅狄徙，天留一媪挽頹綱。

同卷亦有《贈袁重其歸自吴門，重其復來徵詩，小至日，止宿劇談，喜而有贈。用文字韻》：

一編詩足張吾軍，毾㲪沉吟每夕曛。豈有地深戎馬劫，翻令天焕帝車文。早時嶺放梅枝雪，明日臺書長至雲。莫以儒生笑袁虎，策功毛穎許誰分？

後此十年，袁母年八十，值康熙二年癸卯（一六六三），吴梅村有《題寒香勁節圖壽袁重其節母八十》詩云：

東籬漉酒泛芳樽，處士傳家湛母恩。傲盡霜花長不落，籜龍風雨夜生孫。

錢龍惕（一六〇九—？）《大究集》卷上有《袁節母壽詞》云：

白日青燈四十霜，管彤昭示溢餘香。箕裘有子能持户，保傅非人戒下堂。孺仲隱妻羞盛服，叔鸞賢女剩疏裳。舍邊雙鯉堪供膳，冰下何須待舉綱。

萬壽祺（一六〇三—一六五二）《隰西草堂詩集》卷一有《賢哉行爲袁重其母作》云：

大道一何修修！良人所悲，君子所求。（一解）

吾聞袁氏之婦，賢哉賢哉！家有男子，左手指天地，右手持酒杯，委身赴清流。（二解）上有蒼蒼之天，下有黄口小兒。誰知余苦？夜坐織室，教子以讀書爲賢謀。（三解）賢哉賢哉！安貧樂道，以養其母。母大悲泣：汝父地下，吾爲汝獨留。（四解）吴郡太守上計事明堂中，陛下大稱善，遣徹侯。東鄰有孤子，讀詔書，夜起徬徨生繁憂。（五解）

陳田《明詩紀事》，辛籤，卷二十四收朱一是（一六一〇—一六七一）《送袁重其歸吴門》云：詞賦西京起盛名，歸舟到處有逢迎。水平寶帶芙蓉落，山老靈巖橘柚生。娃館月明寒夜色，蘇臺木脱動秋聲。鹿門亦在空城裏，坐對妻孥不問兵。

袁重其，又見本集第【二七二】題詩。

【一一六】爲一侍僮詿誤，遣之出山，賦此

寒流嗚咽去無還，似説分攜向此間。霜葉亂飛行逕絶，殘冬不擬再登山。（其一）

雜送離人風葉催，也知不逐莫帆迴。晚天兀坐山窗下，或有西方返照來。（其二）

想見銜悲吐復吞，日來之子似知恩。少年更有前期在，莫遣傍人見淚痕。（其三）

多年同傍翠芙蓉，去去寒雲隔幾重。莫念老人無伴在，出門相見是孤峰。（其四）

【一一七】得漳浦李寶弓侍御訊因寄十一月二十日

衣繡茸城世已移，十年聊寄一相思。烹魚中有加餐句，附驥猶銜失路悲。苦境自强疏藥餌，遠圖不遂戀茅茨。山窗歲晚題詩處，並贈寒梅帶雪枝。

〔箋〕

徐鼒（一八一〇—一八六二）《小腆紀傳·列傳·遺臣二》載：

李瑞和，字寶弓，漳浦人。崇禎中進士，官松江推官。訟獄多平反，松江人塑像生祀之。尋擢御史，視鹺兩浙，丁艱歸。家居四十四載，竟不出。黄道周爲序其《牆東集》。國變後十二年而卒。

按：今本《黄石齋先生文集》不見《牆東集序》。

又：寶弓與盧世㴶（一五八八—一六五三）相善，嘗美言元歎詩作於盧。參本書「唱酬投贈」盧世㴶條。

【一一八】雪積臘月十二

敝帷風豁處，全見雪飛騰。衆手花齊散，垂頭竹不勝。瓦封啾凍雀，笠重怯歸僧。佛室看將暮，通明待一燈。

〔箋〕

參下【一二〇】題，此「臘月十二」，應爲順治八年（一六五一）十二月十二日，合公元一六五二年一月二十二日。

【一一九】小除夕

年光猶向盡，人亦更何堪。天浄寒星瞬，山昏宿霧含。孤松勞久立，頑石對深談。四海無容足，驚心只小菴。

〔箋〕

參上及下【一二〇】題，此「小除夕」應爲順治八年（一六五一）十二月二十八日，合公元一六五二年二月七日。

【一二〇】紀辛卯臘月十四夜事四首

譴呵尺一衆員齎，動地歡聲馬亂嘶。可惜直弦將罥脰，乍迴虐焰始燃臍。宿粃鬼妾誰相殉，文祼嬌嬰更一提。餘肉不容人噉食，鼪家歎息各東西。（其一）

直指徵兵兩鎮同，縛雞何事太匆匆？通身印證無餘地，短櫬苞藏尚鞠躬。膾用人肝悲略盡，剸將鷹嘴快何窮？未能恤士難圖報，坐甲群嬉明月中。斂時各官鈐印。鼻如鷹嘴，兇相已驗。（其二）

疲民狼牧豈堪任，知味重來嗜血深。赤縣頓增間架税，緑林分獻羨餘金。實鹽滿腹宜存戒，飲醋興謡久痛心。連舫渡江皆被籍，向來收拾不遺針。（其三）

廁鼠防身亦用機，現前同惡每相依。扶風帳外龍蛇混，焦穀倉邊輿服微。别托絲蘿營暗窟，自焚珠玉戀紅輝。頭行萬里方申法，枯腊難逃斧一揮。（其四）

【箋】

辛卯，順治八年（一六五一）。本詩所詠「臘月十四夜事」，指蘇州巡撫土國寶（？—一六五二）伏法一事。先是土國寶縱其爪牙炮製「拔富法」，聚斂民脂。至本年，御史秦世禎（？—一六五七）上奏劾之，國寶畏罪，自經死。《（同治）蘇州府志》卷六十八「名宦」載事之始末頗詳：

> 秦世禎，字瑞寰，廣寧人。順治八年，以御史按吴。巡撫土國寶以下江南功再蒞吴，貪縱骫法。其吏沈碧江，故長洲猾胥也，國寶嬖任之。時江南初定，盜賊常竊發。碧江倚國寶勢，索富民財，不遂者輒誣以盜，周内之。遠近震恐，守令争造其門，非重賄不見。常熟知縣瞿四達、嘉定知縣隨登雲刱「拔富法」，凡獲盜，令指富人爲窩黨，逮繫獄，入財即釋，以

其財分餽碧江。由是國寶以兩令爲賢。世禎下車，首劾之。國寶懼，自經死。僥碧江於杖。

秦世禎劾土國寶，事在順治八年十月十二日，朝旨革職嚴訊，即元歎詩所謂「譴呵尺一」者。十二月十四日，國寶聞旨，自縊。俱見《清實録》。

《清實録·世祖章皇帝實録》卷之六十一，順治八年十月十二日：

丙辰。江南巡按秦世禎劾奏江寧撫臣土國寶徇庇貪污諸不法事，命革職嚴訊。

又，十二月十四日：

丁巳。江寧巡撫土國寶聞革職嚴訊之旨，自縊。

國寶自經，碧江杖僥，吴人欣喜若狂。可參本集第【一三三】題詩。詩題有「辛卯臘月快舉，城市歌呼，俄遍山谷，如夢中好事，不敢信以爲真」云云。

【一二一】故郭有虎寓，㪷山騷動，月許，不知所之

卯歲臘盡風震怒，捲湫拔石巨木仆。郭西有虎不寧居，植尾作帆徑東渡。百里之外迷失蹤，先涉龍池後笠塢。頭白叟嫗驚未見，終日傳訛增恐怖。往來倏忽疾如風，或見全身或半露。昨宵微雪滯歸樵，村鄰把炬遥呵護。尚愁官府縱獠徒，科民出錢充雇募。獠

所經過與居停，無米須賒酒須酤。但聞噉畜未噉人，況今人命不比數。東家出狗西出羊，輪番供虎當無苦。

〔箋〕

詩開篇云「卯歲臘盡」，知本詩作於順治八年辛卯（一六五一）十二月梢。

本集末附元歎自撰《天池落木菴記》有云：

中歲卜故鄣之畫溪山水勝絶處，而無終焉之志者，以有心事。

故鄣，蒼雪《南來堂詩集》補編卷二有《過元歎染香居》詩，王注云：

《明詩平論》元歎有《卜築古鄣之藝香山寄懷鄭明府》七律一首。則知古鄣即藝香山所在之地名。古鄣，亦作故鄣。

【一二二】春晨獨起，殘月猶明

單寢神清極，披衣起自强。新烟匀弱柳，淡月襯微霜。梟陣蒼茫水，花陰碧蘚墻。東峰無障翳，漸已沐朝光。

【一二三】寄張古岳侍御於白下

經年契闊媿同聲，習慣相思霜鬢生。鍾阜望中無宿艸，吴船隨處試新鶯。身居淺水難思奮，書托名山可待成。斟酌古人爲伴侶，休從近日論交情。

〔箋〕

張古岳，又見本集第【六十二】、【八十八】、【二九五】題詩。

【一二四】花山斬松壬辰

支可摩天根及泉，指揮支解換青錢。所悲山寺群龍質，化作城居萬竈烟。絶巘有形皆裸露，片雲無意更留連。昔人尺寸猶争護，遺恨師蟲宿昔冤。（其一）

舊護云亡不再起，主林神在必誅求。女蘿寄迹長相失，埜鶴來巢始欲愁。補闕寸莖隨地有，迴生一樹瀆金浮。城中異日謀薪爨，只恐青山也不留。（其二）

〔箋〕

本詩作於順治九年壬辰（一六五二）年。

【一二五】談虎

春宵一吼有遺音，月黑相驚風滿林。生就皮毛人不恕，歸乘霧露窟難尋。采薪戒懼嫌斑子，食肉希疏豈素心。狐兔潛踪無地主，故山迢遞客堪禁。

【一二六】清明慧慶禪房送孫桐孫陪李農部北上

邂逅祇園風雨林，壯年易動出遊心。飛花自分隨流去，啼鳥能爲送客吟。欲貌遠山收曉翠，强持薄酒敵春陰。交知眠食相關處，更得同舟感倍深。

〔箋〕

孫、李二人日後事跡，見本集第【二八六】題詩。

【一二七】預流上人老母在寺，索壽

一摶香飯一盂蔬，色養仍分供佛餘。圓覺伽藍更無際，近來慈姥得同居。

【一二八】修上人房黄薔薇

春暮餘花入寺尋，青條成幄晝陰陰。輕容略較新鵝淺，嫩粉全粘晚蝶深。釀露盈瓶渾是蜜，落英布地即爲金。應知正色人胥慕，棘手猶萌采摘心。

〔箋〕

蒼雪《南來堂詩集》卷三下《和元歎黄薔薇》詩乃步韻之作，云：

眼花入寺午相尋，誤認黄昏滿院陰。鸚鵡有情憐葉緑，倉庚無語夢春深。香盛蜜蠟杯中露，色勝臺盤架上金。最是秋葵堪並蒂，誰言向日不同心。

修上人，即修實上人，又見本集第【二】題詩。

【一二九】李文中于西城起閣，字之曰芥，中峰法師有詩，余亦繼作

亂餘已息浪遊蹤，小閣臨城景物從。愛惜比鄰存近樹，招徠西爽對群峰。待開慈氏親彈指，儘納須彌不礙胸。久矣居高能自下，未除湖海誚元龍。

〔箋〕

李文中，吴江人李模是也。文中於所居密菴舊築構「芥閣」事，參見第【六】題。中峰法師，即蒼雪讀徹，又見《浪齋新舊詩》第【一四一】題詩，另見本集第【一】、【十五】、【六十四】、【七十九】、【一三五】、【一三六】、【一四三】、【一六六】、【二一七】、【二二三】、【二二六】、【三三四】題詩。

【一三〇】題尤遠公亦園卷

占得南城地本閒，時憑小閣一開顔。誰能肯作園中物，惟有朝雲及晚山。

〔箋〕

尤瀹(一五九二—一六七二),字九之,號遠公。長洲人。

【一三一】題張紹隆壽圖

四十年前,與紹隆俱在少壯。春朝秋夕,争置其身于歌聲舞影之間。换世以來,不相聞問。辛卯九月,忽遇北城僧舍。幻滅都盡,談及前事,喫茶古墻下,殘陽寫照,儼然成二老人,爲之絶倒,不自意其遂至於此。次年壬辰初夏,寄壽圖索贈。

茶甌不放到斜陽,勝地名姝舊話長。已謝花神與麴部,滌除心慮事空王。(其一)

鶴骨枝梧古貌存,眠餐無恙自知恩。衰年齒豁吾同病,辜負霜畦好菜根。(其二)

〔箋〕

本詩應作於順治九年壬辰(一六五二)初夏。

【一三二】贈照山衲雲上人

摩娑雲想衲衣同,不露人間針線功。坐處通身餘潤在,卻疑來自翠微中。

【一三三】御史雨 有敘

巡方之職，不修久矣！鼎革後五六載，爪牙吏用事，在位者與之上下，勢張甚，民不堪命，强者去爲盜賊，弱者轉死溝壑。不意秦鏡安臺，古風大振。辛卯臘月快舉，城市歌呼，俄遍山谷，如夢中好事，不敢信以爲真。有人半月前死，見夢于其子，恨不生逢其事。人心何以至此？蓋是三百年所無也。今胥隸斂迹半年，久鬱思奮，而直指公。雖棠蔭未移，瓜期已及，萬姓寒心，非一日矣。近有婁東洗冤致雨一事，遂傳公爲畢星下人間者。因成長歌，以志頌戴。

熊熊景星昊分野，繡衣持斧乘驄馬。已麗高天臨下土，不妨好風兼好雨。婁江炎暑劇焚如，虐燄多年未卒除。似因牢户填冤噤，致使平疇無滴潤。洗滌桁楊心力枯，從容言下脱無辜。善政心經良史述，歡聲已動萬人呼。匹夫半點懷恩淚，灑作甘霖遍千里。迎梅三日聽淙淙，際海森森禾盡起。兔年牛月桂輪圓，瞥墮貪狼繫絶天。吏議未遑加劍水，臺抨一下就弓弦。吁嗟末世知廉寡，望風解綬無人也。但愁福德一周天，只有欃槍不退舍。

〔箋〕 詩序中「辛卯臘月快舉」云云，指土國寶伏法事，見本集第【一二〇】題箋。「爪牙吏」者，諷沈碧江一類貪墨小人也。

世禎至婁東，洗冤致雨，事見《（同治）蘇州府志》卷六十八：

秦世禎……嘗按行太倉。方農時，半月無雨，人以爲憂。世禎一日雪數囚，雨大降，民呼爲「御史雨」。

官吏清明，猶秦鏡照徹天地。元歎詩序謂「秦鏡安臺，古風重振」，緊扣世禎之姓，可謂善頌矣！

又，畢宿主雨，世禎洗冤，雨爲之降，吴人因目之爲畢星下凡，愛敬之態可掬。

李漁（一六一〇—一六八〇）《資治新書初集》收「江南巡按秦瑞寰」判語數十則，人命、盜情、賊情、奸情，洞如燭火，讀之可見世禎「洗冤」之高明也。

王時敏（烟客，一五九二—一六八〇）《西廬詩草》卷上亦有《秦雨歌》，賦詠其事之本末甚詳：

婁江湯湯勢逶迤，民淳俗樸家安乎？海邦由來號樂國，土膏和潤豐年多。一自江煙形勝改，陰陽易位天薦瘥。田疇磽确鮮耕稼，沴氣蟠結生人疴。胥徒輿皁争放毒，齒牙爪距交搓摩。笑談翻掌布危械，酒杯作劇張虞羅。群飛翼虎望屋食，含沙蜮矢乘人過。黨類繁滋遍臺府，蝝傳蜾肖成巢窠。横征暴斂百如意，舞文枉法誰嗔訶？數年狂飇振郊邑，長林撼蕩無停柯。遺黎骨碎心膽墮，但知若輩遑知佗。況兼鳳里有冤獄，巧詆周内緣讒囮。孱生闔門陷罟阱，猶如弱鳥罹矰罾。櫟陽禍猾斲民脈，東海怨抑干天和。去年商羊舞原隰，今年赤魃來江沱。鄉農耕蒔劚焦土，常憂天澤終蹉跎。幸逢秦公驄馭至，冰心鐵面持金科。炯然神光照毫髮，但除蝨賊蠲煩苛。深知此冤繙故牘，連宵秉燭惟凝睋。一朝霆斷沉噎豁，脱枷破杻加兇魔。士民傾城擁門闌，歡呼歌舞群傞傞。時方中天麗杲日，油雲忽合旋滂沱。須臾甘霖遂盈尺，街衢潦集如傾河。大有從茲可預卜，會看九穗登嘉禾。三農盡拜秦公賜，遠邇齊賡秦雨歌。往古平原御史雨，佳話相傳並不磨。且聞封章達帝闕，行開平陸仍洪波。挽回風氣氛祲息，善良鼓腹長婆娑。嗚呼！神人威德何巍峨，百辟爲憲福不那，從政者不師秦公將若何？

陸世儀（一六一一—一六七二）《桴亭先生詩文集》卷四亦有《秦雨歌》一題詩。元歎此詩，亦足以窺當日「遠邇齊賡秦雨歌」之一斑也。

【一三四】鴨脚浒白槌菴二學人前後訪落木上定持生香，雪鄰持手巾見贈。

瓷爐深炷細烟和，小像頻薰靈響多。海船近來不易致，六銖價已值娑婆。上定（其一）

一片輕雲出袖間，邊闌緝績見心閑。愧師藉手呈新句，祇便衰翁拭汗顔。雪鄰（其二）

香無自性亦非烟，枯木氤氲待衆緣。一任騰空聞幾里，撩天鼻孔卻難穿。又上定（其三）

懶將一抹收寒涕，便可爲囊濾石泉。已並銅缾交侍者，何須白氎出諸天。又雪鄰

（其四）

〔箋〕

白槌菴，又作白椎菴，見本集第【一二〇】題。

【一三五】輓道開上人 促南來一面而瞑，遂經紀後事甚周。

師友全終不倦顔，早知何事遠躋攀。未嘗桑下成三宿，今托蓮胎可暫閒。撿篋竟云無長物，蓋棺遺恨失名山。相憐正坐多才累，猶在高流憶念間。

〔箋〕

南來，即蒼雪讀徹。陳乃乾《蒼雪大師行年紀略》順治九年（一六五二）六十五歲條載：

六月，道開疾。邀師坐榻前，手書訣別，擲筆而逝，年五十二。師賦二律悼之。

元歎詩注謂「促南來一面而瞑」，紀實也。

蒼雪二律見《南來堂詩集》補編卷三下，《道開自秀水歸止足晃溪之新香早自謂浪走多年今將爲終老計亡何疾作以二詩悼之》云：

老病難禁痛淚垂，命根不斷待斯須。半生浪走爲才使，一事無成自悔遲。有地布金終

未遂，無棺埋玉亦何期。可憐生死交情見，身後猶多賴故知。（其一）

開山誰是久相依，頗怪今朝始息機。家似㲋溪同泛泛，天爲鶴籠只飛飛。荒村抱骨鄰徒守，遠水牽舟過客稀。慧命絲懸心獨苦，眼看三世代傳衣。（其二）

道開下世後六年，其生前友好龔鼎孳過吴門，有和蒼雪韻之詩，時蒼雪順世亦已二年矣。鼎孳《定山堂詩集》卷二十五《白椎菴拜道公墓和蒼公韻紀感》云：

乍披宿草淚潸然，投老青山計未全。五月幽林花過雨，百年春夢柳吹綿。幾時寒菊詩盈袖，送我溪橋雪壓肩。筆墨尚留衣鉢在，移床頻許竹扉眠。

道開，又見本集第【四】題詩。

蒼雪，又見《浪齋新舊詩》第【一四一】題詩，另見本集第【一】、【十五】、【六十四】、【七十九】、【一二九】、【一三六】、【一四三】、【一六六】、【二一七】、【二二三】、【二二六】、【三三四】題詩。

【一三六】讀南來師值二楞忌日悼念詩卷

水乳相傳世已徂，南方惟剩一燈孤。憐伊得法懸絲命，迴顧家門淚欲枯。

〔箋〕

蒼雪本師一雨自稱二楞，見第【二】題《修實上人六十》箋。

蒼雪《南來堂詩集》補編卷四有《辛卯九月十八日，值先楞師忌辰，以杯水作供。悲感之餘，時正秋霪初霽，霜葉半酣，攜友輩一二人信步寒山道上，不覺已至法螺菴。照斯亦潔瓶花茗椀，佐以香蔬，展祭楞師，共憶師之見背，二十七年于兹矣。撫今慨昔，時不我與，有感于衷，相與哀慟欲絶。飯罷同至合流菴，隨喜懺禮。復沿溪深入，得一静室。把茅縛屋，乞食荒村，卓有古之住山家風。少憩，越嶺穿林，尋舊路而歸。有平生足跡，皆所未到處。猶聞有師姑基者，由天峰一徑直上，即記傳所載白雲端禪師開法天平，有萬僧千尼處。惜足力倦極，不能往探，期以異日。至化城前，照斯别去。獨友輩隨余歸喝獅窩，已不知夕陽之在樹，掩映丹楓，真似洞口桃花，或不笑人虚度此日。因拈絶記之》。詩云：

菊開二十七年花，忌日兒孫記不差。翁若有靈應薦取，一瓶秋水一杯茶。（其一）

三世年剛甲子週，汰公猶短七春秋。余今六十仍過四，落得尋山玩水游。（其二）

師友情同骨肉親，死生幾度倍傷神。眼前朝代更無日，又是今人説古人。（其三）

一木難支大廈傾，時乎不晤感吾生。出關浮海言猶在，可似今朝道懶行。（其四）

座繞千花萬指攢，掀翻海口幾登壇。爲人不肯輕揩淚，終是輸他老懶殘。（其五）

蒼雪，另見本集第【一】、【十五】、【六十四】、【七十九】、【一二九】、【一三五】、【一四三】、【一六六】、【三一七】、【三二三】、【三二六】、【三三四】題詩，又見《浪齋新舊詩》第【一四一】題詩。

【一三七】新秋法螺傳到諸詞人限韻梧桐詩

競賦梧桐韻脚排，吟詩一葉下空堦。浩然已唱微雲句，衲手諸公太著乖。

【一三八】天池右崖，有默然泉，洞僧惺然獨處二年，最爲孤僻。路詰曲，蛇行乃可上。余住山五年，只兩到耳

定僧宴坐面寒泉，落葉紛飛滿膝邊。半夜東峰殘月上，始知潭底是青天。

〔校〕

本詩又見《殘稾》。另見徐崧《詩風初集》卷十七；蔣鑨、翁介眉《清詩初集》卷十二，二選均題作《贈天台石泉洞主》。

〔箋〕

蒼雪《南來堂詩集》卷四《看菊無東》（按：「無東」疑爲「默洞」之訛）詩序云：

辛卯九月廿八日，偕法螺菴修公與其徒照斯過華山，同含友往默然洞看菊。久待洞主不至，歸已抵暮。修公師弟先别去，予不能行，留宿彈指閣。是夜西風大作，竟不成寐。因同含友作六絶句，以紀其事云。

王注引元歎《浪齋新舊詩》所收此題，云：

默然洞，查府縣志及《百城烟水》等書，皆無記載。僅賴此詩知當時人跡罕到處，確有此洞，且有其主人。而此題所久待之洞主，或即惺然也。

【一三九】謝范錫家爲余擇葬

淵潛羽化事皆誣，埋骨憑君指一區。他日梁鴻思自近，誰人螻蟻願先驅。置身長許青山有，題碣何妨一字無。後代高流盡瓜葛，將來奔走致生芻。

【一四〇】曾姪元將秋捷之後，婿於東城顧氏，戲撰花燭詞

紅燭迎甥飾翠娥，粉郎精鋭刃新磨。鳴求凰配欣填館，坐致牛星不渡河。惜墨手輕眉嫵淺，辟寒香和桂薰多。淳于飲伴無他覓，試喜狂朋許暫過。

【一四一】謝王言玉惠籜冠

出土琅玕經護持，製冠約髪稱山姿。爬搔衰相嗤蓬首，刻畫閒情到竹皮。龍蜕新裁雲一捻，蠻粧全隱髻如椎。淇園飄墮憐同類，苴履隨人未敢辭。

〔箋〕

繼起弘儲禪師《樹泉集》卷上「雜偈」有《示王玉言居士》云：

滴瀝芙蕖秋露團，肯于葉底覓心安。掃開夜色冰壺静，楚楚千峰不禁寒。

「王言玉」、「王玉言」，或即一人？

【一四二】得泉詩

靈嵒智井，吴宫故物，經時不雨，漸見深泥。道場重興，壬辰夏旱，一衆遠汲，殊以爲苦。殿前小池，時有雲氣，未久清泉迸沸，甘寒熨齒。擔運入厨，頳肩未已，遂爲安衆第一義。和尚適從浙歸，有詩紀事，中峰大師和之，余亦次韻。

求源何藉手親開，堦下涓流可置杯。漸見抛珠從地涌，誰勞刳竹赴厨來。俱沾瓶鉢僧安坐，儘汲甘寒龍不猜。嘗望此山嵐翠滴，爲含餘潤待師迴。

〔箋〕

序中有「壬辰夏」云云，詩當作於順治九年壬辰（一六五二）。又，下引繼起詩序中，有「仲秋下浣」之語，知諸詩作於八月下旬也。

蒼雪《南來堂詩集》補編卷三下《次靈巖繼公開池得泉》云：

摩刮秋泓古鏡開，茶湯薦取正擎杯。蛟騰可畏山推去，龍在何愁水不來。飲我舌根知冷煖，照人毛孔破疑猜。水頭幾個傳消息，汗下通身日幾回。

同書補編卷二另有《靈巖掘石得井志喜》、《又喜靈巖得泉》。

繼起原唱《咏新泉小引》云：

靈峰孤頂，杓水維艱，衲子從數里外辛苦探求，不勝慙惋。仲秋下浣，偶於殿南池畔洗石得泉，味極甘冽，一衆沾足。適余從湖上歸前五日也。

窮嵒逼漢草堂開，萬指何從薦一杯。忽向小池秋洗出，豈同南嶽夜移來。涼資肺腑堪垂問，清鑒鬚眉免浪猜。相對山靈應有媿，今朝扶杖又重回。

靈嵒，又見本集第【一〇七】、【一四三】、【一四九】、【一七三】、【一九四】、【二〇二】、【二〇四】、【二二三】、【二四六】、【二四七】、【二五一】、【二七八】、【二八五】、【三〇三】、【三〇四】、【三一九】、【三四三】、【三四四】題詩。

【一四三】 觀樹堂詩

爲穹窿擴南禪師賦，庭中有菩提樹。次靈嵒、中峰二尊者韻。

游目經行總一時，幕天喜見緑陰垂。當機預辨根莖大，受命難言松柏惟。鳥語如愁心易警，雲來無著影長差。他方佛法非離樹，卻悔埋身向雪墀。

〔箋〕

靈嵒、中峰二尊者，指靈巖繼起、蒼雪讀徹。繼起《樹泉集》卷上「雜偈」《題觀樹堂》原唱云：

草堂裁製似當時，屋角婆娑樹影垂。此外何人容坐卧，箇中無地著思惟。幾番榮落忘寒暑，隨分根機見等差。早得天風爲傳説，不煩三七繞庭墀。二偈皆贈南師。

蒼雪《南來堂詩集》補編卷三下《次靈巖繼公爲廓南闍黎詠觀樹堂，師所居與韶國師道場相近》詩云：

荆棘叢深下脚時，夜明無影卷簾垂。南枝挂角羚羊失，赤水求珠罔象惟。黄葉落殘秋一色，白牛放去草無差。當年回駕橋猶在，鑾輦臨門懶下墀。

元歎詩序所及之「擴南」，蒼雪《南來堂詩集》所收詩作「廓南」。

蒼雪，又見《浪齋新舊詩》第【一四一】題詩，另見本集第【二】、【十五】、【六十四】、【七十九】、【一一九】、【一三五】、【一六六】、【二一七】、【二二三】、【二二六】、【三三四】題詩。

靈嵒，又見本集第【一〇七】、【一四二】、【一四九】、【一七三】、【一九四】、【二〇二】、【二〇四】、【二三三】、【二四六】、【二四七】、【二五一】、【二七八】、【二八五】、【三〇三】、【三〇四】、【三一九】、【三四三】、【三四四】題詩。

【一四四】秋曉遊山

雞鳴殘夢戀雄圖，晨起遨遊召飲徒。一望盡收黄落樹，隨行須佩紫微壺。分身出岫癡雲計，弔影中天隻雁呼。舊學縱横渾未試，耻將名氏廁醇儒。

【一四五】移菊二首

新苞亦漸拆，輪日緩移將。葉保分時緑，盆留宿土良。金英溥曉露，粉艷傲秋霜。籬下隨心掇，淵明興更長。（其一）

異種多方乞，秋畦不憚劬。澆培如静課，品目假名姝。别室瓶分剪，循墻竹細扶。遺根仍愛護，不敢視摧枯。種有西施、褒姒等。（其二）

【一四六】除夕同陳甥訪嶺脚老僧

步步荒菴徑，籬門繫古藤。鄰稀勤蓄火，糴貴僅論升。剩雪留過歲，歸雲許伴僧。隨緣無拂拭，心法自南能。

【一四七】歲朝同陳甥登天池

心知頻失歲，日出且嬉游。踏葉窺行健，提笻覺手柔。衝人一雉怒，觸石碎冰流。春至烟光動，遥岑翠欲浮。

【一四八】聞毛子九早春上中峰聽講

足音無幾到嵒間，來約兹晨樂意關。講席疏鐘傳下界，隨舟微雨洗春山。斬新芳草堪留待，落盡梅花始放還。請飯他方非細事，化人蹤迹願追攀。

〔校〕

毛晉《和友詩》收本詩，題作《癸巳早春，喜聞子九上中峰赴南來大師講席，詩以促之》。第二句作「玉屑微言意獨關」。第三句「下界」作「曉谷」。第五句「堪留待」作「堪留賞」。

〔箋〕

毛子九，即毛晉。毛晉《和友詩》中《南來法師正月十五日續講華嚴大鈔元歎招余入山疊韻答之》云：

一輪初月照松間，高座莪莪夜不關。放鶴雲深藏一滴，喝獅雷動曉千山。聽傳法鼓争先到，看徧梅花未肯還。講罷相將尋落木，明朝蘿徑又重攀。支公放鶴亭、元老落木菴，皆在中峰下。一滴齋、喝獅窩，南公新構也。

據毛晉《和友詩》所收元歎此詩題及毛晉和詩，可知本詩作於順治十年癸巳（一六五三）正月十五日前。

毛晉，又見本集第【一二八】、【一二九】、【一三一】、【二六〇】題詩。

【一四九】合夢詩

天界覺公之于靈嵒聞聲相思。壬辰秋夕，覺公遂形于夢。夢中聯吟，止憶第三句，因續成之録寄。靈嵒、中峰，俱有和章，同用四支並「深林」句。嗣後兩公各傳小像，從緝素中相見，遂成故舊矣。

兩地聞聲識面遲，歡言斯夕遂無疑。深林坐石生秋影，殘燭褰幃圓夢詩。心切關河成獨往，夜涼水月證相思。從今寫照將傳示，已是披襟第二期。

〔箋〕

繼起《樹泉集》卷上「雜偈」《合夢詩小引》云：

六月下浣，栖霞和尚夢余寄詩，覺而猶記其一，即「深林坐石生秋隱」也。續成見貽，殊切同心之感。吾兩人初未識面，而千里神交，通於夢寐，抑今古之所未有。聊抒鄙意，用識歲寒。

月到牀頭覺影遲，寂寥猶憶寄君詩。深林坐石生秋隱，遠水牽舟入夜思。老去恨無新面目，閒中媿有舊鬚眉。家山何地增惆悵，出處于今事更疑。

蒼雪《南來堂詩集》補編卷三下有《和浪丈人合夢詩，與靈巖繼公同得「深林坐石生秋隱」句，可共發一笑，真是夢中又占其夢也》云：

睡區頭顱枕未移，莊周蝴蝶兩相疑。深林坐石生秋隱，片葉敲空落響遲（一作「落葉驚人入夢詩」）。今夜夢非前夜夢（一作「今日事非昨日事」），老年思若少年思。人間吾輩難容著，只合青山作故知。

王注引文祖堯《明陽山房集》云：

木、繼兩師遭越謗，還吴，意不能平。繼師遂夢「深林坐石生秋隱」之句，覺後續以成章。中峰蒼師亦從而和之，未免中多感慨。余因感詠一絶云：「深林坐石生秋隱，夢裏天然絶妙詞。覺後漫勞重續句，一言原自蔽全詩。」

意猶未足，復賦：

一枕黄粱既熟時，昨非今是總休思。深林坐石生秋隱，静夜聞詩顯化機。得失從來塞上馬，輸贏盡屬橘中棋。夢回何事重添夢，半偈由人自在窺。

木，濟宗弘覺道忞（一五九六—一六七四）和尚，世稱木陳道忞者是也。

元歎與繼起交誼，有始有終，其中且經歷「法難」風波。陳垣先生《清初僧諍記》嘗述其事云：

辛卯者，順治八年（一六五一）。舟山之役，甬士殉難者無算。木陳、繼起，均曾開法天台，故同遭白簡。事發之始，木陳曾致書繼起，言：「前數日亦風聞此矣，其詳不可得知也。天城來，始審中間委曲，彼婦之口，可以出走，今昔其有同然哉。但山僧自念法道波靡，誰揭狂瀾而東之，惟老姪與山僧共有此心。然山僧老矣，無能爲也已，老姪春秋富强，正可行道利生。故今不必問其事之真假，禍之輕重，縱有彌天過患，山僧自出頭承當。千祈老姪穩處釣舟，一切坐斷，即山僧起倒，亦不煩挂念。」

惟二人終亦於順治八年九月共赴海鹽，臘月投官，停留且至翌年仲春，同在永嘉臬司。事詳柴德賡《明末蘇州靈巖山愛國和尚弘儲》一文。文中引南潛《靈巖退翁和尚編年備譜》所收繼起《寄高峰碩和尚書》中至相關之憶述云：

辛卯九月，臺道被參，弟與道峰（按：即木陳）俱掛簡，冬底投到臬司。明春三月八日弟與道峰混入諸犯，齊解永嘉。所謂觀風使者原參條款，言耿某過奉木陳、繼起爲彌勒下生，率諸僚屬鄉紳禮敬，立簿廣募，聚財入己。竟不知道鎮三月資費俱捐己俸，反冒貪墨之誣。白黑混淆，一至於此！及對簿公庭，又謬認我倆人爲不到之淡然慧遠，弟申以大義，彼爲之語塞，慚懼放行。久之，復呼二人名字，道峰同弟復見。又謂耿某信汝，本院不信，竟與諸犯並答。弘法嬰禍，在昔有之，從未若今之無端。

五月十八日西臺會審，臬司熊公係遼人。逐款細鞫，至弟並道峰，則爲之大笑。深鄙造款之人謂僧爲弱門，無勢力可畏。賢士大夫優禮者道與德耳，豈以有道有德之人妄加非議；況地方當事爲地方禳災，有請必應；且原參又無夤緣關説，不拘可也，何罪之有！立爲昭雪。如淡然老，因地遠到遲，竟虛證其罪。以弟三十年行脚所遇之人，如淡公之佛心佛行，指不二屈，誣之以贓，則贓，加之以罪，則罪，天下事尚可言哉！

繼起《樹泉集》有《復落木菴徐元歎居士》函云：

石城孤立雲外，與天池爲隣，不時往還中峰、落木間，敲風擊月，可忘寂寥。驀地事生意表，推墮黑山鬼國，拖去拖來，萬千生受。方歇脚南屏，兩接慰言，如渴得露。至云「年已老大，纔得相依，而忽遇此，竊用惆悵」，私心不無戚戚。剛疏觸時，正坐不赦，乃煩知己之憂念耶？倘縲囚幸得生還，相見一笑，饒他萬匹鶩溪，恐描不盡漚中勝義空也。

《樹泉集》另有《命下著三院會問赴臬司投到示徒》、《廿二日院鞫被杖歸寓示徒》詩。木陳亦有詩紀其事，《布水臺集》卷三有《辛卯九月予與靈巖儲侄禪師俱以弘法嬰難至明年春仲質獄東甌谿山險遠辛苦歸來即事賦感漫成三十韻》一題。詩長不録。

靈嵒，又見本集第【一〇七】、【一四二】、【一四三】、【一七三】、【一九四】、【二〇二】、【二〇四】、【二三三】、【二四六】、【二四七】、【二五一】、【二七八】、【二八五】、【三〇三】、【三〇四】、【三一九】、【三四三】、【三四四】題詩。

【一五〇】聖恩剖公正月中見過落木菴，遍歷諸荒院

際天樓閣伴能仁，不意移笻訪隱淪。艸昧遍經臨路寺，花明真現出山身。雲行芒屩嘗離地，風動袈裟即帶春。何處驗師提醒意，鐘聲夜夜扣東鄰。

〔箋〕

剖公，蘇州鄧尉山聖恩寺住持剖石弘璧（一五九八—一六六九）。

徐崧《百城烟水》卷二載：

鄧尉山，在光福里錦峰山西南，去城七十里。漢有鄧尉者隱此，故名。又因後晉青州刺史郁泰玄葬此，一名玄墓。逶迤十里，周圍三十里有奇。其高五百餘丈，中巒隆起，南北西三面繞湖，而聖恩寺南向，受太湖之水，漁洋山爲案。唐天寶間建天壽禪寺，宋寶佑間又建聖恩禪菴。

又述聖恩寺於明清間之變遷云：

崇禎元年，吴江令熊開元延漢月藏禪師主席。僧照覺修萬峰塔院，建文殊堂。三年，密老人移堂院左，今兩院並峙。六年，漢和尚建方丈、拈花堂、純白窩、庫房、米廩，修梵天閣、大歇關。乙亥秋，漢示寂，命剖石璧公繼席首，建於密塔院及天壽寺、白衣閣、還元閣、

華嚴壇，重建大雄殿、天王殿、大法堂、伽藍堂、祖堂。種種具載周永年寺志。康熙己酉，剖又示寂，命吼崖石公爲聖恩第三代。

蒼雪《南來堂詩集》補編卷三上有《贈玄墓剖公五袠》一律，云：

鄧尉峰頭大寂禪，救宗留得此身堅。正逢阿母初生日，超過如來説法年。白日不知雙桂老，青山常伴一燈懸。分河飲水諸方見，萬派無聲到海圓。

王培孫箋録宋琬《安雅堂集》中《剖石禪師示寂》詩：

尚想支公白氎巾，東林曾此剪荆榛。湖邊説法龍嘗聽，樹下經行鹿已馴。吴會衣冠思古德，沃州瓶鉢有門人。自憐華髮蹉跎甚，問道無緣愧許詢。（其一）

一滴曹溪百泒分，微言端不落聲聞。天花散後何曾著，柏子新來遂不焚。錫杖遥分千嶺月，松龕深貯五湖雲。白毫光裹西歸去，空使人間怨夕曛。（其二）

王箋按語云：

剖石康熙八年卒，年五十七。

「年五十七」云云，未知何據。陳垣《釋氏疑年録》據《五燈全書》定剖石生於明萬曆二十六年（一五九八），卒於康熙八年（一六六九），世臘七十二。説較可信。

康熙九年（一六七〇），梅村作《庚戌梅信日雨過鄧尉哭剖石和尚遇大雪夜宿還元閣二首》。時則剖石新逝，詩中多憶述剖石晚年行事：

筍輿衝雨哭參寥，宿鳥啾鳴萬象凋。北寺九成新妙塔，師修報恩塔初成。南湖千頃舊長橋。雲堂過飯言猶在，去歲與師同飯山閣。雪夜挑燈夢未消。最是曉鐘敲不寐，半天松栝影蕭蕭。（其一）

投老相期共閉關，師有招住山中之約。影堂重到淚潺潺。身居十地莊嚴上，師初刻華藏圖。道出三峰玄要間。壞衲風光青桂冷，四宜堂叢桂最盛。殘經燈火白雲閒。吾師末句分明在，雪裏梅花雨後山。（其二）

明年，梅村亦下世。

本集第【二三二】詩題所及之「鄧尉剖和尚」，即剖石弘璧。

【一五一】春陰閒敘，訪江城毛休文於竺塢慧文菴。出其母汝太君畫扇十八面，山水艸蟲，無不臻玅。二百年中，大方名筆，可與頡頏者，不過二三而已。休文時年六十，云太君三十便喪明，此其少作也。因思古今絶技，亦不待耆年而後就，歎息彌日。同閱者文孫符、徐萬石、僧映渤、慧文主人在久

對景歎如畫，畫景貴肖真。或詰何以然，此理終難伸。人畫聚骨扇，窮工在半面。百

年有數公，巧腕生靈變。停雲垂一支，父子秀潤姿。唐生力屈鐵，高深意所爲。巨擘啓南翁，降格亦爲之。折疊篋笥中，出入懷袖宜。繪事閒中趣，閨情一二數。竹石管夫人，人物仇氏女。江城有母儀，渲染作嬉怡。筆墨根于性，烟雲即我師。淺碧連空起，綿綿如百里。放筆寫漪瀾，仿佛聞流水。歸帆天際舟，望遠思悠悠。小謝當時句，披圖尚可求。寸管春風主，動植隨心取。元嬰蛺蝶圖，平章蟋蟀譜。洵美靳其成，三十便雙盲。延年兼久視，變化恐難名。可憐天與筆，同鄉兀未識。俗工不自慙，咀墨雁行立。焚燒駭所經，手澤保零星。無聲之箴訓，遺教是丹青。衆目攢名迹，春陰正滿室。開展慎振觸，萊子深護惜。

〔校〕

徐達源（一七六七—一八四六）纂《黎里志》卷十三收元歎此詩，題作《題蕙香居士汝夫人畫册》。「畫景貴肖真」，作「畫景貴有真」；「巧腕生靈變」，作「巧脱生靈變」；「折疊篋笥中，出入懷袖宜」，作「篋中存折疊，袖出便攜持」；「繪事閒中趣」，作「給事閒中趣」；「烟雲即我師」，作「烟雲即吾師」；「三十便雙盲」，作「四十便雙盲」；「延年兼久視」，作「延齡兼久視」；「手澤保零星」，作「手澤寶零星」。

〔箋〕

詩題中所及之毛休文，名瑩，江蘇吴縣人。《（民國）吴縣志》卷七十六下有傳：

毛瑩，初名培徵，字湛光，又字休文，晚號大休老人。吴江庠生。工詩詞及古文，屏跡禊湖濱，日事吟詠，多方外交。親友勸其應試，不從。晚年寄居周莊，嘗與屠彦徵、鄭任、徐汝璞社集蘭芷軒。其子錫年爲繪《四老圖》。著有《晚宜樓詩文集》。

元歎所題畫扇，今尚存世，近年曾於文物拍賣市場流通，惜不悉今歸何家珍藏矣。

《黎里志》卷十三收元歎此詩，題作《題蕙香居士汝夫人畫册》，詩前小序云：

春山晝陰，緇素聞敘，訪江城毛休文於竹塢慧文菴。出其母汝太君畫扇十八幅，山水艸蟲，無不臻玅。三百年中，大方名筆，可與頡頏者，不過二三而已。休文年已六十，云太君四十便喪明，此其少作也。因思古今絶藝，亦不待耆年而後就，歎息彌日，賦詩記事。同閲者文孫符、徐萬石、僧映渤并主人在久。歲在昭陽大荒落穀雨前一日。

「昭陽大荒落」，順治十年（一六五三），歲在癸巳。穀雨前一日，即三月廿一日（是年三月廿二日穀雨），合一六五三年四月十九日。

休文有二詩贈元歎，見本書「唱酬題詠」。

映渤，又見本集第【一九一】題詩。

在久，又見本集第【一五三】、【三一一】題詩。

文孫符，文秉字孫符，文震孟長子。

【一五二】題陸公草亭，包山先生孫也

春燈零亂各家門，殘雪遥遥對遠村。爾祖畫師如意手，預成丘壑待諸孫。

〔箋〕

「包山先生」者，陸治（一四九六——一五七六），字叔平，居蘇州包山，因自號包山。有《包山遺詩》。錢謙益《列朝詩集小傳》云：

叔平……爲王元美臨王安道四十幅，奇峭削成，與安道相上下。又與元美游兩洞庭，畫洞庭十六景。元美稱其上逼李、郭，馬、夏而下，勿論也。……詩亦有秀句可誦。

參《浪齋新舊詩》第【十三】題詩。

【一五三】在久上人葺竹塢精舍，月餘出山，他日相尋，題此

深入坡陀翠幾重，交柯陰翳駐幽踪。開窗稍擴莓苔壁，收拾東偏三兩峰。（其一）

言念幽踪每獨尋，碧潭風定浸春岑。黄鸝啼處如相訝，又見閒房鎖緑陰。（其二）

〔校〕

《殘稾》録本詩其一。

〔箋〕在久，又見本集第【一五一】、【三一一】題詩。

【一五四】四月十日，大雨中武水李欲仙、徐香車偕舍上人見訪留宿

濕雨冒群岫，四月猶餘寒。孤帆海上來，水宿兼風餐。一篙捍驚急，心知泊岸難。意氣凌泥塗，傾渴望松垣。相見有今日，春物俄已殘。所得最苦調，取向人中彈。帷燈屢明滅，俯仰便夜闌。檐溜復淙淙，念客衾裯單。

〔箋〕與下題合觀，本詩應作於順治十年癸巳（一六五三）四月十日前後。

李欲仙，名振宗。《（光緒）嘉興府志》卷五十四載：

李振宗，字欲仙，康熙甲辰〔一六六四〕進士。初令陝西禮縣，後補湖廣蘄水，政寬訟簡，士民樂業。以卓異内陞，歷任郎中，轉平凉府同知，以勞瘁卒于官。

顧景星（一六二一—一六八七）《白茅堂集》卷二十三有《懷李欲仙》二題二首，詩其二詠及元歎：

往日徐元歎，幽栖向薜蘿。一菴名落木，舊雨憶寒河。譚友夏題元歎菴也。欲仙曾問詩于元歎。

鄴下遺音在，由拳秀句多。普云李嘉興人。師承風格好，試變楚人歌。

【一五五】阻雨十日，將別賦送

大有知音侶，來看住静身。歸舟欣得水，多雨助留人。澗響風齊赴，山昏色未真。苦無佳句法，可以謝交親。

〔箋〕

此因雨阻留宿落木菴十日者，應即上題所詠之李欲仙等人。

【一五六】癸巳夏五江城之接待延德風法師演説《楞嚴》，未逾月，鄰樹有放光者，聽衆賦以紀瑞

借光證法衆翹勤，五體遥分入望新。好向鏡壇同一照，休從庭樹覓生因。處林竊怪無焚性，擬月終非第二輪。此見周圓誰界眼，明明瑞應出比鄰。世尊於楞嚴會上五次放光。

〔箋〕

本詩作於順治十年癸巳（一六五三）五、六月頃。

江城，吴江别稱。接待，指吴江當地之接待寺。德風書傳（一六一一——一六七七）此行，蒼

雪亦有詩紀其事。蒼雪《南來堂詩集》補編卷一有《德風講楞嚴于松陵接待寺鄰樹放青光顧茂倫諸君作詩頌之踵而有作》。王注引徐崧《百城烟水》云：

接待禪寺，在東門外南津口。萬曆初，了空覺以清修見信，遂于方丈故址建禪堂三楹，左庫右厨。齋堂净室，東西相向。……憨山大師《十方常住記》云：「了空後得河南無邊海公繼之，名行益著。至庚戌海公没，延念雲勤公主之。勤力行端確，建法華樓，設養老、延壽二堂，募長生田，接待經遊。天下稱寶所焉。」

按：吴縣另有接待寺，《百城烟水》載：

去盤門西里許。

又引《賢首宗乘》之小傳云：

法師名書傳，字德風，蘇州陸氏子也。父繼雲，母張氏。自幼慕出世學，曾締姻，未合巹而亡。崇禎戊辰，脱白于堯峰山省恒禪師會下，勤服十載，進具于三昧光律師。當是時，南來蒼法師，大弘華嚴教觀於中峰，師奮志往從，親炙十有八年，宗乘教旨，靡不諳練。付囑後，首應松陵接待寺《楞嚴》講期，感庭樹放光之瑞。嗣主法中峰一載，緇素嚮往。師念生母年老，兩俗兄俱早世，乃買地于郡城西北隅，結廬養母，兼聚徒侶，不廢講演，南來題其菴曰「慈氏」。閲一紀，母亡，又念父死遺櫬露處廿有八年，遂竭力合葬于菴之北，歲時祭祀，克盡其誠。師之德譽既隆，因緣輻湊，佛像殿堂皆不謀而成。康熙戊午八月初一日，無疾而終。生于萬曆辛亥十一月廿六日，世壽六十七，夏臘四十九。嗣法五人：定光智印、明月學地、石壁寂澄、華藏德圓、寶林清鑑，遵遺命奉全身葬于本菴之北。

陳乃乾《蒼雪大師行年考略》崇禎十一年戊寅（一六三八）五十一歲條載：

德風始來從師，親炙者十有八年。

同書順治六年己丑（一六四九）六十二歲條載：

德風買地於桃花塢北，築菴養母，師爲題其菴曰「慈氏」。

蒼雪詩題所及之顧茂倫，見本集第【六十六】題詩。

【一五七】虛受齋前累石，停小水其中，朝夕挹弄，垂三十年，一旦晨起，投入而化

貪求速化事匆匆，一勺清兮浸此翁。撈摝心知無月在，衰遲人物是池中。多年疏鑿埋身用，此日難思填海功。欲入蓮胎須展轉，净邦水性亦相同。

〔箋〕

虛受，劉錫名之字，又見《浪齋新舊詩》第【七十七】題詩；另見本集第【三〇】、【三十一】、【六十三】、【七十一】、【一一〇】題詩。

【一五八】題接引像

橫出一門，何不力争？極樂在西，卻向東行。如來光影，慈母音聲。孰在聞見，而不悲鳴？寶目所擊，遠近恒一。亡子奔馳，初不離膝。大力攝持，水歸其澤。母不相憶，豈有今日。頂禮雙足，並尠蓮花。頂禮慈音，迦陵頻伽。樂邦依正，以信爲芽。鏡中見面，不在天涯。

〔箋〕吴江接引寺，見第【一五六】題詩。細味詩中所寫，所題者似爲德風書傳法師慈氏菴中母像。

【一五九】答江城徐松之寄示吴興凌葦燈見哭詩

二三十年間，恒有傳予死者。庚午冬，邵陽王思履爲吾郡丞，時余流寓故鄣，王不知也。命役人于城中尋余家口，帶有長沙寶慶諸君子輓辭，並致雞酒之貲。有人傳説，始入吴上謁，把臂一笑。己卯春，余還已久，臨海陳木叔令靖江，其閩中年家有兩人與予相識，又五人皆素昧平生者，忽寄輓辭並邵武帛二端，托陳就殯宫焚之。陳與余别未久，心知其不然。公事過吴門，促至生公石上一晤，輒喫喫笑不止，欲言而止者再。余大疑，而深叩之，始吐其由。余曰：「此盛事也！何靳言之？」即作一啓謝諸公，受其帛以爲蚊幮，至今猶在。人固有生享重名，死而寂寂。今以一死繫人心，聯翩哀輓，豈非至幸！故讀松之所示葦燈見哭之詩，深有慰于心也。即有五絶奉答呈政。有興連此札刻之，以備風雅交情一事。

歸丘零落更何言，預指雙松作墓門。山外有人傳説到，吴興詩句與招魂。（其一）

高情往往托陳人，哀怨爲資命意新。要使九原成一慟，賈生投賦弔靈均。（其二）

上界逍遥水月程，阿誰相憶動吟聲？不如從此飄然去，領取佳詞作送行。（其三）

山翠全凋水不歸，吴中名士竟依稀。交游每切人琴歎，未必天文應少微。（其四）

〔校〕

王士禛《感舊集》卷二收此題一、二、四首，不録詩序，題作《答吴興凌葦燈見哭詩》。

〔箋〕

江城，吴江别稱。徐松之，即徐崧。蒼雪《南來堂詩集》補編卷三下有《和徐松之養春堂同集用南字》，王注引《吴江縣志》：

《詩粹》：徐崧，字松之。少從史元遊，善詩，好山水。著有《百城烟水》九卷。

又引《五燈全書》：

吴江徐崧松之居士，從幼過精舍，聞梵聲，輒悲感不能去。年稍長，絶意進取，力參宗乘，心如木石者有年，後歷見諸老。自題像曰：「覿面阿誰？似乃未似。家私蕩盡，胸無一字。豎起如意，通天徹地。倘遇識者，唤作居士。」

徐崧一字嵩芝，又見本集第【一六〇】、【三三八】題詩。

【一六〇】此一絶專寄松之

交情百里散如星，老去無心更鍊形。自製輓歌雖未出，白楊栽植滿山庭。

〔箋〕

參上題箋。又，上題詩序謂有「五絶」，上題四首，加本題一首，即足其數。

【一六一】雪子久栖五老，癸巳七月三日見訪落木，次日即還山

歸夢山扉雲霧層，五峰高下信枯藤。座中秋暑如相失，真對匡廬瀑布冰。（其一）

九疊迢遥坐翠屏，無邊秋色夜開扃。居高易動離群歎，何況江南有客星。（其二）

〔箋〕

本詩作於順治十年癸巳（一六五三）七月初。

雪子，名朱陵，兄隗，字雲子。長洲人。兄弟皆元歎好友。見第【四十三】題箋。

【一六二】南峰章中丞墓，曾孫明逸重葺還山堂。賦詩紀事，次其韻

旅殯南還遂首丘，至今英爽未全休。若無華搆雲中起，莫慰忠魂地下遊。滿徑松蘿欣有托，九原日月信如流。寒泉一勺堪持薦，預卜文孫享祀悠。

【一六三】答淮南冒嵩少以其稿索敘

對此秋霖惟悶坐，手披書札一開顔。江淮引領懸孤月，詞賦通稱托小山。樂在家庭那得老，情隨花鳥不堪閑。知君名重容相附，玄晏何人敢自攀。

〔箋〕

冒嵩少，即冒襄（一六一一——一六九三）父冒起宗（一五九〇——一六五四）。起宗生平暨其著述，詳陳維崧（一五九〇——一六五四）《陳迦陵文集》卷五《中憲大夫嵩少冒公墓誌銘》。

【一六四】舊總戎程孟雄隱秦餘杭，開山樹藝，林谷蓊蔚。寄贈

晨興抱甕試勞筋，矍鑠如翁尚軼群。賣劍豈能忘故物，鑿山如欲勒奇勳。旋生髀肉

驚流電，嘗蹙眉心望陣雲。誰用值錢相校計，坐中須避灌將軍。

〔箋〕 程孟雄，名周祐，長洲人。天啓七年（一六二七）武科舉人，曾任崇明副總兵（見《（同治）蘇州府志》卷六十七。）韓洽（一六二二—一六八九）《寄菴詩存》卷一有《程孟雄輓詩》，亦言及其「開山樹藝」之事。詩云：

築室就山麓，開荒藝嘉蔬。當年倚天劍，鑄作刈草鉏。俯仰三十秋，手植皆扶疏。咄嗟英雄姿，終老山澤癯。滄桑一反覆，世事非古初。思昔同儕人，壯心已成虛。馬革未足賢，牛衣豈非夫？蕭蕭暮西風，黄葉滿故廬。

【一六五】初冬尋菊，訪湯桴莊喬梓，其堂中設宣尼像

亂松行盡露頹墻，小逕坡陀接艸堂。歲入凋枯人就隱，夢多飛越夜偏長。東籬花色扶高士，南面燈光坐素王。揖客登階誠濟濟，諸郎紙筆傲柴桑。

〔箋〕 參下第【一九〇】題，本詩當作於九月廿六日。

湯祖祐，字耿堯，號桴莊，齋名玉峰草堂。吴縣人。（參黄虞稷《千頃堂書目》、張其淦《明代千遺民詩詠》）。又見第【一九〇】、【一九一】題詩。

【一六六】中峰蘭公係南來老人一子，從幼有文字之交，新秋爲四十生辰。有贈

盛年流駛不教停，灌頂時來水在瓶。界浄出生乘月露，金清合格湛秋星。袈裟所被觀身相，文藝能兼驗掌經。師爲親因宣秘密，幾多人向下風聽。

〔箋〕

南來老人，即蒼雪讀徹，另見本集第【一】、【十五】、【六十四】、【七十九】、【一二九】、【一三五】、【一三六】、【一四三】、【二一七】、【二二三】、【二二六】、【三三四】題詩，又見《浪齋新舊詩》第【一四一】題詩。

【一六七】入城晤實符宗兄，得汪石公郡佐卧疴之信，寄憶

居官省事得輕安，驥足雖存展自難。湖海才名身漸老，郡齋山色晚生寒。遥知草檄風雲動，深媿荷衣禮數寬。似念吴民艱粒食，朝來卧托未加餐。

〔箋〕汪石公，名汝祺，浙江錢塘人，順治十年（一六五三）六月任海防同知（見《（同治）蘇州府志》卷五十五）。汪氏後任蘇州郡丞，李漁輯《資治新書初集》卷八收有「蘇州郡丞汪石公」判語「三害事」一則，令誣人濳通海逆、逼人致死者，一絞、一戍、一配、一杖，信是良吏。惟石公宦途，似不順遂。可參孫枝蔚（一六三一—一六九七）《溉堂前集》卷五《海鹽同邢補菴訪汪石公喜楊吉公適至》二詩，詩繫於順治十七年庚子（一六六〇），云：

古寺朔風吹，海濱相見時。窮途都若此，廉吏竟何爲？（三君同被詿誤。）信有良朋樂，寧無故土思。梅花香滿屋，酒至且論詩。（其一）

無心驚會面，敘舊轉長吁。哀哀添情話，蒼蒼各鬢鬚。愁中詩爛熳，宦後路崎嶇。久識浮雲態，惟應戀酒徒。（其二）

【一六八】次韓芹城太史冬日天池養疾韻

寒翠連秋冬，山中自佳氣。木葉次第零，朔風仍未厲。嚴城君一出，始覺幽蹤密。卧起近東扉，殘宵猶見月。佇待雪覆溪，馴至水生骨。豈乏乘輿人，扁舟從此發。（其一）

冬山閟鴻濛，外物無交氣。食息復其初，何恙能爲厲。一燈坐蕭瑟，漸與空王密。誰

贈瓶中梅，媚此窗間月。運體聞微音，珊珊具仙骨。善巧得安心，不須枚叟發。（其二）

〔箋〕

韓芹城，名四維（？—一六五八）。蒼雪《南來堂詩集》補編卷二有《和韓芹臣冬青軒避暑四首》，王注引《昌平州志》云：

韓四維，名張甫，别號芹城，宋魏公琦之後也。明成祖時，遠祖韓二公隸護衛親軍，用戰功秩于昌平，遂家焉。四維幼失怙，母司氏撫育訓誨，里人稱千里駒。既就塾，過目成誦，不五、六年，學大成。年十九，補博士弟子員，又明年，貢于鄉，文名噪甚，顧益自勵。嘗謂文章之道，貴能出有入無，變化不測，焕若日星之麗天，屹若山嶽之竦峙，彼子雲、孟堅何人也，而沾沾徒佔畢時藝爲？于是博覽經史，下逮諸子百家，靡不抽繹妙理，探索强記，文藻日盛，雄辨奥詞，淵泓渤湧，海内知者，詫爲昌黎再世。辛未成進士，主司姚希孟見其文，歎曰：「婁江犀象，彭蠡珠璣，謂東南之寶空天下矣。何意夜光尺璧，乃在燕山！」既廷對，授庶吉士。三載擢檢討，陞國子監司業，再晉左春坊左庶子。在翰林前後十四年，預侍經筵，卓然有公輔望。庚辰、癸未兩校士南宫，所得皆海内名宿，粱清標、王崇簡皆門下士也。四維知交徧天下，權貴人欲引以爲重，一切謝卻。布衣有投一詩一文求見者，懽然汲引無倦色。抗直不阿，謙恭下士，其天性也。先是使于吴，見姑蘇山水明秀，樂之，買地數頃，屋一椽，徙家焉。戲謂客曰：「自梁伯鸞没後，數百年來無問津者。吾他日挂冠，當耕穫此地，毋使伯鸞寂寂無伴。」及甲申歲李自成僭號，歎曰：「吾書生受國恩，惟一死報耳。」會城陷，慟哭將死。遇賊掠而執之，令降，不可。桎梏之，愈不屈。匝月賊敗西遁，乃得脱。時清師未入，城邑空虚，百姓若鳥獸散。昌平新燬于賊，又家已南遷，遂奔入吴。慨然曰：「吾分死賊手久矣，幸而不死，豈宜復與人間事？」乃築室支硎之麓，晉支道林所隱山也。結茅菴，額曰「糁花」，易名曰延祺，字煦堂。曰：「兹地吾素志也。天下擾擾，吾其游方外以待清平？」金陵士大夫援永嘉、建炎故事，悉謝絶，足迹不入吴市。初在祕閣，時黨議方熾，四維既受知姚相國，又與文相國震孟交好，有勸以中立者，不答，作《辨正論》以見志。

元歎詩題所及之「韓芹城」，蒼雪《南來堂詩集》所收詩作「韓芹臣」。韓芹城，又見本集第【一七〇】、【一七二】、【三五一】、【三六八】題詩。

【一六九】贈婁守白林九名登明。力除衙蠹，有中傷者。

稔知刻木恣威强，弱肉零星賴護將。但使民生離虎口，不須仕路畏羊腸。偏蒙吉曜相暉映，庶幾鄰封得比方。誠是饑疲易爲德，頌聲一月動江鄉。

〔箋〕白登明，字林九，遼東奉天人，時任太倉州知州。登明治婁，興利除弊，發奸摘伏如神。後入祀名宦祠。元歎所謂「力除衙蠹」，其霹靂手腕之一斑耳。詳見《（嘉慶）直隸太倉州志》卷十：

> 白登明，字林九，奉天人。由柘城知縣陞授知州，甫下車，立四禁：一衙毒、一地棍、一賭博、一姦淫。浹旬，試諸生，令于卷尾陳利弊，以次摘發無遺。時大蠹五六人，盤踞州境，搆陷良善，人不自保。復邀結撫按衙門，操官吏短長，莫敢詰。登明先後計擒之，杖斃通衢。又姦人專以假盜假命，或群摭陰事，思興大獄，鞫訊得實，必立斃之。剖斷若神，伺察辭色，片言摘發，無不奇中。鄰境有冤，咸請上官付州質審。尤以德教民，立講院，舉同善會，賑孤貧，旌孝義無虛日。催科自正供外，毫無羨餘。州民之以條丁銀自封投櫃，自登明始。岡身高仰，水利壅塞，登明用銷圩法，先浚朱涇，繼浚劉河六十里。不兩月工竣，實爲東南七郡水利。會以逋賦劾去，士民祖道闐咽，鄉、城皆立祠，今祀名宦祠。

另可參王烟客《西廬詩草》下卷補《白林九父臺集揖山樓月夜觀荷余以患瘧不獲趨候賦此》、《己亥初夏復邀白林九東園觀芍藥貽詩律依韻奉酬初奉調用之命》諸題詩。

【一七〇】雪後陪韓芹城訪程將軍山墅，還至高□而別

雪逼群山近，輿中起莫寒。村杯隨地領，人意與冬殘。犬護荒籬缺，鴉栖幾樹完。各

分歸宿去，已恨隔林端。

〔箋〕　韓芹城，又見本集第【一六八】、【一七二】、【二五一】、【二六八】題詩。

【一七一】曉雪

卧雪先生不自聊，起看松竹共飄蕭。顛狂無緒如心亂，潔素遥愁見日消。旋有松烟支石鼎，久虚人迹印溪橋。山堂此際增形勢，玉琢群峰一一朝。

【一七二】除夕前以果餅餉韓芹城守歲，承答二詩，謹次韻

入手非寒具，無妨名蹟披。頗慙惡草進，敢曰美人貽。小像兼香供，春盤雜菜移。不同黄葉喻，僅僅止啼兒。（其一）

不腆家嘗物，拈持便憶君。果單驚異目，食指動清芬。重大非留棗，輕微抵贈雲。郇厨容易入，幾日得舒筋。（其二）

〔箋〕　韓芹城，又見本集第【一六八】、【一七〇】、【二五一】、【二六八】題詩。

【一七三】甲午二月八日壽靈嵒和尚五十

茲嵒洵秀出，浮雲不能没。儼然吴之望，諸山氣已攝。霸圖昔選勝，玲瓏起屧宫。三萬六千頃，日夕盪其胸。山靈不違時，聖賢垂化影。雲旗滅無象，鯨鐘乍相警。欲浣脂粉污，旋汲琉璃井。智積啓其先，繼者讖仍懸。前聖與後聖，相去猶比肩。開榛出舊礎，摩空矗廣殿。登頓每三休，荒殘始一變。晝鼓撾方急，獅絃彈未終。聞時各自失，喝處直須聾。萬指遶而圓，一音隨所領。抛珠盡走盤，入木皆飲刄。句身堪把玩，偈頌遂繁興。片語翻陳案，千秋付續燈。解衣暨推食，山藏兼海納。徹困始投懷，大機蒙蹴踏。末葉睹雄風，涓泉動蟄龍。丹塗霄漢塔，點綴翠微峰。

〔箋〕

詩作於順治十一年甲午二月八日，合公元一六五四年三月二十六日。

顧苓《塔影園集》有《靈巖退翁和尚别傳》云：

翁名宏儲，字繼起，南通州人。姓李氏，娶妻生子，妻子死，舍俗出家。崇禎乙亥，得法於三峰藏禪師，年三十一，遂住名山，登法席。辛巳入天台，久之，卓錫於蘇州靈巖之崇報院。院久廢，經營整飭，殿閣莊嚴。書屋山曰「天上靈巖」，又曰「大光明幢藏時世界種」，名其堂曰「大鑑」，曰「明月」，其菴曰「明白」，像設獨在殿上，更定施食科儀。三月十九日，必率徒衆爲烈皇帝及諸死國大夫士修齋誦經，涙出如雨。歲首，爲其親師亦如之。與人言，必依忠信，好問禮法，惡人之不忠不孝，不遵典禮者。詩文得唐宋大家風氣，書間學晉人。予最愛其《冬雪》詩「只爲六朝遺老懼，隔江堆没舊時山」之句。一時檀施雲集，瓢鉢蕭然，遺民處士或倚爲薇蕨資。前大學士熊開元、户部尚書張有譽、處士趙庚，皆爲得法弟子。春坊韓羅，受鉗錘久，既死，乃著落。庚子秋住虎丘，馬國博端言欲爲虎丘修舉廢墜，必資大貴人力。翁言大貴人皆石火電光。其言大率如此。虎丘進院日，瞻禮者數萬人，前兵部主事毘陵某私覿不及，明日投書抵觸，搆釁未已。忽得噩夢，夜半來叩寺門，禮足求懺悔，請法名而去。辛丑春，于靈巖大悲閣上修懺將畢，緇素大集，有後至争席者，怙勢懷憤，將侵擾道場。是夕，有光起閣上，冉冉入雲，照耀下方。其人愕然愧悔，出錢飯僧。翁具天人相，面如滿月，所至圍繞作禮。常住南嶽，往來數千里，沿途瞻仰，晝夜不絶。楚人語余：翁在南嶽，當路以金錢供養者多不納。窮鄉甿夫終歲勤動，餘一斛二斛米，肩負出山，輸委常住，得一見頂禮，歡喜讚嘆，真不可思議。翁乃遽歸靈巖，不復去。壬子正月，名王女自廣西遣人迎翁。及秋，人船敦促，翁遂示疾。人船既去，病良已，即不食。八月二十日，屈指數日，至七而止。二十七日午後，索水浴。浴已更衣，端坐而逝。

系曰：翁知余不學佛，每相見，輒多調謔。今年正月，過靈巖，語予曰：「吾兩人孰先死？居士先死，我爲居士説法。設我先死，居士爲我作碑記。」相視一笑，不意蒲柳未枯，松柏先落。憶初見翁，翁手如意，屬予篆「崇禎甲申」字于上。八月，養疾方丈，又屬予豫銘其龕曰「吴僧靈巖退翁」，故爲作《靈巖退翁别傳》。

錢謙益《牧齋有學集》卷二十一《虎丘退菴儲和尚語録序》云：

退菴和尚提正法印，十坐道場，息影靈巖，有終焉之志。都人士以虎丘虚席敦請，應緣强起，人天懽悦，四衆圍繞，升堂説法，雲湧雷轟。虎丘自隆禪師以圓悟的子，坐鎮此山，東南叢林，遂列於五山十刹。輓近陵夷，化爲歌場酒肆，而師以隆師耳孫，踵其法席，靈山古寺，頓改舊觀。兹編則其語録之初首也。

宗門自琦楚石後，獅絃寂寥。邇來馬駒蹴踏，棒喝交馳，刹竿號爲極盛。而諸方耆年，不能不爲師避席。以其從睦州雲門得手，德山、㟭頭、了辨，舉昭覺之渾金璞玉，與徑山之河傾漢注，殆兼而有之也。

余鈍根，盤回教海，未能得其津涉。與師游，竊窺其心地光明，門庭恢拓，撈籠末法，尅骨點胸。追魔衆之潛踪，深入藕孔；吞毒龍之遺種，横吸海波。深心弘願，良欲鑪鞴佛法，燒焚地獄而後已。若其箭鋒鞭影，逗落咳唾中者，其手中片葉耳。隆公有云：此柱杖一劃，劃斷生法師多年葛藤。有人於此著眼，知前後阿師住此山者，都從一鼻孔出氣，庶不負點頭石拊掌一笑也。

濟北一宗，至于圓悟而有隆有杲，爲千古豪傑之士。有宋南渡，佛日再耀，慧命克昌，二公具有力焉。隆之子應菴華公，親承虎丘，而受妙喜衣版之付。蓋虎丘、徑山，一燈分照，遂與宋終始。隆之住虎丘在紹興三四年，去今五百三十年，而和尚再鎮，實維其時。佛懸記像末法，皆云後五百年，時節因緣，豈偶然哉！

青陽、嘉魚二元老，師左右面弟子也。録既成，屬雙白居士告我，昔者應菴之録，公家松窗參政爲序，虞道園稱之，比于潁濱之序真浄，今可無言乎？余往棲息虎丘，讀張魏公《藏經記》，謂兵革鬬亂，起于無明，清浄回心，殺氣自息。魏公身荷重擔，遊圓悟父子間，知般若清浄法門，故其言痛切如此。今之君子，從和尚于此山，亦有俛仰器界、深惟清浄回心之指意如魏公者乎？余竊有望焉。若松窗之于應菴，白鶴夜談，縱横辨論，而後以楊岐一宗相許，則非余之所敢當也。是爲序。海印弟子虞山錢謙益合十謹序。

蒼雪《南來堂詩集》補編卷三下有《贈靈巖繼公五袠》云：

大巔怪底答昌黎，問臘惟應拄杖知。選佛場中及第早，大唐國裏一人師。善來未易匡徒日，佛出猶難救世時。七十二峰齊下拜，靈巖高指作須彌。

陳乃乾《蒼雪大師行年紀略》繫此題於順治十一年甲午六十七歲條。引《靈巖志略》云：

儲和尚五十誕辰，以檀資建二閣於法堂之左右，左曰天山，右曰慈受。已而濬池得石，摩洗讀之，乃宋慈受禪師披雲頌也。慈受閣名，先爲之兆，衆皆驚異，遂用韻成十頌。適中峰徹大師至，各再三和。於是諸方知識及門弟子，咸有和章。

蒼雪和詩四章見《南來堂詩集》補編卷四。王注録《宋慈受深禪師頌十首》。靈嵒，又見本集第【一〇七】、【一四二】、【一四三】、【一四九】、【一九四】、【二〇二】、【二〇四】、【二三三】、【二四六】、【二四七】、【二五一】、【二六八】、【二七八】、【二八五】、【三〇三】、【三〇四】、【三一九】、【三四三】、【三四四】題詩。

【一七四】詠史詩 癸巳除夕

上世能相忘，中世尚節義。披文攬英概，差足慰人意。士有負大怨，束身挺而走。風雨望誰門，性命他人手。范睢重於秦，昭王爲報讐。魏齊一片影，勝也特見收。函關十日飲，甘言兼力取。在固不出也，又不在臣所。孝成孱王耳，國家至用兵。艱難思所詣，天下一虞卿。兩人爲形影，大國將之楚。同時乃侯嬴，偏知此心苦。一生無兩死，生亦何用偷。舍生而取義，掩卷慕前修。容損趙相印，不換魏齊頭。

〔箋〕

此元歎順治十年癸巳（一六五三）除夕之作。揆諸上下詩，疑此爲錯簡。鍾惺《楓橋夜泊戲題徐元歎扇頭小影》云：

山頂露，漸棄冠巾；詩肩聳，已擬負薪。持以障日，其中空洞無物；以手捫摸，亦熨貼而無不勻。何以清宵談話，杯酒入脣，肝腸磊塊，思以頸血濺人？恩仇滿世，何難用此幻泡之身！

頗可見元歎性情，與本詩合觀可也。

【一七五】丙辰窮秋，寓包山廢寺，垂四十年，每夢名區，寒苦如昔。近固如法師厭末流奔競，結搆喦中，深居不出。欽其高絶，遥有此寄

深谷記逶遲，十里行邃密。寺古無丹碧，松石意自别。昔年寓書劍，窮秋下微雪。嘗憶人與境，只在悲涼節。棲心有禪客，夜夜抱孤月。古壇藥草衰，遠岸人聲絶。裹足此喦扃，封之雲一抹。

〔箋〕

丙辰，合萬曆四十四年（一六一六）。題云寓包山寺四十年後作此詩，則當在順治十一、二年（一六五四—一六五五）左右。

徐崧、張大純合撰《百城烟水》卷二「包山禪寺」條云：

梁大同二年建，天監中再葺。初名福願寺，唐上元九年改今名，高宗賜名顯慶寺。宋靖康中慈受深禪師居此，賜額包山禪院（王銍有記）。明永樂間有歕菴禪師，結茅重建，又改包山寺。今康熙七年山曉晳禪師憩錫。丙寅，法嗣柯菴慈禪師繼之，同無躍鎔公建大悲閣（唐皮、陸俱有詩）。

按：題所及固如法師，汰河明如門人也。錢謙益《牧齋有學集》卷三十六《固如法師塔銘》云：

吴中自蒼、汰二師繼殞，賢首宗不絶如綫。癸卯九月，汰之徒固如法師自寂包山顯慶寺。余歎曰：「又弱一個矣！」其徒正詣等建塔山中，奉遺言具狀請銘。按狀：師諱通明，字固如，崑山周氏子。年二十四歲，出家授具，徧參性、相二宗，聽《華嚴大鈔》于華山，汰師將傳衣付囑，謝不受。晚居講席，炷香必歸汰師。而師之自敘則云：「初宗賢首，繼參天童，辛勤無所得。庚辰春，聽《大鈔》，忽悟十玄之旨。又四年癸未，始契三玄三要，頓見古人用處，作《十二頌》，又作《五十三參頌》以相證明。」嗚呼！我佛塵沙法門，包羅華嚴法界，至矣盡矣。華嚴法界外，豈别有三玄三要，十玄門、三法界已了，三玄三要安有未了。循師言而求之，豈其參訪熟爛，終結果于《雜華》，抑亦大事了畢，聊披襟爲座主？是未可詳也。

師言「數年來禪講老師物故，後生不識古人大全」，是矣。余謂禪與講，猶射之有二的，中其一，不必又問一也。教力弱，不免折而入于禪。禪解淺，又不免還而依于教。此一矢而折兩中也。是故知禪而不通講者，謂之辟，我則好辟焉。知講而不通禪者，謂之固，我則好固焉。余之論與師願異如此。惜未及躬與勘辨，而窮竟其所得也。狀又稱公潛心唯識，至習天台觀教，居包山十餘年，貝葉棲架，凝塵滿床，素交禪侶，不過三數人。寢疾彌留，自製遺令，唱《還鄉曲》，泊然而逝。蓋其徒稱師止此，而余之銘師者亦止此。銘曰：

善財南詢，烟水茫茫。彌勒樓閣，彈指發光。何教何禪？畫地自量。師之扣擊，閱歷諸方。十玄三要，兩楹彷徨。晚坐包山，水月道場。《還鄉》一曲，離人斷腸。塊然石塔，説法琅琅。三舟一月，印我銘章。

【一七六】送始貧上人附一紳舟欲上五老峰

江昏風色怯深春，轉仄廬山望未真。卻是浮雲能愛護，不教諸老露全身。

〔箋〕

五老峰，在江西廬山。

【一七七】詠史

秦繆能終奮，孟明蒙拔拭。渡河遽焚舟，晉人不敢出。封尸哭死事，以報殽之役。子羽戰少利，陳餘更請益。沈船破釜甑，齎糧僅三日。取威在一決，至今有生色。東日扶桑明，繡字雙旌赤。千手駕餘皇，來往空如織。三月桃花天，風吹海波立。量沙不療饑，揚塵行復即。淮陰背水軍，諸君苦未識。

【一七八】壽錢山民

掀髯一笑即良緣，話入滄桑便惘然。官屬期門曾捧日，人稱驚坐爲談天。耆英散社杯觴後，吴越殘山杖履前。剩有雙眸能鑒物，通家年少最誰賢。

〔箋〕

張大復（一五五三—一六三〇）《梅花草堂集》卷十五有《錢山民見尋》一題，詩云：

客到思茗椀，松風鐺底長。與君同水癖，𩯭爾納荷香。世亂山林静，吾衰賓主忘。可能陶永夕，酒債漫相償。

王烟客《西廬詩草》上卷補有《壽錢山民七十》一詩，云：

緹錦歸來换緑蓑，花枝紅映醉顔酡。要期梨棗胸中熟，《真誥》曰：「交梨火棗，爲飛騰之藥，要使熟於胸中。」忽漫滄桑眼下過。覺世君平非市肆，應諧曼倩在岩阿。夢華往事難重看，好唱仙人踏踏歌。

【一七九】玉鉤斜廣陵煬帝冢傍宮娥葬地。

殘脂賸馥土花凝，得近泉扃侍寢興。猶勝當時銅雀妓，餘生憔悴望西陵。

〔校〕

本詩又見《殘稾》。

【一八〇】巫山雲

巫陰廟食祀荒淫，暮暮朝朝不絶尋。能使楚王迷處所，誰言出岫是無心。

【一八一】詠史

壯齒一蹉跎，晚景可飄瞥。古人迹已陳，念之心爲熱。七十居鄛人，多謀好施設。重瞳氣蓋世，起事相咨決。一則曰亞父，許與儼尊列。惜哉大事去，空舉腰間玦。高陽里監門，六十方干謁。我戴我冠來，與爾盛不潔。長揖赤龍子，兩女洗遽輟。伏軾下齊城，忌功來蒯徹。死則五鼎烹，更言所不屑。嗟此兩矍鑠，史册炳遺烈。兀突劉項間，所事皆人傑。末將頗伉急，鄙生類佻達。成敗何必同，後世可稱説。

【一八二】吴興凌茗柯，久任天垣，處朋黨之世，中立不倚，用是補外，治兵吴下。甲申三月，任大銀臺，盲賊破都城，自經屋梁，死難最先。旅櫬南還，束芻未舉。惟先生雅好鄙詞，敬書十六韵，呈之靈几

殉節人臣事，從來亦不無。臨岐難引決，正坐戀膏腴。所以完名者，嘗歸廉吏乎。高資推諫諍，中立謝邊隅。外補一麾出，南行千騎徂。宣威仍獬豸，擇士就菰蘆。朝政披猖日，宵人逼仄途。冰銜消譽望，日馭入桑榆。帝鑑妖盲現，皇襟龍血污。直繩忙自攬，高屋仰長吁。脰絶猶思奮，喉鬫遂不蘇。賓天即侍從，命侶或躊躕。謀國初非預，捐生素所圖。歸魂全鬢髮，議謚且模糊。避諱哀詞略，頻仍老淚枯。寥寥死事傳，奉借一支梧。

〔箋〕

凌義渠（一五九三—一六四四），字駿甫，號茗柯，浙江烏程人。天啓間與山東盧世潅後先進士。崇禎中官三吴兵備使。茗柯好詩文，世以雕龍擅譽。得交元歎，屢揄揚元歎詩詣於盧世潅，此後遂有元歎不遠千里，扁舟訪盧於山東德州一事。茶酒之餘，元歎出詩一帙，邀盧敘之。此今《尊水園集略》所收《徐元歎未刻稿》之來由也，文見本書「唱酬投贈」。《集略》另有《晤凌茗

柯舟中晨光初動暑氣自清恍濯魄於冰壺也》二絶，云：「艇子泠泠傍曉河，對君只似對維摩。胸中閑氣消除盡，把酒臨流一嘯歌。時茗柯自都兵垣出參知福建。」「掉鞅詞壇列衆雄，誰知清遠是宗風。如憑俎豆通今古，作佛成仙七字中。茗柯論文，貴在清遠。又有贈余杜亭詩云：『如憑俎豆通今古，豈止詩文備典刑。』」

《譚元春集》卷十八有《招凌茗柯》，卷三十二有《寄凌茗柯》。

【一八三】初冬身月菴渤公房看菊

支水既歸壑，面山齊聳翠。雙屨耐幽尋，孤節有深詣。勁氣薄疏林，茅茨露一二。袈裟事精嚴，且從花供始。霜下擢華莖，盆中表孤寄。紅紫競時趨，正色難獨恃。看花過節來，驗葉從根起。嘗依古佛香，未伴高流醉。奚必在東籬，始有悠然致。

【一八四】乙未新秋落木菴送吴既閑還楚，挾二姬去

枸杞久成形，雞壅時爲帝。集事乏風雲，束身安□茘。廢置屢弈棋，聞見一揮涕。索處日如年，含情人換世。志士南北身，良游葭莩際。數載有成言，一勇遂孤詣。來筍驀短垣，藉草蹲幽砌。主人適外歸，傾倒乏次第。聚散片晷中，茗酒得相繼。手指西斜日，提

攜從此逝。雖申再會約，情語聊點綴。兵戈七十翁，誰作明後計。方撤林間尊，已颺前峰袂。吉行無兼程，隨途成小憩。争持半臂綿，奪畫連肩翠。情思如江長，致遠行恐泥。

〔箋〕

乙未，合順治十二年（一六五五）。

董説《寶雲詩集》卷五《與吴既閒别十二年寒食後在補船村得竟陵信慨然》云：

孤雲未改散隨散，野渡方瞥船子船。春風吹我竟陵夢，飛墮故人山水邊。好山上心安足道，故人不見令人老。論詩當日搜南宋，入道同心續僧寶。楊大年，張子韶，濟水英雄未寂寥。宗門文獻要商略，心期一鼓秋江橈。鼓橈先泊廬山脚，老得廬山碑字摸。一補山緣一見君，樂府重題竟陵樂。

吴既閑，又見本集第【五十九】、【二三四】題詩。

【一八五】史辰伯八十

看盡浮雲唤奈何，端居窮巷歲嵯峨。補治墻壁陳書在，消折榮華識字多。可口羹藜休祝噎，杖頭寸鐵儘堪磨。楓城世有濱湖宅，闕跡頭陀一再過。上世有建文從亡義士雪菴和尚兩匿其家。

〔箋〕

史辰伯（一五七六—一六五九），名兆斗。汪琬（一六二四—一六九〇）《堯峰文鈔》卷三十四《史兆斗傳》云：

史兆斗，字辰伯，其先吴江人。有處士鑑者，與吴文定公寬爲布衣交，以博洽知名，學者稱西邨先生。其後徙居長洲。兆斗爲諸生，不得意，即棄去，力學於古，尤博通前明典故，下至故家遺老流風佚事，無不備熟於中。暇則爲人抵掌稱説，移日夜不倦。當其少時，士大夫已争客之矣。性尤喜蓄書，所購率皆祕本，或手自繕録，積至數千百卷。齋居蕭然，惟事校讎，或偶有所得，輒作小行楷疏注其旁，每卷皆有之。先是予未第時，已能識兆斗。兆斗謙下，視予如平交，未嘗以丈人行自抗也。乙未秋，予舉進士歸，兆斗數來訪予，年已八十餘矣。落魄不事修飾，蒼顔長髯，衣服樸野，對之儼如圖畫。素不喜飲酒，予惟爲設肉食而已。然其議論纚纚，猶不減於平時。爲人剛直，見少年浮薄者，數叱斥之，雖其人内媿面發赤，弗顧也。以此爲士大夫所重，亦以取嫉於人。然獨好予，嘗曰：「子之文章，必傳於後。顧吾聞前時李夢陽、何景明、李攀龍，俱用學使者著稱。子今能爲是官邪？」予方巽謝不敏，兆斗掀髯，笑而去。已因報謁至其家，家在委巷中。予屏車從，徒步而入，拜兆斗於堂下，兆斗手自扶起之。瀕行，告予曰：「《長洲縣志》絶不稱志，中所難者，人物耳。吾删定已久。今老矣，無所用之，當以授子。」其後亦竟不果。後三年，予將入京師，兆斗來别，褏出果餌遺予。予深感其意。自此不復相聞。逾年，金秀才穀似以書來告，曰兆斗老疾死矣。嗟乎！雖無老成人，尚有典刑。蓋兆斗歿而吳中之文獻於是亡矣。當兆斗生明神宗之初，逮事劉侍御鳳、王校書穉登，受其學，以故方矩潤步，危言正論，猶有前賢之遺焉。自天啓、崇禎以來，後生小子好爲剽竊不根之説，束書不觀，每群聚笑語，望見兆斗來，數驚怪避去。或更以迂謬相譏嘲者，亦間有其人。此予不能無歎也。兆斗貧，無子，以從子某爲後，晚依其家。既死，所藏書俱散佚不存云。金秀才名式祖，於予爲外弟，亦素習知兆斗者也。

【一八六】重九前一日，出天池訪王元倬于山塘旅舍，云已赴太守之約

寓居黃葉下，游事易闌珊。夙意親風雅，晨興犯露寒。裝留單僕守，菊就郡齋餐。共此城東夜，無嗟一晤難。

〔箋〕參下題。

【一八七】次日元倬見訪師林寺，因成小飲

好來尋菊約，淺水薵城灣。藉手函香出，徵詩尺素頒。淹留憐九日，颦蹙問鍾山。草草僧厨飯，安君故舊閒。

〔箋〕王潢，字元倬，見第【八十五】題。卓爾堪《遺民詩》卷五所收王氏《吴門訪徐元歎》詩，當作於此時：

何處溪山曳短笻，誤從城郭訊高蹤。埋名或恐同梅福，問字曾聞擬顧雍。人卧荒菴依落木，客停孤舫聽疏鐘。相逢莫語興亡事，耕稼惟應學老農。

【一八八】廿年前與李小有别于虎丘，乙未六月邂逅吴城，值其生日。君爲維揚大家，諸弟貴盛，時無存者

競愁飄墮國，君乃出斯塗。新貴名難記，佳遊迹已蕪。青雲同氣盡，黄髮一身孤。相與無涯壽，閒中閲世趨。

〔箋〕

本詩作於順治十二年乙未（一六五五）六月。

朝鮮人成海應撰《皇明遺民傳》卷三載：

李長科，字小有，江南興化人，文靖公春芳之孫。亂後，自以爲明室世家，輯《廣遺民録》以寄意，取《清江》、《谷音》、《桐江》、《月泉吟社》以益程敏政所撰《宋遺民録》。長科没，屬其藁王猷定，猷定轉屬毛晉。多散佚，止有目録一帙，秦人李楷爲之序。大略謂宋之存亡，爲中國之存亡云。

元歎詩題所謂「君爲維揚大家，諸弟貴盛」，非虛語也。考小有祖春芳（一五〇一——一五八四）嘉靖二十九年（一五五〇）進士，官至武英殿大學士。甲申後，李氏一門，俱以遺民終，無一出仕清廷者。小有從子沛，字平子，以詩名。卒于康熙十三年（一六七四），得年五十八。沛從弟淦，字季子，與徐枋（一六二二——一六九四）、屈大均等相友善。淦從弟沂，字子化，有《鸞嘯堂集》。

王鑾《匪石堂詩》卷十八有《喜再晤李小有於吴門值其初度與余同歲歌以貽之》云：

去年邗溝月，霜菊畫舸尋。今年吴會日，冰桃官署吟。同是濩落人，飄泊任崎嶔。蹤跡何當數于旅，執手慱悲歌梁甫。況復與君同甲子，長余兩月管鮑許。狐鳴嗷嗷夜中鳴，玄鶴翛翛空自舞。一代才華蓋世名，老年拓跋何辛苦。處仲唾壺不堪擊，陳侯糟丘眘何所。且向靈威丈人前寄殽，賒取三萬六千頃之澄泓。釀作金盤與椒雨，拍浮直上穹隆觥。

仙人赤松呼欲出，趺坐峰頭看浴日。吐吞巨浸迸金輪，直視下眕如蟣蝨。劃然一嘯天地老，黄庭内景那足迹。

題謂二人同歲，知小有亦生於萬曆十五年（一五八七）。小有歿於本年（一六五五）秋，在晤元歎與王亹於吳門後不久也。

小有能詩，而未見有集行世。清初詩選録其詩作者凡八家。

【一八九】林茂之與竟陵先生始昵終隙，竟陵没後，三十二年不相聞。乙未晚秋，金陵客至，突而惠詩，答以此篇。林七十六，長余十年

往事如今日，今人非昔人。湘纍雖飲恨，莊蝶久分身。鍾阜松聲失，飛鴻雪迹陳。何須理前説，于世暫爲賓。

〔箋〕

本詩作於順治十二年乙未（一六五五）秋。

林茂之（一五八〇—一六六〇），名古度，號那子，别號乳山居士。福建福清人。陳文述（一七七一—一八四三）《秣陵集》有《乳山訪林古度故居》云：「萬曆己酉、壬子間，楚人鍾惺、譚元春先後遊金陵，古度與溯大江，過雲夢，憩竟陵者累月，其詩乃一變爲楚風。」萬曆己酉、壬子，合

萬曆三十七至四十年（一六〇九—一六一二）。

竟陵先生，即鍾惺。今通行之鍾惺《隱秀軒集》中，猶見伯敬與茂之唱酬之作甚夥，如《題茂之所書劉眘虚詩册並序》、《題林茂之畫壁》、《雪集茂之館》、《除夕守歲子丘茂之宅時子丘與孟和居易至自吴門》、《秋夜與茂之閒坐》、《正月初二日大雪同王永啓林茂之集雨花臺》、《十五夜同林茂之過俞仲茅步月》等題，足證二人早年交誼頗深。

元歎另有《涼秋寄林茂之》一律，卓爾堪選入《遺民詩》，亦明亡前所作。

《譚元春集》中所收友夏與茂之有關之詩亦可觀，如卷二有《吴聖初許以園林見借讀書同茂之先往觀之因題壁》、《冬月可愛將赴伯敬招與孟和茂之彦先諸子賞焉》、《同伯敬孟和坐茂之榻上》；卷三有《得茂之書》、《聞林茂之乘便上楚》、《月下知伯敬到家不得茂之同行消息二首》；卷四有《商夢和爲予畫山水林茂之題其上余並作歌》、《雪朝得茂之書及讀余秋尋草歌》；卷五有《抵白下尋林茂之》、《同彭舉子丘茂之看春遇雨》、《二月十八日彭舉茂之同予葺理園林其明日子丘送予入園》、《同茂之九雒鐘樓岡看月》、《病中同茂之尋菩提場》、《康虞同子丘茂之過永慶寺》、《彭舉茂之過談》、《雨中過茂之洗兒同百穉孟和》、《伯敬孟和茂之叔静同坐河上》、《孟和茂之同過南湖道中》、《冬日彌陀菴同茂之孟和作》、《雨夜念茂之江上二首》、《送茂之南還三首》、《夜過茂之病中》、《拜客暑甚就茂之舍休焉忽鍾伯敬周伯孔亦至》、《茂之席上逢范漫翁》、《生日柬伯敬茂之》、《無錫答茂之見懷即以爲别》、《寄林茂之書適塘堤成》、《尋林茂之新巷答其詩》；卷六有《茂之孟和至湖上作》；卷七有《遊徐氏西園同林子丘茂之》、《伯敬將還朝始同孟和茂之往湖上》，卷十有《四月一日惱彭舉時純茂之負約》、《商孟和至同坐茂之齋中》、《夢到上新河而醒因寄張克雋尤時純林茂之》等題。

王漁洋選刻茂之萬曆三十九年辛亥（一六一一）以前之作，施閏章讀之，歎爲林詩「真面目」。漁洋另有《林翁茂之挂劍集序》、《林翁茂之挂劍集又序》二文，於茂之平生交遊，著墨頗多。文長不録。

至元歎詩題中「林茂之與竟陵先生始昵終隙」云云，揆以《譚元春集》卷三十二《與林茂之》所言：「兄祭伯敬，與地下人瑣瑣恩怨，弟不敢以爲厚。私爲兄懺悔之，庶令生友不疑畏兄耳。」則茂之祭伯敬文中或有及二人交惡之由，惜該文今已不可得矣！

林茂之，又見《浪齋新舊詩》【二十二】、【三十三】、【七十六】題詩。

鍾惺，又見《浪齋新舊詩》鍾序、第【十九】、【二〇】、【二十二】、【二十四】、【二十七】、【三十二】、【三十八】、【三十九】、【四十三】、【六十五】、【六十七】、【六十八】、【六十九】、【九〇】、【九十一】、【九十二】、【九十三】、【九十四】、【九十五】、【一一八】、【一一九】、【一三九】、【一四八】、【一四九】、【一六二】題詩，另見本集第【二十九】、【六十一】、【三一七】題詩。

【一九〇】去歲九月廿六訪湯桴莊菊，今值此期，詩訂再往

再擬深秋集，難忘冒雨時。人憐同老境，山擁舊東籬。繁蕊頻朝摘，連盆帶露移。似聞徵異種，色較去年奇。

〔箋〕

本集第【一六五】題爲《初冬尋菊，訪湯桴莊喬梓，其堂中設宣尼像》。

【一九一】十月五日同映渤、志明二上人赴桴莊菊花之約

晴色招閒侶，先曾與菊期。家猶嫌隔嶺，花未覺過時。承貯盈尊酒，深留半月姿。仍餘殘蕊在，霜信略教遲。

〔箋〕

參上題。

周治有《雨夜寄君慧兼示映渤》一題（見《吴都法乘》卷二十一下），詩云：

寺鐘聽此夜，只自罷開書。雨巷春如隔，花畦屐去疏。室香容獨受，夢好或群居。新綠晴如改，曉窗映水虛。

映渤，又見本集第【一五一】題詩。

【一九二】雪巢十一月廿七，菴前長松下作，時平地尚二尺餘。

龍鱗直上三十尺，雙鵲昔年來相宅。選就虬枝因架巢，俯視人間氣頗高。攬空落絮相填積，巢勢摇摇漸傾側。雌雄喑嗚不自得，飛向人家瓦上立。日晶迸射雪開眼，濕雪膠粘毛寸短。側身入巢聊展轉，舉頭慶汝有完卵。

【一九三】臘雪後劉師望從白馬澗見訪

相過青靄内，猶恨隔村墟。路改沿籬雪，人依滿屋書。屐聲知積凍，客飯恃陳蔬。握别無他語，茫茫歲欲除。

〔箋〕劉師望，又見本集第【二六二】題詩。

【一九四】臘月初三夜，見夢於靈喦和尚，乃是病軀。和尚憂念，數日後相遇於糝花菴，始釋然，感賦

衆生處業海，無有不病時。固不待其病，然後繫相思。壯風摇大地，高雪壓茆茨。孤

燈吐半翳，故絮覆全欹。噓喣自平素，夢赴理亦宜。颯然如病葉，殆見秋冬姿。病中勞苦句，師知我不知。他山披豁處，一笑釋所疑。始悟無病身，乃是慈力持。

〔箋〕

支硎糝花菴主煦堂琪（俗名韓四維），清順治十五年（一六五八）卒。（《五燈全書》卷八五。）

蒼雪《南來堂詩集》補編卷二有《和韓芹臣冬青軒避暑四首》，王注引《五燈全書》云：

支硎糝花菴主煦堂琪禪師，俗姓韓，以進士歷官翰林學士。鼎革易僧服，參覺浪盛。日研萬松評唱，礙膺未脫。後上靈巖。一日，師問德雲別峰相見話。儲喝出，師不措一辭。後儲舉臨濟在黃檗喫棒公案，得悟入。儲爲歷舉古人公案，師了無礙滯。儲書偈記之。順治戊戌，以兵逝。臨行偈曰：「楊岐驢子三隻脚，烈焰光中縱步看。踏著舊家田地穩，昂昂氣宇莫遮攔。」

同書補編卷三上有《訪糝花菴主仙掌峰下》詩。

韓氏得記於靈嵒一事，參第【二五二】題。

靈嵒繼起禪師，又見本集第【一〇七】、【一四二】、【一四三】、【一四九】、【一七三】、【二〇二】、【二〇四】、【二三三】、【二四六】、【二四七】、【二五一】、【二七八】、【二八五】、【三〇三】、【三〇四】、【三一九】、【三四三】、【三四四】題詩。

【一九五】春三日，周鄰藿書入山，知静香在北未返

猶守殘冬約，那知歲已新。蓬門除暮氣，江雪滯南人。文酒忘歸地，交游喜見身。問誰憐老病，天與一分春。

〔箋〕

周鄰藿，又見本集第【十三】、【二〇三】、【二一〇】、【三一〇】、【三三二】、【三三五】題詩。周静香，又見本集第【十三】、【二一四】、【二五二】題詩。

【一九六】二月望，過顧云美塔影園，名其堂曰「雲陽」，問知用東漢宣處士隱雲陽山事，虞山先生作記

半至春光山漸佳，閒情遇物自差排。周旋車馬稱通隱，指點園林敘本懷。流水穿花成小澗，殘陽留客戀西齋。詩關時事人題竹，請付雙童信手揩。

〔校〕

本詩又見《殘稾》。

〔箋〕

虞山錢牧齋《有學集》卷二十六《雲陽草堂記》云：

顧子云美，卜居于雲巖之陽，所謂塔影園者，讀書尚志，撫今懷古，讀《後漢・宣秉傳》，論其世而知其人，穆然太息，顔其三間之屋曰「雲陽草堂」，而請予爲記。

余學佛之人也，少覽二史，習炎劉、新莽之故，茫茫如積劫事，都不記憶。云美所以名堂之意，未能析也。云美之居，去雲巖一牛鳴地。入寺門，平石穹然，晉生公説法處也。生公欲證明闡提佛性，聚頑石演説妙義，石爲點頭。儒者河漢其言，以爲無有。夫石猶能言，儒者之所知也。石無口能言，石有頭，獨不能點與？類萬物之情而通其變，石可以生人，人亦可以化石，獨何疑于聽法與？

吾嘗讀《列子》書，感北山愚公之事。生公説法見擯，列石聚講，愚公移山之類也。已而爲石説法，石爲移聽，化冥礦爲講徒，則亦猶操蛇之神，患愚公之傴而助之也。古之勞人志士，其圖事也，多迂而無當。其謀身也，每拙而無所之。孤行單棲，徬徨彳亍，往往遥結契于千百世，而高自附于古人。舉世之人，見不越晦朔，智不出口耳，聞點石移山之説，未有不揶揄手笑者也，而又何怪與？

嘗試與子登千人之座，俯仰流覽。一紀之内，光景亦屢遷矣。方升平盛際，游冶駢闐，粉緑雜遝，歌管交加，絲肉匼匝。當此時也，山容嬋娟，雲衣戌削。若迎而笑，若却而舞者，非斯石也耶？喪亂之後，烽烟蔽虧，弓刀戛擊，遊騎塵腥，清嘉雨絶。當此時也，金虎削芒，劍池涸流。若病而喑，若悲而噎者，非斯石也耶？斯石之能點頭也，與其能言也，吾與子既目睹而耳聆之矣。顧猶流觀炎漢，佇想于巨公、兩龔，欲起塵沙不可知之人揖讓其間，豈唯愚公掩口，能無爲生臺頑石所竊笑與？

云美曰：「善哉！請書而勒之石。須石之果能言也，馳以告於夫子。」遂序次其言，作《雲陽草堂記》。

錢謙益，又見本集第【十一】、【一〇六】、【一一二】、【三二五】題詩。

顧云美，又見本集第【四十九】、【二四二】、【三三六】題詩。

【一九七】送些菴還楚 江右舊撫軍

横流出沅湘，單舸問吴越。不意好身手，有此閒歲月。蘇臺真聚塵，西湖未解渴。興盡卜歸舟，青山滿啼鴂。我豈乏悲歡，對君難自竭。所恨鱗鬣全，未遇溟漲闊。薇蕨長新苗，含羞仍采捋。既愛身後名，尚求草間活。七十居鄉人，好奇每竊發。無忘此邂逅，倘可備倉卒。

〔校〕

王士禛《感舊集》卷二亦收本詩，題作《送些菴還楚》。

〔箋〕些菴，郭都賢僧號。都賢，湖南益陽人。明亡後祝髮，號頑石，又號些菴。崇禎末，郭嘗巡撫江西，故詩題以「江右舊撫軍」稱之。

黄容《明遺民録》卷三「郭都賢」載：

郭天門，仕至中丞，較士江右，拔寧都魏禧第五。勁節清風，老而彌高。著作雄奇，有臨碣石觀滄海之概。湘潭王山長，才氣俯視一世，著《了庵集》，與天門交，書劄往還。山長本孝廉，繼爲遺民，其《溪上草堂詩集》，奔走人士，一日徧天下。乃布湖州之教於劉長房之州，期骯髒之骨固有踰於中立，而倡和之雅則微遜於聖俞。知山長之詩者十九，而知山長之人者什無一也。

魏禧（一六二四—一六八〇）《魏叔子文集外編》卷六《上郭天門老師書》云：

丙午四月既望，門下士魏禧九頓首奉書天門夫子座下：禧，贛州寧都之賤士也。崇禎壬午之役，先生較士江右，拔第五人，詰朝謁謝，先生置第一。人勿問，特召禧前曰：「往歲直指觀風，司李列子第二等，余拔而置之第一。」遂口誦首題文十數語，曰：「大破格例，非場屋所宜。」又誦次題文數十語，曰：「此決科才也，勉之無怠。」夫士遇知己，蒙拔識，亦其常耳。獨當時先生守嶺北，去較士之日幾二載，猶口誦其文，指其失而奬勸其美，雖父之愛子當不過是。是以感激，銘於肺腑，思得尺寸之效，以報知遇。乃不二年而有甲申之禍，馴至乙丙，東南益烈。禧亦遂棄帖括，竄伏草土，與同志十許人，築室金精之第一峰，講《易》讀史，蓋二十年于兹矣。四方賢者，時或惠臨。伏聞先生勁節清風，老且彌高，著作雄奇，有臨碣石觀滄海之概。禧益自幸，得出門下，不敢重自菲薄，取愧長者。壬、癸之際，私念閉户自封，不可以廣己造大，于是毁形急裝，南涉江、淮，東踰吴、浙，庶幾交天下之奇士。行旅無資，北不及燕、秦，南不得至楚，遂反山中。又以衣食無聊，授徒于建昌之新城，因得交湘潭王山長。山長才氣，俯視一世，真楚風也。讀《了菴集》，見其與先生往還書，禧不覺正襟肅興，如對典型，乃藉手山長，奉書于左右。

古人有言：「有文爲不朽。」今海内狼藉爛熳，人有文章，卑者誇博矜靡，如潘、陸、謝、沈，浮藻無質，不足言矣。高人志士，寄情于彭澤之篇，發憤于汨羅之賦，固可以興頑懦、垂金石，禧竊以爲非其至也。文之至者，當如稻粱可以食天下之饑，布帛可以衣天下之寒，下爲來學所禀承，上爲興王所取法，則一立言之間，而德與功已具。然禧以爲傳之以文者，猶不若傳之以人。邵子曰：「人，百二十年之物，故人壽有盡，而以人傳，人則無盡。」今夫寒食死灰，不能爇鳴鷄之羽，然人得以除冥而熟食者，火藏于槐柳，雖沃竈滅燭，終必可得而然。昔文中子老死河汾，其學得房、杜之徒而傳。武德、貞觀之間，仲淹猶有生氣。龐德公之隱也，從子爲南州冠冕，諸葛公每拜牀下，其所造就此二人者，當必有道。二人遭逢昭烈，則德公可以入鹿門而不返。故曰以文爲不朽者，猶非其至也。

先生抱道履德，二十年間，所著述之文，與所交友、造就之士，必有偉論奇人，足以振天下之聾聵，開後世之太平者，恨禧不得贏糧侍側，一一目見而耳聞之。比年妄有撰作，已成十卷，無由請正，謹録雜詩文十餘紙以見意。居常披覽圖經，慨然洞庭、瀟湘之勝。及遊江南，見彭蠡、具區，以爲了不異人，不足以厭生平觀水之志，故去秋贈黄孝廉有「生不上岳陽，死不瞑雙目」之句。他日授經之暇，倘得因束脯之餘資，沿江泝漢，泛洞庭稽天之浸，登先生之堂，瞻望容貌，讀其書，交其士，然後返跡杜影，老死窮山之中，無所復恨。先生録士多賢，如禧碌碌，實不足數，故詳具本末于篇端，亦使先生知天地變革之後，數千里之外，二十五年之久，窮邑下里，尚有門下士，惓惓不忘先生者如此。道遠難致，未獲莊肅，死罪死罪。

些菴與靈巖繼起關係密切，柴德賡先生據繼起著述考論甚詳。（見《明末蘇州靈巖山愛國和尚弘儲》，收入氏著《史學叢考》）。讀繼起《復些菴司馬》札，足以見之：

臨湘草堂裏夜得新堤書，徐而視定，辨其點畫，非神仙中人，不能有此肝膈，有此指腕，有此言句。然亦自慰，非担雪癡鈍父子，他人那得發此高識。説到這裏，欣然不減握手之樂也。終日半夜與堯峰、長盧提著補山堂便刻骨刻髓，放他不過，只有算計伊到没奈何田地，以見世間無第二第三個補山堂，更去别處打之繞尋得來總不中。

董説《寶雲詩集》卷六有《憶黄鶴樓與些菴居士别》詩，可見二人交情：

黄鶴磯下江水流，黄鶴去存黄鶴樓。我共乢菴樓上别，别淚灑作江聲愁。乢菴白頭臨水哭，樓中雲飛浪如屋。哭聲常在天地間，十載西風吹墓木。春江起柁還吴遲，篷窗一路動離悲。堯峰塔冷補山杳，重話樵堂埽葉時。

又，參第【二七八】題詩。

【一九八】送介丘上人還楚故武陵相公參佐

飛花吹不息，窺師無留意。南風動袈裟，休將佛法會。此身兼孤舟，二俱乏根蒂。武昌楊柳枝，非復當年翠。還鄉亦偶然，芒鞋未可棄。

〔箋〕

髡殘（一六一二—一六九二以後），清初四高僧之一，俗姓劉，出家後名髡殘，字介秋（或作介丘、介邱），又字石谿，號白秃、天壤殘道者、石道人等。湖廣武陵人。

程正揆（一六〇四—一六七六）《青溪遺稿》卷十九《石溪小傳》云：

石溪和尚，吾鄉武陵人。俗姓劉，幼有夙根，具奇慧。不讀非道之書，不近女色。父母强婚，弗從。乃棄舉子業，廿歲削髮爲僧，參學諸方，皆器重之。報恩覺浪、靈巖繼起兩長老，尤契合有年，升堂入室，每得機緣，多不令行世。或付拂子源流，俱不受，蓋自證自悟，如獅子獨行，不求伴侶者也。性直硬，若五石弓，寡交識，輒終日不語。又善病，居幽棲山絶頂，閉關掩竇，一鐺一几，偃仰寂然，動經歲月。即會衆，罕見其面。惟予至，則排闥入，乃瞠目大笑，共榻連宵，暢言不倦。曾爲予破關，拉至浴堂，洗澡竟日。又曳杖菜畦山籬間，巡覓野蔬，作茗粥，供寮務，數百衆皆大驚駭，未曾得有。牛首雙峰，竟成虎溪三笑矣！間作書畫自娱，深得元人大家之旨。生辣幽雅，直逼古風。每常言甲乙間避兵桃源深處，歷數山川奇癖，樹木古怪，與夫異獸珍禽，魈聲鬼影，不可名狀。足跡未經者，〔按：此句前後，文義未足，疑有脱文。〕寢處流離，或在溪磵枕石漱水，或在巒巘猿赴蛇委。或以血代飲，或以溺暖足。或藉草豕欄，或避雨虎穴。受諸苦惱凡三月，《山海經》、《齊諧志》悉備之矣！青溪嘆曰：「如此境遇，人生幾劫，乃得一會，豈可輕輕放過？」石公眼明手快，不作事，不作理。不作事，事無礙，方能從容拈出文章書畫，道德亦復如是。予齋中有聯云：「學問須從這裏過，夢魂贏得此中安。」然乎？否耶？

周亮工《藏弆集》卷十一收髡殘《與郭些菴中丞》云：

憶與翁十餘年前，朝風夕雨，咀苦分甘，最後爲吴越行脚。一分手去，又十年矣！掀髯吟哦，握手俯仰，纔一瞑目，即現在前。山河大地，何曾間隔？近傳翁爲真頭陀矣。世間都爲俗情限隔，分僧分俗。若能出一頭著眼，妻子兒女，法侣也；良友知己，法護也。以法印心，以戒制行，以慈悲度世，觀一切好惡境緣，如幻如夢，則容膝之所，衽席之間，一大佛國也。捨此他求，則心外生心矣。翁意亦謂然否？石秃數年來，借牛頭一坐具。今年祖龍一炬，佛書經相，衣具器物，化爲灰燼，依舊是昔時一絲也無底人。行年亦近六十，天壤孤獨，又加以病，苦可謂至矣！造物善能矢上加尖，若非胸中有箇百鍊丹頭，幾化異物去矣。擔雪老人之便，匆匆附此，以達近懷。

同書卷十五有靈巖繼起《與石谿師》云：

近因禪林氣象，颯然如秋冬，生意不復作。皆由衲子無心胸，節烈隨風而靡，一味喜人嘆譽。略加針貶，便調頭不顧。如石公之寵辱不驚，始終崛强，聞見固不易得也。久懸之榻，不知何日四稜蹋地，一葦可航，正是時耳！隱禪南來，幸不吝指教，不致虚費草鞋錢也。

董説《寶雲詩集》卷二《臘月見石谿兄臨岐畫跡》云：

垂盡苦拈示，傳來楓葉圖。秋令人短氣，筆況出心枯。湘路絶浮鵡，白門唬曉烏。斷巖殘扇墨，尋著淚重濡。

牧齋《有學集》卷六有《長干偕介丘道人守歲》，卷八有《示藏社介丘道人兼識乩神降語》、《臘月八日長干薰塔同介道人孫魯山薛更生黄舜力盛伯含臬居士》。王冀民《顧亭林詩箋釋》卷二有《王徵君潢具舟城西同楚二沙門小坐栅洪橋下》。不備録。

髡殘，又見本集第【二七八】題詩。

【一九九】上沙范正之，相與有年。余山居相近，蹤跡甚疏，但記其爲乙酉生，人已登七十

築舍君東我在西，中間芳草正萋萋。竟憐蹤迹如風馬，聊憶生辰在木雞。醖釀松醽聞獨醉，指摩竹粉待新題。入時未肯居前輩，墨染霜莖早晚齊。

〔箋〕

據元歎詩題，范氏當生於萬曆十三年乙酉（一五八五）。

【二〇〇】黄子羽六十 曾令新都，守安吉，家蓄古畫。

髮短收來不滿簪，已能鍊就骨如金。逍遥長揖鴛鴻侶，遲暮猶懸丘壑心。四壁游仙身入畫，兩鄉遺愛鳥懷音。明明更有前程在，寶地琉璃寄托深。

〔箋〕

本詩作於順治十二年（一六五五）。

黄子羽（一五九六—一六五九），名翼聖。鄧之誠《清詩紀事初編》卷一「黄翼聖」條云：

黄翼聖，字子羽，號攝六，太倉人。崇禎八年，以貢生廷試，授新都知縣，升吉安知州。

干戈之際，以幹濟稱。乙酉（弘光元年）後，棄官歸。築蓮蕊棲，皈心浄土，自號蓮蕊居士。然集中有兩粤道中詩，疑曾官于永曆朝。易代後，諱莫如深，今無可考矣。卒于順治十六年，年六十四。事具錢謙益所撰《蓮蕊居士傳》、《黄子羽墓誌銘》。有《黄攝六詩集》二卷，手自刊定，沈潛有年，造語獨絶。謙益既標舉「江明無月夜，猿唤不眠人」以擬少陵「四更山吐月」句，復稱爲「么弦哀玉，自有天韻」。其集久佚，清季翁同龢始得之，謂如「秋雁唳空，不見其影，而有餘音」，可謂善喻。蓋行安節和，而終不能揜其哀怨，視慷慨悲歌者，又一境界，而心則彌苦矣。

傳後所選黄翼聖《秋杪同莊宜穉金孝章祖生袁重其家兄奉倩汎虎丘用陽字》詩，題中所及諸人，皆元歎至交。

新都即四川成都。黄子羽官其地，蒼雪讀徹及錢牧齋均有詩送之。蒼雪《送黄子羽之任成都》，收入《南來堂詩集》卷三下。牧齋詩題作《送黄子羽令新都》，見《初學集》卷十五，繫崇禎十二年（一六三九）。子羽守安吉事，彭際清（一七四〇—一七九六）《居士傳》中記云：

黄子羽，名翼聖。太倉人。素服雲棲之教，與妻王氏精修浄業。崇禎中，以薦起爲四川新都知縣。嘗飯僧縣堂，躬行匕箸，布䞋施，繼以膜拜。張獻忠寇四川，過新都，子羽率民城守。新都千僧感子羽之德，相率登城，擊鼓稱佛號。夜中，其聲震天。賊尋引去。以城守功遷知安吉州。明亡，棄官歸印溪。所居樓曰蓮蕊樓，自號蓮蕊居士。誉齋奉佛，日持佛號數萬。已而卧疾浹月，自制終令。四壁張彌陀像，請晦山顯公授菩薩戒。語顯公曰：「吾神明愈健，誓願愈堅，自信生西方必矣。」明晨，顯公將别去，剋八日必行，已而果然。年六十四。

黄氏與蒼雪、牧齋交深情長。蒼雪《南來堂詩集》補編卷三下另有《贈黄明府子羽》。牧齋《初學集》有《黄子羽詩序》，《有學集》有《黄子羽六十序》、《黄子羽墓誌銘》、《蓮蕊樓記》、《蓮蕊居士傳》；程嘉燧《耦耕堂集》詩卷下有《送黄子羽之任新都》；吴偉業《梅村家藏稿》卷四有《送黄子羽之任》。今不録。

順治十六年（一六五九），元歎爲作《序攝六黄居士詩》，見本書「徐波文輯佚」。黄翼聖，又見本集第【二二七】、【二三九】、【三二一】題詩。

【二〇一】訪金幢菴主印公

精廬巷曲許閒尋，木落風疏秋易深。入處久依無量義，扳緣能絶未來心。香飄禪榻薰身像，葉走空階想足音。遵養多時推出世，亟宜授記向遥岑。

〔箋〕

蒼雪《南來堂詩集》補編卷二有《寄屏中印持諸友》一詩，王注引《百城烟水》云：

金幢菴，在南倉橋東北，順治己丑［一六四九］印持聞法師購建。崇禎中爲許方伯石虹園，内有三層樓，及池臺花木。或言是七塔寺外院廢址，印持與法弟湛門分購居之。印持名溥聞，吴縣人。出家西禪寺，傳衣於中峰蒼大師。

同書補編卷三下有《過印持首座金幢菴題贈》云：

桃花落盡不知年，卜得幽居愛地偏。支遁開山前代事，許詢捨宅再來緣。樓高雙塔三天外，城俯長洲萬户懸。豈似銅駝荆棘裏，石羊滿地牧雲眠。

毛晉《以介編》收「金幢釋印持」賀子晉六十壽詩兩首。毛氏小注：「名溥聞。」

【二〇二】小除夕獨坐，用山谷韻，奉寄靈嵒和尚

殘雲幾縷鴉幾翼，送到今年除夜色。棕櫚突鬢竹翦鬙，神荼鬱壘森森立。寶閣香臺重復重，觚棱隱霧未開鐘。兩井轆轤聲不息，鑿冰群手夜沖沖。夜夜心心千萬里，只有松風護雙耳。孤燈在窗窗在水，古塔臨窗隔一紙。方丈瓶梅香欲透，温水添瓶憐影瘦。夜深應起撥寒爐，拈來一粒如紅豆。

〔箋〕

此題作於順治十三年丙申（一六五六）歲末。

靈嵒，又見本集第【一〇七】、【一四二】、【一四三】、【一四九】、【一七三】、【一九四】、【二〇四】、【二三三】、【二四六】、【二四七】、【二五一】、【二七八】、【二八五】、【三〇三】、【三〇四】、【三一九】、【三四三】、【三四四】題詩。

【二〇三】 小除夜周鄰藿遣使寄節物入山

窮陰空谷裏，忽有足音傳。雪下逢來使，城中欲換年。開關驅犬後，慰勞拆書先。無可相持答，南枝信杳然。

〔箋〕

作期同上題。

周鄰藿，又見本集第【十三】、【一九五】、【二一〇】、【三一〇】、【三三二】、【三三五】題詩。

【二〇四】 許元錫依靈嵒和尚度歲。家在如皋，有梅花嶼。索題長句

江南山色無昏曉，江北得分蒼翠少。入春香雪又成團，隔著長江江淼淼。古皋芳草亂東風，培土栽花南國同。誰致連根三十樹，攝人春思颺其中。法曹當日官梅萼，揚州故事殊不惡。卻月凌風何處尋，後人詩句牽東閣。身住靈嵒逼歲除，千村縞素及春初。故

園寂寂嘗經夢，粘蕊銜香蜂蝶如。熒熒佛火恣相偎，反覆咨嗟豈爲梅。歸時孤嶼殘梅在，帶取南方佛法來。

〔箋〕

作期同上題。

許元錫，靈喦繼起徒。元錫，名納陛，如臯人。《如臯縣志》有小傳：

許納陛，字元錫。清才迅發，爲學林領袖。《臯志》自吕公原削稾後，六十餘年未續。納陛同丁確、石巒、佘瓊諸人，訪羅舊失，排纂掇拾，略備一邑之掌故，得藉重修，大有功也。平生著述甚富。子瑤，邑諸生。康熙二十五年貢生。

又：小傳記納陛參修康熙二十二年（一六八三）《如臯縣志》，查朱士嘉《綜録》，果然。拙編《清初詩選五十六種引得》所列諸選本收許納陛詩者凡九家。（另有「許鈉陛」，孫鋐《皇清詩選》收其詩，疑爲同一人。）

靈喦，又見本集第【一〇七】、【一四二】、【一四三】、【一四九】、【一七三】、【一九四】、【二〇二】、【二三三】、【二四六】、【二四七】、【二五一】、【二七八】、【二八五】、【三〇三】、【三〇四】、【三一九】、【三四三】、【三四四】題詩。

【二〇五】除夕荒村

此夕此居逢第九，窮陋相安夫豈偶。隣家一二獐鹿徒，言語纔通無薄厚。卻思寓蜀浣花翁，自詫唇沾田父酒。或是彼方風俗淳，亦由此老循循誘。今年比屋更蕭條，冬來荒草仍棲畝。齒黄髮白蹲路傍，指稱食闕嫌此口。遠望將來二麥登，枵腹不知能待不。

〔箋〕

作期同上題。

【二〇六】金雪正月六日

蒸霞淹曙色，初日赤如血。雲氣相迴抱，爲環復爲玦。散雪何方來，入自東峰缺。一一沐朝暾，點點成金屑。鋸木無端倪，披沙盡簡潔。本質惟霏微，于目有超忽。世無一定色，是白終非雪。

〔箋〕

揆諸上下詩作，本題當作於順治十年丁酉(一六五九)新正。以下數題亦同。

【二〇七】寄題金孝章春草閒房

一分春光草際過，晴薰長日醉婆娑。容伊隨意階前緑，不似郊原踐踏多。

〔箋〕

拙著《錢遵王詩集校箋》有同題，箋語録如下：

金俊明（一六〇二—一六七五），初名衮，字九章，後改孝章，號耿菴，又號不寐道人，本籍江南吴縣。孝章善書，平居繕録經籍秘本，以迄交遊文稿，凡數百種，無不裝潢成帙，構春草閒房以貯之，年七十四卒，門人私謚貞孝先生。見汪琬《堯峰文集》卷十五《金孝章墓誌銘》，及朱彝尊《静志居詩話》卷二十一。

徐崧（一六一七—一六九〇）《百城煙水》卷二「春艸閑房」條載：「在卧龍街西雙林里。金孝章所構宅後書齋也。公高蹈不仕，擁書萬卷，鑪香茗椀，日與四方名賢，暨二子上震、侃詠歌其中。」

徐氏引録時人題贈詩作頗夥。詳參拙著，詩多不録。

又，卓爾堪《明遺民詩》收王弘撰（一六二二—一七〇二）《題金孝章春草閒房》云：

坐來春草閟閒房，門外囂塵即異鄉。張廌避人唯竹徑，幼安逃海只藜牀。披帷斯在稱名士，隱几遥看揖古皇。自笑疏慵遺萬事，催逋猶有筆耕忙。

董説《寶雲詩集》卷二《吾友不寐翁屬詠春草閒房久未寄也秋中七十初度設詠爲壽》云：

蕩漾波紋緑未消，江南春晚繡茸嬌。暄風客屐披三徑，微雨池塘夢六朝。狼藉墨花分曉翠，飛揚生色染輕綃。高年重把離騷注，磊落文章雅學饒。

【二〇八】王居士選青錢鑄佛

撲滿纔盛便放光，亟須金火鑄空王。休輕阿堵尋嘗物，已入當今選佛場。

【二〇九】花朝後二日送蔣正言、僧致言登舟，云往光福看梅，去後大風雨。寄憶

夜初星月隱，夜中風雨縱。晨起望諸山，凝濕西偏重。扁舟計遥泊，尚作看花夢。推篷青艸岸，春泥可没踵。昨者小窗前，新波亦浮動。殘梅不能留，已作隨流用。相與似有情，正爾難爲送。

【二一〇】仲春廿四夜周鄰藿、季隰、方回到落木菴

傳呼登岸客，炬火出遥林。路暗山如塞，春昏徑轉深。草薰游動性，花示慰留心。明發還躋陟，安眠戒苦吟。

〔箋〕

周鄰藿，又見本集第【十三】、【一九五】、【二〇三】、【三一〇】、【三三二】、【三三五】題詩。

【二一一】次日同入光福看梅，夜泊崦邊，借宿山家，十年前舊寓也

倦憶人家在，相投幸不猜。花明開户寢，舟近撤燈來。瓶挈他山水，炊然寒竈灰。坐間頻徙倚，老矣不勝杯。舟中有惠泉。

【二一二】大弘宜修上人，童年相識，今年七十二，即余可知矣。丙申穀雨補壽

風花遶寺又春殘，正憶禪房紫牡丹。留取孤峰圓頂相，入城一度一來看。

〔箋〕

順治十三年丙申（一六五六）之作。

【二一三】虎丘僧本如八十

士女招攜似惜春，花花草草一時新。輸他頑石曾聞法，嘗住名山閲世人。

〔箋〕

宗道，俗姓金，字本如，江蘇吴淞人。《（光緒）寶山縣志》卷十四有傳云：

宗道，字本如，吴淞金氏子。居楊行保安寺之西林禪院，持戒律，工詩畫，邑名士皆與之遊。入白沙吟社中，揮毫潑墨，清言如瀉，人擬諸蓮社之遠公云。著有《西林小草》。

【二一四】静香居士解青州歸，復以事至濟南，兩閲寒暑。丙申春莫，于虎丘聞歸信喜賦

雄飛天地寬，羈雌籠罩迫。所處境不同，於心每相憶。歷下訪新亭，鵲山面古驛。踪跡放遊遨，吏民猶愛惜。吴門荒舊廬，山塘乏良覿。緑陰無罅縫，芳艸紛如積。嚶鳴求友聲，清波照物役。適聞濟上信，還期御絺綌。彷佛對容顔，相去不盈尺。春醉任昏昏，歸

帆望的的。

〔箋〕丙申，合順治十三年（一六五六）。

周静香，又見本集第【十三】、【一九五】、【二五二】題詩。

【二一五】州來自秣陵來寓半塘，即以許菊潭長憲南中相報

末運誠艱辛，猶幸歲月速。睽闊俄七年，俯仰如一宿。片帆江上來，裝卸惟單襆。舊館月依依，小山烟簇簇。塘下水曾波，不異淮河緑。晤語兩攢眉，醉飽一摩腹。訂我河上樓，秋光以相沐。舊日丹陽宰，近始持憲軸。鳳德久迴翔，豸形宜抵觸。時事敢輕言，故人聊厚禄。仰沫困鱗心，趨塵疲馬足。惠信候寒潮，遺夢離空谷。當年有贈詩，臨風每三復。

〔箋〕

徐州來，又見本集第【四十四】、【四十九】、【五十一】、【七十四】、【七十六】、【九〇】、【二一六】、【二二九】、【二五六】、【二九三】、【二九七】、【二九八】、【二九九】、【三〇一】、【三〇七】、【三二五】題詩。

【二一六】州來二子能讀古書，索老夫新句，寄此二絶

南州書種漸勾萌，照命文星一一明。欲得明珠須老蚌，轉因二子頌徐卿。（其一）

堂前屹立舊喬松，鱗鬣摩挲欲化龍。莫訝高門頻報喜，拌教老子獲重封。喬松，冏卿堂名。（其二）

〔箋〕

詩注：「喬松，冏卿堂名。」冏卿，乃州來父徐泰時官銜，見第【四十四】題詩。徐州來，又見本集第【四十四】、【四十九】、【五十一】、【七十四】、【七十六】、【九〇】、【二一五】、【二一九】、【二五六】、【二九三】、【二九七】、【二九八】、【二九九】、【三〇一】、【三〇七】、【三二五】題詩。

【二一七】午日，南來老人將諸得法上士由江路應花山楞嚴之席

嗟哉佛頂久塵封，正脈蒙師示所從。破顯識根翻舊注，融通住地屬圓宗。纔移九夏祇園席，竟接千華講寺鐘。但用聞中臻極果，别名單複任重重。（其一）

嚄唶登壇衆樂推，當機孰辨諦思惟。求經西拜遭逢渴，將咒雙提事迹奇。無性交蘆

看倚薄，觀空一葉可齎持。注家月影依稀現，更有人從指上窺。（其二）

〔箋〕南來老人，指蒼雪讀徹，又見《浪齋新舊詩》第【一四一】題詩，另見本集第【一】、【十五】、【六十四】、【七十九】、【一二九】、【一三五】、【一三六】、【一四三】、【一六六】、【二二三】、【二二六】、【三三四】題詩。

【二一八】特公宗弟自金陵寓虎丘，往反澄江，閏端午復束裝之維揚，一詩爲別

卜寓經過簡，臨分始愴神。尚聞多物役，未便是歸人。續遇葵榴節，難爲南北身。廣陵潮有信，相似寄書頻。

【二一九】梅雨白公堤送州來返秣陵

暫聚愁將別，懸知別後情。天邊帆漸没，山館夢初生。去謝留人雨，歸奔帶月程。囊中休見問，還比到時輕。

〔箋〕

徐州來，又見本集第【四十四】、【四十九】、【五十一】、【七十四】、【七十六】、【九〇】、【二一五】、【二二六】、【二五六】、【二九三】、【二九七】、【二九八】、【二九九】、【三〇一】、【三〇七】、【三二五】題詩。

【二二〇】台宗景淳法師，桐溪之嗣，時同門皆盡，贈其生日

崇光衰艸没階墀，一子持門衆所知。外論共推宜有位，同生芟盡更無枝。遠峰猶借台山色，先德真縈吴士思。莫倚出藍心便足，本宗孤寄使人危。

〔箋〕

天溪景淳（一六〇七—一六七五），嘉禾人，俗姓郁，諱受登，字景淳。景淳師受沙彌戒於高僧密雲圓悟（一五六七—一六四二），受圓比丘戒於古德大賢，得法於龍樹桐溪。住天溪大覺寺三十餘年，傳持天台教觀。元歎詩題中「桐溪之嗣」，此之謂也。景淳師生於萬曆丁未六月五日，題云「贈其生日」，則本詩當作於五、六月間。

景淳門人靈耀全彰（一六三三—一七〇三）《隨緣集》有《天溪和尚傳》，敘其生平甚詳，略云：

和尚諱受登，字景淳，别號初依。嘉禾秀水幽湖郁氏子，父心溪，母沈氏。生於萬曆丁未六月五日，康熙乙卯六月九日寂於開法之大覺方丈，世壽六十九，僧臘四十二。臨終遺囑，不許求塔銘行狀，崇事虚文，有乖真實，以治命也，弟子遵之。靈耀係披薙禀戒、受學得法之弟子，私淑既多，受法聿深。竊記毫末，存以想像，非銘狀比也。

師薙落硤石廣惠寺，厭鄙所習，決志參方。受沙彌戒於天童密雲和尚，圓比丘戒于曲水古德和尚，得法於龍樹桐溪和尚，傳持天台教觀。年三十四，始住仁和天溪之大覺菴，即專心教觀，戮力講懺，寒暑不輟，歲以爲常。學子歸投，如川赴壑，天溪法席，鬱爲海内無憂安隱幢矣！三十七始應當湖馬園《楞嚴》之講，其間應講，則廣安、玉菴、大善、智證、化城、三峰、梵洲、幽瀾。暫住則玉菴，等覺，率偶應耳，非專屬也。其行道養道，恢拓涅槃，俱在大覺，具吴默之先生碑記。著有《藥師行法》、《准提行法》、《大悲懺科》、《瑜伽詮次并注》、《會刻法華文句》等書。

【三一二】六月十五截枯松

昔未有此居，數松已成行。云是百年物，列植當藩墻。青葱凡數輩，中一頎而長。濤聲隨卧起，何異泛滄浪。蟲蟻漸穿蠹，鬚鬛就萎黄。誰云後凋者，對爾亦茫茫。骨立虞顛仆，支解可哀傷。厨人喜得薪，束縛互相將。流膏故未盡，但覺炊烟香。老夫失氣類，群樹悉郎當。秋風來竟過，無以寓悲涼。

【二二二】住山數年，錫山黄心甫因聞炤法師相導見訪，正值七夕，信宿荒菴，三人偕賦

高空烏鵲盡，僻地友朋來。月早人同到，林疏秋已催。單衾覆涼夢，薄酒引初杯。所愧非牛女，相過尚有媒。

〔箋〕

黄心甫，名傳祖。江南無錫人。好刻苦爲詩歌，與其友彭年，皆爲竟陵鍾譚之學。甄綜有明一代之詩，名曰《扶輪》，爲集凡四。崇禎十年（一六三七）與錢陸燦（一六一二—一六九八）、華時亨（一五九八—一六五九）等結「聽社」，與「幾社」、「復社」遥相應和。其詩見賞於錢牧齋及吴梅村。率易好飲酒，晚以貧死。蒼雪《南來堂詩集》補編卷三下有《己丑重九後誠之心甫鴻叟路然招游惠山詠泉疊韻》詩。

聞照，又見本集第【二〇】、【五十七】、【八十二】、【二三一】題詩。

【二二三】仲冬十七，西方世尊降誕，貝葉培公修浄土懺，大集緇素，南來老人賦險韻七言律，能詩者皆步韻

冬仲修齋霜露零，水歸其澤樹輕刑。入壇各幸沾香氣，到岸無勞辨濁涇。光攝初機猶未覺，頂須慈手一來經。持名即自呼名姓，頗怪諸人不解聽。

〔箋〕

貝葉培公，即培風。蒼雪《南來堂詩集》補編卷三上有《貝葉齋蓮社詩爲培公賦二首》，王注録文祖堯《明陽山房遺集》、通門《嬾齋別集》、曉青《高雲堂集》中所收贈培風詩後云：

按《吴縣志》則知此題培公即培風。惟《府志》載「貝葉禪院」删「天啓間僧培風浄修于此」句。若無《吴縣志》，雖曉青詩末句「蓮社把名書」亦可證明培風爲蓮社倡導者，此題培公即爲培風而未得確證矣。甚矣，修志之不宜輕删也！

培風，又見本集第【二八〇】題詩。

南來老人，即蒼雪讀徹。蒼雪《貝葉齋蓮社詩爲培公賦二首》王注引《（乾隆）吴縣志》云：

貝葉菴，亦名雲泉菴，在白蓮涇慧慶寺後，内有古井名雲泉。元至正間僧弘道剏，明隆慶間僧巢林重建，萬曆間僧巢松開講于此。葺垣得碣，有陸龜蒙「時翻貝葉添新歲，閑插松

枝護小泉」之句，更名貝葉禪院。天啓間，僧培風净修于此。崇禎間，僧照原葺。康熙間，僧普諳又葺。

王氏按語云：

此題陸汾原注「齋在閶門外，白蓮涇内」，與縣志貝葉菴所在地同。知齋爲菴之誤，或菴中有齋即名貝葉也。

按：明萬曆間主此菴之僧巢松慧浸，與蒼雪乃師一雨通潤同出雪浪洪恩之門。又：蒼雪原唱二首，元歎所和者爲第二首。

蒼雪，又見《浪齋新舊詩》第【一四一】題詩，另見本集第【一】、【十五】、【六十四】、【七十九】、【一二九】、【一三五】、【一三六】、【一四三】、【一六六】、【二一七】、【二二六】、【三三四】題詩。

【二二四】中秋送王子彦宰廣之增城

擁書終歲彌通才，初命騣騣遠馭催。磨淬神錐憐小試，斟量殘錦不難裁。武丘容易抛明月，庾嶺行將見早梅。但有片香能寄我，增江肯附信音來。

〔箋〕

王瑞國（一六〇〇—一六七七），字子彦。子彦年二十舉天啓元年（一六二一）鄉試。易代後，絶意進取。及告訐之禍起江南，豐屋多金者，多誣以通叛而攫取其財。子彦爲人窺瞰，遂挂名訟牒，毁家行賄，僅得免，而家産亦盡矣。因就吏部謁選，得粤東之增城縣。此元歎詩題所及者也。

王子彦，又見《浪齋新舊詩》第【一五七】、【一六〇】題詩。

【二二五】木陳和尚念維揚兵劫，擬修懺，事不果，將往廬山，詩以贈行

軍持一滴潤維揚，又作孤雲往異方。風動懸瓢人聚散，時虚法食鬼悲涼。名山再見秋飛瀑，慈念難忘古戰場。但使淹留堪護世，容伊高引未爲祥。

〔箋〕

蒼雪《南來堂詩集》卷三下有《祝虎丘丘一作巖山翁六衮時開枯木堂于維揚》詩，王注引《天童寺志》云：

山翁忞禪師，諱道忞，字木陳，晚號夢隱。潮陽林氏子。甫冠，棄諸生。薙染於匡廬開先若昧明，受具戒於憨山清，得法於天童密雲悟。繼席三載，退居慈邑之五磊，遷台之廣潤、越之大能仁、吴興之道場、青州之法慶。後以衆請，再住天童。順治十六年己亥，遣官

齎敕召師入京，賜號弘覺禪師，隨陛辭還山。康熙甲寅六月二十七日示寂，世壽七十有九。

王注又據《百城集》目録，考述木陳順治九年（一六五二）在吴門，十年（一六五三）由泰州至維揚，十一年（一六五四）在青州，十三年（一六五六）在維揚，從而論定此詩作於順治十三年歲首道忞開堂維揚時。元歎寄木陳詩，當亦作於同時。

木陳道忞，又見本集第【三一八】題詩。

【二二六】南來老人春夏慨慨，千華楞嚴之請，愛之者勸其不赴。蕤賓届節，閶闔登舟，即有辭世偈。到彼紛紜，安之若命，力疾講週二卷。成解制十律。閏午廿二，門人啓問後事，並請留偈。微笑不答，夜分長往。龕歸停半月，立塔掩土，已是中秋。哀辭成于前三日

嘗説皮囊欲棄捐，翛然如蜕九秋蟬。能融四土無欣厭，自立孤峰謝福緣。寬德尚留身後影，忘言反得句中玄。聲名普入人胸臆，領取相將赴各天。（其一）

七載悠悠蔗境甜，開襟只合向靈嵒。往來二老殊無間，映蔽多人每具瞻。講院音聲

難再續，霸墟樓閣已頻添。懸真別室聞修供，淚滴瓶花手自拈。邇來形影靈嵒一老。（其二）

〔箋〕

此元歎哀悼蒼雪讀徹之詩，作於順治十三年丙申（一六五六）八月中。

陳乃乾《蒼雪大師行年考略》順治十三年丙申六十九歲條載：

三月，應見月之請，講《楞嚴》於寶華山。以病未竟，作自解詩十章。閏五月二十二日，疊膝坐化。將寂，以衣付智光（見《賢首宗乘》）。以山繭袍及詩文集屬毛子晉（見《宗統編年》）。

蒼雪《南來堂詩集》附録卷四收有時賢所撰輓詩數題，玆迻録於下，用見交情：

吴偉業《哭蒼雪法師》云：

憶昔穿雲到上方，飛泉夾路筍輿忙。孤峰半榻霜顛白，清磬一聲山葉黄。得道好窮詩正變，觀心難遣世興亡。汰公塔在今同傳，無著天親共影堂。（其一）

説法中峰語句真，滄桑閱盡剩閒身。宗風實處都成教，慧業通來不礙塵。白社老應空世相，青山我自哭詩人。縱教落得江南夢，萬樹梅花孰比鄰。（其二）

《過中峰禮蒼公塔四首》云：

下馬支公塔，經聲萬壑松。影留吟處石，智出定時鐘。尚記山中約，誰傳海外逢。平

生詩力健，翹足在何峰。（其一）

明月心常湛，寒泉性不枯。鳥嗁香積散，花落影堂孤。道在寧來去，名高定有無。淒涼看筆塚，遺墨滿江湖。（其二）

慧業誰能繼，宗風絶可哀。昔人存馬癖，近代薄詩才。鹿走譚經苑，鴉飛説法臺。空懸竹如意，落日講堂開。（其三）

故國流沙近，黄金窣堵波。胡僧眉拄地，梵夾口懸河。傳法青蓮湧，還家白馬馱。他年乘願到，應認舊山阿。（其四）

戒顯（一六一〇—一六七二）《輓中峰蒼雪大師》云：

劈箭東歸理晤期，誰知棄我卻先馳。千華竟罷楞嚴座，萬里遥深窣堵悲。黄葉有情時下榻，青山如故孰吟詩。支公已去風流盡，獨對空堂淚暗垂。

王攄（一六三五—一六九九）《過中峰禮蒼公塔》云：

雲木中峰故宛然，經行雙淚影堂前。道高不藉宗風振，心苦還將詩句傳。荒磴草秋調鶴地，空臺煙暝雨花天。山中聽法今誰到，講樹淒涼二十年。

蒼雪，又見《浪齋新舊詩》第【一四一】題詩，另見本集第【一】、【十五】、【六十四】、【七十九】、【一二九】、【一三五】、【一三六】、【一四三】、【一六六】、【二一七】、【二二三】、【三三四】題詩。

【三一七】八月十六夜同攝六、灌溪、首座鑑兄侍和尚坐法堂前桂花下，分得青字

稠林篩月影，細細散幽庭。桂冷疑香噤，衣單覺露零。高雲色不定，清衆夜同醒。坐久渾如畫，燈纔一點青。

〔箋〕

攝六，即黄翼聖。《黄攝六詩選》卷上有《八月十六夜同大圓李灌谿徐元歎鑑首座陪繼和尚法堂坐月得五微》詩：

坐來思竟夜，蚤已各添衣。桂濕露初下，松高星欲依。諸天疑水積，深殿覺燈微。世事一庭影，曉鐘同所歸。

即與元歎此詩同時而作者也。

「首座鑑兄」，繼起門人僧鑑曉青（一六二九—一六九〇）。張雲章（一六四八—一七二六）《樸村文集》卷十五《華山僧鑑禪師塔銘代》略云：

師名曉青，字僧鑑。族姓朱氏，貫蘇州之吴江。生故明崇禎二年二月。方在脤，母鄧誓願曰：「生男當捨身浮屠。」八歲，即入郡之休休菴，又六年而祝髮。聰明辯智，博通内外

典，行業著聞。時吴中繼起禪師開講於華山靈巖座上，參請者常數百人，其盛爲海内冠。僧鑑喜曰：「吾知所歸矣！」遂受戒具，爲弟子。叩辨多所契合，他弟子皆出其下。繼起將遊粤西，即命僧鑑踵其席。退讓弗居，歸棲本邑之長慶。衣壞色衣，持瓦鐵食，泊然止觀。流聲遠聞，士大夫皆嚮慕之。繼起示寂，衆共推師，遂不得終讓。四方奔走，附集者益盛，争出貲新其佛刹，殿堂廊廡，齋宫宿廬，庖湢倉庾，加修倍飭。

雲章此文，乃代徐元文（一六三四—一七五三）而作者，文中述徐氏與僧鑑之往還，及康熙臨幸靈巖事頗詳，今不贅録。

黄翼聖，又見本集第【二〇〇】、【二三九】、【三二一】題詩。

灌溪，即李模，又見本集第【六】、【二四五】題詩。

僧鑑曉青，又見本集第【二七九】、【三二〇】題詩。元歎之逝，曉青有詩十首輓之，俱見本書「唱酬題詠」。

【二二八】毛子晉孟春五日六十生辰

暖德初臨釋凍瓶，春風拂拭鬢重青。繞階玉樹繁新蕊，列刹香燈護一星。觴客選言徵好句，遊山隨步佩真形。勤行惠愛人難老，應許雙九按：應作「丸」。得暫停。

〔校〕

此題又見壽毛晉六十生辰之《以介編》。第三句作「當筵玉蕊開正月」；第六句「遊山」作

「游仙」。

〔箋〕

毛晉生於萬曆二十七年己亥（一五九九），順治十五年戊戌（一六五八）六十初度，元歎詩作於是年正月五日前後。

毛晉花甲之慶，師友獻祝壽詩文不下千章。門下爲集成壽册，顔曰《以介編》。册前得錢謙益、釋照渠、周永言、陳瑚（一六一三—一六七五）等題辭。編中詩作撰者與元歎相善者凡十八人。今將其名氏，按出現之先後，臚列於後，用見交情：釋牧雲通門、釋豁堂正嵒、吴門金孝章俊明、茂苑湯桴莊濳、婁江黄攝六翼聖、西川莊宜穉祖誼、茂苑楊曰補補、松陵顧茂倫有孝、湘東釋夢無大惺、吴門史辰伯兆斗、茂苑方南明名夏、笠澤周安仁永言、笠澤徐松之崧、福建林那子古度、舊京顧與治夢游、金陵王元倬潢、婁東王煙客時敏、金幢釋印持溥聞。

毛晉，又見本集第【一四八】、【二二九】、【二三二】、【二六〇】題詩。

【二二九】仲秋毛子晉、楊無補、馮竇伯見訪落木菴

衰艸當年逕，輿來尚可循。敝居山不淺，疏迹客如新。向短秋分景，將離醉後身。盤飧無外物，難諱此間貧。

〔箋〕

楊補（一五九八—一六五七），字無補、曰補，號古農。吴縣人。工詩善畫。蒼雪《南來堂詩集》卷四有《和楊曰補答申少司農青門載菊别墅讌賞中有竝蒂一枝十二首》，王注引《蘇州府志》云：

楊補，字無補。其先江西清江人，父潤始徙長洲。補少好讀書，家貧，工書畫。爲人孝謹，重然諾。崇禎初遊京師，一時館閣諸公，皆與定交。後與高淳邢昉、金陵顧夢游遊，刻意爲清新古澹之學，詩益大就。甲申聞變，歸隱鄧尉山。南都再建，柄國諸人多舊遊，屢趣之出。不應。與同里徐汧最善。汧爲馬阮所搆甚急，補乃立起如金陵，詣所知楊文驄，責以大義，遂得解。汧將自沉，就補謀死所。汧没後，補哭之極哀。鬱鬱數年卒。年六十。

馮竇伯（一六二七—？），名武。常熟人。馮舒（一五九三—一六四九）之侄。父名知十。皆清初藏書家。參葉昌熾《藏書紀事詩》卷三「馮舒」條。

楊補，又見本集第【二五四】題詩。

毛晉，又見本集第【一四八】、【二二八】、【二三二】、【二六〇】題詩。

【二三〇】丙申冬日，感事抒情二十六韻，呈南總憲

澤國生涯晚，霜天歲事窮。聚書愁化蠹，含筆悔雕蟲。澗近惟供水，園荒只聽風。得

魚新市遠，謝鼠故倉空。自覺卑棲極，人推高隱中。瓜知連蒂苦，竹訝剩枯叢。戀主饑寒輩，營生樵牧同。琴樽從委棄，弓冶恨冥濛。詠絮謙家學，穿針試女紅。眼前聊用遣，意外竟難通。兵子能爲孽，刑餘恣惱公。形模羞寶鏡，氣息涴薰籠。欲噬中人產，旋興下策攻。呼號臨大敵，捐擲儘微躬。速訟吾支柱，隨流世決漨。絲蘿纏惡木，髮髻轉孤蓬。附耳温存始，掀脣誶詈終。失身愁志婦，倖得舞狂童。事起從無影，殃歸始作俑。生堪投有北，死合揭桓東。秉憲風威厲，鋤强劍鉞雄。懷安臻聖志，傾覆代天工。騷雅存寒士，茅茨念老翁。現今爲涸鮒，未便是冥鴻。就事提攜便，臨危屬望崇。薄言申叩叩，切莫怪匆匆。

〔箋〕

丙申，順治十三年（一六五六）。

【三三一】虞山毛子晉正月五日生日，白椎菴聞公散箋乞言，有七言律應之。公仍于虎丘移善財塑像歸菴，建華嚴大會，促子晉入社。再賦五字詩，以志善禱

慈尊來影響，花供手高擎。遊事春溪動，齋期埜菜生。維馨天予壽，續燄夜長明。更

喜童真像，筵中帶笑迎。

〔校〕

壽毛晉六十生辰之《以介編》收此詩。詩末有小注云：「時白椎法師移善財尊像於菴中，建華嚴大會，爲翁延算。」「維馨天予壽」句「予」作「子」。

〔箋〕

題中所及「有七言律應之」者，應即上第【二三八】題詩。

毛子晉花甲之慶，蘇州白椎菴住持聞照爲作華嚴法會以延壽。當時與會者，有《白椎菴法會》組詩詠其事，收入《隱湖倡和詩》（北京國家圖書館入藏）。

組詩七律十首，作者十人。原唱徐學孟（子淑，吴縣）有序。和者馬弘道、陸貽燕（庭翼，常熟）、毛晉、釋寂覺、釋行潔（雪界，圓明釋）、釋照霽（清旭，廣慧釋）、釋照瓊、釋照行（一義，白椎釋）、釋照萍（一揆，白椎釋）。參三浦理一郎《毛晉交遊研究》附録二《中國國家圖書館所藏〈隱湖倡和詩〉述略》。

聞照，即和詩者中之釋寂覺。《以介編》收其賀壽詩：

白椎釋聞照（名寂覺）

海内何人不解名，勤心翰墨事縱横。奇文常會多新傑，旨酒交歡有舊盟。湖漾日光聯錦座，峰含月影照雕甍。紫霞繞徧門前柳，鳩杖攜看樂壽星。

毛晉，又見本集第【一四八】、【二二八】、【二二九】、【二六〇】題詩。

白椎菴，又見本集第【二〇】、【一三四】題詩。

聞照，又見本集第【二〇】、【五十七】、【八十二】、【二三二】題詩。

【二三二】送海虞上人依鄧尉剖和尚度歲，丙申之除入春十日矣

樓閣飛騫湖上寺，春雲染就琉璃地。結搆稜層半接空，應真縹緲來填位。龕室將同慈氏居，飯香亦出世尊餘。風旛互動談言中，鐘鼓交參前後無。方丈懸燈茶一巡，夜闌軟語意加親。城中雨雪泥深尺，且伴梅花過早春。

〔箋〕

詩作於順治十三年（一六五六）歲暮，丙申除夕，合公元一六五七年二月十二日。

鄧尉剖和尚，剖石弘璧，見本集第【一五〇】題箋。

【二三三】歲莫寄靈喦和尚于淮上

窺窗後夜如鈎月，曉坐敲窗幾點雪。隔江有地地凍裂，人士阿誰能暖熱。天公憒憒

又青春，迭與梅花爲主賓。海衆趨蹌隨寓處，嶺雲舒卷未閒身。三寸黄柑難可致，茶話中間乏鼓吹。春山依舊在江南，急待師歸相授記。

〔箋〕

本詩爲順治十三年（一六五六）歲暮之作，請參上題。

靈嵒，又見本集第【一〇七】、【一四二】、【一四三】、【一四九】、【一七三】、【一九四】、【二〇二】、【二〇四】、【二四六】、【二四七】、【二五一】、【二七八】、【二八五】、【三〇三】、【三〇四】、【三一九】、【三四三】、【三四四】題詩。

【二三四】除夜寄竟陵吴既閑

積想俄終歲，從茲别更深。一杯孤悶酒，兩地短長吟。窗外馳殘照，枝頭羡好音。此中寒苦甚，有夢莫來尋。

〔箋〕

本詩爲順治十三年（一六五六）歲暮之作，請參上第【二三二】題。

吴既閑，又見本集第【五十九】、【一八四】題詩。

【二三五】文端文阻隔經年，十二月廿八夜夢中兩遇，有詩紀之

長宵頻夢見，不記有何言。足驗平生憶，微留會聚痕。寒鐘摇獨寢，曙鳥唤歸村。但覓相逢地，重尋布被温。

〔箋〕

本詩爲順治十三年（一六五六）歲暮之作，請参上第【二三二】題。

文枏（一五九七—一六六八），字端文，又字曲轅，號慨菴。長洲人。父從簡，字彦可。已見第【四十三】題。《（同治）蘇州府志》卷八十七云：

〔從簡〕子枏，字端文，尤狷介絶俗，從父隱居終身。女俶，嫁趙均，亦有才名。文氏自徵明以來，世善書畫，從簡父子能傳其法，行誼尤爲時所重云。（姚宗典述）

蒼雪《南來堂詩集》補編卷三下有《次韻寒山鼓吹呈文彦可》詩，王注引《（乾隆）吴縣志》謂寒山即支硎右一支，又謂「文彦可當時移居寒山，徵詩成册。《寒山鼓吹》或爲詩册之題名」。

同卷又有《又次韻寒山鼓吹呈文端文》詩，云：

生涯從此載琴裝，杳渺煙波入畫航。初以小舟浮芥子，泛來杯水置坳堂。課餘貝葉期無日，學坐蒲團限定香。貧乃士常風骨在，授經猶子不離傍。

又有《爲端文大孝追憶尊人彦翁疊用入山原韻》云：

謝世俄驚跨鶴裝，海天望斷問歸航。一方石冷留書案，三尺雲高掛影堂。守道保生人不辱，完名餓死骨猶香。青氈世業相承訓，請表何年立墓旁。

文栴，又見本集第【二六一】題詩。

【二三六】題敗蕉覆秋草圖

長宵冷雨苦無悰，點滴聲多睡不濃。歎息園蕉最籃縷，猶將衰力護秋容。

【二三七】題貧僧叢菊圖

金谷他園謝衆芳，粗粗籬菊也能黄。人生晚景宜如此，顔色真堪傲雪霜。

【二三八】杏花

門外芳菲日日新，朝來景色最關身。園林寂寂殘梅過，庭户飛飛雙燕馴。臨水繁枝禁暮雨，隔墻奇艷鬧遊人。後開紅白難相並，花格輸伊占早春。

【二三九】花朝在城，值黄攝六入山，約于寒山相待，連日大雨

新流堪泛未能陪，好去扁舟莫遽迴。積雨難行思敗屐，飛花無力墮深杯。浪揣小閣宜延望，雲障群峰不盡來。况是舊交耆老盡，恐于樂地一興哀。

〔箋〕本詩應作於順治十四年丁酉（一六五七）二月中旬。

黄攝六，即黄翼聖，又見本集第【二〇〇】、【二二七】、【三二一】題詩。

【二四〇】三月廿七，龔孝升總憲偕夫人入西山展普門大士。諸客各辦香花，追隨樂飲，亦有不能全菜者，竟夜而返

澡身償願入琳宫，脈脈心香與佛通。附會勝緣誰不勉，叨陪禪悦頗難同。雙舟分載歌聲發，群岫遥臨夜色中。燈火還城人競起，摩挲睡眼剩衰翁。

〔箋〕本詩作於順治十四年丁酉（一六五七）三月梢。三月廿七日，合公元一六五七年五月十日。

龔鼎孳（一六一五—一六七三），字孝升，號芝麓。合肥人。崇禎七年（一六三四）進士，官兵科給事中，以敢言著。降清，起吏科，轉禮科，逾年擢太常寺少卿，遷左都御史。尋被劾，降十一級，補上林苑署丞，再降三級調用。康熙元年（一六六二），以侍郎候補。明年，再起左都御史。官至禮部尚書。十二年（一六七三）卒，年五十九。撰《定山堂詩集》四十三卷、《詩餘》四卷。

孝升於順治初獲譴南歸，寓居湖上，嘗過吴門，得交蒼雪弟子道開，相見恨晚。順治十四年，孝升自粤還京，再過蘇州，往白椎菴拜道開墓，有詩挽之，已見第【一三五】題箋。

孝升是行復與元歎同遊支硎山，《定山堂詩集》卷二十五《暮春同徐元歎游支硎》詩云：

輕帆過雨指花宫，一水沿緣薜荔通。地接支公揮麈近，人逢徐穉入林同。春波笛細眠鷗外，芳樹燈寒晚磬中。詩酒敢言驅使健，他時鄰並許山翁。

元歎詩題記孝升偕横波夫人（顧媚，一六一九—一六六四）於是年三月廿七日入西山展普門大士（有送子觀音别稱）。二人在江南禮送子觀音，已非首次。《定山堂詩集》卷三十六有《秋分同善持君冒雨重游天竺靈隱漫成口號十二首》，其十二有注：「時同禮送子大士。」詩云：

蕭條生事卧柴桑，種秫無田也不妨。他日五男能紙筆，不知誰得老夫狂。

此詩作於順治七、八年（一六五〇—一六五一）頃寓居杭州時（參孟心史先生《横波夫人考》，收入《明清史論著集刊續編》）。在杭禮送子觀音，僅孝升與顧横波二人在場。在吴門西山，則似廣邀善衆，聲勢頗盛，觀元歎詩題中「諸客各辦香花，追隨樂飲，亦有不能全菜者，竟夜而返」云云，思過半矣！蓋孝升在杭時爲逐客，而在吴門，則已摇身爲朝中顯宦，世情冷暖，亦意中事耳。龔鼎孳，另見本集第【三二七】題詩。

【二四一】芒種前後久旱忽得驟雨

新秧就槁直須臾，點滴纔來緑漸舒。遂有壯聲翻屋瓦，相看生色動耰鋤。人家懊惱遲收麥，身世汪洋卻羨魚。聞説焦枯非一處，急將鞭策送雷車。

【二四二】鴛鴦再耦用蘇長公獄中韻，顧云美徵。

難同弄影鏡中雞，苦憶雙雙文彩齊。窺見錦機殊自失，夢迴沙渚思全迷。開籠作合誰爲主，戢翼嫌單幸有妻。且向階墀稱近玩，已無舊侶在前溪。

〔箋〕

蘇長公獄中韻，參第【十二】題箋。

顧苓，又見本集第【四十九】、【一九六】、【三三六】題詩。

【二四三】子星中秘持安徽使節竣事，由杭入蘇，泊虎丘鶴澗，連日譙集。余以疾先歸，留詩爲别，四月廿五日也

駒隙流年駛，蟻旋人蹤忙。飛星不容瞬，出雲無定方。皖城欲亟過，投館夕舂糧。新安江清泚，聊一浣征裳。天都人士集，贈墨松烟香。瞥來睹顔面，但怨别日長。生存猶間闊，運往益悲涼。西湖鉛粉盡，胥臺麋鹿荒。日中喧笑起，夜便壑舟藏。招攜成痛飲，甘脆預初嘗。未宜稱倦劇，已似要扶將。涔涔坐自眩，忽忽睡爲鄉。服餌終年歲，觀身如藥囊。諸君且安住，歡樂殊未央。蕙芳雖漸歇，十日即端陽。

〔箋〕

揆諸本題前後詩，本題應爲順治十四年丁酉（一六五七）四月廿五日之作，合公元一六五七年六月六日。

子星中秘，即徐惺，又見本集第【六十九】、【八十五】題詩。

【二四四】子孺出近製五古賦贈

新響尚嘈雜，金石久無聲。懸架備古樂，考擊徒鏗鍧。聽者輒思睡，不若瓦缶鳴。曹

劉在今日，誰復捋其英？高材始間作，變調出華菁。以迄鮑謝句，後學踸而擎。唐人五字古，各具性與情。于鱗恣胸臆，欺人非定評。吾宗歌古調，年盛氣方盈。篇題皆雜擬，結撰仿西京。搥淘去苦澀，磨淬著光晶。一吟消一拜，莫但使人驚。

【二四五】李灌溪侍御六十生日

中園遵養十年遲，未壞高人林下姿。入史必歸通隱傳，逢僧恰在得閒時。江湖無限容垂釣，甲子難窮且看棋。獨羨初筵酬善頌，尚披萊綵作兒嬉。

〔箋〕

李灌溪侍御，即李模，又見本集第【六】、【二二七】題詩。

【二四六】靈嵒和尚暑中偕諸大弟子淹留落木

高林出日露方晞，水檻娛情便解衣。茗椀瓶花呈似處，色香知肯接初機。（其一）

龍象從行風滿林，玄珠欲得倩誰尋。師言落地如九轉，筆記隨人見淺深。（其二）

〔箋〕

靈嵒，又見本集第【一〇七】、【一四二】、【一四三】、【一四九】、【一七三】、【一九四】、【二一〇二】、【二〇四】、【二三三】、【二四七】、【二五一】、【二七八】、【二八五】、【三〇三】、【三〇四】、【三一九】、【三四三】、【三四四】題詩。

【二四七】前偈未録呈和尚，于第三日清曉，惠示四偈

東偏缺月破青冥，丈室幽幽起獨醒。忽見上方傳一卷，貫花新句到松扃。

〔箋〕

參上題。

【二四八】五月十七菴中延僧小課

入塢遥看翠一叢，外間塵起漲天紅。微微倒拂袈裟角，知是松林處士風。

【二四九】廿四曉起，送陳甥殷先入城

殘宵月露皎然新，只與人間管送人。十日相留難可別，早涼一味贈情親。

【二五〇】亂後十餘年不至吴江，丁酉四月，訪周安仁、安石，集於其先伯兄安期蟠松書院，值安仁七十生日

凋傷比屋不堪觀，草逕迷離訪舊難。鬚白髮髡非故物，焚林竭澤恨多端。坐來積雨龍鱗潤，念昔高天雁影殘。且袖十年經濟手，猶能渭水把漁竿。

〔箋〕

本詩作於順治十四年丁酉（一六五七）四月間，則安仁生於萬曆十六年（一五八八）可知。明清間吴江周氏兄弟永年安期、宗建季侯、永言安仁、永肩安石，皆弘治間人周用（行之、伯川，一四七六—一五四七）之曾孫。四人中，季侯死魏忠賢（一五六八—一六二七）手，有「東林七賢」之譽，乃天啓間一大事。《明史》本傳記之，而《吴江縣志》及《煙艇永懷》所敘尤詳。不贅。安期與牧齋生同年，相知深，交尤篤。《有學集》卷三十一《周安期墓誌銘》述其人略云：

余初交安期，才名驚爆，不自矜重，攢頭摩腹，輸寫情愫，久與共居，而不能捨以去。其後待門下士亦然。諸公貴人，聲跡擊戛，争羅致安期。安期披襟升座，軒豁談笑，不爲町厓，卒亦無所附麗。邦君大夫，虚左延佇，箋表撰述，必以請。材官小胥，錯跡道路，間值諸旗亭酒樓，捉敗管，捨寸幅，落筆聲簇簇然，緣手付去，終不因是有所陳請。以是知其人樂

易通脱，超然俊人勝流也。爲詩文多不起草，賓朋唱酬，離筵贈處，絲肉喧闐，驪駒促數，筆酣墨飽，倚待數千百言。旁人愕眙驚倒，安期亦都盧一笑。以是歎其敏捷，而惜其不能深思，徒與時人相聘逐也。……晚年撰《吴都法乘》餘百卷，蠹簡蠹翰，搜羅旁魄，其大意歸宗紫柏一燈，標此土之眼目。又以其間排纘掌故，訪求時務，庶幾所謂用我以往者。

銘中對安期似不無憾詞。惟牧齋《列朝詩集》不獨收安期詩，於所撰《周秀才永年》小傳中，復推許有加。小傳云：

永年，字安期，吴江人。故太宰恭肅公之後。少負才名，制義詩文，倚待立就。才器通敏，風流弘長。禪宫講席，西園北里，參承錯互，詩酒淋漓，莫不分身肆應，獻酬曲中，海内咸以通人目之。晚而扼腕時事，講求掌故，思以桑榆自奮。遭亂坎軻，卜居吴中西山，未幾而殁。所著詩累萬首，信筆匠心，不以推敲刻鉥爲能事。余嘗有詩云：「安期下筆無停手，元歎撚毫正苦心。」人以爲實録。今録其詩，得八首，元歎所手定也。

清初詩選本收安期詩作者凡五種：黄傳祖《扶輪續集》；程棅、施諲《鼓吹新編》；徐崧、陳濟生《詩南》；徐崧《詩風初集》；卓爾堪《明遺民詩》。《(乾隆)吴江縣志》録其詩如干章。

牧齋與安石亦有交誼。牧齋《有學集》卷十《周安石七十》云：

梵行儒風共一家，條衣丈布似毘耶。青蓮池養新函蘂，紫柏林披舊貫花。長日經聲停院竹，清秋佛火净窗紗。壽觴且醉油囊酒，劫石何曾算歲華。

周安石，又見本集第【三三二】題詩。

【二五一】 韓芹城太史新得記靈嵒，中元節六十生辰

横流不可處，孤往最先萌。藩魏歲云晚，帝秦憤所盈。荆榛聊一望，朝市至今争。鴟張矜腐鼠，早已厭承明。（其一）

承明念往哲，迴首肺肝熱。心違上苑花，衣點江南雪。吴會有浮雲，容容歸變滅。世味既所輕，從師討禪悦。（其二）

禪悦誰染指，和盤聞付儂。堂堂齊古佛，眇眇視鄰峰。鞭揚聊示馬，睛點遽成龍。珍哉新拂子，登座想音容。（其三）

〔箋〕

汪學金《婁東詩派》卷八收黄翼聖《壽韓芹城太史六十》云：

御道支硎猿鳥少，又攜巾拂上孤峰。佛分半座同龕宿，月到空山覿面逢。蒿滿吴宫秋走鹿，雲昏海嶠夜眠龍。僧中半是前朝老，愁聽斜陽古寺鐘。

韓芹城，又見本集第【一六八】、【一七〇】、【一七二】、【二六八】題詩。

靈嵒，又見本集第【一〇七】、【一四二】、【一四三】、【一四九】、【一七三】、【一九四】、【二〇

二】、【二〇四】、【二三三】、【二四六】、【二四七】、【二七八】、【二八五】、【三〇三】、【三〇四】、【三一九】、【三四三】、【三四四】題詩。

【二五二】袁籜菴數年栖栖燕楚，今春小築秦淮，而無還吴之意。寓詩爲訊

交游送盡亂如麻，及爾相思會面賒。名士困窮天有意，春江花月客無家。雕蟲共切平生悔，歌驥頻興千里嗟。樂府流傳今不見，豈因淪落謝朝華。

〔箋〕

袁籜菴，即袁于令，又見本集第【八十九】、【一一四】題詩；另見本書「集外詩」。

【二五三】周静香長嗣長康入泮

銀鵠臨頭喜可知，紅旌雙引出群姿。種香蘭蕙薰瑶砌，得水蛟龍起墨池。二俊上林聯袂地，三餘之子下帷時。父書滿架須人讀，見此寧無一朶頤。

〔箋〕

周静香，又見本集第【十三】、【一九五】、【二一四】、【二五二】題詩。

【二五四】楊曰補以詩畫鳴，年纔六十，季秋朔日長往，從容委蜕，似有道云

新秋斯遠引，下壽亦纔登。游道如君遂，家聲一子憑。偈成聞擲筆，畫捲囑還僧。亂世全歸少，遲遲恐不能。

〔箋〕曰補云逝，郡人徐枋有長詩哀挽，題作《故隱君楊叟補字曰補》，足見曰補平生志業，録如後。

《五君子哀詩》其三：

昔有大布衣，詞場聊頓轡。詩卷留人間，磅礴蔚真氣。翰染青山色，筆寄滄洲趣。憶登黃金臺，易水吊古渡。懷古有深情，悲風激辭賦。才名滿京華，嘉會同修禊。觀海之罘巔，乘潮浙江澨。胸襟盪淜湃，奇氣溢清製。乾坤忽飜覆，蒼茫哀北顧。帝京好風景，僅托豪與素。幽咽玉泉渾，慘淡天山鋭。甲申後隱君有《帝京十景圖》及詩詠。亂後知心期，忘年金石契。浩歌痛生存，杯酒時酹地。雞鳴風雨交，形影同顧步。疏鬓常拂耳，清風灑然至。天骨瘦嶙峋，提攜恣遊憩。謂余畫學成，俯仰空百世。豈獨拜老生，突兀存佳句。隱君亟賞余畫，

贈詩云：「當使前賢畏，豈獨拜老生。」余畫今日上，斯人已云逝。與酣畫入神，往往横涕泗。斯人不可追，風雅終憔悴。（見《居易堂集》卷十七。）

又：錢牧齋有《明處士楊君無補墓誌銘》，見《有學集》卷三十一。楊補，又見本集第【三三九】題詩。

【三五五】贈金與九，周憲使諸郎所受業也

成就青袍子，消歸絳帳功。士衡能作賦，仲智已加攻。秋駕凉宵受，春機花色同。淵源從此大，衆美出書中。

【三五六】九月一日抵暮，獨任上人自金陵來訪，云是第一次至吴門，留宿小菴

遠見孤帆折疊收，黄雲亂擁暮江頭。知師自絶繁華分，捫踏蘇臺是九秋。鉢囊誰引叩青冥，未辨音聲但啓扃。月黑燈遲茶未出，憑欄共俯一池星。目斷龍門事可哀，人間速化有風雷。赤梢鱗甲無多異，每到三年一曝腮。獨任持州來手書，已知文戰失意。

〔箋〕僧大雲，字獨任，江寧人，著有《莆莊吟》。王豫（一七六八—一八二六）輯《江蘇詩徵》卷一八一收其《贈張南邨》（本詩另又收入《國朝詩的》卷一）云：

頻過曾不厭，共住亦關情。掃徑鐘方歇，炊泉月乍生。貧堪傳姓字，冷不絶逢迎。每坐危樓上，雄譚徹幾更。

大雲獨任之友張愍（南村，一六一九—一六九四），亦明清之際江南文士。詩下自注所及之州來，即徐州來，又見本集第【四十四】、【四十九】、【五十一】、【七十四】、【七十六】、【九〇】、【二二五】、【二二六】、【二二九】、【二九三】、【二九七】、【二九八】、【二九九】、【三〇一】、【三〇七】、【三二五】題詩。

【二五七】九日偕鄰僧登賀九嶺

山窗零露冷，早菊未解苞。籬門舒一眺，秋氣則已高。心知九日至，觴酌無可陶。鄰僧續續來，勝事不相抛。相攜陟小嶺，趾趾出林梢。天空氛祲斂，墟里見秋毫。芸黄遍原野，稻色東西交。鷙鳥盤寒空，一似護其巢。眼底亦吾廬，老矣免萍飄。

〔箋〕賀九嶺，支硎山地名。王鎬（？—一五六八）輯《靈巖志略》下篇「形勢」載：

靈巖發脈於陽山。由王晏嶺歷鹿山、賀九嶺及天池華山，從千步廊左轉讓原山、車廂嶺、秦臺、石林，越兩重嶺分支，開嶂於大尖山。

一雨通潤《二楞菴詩卷》有《賀九嶺晚歸》詩。

【二五八】奂上人自天台高明寺來，云曾瞻先和尚塑像

金漆莊嚴第幾身，頂珠失後漸蒙塵。祖庭秋晚餘殘菊，聞説年來面帶嗔。

【二五九】贈陸墓聞機上人，其菴密邇諸詞伯，凡六七家，孫清旭受照法師付衣

獨步禪林具勝緣，諸方籃縷敢隨肩。香花座上熙怡佛，斤斧聲隨功德天。地可栖尋多士往，衣叨懸記一孫傳。興隆心計河沙數，何在將來半百年。

〔箋〕

聞機、清旭，又見本集第【二六四】題詩。

【二六〇】精選亡友周治詩，懇毛子晉入《列朝詩集》

調苦應難識，悲君字句間。吟餘魂不昧，送往事相關。入集堪誰比，于人無可删。全行宜有日，什襲托名山。

〔箋〕

周治，字云治。生平見本集第【十四】題箋。

云治詩終不見收於牧齋《列朝詩集》。《吴縣志》記茅映爲云治刻集，似亦未傳世。蒼雪《南來堂詩集》附録云治詩數首，另黄傳祖《扶輪集》收入其《藝香山尋元歎新居》(此首亦見王培孫《南來堂詩集》注引)：

路尋一水累回互，過盡亂山纔入村。尚有落花堪繫艇，已看高柳露衡門。到來未暇稱幽勝，别久不難深話言。醉宿分燈渾舊日，溪雲落枕夢無痕。

周永年《吴都法乘》卷二十二下之上收其《小除夕作與淵公兼寄元歎》五古一首，所述多貧困之狀，云：

無家已五年，爲客媿此夕。黽勉事行游，終歲限一息。始自蓺香山，積雪凍逾積。山樓與晏眠，掩户罷游歷。雨棲荒寺中，故國多怨戚。良朋勤遠來，次第慰疇昔。去年在苕水，樹樹梅花白。杯酌置花前，日以醉爲率。今逢湖上寒，就爾分眠食。熾火夜無温，昏鐙照土壁。因思五載來，人事屢更易。實公墓艸青，荒寺轉蕭瑟。苕水既阻修，書問亦遠隔。獨喜客歸吴，新居我城北。無能成還往，始更愁孤跡。

元歎有悼周云治詩，收入《扶輪續集》：

紛紛貧士死，天若不經心。聞見人皆惜，飢寒業未深。報虚懷一飯，葬不費多金。知汝留遺恨，無人繼苦吟。

毛晉，又見本集第【一四八】、【二二八】、【二二九】、【二三二】題詩。

【二六一】秋夜喜端文來宿

涼思堪遲睡，非無懷友情。静聞新露氣，響辨故人聲。茶竈因君熱，松窗自夜明。秋衾聊覆夢，蛩語入初更。

〔箋〕

端文，即文柟，生平見本集第【二三五】題箋。

【二六二】九日他出，劉師望見過。答其不遇詩

游心秋漸廣，難限是疏籬。佳節無人共，他山與菊期。門中塵滿榻，室邇客吟詩。相

念還村夜，一杯何處持。

〔箋〕

劉師望，又見本集第【一九三】題詩。

【二六三】先人見背于萬曆丁酉臘月之望，不肖纔八齡，今再逢此歲，弱子已成老翁，是夕轉側佛室中，成二絶句

經堂如水一燈懸，雨雪聲聲滴不眠。惟有早梅能慰藉，曉窗相見故嫣然。（其一）

前無停積後無來，俗見中間花甲催。黄髪已非昔稚子，尊人亦不住泉臺。（其二）

〔箋〕

萬曆丁酉，合萬曆二十五年（一五九七）。元歎時年八歲，則其當生於萬曆十八年庚寅（一五九〇），而本詩作於順治十四年丁酉（一六五七）。詳參本書「導論」。

【二六四】機公上足清旭入山問句

間關尋到吟詩處，咳唾從無舉似人。且待霜空群木落，門前山始露真身。

〔校〕本詩又見《殘稾》。「門前山始露真身」,《殘稾》作「門前山始露來真」。

〔箋〕機公,即前第【二五九】題之聞機上人。清旭,同見該題。

【二六五】歲盡山居紀夜

村無飲伴尊虛設,城有歸人户未扃。石鼓殷床誰示警,膠糖媚竈亦祈靈。寒鴉起滅天邊黑,晚菜希疏雪後青。傳到異聞鄰舍集,燈前細碎老夫聽。

〔箋〕揆諸題【二六三】,本詩當作於順治十四年丁酉(一六五七)歲末。

【二六六】偶紀

呦呦宴罷禍形成,待價沽諸得若驚。槐樹著花忙舉子,孔門結實遜家兄。塗來鵲頂渾無色,截半蜂腰痛失聲。一字千金諸獲雋,籧篨束體是前程。

【二六七】除日

年光嘗見盡，是日更無聊。村聚疲氓市，山祠衆鳥朝。香醪澆筆冢，佳句貯詩瓢。黄落松針禿，難言汝後凋。

〔箋〕

揆諸以上數題詩，本詩當作於順治十四年丁酉（一六五七）除日。

【二六八】人日從靈嵒晚歸，念煦書記罹禍，以房師引陷滿獄

後山失坡陀，前山來兀突。族雲既冥濛，悲風動騷屑。入春俄七日，群生未萌蘖。空中何紛飛，撲面乃微雪。經冬無一點，乍見亦可悦。念彼幽憂人，弱肉纏冰鐵。居平懈周防，悔吝由出納。昔日文字知，青雲快提掇。今日罥罣間，暗海難超越。禍有山岳形，争起錐刀末。

〔箋〕

揆諸以上數題詩，本詩當作於順治十五年戊戌（一六五八）歲首。

詩題所及之煦書記，指繼起法子支硎籜花菴主煦堂琪禪師，俗名韓四維者。生平見本集第

【一六八】題箋。《五燈全書》卷八十五有傳，略云：「俗姓韓，以進士歷官翰林學士。鼎革易僧服……後上靈巖……順治戊戌，以兵逝。」戊戌爲順治十五年，所記其卒年及死因與元歎於本題詩所敘者正合。

韓四維，又見本集第【一六八】、【一七〇】、【一七二】、【二五一】題詩。

【二六九】去雁

江南臘盡雪如花，宿食蘆中未是家。積水茫茫留片影，又將旅況入風沙。

【二七〇】詞人唐友虞，丁酉春館虎丘之梅花樓，就其處淹留竟日。深秋見訪天池，餉秋片甚佳，未幾夫妻相繼物化

名山交互訪，聞逝一驚嗟。樓鎖梅花月，瓶餘白露茶。吟魂依古澗，寢室换誰家。身後無推轂，詞壇位尚賒。

【二七一】壽周親母夫人

瓊函齎捧下雲扃，坤德遥應徹帝廷。在室如琴方入調，冲霄雙鶴漸梳翎。不私桃實

容方朔，許抱衾裯列小星。海上蓬壺稱舊治，倩誰寫就翠微屏。

【二七二】春齋迫暮，倪天章、袁重其見過

禪榻收微倦，昏昏擁布衾。客銜殘夢破，逕覆落花深。城遠愁天色，春晴失澗音。肩輿難久駐，村酒故頻斟。

〔箋〕

倪之煌，字天章，號懶菴、鈍道人。山東臨清人，流寓江蘇山陽。參丁晏原輯、王錫祺重編《山陽詩徵正編》卷十一。

袁重其，又見本集第【二一五】題詩。

【二七三】三月十二，鶴林和尚見顧山居，承惠四絶句，如數奉答

灣灣曲曲古籬笆，籬下煙生旋煮茶。但過橋來無日色，緑陰相覆到山家。（其一）

松花滿谷記殘春，金色休言世界貧。内有老翁扶杖出，久將劣應待遊人。（其二）

供養雖勤或失宜，飽時猶爲設油糍。臨行把握稱珍重，不憶來時憶去時。（其三）

祖庭秋思寄遥岑，夜夜難忘警露心。更擬横江申一唳，須知老鶴未歸林。（其四）

〔箋〕元歎與牧雲通門和尚交好（參第【三十二】題《牧雲禪師生日，有來乞詩者》）。牧雲門嗣，有蘇州支硎山鶴林野樸維禪師、鎮江鶴林中樸行如禪師、潤州鶴林若無能禪師、京口鶴林天樹植禪師等，詳《五燈全書》卷七十六《臨濟宗·南嶽下三十五世隨録》。詩題所及之「鶴林和尚」，或即其中一人耶？待確考。

【二七四】答無依禪師謝齋絶句

和盤托出是家嘗，嚼著須分椒桂香。卻笑毘耶窮丈室，區區請飯向他方。

【二七五】醋菌一器供和尚

拾出荒叢曉露滋，松毛層砌入筐時。豈能自外天厨供，老向山中作紫芝。（其一）

汁滓盈甌送薄麋，不然醒睡亦相宜。心知方丈悲偏重，與助禪餘一皺眉。（其二）

【二七六】承天寺都講就閒上人以才授職，統領諸山，黄堂優獎，方冀升擢，乃製《賣閒詩》，以原韻索和

寬博袈裟也事君，排衙畫諾儘成文。鐘鈴部署如流水，箕畢纏綿無定雲。林下半趺

聊自恣，府中片語慰嘗勤。閒情共棄難評價，賒與山人伴夕曛。祈晴禱雨，故有箕畢句。

〔箋〕承天寺，又名承天萬壽寺，即接待寺，在蘇州府吴江縣東門外南澤口。見長谷部幽蹊《明清佛教史研究序説》。

【二七七】憚臣入山以紗香作供，答此絶句

薰爐蘊火只星星，片玉微蒸烟縷青。鼻觀已通功用了，香雲一朵出窗櫺。

〔箋〕憚臣，元歎姪孫，又見本集第【一〇】、【四十五】、【五十一】、【二八二】、【二八三】、【二八四】題詩。

【二七八】故中丞郭天門卜隱于鄂沔，實洞庭湖西滋也。彌望百里，無片石當眼。友生憫此處積水，無山，寫圖爲贈。公遂以「補山」名其堂，自賦長歌，索吴楚能詩者和之，悉次元韻。六月四日，石溪師攜靈嵒和箋見示，留飧别去。濡筆成此，押韻而已

淵九潛蚪篁箐虎，另覓單枝安倦羽。百里横披濤瀨開，結構軒楹領風雨。一灣一折

入重湖，眼底人烟亦漸孤。但知望望平如掌，五嶽胸襟豈曰無。便覺層巒去天咫，障壁惟添尺幅耳。佇看蒼潤逐人來，始知境界由心起。攜家盡説住湖中，見覓徑須從畫裏。舐筆含毫毫欲腐，平遠擅將嵐翠補。化工出手紗經營，煉石移山不足數。崚嶒氣勢屬茅堂，堂繫山名此破荒。從今存想只蒼蒼，水神失職恐徊徨。

〔箋〕

牧齋《有學集》卷九有《和些菴和尚補山堂歌》，亦步韻之作：

牀頭雙劍匣龍虎，繡澀悲吟卷毛羽。宵來光怪橫甲兵，彌天倒瀉修羅雨。柴門白浪平江湖，天宫岠峨地極孤。閃電金蛇掣如線，惝怳豈知天有無。有人用管量天咫，我笑斯人夢夢耳。山僧貽我補山歌，使我沉憂霍然起。南條天高嶺千疊，何人移置沙灣裏？長沙銅柱不曾腐，規外星辰九疑補。東海揚塵未移日，剩水殘山何足數。眼前突兀見此堂，摩空浴日開洪荒。長歌仰視天蒼蒼，河曲智叟徒徬徨。

郭天門，又見本集第【一九七】題詩。

石溪，即髡殘，又見本集第【一九八】題詩。

靈嵒，又見本集第【一〇七】、【一四二】、【一四三】、【一四九】、【一七三】、【一九四】、【二一〇二】、【二一〇四】、【二二三】、【二四六】、【二四七】、【二五一】、【二八五】、【三〇三】、【三〇四】、【三一九】、【三四三】、【三四四】題詩。

【二七九】答靈嵒座元僧鑑禪師謝齋二偈

春暮繁花入谷温，此間惟有竹稱尊。從今得句勤須寄，欲待吟哦便閉門。（其一）

饑人易療飽難調，我法從無閉口椒。請自從容如意食，不須補處便能消。（其二）

〔箋〕

座元，即首座。

僧鑑，又見本集第【二二七】、【三二〇】題詩。

【二八〇】八月初二貝葉培公六十生日

郭外名藍榮謝頻，堅牢真仗入廛身。布金不繼留餘地，請飯時來有化人。盛日儘從雲水過，諸天曾此雨花新。遥憐願力無窮已，可是猶嫌世界貧。

〔箋〕

培公，即貝葉培風，又見本集第【二二三】題詩。

【二八一】月函禪師，吴興董遐周嗣也。薙染靈嵒，寄惠平生詩文，致謝

止止如埋照，斯文未即捐。帙聯三世草，味接遠山泉。俯仰身依律，依微句帶禪。將來得記後，試爲説因緣。

〔箋〕

月函禪師，釋名南潛，董説（一六二〇—一六八六）是也。烏程董氏子，父斯張，字然明、遐周，號借菴。周慶雲輯《潯溪詩徵》卷三有小傳。黄容《明遺民録》卷十「南潛」傳（收入拙編《明遺民録彙輯》「董説」條）載：

字月函，號漏霜，烏程人。住堯峰寶雲，嗣法靈巖繼起。本姓董，字若雨，名説。博學工詩文，尤明陰陽曆律，推氣運，辨宫徵，不爽累黍。著《豐草菴集》行世。亂後，居土室，不通户。一竇以傳飲食數年。一夕，排壁而出，之靈巖山。家人跡之，遂披緇，住堯峰。詩文幽奥枯寂如其人。晚年所刻《寶雲集》七卷，尤得風霜慘刻之意。

柴德賡《明末蘇州靈巖山愛國和尚弘儲》（見氏著《史學叢考》）考述南潛與繼起之關係甚詳。文中引南潛《靈巖退翁和尚編年備譜》所録繼起《月函字説》云：

潛月函即當日吴興林道人也。癸巳〔順治十年，一六五三〕始著草鞋、挂弊垢衣，謁擔雪老人〔按：繼起自號〕于風雨中。老人器之，錫名玄潛，字之俟菴。丁酉〔順治十四年，一六五七〕落髮日，命僧字月涵，蓋取光芒四射，積靈涵蓄。又二年所，潛子以母老，將織蒲苕溪之南。先是已更玄爲南，今復易涵爲函。

【二八二】憚臣餉糖霜

玉兔寒宮杵臼忙，結成甘露搗爲霜。舌根領略知嘉惠，噉蔗遥憐病齒妨。

〔箋〕

憚臣，元歎姪孫，又見本集第【一〇】、【四十五】、【五十一】、【二七七】、【二八二】、【二八三】、【二八四】題詩。本詩及下二題詩皆爲酬答憚臣所作。

【二八三】又惠芭蕉扇

椶拂桃笙共眼前，輕紈裁製我無緣。茶罏即日應相待，不用秋風怨棄捐。

【二八四】又云住處橋邊鱔麵味美，約入城試之

金翅摩空海水開，食龍如麵亦雄哉。耀州自薦遺文在，莫遣門生立議來。

【二八五】靈嵒和尚餉玉露霜

玉匕抄來恐待烊，食單名品屬清涼。大乘弟子腸宜熱，何意先投對治方。（其一）

勃荷微辛到舌尖，瓜蔞澄汰苦仍兼。須知辛苦相和合，入口休疑一味甜。（其二）

〔箋〕

詩當作於順治十五年戊戌（一六五八）。

靈嵒，又見本集第【一〇七】、【一四二】、【一四三】、【一四九】、【一七三】、【一九四】、【二〇二】、【二〇四】、【二三三】、【二四六】、【二四七】、【二五一】、【二七八】、【三〇三】、【三〇四】、【三一九】、【三四三】、【三四四】題詩。

【二八六】孫桐孫從楚扶李太守櫬還燕，塗經吴門，憩慧慶西房

水程來一半，登岸話艱辛。送異京華客，歸仍寺裏身。秋帆行舊路，宵幞伴陳人。故國今如洗，長途莫厭貧。

〔箋〕

孫桐孫，又見本集第【一二六】題《清明慧慶禪房送孫桐孫陪李農部北上》。據第【一二六】

題，元歎嘗於慧慶禪房送孫桐孫陪「李農部」北上，今則逢孫氏扶「李太守」櫬歸，憩於慧慶西房。本詩云「送異京華客，歸仍寺裏身」，細味詩意，則當日北上之李農部，即今日櫬中之李太守也。

【二八七】贈人華菴主

露冷園蔬日夕凋，低低屋角有懸匏。淺山淺水相容處，雅稱禪人小結茆。（其一）
袈裟三四共經過，滿口甘酸桃杏多。再訪秋池須伴侶，要聽疏雨滴枯荷。（其二）

【二八八】贈法螺菴主

每聽潺湲坐石磯，漸衰筋力到應稀。疏松黄盡秋將半，雙澗枯來水不歸。（其一）
開山父子世遥遥，歲晚魂歸腹更枵。誰似法螺招度歲，高懸二像過元宵。歲首必祀趙氏父子。（其二）

〔校〕

徐崧《百城烟水》卷二「吴縣」「法螺菴」收録本詩，題作《歲首見懸供趙凡夫父子像有感而作》。「雙澗」，作「山澗」。

〔箋〕

法螺菴主，見前第【二】題《修實上人六十》詩。詩注所及「趙氏父子」，指捨宅爲菴之趙宧光、均父子。參第【四十三】題箋。

【二八九】張修我許惠秋片茶

瓷碗風鑪事喜新，靈芽小摘味逾珍。憑君剪截涼秋露，一撮封題餉遠人。

〔箋〕

張修我，似指張魁，明清之際風月場中一奇人。余懷（一六一六—一六九八）《板橋雜記》卷三有記云：

張魁，字修我，吴郡人。少美姿首，與徐公子有斷袖之好。公子官南都府佐，魁來訪之。閽者拒，口出褻語，且詬厲，公子聞而撲之。然卒留之署中，歡好無間。以此移家桃葉渡口，與舊院爲鄰。諸名妓家往來習熟，籠中鸚鵡見之，叫曰：「張魁官來！阿彌陀佛！」魁善吹簫度曲，打馬投壺，往往勝其曹耦。每晨朝，即到樓館，插瓶花，爇爐香，洗岕片，拂拭琴几，位置衣桁，不令主人知也。以此，僕婢皆感之，猫狗亦不厭焉。後魁面生白點風，眉樓客戲榜于門曰：「革出花面篾片一名張魁，不許復入。」魁慚恨，遍求奇方灑削，得芙蓉露，治除。良已，整衣帽，復至眉樓，曰：「花面定何如！」亂後還吴。吴中新進少年，搔頭弄姿，持簫擪管，以柔曼悦人者，見魁輒則揶揄之，肆爲詆諆，以此重窮困。龔宗伯奉使粤東，憐而賑之，厚予之金，使往山中販岕茶，得息頗厚，家稍稍豊矣。然魁性僻，常自言曰：「我大賤相，茶非惠泉水不可沾唇，飯非四糙冬舂米不可入口，夜非孫春陽家通宵椽燭不可開眼。」錢財到手輒盡，坐此不名一錢，時人共非笑之，弗顧也。年過六十，以販茶、賣芙蓉露爲業。庚寅、辛卯之際，余游吴，寓周氏水閣。魁猶清晨來插瓶花、爇爐香、洗岕片、拂拭琴几、位置衣桁如曩時。酒酣燭跋時，説青溪舊事，不覺流涕。丁酉再過金陵，歌臺舞榭，化爲瓦礫之場，猶于破板橋邊，一吹洞簫。矮屋中，一老嫗啓户出曰：「此張魁官簫聲也。」爲嗚咽久之。又數年，卒以窮死。

【二九〇】題玫瑰

著意雕鎸紫玉攢，空階花盡殿春殘。美人觸鼻相拈弄，多刺薔薇縮手看。

【二九一】中秋前一日，静翁寫山水寄贛李周計白，攜寓中相賞。題小詩，以代候緘

提此空靈筆，山水所攸聚。含毫濃淡間，沮洳成微路。寂寂無行蹤，或有麋麚度。閉

户者誰歟？何方曳雙屨？好景入寸幅，遠寄同心故。坐中多能詩，授簡請各賦。緘之至江鄉，秋心并相赴。

〔箋〕

静翁，疑即静涵，張有譽（一五八九—一六六九）自號。張，江陰人。天啓二年（一六二二）進士，福王時官户部尚書加太子太保。國亡後投靈巖爲僧。柴德賡《明末蘇州靈巖山愛國和尚弘儲》記錢牧齋序《虎丘語録》中語云：

青陽、嘉魚二元老，師左右面弟子也。

青陽爲江陰別名，指張有譽；嘉魚指熊開元（一五九九—一六七六），熊，嘉魚人。丁傳靖《明事雜詠》有妙句云：

大丞相與大司農，左右靈巖侍退翁。

即詠張、熊二人。

周令樹（一六三三—一六八八），字計百，延津人。順治十二年乙未（一六五五）進士，除贛州推官，被劾落職。事白復官，遷大同同知，後進太原知府。周氏雅好文學之士，任官時屢延攬才雋，海内名宿未識面者輒致書幣通，與傅山、顧炎武等人皆多有往來，又曾招潘耒讀書太原署中。潘氏《遂初堂集》卷十九有《太原太守周君墓誌銘》敘其生平甚詳。推官，亦稱司李，元歎詩題稱「贛李」，即指贛州推官。

【二九二】鄧元昭太史卜宅吴門，枉顧白堤，小詩代謁

遥聞笑語在中流，柳樹陰陰即繫留。倚棹虎丘淹舊雨，移家蛩館接新秋。賓朋擬向郇厨過，情好時因鄭驛修。已是東西延佇滿，未容閒迹得陪游。

〔箋〕

鄧旭（一六〇九—一六八三），字元昭，號林屋。壽州人。鄧之誠《清詩紀事初編》卷五小傳載：

順治四年進士。由庶吉士授檢討，外轉洮岷道。罷官歸，家于金陵，買城西萬竹園居之。有六朝松石之勝，遂爲江寧人。卒于康熙二十二年。撰《林屋詩集》九卷。詩學唐人，不事塗抹，亦不作頹唐語。古體尤奇放。半生蹤跡，多在山水間。莫釐、九華、廬山、華山、衡山，皆屢有題詠，不啻一部遊記也。

牧齋《有學集》卷八《水亭承鄧元昭致餽諸人偶集醉飽戲書爲謝》云：

蓬池鱠美薦冰醪，食指紛然動爾曹。三歎何曾知屬厭，八珍空復羨淳熬。腹腴放箸煩偏勸，朐肭堆盤笑老饕。明日洗厨重速客，未愁蘿蔔旋生毛。

吴偉業《吴梅村全集》卷六《鄧元昭奉使江右相遇吴門卻贈》云：

五湖春草隱征笳，畫舫圖書泊晚沙。人謂相如初奉使，客傳高密且還家。黑貂對雪潯陽樹，緑酒看山茂苑花。回去石渠應賜馬，玉河從獵雁飛斜。

元昭與梅村交頗密。《吴梅村全集》卷四十四有《贈内翰國史院檢討鄧公墓誌銘》，即應元昭之請而撰者。

程正揆《青溪遺稿》卷八《送鄧元昭太史出任洮州》云：

鶯花二月水潺潺，斗酒驪歌悵客顔。親見天王除漢吏，再來藏史入秦關。奚奴負錦過文水，玉女留青看華山。洮疊古城春色滿，摩雲松頂可從攀。

【二九三】丹陽道中答州來促晤詩

人間長别者，亦不待耆年。遠道因人到，殘生再晤緣。經過舊江水，已是晚秋天。漸近生愁思，鍾山起暮烟。（其一）

寒暄惟草草，只及往來詩。微中推敲處，欽余識見奇。可傳無别事，來忌欲何辭。摇落重相見，吟成恐太悲。（其二）

〔箋〕 徐州來，又見本集第【四十四】、【四十九】、【五十一】、【七十四】、【七十六】、【九〇】、【二一五】、【二二六】、【二一九】、【二五六】、【二九七】、【二九八】、【二九九】、【三〇一】、【三〇七】、【三二五】題詩。

【二九四】 叔母童太夫人七十

秘籙瑶池預有名，群靈畢竟恤幽貞。春暉待報中男在，淮澨深懸寶婺明。身願習勞甘自績，髮因經剪白還生。從伊久住看塵世，一度滄桑未足驚。

【二九五】 霍山張古嶽侍御寓家金陵，時值七十，以詩爲壽

久知憶念到微躬，榮落雖殊少長同。自昔聲名喧柱下，比來日月在壺中。星文應向嚴灘現，洞府爲鄰句曲通。倘欲見攜凌倒景，衰年無力馭罡風。

〔箋〕 張古嶽，又見本集第【六十二】、【八十八】、【一二三】題詩。

【二九六】戊午、己未間，從鍾譚二公知有朱菊水先生，時官于楚也。甲申大故後，鍾譚墓木已拱。先生爲少司寇，余亦薄游金陵，以詩投謁，交一刺，竟未覿面。又五年，余已潛影深山，不與世人游。莊宜穉憲使傳得先生詩札，似答前詩也。又七年，爲戊戌。九月，又向金陵覓晤。詩紀歲月

聞見相懸四十春，幸留一老備遺民。廛中暫坐超多劫，石上三生問舊人。故國尚餘霑灑地，交情各有後先身。竟陵茫昧何堪憶，又是秋墳霜露新。

〔箋〕

詩應作於順治十五年戊戌（一六五八）九月頃。

朱菊水，又見本集第【四十三】題詩。

莊宜穉，又見本集第【四】、【四十三】題詩。

【二九七】甲申後十五年，重九前二日，復至州來秦淮新松年閣，雨坐竟日，同盛白含、周以先、子宗、聞持兩宗英

歲月能寬假，容人去復來。水邊俄有閣，日者更銜杯。節物如流換，吾生奚足哀。憑

高多感慨，軒檻莫俱開。（其一）

客況那禁濕，滿城風雨時。淹留惟與爾，車馬正愁伊。檐鳥相呼晚，堤楊一向衰。衝泥須決去，賢主意遲遲。（其二）

〔箋〕

「甲申後十五年」，爲戊戌，時值清順治十五年（一六五八），本題詩作於是年重九前後。

盛丹，字伯含，或作白含、百含。周亮工《讀畫録》卷四小傳載：

盛丹，字伯含，茂開子。畫本家學，而蕭疏有林下風致。每過友人處，見几案潔净，筆墨和適，輒取案上紙，隨意揮灑，不自矜慎，人更以此重之。嘗作《秋山蕭寺圖》，杜子漣題云：「争見時人貌大癡，總然貌得止膚皮。何如竟向空山坐，笑岸秋風白接䍦。」宋玉叔題云：「『空山多雨雪，獨立君始悟』，王龍標句也。不觀此畫，不知古人立言之妙。」

周亮工《尺牘新鈔》卷一「宋祖謙」條《與盛丹》札云：

昔人論作米家雲山，當用淡墨、焦墨、積墨、破墨、潑墨。非獨米家爲然，古名家作畫，無不如此。李營丘惜墨如金，董宗伯常有言，作畫不惟惜墨，亦當惜水。古人皆以渴筆取妍，今人乃以爲雲林一家法，不然也。

馮金伯《國朝畫識》卷四「盛丹」條下收數則材料，讀之可窺盛丹筆墨功力：

盛丹，字伯含。金陵人。山水、花卉、蘭竹，能集諸家之長。（《無聲詩史》）

盛丹善山水，其筆墨蓋得法於黃子久。巖隈林麓，頗及深遠。柯枝點葉，亦極老幹。差覺欠舒暢耳。（《圖繪寶鑑續纂》）

程端伯《題盛丹畫卷》：盛伯含與予交甚久。其人篤實近古，筆墨亦復灑然可喜。偶于嵤公禪室見此卷，爲之憶嘆良久。求虎賁似中郎，引爲同調，不可得矣。（《青溪遺稿》）

按：《國朝畫識》引程端伯《題盛丹畫卷》一文，見程正揆《青溪遺稿》卷二十四，作《題盛伯函畫卷》，文末「引爲同調」作「引爲同坐」。後尚有「是乃倣江貫道意，亦有合處。江卷原藏張爾唯家，今不知落誰手」等文字。

又：程正揆《青溪遺稿》同卷另有《題伯含畫》一則云：

伯含此意，賣弄不少。薇蒡題語，忒煞盡情，未免旁觀者哂。雖然，家裏人説家裏話，自應爾爾。

盛丹，又見本集第【二九八】、【三〇一】、【三〇七】、【三一五】題詩。

周以先，又見本集第【三〇一】題詩。

州來，又見本集第【四十四】、【四十九】、【五十一】、【七十四】、【七十六】、【九〇】、【二一五】、【二一六】、【二一九】、【二五六】、【二九三】、【二九八】、【二九九】、【三〇一】、【三〇七】、【三一五】題詩。

徐子宗，又見本集第【二九八】、【三〇〇】、【三〇一】題詩。

徐聞持，又見本集第【二九八】題詩。

【二九八】重九雨，仍同盛白含、奕文、子宗集州來處，不得登高，賢嗣聞持、子貫相從竟席，出元人書畫與寓目焉

陰雨連晨撥不開，衰年自力强追陪。雲山即對倪迂畫，魚蟹誰辜陶令杯。尚擬棲遲吟早菊，難扶形影上悲臺。摩挲漸覺圖書潤，付托尤須二俊來。

〔箋〕

詩題云「賢嗣聞持、子貫相從竟席」，知州來有二子長大成人。

盛白含，即盛丹，又見本集第【二九七】、【三〇一】、【三〇七】、【三二五】題詩。

徐子宗，又見本集第【二九七】、【三〇〇】、【三〇一】題詩。

徐州來，又見本集第【四十四】、【四十九】、【五十一】、【七十四】、【七十六】、【九〇】、【二一五】、【二一六】、【二一九】、【二五六】、【二九三】、【二九七】、【二九九】、【三〇一】、【三〇七】、【三二五】題詩。

徐聞持，又見本集第【二九八】題詩。

【三九九】八月十日官凝之持州來書至落木菴，不值，日後見投一詩，次答

秦淮堤上月，奈向虎丘尋。剥啄門開後，山庭風滿林。主人言出岫，來客惘然心。相見事都訖，何須仍寄音。

〔箋〕

官撫辰（一五九四—？），字凝之，著有《雲鴻洞稿》。湖北黄岡人。

《（光緒）黄州府志》卷二十五「隱逸」小傳載：

應震子。少穎異，博學，精天文兵法。以選貢授桃源知縣。上治河需兵議，當事不能用。丁母憂，歸。總督徐標舉爲真保監軍，又擢徐州知府，皆不起。及閩粤諸藩聘之，慨然曰：「天道不可違也，臣節不可變也。」遂祝髪於維揚，名德昰，又號知劍道人。雲游名山古刹，老歸黄，居維摩堂。卒，葬其處。

徐州來，又見本集第【四十四】、【四十九】、【五十一】、【七十四】、【七十六】、【九〇】、【二一五】、【二一六】、【二一九】、【二五六】、【二九三】、【二九七】、【二九八】、【二九九】、【三〇一】、【三〇七】、【三二五】題詩。

【三〇〇】答子宗五古長篇

一雁叫雲外，單鶴應中洲。毛羽雖不同，各有羈孤愁。窮陰逼九月，光影忽而遒。税駕舊所止，凋弊乃盈眸。酸風繼苦雨，行止非預謀。欣然一飽食，提攜即登樓。四望惟昏塞，無以寄冥搜。宗子同悲歡，水乳愜相投。吟哦事筆墨，五字肯深求。贈韻過二十，珠玉難爲酬。姿首稱絶代，骨法亦纖修。遺世而獨立，衆女卻含羞。其餘擬古家，拜月鬼髑髏。化作美人形，意欲私衾裯。礫然推墮地，幻惑一時休。

〔箋〕

徐子宗，又見本集第【二九七】、【二九八】、【三〇一】題詩。

【三〇一】九月廿五，同以先登石子岡，白含、州來續至。子宗治飯永興，迫暮小憩高座寺，輿入城

步出南門始欲愁，岡頭草色不禁秋。提攜尚作登臺勢，衰憊知爲掃迹游。兩兩三三尋古寺，團圞共醉無相棄。坐來怪得晚窗明，一樹娑羅葉在地。（其一）

槎枒斬伐無多剩，江外歸鴉棲不盡。行人掉臂上岡頭，提點帆檣日就暝。南北乘除

似奕棋，蒼天見慣只兒嬉。直須萬里江流竭，或是英雄淚盡時。（其二）

〔箋〕

周以先，又見本集第【二九七】題詩。

白含，即盛丹，又見本集第【二九七】、【二九八】、【三〇七】、【三二五】題詩。

徐州來，又見本集第【四十四】、【四十九】、【五十一】、【七十四】、【七十六】、【九〇】、【二一五】、【二一六】、【二一九】、【二五六】、【二九三】、【二九七】、【二九八】、【二九九】、【三〇七】、【三二五】題詩。

徐子宗，又見本集第【二九七】、【二九八】、【三〇〇】題詩。

【三〇二】客中見菊花

名種家園手自栽，他鄉卻見擔頭開。無端客裏閒身久，已卜山中霜信來。慙愧禿翁簪短鬢，凋零游伴阻深杯。僅存三逕疏疏蕊，猶恐秋霖一向摧。

【三〇三】臘八在靈嵒戒期，嘗住煮粥，和尚命以豆漿代水，甘美非嘗，數百衆均沾，敬呈口號

榛松滿把莫斟量，代水還應有豆漿。儱侗喉中成一吸，誰分水乳似鵝王。（其一）

擁絮禪床千百身，但聞粥板盡嚬申。休因齒豁愁完粒，嚼著些兒能幾人。（其二）

〔箋〕　董說《寶雲詩集》卷三有《靈巖每遇三峰師翁忌日，供茄板湯。先師昔在長沙，夜述師翁所嗜，泫然久之》一題，詩末自注：「先師嗜蘿蔔及豆漿粥，每言豆粥沖淡合道。己亥冬，元歎有臘八豆粥詩。」應指元歎本詩。己亥，合順治十六年（一六五九）。本詩合下二題看，似應作於一時。本題言「臘八」，下二題有「曉起大雪」、「戊戌除夕」之語，時序節物相符，則元歎「臘八豆粥詩」當作於順治十五年戊戌（一六五八）臘八日（十二月八日），董説「己亥冬」云云，或誤記歟？

靈嵒，又見本集第【一〇七】、【一四二】、【一四三】、【一四九】、【一七三】、【一九四】、【二〇二】、【二〇四】、【二三三】、【二四六】、【二四七】、【二五一】、【二七八】、【二八五】、【三〇四】、【三一九】、【三四三】、【三四四】題詩。

【三〇四】　曉起大雪敬呈靈嵒和尚

送歲無歡色，應同縞素情。地天一合相，世界衆微成。震壓增峰勢，摧枯折竹聲。見消從古塔，遥禮漸分明。

〔箋〕　本詩作於順治十五年戊戌（一六五八）歲暮。

靈嵒，又見本集第【一〇七】、【一四二】、【一四三】、【一四九】、【一七三】、【一九四】、【二〇二】、【二〇四】、【二三三】、【二四六】、【二四七】、【二五一】、【二七八】、【二八五】、【三〇三】、【三一九】、【三四三】、【三四四】題詩。

【三〇五】戊戌除夕，午後同林宗登賀九寺，城中困士，續續而至，知是度歲者，慨賦

霧豁殘陽一罅開，三門開見亂山堆。誰知長者償金地，遽作周王避債臺。束馬入舟經月擾，飛芻填海幾人迴。生涯只合堂堂去，偪側嘗因此夕催。

〔箋〕

本詩作於順治十五年戊戌（一六五八）除夕，合一六五九年一月二十二日。

【三〇六】己亥元旦

華池香國夢相招，七十臨頭在歲朝。把釣不聞誰養老，掛瓢何處可逃堯。一枝隔水新梅破，幾點他山剩雪遥。城郭兵聲翻大地，好將烟靄護溪橋。

〔箋〕

本詩作於順治十六年己亥（一六五九）元旦，合一六五九年一月二十三日。

【三〇七】新年寄州來于白門，并訊藏法師、盛白含失約

佛室喃喃有課程，攤經嘗趁晚窗明。老僧不至愁玄殺，詩客相逢問瘦生。飄閣希疏南雪片，渡淮撩亂北鴻聲。年來觸物思親友，最是梅花係別情。

〔箋〕

本詩作於順治十六年己亥（一六五九）歲首。

徐州來，又見本集第【四十四】、【四十九】、【五十一】、【七十四】、【七十六】、【九〇】、【二一五】、【二二六】、【二一九】、【二五六】、【二九三】、【二九七】、【二九八】、【二九九】、【三〇二】、【三二五】題詩。

盛白含，即盛丹，又見本集第【二九七】、【二九八】、【三〇二】、【三二五】題詩。

【三〇八】己亥新年，山雪連綿，久不見日月。元夕申酉間忽開霽，團圞光顯，因思丁巳燈節，于臨頓故里，邀一時詞客。酒半，吴凝父賦韻，王亦房有「入酒影微温」句，四坐讚美，閣筆散去。王與范東生相繼淪殞，凝父去爲僧，不久亦物化。余年廿七至七十，每逢斯夕，未嘗不念也，因成長句，留示後賢

小園一向無塵雜，粉飾更兼三日雪。曉光無際四窗開，玉琢屏風亦可悦。劃然天宇如冰裂，猛風排蕩屯雲撤。卻訝月輪無漸次，一出便能圓且潔。鄉城寸寸瑠璃地，因知元夕天加意。思量床下卓雙瓶，欲答天心須一醉。告訴歡情無可詣，邨姥隣翁門盡閉。室中重理舊蒲團，往事悠悠聊可記。疇昔逢丁歲在蛇，填城燈火爛紅霞。詞人競辦性靈字，月色深留歌舞家。四十三年真逝水，當時人物今亡矣。諸君墓上起松聲，我老窮山亦聽此。

〔箋〕

本詩作於順治十六年己亥（一六五九）正月十五日頃。

吴凝父，又見《浪齋新舊詩》第【五十四】題詩。

王亦房，又見《浪齋新舊詩》董敘。

【三〇九】亂後岕中虎盜縱横，名茶已絶。朱汝圭不避艱險，復修茶事，朋輩各有贈言

獨擔篛籠入荒榛，小摘青青得見新。卧起焙頭愁寂處，擬將杯酒酹茶神。（其一）

色香隱約敢求全，暫試靈芽文火煎。隨有閒情思長物，砂壺壇盞舊因緣。（其二）

【三一〇】上巳前一日積雨初止，同親密送鄰藿赴武林憲長之辟

何事嘗思出，登舟又憶家。束書閒就展，倦枕夢無涯。風細梳新柳，流深獻淺沙。趨程如有失，似不在桃花。（其一）

揖送臨高岸，含悽解纜時。此行相勸少，有味得歸遲。文法依經術，衙齋換鬢絲。遠憐何記室，亦不廢吟詩。（其二）

〔箋〕

上巳，三月三日，詩作於順治十六年己亥（一六五九）三月二日。

周鄰藿，又見本集第【十三】、【一九五】、【二〇三】、【二一〇】、【三三二】、【三三五】題詩。

【三一一】慧慶在久師以庚戌閏三月六日生，至五十恰逢此閏，來索詩

閏當三月演春工，暮春之初好景同。芳菲作意遲遲去，五十年中兩度逢。袈裟著體幼超俗，踐踏泥塗不染足。寺向西山山翠開，相看俄爾成尊宿。年來往往就眠餐，一笑逢迎意已寬。人境同時臻老壽，小窗漸漸作風湍。我向虛空聊問訊，囊無一物堪相敬。將來半百直須臾，轉眼又逢三月閏。

〔箋〕

順治十六年己亥（一六五九）有閏三月，詩作於是月六日頃。在久，又見本集第【一五二】、【一五三】題詩。

【三一二】韞師小像衆手題滿，僅餘寸紙索題

臼嘴開花蝴蝶啼，三更鼓打日蹉西。眉橫鼻直娘生面，付與時人汗漫題。

【三一三】蘭雪堂詩有序

少司寇王公，奮愚公之志，移得小山修他化之因，奄成巨構。未幾身繼攀龍之侶，園爲離壑之舟，爲他姓得。五六年所，孫傅若掇拾餘貲，復還故物，人以爲賢。己亥春仲，阻雨城東，每過其處，果三餐之腹，矢七字之吟，揄揚孝孫，尚待衆作。

版築功成餘隙地，水木清華宜位置。峥嶸方寸起山情，旋向蒿衡割蒼翠。彼氏勞勞有此堂，斧斤聲歇即移將。勞者經營施采斵，神哉攝取就林塘。鼓翅游蜂惟遶座，銜巾飛鳥時來下。雜花香發國長春，列炬燃脂城不夜。年年行樂未云多，秋夕春朝嘯也歌。幻起喻同巢幕燕，魂歸兀自泣烟蘿。誰歟欲彈雕陵鵲，人事乘除資笑噱。繚垣所隔即天涯，故客無由得盤礴。重還舊觀賴文孫，乍到猶沾一醉恩。鄰寺微鐘宜自省，能禁興替讓空門。此堂光福富室結構，贏完被事，撤送司寇求解，所謂「彼氏」也。

〔箋〕本詩當作於順治十六年己亥（一六五九）二月頃。

【三一四】初夏贈虎丘竹亭曇上人

一灣緑蔭去無涯，歲歲低頹老衲家。不似鄰房值茶禁，朱封當户看交叉。（其一）

紗籠墨迹笑堪傳，滿壁塗鴉總棄捐。食報未嘗沾雨點，銜悲忽已就弓絃。壁間遺溧陽故相殘墨。申酉間亡命，匿師所。送從海道入北，驟貴。迄死未嘗加報。（其二）

古貌先生草一庭，壁間看畫遠峰青。幾年只剩槎枒樹，猶喜終無媚世形。陳白室徵君住虎丘，與師往訪，二十年前事。（其三）

秋寓山塘細雨淹，煩師相看一掀簾。面無火色知寒苦，苦戒將心向米鹽。（其四）

〔箋〕

詩其二注云：「壁間遺溧陽故相殘墨。申酉間亡命，匿師所。送從海道入北，驟貴。迄死未嘗加報。」此蓋指順治二年（一六四五）陳名夏（？—一六五四）逃亡事。名夏，字百史，號芝生，溧陽人。崇禎末科以會試第一、殿試第三入翰林。明年，京師破，芝生投李闖（名列計六奇［一六二二—？］《明季北略·從逆諸臣》單）。南都立，一度爲弘光朝臣所追殺，得虎丘僧竹亭曇上人匿藏，後送之入海道，遂得北上投清。此順治三年（一六四六）間事。芝生最爲攝政王倚信，故王死之明年，即被親政之順治帝所絞殺。元歎詩蓋有歎於芝生之忘恩不報也。

詩其三注云：「陳白室徵君住虎丘，與師往訪，二十年前事。」陳白室，名祼，常熟人；曇上人，即曇雲，兩人俱見第【三十八】題箋。

【三一五】閏三月廿二

靜中聞性轉分明，索索林間解籜聲。春去已知留不得，盡情相怨有流鶯。

〔箋〕

此乃順治十六年己亥（一六五九）閏三月二十二日之作。

【三一六】千瓣白洛陽花

小朵玲瓏碎玉攢，瓣須純素復嫌單。佳人入手休相嗅，豈是尋嘗茉莉般。

【三一七】己亥五月，岕中茶初到天池，設幽溪和尚、鍾退翁二像而合祀之，鄰峰僧皆來助緣，梵唄振林

二像嬉怡半壁懸，山園花果秩初筵。但令俯仰同斯席，不信英靈各一天。淡淡甌中

深駐影，微微香動未成烟。平生何用曾相識，對食從容三十年。

〔箋〕

本詩作於順治十六年己亥（一六五九）五月。

幽溪和尚，又見《浪齋新舊詩》第【四十四】、【四十五】、【五十一】、【八十五】題詩；另見本集第【二十九】題詩。

鍾退翁，即鍾惺，又見《浪齋新舊詩》鍾序、第【十九】、【二〇】、【二十二】、【二十四】、【二十七】、【三十二】、【三十八】、【三十九】、【四十三】、【六十五】、【六十七】、【六十八】、【六十九】、【九〇】、【九十一】、【九十二】、【九十三】、【九十四】、【九十五】、【一一八】、【一一九】、【一三九】、【一四八】、【一四九】、【一六二】題詩；另見本集第【六十一】、【一八九】、【三一七】題詩。

【三一八】七十生日答虞山先生勸酒十絶

飲濕時乎更啜醨，杯來刻畫見銀螭。頓償村市尋嘗債，不待他年羽化期。銀杯羽化，見唐舊書。（其一）

鱔慕椒蘇蟹有脂，動人食指正愁伊。老饕略守烹撏戒，聞説寧忘一朵頤。答酒海一絶。（其二）

羅浮一樹竟何如，未畢輪歡已夢餘。華表不堪重化鶴，人間無復有前魚。羅浮樹孌僮合葬事，見《續西陽》。答斷袖一絶。（其三）

秋晚花情哀祖庭，法幢坐斷鬼精靈。憑將紅豆相拈示，撥盡爐灰見一星。（其四）

遮表森如筆未停，山神捧踊釋深經。不辭反覆人頭白，正爲莊嚴佛頂青。近注《楞嚴》。（其五）

當年泣舜感新蒲，倏捧徵書便北徂。從此臣僧惟頌聖，可能更道廓然無。答新蒲一絶。甲申崩圻，有知識製哀辭，用新蒲命篇，未幾奉詔渡江，矜喜過甚，翁詩中及之。（其六）

許可承君意不輕，堪將格調與誰争？流傳少作今知悔，庶幾新篇老更成。（其七）

國秀英靈玄又玄，本朝篇什賴君傳。非關匠石能相棄，未捨餘生草木年。昭代詩集惟選已故者。（其八）

時有遺民入社來，斜陽吊影上荒臺。浮游歎爾蓬瀛客，又見扁舟興盡迴。答智井一絶。（其九）

江山殘破菊花新，舊約重温事在人。擬致小鮮酬令節，敢將全菜惱嘉賓。舊約重陽集小菴。（其十）

〔箋〕

詩作於順治十六年己亥（一六五九）。元歎生於七月三日（參下第【三二三】題），詩當作於是日前後。

虞山先生即錢謙益。錢謙益《有學集》卷十《徐元歎勸酒詞十首》云：

皇天老眼慰蹉跎，七十年華小劫過。天寶貞元詞客盡，江東留得一徐波。（其一）
項背交游異世塵，衣冠潦倒筆花新。後生要識前賢面，元歎今爲古老人。（其二）
群少驚才互擊摩，美名佳句竟如何？倡樓樂府傳多少，聽取雙鬟第一歌。（其三）
半是哦詩半治魔，沉沉花漏轉星河。句中烹煅焦牙種，煉出新篇當羯磨。（其四）
斷袖分桃記嘯歌，沈侯懺謝六時過。香消睡足温殘夢，比較人間好夢多。（其五）
吴儂每詫好冠非，尋約偏嗟短髮稀。只有蓮花消瘦服，秋來仍似芰荷衣。（其六）
酒海花枝夢斷餘，鮨魚枯削恐難如。冷淘净肉家常飯，不用門生議蟹蛆。（其七）
胥井荒臺愁殺儂，巢車無那老秋笻。新蒲近入靈巖社，共哭山門日暮鐘。（其八）
落木菴空紅豆貧，木魚風響貝多新。長明燈下須彌頂，雪北香南見兩人。（其九）
瓜圃秋風嘉會成，鄰翁泥飲欵柴荆。杯殘冷笑人間事，白帝倉空石鼓鳴。（其十）

《錢牧齋先生尺牘》卷一《與徐元歎》云：

《楞嚴疏》稿，五削草而未定。餘冬三月，重加刪定，了此因緣。老眼寒燈，殊爲艱苦。

坐此未得過山中把盞稱壽，此中殊癢癢也。……《勸酒》詩信口胡謅，不謂遂爲時賢傳誦，當是物以人重耳。雪北香南，以須彌山下有雪山、香醉山，愛其名美，所以喻高人所居，且僭以自況也。石鼓名句，得無應孫恩之讖乎？附及，以供一笑。

詩注云：「答新蒲一絶。甲申崩坼，有知識製哀辭，用新蒲命篇，未幾奉詔渡江，矜喜過甚，翁詩中及之。」「答新蒲一絶」者，指木陳道忞於順治十年（一六五三）集同時人詩意，用杜甫《哀江頭》詩「江頭宫殿鎖千門，細柳新蒲爲誰緑」句，題曰《新蒲緑》，時人傳頌。然六載之後，木陳應詔至北京，順治皇帝封爲弘覺禪師，有「矜喜過甚」之事，誠令人齒冷。

錢謙益，又見本集第【十一】、【一〇六】、【一一二】、【一九六】題詩。

木陳道忞，又見本集第【二三五】題詩。

【三一九】深秋亂後呈靈喦和尚兼酬壽詩

遠近看山日日青，問渠誰是見真形。山空入夜惟風鐸，民散看天只雨星。欄遶餘香雙桂晚，紗籠微焰一燈停。諸方瞌瞌過昏旦，不耐孤標是獨醒。

〔箋〕

靈喦，又見本集第【一〇七】、【一四二】、【一四三】、【一四九】、【一七三】、【一九四】、【二〇二】、【二〇四】、【二三三】、【二四六】、【二四七】、【二五一】、【二七八】、【二八五】、【三〇三】、【三〇四】、【三四三】、【三四四】題詩。

【三二〇】鑑師首座，得法後名蓋諸方。中秋得山信，云養疾閒園。奉贈兼酬壽言

白足修眉得記年，僅將詩句老夫傳。祖師皮骨抛他子，臺砌香花來幾天。金縷不嫌新佛短，桂輪好似舊秋圓。接人道廣從時尚，暇日嘗親筆硯緣。

〔箋〕

鑑師首座，繼起法嗣僧鑑曉青是也。元歎詩作於順治十六年己亥（一六五九），時曉青方過三十，題中稱其「得法後名蓋諸方」，與本集第【二二七】題箋中張雲章《塔銘》所述受戒具後「他弟子皆出其下」者相似。據柴德賡《明末蘇州靈巖山愛國和尚弘儲》考述，繼起立曉青爲靈巖首座，事在順治十五年（一六五八）。柴氏引《靈巖退翁近録》所收《與大圓居士書》云：「堂中第一座已立青公。獨大圓來緩，未能盡美。且無垢軒一榻早下，諸昆俱望至止，相與煨芋火爐頭作古稀之度。」書作於順治十五年。翌載，繼起攜諸高徒訪錢牧齋於拂水山莊，曉青侍從。牧齋《有學集》卷十有《己亥夏五十有九日靈巖夫山和尚偕魚山相國静涵司農枉訪村居雙白居士

（確）〔確〕菴上座諸清衆俱集即事奉呈四首》一題，即紀其事者。確菴上座，即曉青。釋殊致輯《靈巖紀略》内篇上有本山住持確菴曉青題《永祚塲》二首：

點破虚空一指頭，知他屹立幾春秋。通身不用多裝飾，博得心如牆壁休。（其一）

通上孤危徹下空，本無階級卻玲瓏。人人到此攀緣息，古佛何曾不在中。（其二）

僧鑑曉青，又見本集第【二二七】、【二七九】、【三三〇】題詩。

【三二二】子羽亡後，十一月九日重到印溪艸堂

神遊無礙倘還家，如在寧聞我歎嗟。第宅僅餘衰柳樹，身心須托玅蓮花。寒漿一滴灰香滅，風燭頻摇繐帳遮。從此印溪嘗入夢，忍看此水作天涯。

〔箋〕

黄翼聖歿於順治十六年（一六五九）十月八日，元歎詩作於子羽亡後一月頃。汪學金《婁東詩派》卷八黄翼聖小傳略云：

徐元歎云：子羽舞象之年，緱山先生爲之婦翁，俗物不得近前，市聲不入於耳。藏書甚富，日手一編，務撮菁藻。閒居綣想，吟哦爲事。心匠經營，撰語卓絶。晚修净業，預尅死期，翛然而暝。去來之際，殊不草草。

蓋引自元歎《序攝六黄居士詩》，見本書「徐波文輯佚」。

《婁東詩派》卷十五有黄與堅（一六二〇—一七〇一）《輓家攝六二首》云：

> 兩朝蹤跡半天涯，寂向溪園老鬢華。萬里宦成堪報主，十年兵擾漫移家。貧疏藥裹還酬畫，病倚香龕尚供花。爲數舊遊增歎息，紙窗風冷薜蘿斜。（其一）
>
> 棲遲蓮蕊妙香身，攝六所居曰蓮蕊棲。鶴立蕭閒憶幾春。白社放齋常禮佛，青門懷舊數留賓。新拋吟咏消塵諦，預製銘旌見净因。一自鷲峰西去後，虎溪長嘯更何人。（其二）

子羽逝世後，牧齋爲作《蓮蕊居士傳》、《黄子羽墓誌銘》。

復次，蒼雪《南來堂詩集》補編卷二有《己卯秋元歎奉倩子羽雨宿一滴齋同汰公道開佩子分韻因憶癸酉秋現聞姚太史同長公子文初亦宿此齋》詩。題中所及人事，頗可見明末吴門中峰、華山二寺緇流與當地士紳之交遊，因爲簡釋如下：

癸酉，明崇禎六年（一六三三），姚希孟（一五七九—一六三六）攜長子文初往訪蒼雪於華山中峰寺，宿一滴齋。希孟，字現聞，與文震孟（一五七四—一六三六）爲甥舅。文、姚二人於華山寺、中峰寺之恢復，出力至多。詳蒼雪《南來堂詩集》卷三下《中峰大殿落成呈湛持文相國及諸檀越四首》。後此六年，值崇禎十二年己卯（一六三九），元歎偕黄奉倩、翼聖往訪蒼雪，亦宿一滴齋。齋之命名，出蒼雪同門汰如明河。「一滴」之爲義，蒼雪所撰《圓覺蚊飲題辭》嘗釋之，略云：佛法如大海水，飲之各盡其量而已矣。盡其量者何？一飲亦滿，一滴亦滿。否則一固未滿，多亦未滿。奚謂多多便勝于少少？斯經故不云「譬如海水，乃至蚊蝱，及阿修羅飲之，無不皆得充滿者」乎？若夫自有是法已來，千百世上下，吾門判教科經，飲充其量者，顧獨無人乎？蓋嘗有之矣。且不觀華嚴之于賢首，曰信解行證；法華之于智者，曰開示悟入；楞嚴之于温陵，曰三科次第；是經之于圭峰，曰三根修證。雖卷軸如山，億萬餘言，僅以三四字束縛，殆無不盡。

黄翼聖，又見本集第【二〇〇】、【二二七】、【二三九】題詩。

【三二二】己亥歲暮，三宜和尚過靈嵒，夜集大鑑堂。二老有詩紀節，諸上座分韻各賦，以九青見授，敬呈九韻并敘

南雪飄摇，未能到地；早梅疏放，適可簪瓶。知識蕭然，羡空門之多暇；經過倏爾，喜輿從之無多。獨居正苦難堪，相對而論維暮。永夜圍爐，柴薪僅屬；閒房移榻，賓主相忘。石鼎煎熬，聽蠅鳴之細響；烟絲變幻，落香燼之殘灰。對擁毳毛，忘卻普天大被；頻催粥板，轉伊通夕枯腸。諸子有辭，佇聞盍各；老夫深念，用紀歲時。

惟十有三月，霜力恣所刑。凋枯無剩影，堅凍類成形。若無閏位者，春水浸春星。談交即深夜，入室許群聽。古塔暗兀突，風動聞流鈴。倦眼琉璃光，熒熒一點螢。代塵有松枝，在手猶青青。久立或叵耐，抨然頭觸屏。倏而入後夜，殘月移疏欞。

〔箋〕

本詩作於順治十六年己亥（一六五九）歲暮。

大鑑堂，據王鎬《靈巖志略》，在元照堂北。

三宜和尚（一五九九—一六六五），蒼雪《南來堂詩集》補編卷三下有《贈三宜和尚重興珠明寺》詩，王注云：

《明詩綜》：「明盂，字三宜。雲門顯聖寺僧。」《扶輪新集》：「釋明盂三宜，杭州人。」

陳垣《釋氏疑年録》卷十一：

杭州愚菴三宜明盂錢塘丁氏。清康熙四年卒，年六十七。

又引徐崧《百城烟水》載：

朱明寺，在郡城隍廟西，晉朱明捨宅建。（朱明，晉人，最孝友。……明不忍，遂捨其宅産爲寺。）……崇禎間，歸洞庭許氏。順治乙酉，爲土撫軍國寶署。土没，周撫軍伯達繼之，周又没。甲午歲修署，于土中得穗積碑，因倡復爲寺。乙未，延三宜禪師開法。

王氏按語略云：移署復寺，當始于順治十年（一六五三）。至朱明易名明珠，未詳何時。然蒼雪時必尚未易，故徐崧《百城烟水》猶稱朱明。百愚斯（一六一〇—一六六五）《復朱明三老和尚請住顯聖啓》亦稱朱明。蒼雪此題「珠」當爲「朱」之誤。

【三二三】年事峥嶸，賤貧無極。每至降辰，獨居深念。既抱虚生之感，復恐衍負難消。佛室虚明，稍設香花之供；齋厨索莫，久謝葷血之緣。己亥之秋，七月三日，年開七秩，月始生明。暑退涼臻，山空人老。僧衆雲來，未盈丈室；秋林風動，已拂袈裟。緬彼禽魚，不取亦不放；現前名德，自去而自來。椒料馨香，和盤托出。行人收徹，瓶鉢無聲。袁子寫圖，聽取口號

休笑齋厨食料貧，倘能知味盡家珍。晚菘莖葉初登案，嚼著輕松已動人。（其一）

世尊餘食競相持，減施生臺鳥雀知。放箸已無前後際，食時何得計消時。（其二）

一齋一嚫例相傳，兩免從君討飯錢。食用餘根不但舌，更添一分聖僧前。（其三）

青黄籬落露珠繁，採擷提籃不出園。旋煮秋瓜和豆莢，葫蘆留待後人翻。（其四）

〔箋〕

此元歎七十自壽詩。題有云：「己亥之秋，七月三日，年開七秩」，己亥，合順治十六年（一六五九），知元歎生萬曆十八年（一五九〇），時鍾惺十八歲，錢牧齋八歲，蒼雪三歲。參本集第【二六四】題詩。

【三二四】連日陰雨，元夕微晴，城中燈市寂然，感賦

楊柳蘇臺何處尋，千群牧馬淖泥涔。春溝浸月人行絶，古巷攜燈犬吠深。懷舊不堪惟録鬼，忘機難信試呼禽。莫嫌此處幽居僻，尚繫高流山澤心。

〔校〕

本詩又見《殘稾》。

〔箋〕

揆諸下題詩，本詩應爲順治十七年庚子（一六六〇）正月十五日之作。

【三二五】甲申、戊戌，首尾十五年，兩度浪游白門。初邂逅道人盛白含，嘗詣我鳳凰臺寓所，拉至其家茶話。正坐淮水上，過午，貧不能設供。輒過吾宗州來飯，未嘗間三日。戊戌再往，復值莫秋，渠二人交益昵，向坐客處已讓出，與其弟相對向北檐下，酸風射眸。仍拉至松年閣，咀嚼而散。又四十許日别，相約入吴度歲于天池落木菴。久乏聞問，已亥秋有傳其危篤者。冬月接州來信，則竟死矣，似在江上有事時也。庚子正月廿四，牧翁入山，淹留小菴。相與歎述其生平，許爲立傳。故録寄輓辭，促疏伊家世來。「松年」，州來閣名也

貧交主客兩依依，古寺秋深不憶歸。白扇每來惟障日，有時三響擊僧扉。（其一）

把臂牽行只喫茶，推窗衰柳噪昏鴉。飽時相就饑時去，不厭頻來是汝家。（其二）

（其三）

炊烟望見數提攜，最準墻頭鳴午雞。飽食雖同不共味，惟君消受甕頭虀。白含長齋。

我弟于君爲近鄰，書來一慟見交親。始知鐵桶圍城内，不礙伊人脱化身。（其四）

金雪珠塵著意研，楊花槌搗勝于綿。可憐製出猩紅色，嘗伴時流書畫傳。牧翁稱其印色之美，用楊花代艾。（其五）

釀法相傳已入神，從來仙酒造逡巡。甘香只合先生饌，一斛殘梅斷送春。授牧翁釀法，半日可就。摭取小園梅瓣數樹，將去試之。（其六）

南朝僧壁掃浮塵，水樹冥濛迹未泯。恒歎鍾山雲氣盡，兩年寄畫只乾皴。南門外列刹，白含皆有畫壁。（其七）

諸公袞袞佐維新，蔬布終焉未辱身。好與寶幢同一傳，他時采擇備遺民。先年金陵道人顧寶幢亦善畫，化時蓮香滿室，知生浄土。（其八）

〔箋〕

本題詩應作於順治十七年庚子（一六六〇）正月廿四日頃。

詩題中謂牧齋嘗許爲盛丹立傳，今不見集中。錢謙益《有學集》卷八有《臘月八日長干薰塔同介道人孫魯山薛更生黄舜力盛伯含衆居士》詩，觀此，牧齋與盛伯含間有往還可無疑矣。

詩其六注：「授牧翁釀法」，參牧齋《有學集》卷九《採花釀酒歌示河東君》。

詩其八注「金陵道人顧寶幢」及其遷化事跡，可參牧齋《列朝詩集》閏集卷三「寶幢居士顧源」小傳，其言曰：

源，字清甫，金陵人。……居士少負儁才，高自位置，非勝流名僧，不與梯接。山水師小米，書法懷琳，落筆無塵俗氣。年幾四十，即斷葷酒，獨處一室，禪榻浄瓶，蕭然壁觀，宛然一老爛頭陀也。嘉靖乙丑八月，忽示微疾，延名僧素菴、雲谷輩，懸彌陀像，鳴磬念佛，語素菴曰：「吾決定往生矣。我每夜見彌陀法身，徧滿虛空世界，世界皆金色，佛視我微笑而挈我，又以袈裟被我。」菴曰：「居士即今身在何處？」曰：「我身坐蓮華中半月餘，止露一頭。華色白，大於我身，其内甚香。」侍者一室俱聞華香，諸子悲戀不已，居士説偈以示之。復語雲谷：「我觀佛已成，空中無數諸佛，如一片金山耀目。今夜三更行矣。須如車行十里頃，始可沐浴更衣。」至期，怡然而逝。金陵有殷侍郎邁者，研精内典，所謂學佛作家也，作《寶幢居士傳》，記其往生事甚覈。以謂居士生平示有妻子，常修梵行，雖處居家，常樂遠離，皈依浄土，從容考終。其素履清修，積報如此也。馮祭酒開之曰：「余欲采近世往生事跡顯著者，彙爲一集，當以寶幢壓卷。」萬曆間焦狀元竑，刻居士《玉露堂稿》四卷。

盛丹，又見本集第【二九七】、【二九八】、【三〇二】、【三〇七】題詩。

徐州來，又見本集第【四十四】、【四十九】、【五十一】、【七十四】、【七十六】、【九〇】、【二一五】、【二一六】、【二一九】、【二五六】、【二九三】、【二九七】、【二九八】、【二九九】、【三〇一】、【三〇七】題詩。

【三二六】天池落木菴新秋避亂詩敘

境入青冥，歊蒸如失。厥田中下，向被沾濡。己亥季夏，雨暘時若，疾癘不行。遠近新秧，翠針彌望。黑月初交，海信大作。自謂去城尚遠，可免蹂躪，竄迹紛紛，親故畢集。城市一夕數驚，江海訛言日至。或喘噓林下，或袒裼水涯。歷年乏聞問，此際足周旋。三三兩兩，輪日追涼。見一葉之遽落，知天下之已秋。庭草傑立，幻作紅黃。水螢飄曳，坐人衣袂。慚愧空尊，賴過墻之濁酒；欠申文篳，聽墮枕之閒書。兵聲未弭，恐就死直須臾；詩句不磨，俾他年作影響。眼前年少，英抱宜攄；老手旁觀，寧忘技癢。可無雅詠，以寫幽悰？韻分八句，先仄後平。摩腹逍遥，莫廢茶餘飯罷；臨風縱送，竊比落葉哀蟬。

連旬罷市青錢賤，江上紅旗日報變。願駕雲車聊遠竄，坐聞風竹如酣戰。私署紛紛已滿城，磨刀把炬恣相驚。已喧日下金星見，又證山頭石鼓鳴。

〔箋〕

本詩作於順治十六年己亥（一六五九）六、七月頃。「避亂」者，當指鄭成功（一六二四—一六六二）海師進逼金陵事。

【三一七】陳闇如五月中生日，索壽言

舞臺歌榭舊知聞，譽出名公口角芬。紵縞投懷皆北晛，葵榴入詠即南薰。摩挲金石堪同壽，狎處鵷鴻不亂群。惟有浮丘風袂杳，令人矯首望青雲。浮沉于貴公宴會中無虛日。壽時龔孝升中丞在北。《列仙傳》浮丘姓龔。

〔箋〕

陳闇如與龔鼎孳交好。孝升《定山堂詩集》卷十八有《初春集陳闇如新齋即席同朱雲子望子家仲孝緒限韻》詩云：

勝日風光故里均，杜陵無用話歸秦。且將酩酊酬茶苦，漸覺年華老桂辛。一座歌行名士酒，七香車擁麗人輪。館娃宫畔傷心月，又爲江南照早春。

龔鼎孳，另見本集第【二四〇】題詩。

【三一八】春去了鳥名

説去何曾去，花鳥安然住。大有閒情人，爲賦斷腸句。落落春星没，騰騰夏雲聚。苗條植杖身，隨時相委付。不同杜鵑聲，枉用啼春暮。

【三二九】半塘德彰上人以黄熟香爲壽，謝以二偈

書房黄熟舊知聞，劃盡粗浮呈似君。霧重屏山猶半掩，瓷爐玉瓣炙氤氲。（其一）

久欽香氣盈襟袖，果攜一裹來爲壽。蓄意承師欲見薰，掃除鼻孔聊相就。（其二）

【三三〇】戲代彰上人答

魚脊鬃紋恨不多，只留幾片自摩挲。何難倒篋投深好，叵耐君無鼻孔何。

【三三一】周安石少于余，今九月亦七十生日矣。書畫著聞，交游不乏。向無子，六十後，兩姬連舉五男，雖挽鬚紾臂，熱鬧滿前；而讓棗推梨，歡娱無日。宿昔貴游，淪謝已盡；近時當路，未見相憐。三祝之中，僅得其二而已

江城事物盡從新，惟有徵君守舊貧。筆墨知名非一藝，交游無力漫多人。入廛寧負山靈約，抱子時兼慈姥身。此後求仙須辟穀，餐松食柏可□春。

〔箋〕本詩當作於順治十七年庚子（一六六〇）九月頃。清初吴江周氏兄弟曾祖用，字行之。《明史》本傳述其舉弘治十五年（一五〇二）進士，歷官南京兵科給事中，浙江、山東副使，河南右布政使，遷工、刑部尚書。卒後贈太子太保，謚恭肅。元歎詩題中，既致慨於「夙昔貴遊，淪謝已盡；近時當路，未見相憐」，又歎安石於三祝中僅得多壽、多男，其貧困之狀可以想見矣。

周安石，又見本集第【二五〇】題詩。

【三三二】深秋送周鄰霍赴楚撫辟之襄陽

藥裹衣囊小治裝，更將華髮試風霜。江寒漸歛魚龍氣，歲熟難抛禾黍香。但辦秋清依幕府，不堪耆舊問襄陽。比來陵谷掀翻盡，杜氏沉碑寧久藏。

〔箋〕周鄰霍，又見本集第【十三】、【一九五】、【二〇三】、【二一〇】、【三一〇】、【三三二】、【三三五】題詩。

【三二三】望齊門外，陸墓名區。暑退交秋，未成摇落。更革以來，詩客相依。痁寐神馳，入群未果。方南明以四律見投，僅答其一

迴看城堞影模糊，便覺晨昏眺聽殊。暑後秋風吹半郭，里中詞客動全吴。交游漸闊鴻魚路，身世如居烟水圖。只我亂峰相伴老，微吟小飲一何孤。

〔校〕

本詩又見《殘稾》。

〔箋〕

方夏（一五九八—？），字南明，號養春子。吴門甪直人。徐枋《居易堂集》卷十七《懷人詩》其四，即爲方氏而作：

髯叟，南明方夏氏也。爲人長者，重然諾，亂後與余定交。周旋緩急，時刻不爽，嘗索余畫册，爲余代償斤金焉。

甪里有髯叟，幽棲稱隱君。生平在然諾，緩急嘗殷勤。千金重心期，一言比蘭薫。余年踰弱冠，賓從常如雲。結交多老蒼，不如髯超群。俯仰十六年，所志高秋雯。索余一豪素，價抵雙南金。斯人未易期，薄俗徒紛紜。

同書卷十一《題竹石贈方南明六十》云：

竹之後凋，與松柏同，而其孤標風致，則似過之。所以古人具邁俗之韻者，往往寄託流連。或圖寫其形狀，以自娱悦。雖然，此非渲繪之事也。苟非其人，豈易言之，故畫竹非子瞻、與可之流不可也。倪雲林自題其畫竹云：「吾畫竹，聊以寫我胸中逸氣耳，寧辨其形與似哉。嘗塗抹久之，而他人視之或以爲麻，或以爲蘆，余亦不能必名之爲竹也。」余之爲此，得無似之？丁酉春，方子南明六十初度，余貧無以爲壽，乃舉所畫竹石以貽之。竹以似其人，石以似其壽耳。

方南明甲子之壽在順治十四年（一六五七），當生於明萬曆二十六年（一五九八）。

王士禛《感舊集》卷十四方夏小傳云：

方夏，字南明，號養春子。

【三三四】中峰老人順世，冷寂非嘗。遊山者來，見深屋之内，純是虚空，輒驚悸反走。四年中，亦請嗣法者來，舊住掣肘，往往捨去。庚子秋，檀護復請玄道上人主席。到則首卻僧田，争端永息。若不具那叉大力，豈能析骨相還。識者知其必能興立也

殘照西頹寺久空，禪扉開闔信秋風。□□□盡無關鑰，似吝司門一寸銅。（其一）

殿瓦飄零勢欲掀，雀穿蟲蝕不堪言。先師草聖留遺蹟，四壁多懸屋漏痕。（其二）

向隅默默亦堪咍，受供惟存徑寸埃。忌日不知誰記憶，靈昷四夏一乘來。唐詩「千齡獨向隅」，影堂絶唱。（其三）

取經不用説西天，只是朱塗兩世緣。尚賴有人鑽故紙，得教窮子喚新錢。朱標注疏流落人間。（其四）

迎送洋翔客久猜，寺門人影到方纔。點心一器如流出，掉臂諸檀或轉來。（其五）

吹螺擊鼓許明春，開摺袈裟色半新。説法不宜頻動地，伶仃殿脚好愁人。（其六）

婆生七子莫全拋，道種惟存此一苗。猶恐傍枝相罥罣，女蘿身分只摇摇。（其七）

金鯽池頭起爨烟，堪嗟蠶食幾多年。鉢盂擎起身將衆，願與人天另結緣。（其八）

〔箋〕

中峰老人，即蒼雪讀徹。此題八詩作於順治十七年庚子（一六六〇）秋，上距蒼雪坐化，不過四載耳。而中峰寺之敗落，乃一至於是，良可歎也。詩題所及之玄道上人，身在蒼雪之門。乃陳乃乾所編《傳法系統》，亦僅能舉其名爲「□修」。

康熙初年，述中峰敗落之景況者，另有閩人魏憲（字惟度，一六二六—？）。魏氏《百名家詩選》蒼雪詩小引略云：

余嘗乘柴車登支硎山，坐支遁放鶴處。黄雲白榆，雜衣袂間。一樵者導入中峰，山樓敧側五六間。案上殘紙敗毫，零亂無次。余驚異之曰：「此必有高僧。」細詢之，知爲蒼雪舊寺。索其遺詩以歸。

吴偉業《香山白馬寺巨冶禪師教公塔銘》（見《吴梅村全集》卷五十一）亦云：

蒼公没踰十載，而中峰鞠爲茂草。識者過之太息。

《百名家詩選》初版於康熙十年（一六七一），所記者當在此載前。梅村所見，應爲康熙三、四年間事。此後不久，蒼雪法孫曉菴覺了（一六三一—一六八二）出爲中峰住持，寺漸得興復。汪琬《中峰曉菴了法師塔銘》記其事頗詳：

師諱覺了，字曉菴。長洲朱氏子。……薙髮崇義菴中。居無何，往受戒於退翁儲公。已又聽講於蒼雪徹公。既迄事，復歸故菴，杜關閲藏經三載，始受法於徹公大弟子緣中經公。支硎故有中峰講院。……自二師（汰如、蒼雪）繼殁，華山竟屬退翁，爲靈巖子院。而中峰亦復漸廢，悉斥賣所有田，以償官税。於是殿閣傾圮道旁，諸喬木斬刈略盡，僧徒亦次第他竄矣。諸檀施集議，非了師主之不可。師……即空兩手入院，歎曰：「某不自力，則先祖一燈熄矣。」住院凡十有六年。始，師之至也，一室蕭然，食無鹽豉，卧無幬裀，披無楮絮。師顧恬然不措意，益務發明徹公之道。及其暮年，施者大集，然後葺宇繕垣，甃長徑，植稺松，復飯僧故田若干畝，俱有端緒。遠近譁曰：「蒼雪法師復出矣！」會盛夏講華嚴玄談，以勞示疾，講未竟而化。世壽五十二，僧臘三十二。將入龕，緇白哭送者數百人，康熙二十一年某月日也。

蒼雪，又見《浪齋新舊詩》第【一四一】題詩，另見本集第【一】、【十五】、【六十四】、【七十九】、【二二九】、【二三五】、【二三六】、【二六六】、【二一七】、【二二三】、【二二六】、【三三四】題詩。

【三三五】寄鄰藿于襄陽

八月二十日，虎丘送入舟。還山後積雨淹旬，遽作寒色。念渠此際尚在舟中，遥夜不眠，賦此苦調。庚子十月二日付法護，覓便寄往，不更作柬，此外亦無可言也。

落葉覆吴臺，新霜凋楚樹。未息江海流，遂多離别句。婉婉小山姿，十年修竹賦。藴蓄待飛揚，交遊成顧慕。遽無一餐謀，已奔千里路。去帆恣相傾，來鴻無可寄。顔色視上公，眠餐付僕隸。吾廬動早寒，不禁半月雨。念爾正隨流，我敢云超詣。此夜所停舟，交蘆引夢聚。見面豈不懷，未敢爲早計。

〔箋〕

本詩當作於順治十七年庚子（一六六〇）十月初。

周鄰藿，又見本集第【十三】、【一九五】、【二〇三】、【二一〇】、【三一〇】、【三三二】題詩。

【三三六】十月廿一，夜長難寐，久待雞聲。已復闔眼，夢與三四人同赴虎丘方丈中，一人意是顧云美。生公石畔，純是紅葉，竊訝向來所無。衆推賦詩，得八句，琅琅誦出，衆皆喜。覺時盡忘卻，依稀記起句，足成之

紅葉中間植杖身，沉吟日日澗之濱。□□□始程生馬，漸覺秋陰道少人。大壑相驚看蜃氣，千年長睡損龍鱗。西山木石銜將盡，難見滄溟一點塵。

〔箋〕

本詩當作於順治十七年庚子（一六六〇）十月廿二日。

顧云美，又見本集第【四十九】、【一九六】、【三四二】題詩。

【三三七】歲暮壽王道樹

壽筵開處孰爲賓，善頌如余竟未申。啓事昔登延佇數，講場曾現樂聞身。久無遠夢尋香國，似有微詞謝酒人。城市逼除嘗刺促，仙家遲日只如春。

【三三八】清明次日，久雨乍晴，徐嵩芝到草菴一宿

來趁新晴客便嘉，莫持雙屐過他家。得眠且耐泉聲急，流出孤村送落花。

〔校〕

本詩又見《百城烟水》卷二，詩題作《積雨乍休，爲清明之次日，喜松之過天池小菴留宿，因用其韻》。

〔箋〕

徐嵩芝，名崧。《百城烟水》卷二録徐崧《辛丑春宿落木菴賦似家元歎》云：

水流澗路擁晴沙，山傍天池盡種茶。見説菴居名落木，春深何處問君家。

即元歎詩所和者。元歎詩作於辛丑清明之次日，合順治十八年辛丑（一六六一）三月七日。

徐崧，又見本集第【一五九】、【一六〇】題詩。

【三三九】孫孝維年僅三十已受具于大僧，托吴大司成、嚴武伯索贈

多生佛種早抽芽，以律持身髮未華。窮子垢衣經浣濯，大僧高座列香花。徑趨無漏開三學，直受何勞問七遮。輕重尸羅原性具，若論縛脱可長嗟。

〔箋〕

本詩當作於順治十八年辛丑（一六六一）。

孫藩（一六三三—一六七二以後），字孝維，號留松。常熟人。孝維祖七政、父朝肅皆能詩，且有宦名。「七政，字齊之。七歲能詩，長與王世貞、汪道昆諸人游，才名籍甚。所居西爽樓、清暉館，蓄古彝書畫。客至，觴詠其中。著《松韻堂集》行世。」孝維兄爲牧齋宗弟謙貞婿。兄弟二人皆擅書畫，又富收藏，有名於時。（參葉昌熾《藏書紀事詩》補正本卷三「孫七政齊之」條）。

詩題「托吴大司成、嚴武伯索贈」云云，蓋指吴偉業、嚴熊（一六二六—？）。吴偉業《吴梅村全集》卷十六《海虞孫孝維三十贈言四首》其一述孝維皈佛事云：

法護僧彌並絶倫，聽經蕭寺紫綸巾。高齋點筆依紅樹，畫檝徵歌轉緑蘋。一榻茶香專供佛，五湖鰕菜待留賓。丈夫早歲輕名宦，鄧禹無爲苦笑人。

嚴熊《嚴白雲詩集》卷一《贈孫孝維》詩序亦云：

予友孫孝維英年入道，具五戒於浮石和尚。值其三十初度，同人皆賦詩贈之。予不欲作綺靡祝禱之詞，乃擬古偈頌五百六十字，而串以韻。知者略其詩取其意可也。

然是詩之後，同卷即另有《孝維三十受戒予賦五百餘言贈之鄭重讚歎兼致勉勗未幾而破戒矣吟此調之》云：

孫家公子年三十，攤落繁華踏雲立。一朝參破驢馬案，禪家有「喫素若成佛，驢馬也生天」之語。

復嗷豬腸進米汁。休理障，莫法執。歌非歌，泣非泣。美人狎客共道場，象板鸞簫當瓢笠。會看蟠桃幾度春，恁時還把西江吸。

二詩均繫順治十八年。陸世儀《桴亭先生詩集》卷七有《贈虞山孫孝維三十》、《又贈虞山孫孝維三十》兩題詩，亦皆繫於順治十八年辛丑，則孝維生於崇禎五年（一六三二）可知。後十一載，值康熙十一年（一六七二），嚴熊有詩紀孝維弄璋之喜與夫湯餅之宴（見《嚴白雲詩集》卷八）。詩題甚長，以敘事之始末也：

壬子十月，同鄧肯堂過孫孝維齋留飲，談及三家世講。孝維出五世祖西川先生畫像，鬚眉疏朗，古色照人。上有文度先生題讚。文度，肯堂高祖也。明日，孝維遂有弄璋之喜。越三日，孝維爲長筵湯餅之會，首招肯堂與予。而與斯會者一百五十許人，可謂盛矣！酒酣，予持尊上其宗老方伯公曰：「此名賢復起之徵也。」方伯公曰：「善！」飲罷歸家。是日予得一孫，孫即孝維姪女所自出也。因序次三日情事，而串以韻，爲孝維慶，即以自慶。邀肯堂同作。

【三四〇】吳興金道庶偕令兄漢陽宰夢□□□〔蜚春暮〕見訪，别後惠詩，答此

荒居可憩莫重尋，延望西山晚色深。薄醉難求名地酒，餘寒仍抱此宵衾。雲輕處處

收花影，草緑村村蕩客心。惆悵雙輿乘曉發，可憐迴首隔遥岑。

〔箋〕

金道庶，名行遠。葉昌熾（一八四九—一九一七）《緣督廬日記抄》卷四「丙戌四月二十日」條録鄒乾一詩題詞九十餘家，皆明清之際文人手筆，「始于錢東澗，最後一跋名舒，不知何人也」，中有：

東吴金行遠題於吴門寓舍。金行遠印（白文方印）。道庶（朱文方印）。

道庶亦與周荃友善，可參丁耀亢（一五九九—一六六九）《丁耀亢全集》中《過周静香芳草園留飲同金道庶周長康徐天聲》一題詩。

詩題云道庶之兄，爲「漢陽宰夢□」。檢《（乾隆）漢陽縣志》卷之十八《良吏傳》有「金漸皋」，傳云：

仁和舉人，順治十四年［一六五七］任漢陽。性仁慈，不輕用峻法繩人。遇歉歲，捐俸賑卹。修學課士，給以膏火，民感其德化。康熙中崇祀名宦。

復檢《（同治）湖州府志》卷十二，有「金漸皋（字夢蜚，漢陽知縣）」。知元歎詩題所謂金氏「漢陽宰夢□」，夢蜚也。

牧齋順治六年（一六四九）頌繫金陵時，夢蜚曾偕馮研祥（名文昌，牧齋弟子）往探視，三人相見而喜，已而黯然傷别。《有學集》卷二有《馮研祥金夢蜚不遠千里自武林唁我白門喜而有作》云：

踰冬免死又經旬，四海相存兩故人。吴澥各天如嶺嶠，干戈滿地況風塵。燈前細認平時面，坐久頻驚亂後身。詹尹朝來傳好語，可知容易有斯晨。

該題後復有《疊前韻送别研祥夢蜚三首》云：

愁霖震電苦踰旬，况復懵騰送故人。瀕死心懸春碓杵，望歸目斷客車塵。殘生握别無多淚，亂世遭逢有幾身？從此前期知不忘，雞鳴如晦記兹晨。（其一）

青春聚首不多旬，作伴還鄉恨少人。不分行時俱涕淚，正憐别後各風塵。關心憔悴無過死，執手叮嚀要此身。傳語故人應歎息，對牀風雨亦佳晨。（其二）

少别千年近隔旬，勞勞亭畔盡勞人。誰家窟室能逃世，何處巢車可望塵？自顧但餘驚破膽，相看莫是意生身。童初近有登真約，爲我從容扣侍晨。（其三）

【三四一】虞山先生八十初度小詩奉祝

多人同夢卯辰中，推枕方知夢境空。誰激江湖成遍吼，無端霜雹笑重瞳。覽輝獨鳳迴翔久，接翼連雞墮落同。從此希夷春睡穩，不須憒憒怨天公。戊辰之譴。（其一）

部帙高名視若浮，緇黄隱逸屬冥搜。吟魂各領微辭去，定論難從現世求。競揀碎金鐫小傳，共推合璧繼中州。祝公久視司風雅，續上斯編人未休。指明朝詩選，生存者概不入選。金陵止將小傳刻成一部。（其二）

百花充釀造逡巡，滿酌仙翁陡健身。業尚進趨難自老，交如雅素不妨新。望來潮信通寒澗，喜見蘭芽媚早春。不少羨魚情事在，捧持香□□□綸。（其三）

楞嚴陳解猥相從，正義刊成限舊冬。□□□裁今共幅，衆流朝會始稱宗。月輪一向依稀指，佛頂俄呈尊特容。人意盡推功倍古，釋疑無滯賴文鋒。（其四）

〔箋〕

虞山先生，牧齋錢謙益是也。順治十八年辛丑（一六六一），牧齋年晉八秩，元歎贈此四詩賀壽。

陳寅恪先生《柳如是别傳》述牧齋八十生日事頗詳。陳氏先論牧齋《丁老行》詩，「謂丁繼之於干戈擾攘之際，特來虞山祝壽，殊爲難得」，復録牧齋《紅豆詩》十首、《與族弟君鴻求免慶壽詩文書》，及歸莊《某先生八十壽序》諸作而探論之。

【三四二】壽王奉嘗烟客七十

臞仙鍊骨閟嵒扃，未若膏腴養性靈。七秩漸圓卿士月，一杯迴勸老人星。久拌綿算看棋局，盡攝群真入畫屏。聞説眠餐同少壯，何須嘘吸學黄庭。（其一）

江左尊門望不輕，好將通隱付閒評。市朝彈指聲中换，道力驚心夢裏成。阿閣有雛齊衆彩，東方占氣驗圓穹。尚堪暫作衡筵客，未必能令一坐傾。（其二）

〔箋〕

順治十八年辛丑（一六六一）王時敏年登古稀，元歎賦此二首以壽之。

王烟客，參本集第【三十九】《冬日出山，適王烟客奉嘗見過失迓，盤礴荒菴，飯脱粟而去。留贈蹲鴟、銀鉤等物，皆婁産也》、【一一一】《辛卯秋壽王烟客六十》題箋。

【三四三】從靈嵒送和尚赴海鹽祖庭之請六月初五

整飾家門非别峰，亭亭如蓋夏雲從。争飛自響空中錫，趨赴猶鳴日暮鐘。入室頓添新竹葦，朝山遥識舊魚龍。塔鈴向夜如相語，似説高僧無住蹤。

〔箋〕

「海鹽祖庭」，指嘉興府海鹽縣之金粟寺，乃密雲圓悟（一五六六—一六四二）於萬曆中以臨濟十三世開法之所在。繼起既爲密雲法孫，金粟固其祖庭也。繼起平生赴海鹽祖庭，不止一回。如《南嶽繼起和尚語録》卷五《住秀州金粟廣慧寺語》云：

居士出問：三十年前迎老人進金粟，也是五月初六；三十年後迎和尚住金粟，也是五月初六。

本詩所述，蓋順治十八年辛丑（一六六一）夏秋間事，繼起自靈巖赴金粟寺之請，元歎賦此送別。《宗統編年》卷三十二「辛丑十八年」下有云：

靈巖儲和尚住金粟。

木陳道忞《布水臺集》卷二十五《告寂音尊者文》亦云：

前秋辛丑繼起住金粟。

合前詩《虞山先生八十初度小詩奉祝》、《壽王奉嘗烟客七十》並觀，虞山牧齋八十大壽、王時敏烟客七十初度，均順治十八年辛丑之事，可資佐證。

靈嵒，又見本集第【一〇七】、【一四二】、【一四三】、【一四九】、【一七三】、【一九四】、【二〇二】、【二〇四】、【二二三】、【二四六】、【二四七】、【二五一】、【二七八】、【二八五】、【三〇三】、【三〇四】、【三一九】、【三四四】題詩。

【三四四】束裝復停月許，似不欲遽捨我輩，以大旱時發，故有第二作

唱離漸逼一驚心，直至焦然暑氣侵。□□□懸同法界，巾瓶所至重禪林。去憐病子仍留藥，意許他方待作霖。舊住有靈能擁護，遥瞻樓閣畫中深。

〔箋〕

參上題箋。

元歎前詩自注云：「六月初五。」此詩題復云「束裝復停月許」，可知繼起儲禪師赴海鹽爲七月間事。牧齋生日爲九月二十六日，烟客生日爲八月十三日，繼起先於七月赴海鹽，則元歎贈牧齋、烟客之詩理應次於送别和尚之詩後。惟是年牧齋八十大壽，錢曾等於元夕即攜樂府預賀；無獨有偶，是年烟客七十初度，親朋子姪亦請於新正預祝，開讌累日，則元歎贈牧齋、烟客之詩作於年初或稍後，亦不足爲奇也。

自敘小像

嗚呼！紙上之人，所謂吴下徐元歎也。其人生於膏腴之族，而貧骨一具。交游遍天下，而不好今人。雅志空門，而未能全菜。傲睨富貴，亦未能看破浮雲也。以故所如不合，動與俗忤。年二十餘，遇天台幽溪和尚，愛其英氣，以身追隨，陪歷台宕名勝。壬戌〔一六二二〕春，聽講科注於天封，始北面焉。然其宗所謂教觀，未染指也。己未〔一六一九〕冬，邂逅竟陵鍾退谷□□，□相賞激，亟稱其詩，使有聞於世。因此留心□□，□復遇此輩人，竟不得也。性耐苦吟，詩出而人傳誦。清夜捫心，殊少驚人之句，知不逮古人遠矣。閒居玩物，多所嗜好，以貧不能畢致，每作空觀以對治之。慕古任俠，輕性命，即朋友之讐，必不使之居於地上，或彼已解仇，而余如故也。嘗憶退谷題余小像云：「窮冬玄夜，杯酒入脣。霜花亂墮，膽氣薰蒸。脱巾擲地，思以頸血濺人。恩仇滿世，吾欲請子幻泡之身。」八齡失怙，數有天幸，以得不死。生母梁，籍江陵，知我者謂得楚氣多也。自顧遲暮之姿，尚堪帷幄。范增七十，酈生六十餘歲，皆得人以傳。今不作此妄想矣。乙酉〔一六四五〕冬，廬墓天池，所居與中峰、靈喦兩大老相望，在十里内。一係四十年交舊，一則住山後皈心。空山形影，來往成三。丙申〔一六五六〕閏五，中峰化於金陵。龕還之日，靈喦恩禮備至，哭之甚哀，以此心益倚之，欲用爲臨終嚮導，未卜緣會如何。□□□榻側必懸南來小影，則至今三人相聚也。□□□丑［一六二五］歲江右舒固卿所邈，斯時猶爲吴門上家，有悦豫之容，今饑寒摧抑，已非紙上故物矣。斬焉無嗣，此像必落野人衲子之手，恐不辨爲阿誰。故略疏生平，并系昔年謝寫照二絶：「窒起同堂一笑喧，險將粉墨召詩魂。世人自禮淵明像，何用香薰待子孫。」「覿面無言汝亦深，祇憑微笑露胸襟。畫師落筆非無意，觀者應生歡喜心。」

又題

丁亥［一六四七］夏初，相與中有破關闍黎，欲引見和尚，數數稱説。時有移家之役，未果也。又二年，始獲居山，和尚亦從澥移錫靈嵒。持瓣香上謁，見如舊識，私計心爲可倚以度世者，正此師也。時筋力猶健，自天池步至坡山，殆無虚月。是時南來法師亦老于林下，稱和尚爲人中之傑。五六年春秋，□□□爐相對，無第四人。年六十九，臘八始克就靈嵒□菩薩戒。南來二年前已化于金陵之華山，形影二人，乃有幽獨之懼。和尚懸南來像著方丈前，瓶水爐香，必自經手。每值忌辰，率諸上首至塔前設供，交遊中詫爲異數。波三十年前，亦有江右舒固卿所邈小影，和尚攜去，日日幀之榻畔。波方以親近日淺爲恨，今得侍立，誠是補其所不足，豈非至幸！夫根身與畫像，莫非如幻，凡夫供賢聖像，往往蒙福。今致力於斯，不忍捐棄，非敢信其傳也。志在山水，台宕名區，凡四往。杜子美所云：「人間嘗見畫，老去恨空聞。」余得踐履其境，豈非至幸。中年流寓故鄣，家罨畫溪邊，明月峽、顧渚諸名勝，在跬步間。亂後復卜築天池而老焉，於山水之分不淺矣。喜登陟，而筋力遽衰；未廢吟詩，而發言莫賞。生趣既盡，爲歸土計。卒於　年　月　日，定葬於落木菴東南窣地中，與父母相望。鐫石曰：「□□□□之蜕。」刻石納藏中，銘曰：

「道人與世寡諧，此亦是病。世亦棄道人乎，此或是幸。學佛學詩，所遇英特，蓋此生之盛也。眼空四海，心敵萬夫，苦無一日之柄也。目之爲蔬筍之居士，江湖之散人，而終不近也。嗚呼！止於斯乎，不可不謂之命也。」〔按：細審本文下半，又據王漁洋《池北偶談》等之載引，此《又題》應即爲元歎之《頑菴生壙志》。〕

天池落木菴記

中歲卜故鄣之晝溪山水勝絶處，而無終焉之志者，以有心事。方欲用其身，未肯與草木同盡。奄忽數年，自戊辰至丙子［一六二八—一六三六］，提攜老幼，復從故鄣還吴。屆甲申［一六四四］、乙酉［一六四五］變革，老母亦於是冬見背。余亦老矣，生平交舊，肺腑都換。佛經云「如翻大地，江海悉轉」，竊竊然恐，亟思脱離。丁亥［一六四七］冬，葬親此山北麓，傍有隙地，遂葺茅茨，寄托數□。然去城不過□□□，未必便能超俗。如決雉竄伏叢莽，自不見人，□□人不見自也。一息十三年，始而窾柏林間，嘗有往來人影，既見余神情澹泊，已非昔人，物色遂絶。植棂引竹，三年而成。初時惟恐不茂密，未幾枝條撑柱，陰翳窗牖，僅通行逕。子美云「過客竟須愁出入」者，於斯有焉。窗外鑿池，裁可照影。畜朱鱗數十頭，油油洋洋，甚樂也。倏有巨黿雜處，人以爲是能戕魚，亟摝出之。寒宵月色如洗，池發大聲，如巨桶抽汲之勢。啓窗微睇，有物像蝟，頭鋭而面團，似有口鼻，毛茸茸不可辨，狀極可憎。破層冰直至水際，出魚噉食。迨冰泮日，遂無纖鱗，土人所謂搗鰌貛也。向遷怨於前之所出，使余不獲與黿、魚作主人者，實是孽也。獨念山中有菴，菴復有我書畫，零星隨身杯器，本來非有，悉我識神變現，如夢中物，神一朝去之，此等隨滅，復爲他人夢中所有。余神西邁，受用勝玅色聲，變坑坎爲琉璃□□爲□□□□有，不堪一噱，蓋無始來世□□□先□□□世界壞後，此識無恙。善逝誠言，可不深信？菴之得名，癸酉［一六三三］十月，與楚中譚友夏寓其弟德清令服膺署中，曉起盥漱，見余白髮盈梳，云：「子從此別，計必住山，請擇嘉名，以名其居。」服膺亟從篋中出幅紙，俾伊兄作擘窠大字。執筆擬議，云：「子還吳，可謂葉落歸根。」遂有此目。今三字懸門首，窠栝數株，撐風蔽日，玄冬霜月，蕭蕭而下，雙童縛帚，掃除不給，齋厨爨（按：下有脱文）以凡夫像，供養賢聖，寧無福利哉！（按：下文意未完，或有脱文現象。）

《徐元歎先生殘稾》存目

【一】夜寒與劉石君陳伯迎叩達公河畔禪居見《浪齋新舊詩》

【二】獨居苦雨書示友生見《浪齋新舊詩》

【三】再宿包山蔡居士湖上居見《浪齋新舊詩》

【四】槎山菴尋碧上人不遇見《浪齋新舊詩》

【五】寓雨公二楞菴適吳興顧默孫至同登槎山瞰太湖見《浪齋新舊詩》

【六】七月初六夜聞笛見《浪齋新舊詩》

【七】若邪溪望對岸雲門諸峰云中有三十六灣溪流宛轉會日暮無人至路口而返見《浪齋新舊詩》

【八】越溪夜宿夢鍾伯敬見《浪齋新舊詩》

【九】辛酉元日偶題見《浪齋新舊詩》

【一〇】登北樓臨小池傳是唐六如先生故居見《浪齋新舊詩》

【十一】沈雨若見示徐文長畫雜花卷見《浪齋新舊詩》

【十二】李僧筏出其尊人長蘅畫册因題其上見《浪齋新舊詩》，詩題作《是夜李僧筏出其尊人長蘅畫册因題其上》

【十三】過錢塘將訪馮三於湖上雨不果行見《浪齋新舊詩》

【十四】南屏山尋浪泊上人不遇見《浪齋新舊詩》

【十五】六月十八與陳古白吕子傳集顧青霞新搆水亭觀粉壁畫松累石爲地畫松其上見《浪齋新舊詩》

【十六】涼秋寄林茂之見《浪齋新舊詩》

【十七】涼夜懷鏡新上人見《浪齋新舊詩》

【十八】送浪泊山人還南屏見《浪齋新舊詩》

【十九】月下與商夢和尋陳古白於鐵佛山房見《浪齋新舊詩》

【二〇】宿弁山積善寺同周虛生作見《浪齋新舊詩》

【二十一】佛慧芍藥未花時與僧有約及春殘往看僧采茶不歸花已半落矣見《浪齋新舊詩》

【二十二】十七夜燈事轉盛士女縱觀從顧青霞家醉歸因書即目見《浪齋新舊詩》

【二十三】答董遐周見《浪齋新舊詩》

【二十四】春寺早茶采寄鄭明府見《浪齋新舊詩》

【二十五】臘月初四夜乍見新月喜葉晉卿自嶺表還洞庭山見《浪齋新舊詩》

【二十六】題陳古白虎丘借讀齋見《浪齋新舊詩》

【二十七】代書答王子彦見《浪齋新舊詩》

【二十八】自天池落木菴看梅過竹塢擬至光福極繁盛處見《天池落木菴存詩》

【二十九】岕茶新到設幽溪大師退谷居士二像于天池落木菴合祀之二公留心茶事故所至必祭見《天池落木菴存詩》

【三〇】同州來游虎丘塔影園時新屬顧云美見《天池落木菴存詩》

【三十一】天池雨後偕州來次玉小休憚臣入隖觀瀑見《天池落木菴存詩》

【三十二】虎丘梅花樓得泉上人新住持本山奉賀四首（録一）見《天池落木菴存詩》，詩題作《虎丘梅花樓得泉上人新住持本山奉賀四絶句》

【三十三】七月望後寄寒碧上人（與鍾譚亡友周旋甚善）見《天池落木菴存詩》

【三十四】和州來梅花詩見《天池落木菴存詩》

【三十五】天池右崖有默然泉洞僧惺然獨處二年最爲孤僻路詰曲蛇行乃可上余住山五年只兩到耳見《天池落木菴存詩》

【三十六】在久上人葺竹塢精舍月餘出山他日相尋題此見《天池落木菴存詩》

【三十七】玉鉤斜見《天池落木菴存詩》

【三十八】二月望過顧云美塔影園名其堂曰雲陽問知用東漢宣處士隱雲陽山事虞山先生

作記見《天池落木菴存詩》

【三十九】機公上足清旭入山問句見《天池落木菴存詩》

【四〇】連日陰雨元夕微晴城中燈市寂然感賦見《天池落木菴存詩》

【四十一】望齊門外陸墓名區暑退交秋未成摇落更革以來詩客相依寤寐神馳入群未果方南明以四律見投僅答其一見《天池落木菴存詩》

徐波集外詩

目録

今輯得徐元歎詩五古十二題十二首，七古二題二首，五律二十八題二十九首，五排三題三首，七律十三題十四首，七絕九題十首，偈一題四首，共六十八題七十四首，茲依體遂録如下。

五言古詩

【一】冬晴督畦丁屏除雜蔓有述

桐子秋已喫，桐葉近方掃。夏瓜截冰玉，枯蔓誰復抱？嚼食饜兒童，掃除遺病老。老者宜小勞，使爾筋骨好。自有此籬垣，接植亦稍稍。物役方紛然，恐此復不了。故山汗漫歸，更闢何方草。我生誠有涯，悠悠付天道。

（見朱隗《明詩平論二集》卷四）

【二】故鄣白龍潭，距宗興菴百武。偶過菴中，遇皐亭僧隱虚拉至潭上相度，將廬焉

逆溪訪禪窟，沙路踐輕霜。篁水翳然處，炊烟松柏香。僧儀見整暇，梵唄聞悲凉。吾徒三四人，坐立依殘陽。徐待課誦周，野菜飯青黄。龍潭冬月滿，乃見水德常。藻荇緑可染，宛在鏡中央。就中誰最賞，纖眼瘦支郎。與龍乞此水，滿腹願易償。更欲乞龍力，結茅侍其旁。泉香作佛事，一盂薦空王。謂我明年來，但辦濾水囊。

（見朱隗《明詩平論二集》卷四）

【三】過休上人塔影菴

古城俯青灣，正與修林對。纖鱗不受釣，終日溪流内。上人厭塵事，長揖謝流輩。從知清净因，坐使將迎廢。

（見王士禎《感舊集》卷二）

【四】小雪前夜寒大風不成寐，因憶中峰蘭若，次「早飛雪滿山」即簡汰、曉兩師

短夢易驚還，細聞風雨至。衆響撼孤村，不爲敝廬計。常從寒苦中，深念疇昔事。秋城庶草繁，別時滿紅翠。俯仰謂如昨，號蟲抱枯蒂。詩人愛歲月，所感在微細。雪來下箬溪，先集中峰寺。飛舞講堂前，幾樹玲瓏綴。兩師作佛事，諸天助玉戲。下看世界白，片雪偏一切。居僧寒不出，學者踵相繼。

（見黄傳祖《扶輪集》卷二）

【五】午晴，過屋後小溪散步。思吴門秋日，與黄奉倩、劉石君、顧青霞東城行，飯野寺，追尋足跡殆遍。今成隔世矣

南山所出雲，盡入北山去。天開如裂冰，殘陽如古墓。徑草衰更生，川禽喜故鳴。擬尋溪友酌，復作過橋行。有懷誰可共，獨遊心易恐。天風吹樹林，葉葉自摇動。招攜記早秋，野寺竹窗幽。蟬聲咽人語，巾幘擲床頭。喧涼節物變，況又異鄉縣。濕羽無高飛，能有幾相見？諸子幸少安，窮巷寄悲歡。寒冬飛雪苦，憶汝東城路。

（見黄傳祖《扶輪集》卷二）

【六】雨後行園豆苗驟長

置地青山下，小步裁盈百。陳草先雪除，豆種隔歲擲。幸有此園林，不敢自云客。微軀與長鑱，動止自相索。昨宵冷雨到，離離盡青出。新芽舒兩葉，長條或竟尺。落花糝其上，稀紅點嫩碧。猶媿立家來，事事仰恩澤。庶幾春夏交，採擷消晨夕。老圃聖不如，見稱殊跼蹐。

（見黄傳祖《扶輪集》卷二）

【七】聞友夏入吴之信，書以促之兼柬鍾五居易。時余將離故鄣，仍徙吴門。

是身空中影，未見所休憩。五年罨畫溪，漸作去留計。父老及松筠，情好猶牽綴。要從佳處别，閲世仗微智。將來生公石，仍可挹君袂。何日發寒河，眼穿江上枻。同舟得五郎，地主即令弟。往歲道梁溪，交情見一切。再遊如乍日，吴兒已欽遲。庶幾惠泉水，不至遂相異。莫遽薄世名，闞人詎乃細。

（見黄傳祖《扶輪集》卷二）

【八】登舟雨不止同但月師夜泊五林

孤篷繫高樹，點滴最分明。避濕不得寐，一夕數十驚。漁人喜汎濫，星火滿湖生。愧此風雨歎，羨彼蓑笠情。歌謳無時無，出處固已輕。

（見黄傳祖《扶輪集》卷二）

【九】八月望後，竟陵鍾五居易至吴。出山與晤，於滸關抵别。凡二十日，歸心既迫，不及詣余山居

孤懷自蕩蕩，離聚縈如絲。相逢何用喜，訣别亦隨之。楚客抱秋心，銜悲以見貽。語舊不可了，但恨日影移。骨法肖而兄，肩背令人思。珮服亦彷髴，寧獨楚音悲。關門悠悠水，已待人别離。千帆日夜發，苦樂不相知。

（見黄傳祖《扶輪集》卷二）

【一〇】晚秋曹幼安、徐岳生招同王閑老、子彦、黄子羽遊王璽卿烟客東園，時璽卿在京。即事寄二十五韻

輟棹憩寒塘，秋心念遐矚。朋儔三四人，思以娱我獨。近地無遊觀，名家富水木。灣環石橋來，轉折藩籬複。臨流黄竹扉，已謝脂粉辱。葳蕤爲我開，解事到僮僕。諸園多陋習，平地起崖谷。引客入幽冥，往往遭顛撲。此間依自然，澹澹烟波續。嫩水與纖林，周覽如一幅。布景有倪迂，不雜馬夏俗。是時秋已深，俯仰更清肅。葉脱巢可探，荷衰魚可掬。欽其用意多，百畝半修竹。主人金閨彦，胸中詩畫簏。移石得名手，授意抹林麓。所使或匪良，無以成幽築。眇爾小經營，可以測淵穆。我有棲真宅，割截山水曲。布地不用金，誅茅裁有屋。即事省物力，少資静者福。寄語京華人，莊嚴馬四足。已禀凌雲姿，更受千花簇。蔗境豈軒冕，蓮邦無涼燠。歸來乎歸來，園秋水新緑。

（見黄傳祖《扶輪續集》卷二）

【十二】寒夜難寐，心念友夏約過德清衙齋，何意逾期不至？久之就睡，忽夢友夏攜二友到萩香山堂，一是周云治，其一夢中了了，已而忘之。周與譚素不相識，夢中亦不計也。相勞苦已，即欲别。余謂重陽近，宜留此過□。初不允，再三告云：「爾我皆五十人，能有幾重陽，忍不同過乎？」詞色甚苦，始得請。友夏出一裹，中有兩竹絲聚骨扇，竹細不可數，面用單紙粘合於骨，如卷籜狀，非人間扇也。另有銀絲扇一，製如之。友夏攫出之，云此非山人所宜用。夢中頗不平此語。亟入内，促病妻治具。友夏復餉土宜，乃青紫二芥，皆菜根，寸寸斷之，盛瓷盌中。余顧授赤脚婢，致有姿首，雙趺甚妍，家中無此婢也。即寤，乃是十月十八，東方白久矣。寄以十六韻

天寒心力微，曉夢細可數。境熟夢所思，讛枕久爾汝。周生乃吴人，偕來片時聚。子倘夢我時，未必無衆楚。銀絲扇珍惜，將與復見取。旁觀有周生，腹中作何語。前接

寒河書，正值黄花雨。只記是重陽，思君爲伴侶。躬耕食力來，他肉神先吐。故人惠我多，蔬根連器與。獨寢抱寒冰，久不見眉嫵。何意居士室，顧盼得好女。草草卒悲歡，賓主紛無緒。夢覺理既齊，暫晤不猶愈。山齋敞夜扉，星月環頹堵。諸君肯我思，神遊例皆許。

（見黄傳祖《扶輪續集》卷二）

【十二】二幢詩清鑿盲道人所立，一在中峰古院，一在華山鳥道，高出絶巘千松上。二山皆雨公師弟説法處。

石路蒼烟散，觚稜入眼明。似從它界涌，更使巨靈擎。七佛趺其上，諸僧遶必誠。威儀龍象教，尊重鎮群生。歲久苔痕積，泥深蓮瓣平。光明難自没，論義示無争。物外超成毁，山僧司送迎。鶴疑華表在，仙訝露盤傾。雙影空山得，高雲一力撐。將同入廟儆，豈但聚沙成。所貴能償願，休言與勒名。

（見徐崧《詩風初集》卷十五）

七言古詩

【十三】贈沉香潭范長老

菴外溪流如積翠，菴裏佛聲嘗動黽。籬門入夏豆苗深，風雨有人簑笠至。負米歸來赤雙脚，蹣跚影向清溪落。護菴小犬辨人聲，出到橋邊草裏迎。

（見黄傳祖《扶輪續集》卷五）

【十四】贈范校書雙玉

秦淮春水流碧玉，雙鴛自覆煙蘅宿。水引香魂漸向吴，繁花開盡摇空緑。芳草沿門古岸横，相招吴語最分明。深簾度曲家家雨，小閣嘗茶樹樹鶯。耽遊年少看成隊，來往燈陰花影内。新衣窄襪索人憐，感夢馳情向誰在。桃李徒教蜂蝶忙，幽蘭自愛谷中香。聲名不用量珠價，詞賦須闚宋玉牆。言甘體澤人思嗛，衹向圖中偷半面。齊梁格調未嫌卑，惆悵詩成獨不見。

（見徐釚《本事詩》卷七）

五言律詩(附五言排律)

【十五】陽羨净公寓疾荒齋，仲秋辭去，便問問訊

盛夏深村住，秋期仍出關。藥烟昏古屋，笠影在它山。塵帳蛛如織，空巢燕偶還。此歸勤入觀，常坐只如閒。

(見朱隗《明詩平論二集》卷十二)

【十六】簡華亭鄭明府求一鶴鶵

苔面無人破，常思一鶴行。孤琴宜有伴，短栅已先成。快剪涼宵夢，將窺獨立情。華亭名産在，誰復解長鳴。

(見朱隗《明詩平論二集》卷十二)

【十七】寓園送歲

未嘗得歲力，歲去豈關人？久客兒童長，貧家雞犬親。髮疏容到白，夢好爲兼春。流

轉芳年慣，何勞用病身。

（見朱隗《明詩平論二集》卷十二，黄傳祖《扶輪集》卷八）

【十八】王德操三世單傳，不茹葷血，七十初舉一子，社中賦之

晚子猶居長，生機故未窮。一啼傾賀客，餘乳益衰翁。泡影存三世，蔬根接素風。慚人相問訊，只作弄孫同。

（見朱隗《明詩平論二集》卷十二，黄傳祖《扶輪集》卷八）

【十九】樓雨望菥香山下梨花

聚處千株雪，臨窗一望平。冷烟投易化，高閣照嘗明。看漸生微緑，開難值小晴。雨中雙白燕，具有惜花情。

（見朱隗《明詩平論二集》卷十二）

【二〇】寒樓晚眺念姚雲峰病起

斜日明遥岸，孤村人鳥歸。溪雲隨水化，山色捲簾微。藥力持孱質，吟聲滿破扉。衰

遲念親友，並復愛餘暉。（見朱隗《明詩平論二集》卷十二，黄傳祖《扶輪集》卷八）

【三十一】久寓天龍，與衍門常過奉倩睫巢

宅近茅菴路，相從不厭頻。詩箋連四壁，茗飲具三人。乞食難稱客，行游易過春。還鄉計轉決，我自愛吾鄰。（見朱隗《明詩平論二集》卷十二）

【三十二】槲葉笠

取蔭惟圓影，由來千葉成。魚鱗相次密，蟬翼未云輕。挂壁僧思借，窺林鳥不驚。蓋頭心計廣，茅屋更須營。（附句：「盥掌槎松雪，挑灰炙硯冰。」「月明新到客，花影獨眠樓。」「友道游方覺，情言醉後多。」）（見朱隗《明詩平論二集》卷十二）

【二十三】哀董遐周

余以王亦房知有遐周，亦房殁後，始以詩相質。遐周卧病數年，未及交臂而死矣。亦房深淺入時，遊道頗遂，身後有不能舉其姓名者矣。遐周獨念之不置，往往見於詩詞。此日相逢，當無媿色。文人下世，後死者例有哀辭，聊寫胸臆，以附諸公後云。

死友須君久，歡然地下逢。長眠終苦境，短景補哀宗。書束高秋蠹，床虚後夜蛩。病軀殊跼蹐，魂氣倘從容。（見黄傳祖《扶輪集》卷八）

【二十四】歲暮過劉虚受池亭

寒瓦四垂蘿，冰天兩度過。池枯月不在，鳥盡雪將多。搜句松篁苦，安禪項領和。相逢各故物，莫復歎蹉跎。（見黄傳祖《扶輪集》卷八）

【二十五】歲窮雜念

幾日真如棄，嬉遊云送年。危橋無捷步，困樹羨安眠。温飽柴門色，爬搔鳥語天。人群能不亂，野老競相牽。

又

意氣輕全物，開盤凝素脂。華堂食指動，密網奉身時。藜藿愁難配，庖厨法未知。微生蒙寵異，已誤首丘期。彝仲餉柿狐一頭，山中珍産。（見黄傳祖《扶輪集》卷八）

【二十六】夜過垂虹訪周安期

歲近川途遠，淒風豈所宜。助寒如不及，流浪復何辭。雜樹分鴉宿，孤身帶雪移。一燈如見憶，但聽屐聲誰。（見黄傳祖《扶輪集》卷八）

【二十七】訪茅遠士於村居不值有作

秋盡主猶出，兒童謝客温。寒堤仍解纜，疏柳只關門。人或依菱住，溪從漉蟹渾。居然名士在，風景異他村。

（見黃傳祖《扶輪集》卷八）

【二十八】立秋前驟聞蟋蟀

纔有新涼夜，幽蛩亦早知。聲微不辨處，調苦正當時。銜壁燈全黑，侵階艸向衰。空床難得夢，唧唧爾相隨。

（見黃傳祖《扶輪集》卷八）

【二十九】友夏弟服膺令德清，距余秇香山二百里。時苦久旱，視事三日而雨，邑中翕然。飲中言及退谷先生，賦詩見意

繞樹逢慈廕，爲羈片席安。遂收知己用，忍作貴人看？好雨滋新政，孤雲傍一官。煩君報同氣，隱我鬢毛殘。

（見黃傳祖《扶輪集》卷八）

【三〇】賣衣

稍浣京塵去，從人貼體温。典頻今絶念，共敝已難言。幸不縫親手，歸仍附夢魂。恐傷寒士意，莫冀贈袍恩。

（見黄傳祖《扶輪集》卷八）

【三十一】賣書

一束來投市，遥愁好尚遲。較多嫌損觸，歸近省攜持。微寓流傳意，方争記憶奇。詩書豈爾悞，到底尚瘳饑。

（見黄傳祖《扶輪集》卷八）

【三十二】午日過村老

佳節貧中過，猶存蓬艾間。麥芟微徑直，菱占一溪彎。破舫嘗維樹，香醪不出山。知余齋戒月，相對啜茶還。

（見黄傳祖《扶輪集》卷八）

【三十三】崇光憨上人來，喜聞雪公病起。公卧病在五月，臯亭大水

雖病何能害，觀身況有年。困從長夜雨，健向蚤秋天。洗鉢盛新稻，扶笻立暮蟬。出山人盡喜，圍繞遶湖船。

（見黃傳祖《扶輪集》卷八）

【三十四】夏日茅遠士攜酒同林翩羽見訪山中

家遠勞相顧，成君游歷緣。到門山不住，入徑竹相連。好客能攜酒，荒厨但舉烟。夜凉溪色在，且莫惜遲眠。

（見黃傳祖《扶輪集》卷八）

【三十五】早秋懷周云治，時館茅遠士家

傳來交已密，觴詠到忘形。硯滴分荷露，書聲限竹屏。燭斜同飲散，蛩暗一人聽。最憶墻陰下，秋梧葉滿庭。

（見黃傳祖《扶輪續集》卷八）

【三十六】新歲八日宿茅遠士家同云治

出行多浪迹，是處泊孤舟。樂歲人高卧，春塘水至柔。月明新到客，花影獨眠樓。良夜宜相勉，誰容醉即休。

（見黄傳祖《扶輪續集》卷八）

【三十七】七月十三夜微雨，宿蒼公中峰禪院，同奉倩、子羽、云治、釋道開、曠兼、子蘭，分得四支

暝色攜燈入，行廊雨脚隨。響多惟在竹，流細不奔池。禪榻同清夢，山烟連暮炊。比年游事少，嘗記去來期。

（見黄傳祖《扶輪續集》卷八）

【三十八】歲暮傷云治

紛紛貧士死，天似不經心。聞見人皆惜，饑寒業未深。報虚懷一飯，葬不費多金。知爾留遺恨，無人繼苦吟。

（見黄傳祖《扶輪續集》卷八）

【三十九】暮秋同陸芝房登莫釐峰

霽初宜遠望，峰頂愜斯遊。衆水因高見，吾生始覺浮。風光隨獨鳥，霜力獻新洲。暫得相捫踏，明朝雲上頭。

（見黄傳祖《扶輪續集》卷八）

【四〇】重九前二日歸文休同袁令昭見訪留飲，是夜再飲令昭家

午聚歡難盡，宵陪意恐遲。亂蛩隨坐石，殘燭待收棋。月早同人別，蘭香遇菊衰。偶然成快集，痛飲欲無辭。

（見黄傳祖《扶輪續集》卷八）

【四十一】泛石湖

比日追隨盡，重爲湖上遊。林空孤寺顯，雨色一亭收。積葉枯微澗，清波點數鷗。無窮相戀意，薄暮唱還舟。

（見《（崇禎）吴縣志》卷五）

【四十二】夜步千墩塔下

晴徑微微出，心知野寺通。籬疏防突犬，砌冷怯吟蛩。目滿無人處，僧歸落葉中。孤蓬如露宿，相苦是西風。

按：今人魯德俊編《詩吟昆山》收有元歎此詩，但不詳其所據。

【四十三】瞻禮天宮寺善財，云是唐塑，長尺二寸

東城留古像，西日訪仁祠。事蹟徵殘衲，因緣捫斷碑。樓開彈指頃，相好化人爲。本色童真妙，嚴身瓔珞隨。盡形惟合掌，迎笑在披帷。面面看生動，人人欲抱持。性靈龕室滿，國土草鞋知。善應將來夢，傳聞過所期。已勝名手畫，敢訝法身卑。今日焚香禮，它年把臂時。

（見朱隗《明詩平論二集》卷十七，周永年《吴都法乘》卷二）

【四十四】池館新涼書懷，寄漳浦侍御于江上

小池晚雨到，古郡秋風初。見聞關静慮，時物感貧居。竹涼稍侵户，荷芬來襲余。幽憂無可寄，夢想故人書。擊柝江城静，凝香華館虚。水紋流細簟，冰縠疊輕裾。傳香童遞代，詠樹句扶疏。淒其送歸燕，儻亦泣枯魚。陳詩因代訊，君子意何如。

（見王士禎《感舊集》卷二）

按：此詩格律，非盡合五言排律要求，但大體近似，姑繫於此。

【四十五】紀楞嚴壇所製承露木蓮華

一花星碎集，八月露寒修。或有空香住，宜隨像法留。死生稱浄供，開合亦清秋。的的圓須走，層層潤欲流。細微傳石鉢，斟酌媿瓷甌。永夜晴方幸，將朝雨卻羞。斜飛開一注，高卧囑頻收。爲座趺疑在，如盤捧不休。艱難是供養，師意可深求。

（見傳燈《幽溪别志》卷五）

七言律詩

【四十六】項水心太史還城外紫芝山堂，是從兄冏卿故居

近水高門復有人，現前嚴飾事從新。松蘿静者宜爲主，魚鳥歡然不失親。名宅衣冠來補處，諸天宫殿羡隨身。當年結搆無遺力，縛帚呼童但掃塵。

（見朱隗《明詩平論二集》卷十六）

【四十七】卜築古鄣之秇香山寄懷鄭明府

飛舞亂峰臨斷岸，翠微遥襯小茅齋。網魚出水朝城市，送客開門月滿街。辭世未能聊且避，報恩不易但知懷。君應歎我音書闊，屬興冥鴻久望崖。

（見朱隗《明詩平論二集》卷十六，黄傳祖《扶輪集》卷十）

【四十八】居易、寒碧同宿中峰古院，時石殿新成

空門久矣自知津，捫摸苔碑意已親。廣殿孤燈形贈影，寒宵獨樹鳥依人。有心鍼芥

如相覓，求福香花又一新。試蹴同牀諸浄侶，各言清夢在明晨。

（見朱隗《明詩平論二集》卷十六）

【四十九】六月七日迎河東君

欲剪吴淞江水悠，早梅時節釀酸愁。分開畫燭交紅淚，鎖向雕籠到白頭。預借仙期偷駕鵲，深償願海許沉牛。花源一自漁郎問，柳浪春來許繫舟。（其一）

雙棲休比畫鴛鴦，真有隨身藻荇香。移植柔條承宴寢，捧持飛絮入宫墻。抱衾無復輪當夕，舞袖虚教列滿堂。從此凡間歸路杳，行雲不再到金閶。（其二）

（見姚佺《詩源》「吴」卷）

【五〇】戊辰秋，景倩偕岳季有、韓求仲兩先生見訪秇香山新居，邀地主周夢生、彝仲、在中同集

問徧菰蘆始及門，方舟夜泊一溪喧。茶香粉飾山厨陋，肴核通融鄰舍恩。易主疏篁迎畫燭，避人殘月掛空村。諸君互動幽棲意，莫作荒唐醉後言。

（見黄傳祖《扶輪集》卷十）

【五十一】人日九里松雪公偕枯雪、但月兩師見訪失道，入合溪步行二十里始抵秋香山堂

舍筏崎嶇度絶岡，緣山風袂久飛揚。一枝藤杖迎門接，十里松林問道長。即訪早梅陪野屐，還移殘燭拂胡床。夜闌遂及誅茅事，指向寒流積石旁。

（見黄傳祖《扶輪集》卷十）

【五十二】寓園逢生日，是爲壬申七月初三，已四十三度此日矣

瓜蔓牽籬竹過墻，稀疏小雨歲無妨。舉家饘食山厨罄，永夜蛩聲客枕當。未見將軍爭劇孟，屢遭魑魅怖嵇康。臣精消盡何堪用，祇恨他時未處囊。

（見黄傳祖《扶輪集》卷十）

【五十三】秋雨初霽寓樓晚眺

樓外平疇溪與連，忍飢白鷺握空拳。雲陰不作奇峰想，水氣升爲疏柳烟。雜果青黄秋上市，孤舟浮動夜添泉。五年沉醉猶堪活，此後窮愁竟寄天。

（見黄傳祖《扶輪集》卷十）

【五十四】太倉守周彝仲爲余新歲料理歸裝，殘臘十八值其生日，先寄感知懷舊之作

盛年喜見政成時，作客他鄉感獨知。日月夾官君禄運，禽魚入夢我歸期。將營新室愁懸磬，擬繡平原正買絲。遥想初筵開雪夜，幾回把酒念相離。

（見黄傳祖《扶輪續集》卷十）

【五十五】壽林若撫

黌舍逢來各稱年，看君雙鬢竟蒼然。獨居醉飽思搔背，久狎兒童任拍肩。努力好登遺老傳，知音真仗異鄉緣。連朝暑雨關愁緒，幸未抛荒爾硯田。

（見黄傳祖《扶輪續集》卷十）

【五十六】某相公招同兩大帥夜集第中

來遊東閣有先期，燈引雕闌密坐移。半世恩仇皆飲泣，故人將相一伸眉。未容蓮幕俳優畜，誰惜菰城鷗鷺疑。正值交歡思自效，狂言驚聽竟難持。

（見黄傳祖《扶輪續集》卷十）

【五十七】錢塘君侍史新婚，主人首唱，命客次韻

陽雲行罷忽交晨，訊問青廬語漸親。夢裏呼歡惟慣舊，香隨卧起得來新。二天瓜葛將加膝，半宿書帷莫反脣。濃淡誰邊休致詰，相關微覺是三人。

（見黄傳祖《扶輪續集》卷十）

【五十八】無題（壽毛晉六十生辰）

暖德初臨釋凍瓶，春風拂拭鬢重青。當筵玉蕊開正月，列刹香燈護一星。觴客沾脣徵好句，游仙隨步佩真形。勸行福善人難老，應許雙丸得暫停。

（見張宗芝、王潙録《以介編》）

七言絶句

【五十九】送子羽同内人遊天台

千峰萬壑閟仙家，聞説紅桃四季花。攜内劉晨今到此，流杯莫遣出胡麻。（其一）

松泠池清古寺開，當年仙竈已生苔。竹筒附上寒山子，拾取殘餘寄我來。國清寺有寒拾遺跡。（其二）

（見徐崧《詩風初集》卷十七）

【六〇】深秋程非二偕東陽見過不值

静院雙扉叩半開，涼陰養就一庭苔。主人不帶松聲出，留待高情洗耳來。

（見徐崧《詩風初集》卷十七）

【六十一】友人折茶花見贈

芳香折贈自山家，持比江梅未覺差。似恨世人偏採葉，等閑籬落備寒花。

（見朱隗《明詩平論二集》卷二〇）

【六十二】淡公拾松菌作供

蟲殘敢爾分餘食，鬼繖從他逐溼生。貪卻餐芝名字好，滿身松雨斸沙莖。

（見朱隗《明詩平論二集》卷二〇）

【六十三】明妃歎

鼓瑟吹簫未免癡，風流情事未全知。宮中絶色誰遮眼，卻遣妝成對畫師。

（見朱隗《明詩平論二集》卷二〇）

【六十四】暮春送僧元明之金陵

細雨輕裝世外涼，人中行動戒衣香。楊花又在江頭見，只是無情相送長。

（見黄傳祖《扶輪集》卷十四）

【六十五】歲暮存歿詩

人有文采見稱，而流落不偶，以至死者，余所知識爲多。間有存者，非寄人廡下，則影落江湖，雖存而與没無異。維歲之暮，惻惻在心，各繫一絶。

數條弱骨僅能支，到處争看鶴阿師。瓢笠提攜行市上，欲將清料入人詩。謂周衍門。年近五十爲僧，好遊族姓，絶不住山。

（見黄傳祖《扶輪集》卷十四）

按：讀詩序，可知元歎詩所賦詠者有多人，惟今所見《扶輪集》所收只一首。

【六十六】寒夜與遠韻、衍上人還北禪宿

曲曲泥牆落葉圍，歸人霜露各沾衣。扣門馱犬不驚吠，滿寺月明燈影微。

（見黄傳祖《扶輪集》卷十四）

【六十七】寄邵陵王侍臣

土壁昏燈雞再啼，夜闌樓色轉低迷。秋來積水無情闊，此夕愁君夢畫溪。

（見鄧顯鶴《沅湘耆舊集》卷四〇）

偈

【六十八】佚題

紛紛怛化是何情？習慣遷流每著驚。若使生人真畏死，須知死者復愁生。（其一）

平生行履歷堪思，捧盋披緇不弄奇。畢竟臨岐談笑去，是渠應得更何疑。（其二）

去須明白莫怱怱，仰視春星亥未終。法法本來無動想，頗于人定露機鋒。（其三）

數珠百八舊前程，士女相逢掉臂行。卻是遺骸能設法，朝來奔赴動山城。（其四）

（見錢謙益《牧齋有學集》卷三十六）

按：上引四偈見錢謙益《牧齋有學集》中《坐脱比丘尼潮音塔銘》所引。

徐波文輯佚

目録

【一】鍾伯敬先生遺稿序

先生全集歲癸亥刻於白下。是春丁艱還楚，三載詩文，人間未見。蓋晚年頗留心内典，加以罷官後莫往莫來，故篇章稀少。乙丑六月捐館舍，歲暮來赴。即與五郎索遺稿，約覓便相寄。而素車白馬，亦復寥寥。適友人劉石君心感知遇，發憤附舟沿江而上，登其堂而拊其棺，與友夏、居易周旋月許，悉持遺稿而還。余甚媿之，即付剞劂，釐爲四卷。

先生以文章治世垂二十年，操觚染翰家類能歎頌，余不敢復措一語。惟是一人之身，遇會乖蹇，皆文人未有之厄。請略疏之：

若士衡養犬，摇尾寄書；孔愉贖龜，中流右顧。初心非責報于二物，感恩竟不異於人情。但呀然谿壑，了無饜期；屢歎車魚，有時倦聽。十索而一不從，千取其百未已。投遺文于圂中，揭謗書於道側，斯有人焉。高岡梧桐，鳳皇於止；滄浪既清，濯纓者至。故松柏投歲寒之分，嵇、向（此處脱「亦」字）結物外之游。豈料倚市賤流，糟糠自命；之官幾日，陽嶠復來。張耳佩陳餘之印，劉叉攫韓愈之金。雖鮑林（「林」，當作「叔」）憐貧，太丘道廣，吾無取焉。

《玄經》奇字，無取聱牙；白傅新詩，貴能上口。蓋斧鑿久而漸近自然，波瀾闊而乍如平澹。陶淵明稱隱逸之宗，顔延年以雕繢爲病。昧者中邊皆枯，菁華已竭，號爲「鍾體」，不亦厚誣！

《文心》趨向萬殊，《詩品》源流各别。同株異溉，猶開紫白之花；二水雜投，尚辨淄澠之味。況乎披林聽鳥，聲貴相求；入海探龍，珠擘〔「擘」，當作「歸」〕一手。鍾則經營慘澹，譚則佻達顛狂。鍾如寒蟬抱葉，玄夜獨吟；譚如怒鶻解絛，横空盤硬。二子同調，其義何居？贊歎不情，同於汙巇，〔此處脱「斯」字〕之謂矣！

嘗謂文章一息，共愛其流傳；水火三災，默爲之聚斂。藏舟於壑，或有變遷；當風揚灰，記〔「記」，當作「詎」〕令速滅？囑累已屬世情，排斥亦成底事？吾輩及〔「及」，當作「友」〕其人而讀其書者，正爲作數年之計，傳之久暫，有物司之。

天啓末年大寒節後一日，門下士徐波謹述。劉屺書於浪齋。

（見鍾惺《隱秀軒集》附録，按：上海古籍出版社《隱秀軒集》附録《鍾伯敬先生遺稿序》在文字及標點上有訛誤之處。今據臺灣國家圖書館藏《鍾伯敬先生遺稿》天啓七年〔一六二七〕刻本爲訂正若干錯誤。原文末段，標點有較大問題，今亦爲校正一過。）

【二】夢草詩敘

《夢草》者，芝房先生刻其詩自通籍以來宦於燕中之一種也。人情遇可喜之境，則欲其堅寔；可怖畏事，亟亟欲其化爲虚幻。昔有老翁擔油，而覆於通衢，旁觀者競寬譬之。此老瞪目曰：「安知非夢哉！」今芝房以官爲夢，蓋不得志於官者也。當熹廟卯辰之交，天下從風而靡，豪傑之士，未能自振。芝房仰觀俯察，首掊逆璫，海内響應。當此之時，人視之如秋空迅鶻，必旦晚抉浮雲而俯視流輩。乃一二年淹翮郎署，仆而復起，未嘗一躋膴仕。間有快意之舉，往往罥絓於怨與忌者之口。可怖畏者，即在快意中。芝房英雄之氣，亦遂用於山水文酒間，怨忌者亦竟無如之何也。近同游兩洞庭，信宿譚讌，時舉春夢婆對蘇公語，以釋名詩之意。余亦舉《南華》現成語似之，曰：「方其夢也，不知其夢也，覺而後知其夢也。」倘於人我之際，猶介介然，則再舉湯義仍姑蘇曉景詩云：「十萬人家如夢裏。」宜一笑置之矣。

崇禎戊寅菊月社小弟徐波書于安隱寓菴。

（見陸澄原《燕山夢草》）

【三】扶輪集序

言詩者謂有漢魏，疑無三唐矣；有三唐，疑無宋元矣。不知此道濬發於人心，人之心不可盡，則此道無終窮。本朝文章治世，涵泳於禮樂，鼓舞以朋友，何必遂讓古人？前輩袞袞，不敢具論。即二三十年來，大人先生，鴻文鉅篇，炤耀宇宙，爲世所指稱，下至勞人思婦，如候蟲時鳥，亦各自鳴其天，合於風人之義，不可偏廢也。然部帙浩繁者，望洋爲苦；微吟短詠，警策可傳，盡出諸篇，復有楓落吴江之歎；亦有鋭志進取，恥不逮古，諸體必具，未免捉衿。

心甫人推賞識，天予鑒裁，欲登比日之朋儕，備一朝之風雅，用意良厚。生平與諸作者聯袂同遊，分燈共事，既知其意思所在，務使其疵類不彰，簡其精華，汰其浮蔓，能使將來讀者偶嘗一臠，亟思覓其全文。今之作者，微露半粧，反足自留餘地，此固秇林之盛事，而詞客之功臣也。

崇禎甲申春仲社弟徐波書於染香菴。

（見黄傳祖《扶輪集》）

【四】序攝六黄居士詩

黄爲婁東舊姓，二百年間，富貴而兼好事，頗不乏人。以逢掖受先帝簡拔，歷官州縣，出處之際，爲士林稱述，聞見之流愛悦無異，唯子羽一人也。居心行己，服官，扞寇，并改革隱跡，歷歷可觀，已盡於虞山先生之傳中，他人何宜增損一字？今欲矢其詩集，須略疏源委，并爾我交情，所謂識其小者而已。

君舞象之年，正值婁、虞二邑人文鼎盛，以緱山先生爲之婦翁，所師事者，虞山先生以下又若而人，俗物不得近前，市聲不入於耳。藏書甚富，日手一編，務掇菁藻。閒居倦想，吟哦爲事，心匠經營，撰語卓絶。時儗之于中晚，虞山先生譏其失信，舉「江明無月夜，猿喚不眠人」一聯，可配「四更山吐月」，竟俎豆之於少陵廊廡間矣。

與余相值，皆年三十許，談諧相入，便定深交。移任郡城，從相晨夕。未幾，余以困躓，棄敝廬而家浙西畫溪。君以疏闊爲恨，時相就於紫花峽間。又十年，始合并於吴之東城。中發呻吟，託贈往來蹤影，歲月歷然。今世界滄桑，夢境將脱，相去二百里，而兩人音聲相貌，彼此胸臆悉互有之如一日也。蓋君樂易，性不傷物，人樂近之。予太分明，遇可意者盡形敬禮，於不然者極少宛轉，觸忤者多，故于君交殊自保惜，唯恐失之。

今已老矣！晚歲同趣净業，欣厭凝想，庶幾成就。我年少長，欲先往以爲彼土主人，温暖琉璃片地，待君至止，相與讚詠林木，流連花鳥，就勝妙五塵，共相娱樂。忽接來書，乃以病告，語多淒斷，兼示虞山所立生傳。奉先生命，以全集須經鄙人心手。捧教錯愕，以生方次第，非平生擬議，故稍述半生情事，呈之卧榻，使令嗣公瑕疾讀一過，或欣然而有起色也。

屠維大淵獻良月二日社弟徐波撰。

序草去後數日，緇素入山，傳言攝翁預剋死期，適寡女向塑檀像一軀，卜於小春八日禮懺開光。翁熙然曰：「象也。於是日去了罷。」衆未之信。至四日，顧雲師從雲居還婁，親至榻前，授以具戒。從此灑落，不復有他囑。八日，諸僧課畢，翛然而瞑。去來之際，殊不草草，亦足以歆動净業門人也。波又識。

（見黄翼聖《黄攝六詩選》）

【五】南來堂集題辭

空門之妙于筆札者，古不具論。宋有寂音尊者，一題一詠，與眉山、豫章並埒，最爲尊貴。同時相尚，未免于見忌，不知與士大夫相接，弘護無量，正賴此耳。此外如冷齋之語、湘山之録、贊寧之譜，字句蕭遠，尚有傳音。近來顢頇之輩，七竅皆迷，往往託于盧行者不識字。不識字便爲盧行者乎？賢首自雪浪三傳而得六公。雪山未登講座，而詩獨勝。今惟南來老人，𡼖然稱魯靈光。其孫行敏掇拾遺文，彙成卷軸，碎金殘璧，璀璨陸離，舉以示余，不無慨歎。其門多士，但風力未遒耳。苟能深致其力，列於作者之林，雖以歲數而出一賢，猶比肩也。

時乙未正月二十二日落木老人徐波識。

（見蒼雪《南來堂詩集》書首「題辭」）

【六】南史跋

此書校正訛謬，爲丁卯年，今稍用筆點勘，乃戊寅季秋，連絡十二年矣。憶丁丑暮秋，先爲亡友周云治借看一徧，甫掩卷而長逝，中間欠葉，亦此君手補，楷法精謹，無一筆苟且。九月廿二日。

（見瞿鏞《鐵琴銅劍樓藏書目録》卷八）

【七】北史跋

此本向有南監本，係至正年間信州路刊刻，糊突脱敗，幾不可讀。嘉靖初增補十分之一，新陳錯雜，日就刓落。秀水馮夢禎爲祭酒，復用重刻，其功甚大，然與《二十一史》兼行，不能獨購。波家貧，難致全書，從坊間覓得此書，復缺《魏紀》之二，中間缺落亦不少，輒往親故家借殘鈔録，劣得疏通。閲自天啓乙丑歲暮，卒業于丙寅四月初十日。奔走事故，廢學日多，動淹時序，有愧古人。徐波識。

（輯自蕭穆《敬孚類稿》之《記徐元歎先生閲北史》，補遺卷二）

【八】塵史跋

此書脱誤獨多，幾不可讀，當就范景倩是正。辛未初夏。

又

癸巳仲冬，又閲於落木菴中。景倩下世十餘年，留心書史者，絶無其人。牧翁所藏數萬卷，辛卯十月四日，一炬蕩盡，景倩書庫，其變化無遺，校讐路絶矣。花朝前一日，頑菴記。

（見傅增湘《藏園群書經眼録》卷八。按：絳雲之火在辛卯十月初二，此跋誤記。）

【九】中峰續講大經鈔期緣引（代）跋

昔韓昌黎贈華嚴疏主觀國師詩有「我欲收斂加冠巾」之句，特愛其才，將巾之而使應試也。歐陽公讀嵩禪師《輔教篇》，深爲歎曰：「不謂僧中有此郎，豈儒門澹泊，盡爲釋家收拾去耶？」余今于蒼、汰兩公亦然。第自顧門外漢，初不知佛法爲何物，獨喜與兩公爲文字交，以筆墨作佛事，亦嘗草疏緣起。側聞兩公同願互爲賓主，轉此大經疏鈔，擊蔀發蒙，如雷振空，所在八千龍象，皆隨高足，萬里香花，遠結勝因。其爲法門兄弟，不啻無著之與天親。惜其首唱一期，汰公早世，法門重擔，獨蒼公仔肩。余謂當今海内賢者，宗乘一絲，慧命幾斷，而後續者，其在蒼公一人乎？年來固以時絀舉贏，公且抱病杜口，掩室獅窩，退求静密，務在安逸爲得計。其如衆生無救無依何？今毛子晉兄爲之領袖，續舉第六會，期限以四年告竟。此誠末世津梁，第一義諦。禪宗初祖不云乎：「《楞伽》四卷，所以印心。」果人人盡摸無字之碑，眎一大藏教，如陳爛故紙，佛法不至斷滅而不已，可不深爲識法者懼！吾輩當不惜餘力，贊勷勝舉，以種般若種子。如人食少金剛，不與雜穢同處，終必爛腸穿骨而出，豈似韓、歐先賢輩以不知己之言，唐突法中之麟鳳之不少乎！

中峰三春講席，聽衆皆飽參宿學，或俊少利根，觸目爲群玉之林。大師雪頂方瞳，岳峙其間，亦彷彿靈光古殿矣。前月疲于津梁，稍損眠食，請益之流，旻塞户外，坐不暖席，講不輟音，朝氣如新，宿疴頓失。及門各有解制詩，大師下座揮就七律九篇，感九旬神力之被，謝一朝檀護之勤。老懷飛動，筆端風雨。夫以法門嚄唶老將，一旦移其幢節，坐于風雅之壇，宜其莫與争鋒也。四月之望，弟子徐波謹啓。

（見王欣夫《蛾術軒篋存善本書録》，辛壬稿卷四）

【一〇】無題（明邵僧彌六景六題册跋）

僧彌邵子興於閶闔，生而韶秀，弱冠遊於諸公之門，俱得其歡。畫學一派，本於沈石天，而有出藍之譽，尺幅小景，鮮潤可餐，比來往往遇之，望而知爲邵子筆。此册尤爲合作，真可什襲。惜其聞見未廣，奄然長夜。使剪斷東南枝峰蔓壑，收入畫笥，胸中更得數十卷書，所詣當不止此。人不可以無年，每爲此兄致慨。辛卯二月十日，徐波題於天池落木菴。

（見陸時化《吴越所見書畫録》卷五）

【十二】遥祭竟陵鍾伯敬先生文

天啓五年六月廿一日，竟陵鍾伯敬先生魂靈歸于冥漠。吴郡徐波以臘月廿二日從楚僧靈文聞凶信，并得其第五弟快手書，于廿七日用蔬果、香茗設祭于齋中，文以哭之。

夫人生平汎愛居多，則受恩者未必知感，使鍾情于鄉人皆好之人，則被遇者又以爲固然而不爲異。憶己未歲暮，余小子與先生邂逅范長倩席間。余視先生如霄漢，初無心于遇合。乃先生不知從何覯余詩句，一問姓名，迎握余手，誦余舊詩，謂似古人。余面赤不敢當，先生曰：「子無爲古人重名所怵，我非諛人者。」遂定交而别。先生向擬南祠部，候命留都者積年。庚申正月，其叔弟恮從楚訊其兄，亦苦志人也。先生寓書吴門，呼余與之相見。余以四月初五裁抵白門寓所，時恮已嘔血困卧，奄奄垂絶。先生責余曰：「我弟忍死以待汝，何意相見之始，即爲長别之辰！」袖中出恮見懷詩示余。余不敢發一言，亟趨牀頭窺見之。恮强扶令起，舉手一笑，面如黄葉，氣咯咯在喉際，固知在死法矣。月餘，竟不起。辛酉暮春，譚友夏自竟陵抵白門，先生又呼余一來。束裝赴之，到日爲四月十一。友夏竟歸，甫下江船，而余跨驢及門。先生止余：「且勿揖，速往江頭追友夏迴！」冒雨馳至上新河，不及友夏。異日見報，云是晚東南風急，計追時孤帆已過三山矣。似此則知先生所以愛而欲成就之者，真無所不至。

庚申秋季，先生患隔日瘧，庸醫誤投急劑，幾至不振。已辦後事，飛書促余一訣。余先一月有鴈宕之遊，夜宿惡溪，夢先生病容毁瘠。余心動，早起附書到白門。書到日，先生病起，得書甚悦。時候問者盈門，手余《遊山小記》示坐中曰：「我尚及見斯文，故應未死。」波自念何足當此，故向人前延譽，欲其成名。今先生死，誰復有愛我者？雖擢筋碎首，無可稱報。

今世賢愚，所急無過財貨。先生亦嘗罄其囊槖，舉以周窮乏者。稍失其歡，謗議沸騰，操戈反噬，種種惡相。旁觀代爲不平，思置刃其腹。先生不以爲駭，若云此交情中所必有。人方歎先生之厚，而余反病其待士之輕。先生釋巾，歷官中外垂二十年，易簀之日，田業不過千金。人方悟先生之廉，而余尚病其多。早知不願立嗣，有五分均分之説。何不早散之，使人無可欲，則盡爲孝子廉士，成禮讓之門，何至如今日紛紛乎？

癸亥三月，先生視閩中學政，聞生父府君訃，還楚，便道過吴門，見于舟次。有時破涕爲歡，而神情索莫。言及家門淪胥，及司訓公歷年行事，輒嗚咽失聲。自云向汲汲生子，欲以慰老人，今念絶矣。余深以本支乏人爲不可，勸其且寛婢媵一途，遂滋浮議，余之罪也。

甲子早夏，遣信入吴，書稱日來研精内學，于《楞嚴》有獨詣，一掃從前注脚。日有所録，恐一年後遂可成書，因録寄昔年與賀可上往復數則。且云欲長齋而未能，姑去其甚者。

至乙丑正月二日，閩中許玉史見過。許名豸，先生督學時所取士，中甲子省試。踉蹌投刺，云：「途路傳聞鍾師已歸道山，吾甚惑焉，將入楚弔之。」余謂：「子必無憂，五六年間傳凶問者，不一而足，余已習聞之矣。子姑獲雋南宫，再議行止。」及許子下第南還，爲三月廿六。再詣余，云：「子殆智人，先生竟無恙。從孝廉譚元芳扇頭見其十一月間送行詩，譚云：『時有小疾，不至如傳者所云也。』」四月廿三，余從包山歸。入門聞楚語，乃竟陵遣信并雜物寄贈，意出望外，如再獲一鍾先生矣。書云：「吴楚風煙，淼然數千里。以買茶爲名，一年通一信，從今以往，可遂成故事也。」因手録前後贈答諸篇，有關于烹啜、采焙者皆附焉，名曰《茶訊詩》。新築草堂，字之「懷歸」。遠遊無期，呼余一往。兼以《楞嚴如説》成，寄示二卷。余日夜討問楚地程途，待卜居事竣，泝沿而上，就見于新齋，把其臂而捋其鬚。竊怪半年以來，絶不夢見，余戲爲詩，有「佳期漸近偏無夢」之句。豈意心事乖違，遂至今日乎！十二月上旬，胡遠志述公安袁未央語，但未詳解化月日，遂動儌倖之想，庶幾此問不真。至廿二年間楚僧來，始得其實，并聞嗣子以争財搆訟，重其身後之累。嗚呼痛哉！猶幸屬纊時心事了了，談笑而逝，以此差強人意。

余今髮齒向暮，學業無成，先生垂絶之辰，不知如何繫念？而今不可想像矣。余年三十六耳，善相人李生稱余賤而多壽。此言果驗，未審何年月獲追陪于泉路。情緣不斷，他生必爲師友父兄，祇恐改頭換面，不復記憶。奈何！奈何！先生昔日疾痛疴癢，無不關余寸心，每有所聞，憂喜係之。計此交情，一人而已，使更有人焉，痛切如是，亦不勝其煩也。豈圖今日遽成夢幻，冤酷奈何！設祭之日，陳述往昔，淒斷哽塞，不成文理。涕泗横集，書不成字。惟冀千里之魂，有以諒我。先生啓手足辰，已受五戒，故不敢進一觴，但以茶香作供。余未死以前，歲時設祭，用爲永例。

又

天啓六年五月初二日，竹亭僧歸自岕山，擔茶至東城書舍。初八日，徐波設鍾先生靈位，敬進一杯。跽而陳曰：去年此日，買茶使者歸在途矣。書所云「茶時通問，用爲永例」，今得無遂已耶！去年六月使還，先生已不能飲，而況今乎？每歲寄茶，必疏湯情火候，珍重累幅。竊計以爲，事在臨時，手與器相習，而後可責以香色，紙上之語，終屬影響，期置鼎于松風澗水邊，相對一啜，乃爲快耳！今此一杯，係波手自烹煎，較之千里相餉，庶幾親切也。凡囊盛箬裹，梅雨江船之役，止于乙丑初夏。几筵漠漠，酒滴灰香，又始于今日矣。

（見鍾惺《鍾伯敬先生遺稿》，附刻）

【十二】處士振所王公墓誌銘

予爲諸生時，愛西洞庭山水之勝，數往遊焉。洞庭在五湖巨浸中，巖壑幽奥，邈與人世隔絶。居民淳厚渾讍，有太古遺風，故多耋期上壽之人，而王公振所其尤著者也。惜予生也晚，不獲親覩其儀容，然屐齒所過，山間故老，往往道公行誼之高，學問之純。予心儀贊曰：「箕疇五福，以壽爲首。」燕蔡澤亦謂：「富貴我所自有，所不可知者，年耳。」則甚矣壽之重也。有壽然後能享諸福，故彼蒼恒鄭重而不輕予，必其人積德深厚，乃始克膺其福。《書》稱「天壽平格」，《魯論》稱「仁者壽」，良有以也。夫人年七十，且曰古稀，況齒逾耄耋，無疾而終，非甚盛德，孰能邀天之佑若此乎？余故録其行誼，以徵天人合一之理云。

順治十有二年秋八月，竺塢徐波謹書。

（見王臣錩等纂修《湖南圻村王氏族譜》）

【十三】徐居士與幽溪書

誠兄遠來，得書爲慰。弟子去秋自錢塘渡江，即肩輿至長明，問訊吾師近信。見山裝束縛兩邊禪床上，問寺僧，皆不知。無可尋思，只得出門。不意纔離此，誠兄即到。片晷參錯，遂不獲與師一把袂而别，悵恨可言？

來教云致書與吴本如甚易，恐弟子立心不堅。何師之過於慎哉！抑似未深知弟子者。夫子嗣，人所至急，弟子雖貧賤，豈宜令先人無嗣續？秖因捨宅堅決，恐一旦見懷把〔按：「把」，疑應作「抱」〕中物，稍爾姑息，便致蹉跎，故今年逾三十，而不畜妾媵。深心如此，豈可忽哉？但弟子今日已將一具寶廬托付吾師，目今須少兩項：一則要尋當世顯人不顧毁譽者，轉致撫按；一則要一大善知識收服衆心，轉眄之間，便成一大叢林。心滿意足，弟子雖斷臂焚身，不足稱報萬一。稍可虞者，有兩老母年各望六，然亦顧不得，俟一發端，便覓善處安置之。不然，只得以死事之矣。弟子作書時，諸佛菩薩臨之在上，何必向佛前設誓？況弟子向佛祈禱，亦願心事早畢，即便迴首，不耐久戀娑婆。目今生子之道既絶，朝露電火之身一死，先人不得血食，房子又爲族人占去，方爲天地間罪人也，故捨宅不得不汲汲也。有便先付吴公書來，容弟子往與之商議舉事，吾師亦爲我多方畫策爲感。

外長詩一篇，奉寄文心師兄粘之屋壁。文心體素單弱，病後比復何似？此吾師左右手也。渠去年追隨在遠，客中無主，便覺紛紛。渠肩更尋一精勤不嫉妬者分憂，方爲善後之策。弟子蒙師厚愛體悉，如家人父子，故敢效其區區，莫謂嫠不恤其緯也。慈顏在遠，瞻望無從，拜首不勝悲涕。弟子徐波和南。

（見釋傳燈《幽溪別志》卷九）

【十四】無題〔與友人書〕

偶過雙塔寺，是先生去秋栖托之地，重至無期，悵然有作，具草呈正。社晚生徐波頓首。文焦先生。

（見吳修《昭代名人尺牘》卷二）

【十五】重遊四宜堂記

余弱冠時，從叔父文江公入山探梅，晚憩萬峰書院。吾叔曰：「此古四宜堂也。」于時雪月滿天，寒香沁骨，幾不知身在人間世。後數年，我兄弟習静山堂，余復得非時過存，蒐討益奇。未幾，我叔、我兄弟相繼仙去，又三十年，余已頹然古希。間一謁堂頭剖公，則琳宫梵宇，金碧輝映，四宜舊觀，又傑然新搆矣。古桂依然，修竹無恙，當年風景，矐矐在目，老人多思，能不睹平山山色而欷歔哉？是爲記。

（見周永年《鄧尉聖恩寺志》卷十八）

【十六】佚題

世尊説法，四衆同集。法華會上，比丘尼與諸大弟子等記作佛。奄及末運，以逮今時，出頭露面，幾成戲事。盲參瞎仰，斷送佛法。

又

潮音師坐脱立亡，臨終瀟灑。生前不炫弄，不誕謾，死時用得著也。

（按：上引二段文字見錢謙益《坐脱比丘尼潮音塔銘》所引元歎語。見錢謙益《牧齋有學集》卷三十六）

附：徐波佚文待訪目

六聲詩草（著録於《（康熙）寶慶府志》卷二十六）

明釋文察一水血書楞經跋（著録於張鑑《冬青館集·乙集》卷七）

送僧大員序（著録於《（同治）長興縣志》卷十五）

齒塔銘（著録於王欣夫《蛾術軒篋存善本書録》，辛壬稿卷四）

唱酬題詠

目録

今輯得八十七家各體詩二百一十八首，文十八篇，書札十通，兹按作者生卒先後排列。

范允臨（一五五八—一六四一）

徐元歎内弟五十得八韻

旭日炤窮巷，幽然掩竹扉。三生無骨相，五十始知非。不曳朱門裾，惟珍蒼碧几。寧馨終抱子，洋泌未言飢。詩以真爲貴，名因遯益肥。看君多意氣，顧我少光輝。衡宇雖相望，過從每恨希。聊持一杯酒，祝爾舞萊衣。

（見范允臨《輸寥館集》卷一）

王心一（一五七二—一六四五）

四月初六日王覺斯過訪歸田園偕徐元歎蔣伯玉顧青霞小飲

園居倚城北，聊以寄幽意。花盡緑自肥，逶迤路更邃。我家王子猷，遠道移舟至。乘興四時好，賞茲結搆異。披襟話同心，繞坐擁蒼翠。但暢彼我懷，酒憑客自醉。庶幾仰高踪，用續蘭亭會。鶴嘯披岑寂，梵聲來鄰寺。池光動新月，林影碎滿地。坐久復忘言，悄然起詩思。

（見《（乾隆）長洲縣志》卷三十四）

鍾惺（一五七四—一六二四）

秦淮晤别詩 晤徐元歎，别吴去塵。

子來望之夕，桐月照新涼。是時子見我，空緑猶霑裳。今春約過子，梅花不可忘。蹉跎遂首夏，各道梅子黄。子心自冰雪，如擕鄧尉香。曰予往不易，子來焉可常。所寓近淮流，可以日舟航。如何四月望，忽忽欲端陽。有美得吴子，况皆婉清揚。復有何異同，良晤猶相商。淮流三十夕，夕夕明月光。今雖屬晦夜，積暉如清湘。吾弟共斯契，我舟弟則牀。可見佳情事，意外多所妨。子雖來十日，但如始至觴。吴子諱言别，引衣已欲裝。子又云此後，别予隱石梁。此夕暫復暫，前後一何長！汩汩百念至，未暇及文章。

（見鍾惺《隱秀軒集》卷四）

城南古華嚴寺半就傾頽奇爲清崎同一雨法師徐元歎陳磐生往訪詩紀冥遊兼勸募復

六載秣陵人，自許遊棲熟。所愧城南寺，前此未寓目。懷新快初至，詢仰得前躅。數里聲香中，人我在空緑。金碧感廢興，林岫增幽獨。佛事寄花果，僧意安水竹。微雨灑新陽，群有俱膏沐。净地不必言，亦可備登矚。先往勸同心，静者來相續。庶借奔悦情，共爲信施勖。

（見鍾惺《隱秀軒集》卷四）

商孟和惠妙紙予託爲作畫贈别徐元歎

山水傳筆墨，相關深未深。又況借人手，代予贈友心。代者何人哉，心手能相尋。妙繭引人意，欲畫中沉吟。爰念所贈友，即君素所欽。胡不遂命筆，君意亦欣欣。經營停放間，意到生霽陰。數樹滿未半，溟濛如重林。泉流烟香内，一縷界層岑。既成笑相視，春風吹我襟。未免各散去，留者四壁音。予歸時相思，憫默援素琴。

（見鍾惺《隱秀軒集》卷四）

吴門别孟和還閩與元歎同作

君作盡頭送，送盡亦須離。茫茫念前後，遂生盡頭悲。何如送速返，爲别今多時。湖山吳越路，與君春共之。鶯花隨水陸，同爲行者儀。相送漸相忘，別時始各知。君反作歸客，邀作送君詩。

（見鍾惺《隱秀軒集》卷四）

戢楞嚴注訖寄徐元歎

閱人數十載，不容不索居。咎譽去已足，此外何所須？豈知獲微效，習静心跡俱。縱非懲惡友，亦當反我初。禁足廢參訪，良朋亦遂疏。辛勤補孤陋，精進資顓愚。法味自供養，不復觀他書。諸根本鈍闇，無力及其餘。七載求密因，心見欲豁如。淺深示真月，究竟是非除。因果同本性，頓漸殊常途。當其銜攝際，交光非有無。檃括取其要，餐採聊自娱。人生非麋鹿，何怪限荆吴？萍逢猶偶值，豈終隔一隅？但恐再相見，冉冉猶故吾。

（見鍾惺《隱秀軒集》卷四）

瑞光寺燈塔歌塔中燃燈一夜，太湖三日無魚。是夜與徐元歎同遶塔賦此。

大哉悲光照何許，慈力難名拔衆苦。一宵塔下暫燃燈，三日湖中堪斷罟。未了衆生生死緣，殺生放生竟何補？光中大衆念佛聲，衆生尋聲同往生。無生可放何處殺？流水長者坐忘情。願同湖山捕魚者，蓮花香裏共經行。

（見鍾惺《隱秀軒集》卷五）

虎丘贈别徐元歎

出城不言送，猶只作閒行。寒月虎丘路，孤燈明夜情。真文關世運，幽賞略時名。吾子尚良食，前途勿自輕。

（見鍾惺《隱秀軒集》卷八）

月下新桐喜徐元歎至四月十五夜

是物多妨月，桐陰殊不然。長如晨露引，不隔晚涼天。緑滿清虚内，光生幽獨邊。懷新君亦爾，到在夕陽先。

（見鍾惺《隱秀軒集》卷九）

感歸詩十首

其八

窮覓歸依路，愁予但口談。徐元歎書來云云。得生輕寵辱，用死勝嗔貪。悟晚終無退，心堅在一慚。鈍根磨正厚，愛我者相參。

其九

謬云名與實，官不益微躬。三月一眠後，諸緣皆夢中。除醫無切用，學道有宗風。捨宅聞吾友，歸慚尚築宫。元歎近事。

夏日遊攝山同王惟士徐元歎胡元振

徂夏成兹往，入春同此心。鶯花相待滿，林壑至今深。宿處逢山雨，歸時記澗音。連朝陰霽裏，有意便棲尋。（見鍾惺《隱秀軒集》卷九）

别元歎與孟和送至無錫。

同送歸閩客，送君猶未遑。誰知停棹近，已是别途長。去去皆良友，遥遥尚故鄉。明年春草日，此地莫相忘。（見鍾惺《隱秀軒集》卷九）

七月十五日試岕茶徐元歎寄到二首

江南秋岕日，此地試春茶。致遠良非易，懷新若有加。咄嗟人器换，驚怪色香差。所賴微禁老，經時保静嘉。

又

千里封題秘，單辭品目忘。元歎未答予茶詩。在君惟遠寄，聽我自親嘗。曾歷中泠水，當添顧渚香。病脾秋貴暖，啜苦獨無傷。

（見鍾惺《隱秀軒集》卷九）

讀元歎詩不覺有作

詩亡豈遂絶真詩？喜得其人一實之。怒駡笑嬉良有以，興觀群怨想如斯。禽魚鳴躍叢淵下，草木勾萌雷雨時。巧力非天亦非我，後先機候可能思。

（見鍾惺《隱秀軒集》卷十一）

遣使吴門候徐元歎云以買岕茶行

猶得年年一度行，嗣音幸借采茶名。雨前揣我誠何意，天末知君亦此情。惠水開時占損益，洞山來處辨陰晴。獨憐僧院曾親焙，竹月依稀去歲情。元歎有《虎丘亭僧院焙茶見寄》詩。

（見鍾惺《隱秀軒集》卷十一）

早春寄書徐元歎買岕茶

含情茶盡問吴船，書反江南又隔年。遥想色香今一始，俄驚薪火已三遷。歲一買茶，今三度。收藏幸許留春後，遵養應須過雨前。何處驗君新采焙，封題猶記竹中烟。

（見鍾惺《隱秀軒集》卷十一）

訪元歎浪齋

讀詩交已定，相訪庶無猜。室與人俱遠，君攜我共來。庭空常肅穆，樹古自低徊。積學誠關福，居心亦見才。棲尋欽舊物，坐卧出新裁。寒事幽堪媚，冬懷孤更開。鳥聲園所始，燈影漏先催。静者方成悦，冰霜照夜杯。

（見鍾惺《隱秀軒集》卷十二）

徐元歎再至金陵過訪將歸吴門送之

已非碌碌舊吴蒙，神宇今番又不同。愛我門庭仍似水，看君衫袖欲從風。爲期珍重冬春後，相晤蹉跎花鳥終。每夜坐皆邀好月，兩年來必值新桐。主賓蔬茗高人福，語默冰霜静者衷。生死到時思善友，倡酬忘處見名通。覿顔翻作難遭想，刮目常生屢別中。但使重逢各精進，莫悲歧路暫西東。

（見鍾惺《隱秀軒集》卷十二）

熱甚偶憶去歲過吴門閲徐元歎所藏周武王扇暍圖

四海清涼玉露林，道傍偏念一夫深。從官不敢輕陰立，天子停車赤日心。乙丑藏稿。

沿迴十五六年中，早晚長安局幾終？陰晴俱從中路變，教人何處學古風！（其一）

拊心打手事填胸，日暮途遥莫適從。新報初傳朝事變，書空咄咄未開封。（其二）

閑尋近事剔銀缸，百感中來不可降。誦到《楞嚴經》半偈，虚聲隨意落寒窗。（其三）

故事聞言引咎辭，年來老子貴頑癡。誰知聖主偏遺耳，別有能明四目時。（其四）

歎笑蜉蝣楚楚衣，如兹朝暮未爲非。黄扉緑野平生意，直得今來一放歸。（其五）

兩朝起廢日無虚，事定當年賜玦初。莫訝一時多逐客，也留他日備徵書。（其六）

風波意外各驚鳧，三窟經營在半途。倉卒前功真可惜，眼前接手一人無。（其七）

千尺孤松不可躋，須臾忽具鵲巢棲。憑高下視身無幾，不必兒童更去梯。（其八）

謀成何事不能偕，轉眼從中處處乖。閉閤亦須深自省，莫教閉日怨風霾。（其九）

汲井無多水一杯，燎原烈烈一時催。而今無限題門意，不必終身是死灰。（其十）

河清難俟蠖難伸，禄位終還壽考人。歸語兒孫勤禮祝，但留父祖百年身。（其十一）

崑崗一炬已俱焚，三獻宮門日有聞。今日行藏須早辨，他時完缺更難分。（其十二）

日下寒暄不必論，復來雨覆與雲翻。情知有返春明日，今日天涯出國門。（其十三）

一番封殖一摧殘，閒眼閒身穩坐看。簷霤繇來尋舊跡，暫時得意莫彈冠。（其十四）

巢卵相依出入間，焚林更覓故居難。歸途群鳥遥呼問，只道高飛倦欲還。（其十五）

分飛只似矢離弦，袍笏倉皇簡未全。開篋乍驚腰下物，原來金玉故相懸。（其十六）

一身事外一逍遥，展書翻經去日銷。閒閲有明諸廟録，開緘怯到武宗朝。（其十七）

呼引同升慶拔茅，薰蕕亦覺太分淆。似知有棄須多取，收及茶苗惡竹梢。（其十八）

簪筆原堪備鐸銚，中丞何事代牢騷？就中妙著看先後，不必紛紛下子勞。（其十九）

未遑隨例唱驪歌，自是天威引避多。從古逐臣原有體，當時賓友少相過。（其二〇）

偶爾株連莫怨嗟，騎驢歸問故侯瓜。勉留異日相逢面，共看京都去後花。（其二十一）

不記玄黃戰幾場，謀身得失定相當。身名俱有人無恙，只見紛紛佐鬬場。（其二十二）

還里知交各寄聲，俱云望重一身輕。誰知堅坐平生意，不愛區區勇退名。（其二十三）

先朝要路若晨星，雨露雷霆總不形。天子從來唯穆穆，無言無事是威靈。（其二十四）

捫蘿覓徑隔層層，疾足先登亦自能。最是一班難上下，乘虛未半壁先崩。（其二十五）

同時諸老與深謀，何得長沙獨見留？能保朝無甘露變，不須去婦得重收。（其二十六）

離群失路亂投林，困極由來不擇音。得意之鄉偏勿往，行藏別自有深心。（其二十七）

攜手同歸北又南，重來相見鬢髿髿。作官太速翻無味，且待喉間橄欖乾。（其二十八）

徘徊寵辱總□□，龍德先明見與潛。納履正冠原不避，中人瓜李不須嫌。（其二十九）

順風舟水若相銜，此際何人守一岩？今日也須停一步，讓他快使片時帆。（其三〇）

（見鍾惺《隱秀軒集》卷十四）

程惟德詩序

吾邑中，夫人而爲詩也，猶粤之鎛、燕之函、秦之廬、胡之弓車也。予是以不敢爲異，而不能不爲詩，非真能詩也。非真能詩而不能不爲詩，則當其意滿才窮，嘗有時乎不爲詩，雖邑中人或亦不罪予異。

程惟德之于詩，無時而不爲者也。甲寅，惟德以予官於北，持其詩，陸行三千里而訪予，不知予先已奉使而南矣，若相避焉。今年辛酉，予官于南，惟德又持其詩，舟行二千里而南，予不能避也。然予以病後不敢爲詩矣，又若相避焉。予雖不避惟德，而其迹疑于避詩。何者？以不能詩之人，特以不敢爲異之故，起而爲詩，則其於詩也，福德不厚，機緣不深，宜其時與地之相左也。

惟德之未至白門也，譚友夏爲之致書於予曰：「惟德詩可愛，其人可敬。君又得一徐元歎矣。」徐元歎者，吴人徐波，予己未遊吴，所特許其詩，序之，而使有詩名者也。惟德胸中挾一徐元歎以來，謂予之必序其詩，不知此二年前事也。士隔三日，時勢興願，爲之一變，況二年乎？即友夏此語，似猶未知予之有時乎不爲詩也。且非獨予不爲詩而已也。其去年予弟悛死，其秋，予病亦幾死，元歎遺予書，以生死事大，戒予爲詩，而勉予學道。其言絶痛。元歎，忠恕人也。戒予爲詩，必以身先之。元歎之不爲詩也必矣，而予又安能序元歎詩乎？孟子曰，「彼一時，此一時。」予故於惟德一人之詩，自恨其福德機緣之巧于相左，而不能不愛其詩，敬其人，是以又爲之序也。

（見鍾惺《隱秀軒集》卷十七）

自跋茶訊詩卷

吴門買茶之使，在予已成歲事。人笑其迂，不知其意不在茶也。予與元歎，吴楚風煙，淼然天末，以顧渚一片香爲鴻魚之路，往返間書可必得，如潮信之不爽。中間或元歎寄詩而予未及答，或予寄而元歎未答。今兹乙丑歲之使，以四月八日自家而發，有詩奉寄。因彙前後兩年之作，書之一卷，題曰《茶訊詩》，未和者補之。歲久積之成帙，亦交情中一段佳話也。

（見鍾惺《隱秀軒集》卷三十五）

楓橋夜泊戲題徐元歎扇頭小影

山頂露，漸棄冠巾；詩肩聳，已擬負薪。持以障日，其中空洞無物；以手捫摸，亦熨貼而無不勻。何以清宵談話，杯酒入脣，肝腸磊塊，思以頸血濺人？恩仇滿世，何難用此幻泡之身！

（見鍾惺《隱秀軒集》卷四十一）

與徐元歎

弟自入閩後，魂夢不寧，刻刻思歸。不意有家君之變，非惟罪逆所招，亦志氣之動也。今自江南歸楚，更有商孟和相送，與仁兄一晤，又苦中良緣也。

爲官至勞至俗，三過武夷而不能入。至於詩，則一字不敢題起矣。歷覽佳山水，惟武夷可攜家而居。今一别不能忘情，作三日之遊，得記一首、詩廿六首。先寄稿於兄，並望速招工精刻之。弟初四、五可至吴門，尚有數日之留，欲以此刻本付送閩中相知，重刻之山中，故不得不急也。

又弟此歸楚，誓不作官，亦不甚望生子。惟是不爲官，則雖在家亦稍求自在安養。弟妻妾之不同居，兄之所知也。但此歸妾之父母既遠，則一身難以獨居。又弟前出妾二人，此人理之常，而室中皆委爲妾不容妾，欲重其罪，渠冤無所告。意欲於吴中求一體稍厚、性稍靈者爲伴。尋常買婢，即人家養女亦無不可。兄學道人，不宜以此相慁，然通家之誼，舍兄無可謀者，幸爲謀之，待弟來而享其成則妙矣。

又

讀所寄《静土三妙門》，始知念佛一事不可視爲太難，亦不可恃其太易。雲棲之言念佛，似只須口誦，便可往生。彼非不欲知幽溪所言，恐人以爲難，反生退轉，不若且引之口誦。幽溪深極之論，恐人視爲太易。然不善會之，亦能生退轉。益信《大勢至章》，圓妙合藏，思之有餘，用之不盡也。

《楞嚴》説修行始終，上下巨細已盡，不讀此何處著手？交光所解，終勝諸師。弟始厭其煩，細看一二卷，覺有歸落，不致使人見其文之愈妙而愈生疑也。惜無暇日得徹看之。

弟于南藏業已印請。然須五十外斷卻一切世事，並詩文亦斷之，方可打算一過。然使弟去年病死，已無今歲矣，況五十乎？此今世學道人通患也。

《金剛經》不能以筆墨訓解，只須多誦，胸中自能了然。但覺其語不犯重，思過半矣。

又

去歲六月初七始到家，與王明甫途中相左。明甫歸，得讀兄手札，頗悉近狀。兼得兄歸舟五言古詩，笑駡極深，不覺絶倒。偶録寄蔡敬夫，敬夫稱賞不已，還書索全稿，一時不在手邊，無以應之，止將紫竹扇頭三詩寄往。渠細細和之，録一小卷託寄兄，可見其慕士如渴矣。

静中取《楞嚴》新舊注，間出己意，約略成書。於《楞嚴》不知何如，於各注差覺簡明，然亦未嘗離各注也。此後當研心《法華》。蓋此經指點見成，止是證道分，見修二分全未説破。講者欲字字俱了，竟成一字不了。若不必求明白，則信心終於不真，縱不敢謗，不能不疑。今之自謂不疑不謗者，非真有所見也，特怵於地獄之説，而勉爲面從耳。

《史記》下部看完，並《家傳》四册，春間專人寄至，想已得達。今有七言一律，一書扇、一書册，一詩而數字不同，書兩處者，欲兄指示義孰長，以爲從違耳。又一古詩奉寄，中頗言杜門索居之故，語及惡友，似非學道人所宜。然以此習静，得一意精求佛法，心實德之，或宿生調達，世世相隨，未可知也。

單使遠行，奉致小物，不及另狀。去歲所寄岕茶，至今色香無改，蓋經兄手製耳。每一烹啜，爲之黯然。

又

荆、吴天末，一歲止一通候，皆以買茶爲名，茶之爲功大矣。今復届期，遣使如例。作一詩奉寄，仍録去歲詩並《試茶》二作於卷，亦自可成話柄也。

弟去歲春夏之交，欲愛幾枯，想念不作，而脾病相嬲，削弱彌甚，數十步之近，數息而後能至。一以静勝之，久亦獲效。讀書學道，有得無得，或淺或深，俱以身心日用、喫飯睡眠處驗之，頗覺有少分受用，煩惱二字，較前爲輕。

弟所輯《楞嚴》注，已有成書，名曰《如説》。今摘出弟所見者録寄。然亦自二卷而止，餘俟續致也。

静思人生在世，無故而受人大毒大謗，自是前生負彼，今得酬償爲幸。若不應時銷去，留爲報復之地，是還債而又借債也。構一居爲静攝終老之地。遠游無期，兄少壯尚可作楚游也。轉求趙凡夫書「懷歸堂」三字及「松竹生虚白，階庭横古今」一聯，幸以相寄。

（見鍾惺《隱秀軒集》卷二十八）

沈德符（一五七八—一六四二）

吴中大雪同徐元歎徐清之孫人甫楊尹眉入山范長倩邀登天平閣出家妓佐酒奉疊元歎來韻

序遷寧恨晚，景絶强名奇。鋪井真調餅，堆奩儼畫脂。毯紅疲馬俊，頂白稺松衰。門啓僵甦處，江空釣罷時。細烹添水品，碎踏勇山期。估客敲蓬語，窗姝映閣窺。鷺吭飢失岸，狐跡惑多岐。甲乙談方快，宫商譜乍移。煖槽舒鳳尾，寒粟綬雞皮。户列真三粲，村開倘一枝。春人諳冷韻，秋士理餘悲。冰斷侵尋合，蓬枯聚散吹。歸程疲遠泊，導火乞疏籬。（見沈德符《清權堂集》卷三）

季秋訪徐元歎故鄣新居次元歎來韻

未覺籬窮已有門，蛩堦人定始聞喧。衰林□作歸根想，籠鳥□□受豢恩。夜火耀汀□惑岸，秋花繪徑不疑村。寓公□□□成主，欲割雲松詎忍言。（見沈德符《清權堂集》卷六）

元歎寒夜見訪

曲几殘尊寂自私，侵宵剥啄鳥先疑。偶然欲醉君難去，何者爲賓我不知。蘚庇樹身投葉早，菊藏籬眼授香遲。雪舟冷韻寒齋話，又作來朝易地思。（見沈德符《清權堂集》卷六）

季夏同王峨雲大司馬集吳門徐清之園林觀家伎時徐元歎文學何李衛三姬同集即席贈别司馬公二首

八騶六纛憩江干，衮繡能齊野褐歡。座上珠琲賓握麈，扇中金翠女乘鸞。菰蒲晝挾深烟暝，瓜藕炎生急雨寒。前隊貔貅後鶯燕，知君只作打圍看。（其一）

軟障輕褣恰受風，舞堂裙映燭花紅。松酬歌吹諸林異，荷作威儀萬柄同。棐几擘牋雲乍捲，文簾影髻月方中。儘教絲竹圍棋樂，屐齒還愁惱謝公。（其二）

（見沈德符《清權堂集》卷十五）

姚希孟（一五七九—一六三六）

宿中峰同徐元歎蒼雪汰如二講師及諸高足分韻

露冷蛩聲咽，林疏佛火含。閒雲攜過嶺，宿鳥喚歸菴。入室觀虚白，開窗見蔚藍。漫誇生與肇，支許亦同參。（其一）

逋客經時約，歡言在此宵。繩牀縈薜荔，蕙帳捲蛸蛸。八載追殘夢，一燈續舊要。當年玉局叟，知己是參寥。（其二）

（見蒼雪《南來堂詩集·附録》卷四）

周永年（一五八二—一六四七）

過元歎新齋

屋後重開徑，新栽竹樹疏。出留僧守舍，坐傍佛攤書。多卻買山隱，忘爲近市居。猶憐纔塞向，野色隔庭除。

（見朱隗《明詩平論二集》卷十一）

小除夕作與淵公兼寄元歎

無家已五年，爲客媿此夕。黽勉事行游，終歲限一息。始自菰香山，積雪凍逾積。山樓與晏眠，掩户罷游歷。雨棲荒寺中，故國多怨戚。良朋勤遠來，次第慰疇昔。去年在苕水，樹樹梅花白。杯酌置花前，日以醉爲率。今逢湖上寒，就爾分眠食。熾火夜無温，昏鐙照土壁。因思五載來，人事屢更易。實公墓艸青，荒寺轉蕭瑟。苕水既阻修，書問亦遠隔。獨喜客歸吴，新居我城北。無能成還往，始更愁孤跡。

（見周永年《吴都法乘》卷二十二下之上）

徐元歎自故鄣仍返吴門

住山亦似入廛難，來往移家春屢殘。船載空厨書滿篋，籠開新茗箬裁冠。過情白足離情苦，乘漲黄頭醉語歡。聚塢楊梅今又熟，不教只作弁山看。

（見黄傳祖《扶輪集》卷十一）

錢謙益（一五八二—一六六四）

戲題徐元歎所藏鍾伯敬茶訊詩卷

鍾生品詩如品茶，龍團月片百不愛，但愛幽香餘澀留齒牙。徐郎嗜茶又嗜鍾生詩，微吟短咏爬癢處，恰是盧仝飲到搜腸破悶時。鍾生逝矣徐郎慟，吟詩啜茶誰與共？生平臭味阿堵中，生作茶郵死茶供。今年徐郎示我《茶訊》篇，兼攜好茗穀雨前。坐聽松風沸石鼎，手汲雲浪烹新泉。茶罷還枕石磵眠，沉吟茶詩欲泫然。高山流水在何許，但見風輕花落縈茶煙。我不解茶，又不知詩。一碗兩碗天池六安茗，一首兩首黄金白雪詞。懵騰茗艼良足樂，清吟韻事非所宜。還君此卷成一笑，何異屠門大嚼眼飽胸中餓。

（見錢謙益《牧齋初學集》卷九）

姚叔祥過明發堂共論近代詞人戲作絶句十六首

其十四

安期周永年下筆無停手，元歎徐波撚毫正苦心。贏得老夫雙眼飽，探箱拂壁每長吟。

（見錢謙益《牧齋初學集》卷十七）

徐元歎六十

飄然領鶴駐高閒，石户雲房處處關。萬事總隨青鬢去，此身留得翠微間。隱將佛土逃三劫，貧爲詩人鍊九還。若問少微星好在，鈎簾君自看西山。

（見錢謙益《牧齋有學集》卷二）

次前韻代茂之

誰於斯世得蕭閒，兩版衡門許閉關。老去風懷消浄業，窮來詩卷滿人間。花深野老尋春至，月白林僧破夏還。莫道靈光容易在，劫灰不盡有青山。

（見錢謙益《牧齋有學集》卷二）

徐元歎勸酒詞十首

皇天老眼慰蹉跎，七十年華小劫過。天寶貞元詞客盡，江東留得一徐波。（其一）

項背交游異世塵，衣冠潦倒筆花新。後生要識前賢面，元歎今爲古老人。（其二）

群少驚才互擊摩，美名佳句竟如何？倡樓樂府傳多少，聽取雙鬟第一歌。（其三）

半是哦詩半治魔，沉沉花漏轉星河。句中烹煅焦牙種，煉出新篇當羯磨。（其四）

斷袖分桃記嘯歌，沈侯懺謝六時過。香消睡足温殘夢，比較人間好夢多。（其五）

吴儂每詫好冠非，尋約偏嗟短髮稀。只有蓮花消瘦服，秋來仍以芰荷衣。（其六）

酒海花枝夢斷餘，鯌魚枯削恐難如。冷淘浄肉家常飯，不用門生議蟹䱉。（其七）

眢井荒臺愁殺儂，巢車無那老秋笳。新蒲近入靈巖社，共哭山門日暮鐘。（其八）

落木菴空紅豆貧，木魚風響貝多新。長明燈下須彌頂，雪北香南見兩人。（其九）

瓜圃秋風嘉會成，鄰翁泥飲欵柴荆。杯殘冷笑人間事，白帝倉空石鼓鳴。（其十）

（見錢謙益《牧齋有學集》卷十）

病榻消寒雜咏四十六首（其四十一）

落木蕭蕭吹竹風，紙窗木榻與君同。白頭聾聵無三老，青鏡鬚眉似一翁。行藥每於參禮後，安禪即在墓田中。永明百卷丹鉛約，少待春燈爛熳紅。懷落木菴主。

（見錢謙益《牧齋有學集》卷十三）

徐元歎詩序

自古論詩者，莫精於少陵別裁僞體之一言。當少陵之時，其所謂僞體者，吾不得而知之矣。宋之學者，祖述少陵，立魯直爲宗子，遂有江西宗派之説，嚴羽卿辭而闢之，而以盛唐爲宗，信羽卿之有功於詩也。自羽卿之説行，本朝奉以爲律令，談詩者必學杜，必漢、魏、盛唐，而詩道之榛蕪彌甚。羽卿之言，二百年來，遂若塗鼓之毒藥。甚矣！僞體之多，而別裁之不可以易也。嗚呼！詩難言也。不識古學之從來，不知古人之用心，狗人封己，而矜其所知，此所謂以大海内於牛跡者也。王、楊、盧、駱，見哂於輕薄者，今猶是也，亦知其所以劣漢、魏而近風、騷者乎？鈎剔抉摘，人自以爲長吉，亦知其所以爲騷之苗裔者乎？低頭東野，慬而師其寒餓，亦知其所謂横空磐硬，妥帖排奡者乎？數跨代之才力，則李、杜之外，誰可當鯨魚碧海之目？論詩人之體製，則温、李之類，咸不免風雲兒女之譏。先河後海，窮源遡流，而後僞體始窮，别裁之能事始畢。雖然，此蓋未易言也，其必有所以導之。導之之法維何，亦反其所以爲詩者而已。《書》不云乎：詩言志，歌永言。詩不本於言志，非詩也。歌不足以永言，非歌也。宣己諭物，言志之方也。文從字順，永言之則也。寧質而無佻；寧正而無傾；寧貧而無僦；寧弱而無剽；寧爲長天晴日，無爲盲風澀雨；寧爲清渠細流，無爲濁沙惡潦；寧爲鶉衣裋褐之蕭條，無爲天吴紫鳳之補坼；寧爲羸糲之果腹，無爲荼堇之螫唇；寧爲書生之步趨，無爲巫師之鼓舞；寧爲老生之莊語，無爲酒徒之狂詈；寧病而呻吟，無夢而厭寱；寧人而寢貌，無鬼而假面；寧木客而宵吟，無幽獨君而晝語。導之於晦蒙狂易之日，而徐反諸言志詠言之故，詩之道其庶幾乎？徐元歎少工爲詩，隱長城藝香山中，築室奉母數年，而其詩益進。元歎之爲人，淡於榮利，篤於交友，苦心於讀書，而感憤於世道，皆用以資爲詩者也。元歎之詩，爲一世之所宗。則夫别裁僞體，使學者志于古學而不昧其所從，元歎之責也。余故於元歎之刻其詩而舉以告之，且以爲學元歎之詩者告焉。嗟乎！江西之宗，不百年而羽卿闢之。本朝之學詩者三變，而榛蕪彌甚，元歎之不辭而闢之者，何也？

（見錢謙益《牧齋初學集》卷三十二）

香觀說書徐元歎詩後

余老嬾不耐看詩，尤不耐看今人詩。人間詩卷，聊一寓目，狂華亂眼，蒙蒙然隱几而卧。有隱者告曰：「吾語子以觀詩之法，用目觀，不若用鼻觀。」余驚問曰：「何謂也？」隱者曰：「夫詩也者，疏瀹神明，洮汰穢濁，天地間之香氣也。目以色爲食，鼻以香爲食。今子之觀詩以目，青黄赤白，烟雲塵霧之色，雜陳于吾前，目之用有時而窮，而其香與否，目固不得而嗅之也。吾廢目而用鼻，不以視而以嗅。詩之品第，略與香等。或上妙，或下中，或斫鋸而取，或煎笮而就，或熏染而得。以嗅映香，觸鼻即了。而聲色香味四者，鼻根中可以兼舉，此觀詩方便法也。」余異其言而謹識之。

春初游靈巖，於夫山和尚禪榻，得元歎新詩一帙。歸舟雒誦，撫几而歎。香嚴言燒沉水香，香氣寂然來入鼻中，非此觀也耶？元歎擺落塵坌，退居落木菴，客情既盡，妙氣來宅，如薛瑶英肌肉皆香，其詩安得而不香。牛頭栴檀，生伊蘭叢中，仲秋成樹發香，則伊蘭臭惡之氣，斬然無有。取元歎之詩，雜置詩卷中，剔凡辟惡，晉人所謂逆風家也。吾奉隱者之教，養鼻通觀，請自元歎始。

雖然，吾向者又聞呵香之說。昔比丘池邊經行，聞蓮花香，鼻受心著。池神呵曰：「汝何以捨林中禪浄，而偷我香？」俄有人入池取花，掘根挽莖，狼藉而去，池神弗呵也。

有學詩者于此，駢花鏤葉，剟芳拾英，犯東昏襪俗之忌。此掘根挽莖之流也，神之所棄而弗呵也。杼山論詩，科偷句爲鈍賊，是人應以盜香結罪。下視世人，逐伊蘭之臭，胖脹衝四十由旬，諸天惡而掩鼻者，其又將若之何？雖犯尸羅戒，吾以爲當少假焉。少陵之詩曰：「燈影照無睡，心清聞妙香。」韋左司曰：「燕寢凝清香。」之二公者，于香嚴之觀，其幾矣乎？雪北香南，清齋晏晦，願與元歎共之，用以證成隱者鼻觀之法，不亦可乎？

夫山和尚，妙于詩句，能以香作佛事。吾恐學人愛染著知見香，未免爲池神所訶也，作是言已，書於元歎詩後，并詒和尚觀之，以發一笑。庚子五月念五日，虞山蒙叟錢謙益書於紅豆閣之雨窗下。

（見錢謙益《牧齋有學集》卷四十八）

後香觀説書介立旦公詩卷

余用隱者之教，以鼻觀論詩，作《香觀説》序元歎詩卷。靈巖退老嘆曰：「此六根互用，心手自在法也。」金陵介立旦公，遣其徒攜所著詩，屬余評定。余自己丑讀《江上》詩，歎其孤高清切，不失蔬筍氣味，庶幾道人本色。今十餘年矣。余昔者論詩以目觀，今以鼻觀。余之觀詩者，已非昔人矣。旦公之詩，所謂孤高清切，不失蔬筍風味者，有以異乎？無以異乎？曰：「無以異也。」

古人以苾蒭喻僧。苾蒭香草也。蔬筍，亦香草之屬也。爲僧者，不具苾蒭之德，不可以爲僧。僧之爲詩者，不諳蔬筍之味，不可以爲詩。旦公具苾蒭之德，而諳蔬筍之味者也。其爲詩也，安得而不香？吾規規於目觀，以色聲求旦公之詩，偏絃獨張，清唱寡和，誠不欲與繁音縟繡，争妍而赴節。若夫色天清迥，花露滴瀝，猿梵應呼，疏鐘殷牀。于斯時也，聞思不及，鼻觀先參。一韻偶成，半偈間作。香嚴之觀，所謂清齋晏晦，香氣寂然來入鼻中者，非旦公孰證之？非鼻觀孰參之？吾今取旦公詩，盡攝入香界中，用是以證成吾之香觀也，不亦可乎？

或曰：「子向者有呵香之説。旦公矜愛其詩若是，池神則何以待之？」曰：「子不聞青蓮華長者之鬻香乎？池神之護香也，長者之鬻香也，其回向之大小，區以別矣。長者了知一切如是一切香王所出之處，了達諸治病香，乃至一切菩薩地位香，知此調和香法，以智慧香而自莊嚴，于諸世間，皆無染著，具足成就。長者所鬻之香，即人間羅刹界諸欲天之香，亦即池神所護呵之香，豈有銖兩差別哉！此世界熏習穢惡，伊蘭胖脹之臭，上達光音天。旦公現鬻香長者身，以蔬筍禪悦之香，作妙香句而爲説法。池神安得而呵之？若猶是餘塵瞥起，召吕命律，憎伊蘭而愛栴檀，則與夫入池取花，掘根挽莖者，一間而已矣。長者之别香也，斷惡生喜，令諸有爲，生樂著香，生厭離香。旦公，華嚴法界師也。吾請以爇香長者之香，助旦公之香觀，即用旦公詩句，代旦公説法，不亦可乎？」作《香觀後説》以訊旦公，并再質之退老，以爲何如？

（見錢謙益《牧齋有學集》卷四十八）

與徐元歎（二首）

《楞嚴疏》稿，五削草而未定。餘冬三月，重加删定，了此因緣。老眼寒燈，殊爲艱苦。坐此未得過山中把盞稱壽，此中殊癢癢也。子晉逝後，子羽又以危篤見告。撥忙往看，見其志氣清强，可以昇際神明，尚可望有起色也。斗轉參横，坐中酒人多落落逃席，惟後去者顧影自憐耳。推心净土，知兄已悟了自度。然相宗奥義，須一加研討，亦未必不是西來貲糧也。《勸酒》詩信口胡謅，不謂遂爲時賢傳誦，當是物以人重耳。雪北香南，以須彌山下有雪山、香醉山，愛其名美，所以喻高人所居，且僭以自況也。《石鼓》名句，得無應孫恩之讖乎？附及，以供一笑。

又

近來索詩序者頗衆，每一捉筆，便爲攢眉。獨爲吾元歎放筆，殊有生氣。果然有當於慧眼，亦可捧腹自笑也。日來脚氣作苦，想因日日繙殘經，鑽故紙，便應作折脚法師。今幸少差矣，然畢竟嬾出柴門，視虎丘、天池，如在天外。未知中秋前後，能破此鐵門限否也？新詩刻就，乞多惠幾册。閑中並欲覓舊刻一觀，能發興料理見付否？《平論》無續四之興，卻有《吾炙》一集，隨意攬取，不復倫次少陵之數篇。今見古人詩，頗多彷彿此意，正須佳詠爲壓卷也。華山天池，便應草深一丈。欲介、立、雪、藏輩來此，作山中好主人，而雪老又化去矣。昜伊起《華嚴》講期，又須三年。那得有一二閑僧，占此閑地？言至此，可爲一喟也。新點殊慰饞口，荒村但有麥飯麪餅。小孫輩見之，以爲異物。此雖戲語，亦可以見老人之落莫也。《後香觀説》，在上人函中，可索一看。諸俟面時方可傾倒耳。倘發興欲來，正不必以謝客爲解也。李秋孫常相見否？念之。昨有辭壽詩文一首，即日當呈看，卻要求袁重其作説帖傳送也。一笑！

（見錢謙益《牧齋雜著・錢牧齋先生尺牘》）

吴鼎芳（一五八二——一六三六）

會徐波

一自歸空寂，前因記未真。十年餘此晤，四海更何人。絮裊烟中月，萍移水上春。風吹燈夕夢，散入北邙塵。

（見錢謙益《列朝詩集・閏集》卷三）

譚元春（一五八六—一六三七）

得伯敬南中書作三詩記其新事（其三）

久交恩怨雜，能不廢初心。饑渴求徐子，神明錫好音。厭聞人愛惡，分共我崎嶔。暮得晨馳告，君真此念深。謂徐元歎，蘇州詩人也。

（見譚元春《譚元春集》卷五）

得蘇州徐元歎書

自顧無相識，書常報汝安。庶幾君不病，寂寞事多端。日月空山急，身心落葉乾。想應初逢處，必在萬峰盤。

其二

巖裏逢高衲，下山辭故遊。志嘗聞子勇，生益念人浮。燈火物相警，風霜天正愁。書來惟一恨，追我昔江頭。前二語，元歎事也。

（見譚元春《譚元春集》卷五）

徐元歎寄二畫詩

一爲仇十洲女畫櫻桃

寫鳥啄櫻桃，啄之意如渴。上口是何時，櫻桃子不落。

一爲馬姬湘蘭寄王百穀芝蘭圖

寫蘭兼寫芝，老妓心如乞。默思大易言，同心正一物。

（見譚元春《譚元春集》卷八）

伯敬閩歸得閩中曹能始王永啓商孟和蘇州徐元歎四書各題一絶句

交游散後與君親，未見君時作故人。書寄笑言詩寄魄，愁君兀兀只孤身。右得元歎書。

（見譚元春《譚元春集》卷十）

長安得徐元歎詩有寄因送顧青霞還吴門

如何君形影，乃覺都城遇。我無山川心，致君車馬句。塵糞不敢道，累君失君素。一舟易江水，慈親有日暮。貧養必以身，友尚可神晤。問我胡燕遊，我難答其故。面赤真無益，路窮行非路。含情送君友，愁心墮煙霧。

（見譚元春《譚元春集》卷十一）

丁卯仲冬夜拜伯敬墓訖過其五弟居易家四首（其三）

姑蘇徐逸士，香雨祭茶時。謂徐元歎，有《奠茶文》。寂莫常宜赴，江山不再歧。楓橋朋好路，桃渡古今思。勝此一抔土，君當無不之。

（見譚元春《譚元春集》卷十三）

伯敬在日歲以采岕茶寄書徐元歎名曰茶訊雨前有感寄訂元歎

泉烹雨采弄幽姿，頗爲生慚陋季疵。歲歲楓橋僧俗路，幾人魂魄在茶時。

（見譚元春《譚元春集》卷十五）

答徐元歎

天下作令者，吾弟差近古。大開冰霜門，高士窺空甁。天下結交人，無如亡友深。能從浮濁世，取人一片心。亡友但記生公石，尋君魂迷畫溪碧。君欲歸吴且莫歸，武源縣令音咫尺。止騶覓君舟，把火安君席。明日題書報家人，茶香酒沸纔一夕。我有江帆年年許，樵風不便頻誤汝。天遣吾弟結相於，照見平居家庭語。恩深讐大雞鳴朝，學道十載恨未消。儻就雲水他年約，退谷冢傍雙掛瓢。

（見譚元春《譚元春集》卷十六）

徐元歎自古彰附周彝仲寄書京師得盡讀新詩懷答二首

草屨垂吴市，柴門選畫溪。教予清夢迴，亦過秋香西。僻有僧知處，閑無鳥亂啼。芳菲驅使賤，覓句只端倪。（其一）

山畔昨相見，眉腮非世情。鄰家能若此，獨處想孤清。報佛燈無恙，懷恩淚不平。暗將鬚髮理，遥與共霜莖。（其二）

（見譚元春《譚元春集》卷十七）

與元歎遇武源官舍因憶亡友伯敬

夢魂堪訝此初逢，十載艱難看老筇。親領吟聲知好句，叨分道念抗塵容。溪流沸火寒三鼓，雨雪深衙隱一峰。亡友眼光猶掛樹，自然相待虎丘鐘。

（見譚元春《譚元春集》卷十八）

出吳江城外同徐元歎遠韻弟登周安期小閣望太湖吳門諸山

垂虹遠隔洞庭間，昨日長橋空往還。野閣無多三郡出，老人晴杖指湖山。

（見譚元春《譚元春集》卷十九）

樸草引

予嘗寄徐元歎詩，云：「想應初見處，必在萬峰盤。」終未與元歎實斯言也。實之者獨于七司直耳。

往入燕，知司直工詩而未與接。一日從之作西山游，位置泉巖之先後，雲物相答，僕蹇無聲，始與訂交，向白雲一拜，約此生燕楚黽黽，遥窮今古聲歌之憂，不以一韻自足。同游者皆曰：「子矜慎許可，目司直而老其盟，子何從知之？」予答曰：吾見其樸也。三百問之，民間真聲。可絲可管，漢魏以前。吐腸而止，蘇勸李酬。雖之夷狄，良不可棄。故元亮田疇飲酒之言，韋應物不能和之於唐，蘇端明不能和之於宋，則何也？文采恣川，而樸心不足以達於詠也。學樸者不樸，紛華之習，日薰其心，而外飾敝車羸服、高士之容，人必以爲不類也。司直詩書無所不涉，而中有淵沉之性，不隨古今增其浮艷。所居京華人物之海，賫鉛提囊以業於京師者，争一識司直。司直虚衷延覩，幾盡竹箭之美，而下簾封徑，若不識人間有何名流。眉宇淵沉之神，入于吟嘯，聽其所達，而不爲之動。故曰：詩者，性情之物，而性情者，皆樸之區也。區于樸，則古今聲詩之變，可以一事一句而逢之矣，韻也乎哉！姑蘇元歎有韻人名，予亦稱爲樸人，亦此意也。

（見譚元春《譚元春集》卷二十四）

寄徐元歎

年來音信之稀，心緒之荒，詩文之不進，游事之減少，皆生於蔡鍾二公之逝。甚矣！朋友之重也。去秋偶然一舉，尋罹大戚，人世寡味，豈待經此變幻而後悟耶？兄祭伯敬文，不但淚成血，血成白乳，乳又成金石矣。中所云「人方歎先生之厚，而予反病其待士之輕」一語，尤弟所服膺。交游之道，恩莫如知，感莫如規。規地上人，止見奇骨，規地下人，更見深情。弟閲天下所可談此者，元歎耳。茶香設祭，鐺甌告哀。當此際也，元歎伊何！伯敬素有倪元鎮畫，極其寶愛，臨終以歸居易。今在弟所，弟出入攜將，未嘗暫離。即用此畫作元鎮、伯敬二公祠，時以香煙作供，名曰「祠畫」，作《祠畫記》，頗自以爲妙想。

大都我筆妙想，即是前賢、先友精魂之所必歸，決定不妄也。伯敬與兄，每年茶時通訊，用爲永例。弟當繼行之，自明年始。如何？如何？

（見譚元春《譚元春集》卷三十二）

譚元禮（元春之弟，崇禎四年［一六三一］進士）

贈徐元歎

君爲泉來爲我來，察君神色幾徘徊。談深燭跋重重見，恰有殘光夜半開。

（見《（康熙）德清縣志》卷九）

董斯張（一五八七—一六二八）

見吳門徐元歎詩卻寄

亂頭坐爬搔，攜我忽青靄。鴈山五百里，飛瀑吹人帶。迺是吳會吟，一吟一思拜。識渠落想處，只與修竹對。楚風今快哉，江左導靈派。那緣熱惱境，清冷拂高籟。驟令寒暑幻，真有神物丐。露夕發蟲寐，秋燈結花大。

（見董斯張《靜嘯齋存草》卷十）

周治（？—一六三七）

與元歎同舟還吴門

猶得同舟出，不難先别山。獨餘他日想，更有送君還。草樹新晴後，眠餐一路間。故園留爾住，恐不似予閒。

（見黄傳祖《扶輪集》卷九）

春夜風雪懷元歎

梅花無漸次，風雪不曾愁。爲我孤吟夜，深山開一樓。夢多還出户，水淺未安舟。待得門前霽，柳絲緑漸柔。

（見黄傳祖《扶輪集》卷九）

菿香山尋元歎新居

路尋一水屢回互，過盡亂山纔入村。尚有落花邀繫艇，已看高柳露衡門，到來未暇稱幽勝，别久不難深話言。醉宿分燈渾舊日，溪雲落枕夢無痕。

（見黄傳祖《扶輪集》卷十一）

盧世潅（一五八八——一六五三）

答徐元歎次韻

吴會有畸人，老大能修辭。風氣所推轉，賢者亦隨時。君惟司獨契，遂與畦逕離。曾聞喆匠語，詩之義爲持。沿流遡其源，由干達于支。古歡無復響，苦調必涕洟。振臂謝徒侶，孤遊不復疑。微衷託豪素，天壤亦吾私。深則徹腦髓，清可鑑鬚眉。縱横一萬里，比肩可是誰？我實與爾好，隔在天一涯。三復寄來詩，慷慨有餘悲。（見盧世潅《尊水園集略》卷一）

寄懷徐元歎

江南才子許誰倫？老去徐卿日益貧。詩卷酒杯陶寫外，關情恒在楚中人。鍾、袁兄弟。（其一）

循陔奉母樂天倫，勁骨從來不畏貧。萬壑清冰三逕草，南州孺子是斯人。（其二）

共言衛尉齊奴富，幾道諸生原憲貧。鄧尉山中高隱客，謚簫堂裏著書人。（其三）

（見盧世潅《尊水園集略》卷四）

徐元歎未刻稿

同年友凌茗柯，亟稱徐元歎文行爲江南第一，余心識之。已會李寶弓，又稱賞不置，余益向往之。乃元歎不遠千里，扁舟相訪，茶酒内出未刻詩一帙，邀余敘之。余於此事荒矣，其何以敘元歎，而特有味乎元歎之人也？元歎純孝潔白，修身事母。一住罨畫溪十年，非其力不食，非其友不友。動静起居，晝夜晴雨，一寄之於詩，不得髓不已，不驚人不休，可謂登峰造極，絶類超群者矣！元歎於是和之以天倪，不即不離，落落穆穆。余從旁睨曰：「此元歎之詩品，抑元歎之人品也？」比與元歎深談，元歎殊不沾滯，如風吹水，適然而已。一至存亡友誼，生死交情，鬱勃之氣，猶見於眉間鼻上，若身自失職而志不平者。元歎殆將隱而未遽隱，聊與世相狎，而決不爲世所摸索，元歎蓋天際真人！所謂詩有生氣，須人捉著，不爾便飛去者也。茗柯、實弓聞之，亦以盧子爲知言。

（見盧世㴶《尊水園集略》卷八）

盧世㴶致徐波札二通

病中讀唐人詩，因愁勞之餘，不欲以拂逆語攖懷，單取一種娛悦容與之言，以消暇日。

又

與元歎談，殊不沾滯，如風吹水，適然而已。

（見周亮工《藏弃集》卷十三）

蒼雪讀徹（一五八八—一六五六）

和元歎黄薔薇

眼花入寺午相尋，誤認黄昏滿院陰。鸎鵡有情憐葉緑，倉庚無語夢春深。香盛蜜蠟杯中露，色勝臺盤架上金。最是秋葵堪並蒂，誰言向日不同心。

（見蒼雪《南來堂詩集》卷三下）

徐元歎五十初度拙句亦如數贈

三百思無邪，一言以蔽之。六義風雅頌，體裁賦興比。采之本民俗，歌謡皆巷里。于以被絃歌，叶和天地理。尼父自删後，百世述作起。代固不乏人，人亦數而已。上下横一覽，多更難屈指。秦漢高風骨，六朝尚綺靡。沿至宋元間，日傾而就圮。詞曲競艷新，遠失風人旨。爰及我明興，王業冠百史。文運繼天開，三百年于此。時盛推鍾譚，初創追何李。紛紛無定評，中原空七子。幽秀與沉雄，性靈齊成毁。從來宇宙間，未嘗無並美。如何藝山叟，一絃琴獨理。年齒都不知，五十聞道始。日益造細微，名久聒人耳。對酒忽難傾，毋難日乃爾。人生無可樂，貴復在知己。賞識良無人，幽澤徒蘭芷。所適非所宜，章甫同敝屣。不見竟陵翁，空悲寒河水。天命青樂夫，君言復何僟。

（見蒼雪《南來堂詩集·補編》卷一）

過元歎染香居

齊女家城北，徐郎老劍南。事親無異佛，捨宅便爲菴。詩負生前債，名餘死後貪。琉璃一碗火，摩詰儼同龕。

（見蒼雪《南來堂詩集·補編》卷二）

九月初三夜喜姚現聞文初徐元歎過宿中峰與汰公分賦

木樨參徧後，共宿此峰頭。喜得僧猶在，貧無月可留。蟲聲多似雨，山意近於秋。話到閒公案，茶鐺入水愁。

（見蒼雪《南來堂詩集·補編》卷二）

己卯秋元歎奉倩子羽雨宿一滴齋同汰公道開佩子分韻因憶癸酉秋現聞姚太史同長公子文初亦宿此齋

塵榻何堪下，荒齋猶念群。瓦燈寒共聚，布被夜初分。蛩語吟邊苦，泉聲葉上聞。獨遺文鶴老，毛羽惜諸君。

（見蒼雪《南來堂詩集·補編》卷二。按：陳乃乾《行略》繫崇禎六年（一六三三）癸酉。）

同彦可元歎諸公訪安期寓中亂後寄方内友或懷贈或次答共得九人

山民遺此日，社伯老前朝。客至坐留石，獨歸送過橋。遺懷存有數，問卜記無聊。不

寐詩成後，蟬鳴日正高。（見蒼雪《南來堂詩集·補編》卷二）

柬落木庵主元歎

吴下徐郎早著稱，中年好道學擔簦。三招上客辭東閣，一代詞名起景陵。落木庵深投老地，蓮花峰下待歸僧。無兒伯道休相訝，詩鉢堪傳最上乘。（見蒼雪《南來堂詩集·補編》卷三上）

次答徐州來同落木庵主雨後見過中峰關次因憶舊住廿四松居

落木何來車馬客，晚晴度過兩三峰。笑人對面成千里，破我寒關隔一重。馬廄久空猶問蹟，僧厨過午不聞鐘。可堪話到曾棲處，鶴去巢空廿四松。（見蒼雪《南來堂詩集·補編》卷三下）

劉錫名（？—一六五三）

過黄子羽書室值琴川陸孟鳧雪川周彝仲徐元歎先俱會集予牽事緣不能小留别時酒姬王澹雲亦至

彦會如相待，詎云尋訪初。疏林香自出，新搆佛先居。情貌憐同病，丹鉛驗讀書。緣慳一共醉，猶爲妓踟躕。

（見黄傳祖《扶輪集》卷八）

訪元歎不遇遇汰師於齋中雨話良久而别

情知君未暇，相念且相求。留户僧交憩，私商雨共幽。茗爐容客傲，寒暖向誰投。不是余歸蚤，子歸難自繇。

（見黄傳祖《扶輪續集》卷八）

丙戌三日尋元歎

更新不獨歲，無恙兩衰翁。讀《禮》禪心細，因梅詩境空。硯冰依暖坐，身隱秘書同。物望如山嶽，澄然香茗中。

（見黄傳祖《扶輪續集》卷八）

元歎山居聞有小警卻寄

游道虚聲在，宵人狹路求。禪參空室易，盜亦讀《莊》否。可鄙穿墉鼠，寧知竊國侯。爲君思倚伏，失馬未須憂。

（見黄傳祖《扶輪續集》卷八）

州來從其宗兄元歎過訪

嘗疑譽弟癖，覿面始知真。耳熱秦淮舊，交添老境新。積陰寬暑令，乍霽爲嘉賓。出袖詩箋富，火攻愁伯仁。

（見黄傳祖《扶輪續集》卷八）

元歎住落木菴值其周甲四十字貽之

住山今始定，選剩越吴雲。鼎足人垂盡，鴻溝界孰分。浮生鳩鵲换，任運鶴雞群。物色誰知己，一菴保令聞。

（見黄傳祖《扶輪續集》卷八）

仲冬七日元歎見過

菊邊虚左五旬賒，及此瓶罇剩幾花。附耳抒懷求語亮，研硃固請摘詩瑕。紆途便捷輕筇力，短景盤桓視日斜。交譜凋殘中表見，山城不隔是烟霞。

（見黄傳祖《扶輪續集》卷十）

中秋夜看閨人焚香祝天因念去秋此日元歎自山居過晤兩人相對有詩倡和亦嘉節韻事追憶成咏

良夜知非老者夜，酒場無分十年過。足音慰遠情難再，肩聳微醺影自哦。盡室心香質秋月，一襟詩淚洗天河。生公石畔叢絲竹，耳未聾時領略多。

（見黄傳祖《扶輪續集》卷十）

徐延吴（生卒不詳，徐波宗弟）

元歎出賀九嶺晚至半塘握手道舊酒罷行月

思君放吴棹，棹放秋未暮。入冬十日餘，未獲君一晤。君來我長水，我返君又去。不及數行書，口傳憑健步。延佇起寒飈，淅淅鳴霜樹。清輝自東生，疑是川光曙。橋轉一人來，婆娑忽相顧。足立瞪雙目，猶恐兩相誤。執手就燭邊，中懷未及布。燒葉暖市酒，酒行不計數。難辭今夕醉，月白虎丘路。波摇鄰岸燈，熒熒隔水霧。恩仇賤浮生，前指要離墓。

（見黄傳祖《扶輪續集》卷四）

黄芝（生卒不詳，徐波時人）

中秋前二日過謚簫堂訪元歎

肯從丘壑貯高姿，木石終年何所爲？未化嶔崎胎自具，亦存香澤劫全離。折鐺健煮春芽遍，廣榻躭眠夏樹宜。十載相依書卷近，到來覿面邈難追。

（見黄傳祖《扶輪續集》卷十二）

李夏器（字不器，長興人，生卒不詳，徐波時人）

與徐元歎張草臣漫語

竟陵亦自好，修名恐不植。併力排濟南，若不可一世。進退千古人，孤懷證孤詣。久墮烟霧中，忽得此開霽。人亦漸歸之，楚風自此熾。或趨其纖刻，或矜其幽異。不暇求靈迴，所竊僅句字。一丘一壑中，何嘗見尊貴。登之以明堂，憧惶斂身避。約束三十年，未免思奮臂。如何崇體貌，曰尊其瞻視。如何厲聲響，曰昭其閎肆。棄去遵濟南，俛首拾唾涕。氣魄肖未全，癡肥效嫵媚。塗脂雜粉黛，眉目失位置。如今日貴人，貧賤正不易。胸中有真詩，天地不能閟。眼光所到處，一往絶纖翳。三百篇以前，何人可倚比。淫哇及瑣褻，删後名典制。尼山在今日，亦難逃異議。未盡暴秦短，儀衡豈得遂。彈射陳死人，猶然襲故智。狙公請弗喜，朝三而暮死。

（見姚佺《詩源》，「越」卷）

錢湦吉（生卒不詳，徐波時人）

晚寒留别元歎虛受康侯雲子草臣介白無殊望子周臣諸同社

相逢亦偶然，共此一溪月。月冷霜復嚴，凜洌砭人骨。木脱何蕭蕭，月炤愈挺突。歌舞乍闌珊，簫管未全歇。笑言忘主賓，山水有吴越。拚醉酒初紅，千觴奚憚罰。烟勢最迷離，嵐光因渺没。攜手立風前，飄殘數莖髮。浩歎爲傷時，躊躇翻恍忽。隔夜聽悲聲，棲鳥在林樾。歸思廢更興，辭君中夜發。

（見黄傳祖《扶輪集》卷五）

王潢（一五九三—一六七二）

吴門訪徐元歎

何處溪山曳短笻，誤從城郭訊高蹤。埋名或恐同梅福，問字曾聞擬顧雍。人卧荒菴依落木，客停孤舫聽疏鐘。相逢莫語興亡事，耕稼惟應學老農。

（見陳田《明詩紀事・辛籤》卷二十二）

茅元儀（一五九四—一六四〇）

徐元歎詩序

我嘗曰：「詩與人合。」及我聞元歎，正裘馬中人也。已從王亦房見元歎詩，則元歎非裘馬中人也，終以信所見，不如信所聞，謂非元歎詩也。既而見鍾伯敬道元歎不已，問其識元歎否，曰：「曾識之。其衣冠朴野，其飲食蔬水，其人則朴野蔬水之人也。」曰：「莫非此元歎否？」曰：「即向之裘馬而改弦轍者也。」竊以世之人所可改者，衣冠飲食，未有能并性情之言而改之者，終以自信不如信伯敬，以爲元歎果改其裘馬之習也。頃元歎至白下，始就我。觀其人，頌其詩，又觀其人，乃知昔之元歎，即今之元歎也。其所改者，乃衣冠飲食，而其人之樸野蔬水，當其裘馬時，而莫不然也。故其發爲詩也，乃性情之言，而非衣冠飲食之言，此所以謂之詩也，此所以謂之徐元歎也。伯敬之贈元歎，曰：「興觀群怨有〔按：「有」，當作「想」。〕如斯。」必興觀群怨，而始謂之詩，此我兩人之所以論詩也。嗟乎！此可以衣冠飲食者爲之哉？願學元歎者，無學其衣冠飲食也，即裘馬而可矣。

（見茅元儀《石民四十集》卷十六）

談遷（一五九四—一六五八）

聞金陵林茂之姑蘇徐元歎近狀

詞人遭百六，渠幸保餘年。杖適三吴徧，書聞二老全。詩成難入釜，歲晚可逃禪。日暮江東隅，征塗意黯然。

（見談遷《北游録》，紀詠下）

毛瑩（一五九四—一六七〇以後）

贈徐元歎元歎與政府有舊。

涉世寧論寂與喧，相逢意氣自軒軒。吴門結客金千鎰，苕上移家竹滿園。早歲能文同庾信，半生投契得陳蕃。只今東閣求賢急，好念時危獻一言。

（見毛瑩《晚宜樓集》）

壽徐元歎

當時意氣欲干雲，投老巖扉伴鹿群。四海交遊凡幾易，百年身世忽中分。調高流水難爲操，技熟成風忍廢斤？從此桑蓬無所事，采薇聊可代耕耘。

（見毛瑩《晚宜樓集》）

黄翼聖（一五九六—一六五九）

秋晚訪故鄣山居

柴門亂山裏，一徑葉聲乾。殘磬主人出，小庭風月寬。霜魚纔上釣，露果恰登盤。剪燭共鄰曲，瘦身忘夜寒。（其一）

寒近客難久，淹留見汝情。全家共晨夕，肴核出經營。樓晚積山色，村孤聞棹聲。應知別後夢，煙水更分明。（其二）

（見黄翼聖《黄攝六詩選》卷下）

元歎將辭故鄣書來不勝惆悵寄以一詩

自作苕中客，流年又七春。家僮頭角長，壽母鬢絲新。鳥以頻齋狎，山因數望親。無情且如此，寧易別比鄰？

（見黄翼聖《黄攝六詩選》卷下）

落木菴居士爲徐元歎賦。

黄葉三間屋，青山數掩籬。道書生更讀，中食老能持。殘照棲雞犬，香蘋薦友師。菴中並祀幽溪、竟陵。廢興同一恨，莫數到天池。

（見黄翼聖《黄攝六詩選》卷下）

八月十六夜同大圓李灌谿徐元歎鑑首座陪繼和尚法堂坐月得五微

坐來思竟夜，蚤已各添衣。桂濕露初下，松高星欲依。諸天疑水積，深殿覺燈微。世事一庭影，曉鐘同所歸。

（見黄翼聖《黄攝六詩選》卷下）

壽元歎六十

天池茶與蕨同鋤，自署頑菴意不虚。懺業衹餘綺語在，避人還共野僧居。梧桐葉落秋燈上，薝蔔花香午枕餘。生合庚寅騷客命，故應吟苦送居諸。

（見黄翼聖《黄攝六詩選》卷下）

邵彌（一五九七？一五九八？—一六四三）

過元歎齋居

鳥聲不在樹，門館肅如山。似此著書久，從知與世閒。恣苔封石脈，候雨浣花顔。衹覺無餘事，新編日就删。

（見黄傳祖《扶輪集》卷九）

毛晉（一五九九—一六五九）

過徐元歎落木菴

十年離舊榻，賀九山名。又重登。山翠連村合，花香繞屋凝。尋僧過略彴，呼酒洗瘿藤。重覓題詩處，苔封厚幾層。昔年同周仲榮相訪不值，留題壁間。

（見毛晉《野外詩》）

南來法師正月十五續講華嚴大鈔元歎招余入山疊韻答之

一輪初月照松間，高座峩峩夜不關。放鶴雲深藏一滴，喝獅雷動曉千山。聽傳法鼓争先到，看徧梅花未肯還。講罷相將尋落木，明朝蘿徑又重攀。文公放鶴亭、元老落木菴，皆在中峰下。一滴齋、喝獅窩，南公新搆也。

（見毛晉《和友人詩》）

顧夢游（一五九九—一六六〇）

徐元歎六十初度用錢牧齋宗伯韻

近住空林日日閒，自來塵事不相關。縱然絶跡市城裏，未許逃名天地間。竹屋雲封樵客到，花谿月出棹歌還。懷余應念吟重九，吾欲從君共買山。

（見顧夢游《顧與治詩》卷六）

彭而述（一六〇五—一六六五）

蘇州徐元歎

拓落以今老，儒冠戀髩絲。到門紅莧發，愛客老蘭知。定有名山在，寧關我輩私？晚風留石岫，習習過軒帷。

（見彭而述《讀史亭詩集》卷十）

陳之遴（一六〇五—一六六六）

嘯碧堂同徐元歎諸君小集

荷潭鑑毫髮，似寫丈人心。永日淹深爵，徐風愜静襟。試泉調茗性，哦石戀桐陰。咫尺分城闉，重歡豈易尋。

（見陳之遴《浮雲集》卷五）

弘儲繼起（一六〇五—一六七二）

明李東陽自書種竹詩卷跋

先輩東涯，書法古健。竹君子一軸，元歎珍惜四十年，一思得竟陵數行跋，再思得虞山作書評。已而慮二老深米家之癖，輒止，不肯就二老之貪，而元歎自吝成就。甲辰臨岐，把來贈别，曰：「和尚爲我補過耳。」明年二月八日，虞山過大鑑堂視我，出卷語其事。乙巳正月，雨浪浪，梅未放，閲展慨然，二公並長往矣。擔雪弘儲書。

（見朱家濂《記明李東陽自書〈種竹詩卷〉》，《蕭山文史資料選輯第五輯·朱翼厂先生史料專輯》）

復落木菴徐元歎居士

石城孤立雲外，與天池爲隣，不時往還中峰、落木間，敲風擊月，可忘寂寥。驀地事生意表，推墮黑山鬼國，拖去拖來，萬千生受。方歇脚南屏，兩接慰言，如渴得露。至云「年已老大，纔得相依，而忽遇此，竊用惆悵」，私心不無戚戚。剛疏觸時，正坐不赦，乃煩知己之憂念耶？倘縲囚幸得生還，相見一笑，饒他萬匹鵞溪，恐描不盡漚中勝義空也。

（見弘儲《樹泉集》卷下）

韓繹祖（一六〇七——一六五二）

泊吴門訪徐元歎因留訪舊

倦羽飛還爲避矰，相從風雨獨擔簦。躬畊健勝灌園叟，説法慵如退院僧。每恨小才多訓注，誰言名士果滂膺？何人肯問西州路，猶自援琴憶廣陵。

（見黄傳祖《扶輪集》卷十一）

吴偉業（一六〇九——一六七一）

宿徐元歎落木菴元歎棄家住故鄣山中，亂後歸天池丙舍。落木菴，竟陵譚友夏所題也。

落木萬山心，蕭條無古今。棄家歸去晚，別業住來深。客過松間飯，僧留石上琴。早成茅屋計，枉向白雲尋。

（見吴偉業《吴梅村全集·詩後集》卷五）

杜濬（一六一一——一六八七）

沙河待濟袁令昭先生見余至喜甚以同社元歎諸子先字韻詩屬和

走馬頻驚水絶天，相逢沙渡各驩然。短文尚露腰間玦，長揖猶支手内鞭。苦葉詩成須共濟，猗蘭操在必孤傳。燕臺此去同千里，忘爾臨流半日先。

（見杜濬《變雅堂遺集·詩集》卷七）

魏耕（一六一四—一六六二）

落木菴訪徐波不遇卻寄

平林落木問山家，緑篠潭西白日斜。鳴鶴向人憐潔羽，徵君何事泛虚槎。當時耆舊三湘盡，晚節風塵吴苑賒。悵望玉峰頻勒馬，陵苕嫋嫋尚垂花。

（見李夏器《同岑集》卷十一）

龔鼎孳（一六一五—一六七三）

暮春同徐元歎游支硎

輕帆過雨指花宫，一水沿緣薜荔通。地接支公揮麈近，人逢徐穉入林同。春波笛細眠鷗外，芳樹燈寒晚磬中。詩酒敢言驅使健，他時鄰並許山翁。

（見龔鼎孳《定山堂詩集》卷二十五）

徐崧（一六一七—一六九〇）

辛丑春宿落木菴賦似家元歎

水流澗路擁晴沙，山傍天池盡種茶。見説菴居名落木，春深何處問君家。

（見徐崧《百城烟水》卷二）

陸璉（？—一六四四以後）

題徐元歎落木菴

棲巖有精舍，窈窕掛藤蘿。天與幽人占，山偏落木多。連峰當户立，一澗遶門過。近有離騷作，非因學楚歌。

（見朱彝尊《明詩綜》卷八十）

許虬（清順治戊戌〔一六五八〕進士）

天池山訪元歎門榜落木菴爲寒河譚子筆

落木菴中卧老禪，寒河風雅筆如椽。垂來白髮耽高隱，散盡黄金憶少年。十畝秋茶新雨後，半山霜蕨夕陽邊。開元天寶詩亡後，欲問人間寡和篇。〔沈德潛按語云：〕人以元歎爲詩人，爲老禪，其初實俠士也。四語爲之傳神。

（見沈德潛《清詩别裁集》卷五）

沈欽圻（？—一六八〇）

贈徐元歎波

少年爲俠客，萬金散盡不少惜。中歲爲詩人，遠之楚澤哀靈均。歸來慕隱者，脱棄浮榮如土苴。晚歲依空門，菴名落木歸本根。我來訪君荒山裏，留客晚餐烹菊杞。夜寒襆被擁繩床，月滿空堂疑積水。不是尋常話箭鋒，生平披豁見心胸。卅年無限悲涼事，付與晨鐘暮鼓中。〔沈德潛按語云：〕贈詩竟作元歎小傳，起手八語，立格甚奇，一結蘊含可思。

（見沈德潛《清詩別裁集》卷七）

俞南史（？—一六八〇）

懷徐元歎

樹暗川原緑，閒堂晝已陰。我愁一水闊，君又萬山深。遠對芳蘭渚，空思薜荔吟。名高身不出，花下且彈琴。

（見王士禛《感舊集》卷四）

董説（一六二〇—一六八六）

靈巖每遇三峰師翁忌日供茄板湯先師昔在長沙夜述師翁所嗜泫然久之

思親一飯忍忘初？話到瀟湘轉鬱紆。硯寄微言羹紫蒂，硯寄者，長沙理山丈室名。堯封祖廟薦秋蔬。鎮州物産霜同色，羊棗深悲例要書。更有豆漿沖淡粥，詩傳落木十年餘。先師嗜蘿蔔及豆漿粥，每言豆粥沖淡合道。己亥冬，元歎有臘八豆粥詩。

（見董説《寶雲詩集》卷三）

顧景星（一六二一——一六八七）

懷李欲仙

其二

往日徐元歎，幽栖向薜蘿。一菴名落木，舊雨憶寒河。譚友夏題元歎菴也。欲仙曾問詩于元歎。鄴下遺音在，由拳秀句多。普云李嘉興人。師承風格好，試變楚人歌。

（見顧景星《白茅堂集》卷二十三）

徐枋（一六二二——一六九四）

題落木菴贈徐元歎

築室依名山，園畦開數畝。雜時花藥鮮，歷歲松筠久。棲遲成名勝，聲聞及林藪。數椽落木菴，丘壑擅吾有。高樹蔭琴書，清澗涼窗牖。珍羽窺山厨，錦鱗躍石溜。禽魚自忘機，樂此幽棲叟。扣扉來高人，留客剪春韭。蒼苔屐痕深，列坐花茵厚。披襟話羲皇，俄頃斯不朽。矗矗蓮花峰，歷歷捫星斗。高隱十五年，下視紅塵走。世事任悠悠，臨風一揮手。

（見徐枋《居易堂集》卷十七）

懷舊篇長句一千四百字（摘録）

避地當時亦屢遷，數椽茅屋天池邊。買山空囊苦羞澀，卜鄰喜得逢名賢。徐摛年老愛泉石，落木菴中啓禪窟。竺塢天池稱比鄰，徵詩問字相絡繹。詩人徐元歎波隱居天池，築室名落木菴。余移家竺塢，與相鄰。元歎老而好學，時時書方寸紙，令童子持來。有所徵考，余立答之，或有言在某卷某葉者。元歎嘗詩之同人，余則時以詩政元歎，元歎亦喜爲論説。

（見徐枋《居易堂集》卷十七）

冷士嵋（一六二七—一七一一）

訪天池徐元歎落木菴

竹磵松橋古石潭，數峰回合抱谿南。秋林一路寒山裏，來訪徐波落木菴。

（見冷士嵋《江泠閣詩集》卷十二）

僧鑑曉青(一六二九—一六九〇)

過落木山人荒塚有感

芒鞋濕寒翠,拄杖下層巔。所至亦隨意,相逢皆暮年。塚存三尺土,松作萬家煙。道殣仍相望,踟躕欲問天。

(見曉青《高雲堂詩集》卷六)

過落木題斯有壁

梅花出屋角,竹杖到門前。犬吠小童應,茶香老衲顛。親朋稀往復,歲月自周旋。粗畢吾生事,無爲薄俗牽。

(見曉青《高雲堂詩集》卷六)

同月兄宿落木菴

家近往來易,幾曾經宿留。似緣兄絶侶,乃致弟重遊。一樹碧桃放,小池寒月浮。詞翁已塵土,歎息舊風流。

(見曉青《高雲堂詩集》卷六)

輓落木元歎翁十首

山中禪伯就詩人,名噪天涯五十春。徹夜苦吟師島佛,不知瘦損月邊身。鍾退谷先生手書

「山中禪伯，月下詩人」一聯贈翁。（其一）

調高白雪郢人推，生死酬知茗一杯。此去吟魂如病渴，誰傳茶訊到泉臺？翁與退谷每歲品茶，詩筒往復，呼爲「茶訊」。退谷亡，翁猶茗祭無虛。（其二）

早年乞法向幽溪，黄葉曾經暫止啼。心在藕花香世界，只愁觸興更添題。翁少習止觀法于幽溪，以安養爲歸宿。（其三）

般若資熏骨有靈，案頭常置净名經。龐公不及君安分，住老家山一角青。（其四）

詩腸俠骨兩争奇，老説修羅習未移。翁嘗自言勝習難忘，疑從修羅脱化。解脱身香新染就，從前釀口事休提。（其五）

清削文心損爾元，無兒默自悟根源。梅肥鶴瘦嫌多事，逋客生涯盡底掀。（其六）

家私故有付清湘，落木聲中置一牀。病起相邀仍善飯，相思隔歲菊花黄。（其七）

吟稾窗中手自删，編名珍重托名山。詞壇老將今誰拜，皷死旗寒叱咤間。翁手編吟稾録寄山中，老人爲授梓，命予敘其後。（其八）

孤墳三尺白雲封，會葬寥寥只數公。不向靈山稱弟子，安知恩怨盡爲風。（其九）

北望蒹葭道路長，生芻一束未曾將。清詞宛在伊人遠，每讀遺編了夕陽。（其十）

（見曉青《高雲堂詩集》卷十三）

坐落木池上展徐元歎當日所寄先師歲暮雜拈册子囑予視其後事以菴相浼蓋藏蜕在指顧間耳因慨然題四絶貽意白昭子

數椽高士舊曾廬，落木蕭疏憶著書。身後無人虛祭掃，年年麥飯出僧厨。（其一）

孤墳誰把酒杯澆，憑仗山僧禁采樵。一片精誠數行墨，千秋遺券在山寮。（其二）

桃花照影碧池深，曾引幽人一俯心。希有客來閒洗句，不教塵事涴胸襟。（其三）

老翁身死無人哭，賴有先師爲主持。指顧東南遺蜕在，黯然情緒歲寒詩。（其四）

（見曉青《高雲堂詩集》卷十六）

錢曾（一六二九—一七〇一）

周鄰藿移居梟溪扁舟往訪賦詩見贈依韻和之是日立夏晚攜尊同飲二丘堂追思徐元歎並話當代詞人

惜友留春到四更，亂煙破曉散初晴。窮將詩品移家住，老愛知交載酒行。入座花香衝泛蟻，隔廉樹色選啼鶯。尋思落木菴中話，卻笑詞人易得名。落木菴，元歎舊居。

（見謝正光《錢遵王詩集箋校》之《判春集》）

李王燁（一六三二—一六六六以後）

意欲依徐元歎先生卜隱竹隖先貽詩問津

十載風塵久欲嗟，偶思療疾借烟霞。買山莫笑支公拙，斷事終愁尚子賒。不向剡中圖美宅，卻來北渚愛鄰家。天涯極目驚鼙鼓，洗耳空山兩部蛙。

（見陳瑚《從游集》卷上）

湘雨紀蔭（？—一七〇五以後）

景陵鍾伯敬先生與天池落木菴主手帖數十幅，向在研山，與不菴共展讀于亂書堆中。景陵年年買茶虎丘、天池，有「春江茶訊」幾扎子，又嘗「桐月下喜元歎至」作詩（按：鍾惺有《月下新桐喜徐元歎至》詩。），手藁在焉。菴主即徐元歎波，晚依擔雪翁問道，往來紅豆、梅邨之間。老病，以此幅及生平書畫奉景陵像歸靈嵒，擔雪翁懸之山閣，清泉諫果照映。前輩風流曾於傳記中雜見之。不菴欲割半歸余，余不肯，遂收藏此帖，將七八年。寒燈把玩，作詩二章，用少陵《贈鄭十八賁》韻。時庚申浣花日也

景陵當風雅，蕪穢氣欲盡。出手洗刷之，詩歸去古近。披剥見性靈，躍躍復隱隱。群

噪攻其短，毋乃太拘謹。徐生當亂世，一菴堪自哂。蕭蕭落木吟，擲棄猶未忍。江東茶訊箋，年年真有準。手墨往來頻，傷時見憂閔。地則隔吴楚，星乃分翼軫。素心每悠悠，夢寐良不泯。對月傾高梧，清齋摘露堇。郵筒不問魚，口腹乃煩尹。晚投擔雪翁，焚硯併干盾。老病卧秋山，空驚風雨敏。（其一）

擔雪去吴山，風流一朝盡。擔雪翁壬子秋辭世。昔與菴主交，古今難遠近。梅邨吴學士，挂冠稱詩隱。白社寄青藜，長箋必敬謹。梅邨累幅通候山頭，殷殷問道。于其没也，擔雪翁設奠山堂，署位曰「梅邨詩人」。東澗紅豆莊，遺老曾共哂。蒙叟甲辰上研山壽擔雪翁，自稱「東澗遺老」，尋謝世。擔雪翁輓之云：「笑看東澗寫新銜。」空庭指頑石，心事那能忍？蒙叟寄擔雪詩云：「笑向空庭指頑石，兩人心事有君知。」佳話對松風，千秋存的準。摧頹邇年來，身世徒悲閔。救荒且無策，民生念誰軫？況我烟霞人，心跡宜雙泯。春雨浣百花，蕭蕭及籬堇。開笥見珍藏，把讀同令尹。時陳大令靖菴在坐。我固欣完璧，君毋謂磨盾。大令曾從軍塞上，有《磨盾集》。詩成問硯鄰，謂袁君綬。長嘯謝不敏。（其二）

（見紀蔭《宙亭詩集》卷十一）

王士禛（一六三四—一七一一）

吴中詩老徐波元歎

吴中詩老徐波元歎，康熙初，年七十餘尚在。居天池落木菴，與中峰、靈巖二高僧往還。虞山先生寄詩云：「皇天老眼慰蹉跎，七十年華小劫過。天寶貞元詞客盡，江東留得一徐波。」「落木菴空紅豆貧，木魚風響貝多新。常明燈下須彌頂，雪北香南見兩人。」元歎自撰《頑菴生壙志》云：「喜登陟，而筋力遽衰。未廢吟詩，而發言莫賞」。又爲《落木菴記》云：「癸酉［一六三三］十月，與竟陵譚友夏寓其弟服膺德清署中，曉起盥漱，見予白髮盈梳，云：『子從此別，計必住山。請擇嘉名，以名其居。』服膺出幅紙，俾作擘窠大字。友夏執筆擬議曰：『子還吴，可謂落葉歸根矣。』遂有此目。今三字揭諸菴門，松栝數株，撑風蔽日，元冬霜月，蕭蕭而下，雙童縛帚，掃除不給，齋厨爨煙，皆從此出。」事之前定如此。元歎中年，見知膠西相國硜齋高公（按：即高宏圖，一五八三—一六四五），公常勸之出山，辭曰：「母病三年，子生未彌月，此身非我有也。」竟亦無後。乙酉［一六四五］後，有《寄楚僧寒碧》詩云：「楚鬼微吟上峽謡，中元法食可相招。憑君爲譬興亡恨，雨打秋墳骨亦銷。」寒碧少游鍾譚間，此詩蓋爲二公作也。

（見王士禛《池北偶談》卷十一）

王攄（一六三五—一六九九）

過徐元歎落木菴

徐稚嗟云殁，風流何處尋？徑餘黄葉在，人住白雲深。天地存詩卷，烟霞逐隱心。窗前數株樹，不改鹿門陰。

（見王攄《蘆中集》卷三）

許旭（？—一六六五以後）

蘖菴大師近住華山寄懷

其二

伯趙孤墳對夕陽，斷碑遺墨兩茫茫。詩人近更徐波死，落木菴頭慟一場。

（見汪學金《婁東詩派》卷十五）

許崃（？—一六六五以後）

過落木菴感懷十詠（録四）

雪擁蓮花入户來，紙窗明净絶纖埃。退翁題句三橋筆，應付茶爐一劫灰。原注：賦雪齋。

生死交情志不賒，一番佳話世争誇。二公原注：鍾、譚。遺像今誰屬，落木無人再祭茶。原注：客座。

一龕燈火夜常明，懺謝精勤慣五更。高啐彌陀三十二，滿山驚起賣柴聲。原注：染香。

松火寒檠對石牀，一椽分我護縹緗。庭前花木偏無賴，依舊逢春滿地香。原注：禪彩齋。

（見葉廷琯《鷗陂漁話》卷三「徐元歎外孫」條）

許洽（一六六二——一七四二以後）

過落木菴《感懷十詠》跋

洽少失怙恃，不及聞先人從外祖遊處事。蓋歲在壬寅吾以降時，外祖尚在，明年癸卯，外祖遂歿，壽七十四，洽甫二齡。先君從前贅居於落木菴，外祖歿，既葬，乃遷。洽今年八十有一，率子若孫，詣菴拜祀遺像，歸而重檢先君子《感懷十詠》，愴然增悲，謹誌數言。壬戌三月既望，男沈洽識。

（見葉廷琯《鷗陂漁話》卷三「徐元歎外孫」條）

按：許洽自名沈洽一事，葉氏《鷗陂漁話》云：「洽上加沈字，不可解。後見順治以來《入泮題名録》，康熙辛未吴縣新進諸生有沈洽姓名，始知眉叟少年借名遊庠。如韓菼入泮，姓名爲陳成孫，岳頒姓李，徐葆光姓潘之類。國初士人常有此風氣也。」又：此跋文由葉氏文中摘出，未必爲原文全貌，文句次序，或已有所調整，亦未可知。

許集（清雍正癸卯［一七二三］進士）

侍父至落木菴瞻元歎徐公遺像

太息高風渺，荒菴落木存。乾坤經浩劫，江海此歸根。靖節留遺像，自注：公自題小照，有「世人自禮淵明像，不用熏香待子孫」之句。香山只外孫。此來薦蘋藻，掃室一招魂。（其一）

泉出天池碧，雲連竹隖深。數椽猶舊額，自注：額係顧晦翁筆。老樹尚重陰。俠骨皈禪寂，孤懷託苦吟。幽光原不朽，還待表山林。（其二）

（葉廷琯《鷗陂漁話》卷五，「桃蔭吟稿」）

汪文柏（一六五九—一七二五）

過萩香山訪徐元歎故居

言訪高人宅，山空長蕨薇。殘芳飄客袂，幽磬出僧扉。舊日聽鶯處，何年化鶴歸。吟

魂應在否，佇立弔斜暉。（見汪文柏《柯庭餘習》卷四）

屈復（一六六八—一七四五）

蘇州古蹟三十九首·笠塢

笠塢前朝隱者居，明趙凡夫、徐元歎隱此。十年惆悵結蝸廬。溪山好住人難住，花月香風一卷書。（見屈復《弱水集》卷十四）

沈德潛（一六七三—一七六九）

過徐元歎落木菴

朝市滄桑後，孤身老蓽門。斯人不可作，空憶舊吟魂。大地留詩卷，香林代子孫。因知落木意，萬物在歸根。譚友夏送元歎歸吳，曰：「子今落木歸根矣。」（見沈德潛《歸愚詩鈔》卷十二）

徐元歎先生傳

徐先生元歎名波，蘇之吴縣人。其稱頑菴，前代國變後所更號也。少孤向學，爲諸生，旋入太學。負意氣，任俠，急友朋難，至欲爲報仇，破其家不顧。喜爲詩，湔除塵俗，抽思練要。吴中求同調不易得，之楚交鍾伯敬、譚友夏。時兩人欲變王、李習見，孑孑生新，不主故常者，力揚詡之。名大著吴楚間。當是時，先生年未艾，欲留其身有爲，不以文人終也。後見廟堂水火，蛾賊四起，柄國者泄泄無救時術，嘅然曰：「此乾坤何等時？尚思燕巢幕上乎？」决志歸隱。鼎革後，葬父母天池山麓，遂結廬老焉。

先是慕宜興山水，流寓罨畫溪，凡數年。既往遊天台、雁宕、峴山、赤嶼諸名勝。每登臨，多懷古詩。將老，與友夏别。友夏曰：「子還吴，如落葉歸根矣。」書「落木菴」三字以贈，後揭諸菴門。松栝蔽空，縛帚掃葉，以供茶竈。事之前定，類如此。先生既結廬天池，與靈巖、中峰二高僧遊，寫像各貯佛寺，談討多出世語言，外人弗能聞也。然讀其自撰《頑菴生壙志》，廉悍之氣猶在簡中。先生固逃於虚空者耶？吴人士或目爲迂人，或目爲詩老，或目爲枯禪，而識者稱爲遺民，庶得其真云。

年七十四卒。無子，一女歸許氏。生平著述多散佚，今有《謚簫堂集》及《落木菴稾》，藏於許太史家。太史名集，大父名崍，爲先生女夫，亦有志行。

沈子曰：予壯歲過落木菴，展元歎先生遺像，題五言近體紀之，中云：「大地留書卷，香林代子孫。」既重之，亦閔之也。今相距四十餘年，中間世事，雲煙消歇，何可勝數！而高人清節，久而彌新。古所云薄身厚志，絶塵不反者，斯其人矣。嗚呼！人之可傳，果在名位乎哉？

（見沈德潛《歸愚文鈔餘集》卷五）

彭啓豐（一七〇一—一七八四）

夜宿落木菴徐元歎讀書處

寒雲封竹徑，落葉滿天池。物外存遺像，山空起遁思。風鳴聲淅瀝，月上影參差。欲覓歸藏處，樵夫竟不知。（其一）

清泉流不竭，曲磴到山門。净業存詩卷，殘僧當子孫。不分興廢劫，彌見隱淪尊。澗上清風接，閒心可共論。（其二）

（見彭啓豐《芝庭詩稿》卷十二）

樓錡（一七一八—一七五五）

過落木菴

茅屋空山剩劫灰，竟陵談藝互相推。小池怪底清如許，曾爲先生洗句來。菴有洗句池。

（見樓錡《于湘遺稿》卷二）

閔華（？—一七五二以後）

過落木菴

翛然林屋翠微間，想見清風日掩關。身世亂離傷白髮，文章聲價重青山。禪宗能忍都虚幻，詩法鍾譚亦等閑。獨愛至今池水净，與僧分飲一瓢還。

（見閔華《澄秋閣集·二集》卷四）

馬曰琯（一六八七—一七五五）

落木菴爲徐元歎先生别業，僧從危樓中出小照索題。

花剩殘紅水剩藍，先生遺像寄僧龕。蠹魚窠裏還尋得，不負當年落木菴。

（見馬曰琯等輯《林屋唱酬録》，是集爲馬氏兄弟與友人唱酬詩集）

馬曰璐（一七一一—一七九九）

落木菴

當年結隱有遺蹤，剩種桃花幾樹紅。洗句池頭一憑弔，春風不著著秋風。

（見馬曰琯等輯《林屋唱酬録》）

陳章（馬曰琯時人）

落木菴住僧以鍾伯敬、譚友夏、徐元歎三先生晤言圖出觀。

三老皆消削，圖中忽見之。空山木葉下，一室晤言時。歷劫猶存地，忘名任論詩。我來思往躅，歸意與雲遲。

（見馬曰琯等輯《林屋唱酬録》）

張熙純（一七二五—一七六七）

落木菴

數里入雲松，招提依絶壁。青林被微霜，落葉斷行蹟。停策叩禪扉，翠陰拂巾幘。幽花綴晚紅，芳沼湛深碧。仙梵静蓮龕，佛香散瑶席。捲幔睇遥山，連峰漾秋色。澗空萬象澄，地迥諸天寂。勝遊方羡今，孤躓猶緬昔。曾聞開士居，舊是遺民宅。遥知蜚遁情，詎爲烟霞癖？水石留餘清，風流想高格。疏磬鳴上方，烟壑澹將夕。枯禪縛未能，悵望冥飛翼。

（見王昶《湖海詩傳》卷二十七）

畢沅（一七三〇—一七九七）

落木菴徐高士元歎隱居於此。

危樓穿石腹，雲步幾千層。樹白縣湖雨，龕紅閃佛鐙。茶經僧許借，隱躓客能徵。一勺天池水，擎杯佇月升。

（見畢沅《靈巖山人詩集》卷九）

曹仁虎（一七三一—一七八七）

過徐元歎落木菴

秋霽群壑明，寒卉曉尚吐。言尋野外廬，獨往林中路。迴檐丹嶂傾，抱砌碧泉注。淅淅松翻風，濡濡竹泫露。依池窺潛鱗，企木羡息羽。清遊既歡□，□□猶緬故。薜蘿荒舊祠，薇蕨委遺墓。感彼陵谷懷，領兹磵阿趣。裴懷想遺風，喟然眷貞素。

（見曹仁虎《宛委山房集》卷二）

翁方綱（一七三三—一八一八）

李長沙書種竹諸詩卷

種竹義比種松柏，不惟直幹惟直心。依違豈肯漫諧世，貞志自爾留古今。即如此卷諸體字，篆筆與竹同嶔崟。行草盤拏亦篆勢，顔筋屈曲兼懸鍼。正德丙子春二月，時已四載歸故岑。張氏甥爲移竹屨，園居興與蒼苔深。詩感諸子及諸女，想見庭户皆清陰。高麗繭紙鏡面滑，漆光落點成球琳。後百年歸謚簫子，老屋落木同蕭森。又四十年始攜出，靈巖寺主來護琛。浪浪春雨梅未放，香南雪北誰嗣音？後題又復感諸老，不知何事增沈吟？史家千秋公論後，主盟一代風雅林。歸於吾齋又歲首，暖風樹杪喧春禽。

（見翁方綱《復初齋詩集》卷十三）

安邑王穆峰爲摹茶陵象因補裝予所藏種竹詩卷後二首

朝爽樓邊宅，麻城耿氏文。櫝衫今不見，篋履蹟空聞。烟樹慈恩寺，河橋日暮雲。雙林碑篆外，竚立望夫君。（其一）

心跡行藏後，低回史傳中。百年菴落木，一卷手清風。大鑑梅花夢，靈巖釋子同。欲將猗萘影，寫照入霜空。（其二）

（見翁方綱《復初齋詩集》卷十五）

題退翁和尚李西厓竹詩跋後二首

徐枋聯榻又徐波，如許浪浪暮雨何。百二十年前度夢，春陰一點在梅柯。跋云：「乙巳正月，雨浪浪，梅未放。」（其一）

道人那必住靈巖，竹外分明遠思緘。知合蘇齋補圖畫，隔欄青峭寫春帆。

（見翁方綱《復初齋詩集》卷三十）（其二）

邵瓜疇畫册四首（其三）

落木菴中偈，弇山堂下評。詩書功轉惜，董巨脈誰争？藝苑千秋事，詞壇七子盟。後來石谷畫，所以配新城。徐元歎謂瓜疇讀書尚少，王元照謂瓜疇未得董巨正脈，此猶之漁洋言神韻，而不能忘李、何格調耳。

（見翁方綱《復初齋詩集》卷五十）

題徐元歎詠山中未開梅詩手草

誰於泠澹見雄奇，那炫空山傲世姿。落木菴居留楮葉，西涯竹卷託禪枝。欲憑烟月論心事，不恨冰霜補過遲。暮雨浪浪人對語，偈餘擔雪早春時。此詩即書於篋藏李茶陵《竹》詩退翁和尚跋後也。

（見翁方綱《復初齋詩集》卷六十三）

薛起鳳（一七三四——一七七四）

落木菴題徐元歎先生像後

蓮花峰下路，踏葉到禪林。白社人間世，青山劫外心。竹枯猶抱節，木落不留陰。當日論文友，鍾儀是楚音。旁有鍾譚兩先生小影。

（見薛起鳳《香聞遺集》卷二）

彭紹升（一七四〇——一七九六）

題落木菴徐先生遺影癸丑

三十年前夢，荒菴幾度過。殘僧今欲盡，故影此重摩。不改青山色，無餘古井波。歸根唯一路，獨往意如何？

（見彭紹升《觀河集》卷四）

題鍾伯敬譚友夏徐元歎合影

羊羹牛炙費安排，諫果烹茶也自佳。何事詞壇多諍論，肥腸只怕太常齋。

（見彭紹升《觀河集》卷四）

孫起栴（乾隆甲午［一七七四］貢生）、吴槿（乾隆丁酉［一七七七］貢生）

經訓堂遺詩二十六首，落葉得歸根二字（其二）

杞菊厨煙可待温，雙童縛帚遍籬根。此生蹤跡真揺落，何處家山是本元？去雁遠天依疊巘，亂鴉流水認孤村。江南留得徐波在，幅紙濃書揭寺門。

（見鄧顯鶴《沅湘耆舊集》卷一七九）

朱宗淑（清乾隆年間人）

題徐元歎先生晤言圖

風流猶昔日，姓氏託遺編。隱士兼游俠，詩宗更老禪。空山落殘雪，野岸斷人烟。會得無言意，還疑强著詮。

（見任兆麟輯、張滋蘭選《吴中女士詩鈔》所收朱宗淑《修竹廬吟稿》）

金義植（清乾隆年間人）

落木菴弔徐元歎先生

詩老風流盡，猶傳落木菴。孤根曾此託，古佛直同龕。竹塢雲盤樹，天池月印潭。幽尋一追賞，煙鶴下山南。

（見徐世昌《晚晴簃詩匯》卷六十三）

吴翌鳳（一七四二—一八一九）

塵史跋

鈔寫甫竟，武林鮑丈以文亦以藏本寄余，因加校勘，别用朱筆標出，頑菴二跋並録於後。頑菴即徐波字元歎者，居天池之落木菴，吴中高士也。小除日棘人翌鳳又書。

（見傅增湘《藏園群書經眼録》卷八。按：文中所及之「頑菴二跋」，今已輯入本書「徐波文輯佚」。）

王豫（一七六八—一八二六）

藝香山

西子栽香事尚傳，徐公深隱憶當年。美人高士俱黄土，看到梨花倍可憐。藝香山爲西施種蘭處，又徐波隱山中。

（見《（同治）長興縣志》卷十）

毛國翰（一七七二——一八四六）

暇日偶閲近人詩各繫一絶（其十八）

宗派相沿苦易參，詩人傲睨騁高談。鍾譚老去徐波在，一榻枯禪落木菴。

（見毛國翰《麇園詩鈔》卷四）

沈欽韓（一七七五——一八三一）

題徐元歎波落木菴圖次崑舟韻

白髮風吹不受簪，青山雲暗欲封菴。蟲吟詩派空張楚，驂絓禪心已病譚。憔悴還家幾江總，殷勤把酒少何戡。惟留磵上寒松色，世外鬚眉照碧潭。

（見沈欽韓《幼學堂詩稿》卷十一）

蔣寶齡（一七八一—一八四〇）

徐元歎先生落木菴券

券係先生手書，鬻與靈巖方丈者，藏莭溪海會菴。庚辰冬，偕翁海村、杜拙齋厚、夏鵝溪寧禮、彭仲山翊往觀題此。

一菴已隨風雨壞，殘券猶傳昔賢賣。官私債迫難貸錢，詩人暮年窮可憐。團蕉十笏手所拓，捨去何如改蘭若。西山老衲況故交，身後孤墳亦堪託。茫茫人代事忽遥，斷鐘聲裏魂誰招？昔時雙童埽葉處，松栝依舊寒蕭蕭。前賢手跡數行重，遺像還當香火奉。菴中另有遺像一幀。天池一角青巉巖，何日攜尊酹秋壟。

（見蔣寶齡《琴東野屋集》卷一）

朱綬（一七八九—一八四〇）

六月二日偕沈傳桂尤崧鎮過鮮溪海會寺觀徐元歎先生遺象及手書落木菴券

杲公埋骨處，精藍面城啓。入門繞修篁，檀欒映流水。我來正炎夏，清涼浹肌髓。宛轉盤谷中，頗愜風日美。茗飲青豆房，小坐得名理。伽那善知識，經厨檢陳紙。猗嗟天池生，末歲丁運否。賣屋仍住屋，老淚揮不止。猶想草券時，寒月照燈蘂。落葉鳴霜飈，策策巖户裏。記昔竺隝遊，荒墟弔山鬼。法和香火緣，招魂此間是。矧有圖畫存，祇林託孫子。顧潔清净龕，陳以曲木几。詩靈如有知，禪魄宜共喜。秋饌伊蒲香，重來薦芳芷。

（見朱綬《知止堂詩録》卷四）

再題落木菴券

券以菴地質錢於靈巖繼公，而華山蘗公爲之居間者。此吾吴佚事也，述以詩。

落木歸根定幾時，一菴猶是費支持。亭中搆史中州集，江上招魂上峽詩。遊客貧來惟賣屋，故人難後已披緇。可憐家國飄零者，佛火空堂淚共垂。（其一）

蘗公抗疏重前朝，淚血河山歲月遥。鶴羽飛邊禪錫住，龍髯攀後劫灰銷。巢由結屋真多事，支許同林定久要。今日天池秋草遍，一杯殘茗話僧寮。（其二）

（見朱綬《知止堂詩録》卷四）

海會寺

向郭啓蘭若，過橋通竹林。池荒菰葉少，屋古蘚花深。水鳥隨帆影，山蟬入磬音。僧慵經帙亂，畫卷不堪尋。寺舊藏徐元歎畫象並手書落木菴券，予屢見之，今無有矣。

（見朱綬《知止堂詩録》卷十一）

葉廷琯（一七九一—一八六八？一八六九？）

徐元歎先生殘稾·浪齋新舊詩跋

癸卯〔一八四三〕三月四日，偕序伯過白馬澗訪通濟菴覺阿上人，飯蔬於五百梅花草堂中，茶話抵暮而返。案頭見元歎先生《浪齋新舊詩》一册、《落木菴詩》二册、《補遺》一册，假歸讀之，録存此帙。先生高風清節，世所共知。詩如其人，純乎山澤之氣。是帙祇就我意録之，非謂先生之詩之美者盡在是也。瑶草〔馬士英〕一序，佛頭著糞，然語能入微，存其文正惡其人之聰明自誤爾。苕生葉廷琯識。

（見徐波《徐元歎先生殘稾·浪齋新舊詩》）

潘曾瑩（一八〇八—一八七八）

題明金孝章畫梅群芳合璧册

清癖倪元鎮，孤標鄭所南。因思歲寒侶，落木有荒菴。謂徐元歎先生。

（見吴湖帆《吴湖帆文稿·吴氏書畫記》）

潘鍾瑞（一八二三—一八九〇）

徐元歎先生殘稾・浪齋新舊詩跋

余與調生丈避地申江，樂數晨夕。近日余移城中，稍稍間隔，暇出北城訪丈於普安里，丈亦新移寓也。談次出示此卷。元歎先生詩，清逸在骨，不落凡纖，即士英序語，亦復超妙，相與寄託之。或謂此序宜割之。夫當士英擅政時，以清職羅致先生，先生拂袖竟去。想其友朋之間，方將割席；席可割，而序不可割乎？然先生晚年，曾不以士英既敗，而稾中遂去其序，殆亦不以人廢言耳。幸附先生，流傳至今，亦何弗仍存之？善夫調生丈之言哉。因附録於後云。同治紀元壬戌［一八六二］四月，郡後學潘鍾瑞跋後。

（見徐波《徐元歎先生殘稾・浪齋新舊詩》）

姚承緒（清道光年間人）

落木菴

在天池山中。明徐元歎丙舍，竟陵譚友夏題額。明末竟陵派吴門四家詩，元歎爲巨擘。靈巖繼和尚刻元歎詩，菴因歸靈巖。

詩格徐元歎，江楓落木菴。四家推巨擘，一磬出香龕。丙舍滄桑改，祇林戒律諳。空

餘題額在，猶説竟陵譚。（見姚承緒《吴趨訪古録》卷二）

蕭穆（一八三五—一九〇四）

記徐元歎先生閲本《北史》

會稽章石卿壽康出示明南雍信州路學刊本《北史》，爲明季吴門徐元歎波藏本，以硃、藍二色批點。末有徐公手跋云：「此本向有南監本，係至正年間信州路刊刻，糊突脱敗，幾不可讀。嘉靖初增補十分之一，新陳錯雜，日就刓落。秀水馮夢禎爲祭酒，復用重刻，其功甚大，然與《二十一史》兼行，不能獨購。波家貧，難致全書，從坊間覓得此書，復缺《魏紀》之三，中間缺落亦不少，輒往親故家借殘鈔録，劣得疏通。閲自天啓乙丑歲暮，卒業于丙寅四月初十日。奔走事故，廢學日多，動淹時序，有愧古人。徐波識。」余摩挲徐公點閲手筆並所補鈔各卷頁首及自跋尾，不勝興感。貧士欲讀古書而力不能得，古今來如徐公者何可勝數！又有富貴之家，藏書極富，或及身爲仕宦所羈，或身後以貽子孫，而子孫或有愚騃，或有荒淫，或束之高閣，寒士想望，不能假其萬一。

余自志學之年，先君教育，衣食頗足。時家僅有書兩櫝，年二十始知購書，先君常戒之：「讀書貴精，勿貪多。」同治庚午四月，先君見背，余年三十六，已得書一二千卷。又十年，光緒庚辰，前後所得已有三四千卷。是年冬，鄰右失火，延及余家，燬去大半。至今將二十年，外間友朋所贈及自家節衣縮食所購，將近萬卷，較大藏書家則萬不逮，以視徐公則福命爲豐矣。將俟家境稍足，解脱外務，閉門一一補讀，不至如徐公所歎「奔走事故，廢學日多，動淹時序，有愧古人」，其可得邪？

己亥夏六月二十日客吴門，訪章石卿寓所閲書，十月二十八日在上海廣方言館補記。

（見蕭穆《敬孚類稿》，補遺卷二）

葉昌熾（一八四九—一九一七）

香溪好（其三）

卜宅香溪好，山深更一層。首陽兩畸士，桑海幾高僧？謂徐昭法、元歎兄弟，及中峰蒼雪諸公。塔語諠鈴索，村居雜甕繩。此間無熱客，可息打頭簦。簦即今之雨繖。《急就篇》王氏注：「簦、笠，皆所以禦雨。大而有把，手執以行，謂之簦；小而首戴爲笠。」

（見葉昌熾《奇觚廎詩集》卷中，注中「兄弟」二字疑爲誤寫。）

過徐元歎先生落木菴故阯

在天池山下龍岡里，今蕩爲桑疇荒池，眢井遺迹尚存。

牆桑未翦肄，澗松後彫節。荒郊十畝田，昔爲高士宅。蟬蛻絶塵表，鴻冥何可弋。眢井寒不波，泉味至今洌。勝朝有夷齊，周粟誓不食。脱屣貴公子，肯爲白馬客。深巷掩藜蒿，空山飽薇蕨。龍胡不可攀，黄農忽焉没。即今三百年，塤篪響未寂。澗上有饗堂，天池相接迹。高岡枕逶迤，龍卧未起蟄。蕭蕭落木聲，韡韡常棣色。天運信靡常，不徒黍離戚。即此一界相，望古亦遥集。精藍在何許，但憑樵父説。此亦商容閭，庶幾過者式。

（見葉昌熾《奇觚廎詩集》卷中）

沈曾植（一八五〇——一九二二）

絶句

其二

西臺哭後更無詩，落木菴前啜茗思。何處與君尋變雅，水犀入夢落潮時。

（見沈曾植《沈曾植集校注》卷十一）

成多禄（一八六四—一九二八）

次鄭蘇戡先生韻（其二）

地接滄浪天蔚藍，華嚴境界記同參。香南雪北多常句，逸響誰尋落木菴？

（見徐世昌《晚晴簃詩匯》卷一七五）

燕巢主人（生卒不詳）

塵史跋

《塵史》舊本乃青城山人手抄，後歸落木菴主。元歎辭世，復留靈巖和尚。澹翁先生假歸示余，余欣然借抄成帙，亦無愧於欽、徐兩公也。甲辰中秋前一日，燕巢主人記。

（見傅增湘《藏園群書經眼録》卷八）

後記

謝正光

嚴志雄教授來札，告訴我徐波書稿三校已完成，一再囑咐我寫幾句話，作爲該書的後記。

大概是二〇一三年初春之時，志雄下告他訪得徐波遺詩兩種。其後，又問我可有興趣和他合作整理徐波詩。余較志雄虛長二紀，先後在新界元朗洪水橋長大，在同一間基督教會守禮拜，最後則同在耶魯取得學位。凡此皆平生難得一遇之因緣。合作寫書，理所當然啊！

同年夏天，我和絳雲按原定計劃去曼谷訪友，順便帶上徐波遺詩影本。抵埗後，朋友安排我們入住一間在大商場内的酒店。原來曼谷的氣候，四季酷熱如一。外來訪客，白天多躲在酒店或商場内；那裏空調充足，購物、吃喝、玩樂，身心俱適。出外活動，一般都等到黄昏時分。

起初我還陪絳雲逛逛商場，後來興趣漸減，索性獨自留在房間内翻閲徐波詩作。及行程結束，先後翻閲了兩三遍，列舉出詩中的人物之往還和所涉之時、地關係，所作皆「技術性的處理」，由於心無旁騖，工作還算順利。

徐詩箋釋，在返美後教學之餘斷續完成。最得力的助手竟是署名王培孫箋注蒼雪讀徹《南來堂詩集》，殊非初意所及，值得説明。

寒舍所藏此書綫裝三册，民國廿九年校印於上海，乃余於一九九七年從西安往重慶路過成都時所得，其時尚算少見；今則有《清代詩文集彙編》等重印《雲南叢書》，化身千百矣！

替南來堂詩作箋者，搜求詩中人物，可説是「竭澤而漁」！而最堪寶愛者，又莫過於所得和徐詩中所涉大多重複；前輩學人爲來者提供指引之功，尚未見有過於此者！

南來堂詩箋，署名王培孫，余固疑實陳乃乾先生瀝盡心血之作。王氏接掌其叔父維泰創設之南洋公學，先後垂數十年，天下皆知，何得有閒暇於著述？王家雄於財，禮聘陳先生於門下辦理業務。詩箋，其一「副産品」耶？余嘗有意撰一文考論其事，憾無確證，擱置亦多年矣！

當年詩箋稿粗成，志雄將所及諸人與所涉篇章，製成互見參照，繫於篇末，以便讀者；其及門陳建銘博士助乃師以一臂，亦一佳話！

詩箋行將問世，回憶前事，一一在目。今借此機會，感謝志雄教授邀我參與其事，讓老人得細讀蒼雪詩。至詩箋之成，志雄個人孳孳矻矻之功，實有以致之！

二〇二〇年四月廿九日草於爲疫情包圍之北美停雲閣

參考書目

《皇明遺民傳》，北京：北京大學，一九三六年。
《清實録》，北京：中華書局，一九八六年。
丁晏原輯，王錫祺重編：《山陽詩徵》，西安：陝西人民出版社，二〇〇九年。
丁傳靖：《明事雜詠》，民國十七年（一九二八）無錫楊氏排印本。
丁耀亢撰，李增坡主编，張清吉校點：《丁耀亢全集》，鄭州：中州古籍出版社，一九九九年。
三浦理一郎：《毛晉交遊研究》，上海：華東師範大學出版社，二〇一二年。
大藏經刊行會：《大日本續藏經目録》，收入《大正新修法寶總目録》第二册，臺北：新文豐出版公司，一九八三年。
尹繼善、趙國麟修，黄之雋、章士鳳纂：《（乾隆）江南通志》，收入《中國地方志集成·省志輯·江南》第三—六册，影印清乾隆元年（一七三六）刻本，南京：鳳凰出版社，二〇一一年。
方文：《嵞山集》，收入《清代詩文集彙編》第三八册，影印清康熙刻本，上海：上海古籍出版社，二〇一〇年。

毛晉：《和友人詩》，收入《清代詩文集彙編》第一二册，影印民國五年（一九一六）常熟丁氏刻虞山叢刻本，上海：上海古籍出版社，二〇一〇年。

毛晉：《野外詩》，收入《清代詩文集彙編》第一二册，影印民國五年（一九一六）常熟丁氏刻虞山叢刻本，上海：上海古籍出版社，二〇一〇年。

毛晉等撰，陳瑚輯：《隱湖倡和詩》，清康熙初汲古閣刻本。

毛國翰：《麋園詩鈔》，收入《清代詩文集彙編》第五〇六册，影印清道光二十六年（一八四六）長白裕泰刻民國五年（一九一六）補刻本，上海：上海古籍出版社，二〇一〇年。

毛瑩：《晚宜樓集》，清鈔本。

王士禛：《池北偶談》，收入《景印文淵閣四庫全書》第八七〇册，影印臺北故宫博物院藏本，臺北：臺灣商務印書館，一九八三年。

王士禛：《蠶尾集》，收入《四庫全書存目叢書・集部》第二二七册，影印北京師範大學圖書館藏清康熙刻王漁洋遺書本，臺南：莊嚴文化事業公司，一九九七年。

王士禛輯：《感舊集》，收入《四庫禁燬書叢刊・集部》第七四册，影印清華大學圖書館藏清乾隆十七年（一七五二）刻本，北京：北京出版社，二〇〇〇年。

王臣鋗等纂修：《湖南圻村王氏族譜》，清乾隆四十一年（一七七六）刻本。
王昊：《碩園詩稿》，收入《清代詩文集彙編》第一〇二冊，影印清乾隆十二年（一七四七）刻本，上海：上海古籍出版社，二〇一〇年。
王欣夫撰，鮑正鵠、徐鵬標點整理：《蛾術軒篋存善本書録》，上海：上海古籍出版社，二〇〇二年。
王昶等纂修：《（嘉慶）直隸太倉州志》，收入《續修四庫全書·史部》第六九七—六九八冊，影印清嘉慶七年（一八〇二）本，上海：上海古籍出版社，一九九七年。
王時敏：《王煙客集》，蘇州：振新書社，民國五年（一九一六）。
王爾綱：《天下名家詩永》，清康熙二十七年（一六八八）砌玉軒刻本。
王德鏡：《竟陵歷代詩選》，北京：中國文史出版社，一九九三年。
王冀民：《顧亭林詩箋釋》，北京：中華書局，一九九八年。
王豫輯：《江蘇詩徵》，清道光元年（一八二一）焦山海西菴詩徵閣刊本。
王攄：《蘆中集》，收入《四庫未收書輯刊（第八輯）》第二二冊，影印民國五年（一九一六）錢燿伊鈔本，北京：北京出版社，一九九七年。
王鎬輯：《靈巖志略》，收入《中國佛寺志叢刊》第四七冊，揚州：江蘇廣陵古籍刻印社，一九九六年。
王寶仁輯：《婁水文徵》，揚州：江蘇廣陵古籍刻印社，一九九一年。
王璽：《匪石堂詩》，收入《上海圖書館未刊古籍稿本》第四六—四七册，上海：復旦大學出版社，二〇〇八年。
永瑢等撰：《四庫全書總目》，北京：中華書局，一九六五年。
任繼愈主編：《佛教大辭典》，南京：江蘇古籍出版社，二〇〇二年。
全祖望：《鮚埼亭集外編》，收入《清代詩文集彙編》第三〇三册，影印清嘉慶十六年（一八一一）刻本，上海：上海古籍出版社，二〇一〇年。
朱士嘉編：《中國地方志綜録》，臺北：新文豐出版公司，一九七五年。
朱子素：《東堂日劄》，臺北：中華書局，一九六七年。
朱宗淑：《修竹廬吟稿》，收入任兆麟輯，張滋蘭選《吴中女士詩鈔》，清乾隆五十四年（一七八九）刻本。
朱隗輯評：《明詩平論二集》，收入《四庫禁燬書叢刊·集部》第一六九册，影印中國社會科學院文學研究所圖書館藏清初刻本，北京：北京出版社，二〇〇〇年。
朱福熙等修：《黄埭志》，收入《中國地方志集成·鄉鎮志專輯》第七册，影印民國十一年

（一九二二）蘇州振新書社石印本，上海：上海書店，一九九二年。
朱綬：《知止堂詩録》，收入《清代詩文集彙編》第五六三册，影印清道光二十至二十二年（一八四〇—一八四二）董國華刻本，上海：上海古籍出版社，二〇一〇年。
朱彝尊：《明詩綜》，北京：中華書局，二〇〇七年。
朱鶴齡：《愚菴小集》，收入《清代詩文集彙編》第二二册，影印清康熙十年（一六七一）松陵朱氏刻本，上海：上海古籍出版社，二〇一〇年。
余懷撰，李金堂校注：《板橋雜記（外一種）》，上海：上海古籍出版社，二〇〇〇年。
冷士嵋：《江泠閣詩集》，清康熙刻本。
吴修編，周駿富輯：《昭代名人尺牘小傳》，收入《清代傳記叢刊·學林類》第四九册，臺北：明文書局，一九八五年。
吴偉業：《梅村家藏稿》，收入《四部叢刊·初編·集部》第三五二—三五三册，影印上海商務印書館縮印武進董氏新刊本，臺北：臺灣商務印書館，一九六五年。
吴偉業撰，吴翌鳳箋注：《吴梅村詩集》，臺北：臺灣商務印書館，一九六八年。
吴偉業撰，李學穎集評標校：《吴梅村全集》，上海：上海古籍出版社，一九九〇年。
吴湖帆撰，吴元京審訂，梁穎編校：《吴湖帆文稿》，杭州：中國美術學院出版社，二〇〇四年。

宋如林等修，石韞玉纂：《蘇州府志》，清道光四年（一八二四）刊本，臺北中研院傅斯年圖書館藏。

李光祚修，顧詒禄纂：《（乾隆）長洲縣志》，收入《中國地方志集成・江蘇府縣志輯》第一三册，影印清乾隆十八年（一七五三）刻本，南京：江蘇古籍出版社，一九九一年。

李昉等撰：《太平廣記》，收入《景印文淵閣四庫全書》第一〇四三—一〇四六册，影印臺北故宫博物院藏本，臺北：臺灣商務印書館，一九八三年。

李流芳：《檀園集》，收入《景印文淵閣四庫全書》第一二九五册，影印臺北故宫博物院藏本，臺北：臺灣商務印書館，一九八三年。

李流芳撰，李柯纂輯點校：《李流芳集》，杭州：浙江人民美術出版社，二〇一二年。

李夏器等輯：《同岑集》，收入《叢書集成・續編・集部》第一四八册，影印吴興叢書本，上海：上海書店，一九九四年。

李桓輯：《國朝耆獻類徵初編》，收入《清代傳記叢刊》第一二七—一九一册，臺北：明文書局，一九八五年。

李漁撰，張道勤點校：《資治新書初集》，杭州：浙江古籍出版社，一九九二年。

李銘皖、譚鈞培修，馮桂芬纂：《（同治）蘇州府志》，收入《中國地方志集成・江蘇府縣志輯》第七—一〇册，影印清光緒八年（一八八二）江蘇書局刻本，南京：鳳凰出版社，二〇〇八年。

杜濬：《變雅堂遺集》，收入《清代詩文集彙編》第三七册，影印清光緒二十年（一八九四）黄岡沈氏刻本，上海：上海古籍出版社，二〇一〇年。

汪文柏：《柯庭餘習》，收入《清代詩文集彙編》第二〇二册，影印清康熙四十四年（一七〇五）刻本，上海：上海古籍出版社，二〇一〇年。

汪宗衍：《屈翁山先生年譜》，收入《明清史料彙編》第六五册，臺北：文海出版社，一九六七—一九六九年。

汪琬：《堯峰文鈔》，收入《四部叢刊・初編》第二七六—二七七册，重印上海涵芬樓景印林佶寫刊本，上海：上海書店，一九八九年。

汪學金輯：《婁東詩派》，收入《四庫未收書輯刊（第九輯）》第三〇册，影印清嘉慶九年（一八〇四）詩志齋刻本，北京：北京出版社，一九九七年。

沈欽韓：《幼學堂詩稿》，收入《清代詩文集彙編》第五一四册，影印清嘉慶十八年（一八一三）刻道光八年（一八二八）續刻本，上海：上海古籍出版社，二〇一〇年。

沈德符：《清權堂集》，收入《續修四庫全書・集部・別集類》一三七七册，影印湖南省圖書館藏明刻本，上海：上海古籍出版社，一九九五年。

沈德潛：《沈歸愚詩文全集》，收入《清代詩文集彙編》第二三四—二三五册，影印清乾隆教忠堂刻本，上海：上海古籍出版社，二〇一〇年。

沈德潛編：《清詩別裁集》，北京：中華書局，一九七五年。

阮大鋮：《詠懷堂詩集》，收入《續修四庫全書・集部》第一三七四册，影印上海圖書館藏明崇禎八年（一六三五）刻本，上海：上海古籍出版社，一九九五年。

卓爾堪輯：《遺民詩》，收入《四庫禁燬書叢刊・集部》第二一册，影印北京師範大學圖書館藏清康熙刻本，北京：北京出版社，二〇〇〇年。

周永年：《吳都法乘》，收入《四庫全書存目叢書・子部》第二五五册，影印北京圖書館藏清鈔本，臺南：莊嚴文化事業公司，一九九五年。

周永年：《鄧尉聖恩寺志》，收入《四庫全書存目叢書・史部・地理類》第二四四册，影印民國十九年（一九三〇）聖恩寺釋中恕影印明崇禎十七年（一六四四）刻清初增修本，臺南：莊嚴文化事業公司，一九九六年。

周亮工：《尺牘新鈔》，收入《周亮工全集》第八—九册，清康熙周氏賴古堂刻本，南京：鳳凰出版社，二〇〇八年。

周亮工：《印人傳》，收入《周亮工全集》第五册，清康熙十二年（一六七三）周氏刻本，南京：鳳凰出版社，二〇〇八年。

周亮工：《藏弆集》，收入《周亮工全集》第一〇—一一册，清康熙周氏賴古堂刻本，南京：鳳凰出版社，二〇〇八年。

周亮工：《讀畫録》，收入《周亮工全集》第五册，清康熙十二年（一六七三）周氏煙雲過眼堂刻本，南京：鳳凰出版社，二〇〇八年。

周慶雲輯：《潯溪詩徵》，民國六年（一九一七）夢坡室刊本。

孟森：《明清史論著集刊續編》，北京：中華書局，一九八六年。

宗源翰修：《（同治）湖州府志》，收入《中國地方志集成·浙江府縣志輯》第二四—二五册，影印清同治十三年（一八七四）愛山書院刻本，上海：上海書店，一九九三年。

屈大均：《翁山詩外》，收入《清代詩文集彙編》第一一八册，影印清康熙凌鳳翔刻本，上海：上海古籍出版社，二〇一〇年。

屈復：《弱水集》，收入《續修四庫全書·集部·别集類》第一四二三—一四二四册，影印吉林大學圖書館藏清乾隆七年（一七四二）賀克章刻本，上海：上海古籍出版社，一九九五年。

房玄齡等撰：《晉書》，北京：中華書局，一九七四年。

易宗夔：《新世説》，上海：上海古籍出版社，一九八二年。

林古度撰，王士禛選：《林茂之詩選》，收入《清代詩文集彙編》第一册，影印清康熙程哲七略書堂刻本，上海：上海古籍出版社，二〇一〇年。

林古度撰：《林茂之文草》，收入《清代詩文集彙編》第一册，影印明崇禎刻本，上海：上海古籍出版社，二〇一〇年。

長谷部幽蹊：《明清佛教史研究序説》，臺北：新文豐出版公司，一九七九年。

侯元棐等修，王振孫等纂：《德清縣志》，收入《中國方志叢書・華中地方・浙江省》第四九一號，影印康熙十二年（一六七三）鈔本，臺北：成文出版社，一九八三年。

俞劍華編：《中國美術家人名辭典》，上海：上海人民美術出版社，一九八一年。

姚希孟：《松癭集》，收入《四庫禁燬書叢刊・集部》第一七八—一七九册，影印北京圖書館藏明崇禎張叔籟等刻清閟全集本，北京：北京出版社，二〇〇〇年。

姚佺輯：《詩源》，收入《四庫禁燬書叢刊・集部》第一六九册，影印北京圖書館藏清初抱經樓刻本，北京：北京出版社，二〇〇〇年。

姚承緒撰，姜小青校點：《吴趨訪古録》，南京：江蘇古籍出版社，一九九九年。

姜垓：《流覽堂殘稿》，收入《山東文獻集成（第一輯）》第三四册，山東省圖書館藏清宣統二年（一九一〇）萊陽通興石印館石印本，濟南：山東大學出版社，二〇〇六年。

施閏章撰，何慶善、楊應芹點校：《施愚山集》，合肥：黄山書社，一九九二—一九九三年。

紀映鍾：《戇叟詩鈔》，收入《清代詩文集彙編》第三〇册，影印清光緒三十一年（一九〇五）江寧傅氏刻本，上海：上海古籍出版社，二〇一〇年。

英啓修、鄧琛纂：《（光緒）黄州府志》，收入《中國地方志集成・湖北府縣志輯》第一四—一五册，影印清光緒十年（一八八四）刻本，南京：江蘇古籍出版社，二〇〇一年。

范允臨：《輸寥館集》，收入《四庫禁燬書叢刊・集部》第一〇一册，影印上海圖書館藏清初刻本，北京：北京出版社，二〇〇〇年。

茅元儀：《石民四十集》，收入《續修四庫全書・集部》第一三八六—一三八七册，影印北京圖書館藏明崇禎刻本，上海：上海古籍出版社，一九九五年。

茅元儀：《石民賞心集》，收入《四庫禁燬書叢刊・集部》第一一〇册，影印北京圖書館藏明崇禎刻本，上海：上海古籍出版社，一九九五年。

夏宗彝修、汪國鳳等纂：《（光緒）金壇縣志》，收入《地方志人物傳記資料叢刊・華東卷・

下編》第三二册，影印清光緒十一年（一八八五）活字本，北京：國家圖書館出版社，二〇一二年。

孫岳頒：《御定佩文齋書畫譜》，收入《景印文淵閣四庫全書》第八一九—八二三册，影印臺北故宮博物院藏本，臺北：臺灣商務印書館，一九八三年。

孫枝蔚：《溉堂前集》，收入《清代詩文集彙編》第七一册，影印清康熙刻六十年（一七二一）增刻本，上海：上海古籍出版社，二〇一〇年。

孫鋐輯評：《皇清詩選》，收入《四庫全書存目叢書・集部》第三九八册，影印中國人民大學圖書館藏清康熙二十九年（一六九〇）鳳嘯軒刻本，臺南：莊嚴文化事業公司，一九九七年。

徐世昌編：《晚晴簃詩匯》，收入《續修四庫全書・集部・總集類》第一六二九—一六三三册，影印民國十八年（一九二九）得耕堂刊本，上海：上海古籍出版社，一九九五年。

徐枋：《居易堂集》，收入《清代詩文集彙編》第八一册，影印涵芬樓影印清康熙二十三年（一六八四）刻本，上海：上海古籍出版社，二〇一〇年。

徐波：《徐元歎先生殘稿》，收入《百部叢書集成》六八《滂喜齋叢書》第五函，影印清光緒潘祖蔭輯刊本，臺北：藝文印書館，一九六七年。

徐波：《天池落木菴存詩》，清康熙刻本。
徐波：《浪齋新舊詩》，明天啓末刻本。
徐晟：《存友札小引》，收入《叢書集成·續編·集部》第一五五册，影印《辛巳叢編》本，上海：上海書店，一九九四年。
徐釚：《本事詩》，收入《續修四庫全書·集部·詩文評類》第一六九九册，影印清光緒十四年（一八八八）邵武徐氏刻本，上海：上海古籍出版社，一九九五年。
徐崧、張大純輯：《百城烟水》，收入《續修四庫全書·史部·地理類》第七三三册，影印上海圖書館藏清康熙二十九年（一六九〇）刻本，上海：上海古籍出版社，一九九五年。
徐崧等輯：《詩風初集》，收入《四庫禁燬書叢刊補編》第五六—五七册，影印上海圖書館藏清康熙十二年（一六七三）刻本，北京：北京出版社，二〇〇五年。
徐傅編，王鏞等補輯：《光福志》，收入《中國地方志集成·鄉鎮志專輯》第七册，影印民國十八年（一九二九）蘇城毛上珍鉛印本，上海：上海書店，一九九二年。
徐達源纂：《黎里志》，收入《中國地方志集成·鄉鎮志專輯》第一二册，影印清嘉慶十年（一八〇五）吴江徐氏孚遠堂刻本，上海：上海書店，一九九二年。
徐鼒：《小腆紀傳》，收入《續修四庫全書·史部》第三三二—三三三册，影印清光緒十三年（一八八七）金陵刻本，上海：上海古籍出版社，一九九七年。

柴德賡：《史學叢考》，北京：中華書局，一九八二年。

秦達章修，何國祐、程秉祺纂：《（光緒）霍山縣志》，收入《地方志人物傳記資料叢刊・華東卷・下編》第一三四册，影印清光緒三十一年（一九〇五）活字本，北京：北京圖書館出版社，二〇一二年。

翁方綱：《復初齋詩集》，收入《清代詩文集彙編》第三八一册，影印清刻本，上海：上海古籍出版社，二〇一〇年。

馬曰琯等編：《林屋唱酬録》，收入《叢書集成・初編》第一七九四册，排印粤雅堂叢書本，北京：中華書局，一九八五年。

馬汝舟纂修：《如皋縣志》，收入《新修方志叢刊》第一八一册《江蘇方志之一》，清嘉慶十三年（一八〇八）刊本，臺北：臺灣學生書局，一九六八年。

張大純：《采風類記》，收入《中國風土志叢刊》第三九—四一册，影印清慶藻堂藏版，揚州：廣陵書社，二〇〇三年。

張大復：《梅花草堂集》，收入《續修四庫全書・集部・别集類》第一三八〇册，影印華東師範大學圖書館藏明崇禎刻本，上海：上海古籍出版社，一九九五年。

張廷玉等撰：《明史》，北京：中華書局，一九七四年。
張其淦著，祁正注：《明代千遺民詩詠》，收入《叢書集成・續編・文學類》第一一五册，排印寓園叢書本，臺北：新文豐出版公司，一九八九年。
張宗芝、王潙輯：《以介編》，收入《叢書集成・續編・文學類》第二一七册，排印虞山叢刻本，臺北：新文豐出版公司，一九八九年。
張雲章：《樸村文集》，收入《清代詩文集彙編》第一七五册，影印清康熙華希閔等刻本，上海：上海古籍出版社，二〇一〇年。
張鑑：《冬青館乙集》，收入《續修四庫全書・集部・別集類》第一四九二册，影印上海辭書出版社圖書館藏民國四年（一九一五）劉氏嘉業堂刻吴興叢書本，上海：上海古籍出版社，一九九五年。
曹一麟：《（嘉靖）吴江縣志》，揚州：廣陵書社，二〇一三年。
曹仁虎：《宛委山房集》，收入《續修四庫全書・集部・別集類》第一四四九册，影印華東師範大學圖書館藏清乾隆刻七子詩選本，上海：上海古籍出版社，一九九五年。
曹允源、李根源纂：《（民國）吴縣志》，收入《中國地方志集成・江蘇府縣志輯》第一一一二册，影印民國二十二年（一九三三）蘇州文新公司鉛印本，南京：江蘇古籍出版社，一九九一年。
曹溶：《静惕堂詩集》，收入《清代詩文集彙編》第四五册，影印清雍正三年（一七二五）李維鈞刻本，上海：上海古籍出版社，二〇一〇年。
曹學佺：《石倉文稿》，收入《續修四庫全書・集部》第一三六七册，影印中國科學院圖書館藏明萬曆刻本，上海：上海古籍出版社，一九九五年。
梁園棣：《重修興化縣志》，收入《中國方志叢書・華中地方・江蘇省》第二八號，影印清咸豐元年（一八五一）刊本，臺北：成文出版社，一九七〇年。
梁碧海、劉應祁纂修：《（康熙）寶慶府志》，收入《北京圖書館古籍珍本叢刊・史部・地理類》第三七册，影印清康熙二十三年（一六八四）刻本，北京：書目文獻出版社，一九八八年。
梁蒲貴等修，朱延射等纂：《寶山縣志》，收入《中國方志叢書・華中地方・江蘇省》第四〇七號，影印清光緒八年（一八八二）學海書院刊本，臺北：成文出版社，一九八三年。
清國史館編，周駿富輯：《貳臣傳》，收入《清代傳記叢刊》第五七册，臺北：明文書局，一九八五年。

畢沅：《靈巖山人詩集》，收入《清代詩文集彙編》第三六九册，影印清嘉慶四年（一七九九）畢氏經訓堂刻本，上海：上海古籍出版社，二〇一〇年。
莊一拂：《古典戲曲存目彙考》，上海：上海古籍出版社，一九八二年。
許瑶光修，吴仰賢等纂：《（光緒）嘉興府志》，收入《中國地方志集成·浙江府縣志輯》第一二—一五册，影印清光緒四年（一八七八）鴛湖書院刻本，上海：上海書店出版社，一九九三年。
陳子龍撰，施蟄存、馬祖熙標校：《陳子龍詩集》，上海：上海古籍出版社，二〇〇六年。
陳之遴：《浮雲集》，收入《四庫全書存目叢書·集部》第一九七册，影印華東師範大學圖書館藏清康熙旋吉堂刻本，臺南：莊嚴文化事業公司，一九九七年。
陳文述撰，管軍波、歐陽摩一點校：《秣陵集》，南京：南京出版社，二〇〇九年。
陳田：《明詩紀事》，收入《續修四庫全書·集部·詩文評類》第一七一〇—一七一二册，影印天津圖書館藏清貴陽陳氏聽詩齋刻本，上海：上海古籍出版社，一九九五年。
陳名夏：《石雲居文集》，收入《清代詩文集彙編》第一六册，影印清順治刻本，上海：上海古籍出版社，二〇一〇年。
陳垣：《清初僧諍記》，北京：中華書局，一九六二年。

陳垣：《釋氏疑年録》，北京：中華書局，一九六四年。

陳寅恪：《柳如是别傳》，上海：上海古籍出版社，一九八〇年。

陳開虞修，張怡、鄧旭等纂：《（康熙）江寧府志》，收入《南京大學圖書館藏稀見方志叢刊》第一四一—一九册，清康熙七年（一六六八）初刻，清乾隆五十四年（一七八九）宋覲光補刻本，北京：國家圖書館出版社，二〇一四年。

陳瑚輯：《從游集》，收入《叢書集成·三編·補遺》第一〇〇册，影印臺灣大學總圖書館藏峭帆樓叢書本，臺北：新文豐出版公司，一九九七年。

陳維崧：《陳迦陵詩文詞全集》，收入《四部叢刊·初編·集部》第三六〇—三六二册，影印上海商務印書館縮印患立堂刊本，臺北：臺灣商務印書館，一九六五年。

陳廣宏：《鍾惺年譜》，上海：復旦大學出版社，一九九三年。

陳繼儒：《眉公詩鈔》，收入《四庫禁燬書叢刊·集部》第六七册，影印中國社會科學院文學研究所圖書館藏明崇禎刻本，北京：北京出版社，二〇〇〇年。

陳繼儒：《晚香堂集》，收入《四庫禁燬書叢刊·集部》第六六册，影印北京大學圖書館藏明崇禎刻本，北京：北京出版社，二〇〇〇年。

陳纕、丁元正修，倪師孟、沈彤纂：《（乾隆）吴江縣志》，收入《中國地方志集成·江蘇府縣志輯》第一九—二〇册，影印民國石刻本，南京：江蘇古籍出版社，一九九一年。
陶煦纂：《周莊鎮志》，收入《續修四庫全書·史部地理類》第七一七册，影印華東師範大學圖書館藏清光緒八年（一八八二）元和陶氏儀一堂刻本，上海：上海古籍出版社，一九九七年。
陶瑄：《國朝詩的》，收入《四庫禁燬書叢刊·集部》第一五六—一五八册，影印中國社會科學院文學研究所圖書館藏清康熙六十一年（一七二二）刻本，北京：北京出版社，二〇〇〇年。
陸世儀：《桴亭先生文集　桴亭先生詩集》收入《清代詩文集彙編》第三六册，影印清光緒二十五年（一八九九）唐受祺刻陸桴亭先生遺書本，上海：上海古籍出版社，二〇一〇年。
陸時化撰，徐德明校點：《吴越所見書畫録》，上海：上海古籍出版社，二〇一五年。
陸祐勤等重修，余士珩等重纂：《麻城縣志》，清光緒八年（一八八二）重訂清光緒三年（一八七七）刊本。
陸澄源：《燕山夢草》，明崇禎戊寅（一六三八）當湖陸氏原刊本。
傅增湘：《藏園群書經眼録》，北京：中華書局，二〇〇九年。

傅觀光等修，丁維誠纂：《（光緒）溧水縣志》，收入《地方志人物傳記資料叢刊・華東卷・下編》第三三册，影印清光緒九年（一八八三）刻本，北京：國家圖書館出版社，二〇一二年。

彭而述：《讀史亭詩集》，收入《清代詩文集彙編》第二一—二二册，影印清康熙五十年（一七一一）刻本，上海：上海古籍出版社，二〇一〇年。

彭啓豐：《芝庭詩稿》，收入《四庫未收書輯刊・第九輯》第二三册，影印清乾隆刻增修本，北京：北京出版社，一九九七年。

彭紹升：《觀河集》，收入《清代詩文集彙編》第三九七册，影印清光緒四年（一八七八）刻本，上海：上海古籍出版社，二〇一〇年。

彭際清：《居士傳》，《續修四庫全書・子部》第一二八六册，影印清乾隆四十年（一七七五）長州彭氏刻本，上海：上海古籍出版社，一九九七年。

曾唯：《廣雁蕩山志》，收入《故宫珍本叢刊・史部・地理類》第二五一册，清乾隆五十五年（一七九〇）刻本，海口：海南出版社，二〇〇一年。

程正揆：《青溪遺稿》，收入《清代詩文集彙編》第二〇册，影印清康熙天咫閣刻本，上海：上海古籍出版社，二〇一〇年。

程嘉燧：《耦耕堂集》，收入《續修四庫全書·集部·别集類》第一三八六册，影印湖北省圖書館藏清順治十三年（一六五六）金獻士金望刻本，上海：上海古籍出版社，一九九五年。
馮其庸、葉君遠：《吴梅村年譜》，北京：文化藝術出版社，二〇〇七年。
馮金伯：《國朝畫識》，收入《續修四庫全書·子部·藝術類》第一〇八一册，影印上海圖書館藏清光緒十一年（一八八五）刻本，上海：上海古籍出版社，一九九七年。
馮鼎高等修，王顯曾等纂：《華亭縣志》，收入《中國方志叢書·華中地方·江蘇省》第四六二號，影印清乾隆五十六年（一七九一）儀松堂刊本，臺北：成文出版社，一九八三年。
馮夢禎：《快雪堂集》，收入《四庫全書存目叢書·集部》第一六四—一六五册，影印北京大學圖書館藏明萬曆四十四年（一六一六）黄汝亨朱之蕃刻本，臺南：莊嚴文化事業公司，一九九七年。
黄傳祖：《扶輪集》，明崇禎十七年（一六四四）年坊刊本。
黄傳祖：《扶輪廣集》，清順治十二年（一六五五）黄氏儂麟草堂刻本。
黄傳祖：《扶輪續集》，清順治八年（一六五一）刻本。

黄虞稷撰，瞿鳳起、潘景鄭整理：《千頃堂書目》，上海：上海古籍出版社，二〇〇一年。

黄道周：《黄石齋先生文集》，收入《續修四庫全書·集部·別集類》第一三八四册，影印天津圖書館藏清康熙五十三年（一七一四）鄭玟刻本，上海：上海古籍出版社，一九九五年。

黄翼聖撰，錢謙益選定，徐波、陳瑚評閲：《黄攝六詩選》，清光緒間鈔本。

萬壽祺：《隰西草堂詩集》，收入《續修四庫全書·集部·別集類》第一三九四册，影印上海辭書出版社圖書館藏民國八年（一九一九）羅氏鉛印明季三孝廉集本，上海：上海古籍出版社，一九九五年。

葉廷琯：《鷗陂漁話》，收入《續修四庫全書·子部·雜家類》第一一六三册，影印上海辭書出版社圖書館藏清同治九年（一八七〇）刻本，上海：上海古籍出版社，一九九七年。

葉昌熾：《奇觚廎詩集》，收入《清代詩文集彙編》第七六六册，影印民國十五年（一九二六）刻本，上海：上海古籍出版社，二〇一〇年。

葉昌熾：《緣督廬日記鈔》，收入《續修四庫全書·史部·傳記類》五七六册，影印民國二十二年（一九三三）上海蟫隱廬石印本，上海：上海古籍出版社，一九九五年。

葉昌熾：《藏書紀事詩》，上海：上海古籍出版社，一九九九年。

董其昌：《容臺文集》，收入《四庫全書存目叢書・集部・別集類》第一七一册，影印清華大學圖書館藏明崇禎三年（一六三〇）董庭刻本，臺南：莊嚴文化事業公司，一九九七年。

董斯張：《静嘯齋存草》，收入《四庫禁燬書叢刊・集部》第一〇八册，影印北京圖書館藏明崇禎刻本，北京：北京出版社，二〇〇〇年。

董説：《寶雲詩集》，收入《清代詩文集彙編》第七一册，影印清康熙二十八年（一六八九）董樵董耒刻本，上海：上海古籍出版社，二〇一〇年。

趙定邦等修，丁寶書等纂：《長興縣志》，收入《中國方志叢書・華中地方・浙江省》第五八六號，影印中研院史語所傅斯年圖書館藏清同治十三年（一八七四）修光緒十八年（一八九二）增補刊本，臺北：成文出版社，一九八三年。

劉嗣孔修：《漢陽縣志》，收入《稀見中國地方志彙刊》第三六册，影印清乾隆十三年（一七四八）刻本，北京：中國書店，一九九二年。

劉義慶撰，劉孝標注，余嘉錫箋疏：《世説新語箋疏》，上海：上海古籍出版社，一九九三年。

樓錡：《于湘遺稿》，收入《四庫未收書輯刊·第十輯》第二二册，影印清乾隆二十年（一七五五）陳章刻本，北京：北京出版社，一九九七年。

潘光旦：《明清兩代嘉興的望族》，北京：北京大學出版社，一九九五年。

潘江輯：《龍眠風雅》，收入《四庫禁燬書叢刊·集部》第九八—九九册，影印北京圖書館藏清康熙十七年（一六七八）潘氏石經齋刻本，北京：北京出版社，二〇〇〇年。

潘耒：《遂初堂集》，收入《續修四庫全書·集部·别集類》第一四一七—一四一八册，影印清康熙刻本，上海：上海古籍出版社，一九九七年。

蔣寶齡：《琴東野屋集》，收入《清代詩文集彙編》第五三五册，影印清咸豐二年（一八五二）刻本，上海：上海古籍出版社，二〇一〇年。

蔣鑨、翁介眉輯：《清詩初集》，收入《四庫禁燬書叢刊·集部》第三册，影印中國社會科學院文學研究所圖書館藏清康熙二十年（一六八〇）鏡閣刻本，北京：北京出版社，二〇〇〇年。

談遷：《北游録》，收入《續修四庫全書·史部·地理類》第七三七册，影印北京圖書館分館藏抄本，上海：上海古籍出版社，一九九七年。

談遷：《國榷》，收入《續修四庫全書·史部·編年類》第三五八—三六三册，影印北京圖書館藏清抄本，上海：上海古籍出版社，一九九七年。
鄧之誠：《清詩紀事初編》，上海：上海古籍出版社，一九八四年。
鄧漢儀：《詩觀二集》，收入《四庫全書存目叢書・文學類》第三九—四一册，影印南京圖書館藏清康熙慎堂刻本，濟南：齊魯出版社，二〇〇一年。
鄧顯鶴輯：《沅湘耆舊集》，收入《續修四庫全書・集部・總集類》第一六九〇—一六九三册，影印上海圖書館藏清道光二十三年（一八四三）鄧氏南邨艸堂刻本，上海：上海古籍出版社，一九九五年。
魯德俊編：《詩吟昆山》，南京：江蘇古籍出版社，二〇〇四年。
黎遂球：《蓮鬚閣集》，收入《四庫禁燬書叢刊・集部》第一八三册，影印北京圖書館藏清康熙黎延祖刻本，北京：北京出版社，二〇〇〇年。
盧世漼：《尊水園集略》，收入《清代詩文集彙編》第五册，影印清順治十七年（一六六〇）盧孝餘修本，上海：上海古籍出版社，二〇一〇年。
蕭山市委員會文史資料委員會編：《朱翼厂先生史料專輯》，收入《蕭山文史資料選輯》第五輯，政協浙江省蕭山市委員會文史工作委員會出版，一九九三年。
蕭穆：《敬孚類稿》，收入《續修四庫全書・集部・別集類》第一五六〇—一五六一册，影印清光緒三十三年（一九〇七）刻本，上海：上海古籍出版社，一九九五年。

錢曾撰，謝正光箋校，嚴志雄編訂：《錢遵王詩集箋校（增訂版）》，臺北：中研院中國文哲研究所，二〇〇七年。

錢實甫編：《清代職官年表》，北京：中華書局，一九八〇年。

錢龍惕：《大兗集》，收入《清代詩文集彙編》第三三册，影印民國八年（一九一九）木活字印本，上海：上海古籍出版社，二〇一〇年。

錢謙益：《列朝詩集小傳》，上海：上海古籍出版社，二〇〇八年。

錢謙益撰，錢曾箋注，錢仲聯標校：《錢牧齋全集》，上海：上海古籍出版社，二〇〇三年。

錢謙益撰輯，許逸民、林淑敏點校：《列朝詩集》，北京：中華書局，二〇〇七年。

錢謙益輯：《東山詶和集》，收入《叢書集成·續編·文學類》第一一六册，排印《虞山叢刻》本，臺北：新文豐出版公司，一九八九年。

戴枚修，董沛等纂：《鄞縣志》，清光緒三年（一八七七）刊本。

薛起鳳：《香聞遺集》，收入《清代詩文集彙編》第三八二册，影印清乾隆三十九年（一七七四）刻本，上海：上海古籍出版社，二〇一〇年。

謝正光、范金民編：《明遺民録彙輯》，南京：南京大學出版社，一九九五年。

謝正光、陳謙平、姜良芹編：《清初詩選五十六種引得》，北京：社會科學文獻出版社，二〇一三年。

謝正光編：《姜垓詩輯釋》，待刊稿。

鍾惺：《鍾伯敬先生遺稿》，明天啓七年（一六二七）徐氏浪齋刊本。

鍾惺撰，李先耕、崔重慶標校：《隱秀軒集》，上海：上海古籍出版社，一九九二年。

鍾惺輯：《名媛詩歸》，收入《四庫全書存目叢書·集部》第三三九册，影印中國人民大學圖書館藏明刻本，臺南：莊嚴文化事業公司，一九九七年。

韓洽：《寄菴詩存》，收入《四庫禁燬書叢刊·集部》第一四九册，影印上海圖書館藏清道光二十年（一八四〇）刻本，北京：北京出版社，二〇〇〇年。

藍瑛、謝彬纂輯，戴有年校訂：《圖繪寶鑑續纂》，收入《畫史叢書》第二册，上海：上海人民美術出版社，一九六三年。

魏憲：《百名家詩選》，收入《續修四庫全書·集部·總集類》第一六二四—一六二五册，影印吉林大學圖書館藏清康熙魏氏枕江堂刻本，上海：上海古籍出版社，一九九五年。

魏禧：《魏叔子文集外篇》，收入《清代詩文集彙編》第九二册，影印清易堂刻寧都三魏全集本，上海：上海古籍出版社，二〇一〇年。
羅振玉著，羅繼祖主編：《羅振玉學術論著集》，上海：上海古籍出版社，二〇一〇年。
譚元春：《譚元春集》，上海：上海古籍出版社，一九九八年。
譚貞默：《埽菴集》，收入《叢書集成·三編·文學類》第五三册，影印中研院史語所藏嘉興譚氏遺書本，臺北：新文豐出版公司，一九九七年。
嚴志雄：《錢謙益病榻消寒雜咏論釋》，臺北：聯經出版公司·中研院，二〇一二年。
嚴熊：《嚴白雲詩集》，收入《清代詩文集彙編》第一〇〇册，影印清乾隆十九年（一七五四）嚴有禧刻本，上海：上海古籍出版社，二〇一〇年。
釋弘儲：《南嶽繼起和尚語録》，收入《禪宗全書·語録部》第二八册，北京：北京圖書館出版社，二〇〇四年。
釋弘儲：《樹泉集》，清康熙年間刻本。
釋印光、許止净、釋德森編纂：《九華山志》，收入《中華佛寺志叢書（第五部）》，臺北：新文豐出版公司，二〇一三年。
釋明河：《補續高僧傳》，收入《續修四庫全書·子部》第一二八三册，影印卍字續藏本，上海：上海古籍出版社，一九九七年。

釋紀蔭：《宗統編年》，收入《卍續藏經》第八六册第一六〇〇經，臺北：新文豐出版公司，二〇〇五年。

釋紀蔭：《宙亭詩集》，收入《故宫珍本叢刊·集部·别集類》第五八九册，影印清康熙三十七年（一六九八）刻本，海口：海南出版社，二〇〇〇年。

釋殊致輯：《靈巖紀略》，收入《中國佛寺志叢刊》第四六册，揚州：江蘇廣陵古籍刻印社，一九九六年。

釋通門：《嬾齋别集》，收入《四庫全書存目叢書·補編》第一册，天津大學館藏清順治毛氏汲古閣刻本，濟南：齊魯出版社，二〇〇一年。

釋超永：《五燈全書》，收入《卍續藏經》第八二册第一五七一經，臺北：新文豐出版公司，二〇〇五年。

釋傳燈：《天台山方外志》，收入《四庫全書存目叢書·史部》第二三二—二三三册，影印首都圖書館藏明萬曆幽溪講堂刻本，臺南：莊嚴文化事業公司，一九九六年。

釋傳燈：《幽溪别志》，收入《四庫全書存目叢書·史部》第二三三册，影印臨海市博物館藏明崇禎刻本，卷六至卷十六影印清刻本，臺南：莊嚴文化事業公司，一九九六年。

釋圓信說，釋弘歇、釋弘珠等編：《雪嶠禪師語録》，收入《中華大藏經（第二輯）》第九九冊，臺北：修訂中華大藏經會，一九六八年。
釋道忞：《布水臺集》，收入《四庫未收書輯刊（第五輯）》第三〇冊，影印清康熙刻本，北京：北京出版社，一九九七年。
釋道盛：《天界覺浪盛禪師全録》，收入《禪宗全書》第五九冊，北京：北京圖書館出版社，二〇〇四年。
釋曉青：《高雲堂詩集》，收入《四庫未收書輯刊（第八輯）》第二〇冊，影印清康熙釋道立刻本，北京：北京出版社，一九九七年。
釋讀徹撰，王培孫輯注：《王氏輯注南來堂詩集》，臺北：鼎文書局，一九七七年。
釋讀徹輯：《華山三高僧詩》，民國抄本。
釋靈耀：《隨緣集》，收入《清代詩文集彙編》第一二八冊，影印清康熙刻本，上海：上海古籍出版社，二〇一〇年。
顧苓：《塔影園集》，收入《叢書集成·續編·集部》第一一三冊，影印殷禮在斯堂叢書本，上海：上海書局，一九九四年。
顧景星：《白茅堂集》，收入《清代詩文集彙編》第七六冊，影印清康熙四十三年（一七〇四）刻乾隆二十年（一七五五）續刻光緒二十八年（一九〇二）補刻本，上海：上海古籍出版社，二〇一〇年。

顧夢游：《顧與治詩》，收入《四庫禁燬書叢刊·集部》第五一册，影印北京大學圖書館藏清初書林毛恒所刻本，北京：北京出版社，二〇〇〇年。

龔立本：《煙艇永懷》，收入《叢書集成·初編》第三四一〇册，影印借月山房本，北京：中華書局，一九九一年。

龔鼎孳：《定山堂詩集》，收入《清代詩文集彙編》第五〇—五一册，影印清康熙十五年（一六七六）吴興刻本，上海：上海古籍出版社，二〇一〇年。

Ho, Wai-kam, ed., *The Century of Tung Ch'i-Ch'ang 1555 – 1635*, Kansas City, MO: Nelson-Adkins Museum of Art, 1992.

圖書在版編目(CIP)數據

落木菴詩集輯箋 /（清）徐波撰；嚴志雄輯編；謝正光箋釋. —上海：上海古籍出版社，2020.6

ISBN 978-7-5325-9636-2

Ⅰ.①落… Ⅱ.①徐… ②嚴… ③謝… Ⅲ.①古典詩歌—詩集—中國—清代 Ⅳ.①I222.749

中國版本圖書館 CIP 數據核字(2020)第 079769 號

落木菴詩集輯箋

【清】徐　波　撰

嚴志雄　輯編

謝正光　箋釋

上海古籍出版社出版發行

（上海瑞金二路 272 號　郵政編碼 200020）

（1）網址：www.guji.com.cn

（2）E-mail：guji1@guji.com.cn

（3）易文網網址：www.ewen.co

江陰金馬印刷有限公司印刷

開本 890×1240　1/32　印張 24　插頁 7　字數 528,000

2020 年 6 月第 1 版　2020 年 6 月第 1 次印刷

印數：1—1,100

ISBN 978-7-5325-9636-2

I·3492　定價：118.00 元